H E A T

2

MICHAEL MANN

MEG GARDINER

HEAT

2

Tradução
Edmundo Barreiros

HarperCollins

Rio de Janeiro, 2022

Título original: *Heat 2*

Diretora editorial: *Raquel Cozer*
Gerente editorial: *Alice Mello*
Editora: *Lara Berruezo*
Editoras assistentes: *Anna Clara Gonçalves e Camila Carneiro*
Assistência editorial: *Yasmin Montebello*
Copidesque: *André Sequeira*
Revisão: *Pérola Gonçalves e João Rodrigues*
Capa original: *Tony Mauro*
Imagem de capa: *trekandshoot/Dreamstime.com*
Adaptação de capa: *Julio Moreira | Equatorium Design*
Diagramação: *Abreu's System*

Dados Internacionais de Catalogação na Publicação (CIP)
Angélica Ilacqua CRB-8/7057

Mann, Michael
Heat 2 / Michael Mann, Meg Gardiner ; tradução Edmundo Barreiros. – 1. ed. – Rio de Janeiro, RJ : HarperCollins Brasil, 2022.

Título original: Heat 2
ISBN 978-65-5511-440-9

1. Ficção norte-americana I. Gardiner, Meg. II. Barreiros, Edmundo. III. Título.

22-125387 CDD-813

Índices para catálogo sistemático:
1. Ficção : Literatura norte-americana 813

Eliete Marques da Silva – Bibliotecária – CRB-8/9380

Rua da Quitanda, 86, sala 218 – Centro
Rio de Janeiro, RJ – CEP 20091-005
Tel.: (21) 3175-1030
www.harpercollins.com.br

PRÓLOGO

Em 7 de setembro de 1995, terça-feira, às 23h32, o Far East National Bank no número 444 da rua South Flower, em Los Angeles, foi assaltado por três homens: Neil McCauley, Michael Cerrito e Chris Shiherlis. Um quarto, Donald Breedan, estava ao volante do veículo de fuga. O Far East National era uma central de distribuição de dinheiro com grandes quantias nas mãos. Funcionários do banco acionaram dois alarmes de detecção de entrada e um de celular, mas os sinais não chegaram a parte alguma. Na noite da véspera, Cerrito entrara pelo teto na garagem subterrânea do banco para acessar o sistema de alarme e mudara três placas de circuitos. Vinte minutos antes do assalto, o próprio sistema se desligara e cortara também as gravações de vídeo. Às 23h50, McCauley, Cerrito e Shiherlis saíram, um de cada vez, carregando bolsas grandes contendo 12,8 milhões de dólares em dinheiro.

Cinco minutos antes, às 23h45, Vincent Hanna, da Divisão de Roubos e Homicídios do Departamento de Polícia de Los Angeles (LAPD), recebera uma informação sobre o assalto à mão armada em andamento. Hanna, seus detetives e as unidades de policiais uniformizados correram para o banco enquanto McCauley, Cerrito e Shiherlis estavam atravessando a calçada em retirada. Nos momentos seguintes, o centro da cidade eclodiu em uma guerra urbana.

Hanna estava atrás daquele grupo desde que chegou à cena de um assalto violento a um carro-forte. Ao se aproximar, achara uma cena de crime típica: a regularidade ordenada do mobiliário urbano — meios-fios, postes de luz, caixas de conexão de TV a cabo, internet e telefone —, e, aos poucos, as anomalias apareciam: cérebros, lascas de osso, poças irregulares de sangue, a parte de baixo de um carro-forte tombado de lado como um mamute petrificado. As identidades dos assaltantes eram um mistério, mas o que Hanna soube ao primeiro olhar é que formavam uma equipe muito forte, de profissionais de alto nível.

Havia sinais, como fragmentos descartados, e restos que continham mensagens sobre o que tinha acontecido. Rebobinar como haviam chegado ali mostrara a Hanna a sequência de acontecimentos e os métodos do grupo.

O lugar escolhido tinha boas rotas de fuga — incluindo acessos para duas autoestradas. Eles ignoraram o dinheiro solto, e a duração de dois minutos do roubo significava que eles sabiam quanto tempo levava para o LAPD reagir ao crime. O uso habilidoso de ferramentas específicas e moldadas para recortar a abertura precisa e retangular na blindagem disse a Hanna que a equipe sabia com o que estava lidando. Eles também conseguiam fazer arrombamentos sofisticados, e aquilo significava que podiam se encarregar de uma variedade de situações da forma que fosse necessária. E, se precisassem fazer uso de força, pegavam pesado sem nem pensar duas vezes. Mataram dois guardas com trajes à prova de balas quando um deles tentou pegar uma pistola em um coldre de tornozelo, e executaram o terceiro depois de um cálculo frio: como o assalto tinha se tornado um assassinato, por que deixar uma testemunha viva? Se você por acaso estivesse no caminho daquela quadrilha, seria problema seu.

Hanna terminou de absorver tudo aquilo antes de falar com detetives, técnicos e policiais uniformizados de outras divisões.

A Divisão de Roubos e Homicídios era a principal unidade de elite do Departamento de Polícia de Los Angeles, e sua jurisdição abarcava a cidade inteira. Como Hanna tinha a autoridade para se apropriar de qualquer caso em qualquer divisão, e ele queria aquele, a Divisão de Roubos e Homicídios o assumiu.

Por meio de sua rede de informantes, Hanna identificara um membro da quadrilha, Michael Cerrito, que, sob vigilância, levara-o aos outros, com exceção do esquivo McCauley. Hanna soubera desde o início que, pelo nível de profissionalismo da quadrilha, era improvável que deixassem provas suficientes em uma cena de crime para ligá-los ao ato. Então, a estratégia seria vigiá-los, descobrir qual era o próximo alvo e estar lá quando entrassem pela porta.

Mas Neil McCauley descobrira que estava sendo vigiado. Quando aconteceu, sua reação foi calma e tranquila, porque tranquilo era rápido. Rápido não era rápido. Shiherlis estava em um precioso depósito de metal, fazendo um buraco em uma porta de cofre com uma broca às três da manhã. Cerrito estava no alto de um poste telefônico, monitorando os desvios no sistema de alarme. Trejo, de vigia, dava a volta no quarteirão.

Do lado de fora, na calçada, o ar da noite estava fresco no rosto de Neil enquanto ele observava as ruas escuras e vazias. De repente, ouviu um barulho, uma folha de metal atingida por um objeto sólido. Era um som que não deveria estar ali; estava deslocado e vinha de uma fileira de vans de entregas estacionadas do outro lado da rua, no estacionamento de uma padaria industrial. Elas deveriam estar vazias. Não estavam.

Com calma, Neil entrou no prédio. Shiherlis, operando a broca, estava a segundos de acessar o mecanismo da tranca. Depois disso seria abre-te sésamo. Mas Neil deu ordem para irem embora, e eles deixaram para trás ferramentas, roupas de trabalho, seis semanas de preparativos. Aquela era a disciplina deles.

Hanna observou tudo se desenrolar nas imagens em infravermelho no interior da van de entregas da padaria. As equipes da SWAT estavam de vigia e bem escondidas.

Ele os deixou ir, pois não se satisfaria com arrombamento e invasão de propriedade privada. Hanna os queria de verdade.

Depois, Neil reuniu Shiherlis, Cerrito e Trejo diante de uma subestação elétrica do Departamento de Águas e Energia, onde os condutores expostos de alta voltagem criavam tanta interferência eletromagnética que qualquer grampo que não tivessem encontrado nos carros estaria comprometido.

O grupo precisava decidir, naquele momento, o que faria: se separar e seguir seus caminhos ou descobrir quem os havia comprometido, descartar a vigilância e roubar o banco mesmo assim.

Para Chris Shiherlis, foi automático. O casamento estava em crise, e ele era sólido, com uma sobriedade letal e um foco inabalável quando estava envolvido com um trabalho. Mês após mês, o grupo permanecia se dando bem. O problema estava na vida normal, em que Chris era um fodido. Ex-viciado em jogo, tivera uma recaída em um sábado dois meses antes em Santa Anita. Depois de perder uma quantia considerável no terceiro páreo, ele tinha começado a apostar loucamente em "megacoincidências" com base em números e nomes, incluindo um cavalo chamado Dominick, nome de seu filho. Novas derrotas. Com isso, queimara metade do que Charlene, sua esposa, e ele tinham guardado em um ano e meio.

Isso foi a gota-d'água para Charlene. Ela queria uma versão de vida adulta para eles três. Tinha se erguido de uma vida que começou indo ladeira abaixo. Para a esposa, Chris sofria de Síndrome de Peter Pan. Para ele, enganar os policiais que os haviam atrapalhado e levar de algo em torno de doze milhões de dólares de um banco valia o risco.

Sentado em seu Cadilac, nas sombras das rampas que subiam para os entroncamentos das autoestradas 105 a 110, Neil recebeu um pacote de contrainteligência do faz-tudo e intermediário, Nate, incluindo o arquivo pessoal de Vincent Hanna.

Nate era um ladrão de bancos da velha guarda no sul da Califórnia. McCauley e ele tinham cumprido pena na Penitenciária Federal McNeil, em Puget Sound. Naquele momento, atuava como corretor e interceptador de Neil. Alto, esquelético, com cabelo comprido liso e bem-cuidado, ele trabalhava de um bar com luzes azuis em Encino chamado Blue Room, do qual era dono. Naquele instante, estava procurando palavras convincentes para dar forma a seu alerta urgente.

Aquele Vincent Hanna da Divisão de Roubos e Homicídios não estava no trabalho para "servir e proteger". Ele não era um carreirista procurando subir a escada administrativa. Ele estava no terceiro casamento, porque ficava fora a noite inteira de campana. Era um daqueles tipos dedicados. E ele estava de olho na quadrilha de Neil — em todos, menos Neil.

O mantra do criminoso era sair em trinta segundos caso sentisse o fogo inimigo dobrar a esquina. Nate o lembrou disso. Hanna poderia cometer erros, poderia acertar ou errar. Neil não poderia se dar ao luxo de errar uma única vez.

Neil pensou e rejeitou tudo aquilo. Ele não sentia obrigação de explicar por que tinha ficado, descumprindo a própria promessa, para escapar de Hanna e roubar o banco mesmo assim.

Ninguém precisava saber. No início, se convencera de que Eady era um romance de uma noite só e teria que se contentar com a lembrança. A vida dela estava a um milhão de quilômetros da de Neil McCauley. Eady era uma designer gráfica *freelancer*, originariamente das montanhas Blue Ridge, com um emprego em uma livraria de arquitetura em Santa Monica. Com ela, foi aberta uma porta que Neil não achava mais estar ali, uma que havia sido fechada em uma estrada asfaltada perto de Mexicali anos antes. Ele queria estar com aquela mulher. O golpe, e a vida que compraria para eles, em algum lugar distante, era a razão de ele ter ficado. Não planejara aquilo, mas um futuro sem ela passara a não significar coisa alguma.

Em algum momento, depois que Vincent Hanna descobrira que a vigilância sobre Neil McCauley tinha sido descoberta, os dois se encontraram cara a cara.

Ele parou McCauley na autoestrada 105. Queria aprender o possível sobre o homem, e descobriria mais falando com ele do que no esquema frustrado de vigilância.

McCauley também sabia que poderia ter uma fração de segundo no futuro para decidir intuitivamente ir para um lado ou para o outro. Então queria descobrir quem Hanna era de verdade.

Eles se sentaram no Kate Mantiline, no Wilshore Boulevard. Os dois sabiam fatos genéricos sobre o outro, mas eram desprovidos de cor. Cada coisa que aprendiam era altamente sensível e crua. Eles eram ambos predadores.

Neil sabia dos casamentos fracassados de Hanna, que confessou que era o preço a se pagar para perseguir caras como ele pela rua. Neil confessou que tinha uma mulher, mas não falou sobre ela nem o que lhe dissera uma noite: *Minha vida é um ponteiro que começa do zero e vai para o outro lado, um duplo negativo* — até ela aparecer. Ele convencera Eady a partir com ele.

Enquanto não revelavam algo que pudesse comprometê-los, eles conversaram com uma intimidade que às vezes acontece entre estranhos. Os dois descobriram que enfrentavam o mundo real e a forma como a realidade se derramava sobre eles de maneiras similares.

Hanna era assombrado por sonhos, cadáveres em uma mesa comprida olhando para ele. Eles ficaram em silêncio. A aparência deles impunha obrigações, mas McCauley não reconhecia obrigações. Ele tivera sonhos nos quais não conseguia respirar, estava se afogando. Talvez estivesse ficando sem tempo, sugeriu Hanna. Eles eram iguais, porque sabiam que a vida era curta, *nós somos pegadas em uma praia esperando a maré subir*. E cada um navegava pelo futuro que vinha em sua direção com os olhos bem abertos. Sensíveis, opostos em algumas questões, eles eram iguais na compreensão de como o mundo funcionava, livres de ilusões e autoengano.

Ao mesmo tempo, cada um explodiria o outro sem hesitação. Eles também sabiam disso.

Mas aquilo poderia nunca acontecer. Eles poderiam nunca mais se ver.

Foi assim que o encontro terminou.

No caos do roubo ao Far East Bank, Breedan foi morto ao volante do Lincoln pelos detetives de Hanna, Drucker e Casals. Cerrito, protegendo-se com uma criança de cinco anos, foi baleado na cabeça pelo próprio Hanna. Seu parceiro, Bosko, foi atingido e derrubado por Shiherlis. Três policiais uniformizados do Departamento da Polícia de Los Angeles foram mortos, e onze, feridos, três de forma grave; Shiherlis foi atingido acima de seu colete à prova de balas por um disparo de 5,56mm viajando a 950 metros por segundo, que derrubou-o no chão e estilhaçou sua clavícula, lançando estilhaços de osso na parte superior do tórax. Neil meio que o carregou até o estacionamento de um supermercado, onde roubou um SUV. Eles tinham que dar o fora de Los Angeles.

Neil nunca conseguiu fazer aquilo.

Hanna o matou sob as luzes de uma pista do aeroporto internacional de Los Angeles. Eady o esperava em um Camaro, na entrada de carros ao lado do hotel Airport Marquee, no Century Boulevard.

Só Chris Shiherlis sobreviveu.

PARTE UM

Los Angeles, 1995

A realidade come carne crua
e não hesita
Ela tem o poder permanente do sol
Ela anda apenas com os próprios pés

— Spoon Jackson

1

A noite pisca como um estroboscópio através das lâminas das persianas, o rosa e azul intermitentes do néon da loja coreana lá fora. Faróis de carros fazendo a curva projetam sombras no teto. Música vem de baixo, de uma loja de música, a bateria ecoando como uma pulsação pelo ombro e pescoço de Chris Shiherlis.

Levante-se.

Ele não consegue.

Levante-se, porra. Agora.

Shiherlis abre os olhos.

Ele não está morto. Os mortos não pulsam com o K-pop vindo pelo chão. Os mortos não sangram.

Ele não está em casa. Casa é uma casa de fazenda homogeneizada no anonimato do vale de San Fernando. Aquilo é um colchão sobre um estrado em um canto. Não é uma cela de prisão, mas um apartamento no segundo andar. Koreatown.

Os olhos tornam a se fechar, surfando a onda de oxicodona mais uma vez. Então, ele acorda.

Como cheguei aqui?

O som de K-pop reaparece com disparos em staccato trovejando pelo desfiladeiro entre prédios com vidraças escuras. Sirenes se aproximam, ecoando pelo centro da cidade. Ele se lembra do peso da bolsa de dinheiro pendurada pela alça e balançando às suas costas. Breedan baleado, carne morta ao volante. Emboscados. Rajadas reflexivas de três tiros abrindo fogo. Nenhuma hesitação. LAPD chegando. Policiais. Poder de fogo pesado para a multidão de civis. *Civis? Aqui está o pesado, filho da puta!* Ataque à emboscada. Transforme placas de metal pretas e brancas em peneiras, o som levando a pulsação para a cabeça, explodindo o alto de seu crânio.

A música pulsa, alta e estrangeira. *Use-a.*

— Foco, olhos — murmura ele.

Sombras e a luz rosa das ruas listram as paredes sujas. Cama, lençóis baratos, ele de cueca. As roupas dobradas em uma cadeira plástica de jardim. Uma TV desligada sobre a mesa de cartas. Guimbas de cigarro apagadas em um cinzeiro lascado; latas de cerveja amassadas em uma cesta de lixo. Vozes do lado de fora.

O rastro da ferida grita. Fragmentos de osso não cortaram as artérias subclávias, ou ele estaria morto. O médico de cachorros, dr. Bob, o veterinário. Chris o ouviu dizer isso a Neil enquanto o parceiro o segurava.

Chris se esforça para chegar à superfície.

Levante-se, porra!

Ele tenta rolar e se sentar. É jogado para trás pelos músculos do ombro e do pescoço latejando.

Como ele chegou ali? Ele voltou de carro para a casa de Nate depois de Venice. Buzinas tocaram para ele, assustando-o e tirando-o do estupor quando um sinal vermelho ficou verde. Ele se lembra de ziguezaguear pelas faixas na direção norte, pelo Sepulveda Pass, de volta a Encino. Ele não confiava em si mesmo na 405.

Venice. Aquele gesto de crupiê de blackjack. A mão dela lentamente flutuando pelo ar. A última cartada. Ela tinha telefonado e deixado recado. Nate argumentou com ele, desconfiado, mas Chris foi assim mesmo, de carro, para Venice. Ele saiu do veículo e a viu à espera na sacada.

Os olhos dela, um sorriso — convidativos, como quando eles se conheceram. Depois, o erguer daquele olhar, alertando-o.

A porta de Koreatown se abre, Nate entra.

Ele é alto, veste um paletó esportivo creme de dois botões com gravata *bolo tie*, o cabelo liso e loiro penteado para trás, o bigode anos 1970 pendurado no rosto marcado. Os olhos, rápidos e pequenos, analisaram Shiherlis de alto a baixo, avaliando-o em silêncio.

Que horas são?

Nate fecha a persiana.

— O quê?

Há quanto tempo estou aqui?

Palavras. Ele as escuta em sua cabeça. Elas fazem sentido. Elas estão saindo?

Nate se inclina sobre ele.

— Fique parado.

Ele puxa a cadeira de jardim para o lado da cama, senta-se e começa a remover, com cuidado, o esparadrapo sobre a gaze que cobre o ferimento de bala.

O pequeno disparo de 5.56mm em alta velocidade o perfurou como um míssil sidewinder, cumprindo seu propósito: grande cavitação através da massa corporal, ossos transformados em estilhaços. Chris se lembra de estar deitado no asfalto com uma clareza potencializada pela adrenalina, olhando torto para imagens laterais dos carros de polícia que eles tinham destruído à bala. *Não consigo me mexer*. Neil o levantou.

Nate remove o curativo. As suturas estão pretas; a pele, vermelha e quente.

Silhuetas contra a luz. Nate dá um grunhido, assente e pressiona de novo o esparadrapo sobre gaze. Então se apoia nos cotovelos e procura o olhar de Chris.

— Você está aqui comigo ou na Disneylândia? — A voz soava baixa e rouca.

Chris assente.

— Preciso tirar você daqui. Depressa.

Nate negocia coisas. Mercadorias. Ele. Ganhos. Qualquer coisa.

— Charlene — diz Chris com a voz rouca.

— Você tem algumas horas, e então acabou.

Seu filho, sua esposa. Charlene não está ali...

— Neil? — pergunta Chris.

Os olhos de Nate ficam frios, sem expressão. A resposta controlada de um veterano em resultados ruins.

— Vai ficar aqui? Você está morto — diz Nate, taxativo. — Isso é tudo em que deve pensar.

— Neil...

— Se prepare. Eu já volto.

Nate hesita, balança a cabeça de leve, então se dirige para a porta.

Chris o vê, listrado de rosa e azul por causa do néon do outro lado da rua. Ele tenta transmitir a voz pelo quarto para Nate antes de ir, acima do ritmo do baixo de K-pop ecoando pelo chão. *Não balance a cabeça, cara, e vá embora*.

A porta se fecha.

2

Vincent Hanna anda de um lado para o outro ao longo do vidro laminado, examinando o ambiente. Lá fora, ondas quebram ruidosamente sobre a areia, o oceano escuro como cobalto. Nuvens no céu parecem fios de ouro trançados. Seis da manhã. A casa onde Neil McCauley morava está vazia, e ele não irá voltar.

Hanna está ali porque quer que o lugar lhe conte coisas, que McCauley fale com ele mais uma vez. Não fazia nem seis horas desde que ele dera os três disparos que o derrubaram. Naquele momento, o detetive tomou a mão de McCauley e o conduziu pelas angústias que o levaram à morte. Eles se entendiam, como se fossem as duas pessoas restantes no planeta. Sozinhos, isolados no que eram, mas os únicos que sabiam como tudo realmente funcionava.

A memória tátil ainda está na palma de sua mão esquerda.

Ele atravessa a sala de estar de Neil, analisando. O tempo que lhe resta está evaporando e ele precisa de uma coisa — informações, dados. O piso de madeira produz apenas ecos quando ele caminha. O barulho das ondas ressoa nas janelas e o vidro da grade da varanda está sujo de cocô de gaivota.

McCauley não morava ali, naquele espaço em branco. Ele dormia ali, comia ali, bebia da única garrafa de puro malte na estante. McCauley nunca habitou o lugar. Tinha sido apenas uma parada intermediária.

Nada. Afaste-se em trinta segundos de qualquer coisa ou pessoa se sentir o fogo inimigo dobrar a esquina. Ele disse isso a Hanna.

Então, quem era aquela garota no Camaro?

Lá fora, o sol nascente abre o céu acima do oceano escuro. Hanna dá as costas para as janelas.

Tudo desapareceu. A parte de McCauley do golpe de oito dígitos. Cerrito. Trejo. Breedan. Exceto o último homem, Chris Shiherlis. Ele está por aí, mas onde?

O sargento Jamal Drucker entra na sala de estar, vindo dos fundos da casa. Ele se movimenta como uma faca de carbono, silencioso, afiado, o rosto severo sob a luz fraca.

— Nada aqui atrás, Vincent.

— Sobras? Manchas?

Seus pensamentos fluem pelas possibilidades… Naquele momento, alguém da família de Michael Bosko deve estar no necrotério, ele imagina. Lá ou na casa funerária. A expressão indiferente no rosto de Shiherlis quando ele atirou sem hesitação, o estrondo dos três disparos matando o parceiro de Hanna. Onde está Shiherlis? As chances de Hanna pegá-lo estão se esvaindo como poeira ao vento, com a indiferença habitual do tempo acabando com as alternativas.

Drucker parece cansado, mas a voz grave está canalizada, focada.

— Três camisas brancas idênticas no armário. Livros: *Metalurgia mecânica*, Camus, Marco Aurélio. Não me pergunte por quê.

Por que isso não o surpreende?

— Não tem nada de mulher? Batom, rímel, lingerie, OB, luvas de borracha rosa ou turquesa embaixo da pia? O que tem na geladeira? Iogurte? Framboesas? Bolinhos recheados congelados? Algo além de refeições prontas?

— Uma garrafa de vodca.

Mas McCauley tinha uma mulher. Parada ao lado do Camaro, tinha uma expressão abalada no rosto por baixo de madeixas de cabelo castanho. Ela está nas imagens em baixa resolução da câmera de segurança do hotel, os ombros se curvando quando McCauley lhe dá as costas e sai correndo, com Hanna em sua cola. As informações sobre o Camaro não batiam. Sem dúvida, era a carona de McCauley. Quem é ela?

Hanna olha para Drucker.

— Ela estava indo embora com ele.

— Quem?

— A mulher no Camaro.

— Talvez ela tenha fugido.

— Pela aparência, ela não faz parte do esquema. Assim, para onde ela iria sem ele? Talvez ela saiba quem estava cuidando do transporte de Neil, e, quem quer que seja, é a mesma pessoa que Shiherlis está usando. Ele não fez o próprio check-in no aeroporto de Los Angeles, e não apareceu porque imaginou que estávamos em cima de Charlene. Ele sabe que ela não vai a lugar algum, e isso significa que ele está fugindo. Sozinho. Quem quer que tenha armado o transporte de McCauley é o cara que ele vai procurar. — Ele se vira, examinando. — Alguma coisa neste lugar de merda, estéril e branco, com cocô de gaivota nas janelas, nos diz quem pode ser essa pessoa?

Hanna estuda a sala de estar, naquele momento com a luminosidade azul do amanhecer crescente. O pulso parece pesado. Ele tenta extrair informações, mas a casa não tem nada além de reflexos.

O que isso pode me dizer?

Nada.

Por que ainda estou aqui?

Ele quer sentir a presença de Neil, parado onde o criminoso esteve, vendo o que ele via. Uma certa melancolia faz com que Hanna se atente para o chão de madeira. Uma vida irreversivelmente perdida, um homem que ele conhecia.

Ambos sabiam como o outro pensava sobre questões pessoais naquele momento em que estavam sentados frente a frente no Kate Mantilini...

mas, ao mesmo tempo, Hanna não descobriu nada sobre o homem que pudesse usar.

Drucker anda pela cozinha. Eletrodomésticos limpíssimos e reluzentes, uma bancada imaculada, uma caneta ao lado do *LA Times* da véspera. Ele desdobra o jornal à procura de anotações, números de telefone, nomes, iniciais, informação sobre voos. Debaixo, um livro vistoso.

— Vincent — diz Drucker. — *Fraturas de estresse no titânio.*

Hanna se aproxima e Drucker lhe entrega o livro.

— Ótima lista de leituras... merdas frias e impessoais.

Havia uma etiqueta de preço no verso.

— Hennessey e Ingalls. Você conhece esse lugar?

— Sim, fica em Santa Monica. É uma livraria de Arte e Arquitetura.

Hanna folheia as páginas de gramatura alta. Há um recibo guardado entre elas.

— Comprou o livro no mês passado e pagou em dinheiro.

O barulho das ondas passa pelas janelas.

Quando Hanna ergue o recibo, Drucker já está ligando.

— Traga a droga do gerente agora mesmo. Neil esteve na loja há três semanas comprando isso. Quem estava com ele? Quem o atendeu? Quem recebeu o pagamento?

Drucker sai pela porta e Hanna fica ali, parado de frente para o oceano.

Na noite anterior, enquanto aviões roncavam no céu, ele sentiu o pulso acelerado de Neil McCauley na mão esquerda. Agora, Hanna escuta apenas as ondas, e a mão direita toca o vidro.

Neil — e talvez Chris, também — esteve ali naquele lugar, bem ali, daquele jeito. *Onde eu estou, olhando por esse vidro.* Ele tenta canalizar o pensamento de Neil, sozinho na vastidão — exceto por esse corpo, esse organismo... percebendo, até não mais. Era isso o que Neil iria pensar...

Hanna segurou a mão de Neil enquanto angústias assolavam o corpo dele, o choque de artérias em hemorragia. Se precisasse, faria exatamente a mesma coisa outra vez, e isso não muda nada em relação àquele momento. Os dois são verdade.

Ele dá as costas para o mar.

Ele tamborila os nós dos dedos na vidraça enquanto se afasta, o som no crepúsculo como uma roda de orações.

3

Nate se encosta na cabine do telefone público, o fone ao ouvido, e observa os pedestres.

— *Debe ir hoy. Absolutamente* — diz, no espanhol de garoto branco de Los Angeles.

Hoje, Shiherlis tem que ir. Esperar mais não é uma opção.

Ele está em frente a uma farmácia vagabunda em Koreatown, segurando uma sacola cheia de suprimentos médicos, Gatorade, um aparelho de barbear descartável e outros itens de que Chris possa precisar.

— Metade antes, *la mitad antes. Mitad después.* O resto quando ele chegar lá. — Ele escuta, ele observa. As pessoas olham para ele ao passar pela calçada, um cara branco e alto estilo rockabilly com uma gravata *bolo tie* dos anos 1950.

— *El carro*, o carro está na minha casa. Na garagem. Blue Room. É. Azul. — Nate assente. — *A qué hora?* — Ele verifica o relógio. — O cara vai estar pronto.

Ele desliga, confere a rua e recua para que o *cholo* que se aproxima não passe por trás dele. É difícil perder hábitos adquiridos no pátio da prisão. Ele atravessa a rua em zigue-zague, entra pela porta estreita e sobe até o estúdio acima da loja de música e da lavanderia a seco onde ele escondeu Shiherlis.

Lá dentro, Chris escuta os passos. Ele se senta na beira da cama, zonzo e com os pensamentos ainda confusos. Tem que se levantar. *A máquina de carne. Isso não sou eu. Eu sou eu, dentro dela. Levante-se, corpo. Obedeça.*

Nate entra e Chris dá um impulso para se erguer.

Alguma coisa se retorce no estômago, nervo vago, náusea, o quarto gira.

Levante-se, filho da puta!

A luz do dia é uma camada de aço aquecido fora da janela. A oxicodona está perdendo efeito e a dor faz os dentes trincarem. Ele precisa da mente limpa, embora isso provoque uma punhalada a cada respiração.

Nate larga, de forma ríspida, a sacola de plástico sobre a cama.

— Você vai embora hoje, irmão. Precisa conseguir andar logo.

Chris está abatido e desidratado com a perda de sangue, e com uma dor de cabeça latejante. Ele abre o Gatorade e bebe metade enquanto Nate despeja pacotes de gaze, pomada antibiótica e um frasco de remédios controlados na cama.

— Antibiótico de largo espectro, não seja alérgico. — Nate pega um frasco de água oxigenada e algumas bolas de algodão. — Tire a camisa, vou trocar o curativo.

Chris obedece e se senta na beira da cama. O som do trânsito lá fora e a luz no quarto parecem aumentar e desaparecer, uma sensação pulsante, tremeluzente. Chris sente a língua pesada.

— Charlene — diz.

Nate puxa a cadeira de jardim velha para perto da cama, senta-se e remove o esparadrapo e o curativo velhos do ombro dele. O ar que toca a pele de Chris parece estranhamente vivo. Ele se inclina para a frente.

— Charlene?

— Ouvi você na primeira vez.

— Preciso falar com ela...

— É mesmo? Como você sabia onde ela estava?

— Ela me ligou.

Nate lança um olhar frio em sua direção.

— E isso não te diz nada? — Silêncio. — Não vai rolar. Aquele policial em quem você atirou? — diz Nate. — Morto. Um membro da equipe de Vincent Hanna. Fora outros três. Todos os olhos em um uniforme estão procurando você.

A voz de Chris ganha força.

— Eu preciso acabar com eles.

Nate se apruma e para de cuidar do ferimento.

— Então eu vou me separar de você agora mesmo, cara. Vai tentar isso? Você é que vai acabar em um buraco no chão.

Chris ergue-se bruscamente. Ótima ideia. A dor vibra por todo o corpo como um gongo.

Nate espera que ele se acalme.

— O único jeito de alcançá-los é se você estiver solto primeiro. E depois armar o esquema.

Chris bufa.

— Como eles chegaram a Charlene?

— Como eu vou saber? — Nate lhe lança um olhar duro, com um *cale a boca* implícito. — Eu avisei a Neil e ele não ouviu. Agora é melhor você me escutar, porra, enquanto eu falo com você!

Como? Como deu tão errado?

A mente de Chris não consegue se estabilizar. Tudo o que ele vê é o movimento de crupiê de blackjack de Charlene.

Policiais por todo o lado. Ela se arriscou para enviar um aviso. Como eles tinham descoberto onde ela estava escondida?

— Como está o ombro? — perguntou Nate.

— Vou começar a jogar tênis.

Chris cerra os dentes com a dor. Tenta pensar. Então a ficha cai; aquilo que ele não queria saber, mas sabe.

Nate percebe.

— Isso mesmo — diz ele.

Neil está morto. A quadrilha está morta. E Charlene o entregou.

Não há como escapar disso. De quem era aquele lugar em Venice? E os policiais estavam esperando...

Mesmo com Hanna e a Divisão de Roubos e Homicídios, eles fizeram o roubo ainda assim. Estava tudo bem, tranquilo. Até dar errado. Eles a prenderam? Ela armou para ele, mas mudou de ideia? Chris sente uma dor abrupta no estômago e se curva.

— O que aconteceu? — pergunta, principalmente, para si mesmo.

Ele, naquele momento, está falando com mais clareza. Nate está ignorando-o deliberadamente, limpando os pontos em seu peito com água oxigenada, pegando uma tesoura médica, cortando tiras de esparadrapo e preparando o novo curativo.

O ex-receptor de Neil não reage.

— Eu não sei de tudo.

Chris tenta desacelerar a respiração enquanto Nate aplica gel antibiótico e põe gaze sobre o trabalho do veterinário, prendendo-a com esparadrapo. Ele não quer olhar para seu cuidador, quer socá-lo, quer fazer um buraco na parede, depois de arrancar o próprio ombro fora.

— Você não está se movimentando muito depressa, por isso precisa começar a fazer isso agora. Alguém está vindo buscar você, ok? Se você se atrasar por causa de ideias idiotas, eles vão se separar... e ser pagos do mesmo jeito, então não dão a mínima. Em pouco tempo, vou tentar marcar um encontro.

Nate se vira e Chris o segura pelo braço

— O que aconteceu?

A frieza nos olhos de Nate mostra como ele lida com a perda.

— Eu o avisei. Ele estava limpo. Mas, a caminho do aeroporto, ele fez um desvio para ir atrás da porra do Waingro e caiu em uma armadilha. O policial Hanna atirou nele em algum lugar no aeroporto.

— Ele pegou Waingro?

— Pegou.

4

A Hennessey e Ingalls está vazia. São oito da manhã em Wilshire, perto do calçadão da rua 3, a área acordando, a passarela de pedestres lavada, brilhando. O piso e as estantes de madeira clara da loja brilham. A gerente está abalada enquanto localiza o vídeo de segurança do dia da venda. Ela passa pelas imagens, acelerando. Hanna está parado às costas dela, de braços cruzados, mascando chiclete, balançando de um lado para o outro com os olhos na tela e o livro e os recibos de McCauley nas mãos. Ela se atrapalha com o controle, não está acostumada a lidar com a polícia. Drucker anda de um lado para o outro atrás dele.

Quando o relógio na tela se aproxima do horário no recibo, Hanna fica imóvel.

Ali está McCauley.

Terno cinza, camisa branca, o sr. Anônimo movimenta-se com precisão enquanto examina a seção de engenharia e seleciona o livro que Hanna tem nas mãos neste momento. Contido, focado, alerta. Neil folheia as páginas mais de uma vez. O ângulo da câmera mostra microfotografias eletrônicas de vários tipos de aço.

Uma mulher anda pelo corredor por trás de McCauley e lança um olhar para ele e o livro, reduzindo a velocidade ao passar. Neil não presta atenção alguma nela.

— Pare — disse Hanna. — Volte a imagem.

A gerente retrocede a fita e dá play novamente.

Hanna aponta para a tela.

— Quem é aquela?

Ela franze as sobrancelhas para ele.

— Eady. Ela trabalha aqui. Quer dizer, trabalhava.

— Onde ela está?

— Ela pediu demissão há dois dias.

Hanna se sente elétrico e solta apenas uma palavra:

— Bingo.

Maçãs do rosto proeminentes e olhos grandes. As ondas de cabelo castanho podiam ter saído de uma pintura pré-rafaelita. A passada é atlética; as roupas, macias. Algo em suas maneiras o lembram de um cervo se aproximando de uma estrada movimentada.

A mulher parada ao lado do Camaro.

Drucker anota o nome completo, o endereço e o número do serviço social e da carteira de habilitação de Eady e, já se dirigindo à porta, agradece à gerente e liga rapidamente para a Divisão de Roubos e Homicídios para alertá-los. Enquanto isso, Hanna corre para o lado de fora.

5

A casa fica aninhada em uma encosta acima da Sunset Plaza, um lugar pequenino com uma vista enorme da extensão urbanizada cercada por montanhas. Céus azuis, sol brilhante. O lugar tem as linhas limpas de uma tela em branco. Um Honda Civic caindo aos pedaços é o único veículo estacionado. Nada em movimento na rua, todas as sombras estão baixas. Hanna conduz três detetives e quatro policiais uniformizados pela entrada de carros. Drucker e ele se dirigem para a porta da frente com dois oficiais uniformizados, enquanto Casals e o resto fazem a volta pelos fundos. Os dedos de Hanna formigam. Ele se enche de incerteza, possibilidade, urgência e bate na porta, os outros posicionados ao lado. Hanna com a pistola Combat Commander .45 e Drucker com uma doze.

Nenhuma resposta. Ele bate de novo.

— Arrombamos? — pergunta o policial uniformizado que carrega um aríete compacto.

Então a fechadura gira e a porta se abre. Na entrada sombreada está a mulher por quem Hanna passou correndo em frente ao hotel Airport Marquee.

Hanna a agarra pelo pulso e a puxa para fora, empurrando-a contra a parede. Uma policial uniformizada faz uma rápida revista à procura de armas.

Do lado de dentro, eles escutam Casals:

— Limpo.

Hanna exibe o distintivo.

— Temos um mandado para revistar o local.

Ela olha fixamente para ele, depois para Drucker.

— Eu estou sendo presa?

— Está, mas o que vai acontecer em seguida depende do que você vai fazer nos próximos cinco minutos — diz Hanna.

Ela pisca. O rosto está branco; os olhos, vermelhos; e o cabelo, despenteado. Ela veste uma calça velha de corrida e uma camiseta de banda indie. Hanna a segura pelo braço e a conduz para dentro, para a cozinha moderna e a sala, onde foi montado um estúdio de design gráfico. Do lado de fora, vidros laminados e uma sacada dão vista para a cidade. Outros policiais estão ali parados olhando pelo vidro, como abutres de preto. Drucker destranca a porta da sacada e deixa eles entrarem.

— Tudo limpo lá fora — relata um deles.

Shiherlis não está ali, o que não é uma surpresa. Hanna escuta o tique-taque dos segundos passando. Ele leva Eady até um banco perto da televisão.

Drucker responde ao rádio, empurra o fone mais fundo no canal auditivo. Escuta. Desliga e acena para chamar Hanna de lado.

Drucker sussurra para ele e Hanna se vira para que Eady não consiga ouvi-lo.

— Totalmente limpa. Nenhum antecedente. Ela não tem nem multas de trânsito.

Hanna se volta novamente para ela.

Eady está parada com os punhos cerrados junto ao corpo, como se metade dela estivesse em outro lugar e ela não soubesse onde colocar o corpo, até que Hanna gesticula e a chama até a banqueta. Ele dispensa a policial após as algemas serem abertas.

— Você sabe o que eu quero?

Ela balança a cabeça em negativa.

— Tudo o que você souber sobre Neil McCauley e o bando dele. Não minta, não esconda nada. Se você quiser ficar fora de uma cela cumprindo pena por cumplicidade, fale comigo.

Ela se encolhe.

— Eu não sabia quem ele era. Não sei nada sobre um bando.

Hanna dá um tapa na TV.

— Isso funciona, certo? A KNBC mostra com a clareza de um cristal. Você viu as imagens do roubo do banco no centro da cidade.

— Ele me disse que era um vendedor.

— E você acreditou nele? O que ele disse que vendia?

— Ele me falou que viajava muito e vendia metal.

Isso bate com o que McCauley disse a ele, mas Hanna não desiste. Ele invade mais o espaço pessoal dela.

— Vamos lá, vamos lá, vamos lá! Você viu a foto dele no noticiário e entrou no carro mesmo assim. Pegou uma carona até o hotel Airport Marquee, onde problemas e assassinatos caíram à sua volta, além de caminhões de bombeiros, pessoas loucas correndo de um lado para o outro, helicópteros, o carnaval completo. Mesmo assim, você achou que ele estivesse vendendo armários de cozinha de metal ou algo assim?

Ela se pareceu, por um momento, com alguém preso em um prédio em chamas enquanto as paredes desabam à volta.

— Eu não sabia até ontem à noite. E tive que fazer o que ele mandou. — Ela está tentando encontrar palavras para explicar, mas não consegue. — Perto do fim, ele me contou. E aí, eu fui, fui com ele mesmo assim.

Ela era quem McCauley queria a seu lado ao fugir para a liberdade. Aquela mulher tinha virado o próprio mundo de cabeça para baixo para ir com ele.

Ela tinha ficado parada ao lado da porta aberta do Camaro, observando McCauley recuar e ir embora. A forma como continuou olhando para ele... congelada, confusa. Hanna agora entende. Desolada. Ele consegue ler o luto dela, o breve vislumbre de uma vida diferente — uma paixão louca e urgente com aquele homem intenso — se foi.

Ele sabe que ela estava envolvida de forma inocente. Tecnicamente, um promotor poderia tentar rotulá-la como cúmplice, mas ela não era.

— Olhe, Eady, eu posso proteger você — diz ele. — Mas você precisa me contar tudo agora mesmo. Com quem mais Neil tinha contato?

Ela se recompõe.

— Michael. Ele mencionou um amigo chamado Michael. Um dos homens baleados no centro.

— Cerrito — diz Drucker.

Ela assente.

— Ele falou... — A voz fica embargada. — Ele falou: "Quem está na chuva é para se molhar. Michael sabia os riscos".

Ela engole em seco. Para Hanna, é óbvio o que ela está pensando: *Eu também.*

Em volta dela, os detetives parecem enormes, enchendo a sala com uma energia perturbadora. *Punitiva*, pensa ela. Como nada que já tenha encontrado. Eles revistam as coisas de forma invasiva, como se provocar desordem fosse seu direito inalienável. É como se tudo o que tocam... não fosse mais dela. Ela poderia guardá-los no mesmo lugar, mas não seria a mesma coisa. Os pertences pessoais não são mais dela. Seu significado foi arrancado, não são mais lembranças, apenas objetos inanimados. A coleção bem guardada de pastéis. Rolos de papel japonês, preciosos na excelência e no cuidado de sua manufatura, são, naquele momento, meramente algo sem valor enquanto os dedos grossos de um detetive examinam entre as folhas.

Hanna, então, a traz de volta.

— Olhe para mim. Ei, Eady. Fique comigo.

Um pouco atônita, ela olha para Hanna, avaliando-o de verdade pela primeira vez. Ela entende. A imprensa inteira estava transmitindo a história de que McCauley foi morto em uma troca de tiros no aeroporto de Los Angeles. Por um policial. Eady estava lutando contra isso, sem dar o último passo, apesar de Hanna estar parado à sua frente. Então ela estremece, como se tivesse levado um choque elétrico.

— Com quem mais McCauley falou sobre isso? — pergunta Hanna. — Shiherlis? Chris?

— Não. — O olhar dela está mais aguçado. — Eu vi vocês. Em frente ao hotel.

— Trejo? Breedan? As mulheres e namoradas, os filhos?

— Não. Ele estava sempre sozinho. — Ela balança a cabeça. — Você atirou nele, não foi?

— E você foi com ele, sabendo quem ele era — responde, mantendo-se inabalável diante do olhar dela.

Ela se balança sobre os próprios pés e os olhos ficam escuros e brilhantes. De forma quase inaudível, ela repete:

— Quem está na chuva é para se molhar.

Hanna não se mexe, mas abaixa a voz.

— Com quem mais ele tinha contato?

Ela passa os dedos pelo cabelo e dá de ombros.

— Ele fez uma parada a caminho do aeroporto. Se encontrou com um homem na porta dos fundos de um bar.

O arco da atenção de Hanna se concentra em um ponto.

— Que bar? Que homem?

— Em North Hollywood, perto do Burbank Boulevard. Não sei o endereço. Tijolos e metal corrugado, hera nas paredes. Alguma coisa azul.

Casals pega o rádio.

— Descreva esse homem — diz Hanna.

— Na casa dos cinquenta anos, cabelo loiro liso, bigode. Usava roupa de poliéster. Tudo bem anos 1970.

Os batimentos de Hanna se aceleram. Ele gesticula com a cabeça para seus homens.

Casals já tinha identificado o bar e mandado duas unidades para vigiá-lo a duas quadras de distância.

Hanna escreve algo no verso de seu cartão e o entrega a Eady.

— A policial vai algemá-la e levá-la para o centro da cidade. Nós precisamos detê-la. Você tem um advogado? — Ela não tem, e está muito confusa e abalada para processar tudo o que está acontecendo. Hanna percebe isso.

— Ligue para este número. Ele é advogado e vai conseguir alguém para se responsabilizar pela fiança. Se qualquer outra pessoa tentar interrogá-la, você tem o direito de ter seu advogado presente. Entendeu?

Ela assente e o encara diretamente nos olhos. Ele vê por que Neil queria levá-la junto para a liberdade.

— Se você se lembrar de mais alguma coisa, me ligue, por favor. Não pense, não pisque, apenas ligue. — E antes que ela saia andando, ele acrescenta: — Sim, eu tive que atirar nele.

Os olhares se conectam novamente e ficam fixos um no outro por um instante.

Então a expressão dela muda. Neste momento, é como se dissesse: *Mais alguma coisa?* Não há mais nada. Está tudo acabado.

6

O sol está forte quando Hanna e a SWAT cercam o Blue Room. O lugar é um antigo bar em uma rua comercial envelhecida de um bairro negro.

O mandado de busca chegou à uma da tarde. Hanna, sua equipe, policiais e a SWAT se aproximaram pela rua dos fundos do estabelecimento. Eles bloquearam as duas extremidades de um beco com viaturas policiais e desativaram uma câmera de segurança.

Se Shiherlis estiver ali, vai estar armado até os dentes. Quem mais pode estar lá dentro?

Hanna, em um colete à prova de balas com uma semiautomática Benelli .12 empunhada, está no meio do aglomerado de gente, amontoado no balé tático da unidade da SWAT, corpos contra corpos, pés precisamente alinhados. Ele gesticula com a cabeça para o líder da unidade, que carrega um fuzil automático junto ao peito, o cano para o alto. O homem levanta a mão e faz a contagem regressiva nos dedos. Ele conta em silêncio. Quando chega ao zero, aponta para a porta como uma machadinha e vai.

A porta está destrancada. Eles entram. Em um instante, tomam o espaço. Um balcão comprido acompanha a parede à esquerda, um espelho atrás, garrafas brilhando à luz mortiça. Algumas pessoas já bebendo tão cedo estão paradas junto ao bar ou sentadas às mesas bambas. "Gangsta's Paradise" toca alto no jukebox. O barman se vira.

Hanna grita com os outros.

— Parados. Mãos ao alto.

Um oficial da SWAT berra com os clientes.

— De frente para a parede, mãos atrás da cabeça.

Uma segunda equipe sobe a escada em um movimento tático.

Enquanto o barman dá um passo para trás e ergue as mãos para o ar, um cliente corre na direção da porta da frente. Quando ele a abre de forma brusca, Drucker o detém. Casals e ele, ambos com uma Remington 870, entram no estabelecimento.

Hanna se dirige rapidamente ao cara alto parado no balcão, as mãos em plena vista, uma delas segurando uma xícara de café. Era ele quem Eady tinha descrito: um tipo velho e duro do Sul da Califórnia, cabelo liso loiro--acinzentado, olhos frios observando Hanna no espelho.

— Mãos sobre o balcão — diz Hanna.

O homem obedece. Ele cheira a Brut e poliéster lavado a seco, e estuda Hanna pelo espelho com um olhar congelante. O suspeito é revistado e um membro da equipe da SWAT joga as chaves e a carteira dele sobre o balcão.

Hanna abre a carteira. Os mesmos olhos azuis gelados o encaram da foto da carteira de habilitação.

— Nathan. Nós vamos conversar sobre um amigo em comum.

Nate se vira, o rosto neutro.

— Eu conheço você?

— Como eu posso saber se você me conhece? Eu conheço você e conheço um cara que você conhece. Neil McCauley.

A expressão de Nate permanece impassível.

— Quem?

— Seu amigo.

— Não estou ligando o nome à pessoa.

— Que tipo de ligação? Tipo telemarketing? Essa ligação? Ou a câmera de segurança nos fundos ligada? Ela põe você e McCauley juntos na entrada dos fundos? Qual a probabilidade disso?

No andar de cima, um dos oficiais da SWAT avisa:

— Limpo.

O líder da equipe da SWAT chega pelo corredor.

— Tudo limpo.

Chris Shiherlis não está ali.

— Eu digo que a probabilidade é zero — diz Nate.

A raiva chega a queimar dentro de Hanna. Por fora, ele sorri como a foice de um ceifador.

— Boa. Mas saiba que ocultar demonstra o que chamamos de "consciência da culpa". — Ele olha ao redor, vendo tudo. — Já que outras pessoas viram você se encontrar com ele.

Drucker diz:

— Por que mentir? Se você quer mentir, minta sobre alguma coisa que talvez não possamos provar. Mentir sobre Neil? Essa mentira é um caso perdido. Por que mentir sobre isso?

Nate olha ao redor e examina com desdém seu bar ocupado pelo Departamento de Polícia de Los Angeles.

— Até agora, você está me enrolando.

— Enrolando? — Hanna dá de ombros. — Shiherlis, Christopher. Acho que você é o intermediário, o que resolve problemas. Neste momento, no mínimo, você está sendo cúmplice do roubo do carro-forte com três homicídios associados e um assalto a banco, incluindo o assassinato de um sargento do LAPD durante o serviço, um de meus parceiros, e três policiais. O homicídio de Roger Van Zant e, além da já mencionada... *carnificina*, a morte de um babaca chamado Waingro — ele se inclina para mais perto — por Neil, seu amigo, que me contou pessoalmente que ele nunca iria voltar. E não vai.

Os olhos frios de Nate, dispostos no interior de manchas rosadas de capilares estourados, passam por Hanna, mal registrando-o.

— Divisão de Roubos e Homicídios. DRH. Tente seu showzinho em outro lugar.

Hanna está tranquilo, como água parada.

— Shiherlis em fuga pode ou não me *enrolar*. Para você, eu tenho muito tempo.

Nate desvia o olhar com ceticismo, então se volta diretamente para Hanna.

— Se você tem motivo, me prenda. Se não, sua presença está atrapalhando o meu negócio no meio do dia.

— É, é...

Hanna, de repente focado em outro lugar, olha para trás dele. Policiais estão revistando o escritório nos fundos. Isso poderia levar horas. Então, com um gesto de cabeça, chama Drucker de lado.

— Perda de tempo — diz em voz baixa. — Falar com esse cara é a mesma coisa que conversar com um bicho morto atropelado.

— Qual a jogada? — pergunta Drucker.

— Ele? Prenda-o. Ex-presidiário da velha guarda? Ponha alguém novo para cansá-lo. Eles não vão chegar nem no começo. Chris Shiherlis... — Ele reflete por alguns segundos. — Casals acertou Shiherlis acima do colete. Clavícula. Ele está muito fodido para arriscar uma viagem aérea comercial. Talvez não tenha tido tempo suficiente para o Senhor Faz-Tudo ali arranjar um avião particular, preencher planos de voo, parecer legítimo, isso tudo. Shiherlis está fugindo, mas está em terra.

— Mandei alertas para todas as agências da Califórnia — diz Drucker. — Foto da habilitação e da ficha.

Hanna pensa nisso.

— Shiherlis não vai estar com a mesma aparência. — Hanna olha para o beco pela porta dos fundos, batendo a mão na perna. — Ele vai cortar o cabelo e se livrar do rabo de cavalo de surfista, talvez o tinja de preto. Peça para nosso desenhista criar uma imagem nova para identificação e envie novamente às agências.

— Se ele não tem tempo — diz Drucker —, está seguindo para o México.

— E ele não está fazendo um mochilão pelo deserto — diz Hanna. — Fale com os pontos de travessia da fronteira. Envie o desenho novo e o alerta para a Alfândega e a Proteção de Fronteiras, a imigração mexicana e os *judiciales* de Baja, Sonora, Chihuahua, Coahuila, Nuevo León e Tamaulipas. Quero todo ponto de travessia de fronteira de San Diego a Brownsville coberto com a cara dele.

Um policial da SWAT entra pela porta dos fundos.

— Tenente?

Hanna se vira.

O homem aponta o polegar para trás.

— Tem uma garagem separada ali fora. Você quer ver isso?

O oficial o segue pelo beco e vira uma esquina. A porta da garagem está levantada e Hanna olha para dentro dela.

Uma mancha fresca de óleo, ainda não absorvida pelo concreto. Alguém tinha saído. Recentemente.

7

A estrada vai passando pela janela enquanto o carro segue para o leste pelo deserto. O rádio toca alto, apresentadores e mariachis de Tecate lentamente se transformam em estática. A tarde é um borrão de sol forte e dor na interestadual 8. Chris conhece a estrada. Ele não conhece a mulher que está dirigindo.

Los Angeles está às suas costas. Tudo o que resta é uma mancha de óleo no chão da garagem vazia de Nate.

A dor voltou. Ali, na estrada, ele está exposto, então não pode se entorpecer com oxicodona. Ele abre os olhos e suporta mais um segundo de agonia enquanto os músculos do pescoço e das costas, ancorados à clavícula, puxam os ossos quebrados, mas recolocados no lugar. Os pontos são grandes e toscos. *Um trabalho de alto nível, dr. Bob.* Um amigo o leva para um veterinário, você consegue um tratamento de qualidade animal para seu trauma.

Um vazio corre através dele, uma onda fria e amarga. Neil ainda faz parte de sua compreensão impensada do mundo, até que ele se lembra. Em Koreatown, quando Nate lhe lançou aquele olhar duro, um assovio surgiu na mente dele como o disparo de um sinalizador de estrada.

Nate tinha se sentado e se inclinado mais para perto. *Alguém virá buscá-lo. A próxima pessoa que vier aqui vai ser sua saída. Eles vão ter os documentos. Não se preocupe, eles vão funcionar.*

Aonde?, perguntou Chris, entorpecido. *Aonde estou indo?*

Sul. Nate descreveu uma rota.

A cabeça de Chris girava. *Minha parte no golpe do banco...*

Vai estar em segurança. Vou abrir uma conta através de um fundo em Delaware. Você pode acessá-lo por telefone, fax, computador. Mas, aonde você está indo, não saque desse dinheiro a menos que seja uma emergência. Não se exiba, você não pode chamar atenção.

Preciso mandar parte dele para Charlene e Dominick.

Charlene. Atraindo-o para uma armadilha. Por quê?

Ele foi tomado por um calor sombrio. Eles tinham ameaçado tirar Dominick dela? Aqueles putos.

Nate parecia pensativo.

Vou cuidar disso, mas não posso levar nada para ela exceto dinheiro. Nada que deixe uma trilha. E não por algum tempo. Ele se levantou. *Estou de partida.*

Chris também se ergueu, mas com dificuldade, e apertou a mão de Nate. *Obrigado.*

Não por isso. Nate ergueu o queixo, uma despedida. *E não faça nada que chame a atenção.*

A pessoa que tinha ido buscá-lo estava ao volante. Ela usa calça jeans, tênis Reebok e brincos de argola de ouro de dez centímetros e exibe uma tatuagem do neto ainda bebê no antebraço. Deve ter menos de quarenta anos e parece conseguir esmagar um Chrysler.

Ela está dirigindo há horas, e ele só a observa.

— Como você se chama?

Ela olha para ele, talvez surpresa por ele estar meio coerente.

— Não importa.

— Você sabe o meu nome — diz ele.

— Jeffrey Bergman, Calgary, Alberta, Canadá.

A voz é do leste de Los Angeles. No esconderijo, ela pegou a Beretta e mandou que ele lhe entregasse a carteira, ordem a que ele obedeceu relutante. Ela fez um novo curativo em seu ferimento e lhe deu uma camisa elegante, um casaco esportivo e óculos escuros para cobrir o brilho da droga nos olhos azuis. A desconhecida o jogou no banco do carona do Chevrolet e pegou a estrada, enquanto Chris transitava entre um estupor doce como xarope e uma dor de gritar.

— O que você precisa saber é que minha família trabalha com Nate há muito tempo, e eu faço o trabalho que me pagam para fazer — diz ela. — Se não confia em mim, posso deixá-lo aqui e você pega uma carona.

Ele tenta erguer as duas mãos em um gesto pacificador. O movimento do braço esquerdo faz com que ele tenha vontade de urrar de dor, e a visão é coberta por um branco elétrico. Ele engasga em seco e se apoia na janela.

— Continue a dirigir — diz.

Ela aponta a cabeça na direção do porta-luvas.

— O envelope aí dentro tem seu passaporte canadense, uma carteira nova com carteira de habilitação, cartões de crédito e fotos de família. Dólares americanos e canadenses e alguns pesos.

Ele pega o envelope e põe o passaporte e a carteira nos bolsos.

Respirando fundo, se volta para ela.

— É um prazer, eu sou a porra do Jeffrey Bergman.

Ela contrai os lábios, talvez em um sorriso.

— E eu sou a porra da Frida Kahlo.

Então, nas profundezas de uma tarde ensolarada, ela para o veículo em um posto de gasolina.

— Nate me mandou ligar para dizer como estão as coisas. Não é nada de mais, só espere aí.

Ela sai do carro e se dirige a um telefone público. Chris vai até o banheiro, sentindo a cabeça girar, tentando caminhar em linha reta. Lava o rosto em uma água quase morna. No espelho sujo, ele parece um vampiro: pálido, lábios quase azuis, olhos irritados demais. *Fique focado, porra*. Quando sai, Frida está desligando o telefone com uma expressão tranquila no rosto, mas os olhos vidrados.

— O quê? — diz ele.

— O LAPD invadiu o bar de Nate. Ele não falou nada, mas a polícia não precisa dele para nada. Eles não são burros.

— O que mais? Tem alguma coisa.

— Eles estão acrescentando um novo desenho da polícia nas notificações. — Ela olha para ele. — Um desenho seu, próximo à sua aparência atual. Eles vão enviá-lo para os dois lados da fronteira. Nós precisamos ir andando.

Frida acelera por entre campos agrícolas planos, passa por lugares para estacionamento de trailers, minimercados baratos, lixo e areia. A fronteira fica a alguns quilômetros à direita. A autoestrada foi repavimentada e casas iguais ladeiam a estrada em quantidade maior do que havia em 1988.

— Mexicali — diz Chris.

— Travessia fácil — continua Frida. — Você conhece?

— Esqueça.

— Você acha que tem algum problema? — Ela olha para ele. — É por isso que não quer ficar lá? Não se preocupe, não vamos ficar.

— Então por que cruzar a fronteira lá?

— Há uma pista de pouso uma hora ao sul. Fique tranquilo.

Ele fecha os olhos e balança negativamente a cabeça, mas a lembrança o invade. Um motel em estilo chinês abandonado. O golpe. Aquela onda, cara. Então... Então... Chris parece sentir o cheiro de mesquite, pólvora e sangue. Como as coisas podiam mudar... Podiam ser perdidas, podiam ser vencidas, tudo num estalar de dedos.

Se Chris perdesse Charlene, ele aniquilaria quem quer que a tivesse tirado dele. Ele iria vaporizá-lo como uma bomba H.

A luz do sol se reflete no capô. Ela lhe atravessa o crânio, como um raio.

Neil estava livre, dissera Nate.

Nate também disse a ele: *Hanna é um filho da puta. E nesse momento está revirando a cidade, mobilizando todos os recursos possíveis. Um pensamento: você. Você matou o parceiro dele.*

Chris está sozinho e longe de casa. Só há um jeito para mudar isso e ele precisa seguir em frente. A última chance, não desperdice.

A menos de dois quilômetros de El Centro, Frida Kahlo deixa a interestadual e para. A tarde está esticando as sombras que caem sobre os campos.

Ela põe o carro em ponto-morto.

— Tire os óculos escuros. Deixe-me ver seus olhos.

Chris os tira e olha para ela.

— Bons o bastante?

— Estão. Você dirige na travessia.

— Por quê?

Ela desce do carro.

— Diga que sou sua tia, se eles perguntarem. Ou sua babá, se isso faz com que você se sinta melhor.

Ele, na verdade, não se importa com a rispidez no tom de voz dela. Chris vai para trás do volante. Enxugando suor do rosto com a manga, ele volta cuidadosamente para a estrada, a pulsação acelerada fazendo o ferimento no ombro latejar como se atingido por um martelo.

Oito quilômetros ao sul da I-8, em Calexico, eles se aproximam da fiscalização na fronteira. Há quatro carros na fila. Uma travessia fácil, claro. Ninguém na fiscalização americana liga se você sai dos Estados Unidos. Não a menos que você seja um traficante de drogas ou um criminoso.

Ou procurado em Los Angeles por matar um policial.

Chris reduz e entra na fila. O dia está ficando mais fresco, o crepúsculo vai chegar em breve. Há um agente parado na frente da fila, mascando chiclete, apático. Mas há uma guarita, iluminada, um guarda no interior, panfletos e cartazes na parede.

O guarda que masca chiclete observa os carros avançarem. Posição de policial, dedos enfiados em um cinturão de utilidades, óculos espelhados, pedindo a todos para baixarem o vidro. Liberando a passagem de um carro com um aceno, falando com o seguinte. Pedindo uma identificação.

Chris dá um tapinha no bolso do casaco.

— A habilitação é boa — diz Frida.

Ele detém a mão sobre a carteira.

— Jeffrey? — diz ela. — Chris?

Ele observa o policial.

Aquelas pessoas. O trabalho delas? Ameaçar sua esposa. Ameaçar seu *filho*. Dispostas a arruinar a vida de seu menino bonito e brilhante para prendê-lo.

Frida põe a mão sobre a dele e ele se vira bruscamente. Ela leva a mão ao bolso dele e pega a carteira. Ele tenta impedi-la, mas ela a encontra. Entre as fotos falsas de família está uma imagem que ele pegou no esconderijo em Koreatown. Dominick nos braços de Charlene, Chris ao lado, rindo, uma imagem inteiramente dourada.

Frida põe a foto no bolso da calça jeans e devolve a carteira. Ela não diz uma palavra sequer. Chris quer abrir a porta com raiva e chutá-la para fora. Em vez disso, agarra o volante.

Os dois carros à frente são liberados. O policial de fronteira, Óculos Espelhados, o sr. Eu sou Deus, gesticula para que ele se adiante, um daqueles acenos *eu sou seu dono*. Chris para. Na guarita, o guarda entediado com um corte de cabelo rente e grisalho olha para um computador, para os panfletos presos nas paredes e para ele, pela janela.

Depois novamente para os panfletos.

Sombras brilhantes escaneiam o rosto de Chris quando ele para.

Chris baixa a janela. Tenta parecer entediado, mas se sente energizado.

Frida começa a chorar.

— Para onde vocês vão? — pergunta Óculos Espelhados.

— Mexicali — responde Chris.

Frida pega alguns lenços de papel da bolsa e chora dentro deles, lágrimas de verdade.

Óculos Espelhados se abaixa para olhar para ela, para Chris.

— Está tudo bem?

— A avó dela teve um AVC. Todo mundo está preocupado. Estamos tentando chegar lá antes que...

Frida olha para ele com os olhos molhados.

— Desculpe policial. Foi um dia e tanto.

O guarda mais velho, Cabelo Raspado, sai da guarita e caminha na direção deles. Chris fica tenso. *Merda*, ela pegou a Beretta no esconderijo; por que ele deixou que ela fizesse aquilo? Ela está fazendo com que os dois sejam...

Cabelo Raspado chama Óculos Espelhados:

— Offerman.

Óculos Espelhados lança um olhar demorado para Chris — para sua fadiga, fraqueza, vulnerabilidade. Chris está desarmado, mal consegue se mexer. Se abrir bruscamente a porta do motorista, pode pisar no acelerador, derrubar o policial e atravessar a fronteira antes que o cara volte a se levantar.

Cabelo Raspado se aproxima e, com urgência, diz:

— Vamos.

Óculos Espelhados olha para os dois no carro.

— Espero que sua avó esteja bem. Podem seguir.

Então ele segue Cabelo Raspado até o carro atrás deles na fila. Chris se afasta lentamente, as mãos apertadas, a dor da marreta no ombro quase o fazendo gritar. Ele olha no espelho retrovisor.

Os guardas abordam o carro atrás dele pelos dois lados, as mãos sobre as armas nos coldres. Cabelo Raspado manda o motorista baixar a janela.

— O que está acontecendo? — pergunta Chris.

— Continue dirigindo.

Ele segue em frente, mal conseguindo ver através da visão latejante. *Não apague.*

— É meu irmão — diz Frida.

— Quem?

— No carro atrás de nós. Eu liguei para ele do telefone público quando nós paramos. Ele se parece com você. — Ela se vira. — O suficiente.

Ele quer rir, mas verifica o espelho outra vez. O motorista está fora do carro, entregando a habilitação. Alto e em boa forma, ele tem cabelo escuro curto e usa óculos escuros que os guardas estão lhe dizendo para tirar.

— Elisa...

— O quê?

— Quero dizer, Frida.

— Nove, dez! — Ela guarda os lenços de papel.

Eles passam sem incidentes pelo posto de fiscalização mexicano. Então, estão em Mexicali. Palmeiras, casas de câmbio, hotéis de turismo, os receptivos pagodes chineses pintados de vermelho, verde e ouro ao lado de uma placa grande que diz: BIENVENIDOS A MEXICALI.

Porra, não. Tinha que voltar a esse lugar, não é?

Estou andando para trás. Para as chamas. Para o nada.

— Eu não vou ficar aqui — diz ele. — Não tem nada para mim aqui.

— Você não vai. Calma — diz Frida.

Ele continua a dirigir até que ela lhe diz:

— Pare.

Campos agrícolas poeirentos estendem-se até o horizonte. Ele para no acostamento de terra. Ela desce e abre a mala. Em seguida, está de volta e entrega a ele um celular por satélite que parece um tijolo preto.

— Um minuto — diz ela. — Nem um segundo a mais.

Ela caminha na direção dos campos, as mãos nos bolsos, dando a ele privacidade. Chris desce do carro e se apoia no capô, segurando o telefone, respira fundo e digita o número.

Ele escuta estática e um bipe eletrônico, então, finalmente, a voz dela.

— Alô.

Distante, pequena, insubstancial, mas ali. Ela não está presa e não fugiu, está em casa.

— Querida — diz Chris.

Estática. Nada. Até um som que podia ser Charlene exalando, com força.

— Você está bem? — pergunta ela.

Nem perto. Talvez nunca mais. Mas ela sabe disso. E ele tem 45 segundos. Só uma coisa conta neste momento.

— Como está Dominick? — indaga ele.

— No meu colo e dormindo, em segurança. — O coração dele se tranquiliza.

— Escute e acredite no que estou dizendo. Um dia, de algum modo, quando eu estiver estabelecido e em segurança, nós vamos ficar juntos.

Mais estática. Por segundos intermináveis, não há resposta. Na borda dos campos, Frida olha para o relógio e caminha na direção dele.

— Charlene — diz Chris.

— Estou te ouvindo — diz ela.

O trânsito passa: um caminhão de fazenda, um carro-tanque. Chris assente e fecha os olhos enquanto escuta Frida se aproximar.

— Não sei o que aconteceu — diz ele. — Não precisa explicar, eu não quero saber. O que vou lembrar é que você arriscou tudo para me alertar.

Frida gesticula na direção do telefone.

— Aguente firme — pede para Charlene. — Eu te amo.

A voz de Charlene está fantasmagórica.

— Você também. — Um som, talvez uma risada ou um soluço de choro. — Sempre.

Frida pega o telefone dele, quase com delicadeza, e encerra a chamada. Chris volta a se afundar no banco do motorista. O céu parece brilhar. Frida recoloca o aparelho na mala do veículo. Então ela pega um isqueiro na bolsa, depois a foto dele com Dominick e Charlene e ateia fogo. Ela segura o retrato por um segundo, a chama brilhando vermelha e o devorando. Em seguida, deixa que ele caia no chão, e tritura-o na terra antes de voltar para o carro.

Ela bate a porta.

— Dirija.

— Para onde? — A voz soa vazia.

— Além das montanhas. Vai estar escuro. Um avião está a caminho.

— Para onde eu vou?

— Não sei. Só sei que tenho que colocá-lo no avião, e eles disseram que é um voo muito longo.

Quando ele retorna à estrada, olha para trás. O crepúsculo revolve o céu de violeta e laranja. Ele desce a janela, um frio noturno penetrante no ar.

Nos espelhos laterais, vê o outro lado da fronteira, as luzes da Califórnia brilhando como uma miragem. Nada é diferente a poucos metros deste lado da linha, com a exceção de tudo. Ele está deixando a terra da morte para trás.

E dirigindo para a terra da morte.

Neil, irmão.

Charlene. Dominick.

De algum jeito, um dia, eu vou voltar.

Ele olha fixamente para as planícies desérticas à frente, para as montanhas marrom-azuladas erguendo-se enevoadas no horizonte. Aquela é a terra de sangue e fantasmas. De negócios inacabados. *Respire*, diz ele a si mesmo. *Só respire, merda.*

PARTE DOIS

1988

8

Las Vegas

Chris Shiherlis está na cidade há apenas dezoito horas, mas horas em Vegas são como anos para os cães. Ele acelera o Corvette conversível sujo até a entrada do Caesars Palace. O sol está forte, o calor parece infernal. Benzedrina encobre a maconha, fazendo um zoom suave na direção da luz do céu e do sangue em suas veias. Ele joga a chave para o manobrista. Tem um voo para Chicago de manhã, mas, hoje, está com um rolo de dinheiro pronto para gastar. Roupas novas, uma camisa azul de seda. Cabelo recém-cortado, óculos Wayfarer. Ele se desliga de tudo ao passar pelas portas. À prova de balas.

Dados, blackjack e apostas esportivas — é uma festa. Ele circula em meio aos gritos, à música e ao barulho inconfundível das máquinas caça-níquel, às campainhas dos grandes prêmios, às moedas de 25 centavos deslizando para o interior de baldes segurados por avós dedicadas com cigarros enfiados no canto das bocas. Mulheres bonitas na roleta. Escuro e claro, mágico. Ele está ali, pronto para lançar um feitiço e recolher o pagamento. *Presto*.

Ao entrar no cassino, ele a vê.

Ela está parada ao lado de um homem mais velho na mesa de dados, luz âmbar a ilumina, néon e glitter às costas. Brilhante e sombreada. Tudo desaparece por um momento — o burburinho incrível, a empolgação e a possibilidade. Tudo fica com um foco suave, exceto ela. Veludo e luz do sol. Tempestade e elegância. Ela ergue o olhar para o outro lado da mesa através da multidão e cruza com o dele.

Um raio.

Cabelo negro, brilhante, como Cleópatra. Um vestido preto sem manga de lycra que revela cada movimento lento e cada músculo em seu corpo poderoso. Pele linda como bronze. Uma gargantilha com um enorme crucifixo de granada e turquesa sobre o peito. Uma juventude norte-americana clássica e olhos escuros e sábios.

A multidão em torno da mesa está nervosa. O cara mais velho — terno preto, cabelo prateado, olhos de assassino como um banqueiro de Nova York — ergue os dados e olha para a mulher. Ela passa a mão por seu braço, inclina-se e sopra os dados. Ele mantém o olhar sobre ela por um momento a mais. De forma possessiva. Incerta. Sem confiança.

Parece que o homem vai perder, pensa Chris. A luz divina no salão abençoou os dados, mas o homem não tem convicção.

Ele se mantém afastado enquanto o banqueiro joga os dados. Pessoas em torno da mesa suspiram.

Eu sabia.

Chris dá a volta na mesa, sem pressa, tomando a direção geral dos guichês de apostas esportivas. O rolo de dinheiro ansioso no bolso.

O banqueiro termina o resto do uísque com uma expressão azeda no rosto. A mulher esfrega as costas dele, consolando-o, em comiseração.

Trabalhando, pensa Chris. Vinte e três, talvez 24, estável, fazendo as tarefas necessárias. Alimentando o ego e parecendo magnífica — parecendo afrontosa — ao lado dele e convencendo-o de que ele é um vencedor. Mesmo que a esteja pagando por seu tempo, o banqueiro devia saber o tamanho da sorte que tem.

Chris vai em direção à mesa e, ao chegar, inclina-se na direção da moça. O barulho está selvagem; o crupiê, gritando para ser ouvido.

— Está ocupada? — pergunta ele.

Ela não olha para ele, apenas lambe os lábios. O banqueiro põe o copo vazio na mesa, olha para Chris.

— Evidentemente — diz ela.

— Por quanto tempo?

Ela o encara por trás dos cílios. Por um momento, o olhar parece clínico, avaliando-o. Um bom candidato? Um perdedor?

Então, o banqueiro gira na banqueta.

— Com licença? — Uma breve pausa. — Caia fora.

Ombros firmes, como se estivesse pronto para bater de cabeça.

Os olhos de Chris ficam inexpressivos e se fixam nele. É o olhar de um mundo diferente. O banqueiro sente um frio na espinha… e acaba piscando.

— Você perdeu porque sabia que perderia — diz Chris.

O homem se levanta e agarra o braço da mulher.

— Vamos.

Ele a empurra delicadamente. Ela permanece imóvel por um momento.

— Docinho. Vamos.

Ela se vai, mas o olhar retorna para Chris.

É quando ele sorri.

— Vejo você mais tarde.

Ela o encontra três horas depois. Ele apostou seis mil no jogo dos Lakers. Ela se aproxima, senta-se em frente a ele e cruza as pernas compridas. Põe os braços sobre os da poltrona, lânguida, como um grande felino, as unhas de um vermelho-vivo. Os olhos são calmos, com algo sólido como rocha por trás deles, estáveis. Um conjunto de telas de TV brilha atrás dela. Bulls x Pistons. Juventus x Milan. Belmont Park. O olhar dela o afasta de tudo isso.

— Está com fome? — pergunta Chris.

— Estou faminta.

— O restaurante de carnes aqui...

— É *premiado*. Eu conheço um lugar melhor.

Ele se levanta.

— Meu carro está lá fora.

Todo o salão a acompanha enquanto ela o conduz para a saída, tão magnética que ele espera que moedas e chaves levitem dos bolsos das pessoas e voem pelo cassino.

— Eu sou Chris.

— Charlene.

— Não é "Docinho"?

Ela revira os olhos.

O veículo chega a derrapar ao sair.

Os dois jantam em um restaurante de bairro no lado leste da cidade, Dim Sum. Quando saem do restaurante, ela estende a mão e diz:

— Chaves.

Eles seguem para a Strip dividindo um baseado. Charlene dirige como se tivesse sido treinada para pilotar caças. Uma águia gritando. Confiante, tranquila e de reflexos rápidos. No controle, nunca além do limite. O motor ronca embaixo dela.

Ela seria uma motorista confiável, pensa Chris. *Alguém com quem você poderia contar. Que entenderia todos os "se", os "mas" e rotas alternativas e nunca surtaria. Que o levaria para casa todas as vezes.*

— Do que você está rindo? — grita ela por cima do vento e do motor.

— Mágica — responde ele.

Eles entram no salão do cassino do Mirage. A noite está empolgante, pulsante, a energia correndo diretamente até ele.

Chris se vira para ela.

— Eu tenho um quarto. Você quer pular essa parte?

— Quero, por favor — diz ela.

Ele a conduz para o elevador.

— Você não é jogadora?

— Eu aposto todos os dias — responde ela, com leveza, mas a voz traz um certo suspense. Então Charlene o olha de cima a baixo. — Certos dias, eu aposto alto.

São três da madrugada quando ela finalmente tira a peruca preta, aquele disfarce lustroso, e sacode os cachos cor de areia. Charlene está em cima dele, montando-o, engolfando-o, eletrificando-o. A garrafa vazia de Veuve Clicquot está virada de cabeça para baixo no balde de gelo. A heroína o conduz por um rio quente e doce de euforia. Calmo, centrado e com um brilho de beleza. A vista através do vidro laminado reflete o esquema pulsante das luzes lá fora.

Chris passa as mãos por suas coxas. Ela o segura pelos pulsos e coloca os braços acima da cabeça dele.

— Querida — diz ele.

Ela se move com força. Ele inspira e fecha os olhos, sendo tomado pela onda. Ele a agarra, gemendo, e não a larga. As unhas dela se cravam nos antebraços. Ela joga a cabeça para trás e grita.

Então, deita-se esparramada em cima dele, respirando com dificuldade.

— De onde você veio? — pergunta ele, por fim.

— Essa não é uma pergunta para esta noite.

Ela relaxa e rola de cima dele para a cama.

— Não é romântico e não é um lugar do qual você quer ouvir falar.

— Tudo em você é romântico.

— Shhh. Por isso mesmo, não quebre o feitiço.

Ele se ergue sobre um cotovelo. Passa as costas dos dedos por sua barriga, então se inclina para a frente e beija a pele nua. Ela suspira e sorri com a segurança relaxada de uma leoa que acabou de se alimentar.

Chris a puxa para perto, já sentindo a atração doce do sono. Mas ela inspira, levanta-se e começa a se vestir.

— Você não precisa ir — diz Chris.

— É trabalho. Isso não é.

— Mesmo assim, você não precisa ir. — Ele tenta descobrir como continuar. — Eu cubro você… pela noite.

Ela para.

— Não. — Ele se senta e pressiona a base das mãos sobre os olhos. — Quero dizer, não quero que alguém cause problema para você. Isso somos nós. — Gesticula entre eles. Ele não quer que ela ache que isso é uma transação comercial. — Você passou um tempo comigo. Deixe-me compensá-la por isso.

— Você quer dizer com... — Então ela ri. — Com o gerente do serviço de acompanhantes barra cafetão?

— Charlene...

Ela começa a botar o vestido e se esforça para vesti-lo direito.

— É só trabalho, querido. Mas é trabalho.

Ele sente o peito pegar fogo por dentro.

— É, quem é ele? Deixe-me acertar as coisas.

Ela pega a peruca.

— Cara, não.

— Eu quero.

Ela se ajoelha na cama e pressiona os dedos sobre os lábios dele.

— Você é perfeito. Isso é perfeito, mas eu preciso ir.

— Como eu a encontro novamente? Qual seu telefone?

— Um romântico *e* um otimista. Uau. — Ela calça os sapatos e pega a bolsa. — Você ainda vai estar aqui amanhã?

— Não. Eu vou embora. Trabalho.

Ela sorri. Parece melancólica. Dá de ombros, como se não esperasse qualquer coisa além disso. Então, sai pela porta.

Chris vai até a varanda que dá para a entrada do hotel. O ar da noite passa fresco pela pele. Os sons de trânsito e de risos nas ruas chegam até ele. Um minuto depois, ele a vê sair, a postura reta, protegida contra a noite. Ela ergue a mão e chama um táxi.

Gerente. Pelo jeito como ela disse isso, o jeito como a luz dos olhos se apagou, ela tinha feito um mau negócio.

Cafetão.

O táxi parte, as luzes da Strip deslizando sobre ele. Desaparecendo. *Magical Mystery Tour.*

Ele fica parado, deixando que a noite cintile através dele. Ele tinha visto aquilo. Antes de entrar no táxi, ela olhou para trás, olhou para o alto, na direção do quarto.

Ele vai voltar. Vai encontrá-la.

9

A lanchonete se projeta como a proa de um navio na direção da intersecção de seis esquinas. O bairro de Near Northwest Side, em Chicago, está movimentado às 8h25 de uma manhã de segunda-feira. O trânsito aumenta nos sinais da Diversey. Pessoas de terno — homens e mulheres — passam pela calçada a caminho do metrô, ombros aprumados, maletas balançando. O céu está azul; as árvores, vibrantes ao longo da calçada. Prédios de tijolos enchem o encontro de seis vias.

Neil McCauley está sentado sozinho no balcão do estabelecimento, que tem a forma do próprio local, um triângulo isósceles, com janelas nos dois lados. Uma vista cara. Metade das banquetas está ocupada, o barulho de pratos e talheres ecoa. Um rádio toca na prateleira atrás da chapa: "Simply Irresistible", a música por toda a parte, no vídeo um cara em um terno preto elegante, mulheres com lábios vermelhos brilhantes e saltos agulha sensuais. Se você mostrasse aquilo em Folson, os gritos dos homens derrubariam as paredes. Neil bebe café. Ninguém no restaurante fala. A cabeça de todos está no *Sun Times* ou no *Tribune* e na comida. A luz que penetra pela janela leste é dura, e se distancia.

O homem da chapa vem dos fundos com um bule de café na mão, servindo os clientes nesta manhã.

— Quer que encha? — pergunta ele.

— Claro.

O cara serve. Ele é branco, parece ter 47 ou 48 anos. Maço de cigarro no bolso do avental. Quarenta e dois. Neil percebe os antebraços musculosos e os pulsos tamanho duplo e desconfia que o cara atuou na manutenção de sistemas de tubulações. Trabalhos que estão desaparecendo. Os punhos engomados da camisa perfeitamente passada — uma perfeição invejável — dizem que ele cumpriu pena. Os capilares rompidos no nariz indicam que ele bebe. *O cara é um nômade*, pensa Neil, *um cozinheiro de lanchonete que arranja trabalho por seis, oito semanas, então sente a coceira e segue adiante.* Pela melodia baixa do sotaque, ele é dos Apalaches, vivendo em um quarto mobiliado em Uptown, na região da Wilson com Broadway. Neil agradece com um aceno de cabeça, e o homem volta para trás da chapa.

Neil leva a xícara de café aos lábios. Ele tem uma visão clara através das duas janelas opostas.

O que ele está vendo é um prédio comercial de 1922 do outro lado da rua, construído quando sete andares forneciam uma sensação de orgulho.

Uma bandeira nova tremula no mastro que se projeta da fachada. No térreo fica o Poupança & Empréstimo Prosperity.

O P&E é um negócio em pequena escala. O lugar era originalmente um orgulhoso banco dos anos 1920, que faliu durante a Grande Depressão.

A porta de vidro do restaurante brilha com a luz do sol quando Chris entra. Ele se senta na banqueta ao lado de Neil.

— A altura da caixa de eletricidade é visível dos trilhos do metrô, mas é protegida por árvores — diz ele. — Os trens fazem muito barulho quando você está na rua embaixo dos trilhos.

Chris pega um cardápio plastificado só para largá-lo em seguida. Tira o cabelo loiro dos olhos. Ele é tranquilo, contido, o olhar firme. Mas Neil conhece a energia por baixo, Chris está sempre ligado, mesmo quando o comportamento parece desanimado; ele pode ser explosivo sem hesitar. Naquele momento, a pulsação está em algum lugar por baixo. No momento, é trabalho. Eles observam as janelas distantes. Os dois veem três atendentes e o gerente assistente entrando pela porta lateral do P&E às 8h32, para a abertura às nove horas.

— Nós precisamos sair antes das cinco da manhã — diz Neil.

O olhar de Chris permanece fixo na porta lateral do prédio do outro lado da rua. O homem da chapa chega limpando a mão no avental e Chris o dispensa com um aceno. Ele, então, pega o prato vazio de Neil e vai embora.

— Onde vamos encontrar Grimes? — pergunta Neil.

— Na delicatessen Belden. Três quilômetros a leste daqui. Na rua Clark.

Neil checa o relógio. Eles têm quatro horas.

— Vamos nos responsabilizar pelos suprimentos. Você tem dinheiro para o equipamento?

— Estou de boa.

Eles dividem a lista. Luvas, óculos de proteção, protetores auriculares. Água e comida. Kit de ferramentas mecânicas, equipamento elétrico. Tudo comum, tudo comprado em uma loja grande onde ninguém vai se lembrar da compra.

Cerrito já tinha conseguido os equipamentos mais especializados, como uma serra circular, um esmeril portátil e uma broca pesada montada em um tripé.

— Quero explorar a rota — diz Neil. — Quanto tempo para os carros que vamos usar?

— Três dias.

Eles vão explorar o caminho de chegada e o de saída, as rotas de fuga alternativas, onde vão abandonar os veículos, todas as ferramentas e roupas, sem deixar prova alguma para ligar o golpe a eles. Vão verificar duas vezes o local à procura de câmeras. Vão ligar para a prefeitura para perguntar onde estão planejando construir algo, fazer reparos na rede de gás e realizar projetos de eletricidade no fim de semana. O distrito policial mais próximo fica a dois quilômetros de distância. Neil conhece o tempo de reação do Departamento de Polícia de Chicago a um arrombamento, quantas unidades estão de patrulha por turno e a que horas cada um começa e termina. Ele não sabe como será o esquema durante a partida do Cubs no sábado à tarde, mas naquele dia também vai ter jogo. Ele vai descobrir.

— Eles vão botar mais policiais fazendo ronda — diz. — A temperatura vai estar na casa dos vinte graus e eles gostam de circular quando está assim. O jogo começa às duas da tarde.

Por trás da chapa, o cozinheiro olha para Neil, em seguida examina os outros clientes. Em uma mesa de canto, uma garota com a camiseta da Universidade DePaul ignora o livro didático para lançar um olhar sedento para Chris. Não é hora de perder tempo.

Neil acena com a cabeça para o cozinheiro e joga um dinheiro extra no balcão. Ele olha de volta por um instante a mais e assente em resposta.

— Vamos.

10

A Belden é uma delicatessen judaica clássica em Chicago, com reservados e mesas no centro lotados na hora de almoço. No estacionamento, Neil faz a volta em um Chevrolet de quatro portas sem graça. Ele parece um veículo de trezentos mil quilômetros rodados da Herz ou do Departamento de Polícia de Chicago — o que é ótimo. Um ponto para Aaron Grimes.

Do lado de dentro, em um reservado, Grimes tamborila os polegares sobre o tampo da mesa. Conversas ao redor reverberam no teto e nas janelas. Ele está dando uma mordida em um sanduíche de pastrami meio comido quando um cara se aproxima e se senta à sua frente. Jovem, musculoso, com cabelo loiro e olhar morto e frio. Um surfista sociopata de calça jeans e uma camisa de flanela. Grimes limpa as migalhas da boca e estende a mão.

— Você é o Chris?

O recém-chegado aperta a mão dele e a segura. E a segura. A pegada é fria e implacável, como o olhar. Encarar seus olhos azuis vazios é como admirar o oceano escuro à noite — você sabe que há coisas perigosas e de sangue frio à espreita sob a superfície. Grimes não vê o cara novo se sentar no reservado a seu lado enquanto aperta a mão de Chris. De imediato, ele é revistado pelo cara novo. O aperto de Shiherlis parece aço.

O cara novo parece forte, se você souber para onde olhar. Não músculos pneumáticos de vaidade, mas magros e definidos, com cabelo preto curto e um queixo duro. Uma camisa branca engomada sob um casaco preto de beisebol. Óculos quadrados de aviador, velha guarda. Ele revista Grimes com eficiência, sem emoção, como se fizesse aquilo com a mesma frequência de respirar. Grimes olha ao redor. Então vê o terceiro homem, um hidrante com olhos duros que dizem que ele o cortaria ao meio sem pensar duas vezes. Ele está parado no pequeno saguão da delicatessen perto do telefone público, olhando para fora, despreocupado.

McCauley termina a revista e se vira. Shiherlis solta a mão e se encosta.

— O pastrami é bom — diz Grimes. — O club sandwich de peito de peru também.

— O carro lá fora é seu? — pergunta McCauley.

— Esse está negociado. Consigo um igual se você quiser — responde Grimes.

— Nada quente — diz McCauley. — Precisa ser legítimo e passar por uma parada no trânsito.

— Entendido. — Grimes alisa a camiseta. — Uma lâmpada queima, você é parado, os documentos, seguro, sem problema. Sem nada faltando, viagens limpas.

— Placas?

— Se um policial verificar a placa, ela vai aparecer como registrada para uma empresa de locação financeira de Springfield.

— Carteiras de habilitação?

— Vão estar prontas.

— Dois carros, uma van fechada, sem janelas laterais — diz McCauley. — Como é o esquema da entrega?

— Tenho uma garagem no West Side, atrás de uma oficina mecânica. Vou dar a chave da garagem para você. As chaves dos carros e da van vão estar embaixo do tapete, prontas para a ação.

— Nenhum movimento, nada que chame atenção.

— Entediante. Confiável. Nada chamativo.

— De quem é a oficina mecânica?

— Do meu tio. Eu cuido dela.

— Ele não faz perguntas?

— Ele nunca está lá. — Grimes balança a cabeça. — Vocês têm certeza de que só querem os carros e a van?

— Eu disse que queria mais alguma coisa?

— Só estou perguntando. Eu queria saber por que vocês não quiseram algo mais rápido...

— Por quê?

— Estava me perguntando...

— Não se pergunte. — McCauley tira os óculos escuros. — Eu contrato você para fazer uma coisa, você faz essa coisa. — Ele está examinando Grimes. — Não me pergunte porra nenhuma que você não precise saber.

Grimes sente o frio. Ele quer se afastar, mas não há outro lugar no reservado para onde ir. Aquele cara não é apenas pose, ele é da costa, posto no esquema por alguém com conexões muito profundas. Eles estão ali para alguma coisa grande. Grimes não quer estragar isso com excesso de confiança.

— Três veículos em boas condições, seis mil cada, metade adiantado — diz ele.

— Eles vão ter mapas no porta-luvas, embalagens do McDonald's no chão e de chicletes no cinzeiro, e um terço no retrovisor da van. Limpos, mas em uso.

— Entendido.

McCauley coloca a mão no interior do casaco e pega um envelope.

Grimes olha para o invólucro.

O rosto de McCauley é impenetrável.

— Não fale para ninguém de que carros você está conseguindo nem por que nem para quem... — McCauley não termina a frase.

— Fica tranquilo.

McCauley entrega o envelope para Grimes. Ele o amassa, tem um belo peso. Ele ergue a aba, as notas no interior estão estalando de novas, nem foram dobradas. Formam um pacote liso e fino. Nove mil dólares.

Grimes espera um segundo. Então, sentindo o peso do olhar de seu interlocutor, enfia o envelope no bolso da calça jeans. McCauley se levanta e se dirige à porta. Shiherlis vai atrás dele. O cara no saguão os segue depois de eles saírem.

Grimes olha fixamente para a janela da frente. McCauley vai embora sem olhar para trás.

Quando Grimes sai da Belden, McCauley e seus homens já desapareceram. A empolgação cautelosa de Grimes permanece, ele está fazendo negócios com uma quadrilha de alto nível de costa a costa. Um degrau acima na cadeia alimentar. Ele entra no Chevrolet no estacionamento, dá partida e segue para o oeste em meio ao trânsito lento das ruas. O sol acima frita o asfalto, as calçadas, os prédios baixos de tijolos amarelos. Quando ele chega à oficina e garagem, o relógio no painel diz que ele está apenas dois minutos atrasado.

No beco nos fundos, o homem está esperando na sombra, dentro da cabine da picape, tamborilando os dedos no volante. Seu número dois, Hank, está no banco do carona.

Grimes para e desce do carro. O homem checa o relógio com gestos exagerados. Irritado. O rosto dele não é visível, mas o mostrador reluz ao sol.

O recém-chegado sorri e vai na direção da caminhonete com as chaves do Chevrolet penduradas no dedo.

— Eu estava preso com outro cliente.

O homem cruza os braços.

— Cliente? Que outro cliente?

Grimes balança a cabeça em negativa.

— Outro cliente.

O homem fica imóvel por um segundo, os nós dos dedos apertados, os ombros pesados.

— Não pode falar sobre isso? — Ele se vira para Hank, depois novamente para Grimes. A voz vai de quente a divertida. — De repente você está fornecendo para espiões ou algo assim?

Grimes fica calado e estende as chaves.

O homem pega as chaves do Chevrolet da mão dele.

— A CIA?

Ele joga as chaves para Hank, que desce da caminhonete e vai na direção do carro. Grimes se afasta.

— A placa, o resto, está na mala — diz Grimes. — Fiquem tranquilos.

O homem liga a caminhonete.

— Vou ver seu cunhado mais tarde. Vou dizer a ele para não incomodar, porque você está em uma missão secreta.

Ele engrena a picape e Hank se senta atrás do volante do Chevrolet. Eles vão embora rindo. A mão de Grimes permanece no ar.

11

Alexander Dalecki — Alex para a mulher que está cheirando carreiras na mesa de centro da sala de estar — está nu junto da bancada da cozinha, servindo Johnnie Walker Black em dois copos. Ela, Ginger, está igualmente nua. O cabelo ruivo está para cima, todo despenteado. Estupidamente engraçado para um cabeleireiro. Ela quer tentar de novo, porque ele não conseguiu na primeira vez, e ela acha que a cocaína vai fazê-lo chegar à linha de chegada. Mas ela está prestes a subir pelas paredes até o teto. Ginger cheira outra fileira por uma nota de vinte enrolada e se joga sobre as almofadas do sofá com uma exclamação. Alex precisa fazer com que ela baixe a bola. As duas. Ele serve uma dose dupla para ela.

A batida na porta o assusta: duas batidas altas com o lado do punho. Ginger se anima, trincada como a noiva de Frankenstein.

— Alex? Você está esperando companhia?

Ele vai até o olho mágico. Hank está parado ali fora, balançando como faz quando fica doidão, olhando de um lado para outro no corredor. Alex se vira para Ginger.

— Vista-se. Agora.

Ela faz uma expressão contrariada. Ele a puxa de pé e a empurra na direção do quarto. Hank torna a bater.

— Espere aí — diz Alex.

A pele está hipersensível. As luzes parecem sibilar para ele, um som feio. Ele veste uma calça de moletom e destranca a porta da frente. Hank desliza para dentro. Hank Svoboda parece sempre deslizar, de lado, através das rachaduras, como óleo.

— Você não atendeu o telefone — diz ele.

— Eu estava ocupado com outra coisa.

— Está na hora.

Alex sente como se estivesse reiniciando.

— Você disse... você disse às 21 horas.

— São 20h30. Vista-se.

O rosto achatado de Hank parece uma frigideira, prestes a acertá-lo na cabeça.

— Me dê alguns minutos — diz Alex.

Hank balança a cabeça.

— Pare de falar besteira. Você quer vir para o passeio? Estou estacionado nos fundos. Sessenta segundos. Mexa-se.

O pulso de Alex parece fraco. É, ele tinha perguntado. O chefe tinha apontado para ele e dito: *Você está dentro.*

Talvez o chefe não achasse que aquele golpe fosse tão grande quanto Alex dizia, ou que Alex fosse real. Cumprir o prometido com certeza é o jeito de mostrar tudo isso.

Hank vai embora, e Alex expulsa Ginger, parecendo mal-humorado. Então se veste de preto, enfia a touca ninja no bolso e desce correndo a escada dos fundos. Hank está parado em um velho sedan Chevrolet.

Alex entra, limpando o nariz.

— Estou pronto.

— Nunca mais tire o telefone do gancho.

— Eu estou aqui, não estou?

Você nunca deixa aqueles caras esperando.

Alex diz:

— Que letreiro de pizza é esse no teto do carro?

— Descubra você.

Eles se dirigem para o Lincoln Park.

A noite parece límpida. Efervescente, estalando. A rua está silenciosa. É sempre silencioso perto das casas em pedra marrom da Gold Coast que dão para o Lincoln Park. O dinheiro abafa tudo, até o som. Alex está sentado no banco traseiro do Chevrolet, espremido entre Chubby e Angel, o cérebro um elevador em ascensão por causa da cocaína, a pele com a sensação de ter sido lixada. Hank dirige devagar. O chefe está no banco do carona, a parte de trás da cabeça parecendo uma bala de canhão.

O carro para a cinquenta metros da casa. Luz rica brilha por trás de persianas fechadas. Árvores verdes tremem sob a luz das ruas. Há uma brisa soprando na direção do lago, folhas são sopradas pela rua. O sol parece raspar o interior do crânio de Alex.

O carro segue ligado. O chefe estala os nós dos dedos e Alex pode ouvi-lo respirar. Angel e Chubby estão em silêncio.

— Vão — diz o chefe.

Alex sai do carro com os outros homens. O chefe vai para trás do volante. Mantendo-se nas sombras, eles atravessam o pequeno gramado até a casa, sobem correndo a escada e se espremem contra a parede ao lado da porta grande da frente, ao lado de vasos verdes transbordando com buganvílias laranja.

O Chevrolet estaciona. O letreiro da UMBERTO'S PIZZA está aceso. O chefe desce, usando um boné do White Sox enterrado na cabeça, uma camisa do Umberto's e carregando uma caixa de pizza. A touca ninja lhe cobre o rosto e ele caminha com uma energia contida. Os olhos parecem fósforos acesos.

Alex e os outros vestem as toucas também.

Hank está com a chave da casa na mão esquerda caso eles precisem dela. Na direita, ele carrega um pé de cabra. A máscara de Alex se esfrega contra a pele quente, as luvas de couro gemem quando ele flexiona os punhos. Ele tem que fazer isso, pois sabe que o chefe ainda não confia totalmente nele. Alex precisa provar que é mais do que a pessoa que passou a informação, que forneceu inteligência. Ele é parte do grupo. Naquele exato momento, precisa demonstrar estar à altura.

O chefe sobe a escada e toca a campainha. Então, ele se vira e olha para a rua, assegurando-se de que a caixa de pizza e a camisa estejam visíveis, o carro junto ao meio-fio, o rosto escondido.

Os joelhos de Alex se agitam e os ombros se retorcem. Hank o segura pela nuca, seu murmúrio é tão baixo que não passa de uma respiração.

— Fique parado, porra.

Um ferrolho é puxado. A porta se abre.

Um homem diz:

— Espere um minuto, acho que você está com o endereço errado. — A voz fica abafada quando ele se vira. — Alguém pediu uma pizza?

Os homens escondidos junto à parede giram e entram direto pela porta, *bam*. O proprietário da casa grita, e Alex está dentro, o coração trovejando.

O dono, James Matzukas, está se afastando da porta, os olhos arregalados. Ele tem quase cinquenta anos, é cortês e veste um suéter de caxemira. Ele anda pelo hall de mármore.

— *Andi, corra, tranque a porta* — grita ele.

Hank bate com o pé de cabra nos joelhos do homem. Matzukas cai como uma árvore cortada. Depois dele, na porta da sala, uma mulher aparece de robe, secando o cabelo com uma toalha.

Ela grita:

— Mas que merda é essa?

A sra. Matzukas. Andi. Chubby sai correndo atrás dela.

O chefe se vira e entra. Ele fecha a porta e pega sua .44 da caixa de pizza.

Andi grita quando Chubby a pega pelo pescoço. Matzukas rasteja como um caranguejo ferido pelo piso reluzente. O chefe chuta o cotovelo em que ele estava apoiado e pisa em seu pescoço. Jogando a caixa de pizza para o lado, ele aponta a arma para a cabeça do homem.

Então ele olha para a mulher. Ela está de pé, alta. Ele grita:

— Querida, cheguei em casa.

De trás da máscara, Alex consegue ouvir cada molécula de ar entrando em seus pulmões. Ele está arfando, quente, olhando fixamente para o mármore, a escada curva, o lustre. Como é imponente a casa deles. Ele tinha imaginado aquilo, mas está além de qualquer luxo com que possa sonhar. Ela realmente brilha em seus olhos. É a cocaína, mas *brilha*.

Hank agarra a camisa dele e o empurra na direção da porta da frente.

— Você está de vigia. Fique aqui.

O chefe estala os dedos e aponta para Angel.

— Quarto principal.

Angel sobe a escada e Chubby arrasta Andi Matzukas, que está gritando, debatendo-se, xingando, para o hall, e amarra seus pulsos com fita isolante, com a agilidade de um peão de rodeio.

O chefe se vira para Hank.

— Pegue a garota.

Andi se debate, gritando. Com as grossas paredes de pedra, ninguém lá fora vai ouvi-la.

— Cale a boca — ordena o chefe.

Ela obedece, os olhos arregalados em pânico.

Hank sobe a escada correndo. James Matzukas se retorce no chão, os olhos esbugalhados.

— Não machuquem minha família.

O chefe aperta a bota no pescoço do homem.

— O dinheiro no cofre. Abra. Se você fizer isso, nós vamos embora, acabou. Se você der uma de espertinho...

Ele gesticula. Chubby dá um tapa em Andi.

O chefe olha para Matzukas.

— Acho que você sabe o que acontece se você der uma de espertinho.

Matzukas geme, babando sangue no mármore.

— Eu vou abrir. Não a machuquem. Por favor.

O chefe o coloca de pé e pressiona a arma em suas costelas.

— Andando.

James Matzukas tem uma dúzia de revendedoras de automóveis em Chicago. O chefe o estava observando desde que Alex lhe dera a dica e fizera uma cópia da chave de casa da esposa dele. A partir do momento em que Alex descreveu Andi Matzukas — as safiras, o anel de diamantes, o Porsche, a saia justa e a atitude —, ele ficou ansioso pelo golpe.

Andi é exigente, orgulhosa e acha que não há nada de errado em exibir riqueza. O marido lhe dá uma mesada mensal de dez mil dólares em dinheiro. Alex a ouviu dizer: É difícil gastar tanto dinheiro, mas com certeza é divertido. Ela anda pela vida comprando tudo o que quer, inclusive subserviência. Alex disse isso ao grupo.

O chefe empurra Matzukas na direção do escritório. Ele olha para Alex e estala os dedos.

— Olhe para fora.

Alex se encolhe e se vira. Ele ouve Angel no andar de cima, revistando as gavetas. Escuta choro. Hank aparece, puxando a filha de catorze anos dos Matzukas, Jessica, escada abaixo. A garota está lutando, debatendo-se contra Hank. O rosto, sempre ensolarado e aberto quando Alex a viu antes, bonita, tranquila, vendo-o sem vê-lo quando passava, neste momento é uma tempestade de terror infantil.

— Pare com isso — grita ela. — Me solte. Não machuque meus pais.

Junto do cofre na parede no escritório, Matzukas se atrapalha com a combinação.

— Eu lhe dou qualquer coisa. Basta dizer. Ninguém precisa ficar violento.

Ele finalmente acerta a combinação e abre a porta do cofre.

— Leve o dinheiro. Ali, na mesa, as chaves da minha Ferrari. Leve. Eu não vou nem comunicar o roubo. Não machuque minha família.

A *Ferrari*. Alex a havia estacionado antes. O pulso se agita. Ele olha pelo olho mágico na porta da frente. Árvores, noite, riqueza, perigo. O sangue pulsa nos ouvidos, borbulha nas veias. A pele parece estar coberta de formigas.

O chefe empurra Matzukas para longe do cofre.

— Ferrari? Nós não queremos a porra da sua Ferrari. Nós parecemos caipiras de Kenosha que vão parar em seu showroom?

Ele joga o conteúdo do cofre em uma bolsa de ginástica e pega as chaves, no fim das contas. Matzukas está respirando como se estivesse prestes a vomitar.

— Agora — diz o chefe.

Ele puxa o homem do estúdio. Na extremidade do corredor, Chubby e Angel seguram Andi e Jessica pelos cabelos, os braços presos. O chefe derruba Matzukas no chão. Ele pega um maço de cigarros e um isqueiro e os joga em frente ao homem.

— Acenda — ordena ele.

— Eu não f...

Ele chuta Matzukas no rosto com a bota de segurança com biqueira reforçada de aço, fraturando a maçã do rosto e a órbita ocular. Matzukas fica deitado, imóvel, os olhos revirados para trás.

Jessica grita. Hank põe uma de suas mãos grandes sobre a boca dela.

— Parem! — grita Andi. — Não o machuquem. Por favor, eu dou o que vocês quiserem. Eu faço qualquer coisa.

O chefe lança um olhar perverso em sua direção. Ela vê isso, abre o robe e se expõe. A expressão dele diz: *Vejam só isso.*

Ela vai colaborar, vai fingir que está tudo bem, mas ele vai lê-la e ficar agitado com o ódio e aversão. Ele já tinha passado por isso.

Enfiando a arma na cintura da calça jeans, ele pega o isqueiro e o cigarro e vai até ela.

— Acenda.

Ele retira um cigarro do maço e o põe entre os lábios dela. O objeto balança como a agulha de um sismógrafo. Ele acende o isqueiro. Andi traga e a ponta do cigarro se acende vermelha. O chefe se afasta.

— Boa garota — diz ele em voz baixa. — Agora se queime, ou eu queimo. A escolha é sua.

Mas que merda?, pensa Alex.

Ele vê os olhos de Andi, com o reflexo vermelho do cigarro brilhante, loucos de medo. Hank segura Jessica pelo cabelo, forçando-a a ver, Alex vê Andi sacudir a cabeça. Ele ouve os gritos, depois o choro. Jessica gritando.

— Pare. Não!

O chefe se vira e aponta para Jessica.

— Venha aqui.

Jessica congela. Hank a empurra na direção dele. O chefe a segura.

— De joelhos.

— Não — grita ela.

— De joelhos, vadia, ou eu mato sua mãe.

Ela tem catorze anos, não tão sofisticada ali na casa como tenta fingir ser no mundo, pensa Alex. Ela balança negativamente a cabeça. O chefe a empurra para o chão e abre a braguilha.

Alex está na metade do corredor indo em sua direção antes que ele mesmo perceba.

— *Pare.*

O chefe se vira. Hank se vira. Angel e Chubby se viram. Todos olham fixamente para ele, que continua se aproximando.

— Vocês estão fazendo muito barulho — diz ele. — Tem um cara na rua andando com o cachorro. Calem a porra da boca. Nós temos que ir. — É a melhor desculpa que ele pode imaginar. Ele aponta com o polegar para trás. — *Agora.*

O chefe continua segurando Jessica, ela está encolhida, com os dentes à mostra, tremendo.

Alex olha o chefe nos olhos.

— Vou amordaçá-la, amarrá-la e trancá-la no quarto. Vamos.

O peito do chefe está subindo e descendo. Atrás da máscara, os olhos estão líquidos. Ele olha para Alex por um momento, então empurra Jessica na direção dele.

Ela cambaleia e cai junto ao peito de Alex. Chubby joga para ele o rolo de fita isolante.

O chefe se aproxima e segura Alex pela nuca. Ele leva os lábios ao ouvido dele e murmura, duro e rápido, palavras que fazem a pele de Alex formigar. Então, ele o empurra para longe.

— Depressa — diz ele.

Alex põe a mão nas costas de Jessica e a conduz escada acima.

— Só vá. Só faça isso — pede a ela. — Não resista. Vai ser mais rápido.

Ainda surtada e chorando, a garota sobe cambaleante a escada. Ela está tremendo. Os olhos estão brilhantes de medo.

— Que quarto? — pergunta Alex.

Ela escuta os gritos da mãe no andar de baixo. Ela congela. Alex a empurra para a frente.

— Não machuquem minha mãe!

No andar de baixo, o braço do chefe está se movendo de um lado para outro enquanto bate em Andi. Então ele a arrasta para a sala.

12

Através das transparências da porta da varanda, os faróis na avenida Lake Shore projetam uma luz onírica. Vincent Hanna se levanta da cama tamanho king. Ele pega o copo de uísque na mesa de cabeceira, ao lado do distintivo, a arma de serviço, um carregador extra e uma garrafa de Bordeaux. Ele bebe o uísque, veste a calça e sai para a noite fresca. Os arranha-céus ao redor cintilam escuros. O lago Michigan é uma vasta ausência escura para o leste. Ele se espreguiça e inspira.

Jodie o chama da cama.

— Exibido.

Ele se vira e sorri. Ela se deita de costas, com a taça de vinho na mão, uma perna estendida na direção do teto, girando preguiçosamente o pé.

— A cidade quer tudo o que eu tenho — diz ele. — Eles não vão ter, mas posso deixar darem uma olhada.

Ela rola para o lado e se levanta, vestindo um roupão branco de pelúcia. Aquela é a casa dela, mas eles se conhecem por tempo o bastante para que ela se sinta confortável na presença dele.

Jodie vai até a varanda e para ao lado dele.

— Nada mal, hein?

Melhor que o primeiro apartamento em Chicago. Melhor que o apartamento atual em Chicago. Ele vê orgulho no rosto dela e uma sensação relaxada de satisfação. Ela é poucos anos mais nova que ele, difícil. Exigente em relação aos homens, ele gosta de pensar, sabendo que é uma inflada no ego.

— Venha aqui. — Ele a puxa contra si mesmo e enfia a mão por baixo do roupão.

Ela sorri lentamente, sem se preocupar com o relógio. Eles têm toda a noite reservada. Mas quando ele se inclina para beijar seu pescoço, ela empurra a cabeça para trás e diz:

— Quem mora aqui em frente tem um telescópio.

— Então ele vai ver o que está perdendo.

— Ela.

Ele passa a mão pelas costas dela e ri.

O bipe está sobre a cômoda, com a carteira e as chaves. Ele o escuta acima do barulho do trânsito e da respiração tranquila e límpida de Jodie.

Hanna a solta e entra. Vê o código.

Ela também volta, passando os dedos pelo cabelo acobreado.

— Você vai? — Ela passa uma unha pela jugular dele e ergue uma sobrancelha.

Ele fecha os olhos, abre-os e pega a camisa.

— Sim.

Ele pega a mão dela e a beija enquanto se veste.

— Eu ligo para você.

Jodie vai para o chuveiro enquanto ele amarra os sapatos.

— Comporte-se.

Ele deixa o dinheiro, em espécie, em cima da bancada central da cozinha.

13

Olmos negros farfalham no ar noturno iluminado fracamente pela luz dos postes. Do outro lado da rua fica o Lincoln Park. À meia distância, há uma ponte de granito construída em 1893, arqueando-se acima de uma trilha para cavalos. Vazia. Hanna está estacionado junto ao meio-fio. Então sai do carro e caminha pela calçada sob o dossel luxuriante. Passa por uma janela panorâmica amarelo-tungstênio em uma casa de granito à direita. Um casal observa a atividade na rua. Tetos altos, cornijas ornamentadas, luminária de mesa grande, *um vislumbre magnífico da boa vida*, pensa ele. O farfalhar de folhas. Silêncio sepulcral.

Da casa no fim da rua vem o clarão branco-azulado de uma câmera. Está silencioso também. O rosto de Hanna muda. Uma baixa voltagem pulsa sob a pele, como se o coração soubesse da iminência da cena correndo até ele enquanto sobe a escada, dois degraus de cada vez. Ao lado da casa na esquina, uma ambulância se afasta, as luzes girando. Viaturas enchem a rua. A van do médico legista está parada com duas rodas sobre a calçada. Do lado de dentro, em meio aos policiais uniformizados, vem outro flash da câmera do fotógrafo da polícia.

Ótimo. Vai ser uma longa noite, talvez dure até a manhã seguinte. Hanna toma dois comprimidos estimulantes e sinaliza para o policial postado na porta. O detetive Robert Easton chega, vindo do segundo andar, para se encontrar com ele.

— Vincent.

A cabeça raspada de Easton brilha sob a luz do teto. Ele é negro, magro, tão alto que tem a tendência de abaixar a cabeça quando se aproxima de portas.

— O que nós temos? O que nós temos? — pergunta Hanna.

— Cinco homens. Toucas ninja, luvas.

Hanna olha para a porta.

— Nenhuma marca na porta. As fechaduras estão limpas. Como eles entraram?

— Entrega de pizza — responde Easton. — Vizinhos do outro lado da rua os viram sair em um carro com um letreiro no alto.

Hanna para no interior do vestíbulo. Aquele é o sexto roubo a residência na área nos últimos oito meses. Glencoe, Winnetka, Hinsdale — os invasores de domicílio têm andado pelos subúrbios como tubarões ao redor do perímetro de Chicago. Eles passaram para o interior dos limites da cidade, atacando um bairro elegante. Tudo bem, a área dele.

Nenhuma entrada forçada. Disfarces. O mesmo *modus operandi* dos assaltos nos subúrbios. Outros detetives da divisão de inteligência criminal de Hanna já estão revistando os arbustos nos fundos. Eles não vão descobrir nada. Aqueles caras não deixam nem impressões digitais. O líder da quadrilha atacou sexualmente quatro mulheres.

O chão de mármore no hall de entrada está grudento, com uma poça de sangue do tamanho de um pneu de caminhão secando. Ele escorre da cabeça do homem morto com o crânio afundado que jaz à frente.

— Quem? — pergunta Hanna.

— Marido. — Easton abre o bloco de notas. — James Matzukas, 48 anos. Dono de revendedoras de carros.

— Eu já o vi na TV. A ambulância?

— A esposa. Andrea Matzukas. Costelas e maxilar quebrados. Queimaduras de cigarro no rosto, no olho. Estuprada. Nua. Semiconsciente no chão, foi como eles a encontraram.

Ele balança a cabeça em desaprovação.

— Quem mais?

— A filha. Ela já está na sala de cirurgia. Trauma cerebral. Atacada sexualmente.

Hanna sente um calafrio.

— Quantos anos?

— Quatorze. — Easton ergue o olhar das anotações, a voz nivelada, mas cortante.

Um peso acre e embotado invade os pulmões de Hanna. Ele prende a respiração, imóvel. Então respira.

— O que eles levaram?

Easton conduz Hanna até o estúdio, aponta para o cofre aberto na parede.

— Dinheiro. Muito. As joias da mulher, daqui e do quarto.

— Faça um inventário com ela assim que puder falar ou com a empresa seguradora. Talvez haja Polaroids. Vamos começar a trabalhar os receptores locais, ver se vão aparecer. — Hanna volta para o hall. — O mesmo cara agrediu a mulher e a filha?

— Não sei — diz Easton. — A esposa estava na sala. A filha, no quarto.

Hanna olha para os ferimentos na cabeça.

— O número de golpes que ele levou, com um pé de cabra ou chave de roda. — Ele vê os padrões de respingo nas paredes. — Ele já estava morto quando o assassino parou de bater nele. Desnecessário.

Hanna examina o chão. Gente demais já tinha entrado e saído. O vizinho. Os policiais que responderam à ligação para a emergência. Os socorristas. O fotógrafo da polícia e o pessoal do legista tomaram cuidado.

— Consiga marcas de pegada para comparação e eliminação. — Ele olha do corpo para o escritório. — O que eu vejo, porém, é o que eu não vejo. — Ele indica as múltiplas trilhas de pegadas e aponta para a porta do escritório. — Nenhuma marca de pegada indo do corpo para o escritório. Nenhum sangue ali dentro. Então eles o mataram depois que ele abriu o cofre. James Matzukas o destravou, e eles o mataram mesmo assim. Esclarecedor.

— Esclarecedor o que, chefe?

— Ele não está aqui apenas pelo roubo e sexo grátis. Alguma outra coisa motiva esse cara.

Ele caminha na direção da escada para o segundo andar.

— Ele tem raiva e gosta disso. Ele não vai parar.

14

Hanna vê Andrea Matzukas no hospital pela manhã. Espancada, maxilar fechado com arames, um curativo no olho esquerdo, ligada a um tubo endovenoso. Mal consegue falar. Seu mundo foi destruído além de qualquer possibilidade de conserto. E Hanna vê que ela se aferra ferozmente a uma fundação, a algum propósito. *Para o bem da filha*, pensa ele, *que está em um quarto alguns andares abaixo, em um coma induzido para reduzir o inchaço intracraniano causado pela fratura no crânio de quando foi espancada com um abajur até perder a consciência*. A mulher não pode se dar ao luxo de cair no desespero, de mergulhar no vazio.

— Cinco minutos — informa a enfermeira, com severidade, e ele sabe bem que não deve mexer com aquelas profissionais.

Hanna fala em voz baixa:

— Sra. Matzukas, eu sou um detetive, sargento Vincent Hanna. Lamento que isso tenha acontecido com a senhora, isso não deveria acontecer com ninguém. Sei que é difícil, mas quanto antes puder me falar sobre o que aconteceu, mais chances teremos de pegar essas pessoas. Se a senhora não puder, eu entenderei e voltarei quando a senhora estiver em condições.

— Fique — mal consegue dizer ela. O olho sem curativo está fechado, apertado, então se abre. — Brancos. Máscaras. Vi pele ao redor dos olhos.

A voz sai como um sibilar monocórdio através do maxilar preso. Ela era uma mulher saudável e em forma pelas fotos na casa; neste momento, é uma massa desinflada de ferimentos na cama. Hanna assente.

— Um dava as ordens...

— E foi ele quem a atacou?

— Foi. Alto. — Ela engole em seco. — Ele entrou... disse: "Querida, cheguei em casa...".

Hanna passa a mão pela boca.

— A próxima coisa que tenho que lhe perguntar é muito difícil. A senhora pode me dizer o que eles fizeram? As ações específicas ajudam a identificá-los, se são parecidas ou diferentes das ações de outras invasões a domicílio.

— Ele bateu em Jimmy. Fez com que ele abrisse o cofre.

Ela faz uma pausa, olhando fixamente ao longe, além de Hanna.

O chefe afasta Jimmy do cofre aberto. Com o joelho arruinado, ele desmorona no chão. Ele se vira na direção dela.

— Faço qualquer coisa que você quiser — diz ela. — Não machuquem meu marido! Por favor, senhor... — E ela deixa que o roupão se abra, revelando-se, desviando-o de Jimmy.

— Ah, está bem. Você vai ficar tranquila, certo? — pergunta o chefe.

Ela assente.

— E você está meio que dizendo que talvez ser estuprada pelo homem mau de máscara preta até a excite um pouco? Certo?

Ela assente parcialmente. Ele se aproxima.

— Como se uma parte secreta sua gostasse de se aventurar no lado selvagem? Satisfazer suas perversões? E talvez isso me acalme, você está pensando? Faça com que eu pegue mais leve com sua família, hein? — O olhar dele a queima. — Você acha que por sua boceta ser tão quente você pode me enrolar, sua puta arrogante? Eu tenho visão de raio-X, querida. Você não pode mentir para mim.

Ele pressiona a palma da mão sobre a testa dela, direcionando os olhos para os dele.

— O que você está realmente pensando é: "Eu vou ser estuprada por um verme. E vou ter que nadar três vezes em uma piscina de desinfetante para tirar a merda de mim". Me enrolar? Querida, desde o dia em que nasci fui abusado por um profissional. Isso mesmo. Isso aqui vai ser o apocalipse.

— Então ele me queimou — prossegue ela.

Um cigarro aceso empurrado na direção de seu rosto. Jessica grita do andar de cima. Uma batida surda, os olhos do chefe. Dor a percorre selvagemente. Louca, ela move a cabeça de lado. Ele força a cabeça de volta. O cigarro entrando em seu olho.

— E me estuprou.

Andi é virada, agarrada pelo cabelo e jogada de cara na parede. A mão esquerda dele aperta a cabeça dela enquanto ele afasta o roupão e puxa a bunda contra si.

— Deixe-a em paz! — diz a voz alterada de Jimmy.

O chefe a penetra, queimando, rasgando.

— Ele matou meu marido — diz ela com delicadeza. A morte nela ainda olha para um ponto no espaço atrás de Hanna.

A borda enorme de um tapete de pele de carneiro está grande e borrada perto do rosto. Voltando à consciência, ela vê sombras se movimentarem em silêncio. Outros estão indo embora. Quando o chefe está saindo, como se completasse uma última tarefa, ele se debruça sobre o marido e bate com o pé de cabra em sua cabeça. A cabeça de Jimmy quica no mármore. Ele faz isso outra vez com uma urgência irritada. E de novo. Dessa vez, o objeto pesado esmaga o crânio de Jimmy e se enterra ali. Ele o puxa e o solta. O chefe a observa e vai embora.

Ela olha para Hanna. Inexpressiva.

Ele imagina o filme que acabou de passar na cabeça dela. Momentos se passam.

Com o arquivo em mãos, Hanna mostra a ela fotos feitas pela polícia, do cofre aberto e do quarto revistado. Ela assente, pisca, ergue a mão esquerda. Os nós dos dedos estão machucados. Os ladrões arrancaram a aliança de casamento e o anel de noivado de seu dedo. Eles rasgaram os lóbulos das orelhas ao arrancar também os brincos de pedras.

— A seguradora — diz ela — tem uma relação dos bens.

Andrea passa o nome da empresa a ele, que agradece. Hanna se dirige à porta, mas ela o chama pelo maxilar preso com arame.

— Detetive? — Ele se vira. — Encontre-o.

— Ah, eu vou — diz ele. — Acredite em mim, eu vou.

Em seguida, desce até o andar de Jessica. A enfermeira encarregada diz que visitas não são permitidas.

— Se houver alguma mudança, qualquer coisa, me ligue — pede ele.

Jessica tinha estado consciente por mais tempo durante a invasão domiciliar. Ela foi o último membro da família atacado. Se ela acordasse — se —, poderia ter mais a dizer.

A enfermeira olha para Hanna como se o conhecesse.

— Vou tomar nota.

* * *

A loja Levinson's TV & Acessórios ocupa um trecho rachado de calçada em uma rua movimentada a oeste do centro da cidade. Hanna e Casals chegam depois do almoço. O proprietário está sentado a uma mesa nos fundos, cercado por televisões e aparelhos de som. Está ficando careca, o cabelo castanho esticado para trás. Ele para de ver um filme de caubói no canal 9. A camisa amarela cheira a naftalina.

Hanna estala os dedos.

— Larry? O que você ouviu? O que tem a dizer?

Larry se recosta na cadeira. Casals se aproxima, se senta ao lado dele e começa a remexer papéis, invadindo intencionalmente o espaço.

Hanna sabe que a quadrilha responsável pelo roubo em Lincoln Park levou joias. Ele sabe que eles vão arrancar as pedras das peças e entregar tudo para um ou dois receptadores: um para derreter o ouro; talvez outro para negociar as pedras. Levinson é o quarto receptador que eles visitam no dia. Ele entrelaça as mãos sobre a barriga, como se estivesse relaxado, mas os olhos se movimentam com nervosismo.

— Ouvi o que, Vincent?

— Sobre o buraco na camada de ozônio devido ao metano do peido de vacas. Spray de cabelo está destruindo o planeta. — Hanna está parado em frente à mesa. — Sobre uma quadrilha que invade residências. Roubaram uma casa no Lincoln Park ontem à noite.

— Não sei nada sobre isso.

Casals olha para uma fatura.

— Sério? Está passando em todos os canais de notícias. Mude o canal de algumas dessas TVs vagabundas que você tem empilhadas aqui.

— Algo entre quinhentos e setecentos mil dólares em pedras engastadas — diz Hanna. — Comece a telefonar. Veja se você consegue entrar no jogo receptando as pedras. Derreta as peças. Ganhe um pouco de dinheiro. Ofereça a eles um bom negócio e se aproxime deles.

— Não lido com invasores de domicílio — protesta Levinson.

— Agora lida. E você sabe quem lida. Ligue. — Hanna aponta para o telefone. — Depois que ficar bem com eles, você vai mudar esse rabo de lado e vai me contar quem são eles e o que vão roubar em seguida. Entendeu?

Nenhuma resposta.

— Está claro? — Ele se aproxima do rosto de Levinson. — Estou falando em outro idioma? Inglês é sua segunda língua?

— Por que vocês estão pegando tão pesado comigo? — protesta Levinson.

— Porque você faz parte de uma subcultura criminosa. Você ganha a vida com o crime. E porque estou com raiva, Larry. Eu quero a porra dessa quadrilha! Você está me entendendo?

Levinson hesita, pega o fone. Disca. Espera. Então...

— Oi, Júnior. É. — Pausa. — Aquele golpe que deu errado? Não, Lincoln Park. Se isso estiver nas ruas e passar por você, eu fico com parte. — Ele escuta. O olhar vai e vem entre Hanna e Casals. — Quem foi o responsável pelo roubo?

A boca de Levinson se estreita.

— Me avise se você souber. Se você não quiser o material, mande para mim. Tem parte disso para você.

Levinson desliga. Dá de ombros.

Hanna já está de partida, mas vira para trás.

— Continue a dar telefonemas, Larry. Eu vou voltar.

15

Quando Hanna e Casals chegam ao distrito de Shakespeare do Departamento de Polícia de Chicago, o céu da tarde está se enchendo de nuvens trovejantes. O prédio baixo de tijolos é construído como um forte de crianças no centro de uma quadra residencial arborizada. Uma enorme antena de rádio se ergue no telhado. No escritório da divisão de inteligência criminal, Easton e o detetive Rick Rossio estão dando telefonemas.

Hanna entra:

— O que nós sabemos?

Easton põe a mão sobre o bocal e aponta o telefone.

— Estamos entrevistando as pessoas de novo. Procurando pontos em comum.

A sala está cheia; as mesas, bagunçadas. As paredes são pintadas de um verde reluzente e industrial. Um quadro branco enorme perto da janela está coberto de listas. Nomes. Ruas. Empresas. Há centenas de itens a verificar.

Eles precisam voltar e falar novamente com todas as famílias que foram roubadas, à procura de denominadores comuns. Filhos e pais, avós, maridos, esposas e qualquer pessoa com quem estejam tendo um caso. Encanadores, entregadores de pizza, namoradas e namorados de adolescentes, instaladores de sistemas de alarme, técnicos em refrigeração, faxineiros, qualquer um com acesso.

Aquela quadrilha nunca arromba as casas. Às vezes, eles batem. Às vezes, abrem a porta com uma chave. Chave? Onde eles conseguem a chave? Onde as vítimas comeram antes dos roubos? Elas tinham ido a algum casamento? Quem troca o óleo de seus carros?

Trabalho de detetive: noventa por cento dele é acúmulo quantitativo de dados de provas da cena do crime e entrevista, e depois examinar tudo. Feito da maneira certa, faz com que você ganhe os outros dez por cento. É para isso que Hanna vive.

Hanna se senta à mesa. Ele examina o quadro branco.

— Ok. Sabemos que o chefe comete as agressões sexuais. Talvez ele não seja o único, mas sabemos que é ele quem lidera isso. Tortura. E pelo menos dois assassinatos de que sabemos. Essa merda cola no resto de toda a quadrilha. O que mais?

Easton responde:

— O resto da quadrilha está ficando ao lado dele, segundo as descrições semelhantes de outras vítimas. Se eles não estão dividindo, você pensaria que um ou dois ficariam nervosos e cairiam fora.

— O que acha?

— Medo? — pergunta Casals.

— Talvez.

Hanna olha fixamente para o teto verde-vômito. Qualquer quadrilha de arrombadores de qualidade não participaria de uma invasão a domicílio. No topo da cadeia alimentar de arrombadores, profissionais de primeira linha nem perderiam tempo com joias, a menos que tivessem o diamante Marlborough engastado. A razão para esta quadrilha soltar as pedras e derreter as bases é porque, se você for pego com as joias intactas, elas são identificáveis. Isso liga você ao roubo. Mas separar as pedras dos engastes leva tempo e requere receptadores de nível mais baixo — qualquer um pode ser preso e falar. E, quanto mais intermediários entre um roubo e o dinheiro em espécie, mais o risco se multiplica.

O ideal são pedras soltas do cofre de um atacadista de diamantes no prédio número 5 da South Wabash — se uma quadrilha for boa o bastante para roubá-las. Elas são anônimas. Impossíveis de rastrear. Então invasões a domicílio são golpes de caubóis. Some-se a isso a preferência desta quadrilha por querer os proprietários em casa... E se Dirty Harry ou cães de guarda estiverem ali dentro... e eles estão no nível mais baixo?

— E aqui também há uma anomalia — diz Hanna. — Invasores de domicílio, enquanto profissionais, estão na base da pirâmide ou são amadores agindo por impulso. Mas essa quadrilha não é nada disso. Os roubos são planejados, não oportunistas. Eles são organizados. São profissionais e bons no que fazem. Eles sabem o que há na casa antes de entrarem. Isso indica pesquisa, planejamento e preparação. E eles têm acesso. — Ele aponta para o quadro branco. — Em dois dos casos anteriores eles entraram com uma chave. Como? Onde fica essa parte da história? O profissionalismo e o que eles fazem não bate. Isso significa que o dinheiro pode ser o principal motivador, mas não o único. Há outros estímulos também. Eles gostam.

Ele vai até o bule de café.

— Mas o bônus é só para o chefe? — sugere Rossi.

Hanna se serve.

— É. Os estupros, os espancamentos? Eles são roteirizados. Íntimos. E cheios de raiva. A violência é a onda dele.

— E se elas resistirem? — especula Casals.

Hanna concorda.

— Ele lhes daria uma lição. Ele quer que elas desobedeçam. Provavelmente há um histórico de violência impulsiva, de pavio curto, em outras situações.

Easton acrescenta:

— No bar da esquina ele seria conhecido como explosivo, "Não mexam com Ralph".

— Como ele falou com a mulher? Ele gritou com ela? — pergunta Rossi.

— Vou saber mais quando falar com ela de novo.

— Esse babaca ficou duro queimando-a com cigarros? — pergunta Easton. — A violência é erótica?

— É um palpite, mas acho que a violência é por vingança, não erótica. Ele machuca o marido. Força a obediência. Então ele ataca a mulher. Isso a diminui. Então ele substitui o marido na casa e faz com ela algum tipo de teatro para si mesmo.

O ataque da filha adolescente, porém, não faz sentido para Hanna. Não o ataque em si. Levá-la para o quarto. O que foi isso? Todas as outras vezes o cara quis dar um show.

— E ele disse: "Querida, cheguei em casa".

— Casa? — pergunta Easton.

— Exatamente.

Casa, pensa Hanna. *A porra de um comediante*.

Hanna volta para a mesa.

— Como as agressões sexuais aconteceram depois que o marido abriu o cofre e ele já conseguiu obediência e está encenando seu teatro, a situação é como um antídoto para alguma coisa. Essa é a onda. Mas o alívio seria temporário. Ele tem que voltar e fazer isso de novo e de novo.

— Antídoto para...? — diz Easton.

— Como posso saber? Para o que ele experimentou no passado ou está experimentando agora. Mais específico que isso...? — Hanna dá de ombros.

— Ele está levando troféus para fantasiar depois? Calcinhas?

— Cortar parte dela...? Pegar o fígado e comê-lo no café da manhã com ovos de gema mole? Ele não fez isso. Ele é psicótico? Então estaria cagando nas geladeiras, escrevendo nos espelhos. Impressões digitais. Nada disso. O cara não é disfuncional.

Hanna repete para si mesmo: *Seu principal objetivo é o roubo. O roubo é planejado e controlado. Mas a psicose não é a autora do evento. Esse cara pervertido está se permitindo isso.*

— Esses babacas precisam sumir — disse Easton.

— É mesmo? Não brinca.

— Desculpe.

Easton se preocupa com o jeito como Hanna o vê. *Cale a porra da boca*, pensa ele. *Escute.*

— Tirando especulações, não chegamos a lugar algum. Rossi, fique com os telefonemas para as vítimas anteriores, procure novos denominadores comuns com os Matzukas. Bob, examine as provas físicas sobre os Matzukas. O palpite do legista é que foi um pé de cabra, uma chave de roda ou algo assim. Os respingos de sangue da cabeça de Matzukas podem indicar a direção do golpe? O cara é destro ou canhoto? Qual a quantidade de força necessária para partir um crânio? Coisas assim. O ângulo do golpe nos diz sobre a altura do agressor? Pegadas indicando onde os criminosos um, dois, três e quatro estavam e por onde andaram. A testemunha que viu o letreiro de entrega de pizza. Tudo isso...

E se dirigindo para todos:

— Quero reconstruir a narrativa do acontecimento. Quero saber como cada momento aconteceu, segundo por segundo.

Ele se vira.

— Casals, você e eu continuamos com receptadores e informantes. Vou falar com Andi outra vez e esperar que Jessica acorde... se acordar.

O capitão Charlie Baumann aparece na porta.

— Hanna — chama.

Enquanto Hanna anota um número de telefone, ele ergue a mão para Baumann. *Em um minuto.* Casals olha para ele.

Baumann se vira na direção da própria sala, gesticulando para que Hanna o siga.

— Além disso, quero um perfil desse cara. Casals, ligue para Kessler da Unidade de Ciência Comportamental do FBI em Quantico. — Hanna entrega o número a ele. — Veja se ele tem alguma ideia que possa ajudar a prever comportamento. Em certas situações, esse cara vai para um lado ou para outro? Para onde ele vai voar?

Ele segue para o escritório do outro lado da sala.

Quando entra, Baumann se vira para olhar para ele.

— Quem disse a você para pressionar Levinson?

— Por que isso importa?

— Eu lhe fiz uma pergunta.

— Eles não roubaram joias para se enfeitar. Eles as estão negociando em algum lugar.

— Você acha que Levinson está negociando a mercadoria dessa quadrilha?

— Não.

— Então deixe-o em paz.

— Se alguém pega uma bandeja de pães doces em um caminhão de uma padaria em Ogden, Levinson sabe. Eu quero que ele descubra quem é.

— Levinson não trabalha para você. — O indicador de Baumann aponta para o esterno de Hanna. — Ele trabalha para mim. Tire as mãos.

Charlie Baumann é o chefe da Divisão de Inteligência Criminal. Ele tem cabelo branco como a neve, sobrancelhas pretas e olhos penetrantes. Meio alemão, meio italiano, é o mais velha guarda de Chicago possível. Tem uma dúzia de prisões e cadáveres em seu nome. Ele anda com Irv Kupcinet e mantém o nome em destaque no *Sun-Times*. Os assaltantes e assassinos em série e sensacionalistas que ele prendeu formam a reputação de policial durão de destaque de Chicago. Abaixo disso, há uma matriz mais complexa de associações — muitas de sua infância numa área mais humilde de Chicago, em torno de Grand e Ogden. A partir desta matriz subcutânea, Baumann tem mais fichas no bolso por favores que um vereador do primeiro distrito eleitoral.

Na economia política paralela de Chicago, ladrões profissionais, estando eles roubando vendedores de joias ou furtando carretas no pátio de carga da Union Station, sabem que têm que desembaraçar a mercadoria com receptadores do crime organizado, como Levinson. Aqueles que pensam que não, acabam como um cheiro ruim no canto remoto de uma garagem subterrânea da rua Randolph, até que alguém denuncia o veículo, que se revela roubado, e o legista abre a mala porque sabe antecipadamente pelo cheiro o que há ali dentro — um ladrão profissional que achou que não precisava negociar a mercadoria com receptadores do crime organizado. Então ele receberia a notícia de "Joey o Palhaço" Lombardo ou uma quadrilha trabalhando para Leo Rugendorf e Milwaukee Phil Alderisio.

Do lado da polícia, criando a aparência de equilíbrio, está Baumann. Sua política não dita em relação a quadrilhas profissionais conectadas com o crime organizado é viva e deixe viver, desde que não caguem onde comem. Isso significa que eles operam fora de Chicago.

Se violam tal condição, Baumann declara temporada aberta, e eles acabam como os corpos na primeira página do *Sun-Times*, aumentando a reputação de Baumann.

O capitão não é o único na sala que ultrapassa os limites. Os dois homens sabem que Hanna, quando está motivado, quando encontra o rastro e está focado, também ultrapassa os limites, e não é que Hanna avance sinais vermelhos. Na verdade, os sinais deixam de existir, vermelhos ou verdes. Quando está empolgado assim, ele pensa: *Ser um viciado em drogas deve ser assim*. A fissura metálica sob a bainha de mielina dos nervos no interior dos cotovelos, como um imperativo elétrico, como heroína para uma dose que vai deixá-lo ligado no duzentos por cento. Neste estado, Hanna não comete erros. A tomada de decisões é suave e instantânea, é como música. Ele é imaculado. Esta é a onda, e é o que faz Hanna seguir em frente.

Baumann é um organismo diferente. Ele evoluiu de uma máquina de alianças subterrâneas a figuras do crime organizado com quem ele tinha crescido. Combinado com brutalidade e mortes extrajudiciais, ele é uma característica do sistema. O sistema, como Baumann, é letal.

Hanna não é parte de nenhum sistema. Hanna é Hanna.

— Use outra pessoa — diz Baumann, repetindo a diretiva.

— Tenho uma garota de catorze anos em coma. Essa quadrilha está por aí estuprando e assassinando, você vai me barrar?

— Por que você tem que ser um babaca tão rígido? Os fuzileiros enfiaram um taco de bilhar em sua bunda?

— Desde quando eu preciso de permissão para fazer meu trabalho? — Nenhuma resposta. — Sou a melhor chance que você tem para pegá-los e você sabe disso. Vá em frente. Me tire disso. Passe para Novak. E você vai assistir em todos os noticiários das dezoito horas sobre como essa quadrilha continua à solta. Isso é uma boa ideia.

— Você não precisa de permissão. Eu estou *mandando*. Quero todos esses escrotos na prisão. Todos. Esta é a missão, porra. Mas fique longe de Levinson. Vá fazer a droga de seu trabalho! Saia daqui.

Hanna não olha Baumann nos olhos. Ele olha através dos olhos do capitão, até a parte de trás do crânio. No momento, Hanna está em um tempo e um lugar diferentes. Então ele faz a volta e vai embora.

Baumann sabe que ele vai ser um problema.

16

— Vamos, crianças — chama Becky Colson.

O campo de futebol está cheio de crianças de nove anos de bochechas avermelhadas, meias sujas de grama e cabelo despenteado depois de uma hora de treino. Duas delas caminham na direção de Becky, bebendo suco de caixinha. Uma menina e um menino. Gêmeos. Becky acena para o treinador e as outras mães para se despedir e bota os filhos na traseira da perua Volvo 940. Ela os vê afivelar os cintos, então ajeita o cabelo. Becky passou uma hora no salão cortando e penteando o cabelo antes de pegá-los. Ela está usando uma túnica solta sobre a calça jeans, mas, quando se vira para se sentar ao volante, as formas curvas e firmes se revelam.

Provocante.

Ela sai apressada, como se gostasse do motor turbo sob o capô.

O chefe segue, com Hank empunhando uma espingarda.

Quando ela para na entrada de sua mansão em Gold Coast, aciona o controle remoto da garagem. As portas se erguem, e ela entra.

O chefe passa de carro.

Hank e ele estão em um Toyota de aparência comum, comendo *gyros*. O chefe está por trás de óculos escuros e sob um boné. Ele se manteve a uma distância segura. De qualquer modo, a mulher não faz ideia, ela nunca esperava ser seguida, não naquele enorme carro sueco, enquanto acalmava os filhos discutindo nos assentos de couro.

Uma bela casa. Como um castelo vitoriano de tijolos vermelhos coberto de hera. Como se uma banda fosse tocar na sala de jantar toda noite, enquanto a família come bons pratos.

Como onde eu cresci.

Onde foi isso?

Stateway Gardens, na rua South State.

São os conjuntos habitacionais, cara.

Isso mesmo.

São todos negros.

Menos minha mãe. Nós morávamos ali porque ela era assistente social.

É mesmo?

É, cara. Ela trabalhava na esquina da Stare com a 35.

O marido é um advogado no Loop, o centro comercial de Chicago, a área mais vibrante e icônica da cidade. A informação veio de Alexander. *Porra de nome idiota, babaca pretensioso*, pensa o chefe. Alex, que agora está na quadrilha. Mas Alex, pelo visto, estava certo.

Há espaço em frente à casa para estacionar. Uma porta vitoriana alta, larga. Duas pessoas poderiam entrar lado a lado.

Becky Colson é uma filantropa, faz caridades que exigem vestidos de baile e cem mil dólares em diamantes no pescoço, além de impor que ela jogue a cabeça para trás em fotos com o maestro da sinfonia e o quarterback do Chicago Bears.

Você vem de filantropia para cima de mim, vadia? Você vai odiar. Vou arrebentar você quando ouvir essa expressão. Talvez seu marido também.

Um poste telefônico no beco atrás da propriedade parece estar conectado com o alarme de detecção de entrada. Ele pode contornar este problema.

Mas se os Colson estiverem em casa, jantando, o alarme não vai estar ativado.

Tranquilidade.

Ele segue adiante.

17

É uma noite de quinta quando McCauley chega à garagem de Aaron Grimes com o bando. O céu está coberto de nuvens trovejantes, pesadas e roxas no oeste, acima de uma faixa vermelha de crepúsculo.

Chris desce do carro e segue pelo beco em direção à garagem. Chicago lhe parece estranha, o concreto nas calçadas mais áspero que no Sul da Califórnia, o ar úmido, a folhagem nervosa. Prédios tomam a rua, tijolo antigo. Todas as quadras da cidade separadas por um beco comprido onde há postes e as áreas de serviços. Ele sente falta da luz amarela das manhãs na Califórnia, os crepúsculos, as palmeiras, e a disposição variada das cidades pequenas recentemente agregadas a Los Angeles. É como se ninguém dissesse aos moradores de Chicago que há um lugar melhor e mais novo para morar. Isso o deixa com saudade da via expressa 405. Seria possível? É, a 405 não é ruim com os vidros abertos ouvindo a KROQ.

A garagem de Grimes é um local para reparos e manutenção de carros. Um pátio na frente e uma entrada na rua, portas largas de sanfona nos fundos, abrindo para o beco. No interior da oficina, há um amargor pungente de óleo e gasolina, o som de ferramentas pneumáticas ecoando no concreto. Quatro elevadores, ferramentas nos poços abaixo deles. Há outros baús de ferramentas junto às paredes. Chris vê Grimes no escritório envidraçado no canto.

Ele volta na direção da rua transversal no fim da quadra e assente. Neil se aproxima pelo beco, a cabeça varrendo os ângulos. Casaco preto de beisebol, camisa branca, boné do Cubs.

Ele passa sem chamar atenção. Algo comum, ninguém dá muita importância para estranhos. Chris sabe: isso é tudo o que Neil quer, que as pessoas não o vejam passar. Luzes de serviço captam o brilho em seus olhos. Atrás dele vêm Cerrito e o motorista e vigia, Danny Molina. Cerrito parece calmo, da mesma forma que uma granada parece calma, com o pino no lugar. Molina tem rosto de bebê e a frieza de um crocodilo. Ele conhece a cidade, tem olhos aguçados e uma mão hábil na direção.

Chris, Cerrito e Neil entram pelo beco. Os três veículos estão enfileirados nos fundos. Chaves no tapete. Lavados, abastecidos, comuns. Um terço pendurado no retrovisor da van, como Neil disse a Grimes.

Molina verifica o porta-luvas de cada veículo à procura dos documentos do carro e do seguro. Neil sobe na traseira da van e verifica o equipamento e as ferramentas.

— Bom? — diz Cerrito.

— Bom? Não estou vendo as luzes, os tripés, os pés de cabra. Ou as extensões.

Neil desce da van.

— Verifique isso com Grimes.

No escritório da oficina, Grimes está falando com um homem jovem, aproximadamente de sua idade. Só que ele está usando uma camisa velha de trabalho com calça jeans, enquanto o outro cara, talvez um parente, considerando a semelhança entre os dois, está com uma camiseta preta justa, um bronzeado e cabelo de Tina Turner.

Cerrito chega.

— Ei, cara — chama ele.

Ele fala com Grimes, que balança a cabeça. O rosto de Neil fica sombrio. Chris sente um frio no ar ao redor. Neil vai em direção ao escritório.

— Onde está o resto?

Uma picape chega vinda do beco, roncando, e para logo após as portas de sanfona. O motorista desce, um cara grande e forte com olhos de pedra e rabo de cavalo, e vai até o compartimento de carga.

— Você está atrasado — diz Neil.

— Trânsito. Agora estou aqui.

O homem pega as luzes e as extensões na parte de trás do veículo. Chris diz a ele para botar tudo no chão da garagem. Grimes e Cerrito se aproximam.

O cara forte põe a serra circular e quatro barras de ferro de 1,20 metro no concreto, perto de uma bancada de trabalho.

— O que você vai demolir com todas essas coisas?

— O quê? — diz Neil.

— Eu estava perguntando...

— E por que caralhos isso seria da sua conta? — A voz de Neil está dura. Fria.

O homem para o que está fazendo.

Neil se volta para Grimes.

— Onde você arrumou esse sujeito?

— Ele é tranquilo. Eu o conheço. Ele é da Miller Hardware. Eu o conheço há anos.

Neil olha para o cara forte.

— Me dê a carteira. — E ele vai em sua direção.

O cara forte olha para Grimes, que está emitindo uma aura de medo.

— Me dê a porra da carteira.

O homem maior sente o calafrio. Obedece. Neil pega o documento, anota o endereço da casa e joga a carteira de volta.

— Quem mora aí?

— Por que você quer saber?

— Quem mora aí, porra?

— Minha esposa e meus filhos. Minha família. — Neil o olha fixamente. — Perguntei por que você quer saber.

O cara expira, como se estivesse sendo apertado.

— Tenho entregas a fazer. Não preciso desta babaquice...

Neil atinge o ombro do cara, torcendo o corpo dele, então o gira completamente, o agarra pelo cabelo e bate a testa na janela lateral da picape. Seu .45, de repente, está embaixo do queixo do cara.

— Você está atrasado, é descuidado e curioso.

— Não tive a intenção de dizer nada.

O cara está respirando pesadamente. Isso não são apenas negócios comuns.

— Lembre-se, eu sei onde você mora. Agora dê o fora dessa merda aqui.

O homem cambaleia, engasgando, com a mão no pescoço. Neil está ali parado, congelado, como se estivesse pensando em dizer alguma coisa. Nos fundos, no escritório do canto, o outro homem jovem recua para as sombras, talvez querendo sair da vista de Neil. O cara forte entra rapidamente na cabine da picape e se atrapalha com a ignição. E parte.

A mão de Chris está na SIG 9mm sob a camisa aberta em um saque cruzado. Seus olhos frios pousam em Grimes.

— Qual o seu problema, caralho?

Neil se vira para Grimes.

— Por que nos encontramos com gente que não precisamos encontrar?

Grimes levanta as mãos. Ele não tem nada a dizer.

Chris e Cerrito carregam o equipamento levado pelo fornecedor. Neil entra em um dos carros de trabalho e liga o motor. Chris embarca no banco do carona. Ele não diz uma palavra sequer. Eles partem com Cerrito e Molina nos outros veículos atrás. Neil ainda está com a respiração acelerada.

— Filho da puta... — diz para si mesmo.

Chris se volta para ele:

— Esqueça. Ele não é ninguém.

Neil olha para ele.

— É?

Pela forma como Neil aperta o volante, Chris sabe que ele não está esquecendo.

— Foi uma coisa aleatória — diz Chris.

— Aleatória? Como o cara que guardava moedas de um centavo que eu conheci uma vez. “Por que caralhos você está guardando moedas de um centavo?”, perguntei. “Por que cem delas fazem um dólar”, respondeu ele. Algum babaca anônimo vê você e menciona algo para alguém que fala com outra pessoa, que é entreouvida. Você acaba então sendo notado e o “De onde veio essa merda?” é invisível, mas está operando a sua volta. Pequenos fios de microcausas e microefeitos. Você não pode vê-los, mas eles estão ali. “Ah! Eu tive azar.” Babaquice. É real... Idiota de merda. Eu disse a ele que não nos encontraríamos com pessoas. Ninguém além dele.

Chris vê Neil se esforçando para conter a raiva. Eles trocam um olhar. Os dois sabem que precisam estar totalmente tranquilos no momento.

— O que podemos controlar, nós controlamos — diz Neil. — Nenhuma exposição evitável. Nenhum risco desnecessário. Tudo o que acontece conosco, fomos nós que fizemos acontecer. Mesmo que não saibamos como.

A estrada está movimentada, faróis se acendendo. A silhueta da cidade é visível para o leste, os restos vermelhos do crepúsculo se refletem nos prédios mais altos.

— Você quer dizer que não podemos garantir nosso futuro jogando na loteria?

— É? Você ia gostar disso. — O sorriso torto de Neil. Eles conhecem um ao outro como livros. — "Faça de mim um vencedor", como se a vida fosse uma roleta. Vá em frente, dê uma girada nela. Isso vai foder com você, não vai salvá-lo.

Chris escuta o ruído de pneus na estrada. Eles mal olham para o Poupança & Empréstimo Prosperity para ver se havia alguma coisa diferente na véspera do golpe.

Então Neil vê o restaurante triangular quando eles passam. Fechado. O cozinheiro ex-presidiário está ali sozinho, limpando o balcão. Aquele é Neil em uma realidade diferente.

18

A enfermeira na recepção ergue o olhar quando Hanna sai do elevador. Ela tem um estetoscópio em volta do pescoço, é latina e está usando uniforme cirúrgico. Já encontrou Hanna. Ele anda calado pela luz mortiça, gravata frouxa, paletó desabotoado. Tomado pelo silêncio.

— Como ela está? — pergunta ele.

— Aguentando firme.

Ele empurra e abre a porta do quarto de Jessica Matzukas. A enfermeira já sabe que não adianta tentar impedi-lo de entrar.

Bipes dos monitores, o zumbido dos ventiladores de ar. O cobertor térmico embaixo do qual Jessica parece insubstancial. Hanna o ajusta com delicadeza. Lá fora, a noite se desfez em neblina. A janela mostra luzes em dentes-de-leão no estacionamento.

Ele se senta, inclina-se para a frente, apoiando-se nos joelhos, e olha o prontuário.

— Você está estável. Isso é bom.

Os grampos na área raspada da cabeça dela estão cobertos de cascas. O soro nas costas da mão se destaca, a pele muito fina. A respiração é regular; as pálpebras, azuis. O resto do rosto está roxo, já desbotando para o amarelo.

— Sua mãe está melhor — diz ele. — Ela está voltando a caminhar por conta própria.

Ele falou com Andi Matzukas dois dias antes. Ela forneceu a ele uma lista de pessoas a quem tinham confiado a chave: empregada doméstica, instalador de tapetes quando eles estavam fora da cidade, empreiteiro. Ela estava pálida e curvada, como um junco em um rio subindo.

Jessica é forte, disse a ela.

É, ela é, sim. Ela é incrível, respondeu Andi, antes de, tremendo, afastar o olhar e derrubar tudo da mesinha de cabeceira no chão.

O peito de Jessica sobe e desce...

— Sua mãe me contou como você os enfrentou. Eles a machucaram e você lutou mesmo assim.

Inocência, pensa ele. É daí que vem a coragem. Da inocência. Ela fica ali deitada, respirando. Os lábios estão rachados. *Você sabe como deveria ser, por isso a sensação de erro é violenta.*

— Droga, Jessica — reclama ele, impressionado por ela.

Frágil, alquebrada, silenciosa. Jessica deveria estar em um ônibus escolar ou se divertindo com os amigos. Ouvindo música alta, uma das que ele escuta sempre que Casals liga o rádio.

Os olhos de Jessica parecem viajar mais longe quando fechados. Ela está ali em algum lugar. Ele tem certeza. Está suspensa, circulando em algum canto abaixo dos limites da consciência.

Talvez encasulada do outro lado do estado desperto, onde nenhum horror pode arremeter de volta. Talvez desesperada para se manter longe da luz cegante. O barulho do pai lutando com eles, depois sendo surrado até a morte no chão abaixo do quarto. Deixando a filha desprotegida. O som de um crânio se partindo, apenas com a fúria para defender a família enquanto ela tentava escapar de um homem duas vezes maior que ela, empenhado em despedaçá-la, que então a espancou com um abajur e a estuprou.

— O céu caiu em cima de sua cabeça, menina. — O peito dela sobe e desce. — Você tem uma chance. Vai conseguir.

Ele olha para o chão.

— Uma vez, uma garota coreana foi baleada. Aleatoriamente, sem motivo. Um franco-atirador de estrada. Ele podia ter atirado no carro seguinte, através do para-brisa. Ela estava no banco traseiro e foi baleada na cabeça. Ela ficou em coma por muito tempo, a família desmoronou. Um ano depois, o pai, já alcoolista, perdeu o emprego, os pais se divorciaram. O irmão mais novo começou a atear fogo em coisas. Muitas vidas estragadas para sempre, é isso o que pode acontecer.

Ele pega sua mão. Os dedos da menina estão frios e secos.

— Minha esposa estava neste andar — diz ele.

Minha esposa, gritou ele para a enfermeira. *Onde está ela? Sofia Hanna?*

Ele recebeu a chamada pelo rádio da unidade. Foi até a entrada da emergência e desceu. As portas se abriram, as pessoas saíram do caminho até a recepção, médicos, paramédicos, uma jovem enfermeira, alarmada quando ele correu em sua direção, a expressão no rosto dela dizendo: *Ah, lá vamos nós.*

— Vi a irmã de Sophia no fim do corredor — conta a Jessica. — Adrienne, ela se parece com Sophia. Cabelo preto, olhos intensos. Estava parada diante de uma baia de tratamento intensivo. Ela ficou ali parada — a menina permanece imóvel —, como uma estátua, olhando fixamente para o nada. Por trás de seus olhos, pareceu que parte dela tinha ido embora. E então eu soube. Eu soube.

Ele soube porque aquela era a expressão no leito de morte do pai, o rasgo no mundo nos olhos da mãe.

Quando alcançou Adrienne, ele se virou e viu Sophia na maca, a camisa rasgada e aberta, gel de desfibrilador no peito onde eles haviam lhe dado choques. Tubo de respiração, esparadrapo em volta da boca. A perna esquerda em um ângulo errado, o braço ensanguentado, parte do rosto esmagado. Ela já estava morta.

A luz na emergência tinha escurecido. Como se ele estivesse embaixo d'água, em corredeiras, submerso, sendo arrastado por pedras. Adrienne, longe de seu ombro, na sombra, olhando para os olhos vazios da irmã.

— Veio um médico — diz ele. — Talvez ele tenha dito que eles tentaram.

O doutor pôs a mão em seu ombro. Hanna a retirou dali com um movimento tão brusco que quase o derrubou.

Com nível altíssimo de álcool no sangue e cheia de Prozac, ela tinha batido nas colunas negras que sustentam os trilhos da Illinois Central, em um viaduto na West Armitage, a 110 quilômetros por hora, e depois tinha ido de encontro aos muros de pedra.

— Três gestações interrompidas. — Ele pisca.

A cada vez, aquilo a derrubava com mais força. Ela estava bebendo sozinha na rua Wells.

E onde ele estava?

Ela já estava se recuperando física e emocionalmente.

— Sofia tinha uma loja na North Clark. Eu chegava em casa, ela estava apagada. Eu digo a mim mesmo que ela fugia para me punir por trabalhar a noite inteira, por ter perdido o batismo de seu sobrinho ou algo assim. Por que ela não entende?

Ela *não entende?*

Ele olha fixamente pela janela. Sofia era brilhante e selvagem daquele grande jeito louco — ela podia queimar como um sinalizador. E o cabelo preto e comprido ondulava quando ela ria. Mas ela também podia se apagar como um sinalizador. A força sombria que achata e pressiona você. Química cerebral, solidão, gestações interrompidas. Uma cascata de fracassos, como ela os definia. Para ele, ela era corajosa por continuar a tentar, mas, talvez para ela, talvez fosse um fracasso e não conseguisse imaginar seu valor para Vincent, a família ou qualquer pessoa, e achasse que a vida de todos seria melhor sem ela.

— Vincent Hanna, o grande detetive com visão de raio-X.

As máquinas apitam.

O alarme de um carro é disparado lá fora, e distrai Hanna. Alto, a luz dos faróis ilumina o teto.

O alarme silencia.

— Já me conectei com assassinos, ali sentados, ensanguentados. Filhos berrando como se fossem eles os esfaqueados. Eu não fico neutro. A maioria dos detetives de homicídios permanece indiferente. Isso os deixa muito mais analíticos, melhores no trabalho. Eu absorvo tudo e uso isso. Personalizo-o para entender a vítima, o criminoso, a raiva, as razões. Isso me mantem afiado, no limite. É isso o que eu faço — explica ele. — Com Sofia, que está *morta*, eu não consegui.

Ele olha para Jessica, de olhos fechados, como se estivesse descansando, escutando-o.

— Isso não é absurdo?

Quando ele tinha doze anos em Granite City, Illinois, boiando de costas em um lago, olhando para o céu noturno e as constelações, ele subitamente entendeu que somos um acidente do acaso em uma partícula de poeira em um piscar do tempo no grande nada. Isso não o encheu de falta de significado. Fez com que Hanna sentisse que a consciência era um imprevisto temporário, raro e recente. E isso significava que a vida se tratava do que você fazia com ela em determinado momento. Isso o encheu de ambição.

Há finitude. Foi isso que o atingiu com tanta força em relação a Sophia.

Está tudo acabado agora, querida.

A irreversibilidade.

— Você pode voltar — diz para Jessica, segurando sua mão.

A garota coreana não pôde.

A voz dele se reduz a um sussurro.

— Você está aí dentro. Eu sei. Não importa a escuridão. Deste lado, há luz. Você pode voltar. Nós estamos aqui. Estamos esperando por você.

Alex Dalecki encontra o chefe sozinho na mesa de um bar em Melrose Park, um lugar escuro e envelhecido que tinha sido o orgulho da vizinhança de uma família da boemia e, hoje, cheira a cerveja e desinfetante. O chefe tem uma garrafa de Budweiser em uma das mãos e um rolo de notas de vinte dólares presas por um elástico na outra. Na luz mortiça, seus olhos brilham.

— Você viu a casa dos Colson? — perguntou Alex. — O que acha?

O chefe faz um gesto de *me dê isso*.

— Chaves.

Alex entrega as cópias que ele tinha feito do chaveiro de Becky Colson.

— O que mais você pode me dizer sobre a família?

— Já disse tudo que sabia.

— Você falou com alguém sobre nosso último golpe?

— Claro que não. De jeito nenhum. Com quem?

— Seu cunhado, por exemplo?

— Aaron? Sem chance.

— Achei que vocês fossem próximos — provoca ele.

— Nós somos, mas não falamos de negócios.

O chefe assente, aparentando estar pensativo, e joga o rolo de notas de vinte para ele. Alex quer ir embora antes que o cara lhe peça para acompanhá-lo no próximo. Ou o proíba de ir junto. Ele não sabe qual dos dois quer mais. Desde a casa dos Matzukas, ele se sente amedrontado, estimulado e poderoso. Enfia o rolo de notas de vinte no bolso da jaqueta.

— Sente-se, conte — diz o chefe.

— Confio em você.

— Isso é uma pergunta?

Alex se sente desequilibrado. Aquele cara consegue fazer isso sem esforço, um especialista mundial. Atrai você, depois o deixa preocupado pensando se ele vai cuspi-lo fora, ou pior.

O homem, então, se inclina para a frente, e a luz finalmente o atinge. O rosto, com a cicatriz sobre a sobrancelha, vai de quente a divertido.

— Sente-se.

Alex se senta.

O chefe bebe. Seus ombros estão relaxados, mas os olhos estão penetrantes.

— Você "confia em mim". Eu ouço um apelo aqui. Você quer que eu diga: "Confio em você também, querido"?

— Eu não quero nada. Quer dizer, eu confio em você.

— Você quer confiança? Me diga uma coisa. — Os bíceps se incham como bolas de futebol americano por baixo da camiseta. — Essa nova quadrilha com a qual Aaron está metido... de repente ficou toda enrolada com a babaquice de missão secreta.

Apreensão formiga sob a pele de Alex. Mas também possibilidade, como alternativa.

— Eles são da costa. Um pessoal pesado. Aaron está organizando coisas para eles.

— Está?

— Ouvi dizer que eles são frios e só dão golpes grandes. Se tem menos de sete dígitos, não vale a pena sair da cama de manhã.

Talvez o chefe precise sentir alguma concorrência. O peito de Alex relaxa.

— É, Aaron está colado com eles.

— Conte mais.

— Pergunte a Aaron. Não é da minha conta falar o que ele anda fazendo.

O chefe termina a cerveja. Ele se levanta, dá a volta na mesa, fica atrás de Alex e põe as duas mãos em seus ombros.

— Falar... é para isso, porra, que eu pago você, não só com essas vadias ricas que estamos roubando. — Ele agarra o cabelo de Alex e puxa a cabeça para trás. — Confiança, certo? Bote esse seu rabo para trabalhar e descubra o que Aaron anda fazendo.

O chefe sorri e o solta. Então pega as chaves novas e reluzentes da casa de Becky Colson, amarradas com um arame de fechar saco de pão. Ele as sacode entre os dedos. Os olhos estão brilhando.

Neil e o bando chegam ao prédio do Poupança & Empréstimo Prosperity às 23h50. A intersecção de seis esquinas está tranquila. A ponta triangular do prédio está escondida nas sombras, apenas um poste brilha na fachada.

Através das janelas no nível da rua eles podem ver o piso principal da instituição financeira. Ele é cheio de latão e mármore barrocos devido a seu papel como símbolo de status nos anos 1920.

E tem um grande cofre no subsolo.

A inteligência de Neil, que Nate passou para ele diretamente de Kelso, é que metade dos cofres pessoais pertencem a políticos, caras do crime organizado, traficantes de drogas e uma variedade de outras pessoas ocultando ganhos escusos.

E Kelso, o mago em uma cadeira de rodas, sentado no alto de seu morro no City Terrace, disse a Nate: *Mande-os ficar de olho em outras coisas que possam encontrar nesses cofres.*

Como o quê?, perguntou Neil.

Segundo Kelso, pode haver listas de contas numeradas em Liechtenstein, nas Ilhas Cayman e na Suíça, ou títulos ao portador, ou qualquer outra coisa com liquidez.

Como ele consegue essas coisas?

Como eu vou saber?, disse Nate. *Ele fica ali sentado, acima de East Los Angeles, e pega isso do nada. Ele intercepta sinais de trânsito. Não sei. E ele tem aquela pilha de computadores.*

Como bônus, se tudo correr bem, poucos donos de cofres estarão dispostos a admitir o que realmente foi levado, o que torna as coisas mais difíceis para a polícia.

Eles vão passar o fim de semana lá dentro.

A loja ao lado do prédio do banco está vazia. Papel de embrulho cobre as janelas da frente, junto de placas de ALUGA-SE. Eles vão entrar pelo porão do local.

Esta noite é o primeiro passo.

O vento sopra direto do lago, com alguns raios distantes. Molina faz a volta no quarteirão, então informa pelo rádio.

— Tudo limpo.

Chris e Cerrito levam a van para o beco atrás da loja vazia e não veem nenhum carro ou sem-teto. Uma lixeira, um gato vadio. Depois de uma cerca de alambrado, há mato, árvores e os trilhos do metrô.

Cerrito desce, usando capacete de segurança, colete amarelo e cinto de utilidades de funcionário do metrô. Ele está ansioso e ligado de energia, como uma mola elétrica. Odeia esperar. Quer seguir. Sempre.

Ele sobe um poste telefônico para desligar o alarme da loja vazia. Como está no mercado de aluguéis, o prédio tem tanto água quanto luz. Segurando uma lanterna pequena entre os dentes, ele abre uma velha caixa de metal e quase ri. O alarme que pode ser ouvido é tão velho que há um ninho de passarinho entre o sino e o badalo. Ele arranca o braço do badalo enferrujado, eliminando qualquer possibilidade de um alarme soar no beco.

Para o sistema de alarme que funciona através de linhas telefônicas, ele abre uma caixa de passagem e examina os fios do lado de dentro. Com um canivete multifunções, Cerrito faz um corte raso na parte externa de isolamento. Ele rasga a camada branca de papel por baixo e afasta cuidadosamente os fios coloridos uns dos outros, separando delicadamente cada um deles; precisa descobrir que par de fios cria o circuito da linha telefônica dedicada à empresa de segurança. É uma questão de voltagem e pulsos. Um telefone no gancho transmite 48 volts de corrente contínua; fora, o mesmo telefone transmite três volts de corrente contínua. Tocar o telefone envia 98 volts de corrente alternada. Cerrito pega o voltímetro, procurando os fios que estejam funcionando de dez a 24 volts de corrente direta, o ponto ideal.

Ao tocar o sensor do voltímetro no primeiro fio, ele ouve um trovejar. Um metrô de Ravenswood surge ruidosamente à vista, levantando fagulhas nos trilhos elevados enquanto passa guinchando. Ele fica imóvel, o trem lhe dando cobertura. Quando a composição passa, o ar cheira a óleo e metal quentes.

Cerrito isola os fios quentes e frios, criando o dedicado circuito telefônico, e prende jacarés nos pontos expostos. Ele ajusta a caixa preta para simular a voltagem passando através da linha dedicada ao alarme. Com ela estimulando um circuito fechado, ele está pronto para neutralizar o sistema. Se preparou errado, isso vai dizer. Ele faz dois cortes com um cortador de fios.

Nada.

Ele fecha a caixa de passagem, desce usando a correia protetora que o manteve firme no alto do poste e volta para a van.

— Feito.

McCauley pega um rádio de mão e chama Molina.

— Alguma coisa no scanner?

Se Cerrito disparou um alarme silencioso para a polícia, eles vão mandar uma unidade.

— Nada — crepita a voz de Molina. — Tudo limpo.

— Vamos entrar.

— Entendido.

McCauley guarda o walkie-talkie no bolso.

— Vamos.

Vestindo macacões, coletes de alta visibilidade e capacetes de segurança, eles descarregaram latas de lixo altas da traseira da van. Cerrito arromba a porta dos fundos da loja vazia, e eles entram.

Está empoeirado e escuro. Uma luz esmaecida e marrom penetra através do papel de embrulho nas vitrines da frente. A escada para o porão fica nos fundos.

No subsolo, Chris e Cerrito deitam uma das latas e retiram a perfuradora. Eles conectam a broca tanto à luz quanto à água. Chris passa a mão pela parede que dá para o prédio do banco.

— Aqui.

É concreto armado. Eles têm um trabalho esta noite: passar por aquela parede. O resto só no dia seguinte, sexta-feira, depois que as empresas fecharem. Chris prende a broca de diamante Husqvarna na perfuradora e, ao lado de Cerrito, a empurra contra a parede. Todos os três homens põem seus protetores auriculares. Chris veste óculos de proteção e calça luvas pesadas de trabalho. Ele olha para McCauley.

Neil assente. Eles esperam até ouvir o ronco de um trem se aproximando. Até tarde da noite, as composições passam com intervalos de seis minutos. Isso vai disfarçar o som.

Neil observa, foram meses de preparativos para isso.

Chris liga o botão. A perfuradora berra e ganha vida.

Hanna está no casulo do carro sem identificação, seguindo para o sul em direção ao centro da cidade, pela via expressa Kennedy. Faróis brilham como estroboscópios ao saírem para o aeroporto O'Hare e os subúrbios ao norte. É tarde. As pistas estão bem livres, a silhueta da cidade empurrando a vista à esquerda. O John Hancock Center, o prédio da Standard Oil e, à frente, a Sears Tower. A energia modernista dos arranha-céus está viva sobre a cidade.

O Motorola MicroTac se acende. Hanna abre a parte da frente e estende a antena.

— Oi?

É Easton.

— Recebi o relatório de Kessler da Unidade de Ciência Comportamental. Quer que eu envie por fax para seu apartamento?

— Não — responde Hanna. — Leia as partes mais importantes.

— Branco, entre 25 e 40 anos. Nenhuma surpresa aí. "Minimamente educado, minimamente empregado, provavelmente em trabalho informal... contrário à autoridade, mas intolerante com a discordância dos subalternos."

No distrito de Shakespeare, Easton passa o indicador pela página. Ele está praticamente sozinho ali.

— Nosso babaca é um "sociopata que sente uma onda de poder com a propriedade das casas que invade. Narcisista...". — Easton vira a página.

— Continue — diz Hanna, escutando.

— "Experimenta necessidade e inveja infinitas. As agressões sexuais são sadicamente excitantes para ele, mas também uma vingança, estupros raivosos de retaliação. Eles têm a intenção de humilhar e degradar as vítimas do sexo feminino." Como você disse, "a motivação não é ter a mulher, é *contra* a mulher. Ao estuprar a mulher da casa... de um jeito profundamente distorcido, ele está em busca tanto de primazia quanto do consolo da ideia de *lar*". — Hanna escuta. Easton continua: — "Se a fantasia vem de um abuso ou abandono que sofreu quando criança, ele terá uma extensa ficha corrida juvenil e adulta e, possivelmente, uma história em lares temporários."

Hanna pensa nas chaves de casa. Os ardis. A necessidade de a quadrilha entrar quando os proprietários estão presentes e vulneráveis. A violência, o desejo de dominação, retribuição.

— O que mais? — pergunta Hanna.

— Esses são os pontos principais.

— Obrigado.

Hanna desliga.

Ele está passando pelo centro da cidade, em direção ao apartamento no Hyde Park, lado sul, perto da Universidade de Chicago. Então ele muda de ideia, vira à direita e atravessa duas faixas para pegar a rampa de acesso da avenida Chicago, e segue para o leste na direção do lago, passando pela catedral do Santo Nome. Toda aquela pedra impassível, a cidade com pouco mais de 150 anos, mas fazendo estruturas que parecem ter surgido com o leito de rocha do continente.

Ele segue para a avenida Michigan. Abaixa a janela e no ar fresco escuta música, rock *new wave*, risos da calçada. A Torre de Água está iluminada, a pedra branca contrastando com a vibração escura e cintilante. Ele não quer beber, não quer dançar. Pensa em ligar para Jodie. Em vez disso, vira à direita e atravessa o rio Chicago para pegar o Loop. Certas noites, a cidade lhe dá energia, que flui para dentro dele como se fosse parte da grande rede elétrica que se estende até o lago Michigan.

Ele desce a Wabash e estaciona. O barulho do trânsito embaixo dos trilhos elevados está mais alto. Hanna sai e deixa que isso se infiltre nele enquanto anda.

A análise, os dados, a inteligência que está reunindo, ele quer que isso seja sintetizado. Intuição. Reconhecimento de padrão subconsciente. Quer que uma lâmpada se acenda para iluminar um caminho possível na direção daquelas pessoas. Você continua a forçar, sem saber exatamente de onde vai surgir uma pista.

Ele empurra e abre a porta do Half Step.

A luz azul e fraca da casa noturna é um bálsamo. Uma banda está se preparando no palco minúsculo no canto, teclados, bateria, baixo e um jovem de aparência faminta afinando uma Les Paul. Yuki está atrás do balcão.

Ela o vê se aproximar e continua a esfregar a madeira negra. As garrafas iluminadas de baixo têm um belo brilho dourado atrás dela, na prateleira em frente ao espelho, um halo de bebidas. Seu cabelo com corte punk e pintado de loiro capta a luz.

Ele para em frente a ela e apoia os cotovelos sobre o balcão.

Ela inclina a cabeça.

— Você pegou ele?

— Que ele? — diz Hanna. Seu estado de ânimo é esperado.

— John Dillinger. Jean Valjean. O pé-grande.

— Desculpe, querida.

Ela pega um copinho de dose, apanha a Stolichnaya na prateleira e lhe serve uma. Yuki guarda a garrafa no lugar com um baque forte.

— Faz três meses. O cupom para me chamar de "querida" venceu — diz ela. — Embora eu tenha terminado minha dissertação de mestrado. "Seres invisíveis e sua manifestação irregular: Um estudo de caso de Vincent Hanna."

Ele sorri e devolve o copo.

— Gosto disso.

Yuki está usando uma camiseta preta rasgada por cima de um top também preto, sobre uma calça jeans lavada a ácido que parece ter sido amaciada com uma pistola de tinta. Ele gosta *disso*. Ela é uma estudante de pós-graduação em antropologia cultural no campus de Chicago da Universidade de Illinois.

— Você pode fazer uma pausa? — pergunta ele.

— Ei, Jimmy, vou tirar dez minutos — grita ela para o gerente-assistente, pega o braço de Hanna e o conduz aos fundos do estabelecimento. — Mas também podem ser quatro ou cinco.

Ele ri.

O ritmo animado em sua voz diz que ela não está tão irritada quanto as palavras sugerem.

Atrás do bar há um beco e uma soleira onde eles não podem ser vistos.

— Vamos lá, detetive.

Ela divide uma carreira com ele, a cocaína instantaneamente queimando a mucosa nasal, aguçando sua atenção. O batom dela tem gosto de cereja. Ela é macia e forte, os olhos luminosos. O coração dele se acelera quando ele se aperta contra ela, a perna dela envolta em torno da dele enquanto eles apoiam um ao outro na parede de tijolos.

Está fresco, o vento soprando. Ela enfia os dedos no cabelo dele, a cabeça jogada para trás. Hanna escuta pessoas ao longe, alguém gritando. Na rua, táxis buzinam. Luzes piscantes vermelhas e azuis na Madison e o berro de uma sirene. Aquele *encoste ou saia daí, babaca*. Um carro de polícia passa pela entrada do beco. Hanna afunda a cabeça no pescoço de Yuki, afunda-se nela e ri. Ela se junta a ele.

Eles relaxam, com a respiração entrecortada, abraçados um ao outro.

— Você pode me chamar de "querida" outra vez — diz ela.

Ela o beija no rosto com delicadeza e despenteia seu cabelo. Gosta quando ele fica ondulado com a umidade. Ela sai dos braços dele. Hanna a segue, tomando-a pela mão enquanto eles tornam a entrar. O guitarrista está tocando um rife de blues de Howlin' Wolf e conferindo a afinação.

— Vou passar em sua casa mais tarde com comida para viagem — diz Hanna. — Tailandês.

— Vou comprar comida italiana a caminho de casa só por garantia. — Hanna olha para ela. Yuki continua: — Com você, nunca se sabe. Um monstro pré-histórico pode ser visto no lago Michigan.

Yuki sorri e se volta para o bar. Ele segura a mão dela.

— Vou fazer uma parada, mas vou estar lá.

— Se você aparecer, querido, que esteja quente. A comida e o resto.

— Case comigo.

— De jeito nenhum.

Ela ri, então aperta a mão dele e vai até o bar. Ele bota uma nota de dez para pagar a vodca e sai outra vez para o barulho cinzento, o pulso batendo em sincronia com ele.

Já no carro, ele desce a rampa na direção da Dan Ryan, seguindo para seu apartamento para tomar um banho e se trocar. Isso faz com que Hanna passe pelo campus do Instituto de Tecnologia de Illinois, projetado por Mies van der Rohe, um refugiado da Bauhaus que fugiu para Chicago depois que o Partido Nacional-Socialista dos Trabalhadores Alemães, o partido nazista, foi eleito por ampla maioria em 1933 e a fechou.

Ele está prestes a entrar na rua 63 até o Hyde Park e sua casa. Em vez disso, aumenta a velocidade e passa a saída. Ele liga a sirene do Crown Victoria e acelera a mais de 140km/h.

Hanna passa voando pelo cruzamento da I-90 com a I-94 e depois segue para o sul na I-57. Se ele continuar em frente por quinhentos quilômetros, vai passar pela prisão federal de Marion e seguir até Cairo, a última faixa de Illinois, encravada entre os rios Mississippi e Ohio.

Foi ali que as geleiras pararam. Elas aplainaram mais de seiscentos quilômetros de Illinois, que depois se esgotaram, deixando no fundo picos e penhascos de calcário acima dos rios.

Hanna deixa a I-57 antes de Kankakee. Ele segue para o leste, para a autoestrada 50, a velha rodovia asfaltada de pista dupla, e para o sul através de Peotone até Manteno.

À direita e à esquerda do Crown Victoria não identificado estende-se a pradaria plana sob o céu negro e as estrelas no ar frio da noite. Ele dirige em direção a Kankakee; conhece aquela estrada.

Depois das luzes ambientes da cidadezinha, ele desliga a sirene. A noite o envolve. Ele está dirigindo às cegas e sente a estrada ao volante, ouvindo o triturar de cascalho quando os pneus se aproximam do acostamento. Aquela é a única navegação. Tensão se envolve ao redor, o torque aumenta. A 110km/h, será que ele está prestes a voar da estrada para a vala? Ele sente um frio subindo pela espinha.

Então Hanna freia e pisca o farol. O Crown Victoria desliza de lado e para no deserto escuro.

— Que merda você está fazendo?

Ele faz um retorno em alta velocidade, queimando a borracha do pneu, e acelera de volta em direção a Chicago.

Às três da manhã, ele está novamente no quarto de hospital de Jessica. Ele entra em sintonia com a regularidade dos tubos movimentando fluidos para dentro e fora dela. Jessica ainda está nas profundezas do coma. Ela está iluminada pela luz lateral da luminária que se projeta da parede de azulejos brancos. Ele não vê movimento por baixo das pálpebras. Ela está sonhando?

— O que pôs você aqui? — diz ele com delicadeza.

Ele sempre começa com os restos imediatos de um evento. Geralmente, são biológicos: pessoas mortas. Pessoas mortas falam, dizem a Hanna onde todos estavam, a que distância, o ângulo de um ferimento de entrada, o que os respingos de sangue na parede contam sobre a direção do movimento. A velocidade em que chega o rigor mortis informa sobre o ritmo cardíaco da vítima. Se fosse lento, não havia urgência alguma cheia de adrenalina bombeando sangue sob pressão através dos músculos do corpo. Isso significava que a vítima não estava ansiosa em relação à presença do assassino, o que poderia significar que o assassino era alguém com quem a vítima se sentia à vontade, como um membro da família. Marcas em torno do ferimento de entrada de partículas não queimadas de pólvora mostravam que a arma estava a menos de 45 centímetros. A temperatura do fígado, tirada com um termômetro de carne na cena do crime, diz a ele quando a vítima foi morta, porque este órgão esfria um grau a cada meia hora até chegar à temperatura ambiente. Juntando tudo, isso pode dizer a ele que a vítima foi baleada duas horas antes, à queima-roupa, por uma pessoa com quem ela estava familiarizada e cuja presença não a alarmou.

Ele estava tentando reconstruir uma cadeia causal do que tinha acontecido. Uma reconstituição. Não importava que fosse um corpo que estivesse apodrecendo por duas semanas embaixo de uma cama, explodido como um balão fétido, ou Hanna absorvendo emocionalmente as impressões destroçadas de crianças que tinham testemunhado a mãe ser baleada e jogada pela escada.

Ao entrar em uma cena de crime, Hanna dava um primeiro passo no interior e, então, parava. Legistas, técnicos, fotógrafos e policiais, de repente, ficavam em silêncio. Eles conheciam sua rotina, paravam de medir, fotografar, desenhar esboços de campo e conversar sobre o churrasco do último fim de semana na cidade de Michigan. Hanna limpava a mente e examinava o aposento, da esquerda para a direita, sem parar. Ele absorvia a mulher morta com o ferimento de grosso calibre na cabeça, os olhos negros, os móveis virados, o cheiro acre da comida queimada que ela estava cozinhando. Ele tinha visto em cima da lareira fotos dela em um vestido de crisma, em uma beca de formatura do Ensino Médio; ou ela segurando o bebê. Nenhuma foto de casamento. Uma mãe solteira.

Então, ele entrava no aposento e o trabalho recomeçava. Aquela primeira impressão, ele sabia, dava a ele entendimentos que só perceberia depois, quando entrevistasse o filho dela, um homem de 22 anos que era mimado e não iria a lugar algum, e cujo tráfico amador de drogas deu errado e as pessoas que ele achava que conseguiria enrolar apareceram para uma visita. Sem encontrá-lo em casa, mataram a mãe ao invés dele.

Neste momento, seus olhos observam os pontos de Jessica, os hematomas, o cabelo começando a crescer no couro cabeludo onde tinha sido raspado para a trepanação de uma área, de modo a aliviar o edema intracraniano.

— Você está sozinha dentro de sua cabeça — diz para ela. — Mas você tem uma companhia. Eu. Eu vou descobrir tudo. Depois, vou apertar o botão retroceder. Reverter tudo. Obter uma cadeia causal de acontecimentos a partir de certos caminhos e das trilhas fantasmagóricas difíceis de ver neste momento. E tudo isso vai acabar por me conduzir até o que eles queriam, o que fizeram e como escolheram você. Então, isso vai me levar a quem.

Mas há um longo caminho a percorrer.

— No fim, vou saber mais sobre eles que eles mesmos — promete.

Ele nasceu Vincent Thomas Hanna em 1948, em Granite City, Illinois, o terceiro filho de Frank e Gianna Hanna. Granite City era uma quase-cidade no oeste rural de Illinois, perto dos penhascos de onde se avista o Mississippi. A população era descendente de caçadores, comerciantes e lenhadores franceses que tinham se casado com os osage, os cahokia e os peoria e dado às cidades nomes como Cape Girardot e Prairie du Chien. Escravizados libertos se mudaram para o norte depois que a Reconstrução foi cancelada e, mais tarde, durante as leis segregacionistas, para trabalhar nos campos de carvão ao sul e no início da indústria em torno de St. Louis. Imigrantes da Lombardia chegaram para transformar os depósitos de argila acessíveis em tijolos e a pedra restante quando as geleiras deslizaram para o leste. A família de pedreiros fez parte daquela onda dc imigrantes. O pai, Francesco na época, tinha três anos quando eles imigraram.

Granite City tinha sete ou oito prédios de tijolos com lojas embaixo e apartamentos em cima que pareciam ter caído do ar de uma rua comercial de Chicago. Entre eles havia terrenos vazios, como se tivessem deixado espaço para a cidade prestes a chegar. Ela nunca apareceu.

O pai de Hanna, Frank, voltou da França depois da Primeira Guerra Mundial. Com a Lei Seca, ele decidiu que seria assim que construiria um futuro para a família. Ele foi trabalhar para um contrabandista de bebidas, entregando uísque em um caminhão tanque blindado. Hanna tem uma foto de trinta homens armados montados no caminhão com fuzis, espingardas e Thompsons em frente a um bar clandestino rural chamado Dew Drop Inn. Um deles é seu pai.

Frank foi levado a entrar em um tiroteio em frente a uma loja de charutos em Granite City. A Ku Klux Klan estava ressurgindo em uma reação nativista contra a enorme imigração europeia. No Meio-Oeste, ela era a favor da Lei Seca, antissindicalista, anticatólica e antissemita. Eles tinham linchado dois sicilianos em Johnston City. Nas áreas diversamente povoadas de Illinois a leste de St. Louis, os homens da Klan bateram de frente com os trabalhadores sindicalizados das minas, um líder de gangue russo judeu de St. Louis, imigrantes italianos e destiladores de bebida ilegal da área — a maioria dos quais era de veteranos da Primeira Guerra Mundial.

Em frente à loja de charutos, Asa Barrett, um delegado do condado de St. Clair, que tinha servido com Frank Hanna nas batalhas de Château-Thierry e Saint-Mihiel, baleou e matou o líder da Klan, Roger Comers. No conflito, a estrutura da organização terrorista foi afetada, mas o pai de Hanna, que tinha sobrevivido à guerra na França sem um arranhão, foi atingido na pélvis por um disparo de uma .30-06 Springfield, e uma lasca de cantaria o perfurou no pescoço e atingiu a laringe.

Isso esgotou sua ambição. Ele arranjou um emprego político como delegado do condado de St. Clair e organizava um jogo de cartas na cadeia. A esposa nunca viu o prometido futuro brilhante, e criou três filhos. Trabalho duro e as irmãs de Vincent consumiam sua vida emocional. O pai cuidava da família, mas estava perdido em algum lugar em si mesmo e raramente falava. Quando fazia, era um murmúrio rouco.

Para o jovem Vincent Hanna, a vida era um miasma quase urbano ao longo de estradas rurais sinuosas até penhascos de onde se via o Mississippi. Ele tinha um desejo desesperado por mais, sem saber o que era isso.

Aos dezoito anos, em 1966, ele teve uma escolha: matricular-se na Universidade do Sul de Illinois, ali perto em Edwardsville, com garotos de fraternidade de terceira classe, ou ser recrutado. Hanna se alistou no Corpo dos Fuzileiros Navais.

Em 31 de janeiro de 1968, ele estava na grande base do Comando de Assistência Militar no Vietnã em Phu Bai, na companhia H do Segundo Batalhão, Quinto Regimento de Fuzileiros. Eles estavam se preparando para embarcar nos helicópteros de dois rotores Stallion para reforçar Khe Sanh, onde o general Westmoreland acreditava que o Exército do Povo do Vietnã lançaria sua ofensiva, lutaria um pouco e depois, de forma típica, desapareceria de repente. No último momento, a companhia de Hanna foi mantida na reserva.

Depois de um ano e meio de planejamento, incluindo o ataque falso em Keh Sanh, o Exército do Povo do Vietnã e os vietcongues lançaram a Ofensiva do Tet, atacando todos os centros populacionais no Vietnã do Sul ao mesmo tempo. A parte principal era uma clássica invasão de infantaria da antiga capital imperial de Hué, no rio Perfume. Antes disso, era uma zona livre de guerra. Eles a tomaram, inclusive a enorme e murada Cidade Imperial, em 24 horas. Então, eles assumiram posições defensivas, pois não estavam desaparecendo, estavam ali para ficar.

O comandante da Força Tarefa Raio X, o tenente-general La Hue, como a maior parte da classe dos oficiais, acreditava que os relatórios estavam sendo exagerados por fuzileiros inexperientes. Nada daquilo estava acontecendo, porque não deveria acontecer.

Hanna e a companhia H receberam ordens de ir até a autoestrada 1, que vinha de Phu Bai, para descobrir se era verdade que uns duzentos combatentes vietcongues estavam atacando uma pequena base dos Fuzileiros Navais na seção comercial ao sul do rio em Trần Cao Vân.

Hanna e a companhia H atravessaram a ponte Hung Vuong, entrando em Hue pelo sul, e deram de cara com cinco mil homens entrincheirados do Exército do Povo do Vietnã. Eles foram feitos em pedaços, com dezoito mortos ou feridos antes que avançassem uma quadra. Eles lutaram pelo caminho até o refúgio e se abrigaram na pequena base do Comando de Assistência Militar no Vietnã.

Hanna estava congelando. Eles tinham deixado as mochilas em Phu Bai, esperando voltar em um dia. Os Fuzileiros Navais no Vietnã estavam equipados para a guerra na floresta, mas, em Huê, eles estavam em uma área rochosa, lutando corpo a corpo, o que os fuzileiros não faziam desde a Primeira Batalha de Seul.

Os 24 dias e noites frios e chuvosos de derramamento de sangue e horror produziram o maior número de baixas norte-americanas na guerra. Isso gravou em Hanna experiências que permaneceram para sempre.

Luzes de uma ambulância que se aproximava chamam a atenção de Hanna. Diante das janelas do hospital, as sombras de árvore se mexem sobre a parede do outro lado do estacionamento. A sirene se rende, o giroflex se rende. Ela está imóvel sob um guarda-chuva amarelo-ácido de luz de sódio.

O respirador de Jessica começa a funcionar em silêncio. Hanna olha para ela deitada na cama.

— Uma vez houve uma mulher achatada. Estávamos presos por uma metralhadora pesada posicionada nesse muro em torno de uma escola, como qualquer escola de Ensino Médio, exceto que os tijolos eram todos vermelho-escuro. Eu me lembro do nome da rua. Nguyễn Trường Tộ, a uma quadra da Lê Lợi, que acompanhava o curso do rio Perfume. Lê Lợi é como um boulevard em Paris. Na estrada, uma mulher vietnamita tinha sido atropelada e esmagada por quatro tanques Bulldog M41 do Exército da República do Vietnã em retirada. Ela foi achatada. O cadáver parecia um papel, como um totem de papelão na porta de um cinema. Eu não queria olhar para ela, mas não conseguia desviar os olhos. Ainda a vejo. Quem era ela? Como ela tinha chegado até ali sozinha? Em algum outro lugar nas ruínas havia alguém lhe esperando.

Anomalias. São elas que ficam gravadas na memória, pensa ele. Bandos de civis correndo na direção deles, embora os dois lados gritassem para voltarem, enquanto se dirigiam direto para o fogo cruzado. Na mansão luxuosa onde eles se esconderam, uma família preferiu o suicídio digno. Eles estavam todos sentados em torno da mesa na sala de jantar. Às vezes, os destroços eram alucinógenos, fragmentos de cerâmica verdes e azuis na chuva de palácios e templos.

Os homens lutaram de forma incansável, graças à dextroanfetamina de alta qualidade do governo dos Estados Unidos. Hanna e os outros as tomavam como M&M's. Isso deixava o mundo mais bonito, agressivo e elétrico, e o imbuía da convicção de que ele era invulnerável. Até que ele desabou. No alvoroço da guerra, alguns homens saíam à procura do que podiam matar.

Depois do período no Vietnã, Hanna se matriculou na Universidade de Boston, em 1969, graças às leis para beneficiar soldados. Políticas antiguerra estavam em toda parte, o que acabou o isolando. Quando o pai morreu, Hanna levou a mãe para morar com sua irmã mais velha em St. Louis. Só "Sam Stone", de John Prine, fazia sentido, junto com algumas de Tim Hardin. Ele se formou em três anos.

Em 1973, ele estava morando em um bairro popular de Chicago, perto de Armitage, e entrou para a Faculdade de Direito da De Paul.

Hanna se inclina para a frente e toma a mão de Jessica. Ele olha para ela por um momento, então recoloca a mão dela na cama e se afasta.

— De vez em quando, eu saía dirigindo às duas da manhã pelas pontes escuras sobre o rio Calumet, ao sul da cidade, tudo brilhando sob a chuva. Ia na direção de Kankakee, na autoestrada 50. Lá, onde não havia mais luzes, você podia imaginar a pradaria trezentos, quatrocentos, oitocentos anos antes, quando os sauk, os fox e os osage andavam por ela.

Às vezes, ele desligava os faróis, como fez esta noite, jogando com a emoção de uma vala surgir em seu caminho a 110km/h. O que ele estava procurando? Do que estava fugindo?

O currículo da faculdade de Direito era como a prisão. Transferia-se visualmente e fazia com que odiasse a disposição em grade das ruas de Chicago. Odiava como eram organizadas, como se estivessem tentando regulá-lo também. Desejos fortes, como necessidades metálicas, o tomaram, e ele deu o fora da cidade. Fez isso, também, quando os pesadelos não o deixavam dormir.

Ele fala com Jessica como se ela o estivesse escutando.

— Que loucura. O que eu estava procurando?

Ele nunca achou uma resposta, porque não havia nenhuma.

O ato de excluir e seguir, por si só, se tornou natural para ele. Seguir uma sequência de desconhecidos até a origem em lugares escuros e selvagens é o que o fazia seguir em frente. Ele deixou a De Paul depois de dois meses e entrou para o Departamento de Polícia de Chicago. Foi promovido a detetive em três anos.

Hanna descobriu que, quanto mais intenso o trabalho, mais calmo ele ficava, mesmo quando os acontecimentos disparavam por direções inesperadas das improvisações desesperadas de pessoas perigosas. E quanto mais pesado o criminoso ou a quadrilha que ele estivesse caçando, quanto mais perigoso o alvo, melhor ele ficava naquilo.

Depois de Hanna reconstituir a invasão à casa dos Matzukas na paisagem da própria mente e trabalhar com informantes, provas físicas, entrevistas e perfis psicológicos, ele vai ter pistas. Elas nunca vêm de um lugar previsível. Ele quer quem fez aquilo e ele vai caçá-los.

Os dois estão sozinhos: Jessica na cama branca, sob a luz fraca dos equipamentos médicos, e Vincent Hanna sentado em uma cadeira, observando.

19

Na noite de sexta-feira no Near North Side, a chuva para e o céu se abre em uma noite límpida; a cidade está viva. Mas o encontro de seis esquinas em frente ao Poupança & Empréstimo Prosperity está silencioso. A lanchonete do outro lado da rua está fechada. O trânsito noturno está leve. A ação é no leste e no sul: bares e restaurantes na rua Rush, um show às margens do lago. A loja vazia é ignorada pelos poucos casais que passam na rua.

O Prosperity encerrou as atividades às cinco da tarde, quando o gerente e um guarda foram até o subsolo, fecharam e trancaram a porta maciça da caixa-forte e acionaram um temporizador. O térreo trancado, o alarme ligado, vazio; o P&E não mantém guardas de serviço no fim de semana.

Molina dá várias voltas na quadra da instituição financeira.

— Limpo.

McCauley estaciona a van no beco. Entre os trens do metrô, eles descarregaram o equipamento. No subsolo, a seção perfurada da parede de concreto está esperando.

Passo dois: o show.

Com a broca, Chris abre um buraco de sessenta centímetros de altura e noventa de largura na parede. Eles removem o sedimento e o entulho. Depois da abertura, a parede de concreto do subsolo do banco ergue-se limpa e pronta.

Chris e Cerrito posicionam a perfuradora contra ela.

Eles põem proteção nos ouvidos e esperam pelo ronco do próximo trem passar. Chris liga a perfuradora.

Neil aciona um timer no relógio.

23h57.

A perfuradora vai mordendo suavemente a parede do banco. A parede é reforçada por vergalhões, mas são os originais em padrão de losango dos anos 1920. A ferramenta os atravessa, fazendo barulho, com cuidado e músculos. Quando Chris atinge aço do outro lado, ele para.

É a parte de trás da caixa-forte.

Os dois reposicionam a perfuradora para alargar o buraco. Quando ele finalmente se iguala à abertura na parede do porão da loja, McCauley ajuda-o a afastar a perfuradora para o lado. Chris pega as ferramentas de corte de Milwaukee e usa um esmeril para remover as extremidades de vergalhão que se projetam do buraco recém-aberto, de modo que eles não rasguem o equipamento, as roupas ou a si mesmos.

Chris limpa as bordas do buraco e aponta uma lâmpada halógena para o interior da abertura. O brilho de aço é refletido de volta para ele. Ele olha para Neil.

Lá fora, Molina tem um scanner policial. Ele está em uma vaga na parte de cima da rua, de onde pode observar a loja e o prédio do banco de um carro de trabalho. Mas não pode monitorar cada centímetro da quadra de alto a baixo. Eles precisam de mais olhos. Por isso, acima da porta dos fundos do estabelecimento vazio, Cerrito tinha instalado uma câmera de circuito fechado Panasonic e uma câmera infravermelha Baxall, conectadas a um monitor Sony de nove polegadas que eles montaram no porão. Neil observa o monitor para ver o brilho crescente dos faróis de trens que se aproximam.

— Estamos bem.

Chris pega o maçarico portátil de oxiacetileno, os óculos e a máscara de segurança. Vai estar próximo e quente.

Ele se deita em frente à abertura e rasteja por ela como um soldado.

— Se isso der merda, me agarre pelas pernas e puxe.

Ele acende o maçarico e o leva ao painel de aço que forma a parede exterior do cofre. O calor enche o túnel, instantâneo, avassalador, a chama azul brilhando como um raio mesmo através dos óculos. O aço é cortado como manteiga. Ele recorta uma área menor que as dimensões do buraco no concreto. Depois, a divide em três partes.

Quando desliga o maçarico e sai dali, está encharcado de suor. Ele ergue a máscara, limpa o rosto e se senta por um segundo. Cerrito entra na abertura com uma barra de ferro; com um gemido, uma das três partes da parede de aço se solta e cai em sua direção. Cerrito a pega e a posiciona de lado.

— Olá — diz ele.

Eles analisam a parte traseira de cofres pessoais grandes. Estão gordos e felizes em seus suportes e são maiores do que o esperado, sessenta por 75 centímetros.

Eles puxam alguns cofres para o chão do porão da loja. McCauley abre um deles.

São vinte centímetros de profundidade de maços de notas. As fitas coloridas dizem cinco e dez mil dólares.

Neil assente, aparentemente como sinal de satisfação. Cerrito dá um sorriso aberto, como se estivesse olhando para um bife suculento. Chris sente o sangue se encher de adrenalina.

— Puta que pariu — diz. — Puta que pariu.

Ele dá um soco no ombro de McCauley, então se volta para a abertura na parede.

— Me passa a chave de fenda de cabo comprido — pede.

Neil a põe na palma da mão de Chris como se estivesse entregando um bisturi para um cirurgião na sala de cirurgia.

Em seguida, ele aponta o holofote portátil para o buraco enquanto Chris torna a entrar na abertura. A luz revela o interior da porta da caixa-forte e o mecanismo de tranca de duas chaves. Chris desaparafusa com cuidado e remove o mecanismo, mas ainda não empurra a porta do cofre.

Neil lhe entrega um boroscópio, que tem uma câmera iluminada de fibra ótica conectada a uma pequena tela de vídeo. Delicadamente, usando a ponta da chave de fenda, Chris empurra a porta do cofre, apenas uma fresta.

Eles sabem que a caixa-forte não deve ter câmeras de segurança, um dos únicos lugares em qualquer instituição financeira que é livre delas. A privacidade dos clientes deve garantir que não haja alguém observando, especialmente naquele banco velho e discreto de bairro, considerado o depositório escolhido para ganhos suspeitos.

A planta arquitetônica do prédio mostra a instalação original do cofre. Ele não tem sensores sísmicos — o que teria sido um aperfeiçoamento difícil, com os trilhos do metrô tão perto. O dispositivo de tranca usa placas magnéticas na enorme porta e na parede externa, que eles não estão perturbando.

Lentamente, Chris opera o boroscópio para examinar o interior do cofre, incluindo o teto.

— Nada de câmeras. Nenhum detector de movimento. Um detector de fumaça — diz ele. — Está limpo.

São 3h30 da manhã. Estão dentro.

Eles deslizam pela abertura, um de cada vez, puxando com eles focos de luz portáteis, bolsas de ginástica e ferramentas. O ar está fresco, o interior do local é do tamanho de uma piscina pequena. Cofres pessoais estão enfileirados ao longo das paredes. Há etiquetas numeradas de bronze presas em cada porta e cada cofre exige duas chaves. Mesas de bronze e ônix ocupam o centro do piso com abajures circunspectos.

McCauley conta.

— Trezentos e sessenta.

Chris instala as luzes. A porta externa tem mecanismos de tranca pesados de aço inoxidável, expostos por trás de acrílico para impressionar clientes.

— Fique fechada, belezura.

Cerrito estuda o ambiente, as paredes brilham sob a luz assustadora.

— Qual deles tem o Santo Graal?

Neil abre uma bolsa de ginástica.

— Não importa. Se você achar Jesus Cristo, tire-o daí e entregue uma marreta a ele.

Neil pega um conjunto de buchas para arrombar fechaduras vazias, as posiciona e compara contra as dimensões das fechaduras de cada recipiente.

Ele seleciona aquela com um diâmetro apropriado e prende-a em uma chave-inglesa, que entrega a Cerrito. Então ele se estica, vira o pescoço e pega uma marreta.

Ele vai até o primeiro cofre.

— Vamos.

Cerrito coloca a bucha contra a face do cofre e se afasta, segurando a extremidade da chave-inglesa. Neil se alinha com ela, então afasta a marreta e bate como se estivesse rebatendo um arremesso de beisebol. Com uma pancada metálica, a bucha empurra a fechadura um centímetro para dentro. Neil acena com a cabeça para Michael e se prepara outra vez. Bate.

E mais uma vez.

Eles escutam a fechadura ser toda empurrada para dentro. Então, eles ouvem um clique pronunciado atrás da porta do cofre.

Neil larga a marreta e aponta uma lanterna para o buraco deixado pela fechadura arrombada. Ele está respirando com dificuldade; o clique não foi o barulho da fechadura se abrindo, mas o contrário, uma medida de segurança se ativando no interior da caixa: um mecanismo de retranca. É projetado para deter qualquer um que faça o que ele acabou de fazer, arrebentar uma das fechaduras do cofre.

— Chris — chama Neil.

Shiherlis pega um conjunto de ganchos de segurança e analisa o interior do buraco. Escolhe, então, um gancho que tem aproximadamente 25 centímetros de comprimento, como a versão para ladrões de uma agulha de crochê, e o insere com cuidado. Trabalhando com sensibilidade, ele o manobra no interior do mecanismo de tranca. Fecha os olhos e sente o gancho se prender. Animado, ele puxa. O fecho de mola cede uma fração de centímetro, como deveria ocorrer, e delicadamente solta o mecanismo de retranca.

A porta do cofre se abre.

— Bom — diz Neil.

Chris puxa a caixa interna e a coloca no chão. Eles abrem a tampa.

O cofre está cheio de papéis: escrituras, certificados de ações, uma coleção de selos. Fotos antigas, ao que parece da Segunda Guerra Mundial. Certidões de nascimento e óbito. Um cacho de cabelo de bebê.

E maços de dinheiro. Neil os retira e conta.

— Vinte e cinco mil.

O sorriso de Cerrito se abre.

— Vamos nos revezar com a marreta. Pegue o dinheiro. Deixe joias engastadas. Esqueçam heranças de família.

Ele manda uma mensagem de rádio para Molina.

— Entramos.

Eles começam a trabalhar.

20

A enfermeira sacode Hanna e o acorda. Luz do início da manhã entra pela janela do hospital. É sábado. Ele se senta com a postura reta.

— Eu largo o serviço em dez minutos — diz ela. — Talvez você também devesse fazer isso, detetive.

É a mesma enfermeira que ele cumprimentou quando chegou na outra noite. O estetoscópio brilha à luz do sol.

Ele se levanta, as costas estão rígidas. Fala em voz baixa.

— É. Obrigado.

Ela se vira para checar os sinais vitais de Jessica Matzukas. A porta se abre com um leve ruído quando Hanna sai. Já parado diante do elevador, as portas se abrem e a mãe de Jessica surge.

— Sra. Matzukas.

Andi Matzukas está de roupão e chinelos, acompanhada por um suporte de soro em rodinhas e uma enfermeira. Ela não parece surpresa ao vê-lo.

— Detetive. — Ela também carrega um buquê de flores frescas: peônias e margaridas, vermelhas e laranja. — A enfermeira contou a você? Ela está estável e progredindo bem.

— Contou — responde Hanna.

Ele a acompanha enquanto ela segue na direção do quarto de Jessica a passos curtos. Ele vê o maxilar rígido da mulher, ainda preso com arames, e a retidão renovada de sua coluna vertebral. O calor no olho descoberto quando fala da filha. Ela subiu o suficiente desde o fundo do poço para estar deliberadamente se preparando para *a filha*. Ela encontrou uma reserva de força e quer empregá-la para *a filha*. Agora são só elas duas.

— Talvez as enfermeiras tenham lhe contado — diz ele. — Eu a visito.

Ela assente.

— Ela ainda está em perigo? Tem um guarda à porta?

— Não. Ela está segura.

Ele não lhe conta as camadas de razões por que vai vê-la. Uma delas é que, talvez, inconscientemente, sua voz se torne familiar, de modo que, se ela recobrar a consciência, tenha confiança para revelar a ele tudo o que aconteceu e o que ela viu. Outra é que, por razões que ele desconhece, ele é impelido a expor as próprias histórias sombrias, ali, com ela. Uma terceira é apenas torcer por uma jovem lutando para sobreviver.

Os lábios da mulher se estreitam, talvez adivinhando parte da intenção de Hanna.

— Ferimento na cabeça. Nesse nível, o médico me alertou que ela pode não se lembrar do que aconteceu. — Ela fecha o olho, lutando contra uma onda de lágrimas, e contém novamente as emoções. — Mas eu me lembro. — Ela vira a cabeça. — Jessica, em seu quarto no segundo andar quando a campainha tocou. Conversando com amigos ou ouvindo INXS, talvez, não sei. Se eu pudesse voltar um minuto antes de Jimmy dizer: "Vou atender a porta". Um momento. Eu poderia ter dito: "*Espere*... Jimmy, espere".

Hanna permanece imóvel.

O tórax dela se estufa.

— James me mandou correr. Era tarde demais. — Ela pressiona as costas da mão sobre a boca. — E eu podia ter me contido melhor, mas... — Seus olhos vagam de um lado para outro. — Depois que eles me pegaram, o homem da camisa de pizzaria disse: "Pegue a garota". Foi aí que me descontrolei.

Hanna tem uma sensação de eletricidade no sangue.

— Ele disse "a garota". — Ela assente. — O quarto de Jessica dá para a rua?

— Não, para o jardim dos fundos.

— Algum dos homens entrou pelos fundos da casa?

— Não. Todos os cinco pela porta da frente.

Hanna fica imóvel. Quando a quadrilha chegou, eles já sabiam com antecedência que a família tinha uma filha.

Andi ergue o rosto rapidamente, com o mesmo entendimento.

— Eles estavam nos vigiando? A casa?

Hanna pensa: *Provavelmente. Eles provavelmente estudaram a casa.* Mas não seria só isso.

A respiração de Andi se acelera.

— Eles a estavam vigiando?

— Não. — Ele a toca no braço. — Isso é outra coisa. — Ele escuta a empolgação crescente na voz e a contém. — Eles sabiam que vocês eram ricos, era atrás disso que estavam. Sabiam que você tinha uma filha adolescente e teriam que controlar todos dentro da casa.

— Por estarem vigiando a casa?

— Ou conversando com você e seu marido. Ou a vendo com Jessica em algum lugar. Onde vocês duas estiveram juntas recentemente? Fale-me sobre as chaves de casa. Onde você as guarda?

— Em um chaveiro com a chave do carro.

— Algum lugar onde você tenha entregado as chaves?

Ela inspira, concentrando-se.

— Nós três fomos jantar na semana passada. Jessica e eu cortamos o cabelo algumas semanas antes. Vamos ao cinema nos fins de semana. Não sei.

— Isso já está ótimo.

Restaurante. Salão de beleza.

Hanna chega ao Departamento de Investigação Criminal antes das sete da manhã. Ele passa pelos detetives que estão terminando o turno noturno, passa pela própria mesa, e vai até o quadro branco com todas as listas.

Ali está.

Ele liga para a casa de Easton.

— Vincent — diz Easton, sem emoção na voz.

— Salões de beleza.

— Eu chequei. Quatro famílias. Salões diferentes.

— Os proprietários. Eles têm donos diferentes ou é o mesmo?

— Cada um é diferente.

— Ok. E estacionamento?

— Não sei — diz Easton.

— Verifique o serviço de manobrista que cada um usa.

Hanna e Easton passam pelo Ponte Vecchio, onde Andi Matzukas faz o cabelo, às 10h15. O salão fica na rua East Oak, o que significa Hermès, Chanel e outras lojas que servem taças de champagne aos clientes. Consumidores caminham pelas calçadas, bolsas farfalhando, sob árvores delicadas. Até as plantas ali parecem caras.

Junto ao meio-fio em frente ao salão há um posto de estacionamento tipo valet em funcionamento.

— Veja isso — diz Hanna.

Ao lado de um totem estão dois jovens de camisa polo vermelha e calças cáqui. Um está no fim da adolescência, negro, com um corte militar. O outro é branco, cerca de vinte anos, ágil e bronzeado, com olhos escuros e um brinco de crucifixo.

As camisas dos manobristas são bordadas com um logo: PREMIER VALET. Todos os quatro salões usam aquele serviço.

Os dois oficiais dão a volta no quarteirão e estacionam na parte de cima da rua. Hanna leva um binóculo aos olhos, a atenção indo para o manobrista branco. O rapaz tem cabelo preto com mousse, como o de Billy Squier naquele videoclipe horrível em que ele está dançando.

Na parte de trás do totem, há um armário para chaves de carros. O manobrista branco cumprimenta uma cliente que chega. Quando volta ao totem, depois de estacionar o carro, ele olha para as chaves antes de prendê-las no quadro. *Um chaveiro com a chave do carro.*

— Aposto cinco dólares que eles fazem rodízio dos manobristas entre os salões. E são um ou dois caras. Duvido que seja a empresa. — Hanna ajusta os binóculos.

Easton pega o rádio enquanto Hanna examina o salão. A recepcionista tem cabelo ruivo armado e calça legging tão justa que, se Hanna a puxasse, ela tocaria um dó maior.

— Este salão vai durar quinze minutos quando souberem da história de um manobrista procurando vítimas e fazendo duplicatas de chaves para uma quadrilha de ladrões torturadores, arrombadores de casas e estupradores — afirma Hanna.

O telefonista do Departamento de Polícia de Chicago conecta Easton com a Premier Valet. Ele se identifica e pede o nome dos jovens trabalhando no Ponte Vecchio.

Há uma pausa.

— Detetive? — pergunta o homem. — Não sei se posso divulgar isso sem a permissão de meu advoga…

— Se você soubesse o que eu sei e ainda quisesse ter um negócio na semana que vem, faria tudo ao seu alcance para nos ajudar nos próximos trinta segundos.

O proprietário escuta a sinceridade no tom de voz de Easton.

— Você está falando de Alex? Dave é o sobrinho do proprietário em um emprego de verão. Alexander Dalecki. Se vocês o estão acusando de posse de drogas, nós não temos obrigação alguma de fazer testes toxicológicos nos manobristas. Eles são terceirizados, não funcionários.

Easton e Hanna trocam um olhar. Hanna desembrulha um chiclete e o põe na boca. Easton pergunta o endereço, o número de seguro social e detalhes pessoais de Alexander Dalecki, para confirmar a identificação.

21

Alex Dalecki tem ficha. Arrombamento, furto em lojas, roubo de carros. Reformatório de St. Charlie e um tempo na penitenciária de Stateville, perto de Joliet.

Seu endereço é um apartamento no Near West Side, perto do centro da cidade, mas quando Hanna e Easton o seguem depois do trabalho, ele vai para o noroeste, até um bairro organizado de casas de família. Ele estaciona diante de um pequeno bangalô de tijolos com cortinas desbotadas e vasos com gerânios na escada da frente.

Hanna verifica o endereço. Pertence a Amelia Dalecky, mãe de Alexander.

Easton prende o distintivo no bolso e segue pelo caminho de entrada para bater. Hanna vai até o beco atrás da casa. Esperando perto da cerca de madeira dos fundos, ele marca trinta segundos no relógio, sabendo que o parceiro está na porta da frente.

Do outro lado da cerca, ele escuta uma porta de tela bater e passos saltando pela varanda traseira, correndo com passos surdos pelo pátio e o jardim. A cerca balança e mãos aparecem no alto, correntes douradas em torno dos pulsos de um homem. Alex Dalecki voa por cima.

Hanna o agarra em pleno ar e o joga com força no chão, como se estivesse lutando com um novilho.

— Porra, cara — berra Alex.

Ele se debate no chão de concreto. Hanna o segura no chão com um joelho nas costas e uma chave de pulso e cotovelo. Easton olha por cima da cerca.

Hanna o algema.

— Vamos — diz ele.

— Não aqui em casa, cara — diz Alex no jardim da frente. — Vamos lá, esta é a casa de minha mãe, toda a vizinhança está olhando. Eles falam muita merda, vocês sabem.

— Eles falam de você desde que tem seis anos e roubava bambolês de garotos na rua — diz Hanna. — Os golpes que você tem armado. Vamos.

— Eu não sou dedo-duro.

Resposta errada. Ele acabou de dizer, implicitamente, que sabe de alguma coisa.

Hanna se vira com a lentidão de um guincho.

— Acho que você tem armado para as clientes dos salões terem as casas invadidas e roubadas e serem estupradas. Várias vítimas se lembram de ter entregado as chaves a você. Elas vão apontá-lo direto do banco das testemunhas. Você vai levar a culpa. Isso não é firmeza, é burrice. Eles vão estar do lado de fora, rindo, gastando dinheiro e se divertindo na boa vida enquanto você vai embora.

Uma perua passa, a cabeça da motorista virando ao passar. Eles puxam Alex pela rua, passam por um homem de short que está regando o gramado com uma mangueira de jardim e o jogam no interior do Crown Victoria sem identificação.

— Nós falamos com a Premier Valet. Seu trabalho já era. O jogo acabou.

Hanna fala com firmeza. Olhando para Alex, ele o considera um aspirante a Romeu, alguém que está nas margens da quadrilha, faminto, um oportunista.

— E essa quadrilha vai supor que você a entregou, você tendo feito isso ou não. Isso significa apagar você. *Pop*.

Alex balança a cabeça.

— Vá se foder, cara.

Hanna se lança sobre o painel central na direção do banco traseiro e estala os dedos.

— Olhe para mim!

Alex ergue o olhar, cauteloso.

— Eu entendo. Todas aquelas mulheres ricas ignorando você. E elas são gostosas, mas inatingíveis. Não são para você, certo? O perfume que não vem do Walgreens. Elas cheiram a dinheiro. Frustrante. Isso faz com que você fique com raiva. Eu entendo isso.

Do lado de fora, um vizinho olha fixamente para o carro não identificado. Alex se abaixa cada vez mais no assento.

— Você acredita nesse palhaço? — Easton olha para Alex. — Ele está preocupado com o que os vizinhos vão pensar.

Hanna leva a mão sob o banco e pega o giroflex que eles usam para emergências no carro não identificado.

— Está vendo isso? Nós podemos ligá-lo.

— Meu Deus, parem com isso...

— Podemos botá-lo no teto, amarrá-lo no alto de sua cabeça e exibir você pelo quarteirão como um caminhão dos bombeiros.

Easton se vira para ele.

— Você tem ideia do que o espera se você for condenado por isso?

Alex aperta os olhos, então olha pela janela. O brinco de crucifixo balança sob a luz.

— Está bem. Que se foda esse cara. Vamos para o distrito — ordena Hanna.

Easton engrena o carro.

22

O chefe entra no beco atrás da oficina mecânica administrada por Aaron Grimes. Hank e Chubby estão com ele. O céu está carregado, chovendo bastante. O trânsito na rua próxima passa com o barulho de água. A oficina está escura.

O chefe verifica o relógio.

— Onde ele está?

Hank olha para o beco.

— Você disse 5h30.

— São 5h35. — Ele balança a cabeça. — Ele não está cuidando disso, e quero ele aqui quando eu examinar os carros de trabalho. — Ele acende um cigarro. — Para mantê-lo ligado. Então, onde ele se meteu?

Um carro entra no beco, faróis acesos na escuridão. Grimes para e desce do veículo.

O chefe está fora da picape, o cigarro no canto da boca.

— O tempo está passando. Onde você estava, caralho?

— Tudo pronto.

Mas, pensa o chefe, Grimes parece preocupado. E não com *ele*.

Ele segue o cara enquanto ele pega um chaveiro e abre as portas de sanfona da oficina.

Grimes tem mais espaço de garagem do outro lado do beco. O chefe o aponta com a cabeça.

— O que tem ali?

O chefe segue em sua direção, mas Grimes lhe indica outra.

— O seu está aqui. — Grimes entra pelos fundos da oficina. — Tudo pronto.

— O que tem na outra?

— Nada.

O chefe dá um sorriso malicioso.

— Seu cliente da CIA? Um batmóvel supersecreto?

Grimes o conduz até o lado de dentro.

— As chaves estão embaixo do tapete.

O carro de trabalho parece comum o suficiente. A van está impecável, ele tem que admitir isso. Letras profissionais na lateral, roxas e rebuscadas: FLORISTA ENCANTADO, MAYWOOD, IL. Lavada, polida, toda pronta e preparada para entregas caras em Gold Coast ou nos subúrbios.

— Documentação, seguro?

— No porta-luvas. Tudo vai bater e sair limpo.

— Onde você conseguiu?

— Roubei do departamento de serviços de uma concessionária em Evanston ontem. Ela estava estacionada, esperando uma regulagem. Por enquanto, ninguém vai perceber que ela desapareceu.

— Você está no limite, não está?

Grimes olha para ele com irritação.

— Você está com tudo pronto, cara.

O chefe passa a mão pela lateral da van. Ele deixa Grimes cozinhar por um momento. Ninguém mais devia ter prioridade sobre ele, o cara precisa saber disso.

Ele acena com a cabeça para Svoboda, que saca um envelope e o entrega a Grimes. Ele joga o cigarro no chão. Centelhas se acendem.

Hora de ir.

Em uma sala de interrogatório grande e austera no distrito de Shakespeare, Easton destranca uma das algemas de Alex, enfia-a em uma argola grande no chão de concreto e torna a prendê-la em seu pulso. Ele não consegue se sentar direito.

— Para que tudo isso? — pergunta.

Mais dois detetives grandes o cercam. Hanna está de pé, imóvel.

— Segundo round. É quando começamos a fazer perguntas de verdade. Este foi só o primeiro round — diz Easton.

— Vamos lá, cara, eu não sei por que estou aqui — reclama Alex.

— Porque duas vítimas o identificaram, seu idiota — diz Hanna.

Nenhuma resposta. A coragem de Alex começa a desaparecer.

— "Por que eu tenho tanta sorte, detetive Hanna?" é o que você devia estar me perguntando. — Alex olha para ele. — Quer saber por que estou dizendo isso? Ok, vou dizer a você. Você tem sorte porque eu *não* tenho sua quadrilha. Isso é muito importante. Quer saber por quê? "Quero, sim, detetive" — imita Hanna. — Ok, vou lhe contar isso também. Chama-se "troca". Você tem algo com o que negociar. Porém, se nós os pegarmos antes de você falar, se um dos meus homens se machucar ou eles atacarem outra família, quando você podia ter nos contado e feito com que aquela coisa ruim não acontecesse, isso se chama "contingência". Significa que você não tem mais o que tinha. Não tem merda nenhuma. Nada para trocar. Então largamos você no condado com uma placa de dedo-duro e aí começa a corrida para ver quem pega você primeiro. Provavelmente, seu chefe, porque ele sabe que você deixou sobrar para ele. Tique-taque, filho da puta. Você está sem tempo.

— Você não entende — tenta Alex.

— Entender o quê? Nós não precisamos entender nada. A lâmpada já acendeu? Tem alguém em casa nesse lugar escuro e cheio de teias de aranha conhecido como seu córtex cerebral?

— Absorventes Kotex? — perguntou Alex.

— Kotex as mulheres botam entre as pernas. O córtex é em cima.

— Você não sabe... — A cabeça de Alex balança e acena, tentando se localizar, inclinada pelo anel pesado no chão.

— O que eu não sei?

— Ele é completamente psicopata, cara. Ele vai me matar!

Hanna se aproxima do rosto de Alex, agarra o crucifixo da orelha direita e o arranca através do lóbulo. Alex dá um grito. Sangue jorra do corte.

— Babaca! — grita Hanna. — Que merda você acha que nós vamos fazer? Você vai abrir o bico, seu babaca. Vai me contar tudo o que eu quero saber, filho da puta!

Ele ergue o queixo de Alex, olha fixamente para ele e empurra a cruz em sua direção.

— *O poder de Cristo lhe ordena! Eu sou a porra de seu exorcista. Fale agora!*

— Wardell! — grita Alex.

— Mais alto!

— Otis Wardell! — Alex cedeu. Ele está arquejando como se estivesse correndo.

Hanna, repentinamente calado, diz em um tom monótono.

— Quando é o próximo golpe?

— Esta noite.

23

Hanna chega ao Departamento de Investigação Criminal como se estivesse correndo sobre trilhos. Paredes verdes, mesas cheias e cheiro de cigarros e suor de homens são apenas pano de fundo para a urgência. Easton corre a seu lado, puxando com ele Alex Dalecki, de cara emburrada, algemado, ensanguentado. Ele o conduz para fora do escritório em direção ao balcão onde será fichado, para ser jogado na solitária.

Alex chama Hanna quando é conduzido para fora.

— Informação, cara. Eu só contei fofocas. Eu não sabia o que acontece dentro dessas casas. Eu nunca fui em nenhum golpe, tá ligado?

— Casals, Rossi — grita Hanna. — Está acontecendo.

Os detetives se viram.

— Nós temos a quadrilha. Nós temos o próximo alvo. E eles estão planejando atacar *neste exato momento* — diz Hanna.

Casals se afasta da mesa.

— O manobrista estava passando informação para um bandido chamado Otis Wardell e sua quadrilha. Ele copia as chaves das casas — diz Hanna, agarrando o colete. — O próximo é em Gold Coast. Eles estão vigiando a casa há dias. Está acontecendo.

Casals está verificando a arma, pegando carregadores extras.

— Como eles vão entrar?

— Pela porta da frente, disfarçados de floristas. Eles vão chegar em uma van e invadir a casa.

— A família vai estar lá? — pergunta Rossi.

— Eles sabem que a família vai estar lá e o que levar. O manobrista diz que Wardell gosta assim. — Hanna prende o coldre com a Colt Combat Commander .45 no cinto.

— Puxei a ficha de Wardell — diz Hanna, no caminho. — Associados conhecidos: Hank Svoboda, William "Chubby" Wozniaki, Carlo Bolzani, também conhecido como "Angel". Eles estão se preparando enquanto conversamos. Quero que estejamos lá dentro antes deles. Quando eles entrarem pela porta, vamos estar lá dentro.

Casals guarda a arma no coldre.

Rossi está ao telefone, ligando para Registros, esfregando os nós dos dedos na testa.

Easton assente.

— Apoio?

Hanna está correndo pelo corredor até o armário de armas, de onde escolhe escopetas e AR-15s. Pega caixas de cartuchos e carregadores extras.

— Não há tempo. Eu não quero a SWAT vindo atrás de nós, avisando-os. Mantenha-os distantes. Nós vamos discretamente. Sem luzes. Sem sirenes. Torcendo para que eles já não estejam no lugar e nos vejam. Vamos.

Oito da noite, disse Alex a Hanna. É quando Wardell e a quadrilha pretendem atacar.

O marido chegou em casa do jogo de golfe. Os meninos tomaram banho, fizeram o dever de casa. A mulher está na cozinha com uma taça de vinho. Tranquila e relaxada. De guarda baixa.

Às 19h45, Easton para na esquina antes da casa dos Colson. O crepúsculo está terminando, uma noite calma caindo sobre a vizinhança. A área exala dinheiro. Casas mais antigas de pedra e tijolo erguem-se por trás de cercas vivas esculpidas.

Hanna está no rádio, informando e passando instruções para o telefonista do Departamento de Polícia de Chicago manter outras unidades longe.

— Quero pegar essa quadrilha assim que eles entrarem na casa e mantê-la lá dentro. Conter a ação. Manter isso *fora* das ruas. Se as unidades virem uma van de floricultura, deixem passar. Sem reduzir, sem virar, sem pegar o transmissor de rádio. Depois que ela passar, continuem fora de vista, em seguida, chamem. E vocês me ligam. Entendeu?

No mundo ideal, ele teria evacuado os residentes da casa alvo e retiraria os vizinhos dos dois lados antes da chegada dos ladrões. Ele deixaria que a quadrilha parasse em frente à casa das vítimas e entrasse. Então, ele deslocaria unidades para pontos de estrangulamento predeterminados, bloqueando as ruas e os becos.

Mas aquilo é o que ele tem. E vai fazer com que funcione, como uma bazuca.

Ele desce do carro e faz a curva na rua dos Colson. A casa é um clássico de Gold Coast, a duas quadras da avenida Lake Shore, logo ao norte da rua Oak. Parece o prédio de uma faculdade, com hera subindo pela parede de pedra lisa, como se você pudesse ouvir ecos de uma instituição de ensino flutuando acima das árvores pesadas e do ferro fundido. Hanna entra correndo por um portão lateral e corre para os fundos. O pequeno gramado bem aparado está pacífico sob a luz noturna. Portas grandes e duplas dão para uma cozinha enorme. Luz âmbar. Duas crianças vendo TV na sala. Uma mulher na casa dos trinta, vestida de forma casual e cara, está ao telefone, com uma taça de vinho branco na mão. Um homem com camisa de golfe encontra-se à mesa da cozinha lendo o *Tribune*.

Hanna sobe apressado os degraus até o pátio. Ele está com uma escopeta e exibe o distintivo. Bate à porta. A cabeça do marido se vira bruscamente. A mulher para, congelada.

— Polícia. Emergência — diz ele.

São necessários dois segundos de atordoamento para o casal trocar um olhar aguçado antes que o marido destranque e abra as portas duplas. Hanna entra.

— Tudo bem, me escutem. Sou o sargento detetive Vincent Hanna, da Divisão de Inteligência Criminal. Vocês e sua família estão em perigo. Façam exatamente o que eu disser, e precisa ser agora.

— Mas que droga está acontecendo? — interrompe o marido.

Hanna continua entrando, examinando a cozinha, a sala, as janelas grandes ao longo dos fundos e da lateral da casa, o corredor para o vestíbulo grande.

Hanna se vira na direção do homem.

— Vocês se tornaram alvo de uma invasão de domicílio. Soubemos disso há alguns minutos. Queremos tirá-los daqui agora mesmo.

Becky Colson sacode a cabeça, como se estivesse querendo despertar.

— Como você quer

— Agora! — Hanna chama as crianças: — Crianças, venham.

— Tirar-nos daqui? — diz Robert Colson. — Por que vocês não os mantêm fora?

— Porque eles já estão na área. Estão fortemente armados. Nós não sabemos onde, deixe-nos fazer nosso trabalho. O movimento mais seguro para sua família é estar em outro lugar. *Agora*.

O maxilar de Robert se tensiona.

Becky está pálida.

— Essas são as pessoas que atacaram aquela família perto do Lincoln Park?

— São. — Hanna assente.

Ela gesticula para os filhos.

— Venham.

Os dois pulam de pé e vão correndo para a cozinha.

— Sapatos — diz ela, pegando as chaves do carro em uma cesta na bancada, voltando-se na direção do vestíbulo na entrada.

Hanna nega com a cabeça.

— Não. Vamos levá-los pelos fundos, por cima da cerca. — Ele não quer que Wardell veja a família saindo e cancele o roubo.

O rádio de Hanna irrompe. Ele o pega do clipe no cinto.

— O carro batedor está circundando o quarteirão — diz Easton. — Wozniaki está dirigindo.

O pulso de Hanna se acelera um pouco.

— Espere até estar liberado, então venha para cá. Pela porta do pátio.

Ele se volta para os Colson.

— Mudança de planos. Onde fica a porta para o porão?

— Espere, espere. — Robert ergue a mão.

Becky aponta a porta do porão.

— O que tem lá embaixo?

— Uma sala de recreação, um banheiro e um depósito — responde a esposa.

Becky segura as mãos dos filhos e corre na direção da porta no corredor. Há uma escada que desce. Robert não está se mexendo.

— Se você ficar aqui — diz Hanna —, vai botar sua família, a si mesmo e meus homens em risco.

Easton, ladeado por Casals e Rossi, todos fortemente armados, entram vindos do pátio. A visão convence o homem.

— Ponha as crianças na banheira — diz Hanna. — Na banheira. Posicione um colchão dentro dela, ou almofadas de sofá. Tranque as portas. Não as destranque a menos que escutem instruções minhas. Entendeu? — Silêncio. — Entendeu?

— Sim — diz Robert, enquanto desce correndo. Uma porta bate no subsolo.

— Viaturas estão bem afastadas. A SWAT está de *stand by* em um beco perto de Ashland — relata Easton.

— Feche as persianas — diz Hanna. — Vamos.

Os detetives assumem posição protegidos, de forma a criar linhas de tiro que se cruzem na entrada em ângulos retos. Hanna vai até o vestíbulo e olha pela porta da frente.

24

A van para em frente à casa dos Colson, com Wardell ao volante. A rua está quieta, a noite se fechando. Ninguém está andando a pé. *Nessa área*, pensa Wardell, *eles fazem os mordomos levarem os cachorros para cagar.*

Um único carro passa por eles. O motorista não dá a mínima para a van com FLORISTA ENCANTADO pintado na lateral.

Wardell desce e pega um enorme arranjo de flores na traseira. Aaron Grimes, apesar da recente falta de atenção, fez o prometido.

Os que estavam na traseira da van saem pela lateral e correm para a varanda da frente. Angel, Chubby e o primo de Chubby, Darryl. Svoboda está do outro lado da cidade, no Franklin Park, preparando um esconderijo aonde eles planejam ir depois — com uma garagem onde Wardell pretende guardar os carros roubados dos Colson. Ele sobe os degraus até a porta da frente.

Os homens se empilham ao lado dela e baixam as toucas ninja sobre o rosto. Wardell dá a si mesmo um momento para inalar. O arranjo de flores esconde seu rosto. Ele gesticula com a cabeça para Angel, que toca a campainha.

Ele pode ouvir uma TV ligada em algum lugar nos fundos da casa. Ele espera. Angel toca a campainha outra vez.

— Nós entramos com a chave? Estamos muito expostos aqui fora — diz Chubby entredentes.

Wardell o ignora. Ele tenta ouvir algo e acredita ter escutado passos apressados descendo uma escada.

Hanna está no fim do corredor, preparado junto a um closet escuro, a escopeta apontada para a porta da frente, a coronha aninhada contra o ombro. As luzes no corredor estão apagadas. A campainha toca novamente.

Ele olha para Casals, deitado de bruços em um patamar no alto da escada, arma apontada para a porta. Rossi, à esquerda, perto da entrada. Easton por trás da soleira da porta da cozinha. Hanna ergue uma das mãos com o punho fechado. *Esperem*.

A TV está ligada; o volume, alto. As luzes da cozinha estão acesas. Os carros dos Colson estão visíveis através de uma janela na garagem. A quadrilha sabe que a casa está ocupada. Dê a eles tempo o suficiente, e vão se cansar de esperar.

Ele escuta a chave entrar na fechadura.

Wardell gira a chave duplicata. Ela prende na fechadura.

Ele põe as flores no chão da varanda e abaixa a máscara. Ele ouve Chubby murmurando. Ele retira e recoloca a chave. É uma falsificação feita de molde de massinha, um modelo recortado inexato. Ele usa sua habilidade. Angel está ficando tenso, ele prefere quando as pessoas abrem a porta. Melhor surpreender os alvos imediatamente, *bum*, e tomar logo o controle. Se um homem atende, eles neutralizam uma ameaça física primária. Uma mulher, bom refém. Dominação instantânea. Mas se os Colson são elegantes demais para atender a própria porta, ele vai pegá-los de surpresa em seu sofá de designer feito de couro. Ele massageia a chave na fechadura e a gira. O ferrolho se abre.

Isso.

Ele saca a arma do cós da calça jeans. Gira a maçaneta. A porta é pesada. Chegando para o lado, ele a empurra para abri-la, olhando para o corredor enquanto ela se abre em silêncio absoluto. Mármore. O pé de uma escada. Uma escultura de pop art em uma mesa. Papel de parede verde-escuro--amarelado, pinturas. Luzes apagadas no corredor. TV ligada nos fundos da casa, alta, uma trilha sonora de risos. Os babacas não sabem de porra nenhuma. *Venha, você é o novo concorrente em O Preço Certo de sua cabeça.*

Wardell sinaliza para a quadrilha. Eles se posicionam ao redor e entram silenciosamente. O chefe é o último a entrar e fecha a porta.

Hanna conta quatro homens mascarados entrando pela porta. Sob as luzes da varanda, ele vê o brilho do cano de armas em suas mãos.

Os primeiros três param e examinam o corredor escuro. O último segura uma enorme pistola semiautomática. Os outros se viram para olhar para ele, esperando instruções.

Aquele é Otis Wardell.

O integrante um pouco gordo, cuja touca está esticada em torno de uma cabeça de abóbora, murmura:

— Cadê eles?

Enquanto Wardell fecha a porta, ele diz:

— Nos fundos da casa, vendo TV. Separem e amarrem as crianças. Vão.

Eles entram pelo corredor.

Hanna sai do esconderijo e dispara a calibre 12.

— Primeiro de abril, filhos da puta!

O primo de Chubby, passando na frente de Wardell, é atingido e cai.

O resto da equipe de Hanna abre fogo.

Todos ao mesmo tempo…

Wardell se abaixa atrás de Chubby.

Casals atira do patamar da escada.

Rossi, da porta do escritório com um AR-15.

Easton, apoiado na porta da cozinha.

Chubby atirando...

Hanna engatilha a arma. A Remington ronca duas vezes.

O tiro de Angel atinge o chão. O disparo da escopeta de Hanna faz com que ele se desequilibre. Wardell responde ao fogo rapidamente com a grande .44.

Chubby, ferido, grita, desequilibrado, o braço da arma balançando aberto. O disparo de Rossi faz com que ele se vire. Ele permanece de pé e responde ao fogo.

Wardell se abaixa mais e dispara de trás dele.

Angel, surpreendentemente, se levanta. Chubby ainda está de pé, os disparos dirigidos a seu grande volume são um halo que Wardell vê além da forma volumosa dele. O chefe responde ao fogo, enquanto recua apressado e segura a maçaneta. Tiros estão atingindo o peito e as pernas de Chubby. Cuspidos, atingindo carne e osso. A duração de uma respiração, e Chubby tomba. Wardell atira, um disparo atrás do outro, mergulha pela porta, rola, fica de pé e sai correndo.

Hanna escorrega no sangue enquanto corre pelo corredor. Um corpo bloqueia a porta da frente, um homem corpulento. Ele arrasta o cara para o lado.

Abre a porta, protegendo o corpo caso Wardell esteja ali fora pronto para atirar nele. Nada. Atrás dele, Easton se aproxima pelo corredor.

— Está limpo — exclama Easton. — Três feridos.

Hanna sai correndo pela porta e desce a escada da varanda.

À frente, Wardell pula para dentro da van do florista e liga o motor. Com o pulso martelando, Hanna ergue a Remington. Ele tem uma linha de tiro na lateral da cabine da van.

E o pano de fundo do outro lado da rua são pessoas nas janelas e na calçada. Ele corre pelo gramado para conseguir um ângulo limpo para Wardell.

A van começa a se afastar, Wardell está ao volante, de touca ninja, olhos escuros por trás dela. Hanna aponta, dispara.

O para-brisa fica branco, uma teia de aranha a partir de um buraco no centro. Hanna carrega a escopeta. Vazia. A van passa por ele. Hanna está correndo enquanto recarrega a arma com os cartuchos do bolso, perseguindo-a.

Viaturas com as sirene ligadas chegam por trás dele.

A van sobe o meio-fio, segue por um gramado. Civis se abrigando desviam do caminho. Ela para em um aglomerado de arbustos. Hanna corre para o lado do passageiro, olhando por cima do cano da Remington. A porta aberta do carona revela o interior da cabine. A porta do motorista está aberta. Não há ninguém ao volante.

— Merda.

Wardell pulou do veículo e está fazendo uma curva rua abaixo. Hanna sai atrás dele.

Ele ouve um grito às suas costas, Casals o chamando. Hanna segue o clamor à frente, correndo com força. Ele pega o rádio no cinto.

— O suspeito está a pé. Seguindo para noroeste, depois da Clark na direção da La Salle. Estou em perseguição.

Árvores frondosas cobrem as luzes da rua, marcando a escuridão. Ele se aproxima de uma esquina e escuta uma buzina e o barulho de pneus. Pessoas gritam. Ele irrompe em uma rua movimentada. Uma quadra ao sul, carros estão emaranhados em um cruzamento; os motoristas, descendo.

Wardell está sentado no chão diante de um Mercedes. O carro aparentemente o atropelou quando ele entrou correndo pelo trânsito.

— Para trás! — Hanna corre na direção do cruzamento. — Saiam do caminho.

A rua está movimentada. Ninguém o escuta. O motorista do Mercedes desce do carro.

Wardell rola e fica de pé, com a pistola erguida, apontada para o homem. O cara foge e o criminoso entra no carro. Hanna abre caminho desviando de pedestres e veículos engarrafados. Wardell engrena a ré no Mercedes. Olhando para o retrovisor, ele acelera para se afastar do emaranhado de carros no cruzamento, dando ré loucamente.

Ele bate em um VW atrás dele.

Hanna chega ao cruzamento em frente ao Mercedes. Ele ergue a escopeta. Wardell olha fixamente para ele por trás da touca ninja, disquetes brancos no interior dos buracos para os olhos, olhos negros sem emoção. Sem expressão.

O Mercedes acelera à frente. Hanna atira.

Wardell se abaixa atrás do painel. Oito buracos atravessam o para-brisa. O carro continua a avançar. Wardell se apruma. Hanna salta em cima do capô.

Wardell acelera. Hanna bate contra o para-brisa. A escopeta desapareceu. Wardell mantém o pé no acelerador, desviando de carros no cruzamento. Hanna tenta se segurar com uma das mãos, segurando a borda de trás do capô, a outra sacando a Colt.

O primeiro tiro de Wardell passa por cima da cabeça de Hanna. O segundo, com um barulho metálico doentio, abre um buraco no capô ao lado de Hanna, que se esforça para levar a .45 até a janela do carona. O carro arranca através da faixa central e acelera contra o trânsito do lado errado da rua.

Sirenes a distância. Wardell rabeia em uma curva fechada à direita, bem em frente a um ônibus.

Quando Hanna começa a perder a pegada, ele consegue disparar na direção do Mercedes. Em seguida, cai com força no chão, quica e rola. Barulho de freios. Os faróis do ônibus formam um balão a seu redor. Para perto da cabeça. Ele ouve uma batida rua acima.

Hanna fica de pé, machucado, um joelho claudicante, paletó rasgado, e sai mancando o mais rápido possível atrás do Mercedes e de Wardell.

Ele encontra o veículo roubado a uma quadra a oeste, a porta do motorista aberta. Viaturas do Departamento de Polícia de Chicago chegam correndo, com luzes e sirenes. Um carro não identificado para, a luz do painel girando branca e vermelha. Casals e Rossi saltam.

Hanna afasta a ajuda, fazendo a volta, cambaleando para olhar para as ruas laterais. Os olhos ardendo de fúria para pegar Wardell. Nada.

Hanna volta à casa dos Colson no carro não identificado com Casals e Rossi, pressionando um lenço sobre um arranhão sanguento na testa e orelha. A rua é um carnaval de luzes azuis giratórias. Veículos de patrulha bloqueiam o acesso dos dois lados da casa. Vizinhos estão reunidos em grupos do outro lado da rua. Um helicóptero do Departamento de Polícia de Chicago voa, fazendo barulho, com o holofote iluminando telhados e rua.

— Vincent... — diz Casals, tentando conduzi-lo para um socorrista em uma das ambulâncias.

Hanna o ignora, e está na metade da escada quando Baumann para atrás da barricada e desce do carro. Aquele cabelo branco se destaca em meio às luzes caóticas. Policiais e outras pessoas que responderam ao chamado abrem caminho à medida que ele se aproxima da casa, usando um sobretudo preto e segurando um charuto. Atrás dele está seu número dois, o tenente Tom Novak, um homem forte e um policial respeitado. Hanna está do lado de dentro, ele não esperou.

O hall de entrada está uma confusão. Com luzes acesas, é uma cidade sangrenta. Pinturas foram derrubadas das paredes, respingadas de vermelho. A quadrilha de Otis Wardell jaz morta sobre o chão de mármore.

As toucas dos homens foram retiradas. Easton está mandando um fotógrafo tirar fotos dos corpos no local.

Hanna desvia da bagunça.

— Easton.

O rosto do parceiro está tenso.

— Uma jogada completa. Os coringas ganharam dos babacas.

Ele olha para Hanna de cima a baixo.

Hanna balança a cabeça.

— O número um escapou. — Ele gesticula com a cabeça na direção da cozinha. — Família?

— Todos em segurança.

Hanna os cumprimenta à mesa da cozinha.

— Terminou. Está todo mundo bem?

O menininho assente para ele. Robert Colson está com um braço em torno da esposa.

— Nós vamos tirar vocês daqui — diz Hanna.

Ele ouve vozes de homens na porta da frente. Hanna volta mancando para o hall.

Ele encontra Novak e Baumann, que diz:

— Meu Deus. Tem mais sangue e entranhas aqui que em um abatedouro.

— E como foi seu dia, capitão?

— Pelo que sei, impedimos um roubo em andamento — diz Baumann. — A família?

— Segura. O resto é exatamente o que o senhor vê.

— Eu vejo três corpos. Uma van toda baleada. Equipes de jornalistas fazendo fila.

— Eles são todos seus — diz Hanna. — Agarre as manchetes.

— Eu vou. — Baumann aponta com o charuto. — Minhas habilidades avançadas, além de falar, incluem contar. Três mortos? Onde estão os números quatro e cinco?

— Escaparam.

— São Otis Wardell e Hank Svoboda?

— Isso mesmo.

— Você não podia ter coordenado e isolado as ruas e becos, bloqueando rotas de fuga?

Hanna vê um brilho em torno do rosto de Baumann, uma aura. Uma zona desfocada em meio ao ruído visual da cena do crime ativa. Hanna sente como se mercúrio gelado estivesse correndo pelas veias. Os olhos estão frios, como se viajassem momentaneamente para outro tempo e lugar, para além do cansaço, abastecido por anfetamina, nos destroços como todos os outros, enquanto eles disparam, granada, ferimento, morte, ser ferido, ser morto. Zumbis na chuva fria.

— Decisão tática — diz Hanna.

— E você não avisa a mim e a Novak? Nos exclui de uma operação? — retruca Baumann.

— Vá ficar com o crédito, as câmeras estão bem ali — responde Hanna. — E a quadrilha já estava em ação para pegar a família. Taticamente, foi a decisão certa. Meus homens eliminaram a quadrilha mais perversa que já se viu nos últimos dez anos. Eu vou encontrar Otis Wardell e vou prendê-lo.

Baumann fica imóvel. Como uma cobra, fria e pronta para o bote.

Baumann não se importa com Wardell. Ele se importa em lubrificar a máquina, o condado de Cook: a prefeitura, os chefes do Departamento de Polícia de Chicago ou a máquina do crime organizado. Ele se preocupa com prestígio. Talvez chefe dos detetives, talvez chefe de polícia. Dê a ele cinco anos. Ele está grudado naquela cidade como um carrapato.

Hanna tem espaço porque Hanna produz. E ele *conquistou* aquele emprego. Viceja nele, conta com o apoio da equipe.

— De agora em diante, quero saber de todos os movimentos que você vai fazer antes de fazê-los. Nada mais de sair por aí como um míssil descontrolado — sentencia Baumann.

De agora em diante, Hanna sabe, trata-se de ser contido.

Este cachorro não vai caçar.

Baumann olha para ele.

— Está me ouvindo?

Hanna, em tempo real, sente uma espécie de distorção que não consegue descrever. Ela o frustra. As experiências e o que ele vai fazer são maiores que Baumann e suas manobras, maiores que aquele lugar.

— Estou ouvindo o que você está dizendo. Você está me ouvindo? Wardell é todo meu. — A voz de Hanna torna-se quase um sussurro. — Você está me ouvindo agora? Eu quero um caminho livre, saia da minha frente, porra.

Baumann vai partir para cima. Hanna está pronto. Novak segura Baumann, gesticulando na direção da imprensa ali perto.

25

Chris ergue a marreta. O cabelo loiro escuro devido ao suor. Cerrito posiciona a bucha sobre o cofre.

Número trezentos.

A sala da caixa-forte fede a transpiração e dinheiro velho. Eles estão exaustos, já é domingo à noite.

Chris martela a fechadura, os ombros latejando. Então ele usa o gancho de segurança no buraco e abre a retranca. A porta se abre.

Neil puxa a caixa interna. Dentro dela há meia dúzia de passaportes americanos, canadenses e mexicanos. Escrituras de propriedade. Uma certidão de casamento. E rolos de dinheiro. Ele guarda o dinheiro em uma bolsa de ginástica. Chris pega uma garrafa d'água e a bebe.

Neil põe o cofre de lado e ouve algo chacoalhar. No fundo, há um jogo de chaves de carro, uma pilha de disquetes de computador presos por um elástico grosso e uma medalha de São Cristóvão.

Chris e Cerrito vão para o seguinte. A marreta golpeia em uma série de ruídos metálicos. Chris destrava a retranca, puxa a caixa e abre a tampa.

— É. — Ele enfia a mão no cofre.

Barras de ouro.

Neil se permite sorrir.

Ali, encontram joias, Krugerrands, três pacotes de diamantes brutos e pornografia. Muita pornografia. Algumas delas mostrando um senador dos EUA.

Cerrito ergue uma foto.

— Neil, essa merda pode valer mais do que qualquer coisa que encontramos.

— Chantagem? Não. Só em dinheiro vivo já temos dois milhões. — Neil enxuga suor de sua testa. — E esse é um sósia, o senador verdadeiro não está transando com Elvis.

Eles ignoram fotos comprometedoras, joias, livros-caixa. Separam as chaves de carro, a pilha de disquetes de computador e alguns títulos ao portador que eles podem guardar ou destruir depois.

Neil verifica o relógio.

— Faltam trinta minutos. São os últimos.

Cerrito assente, pega a marreta. Está se movimentando lentamente, mas com uma disposição incansável. Eles abrem o cofre seguinte e Chris retira o conteúdo.

Dinheiro. Brincos de esmeralda, um broche de pérolas. Fotos: hipopótamos em um lago em frente a uma fazenda sul-americana.

Grampos para mamilos cravejados de rubis. Chris os ergue.

— Algumas pessoas têm dinheiro demais.

Cerrito remove a tranca do cofre seguinte, libera a retranca e a retira.

Moedas de ouro. Barras de prata. Dinheiro. McCauley os carrega.

São três da madrugada. Ele pega um saco plástico de lixo e começa a recolher as coisas. Eles planejam não deixar nada do que trouxeram na caixa-forte. Nem um pedaço de papel. Nem um cílio. Ele vê uma caderneta bancária que não tinha percebido e a folheia. Percebe a pilha de disquetes de computador que tinha separado. Ele faz uma pausa. Por que eles estavam trancados em um cofre? Kelso, segundo Nate, disse para prestar atenção a qualquer coisa incomum. Considerando que o cara sabia quem eram os clientes do banco, talvez haja alguma coisa. Além disso, Neil sempre fala menos quando está pensando mais. Então, joga os disquetes de computador na bolsa de ginástica.

Às 4h55, eles tiram o que restava do equipamento da caixa-forte. Neil dá uma olhada final, caixas vazias de cofres estão abertas por todo o lugar. Seus ombros latejam. Por baixo das luvas, as mãos estão com bolhas. Os olhos estão irritados. Ele desliza pela abertura na parede, deixando a caixa-forte saqueada no escuro.

Do lado de fora, a escuridão que antecede o amanhecer está fresca, um despertar chocante depois de 54 horas lá dentro. Molina leva a van até os fundos da loja vazia. Eles carregam tudo e vão embora em meio ao silencio, antes que a cidade comece a despertar.

McCauley aperta a mão de Molina quando Danny deixa os três no carro da troca. A luz rosa do amanhecer está varrendo a rua. Molina vai se livrar da van e do equipamento que usaram no cofre. Neil deixa Cerrito no estacionamento de longo prazo do aeroporto de O'Hare. Michael estacionou uma caminhonete ali antes do golpe e tem que dirigir duas horas até Milwaukee, de onde vai voar mais tarde naquele dia. Michael joga uma das bolsas sobre o ombro.

Neil se inclina na direção dele.

— Vá para casa. Esteja pronto para uma ligação.

Cerrito o encara com olhos brilhantes.

— Ok, parceiro. Quanto tempo?

— Quem sabe? — diz McCauley. — Diga olá para Elaine.

Chris e ele seguem para sudoeste pela I-55. As passagens partem de Milwaukee, a dele para Los Angeles, a de Chris para Vegas. O carro é um Ford Taurus discreto e bege. O bege o lembra de homens brancos pálidos amontoados nos blocos de celas de Folson. Uma proximidade abafante. Ele odeia bege. Mas um Ford Mustang novinho não ia servir, embora ele sinta vontade de pisar no acelerador, sentir o ronco de um motor embaixo dele, ver a estrada passar correndo. Ele se sente livre com o sucesso e a liberdade.

Um passo de cada vez, ele respeita o limite de velocidade. Chris gira o dial do rádio e encontra Van Halen. Aumenta o som, abaixa a janela e deixa que o vento e a música gritem.

Chris teria alugado um Ford Mustang.

A noventa minutos de Chicago, Neil para em um posto de gasolina e encontra um telefone público. O céu vasto é de um azul rural que ele nunca vê em Los Angeles. Limpo, nuvens de pipoca, um horizonte plano, verde e vazio. Ele insere as moedas e se encosta na porta da cabine telefônica. Ele escuta uma voz do outro lado da linha. O dia, de repente, fica ainda melhor, projetando dentro dele uma certeza em relação ao que ele vai fazer acontecer.

— Oi, querida — diz Neil. — Estou a caminho de Los Angeles. Vejo você em breve.

26

Segunda de manhã, às dez horas, Hanna e Casals observam Larry destrancar a porta da Levinson's TV & Acessórios e virar a placa para ABERTO. Eles entram cinco segundos depois. Levinson nem chegou à mesa.

Os olhos se semicerram.

— Vincent.

Hanna o empurra.

— Anda.

— O que é isso? — pergunta, desequilibrado, retrocedendo.

— É hora do Teleton. Pegue o telefone e encontre-me Otis Wardell.

— O que há com você? — Levinson aponta para ele. — Você não recebeu a mensagem?

— Mensagem? — Hanna olha para o teto. — Você quer dizer algo como os céus se abrindo? Uma mão descendo por entre as nuvens. Um dedo apontado para mim. "Hanna, tire as mãos de Levinson." Essa mensagem?

Eu recebi. Aqui está a resposta. Você vai descobrir onde esse filho da puta doente está passando a mercadoria, e vai me entregar isso, porque qualquer um que o ajude e apoie, esquivando-se por não falar franca e abertamente, sem hesitação, vai rodar junto com esse filho da puta.

Levinson não diz uma palavra sequer. Hanna o vira e o empurra na direção da mesa. Ele tropeça na cadeira de executivo de vinil e o rosto fica vermelho, mas ele alisa o pouco cabelo que tem e puxa o telefone em sua direção.

Hanna sabe que isso vai ter consequências, Baumann ficará puto. Mas Wardell está lá fora, se escondendo, cauteloso, determinado. Há uma janela e ela está se fechando. O relógio está andando. Caçar Wardell está na corrente sanguínea de Hanna, e o sangue está circulando. Foda-se Baumann.

Casals, com a voz severa, mas controlada, diz:

— Viu aquele filme em que a garotinha explode todos os aparelhos de TV com a mente? Isso será Vincent dentro de dois segundos.

Levinson pega o telefone. Depois de cinco minutos, ele desliga.

— Agora é só esperar.

— Volto em duas horas — diz Hanna.

Lá fora, Casals, alto e calmo, aparentemente sempre calmo quando Hanna fica tenso, diz:

— Dê um tempo.

Quando saem do carro, o corpo de Hanna dói devido à queda de cima do Mercedes roubado. O esfolamento na testa lateja; ele está puto pelo terno estar destruído, puto com a luz do sol, puto por haver tantos obstáculos no caminho.

Ele sabe como funciona. Entendia como as coisas eram quando aceitou o emprego. Em Chicago, a corrupção é endêmica, justa e democrática. Todos os cidadãos têm o direito inalienável de subornar quem quiserem sem precisar ser a Standard Oil de Nova Jersey, do jeito que se faz no sul da Califórnia. Quando dinheiro é recuperado de um golpe, metade vai para um saco de papel marrom e desaparece no porta-malas de um policial. Detetives o usam para subornos e informantes. Talvez ele se transforme em um carro ou em uma cozinha reformada. Ninguém fica rico. E os policiais nas ruas e nos esquadrões de detetives acomodam os caras com quem estudaram juntos na escola primária Holy Martyrs.

Mas, no momento, Hanna vai fazer com que as coisas funcionem do jeito dele.

27

O sol está alto e forte quando McCauley entra com o Seville no prédio em Marina del Rey. O travo de sal o alcança quando sai do carro, com um pouco de escapamento por baixo. Palmeiras se agitam com a brisa. Ele joga a bolsa sobre o ombro. No alto, em seu apartamento, o chuveiro está ligado. Escuta risos no banheiro por trás da porta fechada. Ele guarda a bolsa atrás do painel falso no armário.

Há uma mala Samsonite azul-celeste aberta no chão e, sobre a bancada da cozinha, uma mochila de criança, junto com uma toalha de praia secando nas costas de uma cadeira. Há outra pessoa ali, então McCauley não pensa duas vezes sobre isso. Ele leva o telefone para a varanda.

Uma ampla faixa de praia, os borrifos das arrebentações cintilando brancos no ar. Gaivotas voam em círculos e piam. McCauley se apoia na grade de proteção e faz a ligação.

O homem que atende fala por cima do som de copos batendo, conversas e música ao fundo.

— Blue Room.

— Ponha Nate na linha — diz McCauley.

Um minuto depois, Nate atende.

— Você está de volta?

— Estou. Você estava certo.

— O que acha disso? — pergunta lentamente.

— Apareceu uma coisa. Queria que fosse verificado. Disquetes de computador.

Ao fundo soa o ruído do Blue Room.

— Vou ver um esquema.

De volta ao lado de dentro do apartamento, a porta do banheiro se abre. Elisa Vasquez sai, envolta no roupão atoalhado de Neil, secando o cabelo da filha de oito anos, Gabriela. A menina está enrolada em uma toalha, esfregando os olhos, então o vê.

— Oi, Neil — diz Gabriela, animadamente, e sai correndo pela cozinha com a mão levantada. Eles fazem um cumprimento de toca aqui.

— Oi, menina.

— Vá se vestir — diz Elisa para Gabi, enquanto é abraçada por Neil e ele beija seu cabelo molhado.

Ela se mantém ali enquanto Gabriela corre para o quarto dos fundos com algumas roupas da mala.

Neil limpa o cabelo molhado da testa.

Os olhos escuros de Elisa o encaram.

— Então, *mi amado*? — A voz dela é grave, um contralto profundo, surpreendente para uma mulher tão pequena e jovem. — Está tudo bem?

Neil olha para o lado, em seguida novamente para ela. O sorriso de beleza contida.

— Melhor que bem. Zero problema. Tudo funcionou.

Ela leva a mão ao rosto dele, a pele quente do banho. Então, vai até a geladeira, pega duas cervejas, abre-as e volta. Eles brindam com as garrafas. Ela bebe, a cabeça inclinada para trás, um braço em torno do pescoço dele. A pele de Elisa é impecável; os lábios, impecáveis; a resolução e o passo lento, movendo os quadris, impecáveis. A calma. O jeito como ela olha para ele. Ele enfia o rosto em seu pescoço e a beija onde sente as pulsações.

O que pulsa dentro dela é alívio, que a invade como uma onda rasa sobre areia limpa.

— Fique esta noite — diz Neil.

— Gabi tem escola de manhã, então eu preciso voltar. Achei que você fosse chegar ontem.

— Eu também.

— Mas nós temos esta noite, não?

O sotaque de Elisa mistura norte do México com Rio Grande Tejano. Ela cresceu em Eagle Pass, Texas, e Piedras Negras, Coahuila. A família mora ao longo de *la frontera* há quatrocentos anos.

Ela se afunda junto a ele, os lábios quentes, tudo quente, os olhos e o riso.

Elisa é pragmática e seus nervos são sólidos como aço. É mais calejada e firme que qualquer pessoa que ele já conhecera. Ela é um livro aberto para ele, e ele para ela. O primo dela, Alejandro, esteve em Folson com Neil. Foi assim que eles se conheceram, então sabe tudo sobre ele.

— Estou faminta — diz Gabriela, voltando com uma camiseta do *Dragon Ball* e Reebok cor-de-rosa.

— Ok, figura. Vamos encarar um bife?

— Que tal iscas de peixe?

— Esta noite quero levar sua mãe a um lugar especial. O que acha de espaguete no Enrico's?

— Combinado.

Para Elisa, ele diz:

— Eu vou até El Centro na quarta-feira.

Ela pega a mão dele.

28

Chris volta para Vegas nervoso em um Audi Quattro preto. Ele se registra no Mirage. Tem um plano. Tem dinheiro. Tem uma semana até que Neil precise dele são, sóbrio e pronto para trabalhar. Ele pega uma suíte que dá vista para a Strip, pede um bife de coração de costela e uma garrafa de Bourbon e pega o telefone. Parado junto à janela com o sol entrando forte, ele segura o cartão de visitas que roubara da bolsa de Charlene na noite que passaram juntos.

A única coisa no cartão é um telefone com prefixo 702, de Las Vegas. Isso e o cheiro de perfume. Ele não sabe qual. Obsession. Opium. Ela.

Ele está vindo de um grande golpe e está surfando na onda. Dourado, reluzente, e ganhando como um campeão.

Ele vai encontrá-la. Disca.

Uma mulher atende.

— Desert Dreams.

Desert Dreams. O serviço para o qual ela trabalha quer ser discreto. Ele também tem um plano para isso, e uma conexão para fazer com que aconteça.

— Estou na cidade a negócios e gostaria de ter uma guia local para me mostrar os pontos turísticos.

— Este é um serviço de mensagens. Vou transmitir a solicitação, e um de nossos gerentes vai resolvê-la e retornar para você. — Ele escuta o som de digitação. — Alguém em especial?

— Tenho. — O sol o atinge nos olhos, um clarão ultravioleta. — Meu amigo me mandou perguntar por Docinho.

Charlene entra no bar no Flamingo antes do pôr do sol, usando um vestido branco de couro de costas nuas que contrasta com seu bronzeado. A música, as conversas e as campainhas de máquinas caça-níqueis próximas a ajudam a entrar no modo trabalho. Ela chegou cedo, está pronta. Antes de seguir em frente, toma dois comprimidos para se alçar ao estado de ânimo animado e flexível que pode impressionar um cliente novo.

Cabeças se viram quando ela passa. Homens olham, mulheres olham. O serviço disse que o cliente desta noite é um homem, Bobby Valentine. O que ele é, um cantor de *doo-wop* dos anos 1950? Seu gerente, Keith — também conhecido como Dead Eye, também conhecido como o namorado que a dispensou três semanas depois de se conhecerem —, disse a ela que não importa se o cliente é homem, mulher ou um mutante atômico da área de testes de Nevada.

Dead Eye se acha engraçado. Às vezes, ele é. Não nos últimos tempos. Ela falou a ele que chuparia um míssil Minuteman se a gorjeta fosse boa o bastante. Ele não riu.

Houve momentos, logo que ela chegou à cidade, quando estava com fome, em que deixou que os clientes tirassem dela o que quisessem por algumas fichas de cassino e uma refeição. Ela evita pensar naqueles dias. Atualmente, quando ela entra em um salão, as cabeças se viram por desejo ou inveja. Mas, na verdade, não é muito diferente dos momentos ruins. Ela tem 22 anos, está cansada.

Está sobrevivendo, mas aquela vida não permite que você progrida. Nem mesmo em Vegas, uma cidadezinha reluzente e mentirosa. Ela anda, os ombros jogados para trás, pensando, *Eu cheguei aqui*. Saiu de Dakota do Norte, aquele pesadelo. Nem mesmo de luto pelo pai ter morrido recentemente de um AVC, o cretino, e pela mãe estar se matando de tanto fumar. Vegas não é o fim de uma estrada que ela queira percorrer.

No bar, ela se senta em uma banqueta. Estende uma nota de dez e pede um seven & seven. A mulher, mais velha, com uma camisa social branca, colete preto e gravata, o põe sobre um guardanapo.

— Você seria Charlene?

Ela fica imóvel. Bobby Valentine tinha pedido por Docinho.

— Quem está perguntando?

— Não é da minha conta, querida. — A mulher pega um envelope gordo embaixo do balcão. — Deixaram isso para você.

Charlene agradece, e a bartender se afasta. Ela o abre.

— Merda — sussurra.

Dentro, há uma pilha de notas novas de cem dólares. Ela não as tira do envelope, mas as examina. Dez mil dólares. E um bilhete em um papel do Mirage.

Vá para casa, vista uma calça jeans e sapatos com os quais você possa andar. Encontro você em frente ao Caesars em uma hora. O dinheiro é para cobrir tudo de que você precisar, tudo que qualquer pessoa possa pedir a você. Esta noite, amanhã, quando for.

Aposte em mim.

Algo se acende dentro dela. Raiva e riso. Aquele garoto selvagem, arrogante, louco e mágico. Desce da banqueta e se dirige à saída.

Ela está parada na calçada em frente ao Caesars quando ele chega em um Audi Quattro preto modelo D11, topo de linha. Ela está usando calça jeans, all-star e uma blusa branca de camponesa, sentindo-se terrivelmente malvestida para a Strip. Ele se estica e abre a porta do passageiro por dentro.

— Bobby Valentine? — Ela sorri.

Chris ri.

Charlene entra. Bon Jovi toca alto no aparelho de som. Chris está mascando chiclete, parecendo magro, bem e confiante, como um rei prestes a adentrar uma cidade conquistada a cavalo. Polo e calça de combate preta, os olhos azuis sem nuvens, a sensação pulsante de perigo.

Não perigo para ela, mas para qualquer pessoa que a ameaçasse.

— Aonde nós vamos? — pergunta ela.

— Vamos descobrir.

Ele engrena o Audi e se afasta do meio-fio.

Eles vão para o deserto, a quase 150km/h, na direção do pôr do sol. Em direção às sombras azuis que apunhalam as montanhas. É uma noite fresca, a música é uma droga, e Chris está com a mão na dela quando sai da autoestrada, pega uma estrada de terra e dispara através do campo. Ele para no alto de um *arroyo*, de onde se vê a bacia reluzente da cidade.

Ele desliga o motor e se volta para ela.

— Admita, você estava torcendo para que eu voltasse.

Ela desce e vai até a borda do *arroyo*, as mãos enfiadas nos bolsos. Ele chega por trás e passa o braço em torno de sua cintura. Chris é alto e quente, e minha nossa, ela não sentia algo parecido com a *presença* física dele havia séculos. Ela está pulsando, cada centímetro.

— O que estamos fazendo? — pergunta.

— Eu lhe disse que queria encontrar você outra vez.

— Não quero você como cliente, Chris.

— Bom, porque eu quero que você largue isso.

Ela escarnece.

— O que, você vai me manter como seu brinquedinho particular?

— Não. — Ele joga o cabelo dela para trás e a beija no pescoço. — Eu quero você comigo. Ponto.

Ela se vira e se aperta contra ele. Puta que o pariu, ele é ingênuo. Ele é um deus. Ela o empurra na direção do carro.

— Espero que você tenha trazido um cobertor.

Ela tira a camisa dele, beijando-o. Abre o zíper da calça. Ele a levanta. Ela o envolve pela cintura com as pernas.

Ela vai resolver as coisas com ele depois. Depois. Santo Deus.

Mais tarde, sentada no capô do Audi, ela pede que Chris fale mais sobre si, precisando saber se vai ser sincero.

— Cumpri pena — diz.

Ele admite. Bom, porque ela percebeu isso desde o princípio, a começar pela cautela, o jeito como seus olhos examinam o ambiente, à procura de perigo, registrando todas as saídas. E aquela disposição impulsiva de acabar com qualquer um.

— Você gosta de Vegas? — pergunta ele.

— Você gosta de areia em sua comida?

— Então por que você está lá?

— Você já esteve em Minot, Dakota do Norte?

— Isso fica na Califórnia?

— Exatamente.

Ele se recosta sobre os cotovelos.

— Você saiu daquele lugar. — Ele olha para o tremor distante das luzes de Vegas. — Por que não deste?

Isso surge na cabeça dela: *Depois*. Ela não pensava nisso desde… quando? É sempre *agora*. E *entorpecida*.

Ela foi para Vegas para fugir dos pais fundamentalistas, as piores partes de crescer como filha de um militar da força aérea. Ela não conta a Chris as coisas ruins sobre os homens que o pai conhecia, que viram uma menina de treze anos bem desenvolvida e resolveram se aproveitar dela.

— A vida é curta — diz Chris. — Você não para de se movimentar, agarra o que puder, enquanto puder. É isso.

Um som nítido como um sino ecoa através dela.

Pense além desta noite, Charlene. Acorde.

— Você tem razão.

Ele se vira para ela.

— Então vamos fazer isso.

Ela está sentada com os pés descalços em cima do capô, encostada, o cabelo levemente dourado agitando-se em torno dos ombros com a brisa do deserto.

— Achei que fosse por acaso — diz Chris. — Ver você no cassino. Foi magia. E quando a magia entra em ação tudo muda. — Ele pega a mão dela. — Eu moro em Los Angeles. Vá para lá comigo, agora.

Ela se vira lentamente. Examina-o para ver se ele é louco, ou um tolo, correndo mais rápido que as pernas.

— Como isso seria?

— Você pode fazer qualquer coisa que quiser. Eu trabalho com construção. Com um pequeno negócio: transporte, logística, demolição. Bom dinheiro.

A expressão dela perde o viço.

— Dez mil dólares em um envelope com meu nome. Bom assim?

— Trabalho periódico, os pagamentos são grandes. Aí eu trago para Vegas e... — Ele estala os dedos. Sorri. — *Bum*.

Ela olha para ele. Séria, pensando de verdade.

— Não posso simplesmente partir — diz, enfim.

— Por que não?

A expressão dela diz: *Você não sabe? Você não entende?*

— Você acha que vou deixar alguém machucar você? — diz ele. — Nunca.

— Como isso funciona, exatamente?

— Você quer ir embora? Você vai embora. Nada a segura aqui.

Ela olha para ele com ceticismo.

— Você quer sair daqui? — pergunta ele.

— Quero.

Ela pensa: *Preciso*.

É hora de ser esperta. *Próximo*.

— Como? — diz ela.

— Você diz a ele que acabou.

— Eu devo...

— Nada. A parte dele? Sua parte? Você resolve. Você está fora.

— Você sabe que não é assim que funciona, certo?

Ele se levanta.

— Charlene, é assim que vai funcionar. Para nós. E eu vou com você. — Ele pensa: *É Vegas. É magia*. E ele está em uma maré de sorte. É a hora da feitiçaria, e ele tem um plano. — Eu sei o que estou fazendo.

O vento aumenta. O sol se põe por trás dos picos. As luzes vibrantes da cidade à distância parecem frias e indiferentes.

— Tá — concorda ela. — Ok. Mas eu quero ir junto. Se eu vou fazer isso, eu mesma quero fazer.

Ele entende e assente.

Ela mora em um apartamento barato com duas outras garotas do serviço de acompanhantes. Está ali há um ano, não tem nada exceto a cama e a cômoda de brechó, e não liga para nada disso. Roupas, o carro — quando lista tudo, as coisas não somam muito. Dezoito meses ali, festejando, sendo paga para fazer sexo, adquirindo um conjunto de habilidades que nunca vai poder colocar no currículo. Longe de Minot, Dakota do Norte, com uma pequena reserva de dinheiro. Assegurando-se de que nunca terá que voltar. Se enterrando em nada, em glitter, dourando tudo com fumo, uísque, heroína, metanfetamina. Manhã, tarde, noite, nada disso importa.

Cansada, esgotada.

Até aquele dia.

Ela arruma as coisas, jogando roupas, maquiagem e sapatos em uma mala. Não liga para as plantas nem para a comida na geladeira. Ela deixa um bilhete para as companheiras de apartamento: *É tudo de vocês. Tenho que ir.* Não espera para lhes dar um abraço de despedida.

Ela tem que resolver as coisas com Dead Eye.

Ela o encontra no lugar onde ele habitualmente está, um bar ao sul da Strip onde tem ações, mantém um reservado e recebe ligações. Ele ainda é um homem bonito e charmoso, mas mais magro do que quando se conheceram, os olhos constantemente frenéticos. O sucesso lhe subiu ao nariz. Ele é, ela sabe, paranoico.

Ela entra no bar e segue direto em sua direção. Ele está com uma dose de Jack.

— Por que você está vestida como uma caipira? — pergunta ele. — Seu cliente quer encenar a série *O Fazendeiro do Asfalto*?

Ela põe seus ganhos da noite na mesa, mais três mil extras.

— O que é isso? — diz Dead Eye.

— Os ganhos da noite e um pequeno extra.

Ele estreita os olhos em sua direção. Uma pálpebra permanece entreaberta, pesada. Resultado de uma briga, diz ele, algumas vezes; outras, de ter se cortado. Por um parto com fórceps malfeito, ela pensa. Ele conta muitas mentiras.

Ele suga os dentes. Desconfiado, sempre desconfiado. Ele organiza os compromissos dela, protege-a das situações inesperadas das ruas, simplifica as coisas. Dá a ela uma parte, que lhe permite pagar o aluguel, fazer compras e dar festas. Mantém a máquina em funcionamento. Mas, no momento, ele está com uma certa expressão.

— Não é assim que funciona, doçura.

— Claro que é. Estamos quites.

— Que tipo de merda é essa?

— Esse tipo de merda não é merda, é dinheiro.

— Você está me deixando? Está indo para algum outro esquema? — Ele inclina a cabeça, os olhos indo de um lado para outro. — Eu não negociei você e você não é burra o bastante para se tornar uma renegada. Se você acha que pode trabalhar com outra pessoa, isso não vai rolar.

Ela aponta a cabeça na direção do dinheiro.

— Conte. Está aí. Com juros. E eu estou fora.

Ela se vira e sai andando. Chega à metade do bar antes de ouvi-lo derrubar uma cadeira ao segui-la.

— Não me dê as costas desse jeito! — grita Dead Eye.

Aumentando a situação, como o tolo que é. Precisando demonstrar respeito para os clientes habituais, que estão curvados sobre o bar.

Com o coração batendo forte, ela sai. Está escuro, e a caminhada pelo estacionamento até o carro, de repente, parece interminável.

A porta do bar se abre bruscamente atrás dela. Ela corre até o carro, entra e tranca as portas.

Dead Eye chega correndo e bate na janela.

— Você não vai a lugar algum, vadia.

Liga o motor. Ele puxa a maçaneta da porta. Ela engrena o carro.

— Puta desgraçada — grita ele.

Ela vai embora. No retrovisor, ela o vê correr até o velho Cadillac Eldorado e entrar.

Charlene acelera pela rua larga, seguindo na direção da Strip.

Ela quer chegar ao Mirage e sumir de vista. Encontrar-se com Chris. Partir de manhã quando Dead Eye estiver com ressaca demais para persegui-la.

Mas, no espelho, ela vê os faróis de Dead Eye quando ele sai do estacionamento. Ele faz a curva, se alinha e segue diretamente na direção dela, a uma quadra de distância, se aproximando com força. Ele acende os faróis de neblina.

A garganta dela se aperta. O que ela está fazendo? E se ele alcançá-la?

Não há como desistir, não há volta. Charlene pisa no acelerador, a rua é reta e o sinal à frente está verde. Ela passa correndo por um cruzamento. Os faróis de Dead Eye brilham no retrovisor, aproximando-se, dolorosamente brilhantes.

Ela avança um sinal vermelho. Ele a segue. Ela escuta o motor dele acelerando.

Então, atrás dele, surge um novo par de faróis.

O Audi.

Chris se aproxima de Dead Eye. Ele faz uma curva aberta, emparelha a roda dianteira direita com o Eldorado, em seguida move a roda esquerda traseira e vira para a direita. Dead Eye gira de um lado para o outro e derrapa fora de controle.

O Eldorado sobe a calçada e bate em um poste telefônico.

Charlene faz um retorno brusco, boquiaberta, e para. O carro de Dead Eye está destruído, chamas embaixo das rodas dianteiras e subindo pelo poste telefônico. Fumaça sobe negra pela noite, em redemoinho sob os faróis.

A porta do Eldorado se abre, e Dead Eye sai cambaleante.

Perto, Chris parou. Ele desce do Audi, anda até Dead Eye, que se arrasta, segura-o pela camisa e o soca na cabeça. Então, mais uma vez. Ele despeja golpes, levando-o ao chão, até Dead Eye ficar imóvel sobre o asfalto. Chris para acima dele, respirando pesadamente. Ele o chuta com ferocidade e volta para o carro.

A noite fica clara como fogos de artifício quando o tanque de gasolina do Eldorado explode.

Charlene engasga em seco. Um ronco enche seus ouvidos e agita o volante. Então, piscando para desanuviar a cabeça, ela gira o volante e vai embora. Pelo retrovisor, não consegue mais ver Dead Eye. Mas percebe faróis emergirem da fumaça, Chris se aproxima atrás dela.

Com o coração acelerado, ela dirige.

29

McCauley sobe o morro em East Los Angeles até o City Terrace. Um crepúsculo feroz ilumina o céu de rosa e dourado. A vista se desenrola em todas as direções — o centro da cidade, o letreiro de Hollywood, as montanhas San Gabriel, o oceano ao longe. Abaixo, seis pistas de luzes traseiras serpenteiam na direção leste, e seis pistas de faróis brancos no rumo oeste na I-10. Ali em cima, o ar cheira a poeira e eucaliptos.

O leste de Los Angeles tem personalidade. Muita. Murais, Chevrolets rebaixados, bodegas, estátuas da Virgem, mariachis, crianças de uniforme de escolas católicas. Rapazes de camisetas brancas sob camisas xadrez, *narcocorridos* e poder de fogo suficiente para ser confundida com Beirute, apesar da vista multimilionária. Famílias que vivem na colina mantêm as janelas fechadas e os olhos abertos para se protegerem de balas perdidas. A atividade das gangues não inibe McCauley. Ele entende as regras e tem contatos com membros de La eMe em Folson.

Ele vira em Dodds Circle. O lugar fica no alto de uma entrada de carros íngreme, rodeada por uma cerca pesada de alambrado com arame farpado na parte superior. Ele para diante de um portão corrediço e aperta uma campainha.

Neil comprou dois serviços do homem que mora ali, através de Nate, mas nunca o conheceu. Menos exposição. Quanto menos pessoas conhecem você, como você é, seus homens, melhor. Mas, para isso, ele está indo pessoalmente. Ele quer manter os disquetes de computador em sua posse.

Os motores do portão se abrem. No topo da entrada de carros, antenas altas e grandes parabólicas se erguem ao lado de uma casa amarela baixa. O Buick de Nate está estacionado ali fora. McCauley para ao lado.

Na casa, uma porta de vidro de correr se abre e surge um homem de membros compridos em uma cadeira de rodas velha. Kelso é careca com uma barba enorme, veste uma camisa xadrez azul que parece ter sido tirada de um lenhador, ou do urso pardo que matou o lenhador.

McCauley aponta as parabólicas com a cabeça.

— Você pega comunicação de satélites russos com isso ou só a HBO?

Kelso dá um sorriso malicioso.

— Entre.

A toca é simples. Móveis escandinavos, plantas de maconha e, de parede a parede, computadores, monitores, TVs e periféricos, com fios serpenteando por todas as superfícies menos o chão, onde Kelso poderia passar por cima deles. Nate está parado junto à janela com uma xícara de café. Cabelo comprido alisado para trás, olhos incisivos. Neil acena para ele com a cabeça.

Kelso diz:

— Me mostre o que você tem.

Neil entrega a pilha de disquetes presa por um elástico.

— Você os examinou? — pergunta Kelso.

— Não.

Kelso se dirige para um computador animalesco com um drive externo. Ele insere o primeiro disquete. Neil está parado junto a seu ombro. O drive externo zumbe e estala, uma caixa de diálogo surge na tela do computador.

Digite a senha.

— Isso vai ser um problema? — pergunta Neil.

Os dedos compridos de Kelso movem-se rapidamente pelo teclado.

— Vou rodar um programa de desbloqueio de senhas. Vamos ver.

Neil olha para Nate, que toma um gole de seu café.

Depois de noventa segundos, Kelso para.

— Vai levar tempo. Querem ir até El Tepeyac e comprar o jantar? — Sem tirar os olhos da tela, ele estende uma nota de vinte dólares. — Dois burritos Hollenbeck para mim.

Ele leva duas horas e meia. O jantar acabou e os pratos de papel estão no lixo da cozinha quando Kelso aperta enter.

— Entramos.

Ele começa a abrir diretórios e pastas.

— Foi tão complicado quanto pareceu? — pergunta McCauley.

— Fator triplo de autenticação. Senha de dezesseis caracteres, mas sem travar depois de tentativas erradas. Isso é uma falha de segurança.

A cabeça de Kelso se projeta à frente, focada. Ele abre uma pasta. Nate se aproxima.

McCauley olha por cima do ombro de Kelso.

— O que nós temos?

— Planilhas. Estão em Lotus, não em um programa doméstico. Deve ser legível, mas vamos ver.

Kelso clica. Uma planilha se abre, texto branco sobre fundo preto. Colunas de dados. Os números parecem aleatórios. Os cabeçalhos são ilegíveis. Não uma língua estrangeira — palavras inarticuladas.

Kelso se recosta.

— A informação está codificada. Não criptografada, mas uma cifra. — Ele olha para Neil. — Tem alguma pista da chave?

McCauley olha fixamente para a tela.

Kelso trata a reticência como um sinal. Ele ejeta o disquete.

— Venham.

Ele segue por um corredor até uma porta preta de aço. Passa um cartão magnético por uma fechadura vertical, então digita um código no pequeno teclado. Com um clique, a porta se abre. Luzes no teto se acendem automaticamente quando ele entra. Nate e Neil entram logo depois. Kelso tranca a porta em seguida.

O local não tem janelas, as paredes estão cobertas com revestimento acústico cinza na forma de caixa de ovos. O ar-condicionado está forte. Ventiladores de computador funcionam ruidosamente e ao fundo há um zumbido elétrico. Bancadas de trabalho ocupam três paredes, cobertas de ferramentas, equipamentos de teste, componentes e aparelhos eletrônicos desmontados, junto com três desktops. Duas estações de trabalho Sun 386i ficam lado a lado junto da quarta parede, no alto de 1,20 metro de discos rígidos.

Neil observa o lugar.

— O zumbido?

— Isso é uma gaiola de Faraday. Ninguém pode ouvir nem interceptar nada.

— Os disquetes vieram de um cofre alugado por um cara ligado aos Herrera — diz Nick.

Kelso parece pensativo. Nate permanece imóvel, os olhos pequenos aguçados.

Neil assente.

— É. Esses Herrera.

Que têm sido responsáveis pela distribuição de drogas pela fronteira do sul para o Meio-Oeste através de Chicago desde os anos 1940.

Kelso insere o disco em um desktop. Entra direto, abre a planilha e olha para a tela, meditativo.

— O código usa o alfabeto romano. Vinte e seis letras, nenhum número, nenhum símbolo. Isso não é a planilha do Zodíaco — diz ele. — Pode ser uma simples cifra de substituição. Vou começar por aí.

Quando ele finalmente confirma a hipótese, outra hora se passou. Neil se aproxima da tela e vê os cabeçalhos em inglês.

ARMAZÉM. PONTO DE REFERÊNCIA 1. PONTO DE REFERÊNCIA 2... 19. DEPÓSITO. QUILOMETRAGEM. HORA. DATA. PESO. QUANTIDADE.

— Registros de envio — diz ele.

Kelso os examina atentamente e descobre notas digitadas no campo de memorandos.

Elas mencionam as localizações de radares de velocidade, listam postos de pesagem, registram trechos vazios de estrada nos quais não há postos de gasolina nem caixas eletrônicos. Relatam problemas: um pneu furado, veículo parado e multado por uma luz traseira queimada.

Nate se aproxima mais. Lê. Kelso passa por várias colunas de números. Depois de alguns minutos, ele aponta.

— Isso é droga indo para o norte. Cocaína e maconha, eu acho. Peso. Quem está dirigindo. — Ele aponta para uma segunda coluna. — Isso é dinheiro indo para o sul.

Neil segue o fio. Datas, horários, distâncias. Parece álgebra.

O hacker diz:

— Registros de entrega de uma casa de armazenamento. E quantias em dólar, por peso.

Neil olha para aquilo tudo.

— A receita dos Herrera em Chicago é coletada e reunida na cidade, depois transportada para o sul. — Ele aponta para as datas na tela. — Semanalmente. Esse é o horário de transporte. Partida de Chicago, chegada no "depósito".

Os três olham fixamente para a tela.

— Onde é o depósito? — pergunta Nate.

— Não sei, o registro não diz.

— Tem um mapa dos EUA e do México? — pergunta Neil.

— Na gaveta da cozinha.

Neil o pega e o desdobra sobre a bancada de trabalho. Cruzando as referências dele com os registros dos envios, eles constroem um modelo geográfico das rotas utilizadas e das cargas sendo transportadas.

— É regular — diz Neil. — O dinheiro. Como um relógio.

Ele não se importa com as drogas indo para o norte. Roubar uma remessa de um cartel? Além do risco, como ele se livraria da carga? Ele não está no negócio. Nate também não liga, embora esteja ligado a muitos mercados, domésticos e internacionais. Ao negociar uma remessa roubada de um cartel, eles acabariam por encontrá-lo e iriam ficar eternamente em sua cola.

Mas dinheiro vivo?

Kelso decifra o resto dos discos. Examinando os registros de transporte, eles calculam as distâncias. Dos pontos de referência que encontram nos relatórios de despesas, descobrem a rota pela qual o caminhão de dinheiro deixa Chicago. Como se estivessem solucionando um quebra-cabeça de lógica, trabalhando ao inverso a partir da estimativa média de quilometragem, com base em onde o caminhão de dinheiro reabastecia, eles chegam a pontos prováveis de partida. Neil sente uma onda súbita de adrenalina. É uma área de armazéns no South Side, em Chicago.

— Me dê um número — diz Neil. — O dinheiro.

Kelso examina as planilhas, pega uma calculadora e digita alguns números.

Ele ergue o olhar, sereno.

— Pelo peso, no dia certo, e supondo uma quantia igual de notas de cinco, dez e vinte das vendas no varejo indo para o sul, 4,5 milhões.

Neil fica em silêncio. Nate cruza os braços. O hacker olha de um para o outro.

— Esqueça o roubo em Chicago — diz Neil. — Nós demos o golpe da caixa-forte lá. E quem quer que tenha guardado os disquetes no cofre vai reforçar a segurança.

— Eles também vão saber que as rotas podem ter sido comprometidas — pondera Nate.

Mas, quanto mais longe a carga viajava desde Illinois, mais variados se tornam os relatórios na planilha. Depois do que eles acreditam ser St. Louis, o caminhão de dinheiro pega, pelo menos, quatro rotas diferentes para o sul e sudoeste. É impossível prever qual delas será escolhida em cada remessa. O destino, o depósito, nunca é identificado. Eles não conseguem dizer o ponto final da rota. Mas podem dizer uma coisa.

Cada registro de envio termina com um relatório sobre uma travessia de fronteira. Data, hora do dia, qual posto, tempos de espera, quantos guardas de serviço. Os nomes. As personalidades. O quanto eles são subornáveis.

Grandes cargas de dinheiro estão sendo enviadas para um único esconderijo ao sul da fronteira.

Neil agradece Kelso com um aceno de cabeça.

— Nate falou dois mil.

O hacker os conduz para fora.

— Se isso der em alguma coisa, não se esqueçam de mim.

Ambos seguem na direção dos carros. A cidade abaixo é uma grade cintilante de luzes.

— O caminhão de dinheiro deixa o armazém em Chicago — diz Neil. — Segurança pesada aí. Mas, quando ele chegar à autoestrada, os Herrera não vão estar à procura de problema. A cada quilômetro em que nada acontece, eles baixam a guarda.

— Não pense que a segurança do mundo real dos Herrera tem buracos como a segurança de seus computadores — diz Nate. — Armas são mais confiáveis que senhas, e balas não precisam ser decifradas.

Neil olha além da colina para o tráfego serpenteando pela 10.

— Um buraco na segurança me diz para procurar outro. Em procedimentos, segurança operacional, higiene da informação, rotinas. Eles acreditam estar à frente no jogo. E pense nisso: qualquer que seja o nome naquele cofre, ele não vai sair noticiando que alguém pegou os disquetes. É perigoso demais.

— Você acha que esses discos não são as únicas cópias da informação? — pergunta Nate.

— Acho que eles são backups. Aquele era um cofre particular. Nenhum outro registro de negócios. Coisas pessoais. Talvez eles sejam o bilhete de saída de alguém do cartel, dos federais, de um cartel rival, se quiserem mudar de lealdade. — Ele pensa sobre. — Se são backups ou uma apólice de seguro, os discos pertencem a uma pessoa em Chicago que não vai avisar a alguém na organização dos Herrera de que foram roubados.

— Roubar o caminhão de dinheiro quando ele sair da cidade? — diz Nate.

Neil nega com a cabeça.

— Nós poderíamos, facilmente. Mas isso seria *um* caminhão de dinheiro.

— Você acha que há mais de um?

— Precisamos descobrir.

— Aquele depósito. — Os olhos de Nate se estreitam. — O esconderijo. Um caminhão, 4,5 milhões de dólares em um dia bom.

A expressão de Nate é fria.

— É um cartel de drogas. Provavelmente, é uma fortaleza.

McCauley fica em silêncio. Aquele tipo de golpe oferece um pagamento que muda uma vida. Deixar passar a oportunidade parece loucura. Por outro lado, entrar em uma fortaleza de narcotraficantes é quase suicídio.

Ele não vai dar um golpe suicida. E não vai levar a quadrilha em um. Vai ter que saber mais.

— Eu preciso seguir uma entrega de dinheiro dos Herrera. Descobrir o depósito e ver do que se trata.

Neil segue para o Randy's Donuts, junto da 405, perto do aeroporto de Los Angeles. As possibilidades do golpe são incríveis. Ele precisa se informar.

Ele pede café pela janela e atravessa o estacionamento até um telefone público. O donut gigante ergue-se acima do telhado do estande, palmeiras são iluminadas por trás pelos faróis da autoestrada. Ele insere algumas moedas de 25 centavos na fenda e digita um número com prefixo 312, o centro de Chicago.

Uma voz rouca atende.

— Oficina mecânica do Mike.

— Grimes está?

O fone é largado barulhentamente. Logo depois, Aaron Grimes atende:

— Sim?

— Ligue para mim nesse número de um telefone público.

Ele desliga. Bebe o café. Observa o trânsito. Los Angeles passando por ele lentamente, homens e mulheres trabalhadores fazendo as atividades do dia a dia no ar com toques de ozônio.

Possibilidades. Quanto mais pensa nisso, mais sólido lhe parece.

O esconderijo do dinheiro pode ser uma fortaleza, mas também pode não ser. E onde quer que esteja, a equipe estaria operando em um país estrangeiro. McCauley fala espanhol de Los Angeles. Shiherlis fala um pouco. Cerrito, nada. Ele precisaria de alguém fluente. E com conhecimento sobre o México.

O telefone público toca. Ele atende e ouve Grimes:

— Do que você precisa?

— Um caminhão.

Ele aguarda, na esperança de que Grimes não hesite.

— De que tipo?

— Uma cegonha.

Há uma pausa de cinco segundos.

— Para quando?

30

Otis Wardell desapareceu. *Bum*, sumiu. Ele não pode ser encontrado, não foi visto, pelo menos não por alguém disposto a reportar o desaparecimento. Nem o irmão distante. Nem os parentes dos membros mortos da quadrilha. Hanna botou vigilância sobre eles, grampeou os telefones, mas nada. Falou com três famílias que abrigaram Otis Wardell na infância, depois que ele foi removido da mãe violenta e abusiva. Ninguém das famílias provisórias o viu. Ninguém quer ver. Alguns parecem tristes; outros, com medo.

O cara foi para a clandestinidade. Hanna sabe que Wardell tem uma rede de conhecidos da prisão e do bairro, e pessoas sob seu domínio que podem protegê-lo.

Mas Wardell está em algum lugar, pensa Hanna, *talvez ainda em Chicago, talvez tentando descobrir como sair.*

Porque é isso o que Wardell vai fazer, se não for tão estúpido. Cair fora, tentar se estabelecer em algum lugar novo com um outro nome. Wardell é independente e não está conectado. O crime organizado não quer ter qualquer coisa a ver com alguém como ele. Talvez Wardell tenha uma esposa. Talvez esteja fazendo alguém de refém até conseguir resolver as coisas. Mas Hanna está certo de que ele não quer aparecer.

No Departamento de Investigação Criminal, ele está em frente ao quadro branco quando Easton surge na porta e vai até sua mesa, põe a arma em uma gaveta e se joga na cadeira.

Ele examina o rosto de Hanna.

— Você está começando a ficar bonito outra vez.

Os ferimentos na testa de Hanna estão cicatrizando. Os hematomas e dores estão melhores, mas ele não liga. O treinamento básico em Camp Pendleton, a principal base da Costa Oeste do Corpo de Fuzileiros Navais, era pior que isso.

— Quando você está coberto de babacas, pare, se jogue no chão e role — diz ele. — Para qualquer tipo de fuga, Wardell precisa de dinheiro. Talvez ele tenha algum de assaltos anteriores.

— Talvez em um cofre no Poupança & Empréstimo Prosperity?

A expressão de Easton é sardônica.

— Carma que chama?

— Falei com os policiais que responderam ao chamado no banco. Quando eles chegaram, havia mafiosos sentados na sarjeta, as mãos na cabeça. Os policiais perguntaram: "Você tem um cofre aí, senhor?". "Não." "Perdeu alguma coisa?" "Não." Enquanto isso, eles esfregavam os olhos.

Hanna pega o telefone e liga para a Levinson's TV & Acessórios.

— Larry.

O suspiro de Levinson parece ter centelhas.

— Eu já ia pegar o telefone para ligar para você.

— E eu estava acabando de me preparar no Bulls para substituir Michael Jordan. O que você tem?

— Uma dica. Procure o irmão.

Hanna se anima.

— Irmão? Irmão de quem? De Otis Wardell? Da quadrilha?

— É vago, Vincent. São fodidos que vivem à margem. Mas se você quer encontrar Wardell, investigue os caras a seu redor e descubra o irmão de um deles.

— Às margens. Veículos? Armas e equipamentos? Alguma porra de um cara que lhe sirva uma cerveja?

— Consegui isso para você. Faça o que quiser. — Levinson desliga.

Hanna tamborila na mesa com os nós dos dedos. Para o resto da sala, ele diz:

— Com todo mundo com quem vocês falarem, perguntem sobre os caras à margem da quadrilha de Wardell. Descubram sobre o irmão de um deles.

Na mesa há fotos de Wardell e da quadrilha. Talvez uma das vítimas de invasão os reconheça sem as máscaras. Ele as pega.

— Eu volto.

Andi Matzukas está sentada em uma cadeira ao lado da cama no hospital. O céu da tarde está bem azul pela janela. Hanna pega uma bandeja e dispõe uma fileira de fotos em cima dela. Retratos de homens brancos — uma mistura de imagens de criminosos e colegas do Departamento de Polícia de Chicago, com a equipe de Wardell no meio.

Ele põe cinco fotos em preto e branco lado a lado.

Ela as examina com cuidado.

— Posso tocar nelas?

— É claro.

Andi está com mais energia.

— Ela saiu do coma — diz.

Hanna para abruptamente.

— Jessica?

— Está acordada, não totalmente, ela dorme e acorda. Mas vai sobreviver.

Sua energia para, cheia de pontas e afiada.

— É, sr. Detetive Durão. As enfermeiras me contaram como você a visita e fala com ela. Me mostra as fotos. — Ela está olhando fixamente para elas, maxilares cerrados, mas nega com a cabeça. — Eu não... — Ela xinga em voz baixa. — Eles usavam máscaras.

— Os olhos? Cor deles? Lábios? — pergunta Hanna.

Ela faz uma pausa.

— Não.

Ele dispõe outro conjunto de fotos. Ela escarnece e aponta uma foto de Alex Dalecki.

— O manobrista do serviço de estacionamento. Esse escrotinho. Quero limpar o carro e desinfetar todos os lugares em que ele tocou.

— A senhora sem dúvida o reconhece.

— Ah, reconheço. No salão de cabeleireiro. Correndo, batendo papo, falando, paquerando.

Ele aponta o resto das fotos com a cabeça.

— Mais alguém?

O rosto dela está tenso. A foto de Wardell está bem à frente. Ela não o identifica.

Hanna diz:

— Sem problema. Foi apenas uma tentativa. — Ela parece desapontada. — Não desanime. Três desses caras já estão mortos. Você não precisa se preocupar em identificá-los. Estamos procurando todas as pessoas que sabemos serem associadas à quadrilha. O quarto e o quinto cara estão foragidos. Você e Jessica estão em segurança.

Ela assente.

Ele guarda as fotos em um envelope pardo.

— Descanse e saia do hospital. Vejo você em breve. Agora, tentarei falar com sua filha.

Ele desce a escada, dois degraus de cada vez, batendo o envelope na coxa. Vira no corredor em direção ao quarto de Jessica. A enfermeira na recepção o vê e sorri. Ele empurra a porta e entra.

A TV está ligada; as máquinas, bipando, e as persianas, meio abertas. Uma luz suave cai aos pés da cama. Jessica Matzukas está deitada de lado, assistindo a um programa.

Hanna para e olha para ela. O rosto pálido, a nova posição, uma garota trazida de volta do limbo. O cabelo precisa ser escovado e o rosto está cor de farinha, círculos escuros sob os olhos.

Olhos castanhos e abertos.

Ela vira a cabeça lentamente para vê-lo. Ele espera reconhecimento.

— Quem é você? — pergunta ela, com a voz fraca.

Jessica não o conhece mesmo.

Ele fala baixo:

— Jessica, eu sou o detetive Vincent Hanna.

Ela pisca. O foco se aguça, mas não muito.

A jovem sabe por quanto tempo ficou inconsciente? Ela se lembra de alguma coisa? Sabe que o pai está morto? Ele deseja que esta parte pudesse permanecer apagada para sempre.

— Eu vim para lhe dizer olá e que estou muito satisfeito por você estar conosco novamente. Estava conversando com sua mãe.

Levante-se, Jessica. Levante-se.

— Oi. — A voz é irregular, jovem.

Ela parece não conseguir dizer mais do que isso, mas olha para as flores no batente da janela que ele levara mais cedo: margaridas e cravos.

— Achei que elas deixariam o quarto mais alegre — diz ele.

Toda a energia frágil da menina é usada para manter a consciência recém-encontrada, mas ela movimenta a mão, pouco mais de um centímetro. Um sinal de positivo com o polegar.

— Quero que saiba o que está acontecendo — diz Hanna. — Para você não se preocupar. — Ela olha para ele. — Você está segura. As pessoas que machucaram você não vão voltar.

Ela não se mexe, não exatamente. Mas uma aura parece brilhar a seu redor.

Ela inspira. O queixo treme. Os olhos cintilam.

Hanna se aproxima e põe o envelope pardo na bandeja ao lado da cama para poder pegar a mão dela, como fez antes. Ele se detém. Acordada, ela não o conhece.

— Você é uma sobrevivente. Você é forte. Quero ter certeza de que você sabe disso — diz ele.

Ele não vai interrogá-la. Só queria ver com os próprios olhos que ela estava melhor. Mas, nossa, como ele quer fazer perguntas.

— Quando você estiver disposta, vamos conversar — diz ele.

A porta se abre, e um jovem médico entra com uma enfermeira.

— Olá, detetive — diz o médico, apressado. — Saia. É o suficiente por hoje.

A enfermeira, a que sorriu quando Hanna chegou, gesticula para que ele saia. Ele vai atrás dela.

— O médico está ligado de cafeína — confessa a enfermeira. — Dê a ele um segundo.

Ele caminha com ela em direção à recepção. Um minuto depois, o médico deixa o quarto de Jessica. Ele lança um olhar frio para Hanna e segue pelo corredor para o próximo paciente.

A enfermeira lê sua mente.

— Ela vai estar aqui por algum tempo, o senhor pode voltar.

Ele ergue as mãos.

— Você é a chefe.

Ela lhe dá um olhar sardônico.

— Certo.

De repente, um grito irrompe do quarto de Jessica.

Hanna sai correndo pelo corredor com a enfermeira atrás. Os gritos continuam. Ele entra pela porta e encontra Jessica sentada, curvada para a frente, a boca aberta. Ela tem uma foto na mão.

Os gritos se transformam em soluços de choro. Ele pega a foto. É do envelope pardo que ele tinha deixado na mesa. É Alex Dalecki.

Ela estremece, arquejante. A enfermeira se debruça sobre ela.

Hanna pega a foto.

— Você reconhece esse cara?

Ela balança a cabeça freneticamente.

— De onde? — pergunta Hanna.

— Minha casa.

Ele sente isso como uma lâmina caindo.

— Sua casa?

Ela exibe os dentes e parece querer abrir caminho com as garras através da cama, através do chão e continuar em frente. Então explode de fúria.

— Ele me levou para o andar de cima. Achei que ele fosse me trancar no meu quarto para eles poderem ir embora...

O rosto dela desmorona.

A enfermeira tenta fazer com que ela se deite.

Jessica não se deita.

— Ele me socou. — Ela leva a mão ao pescoço. — Me esganou... — Ela está tremendo. — Eu enfiei os polegares em seus olhos.

— Este cara? — Hanna quase grita.

A enfermeira se vira para ele.

— Detetive.

Jessica quer contar a ele, e ele quer ouvir. Hanna faz a volta na cama e chega mais perto da garota.

A jovem não para de falar.

— Ele se afastou e a máscara saiu.

Os pelos na nuca de Hanna se eriçam.

— Você viu o rosto?

Com um dedo trêmulo, ela aponta para a foto de Alex.

— Ele. Ele me socou de novo. Eu estava no chão e ele estava com meu abajur nas mãos...

A respiração da menina hesita. Hanna segura sua mão.

— Está tudo bem, está tudo bem! Ele está na cadeia do condado de Cook. Nós o prendemos. Você está totalmente segura.

Ela pressiona a mão livre sobre os olhos, a outra segura a dele, apertado.

31

O sol está nascendo, laranja em um céu enfumaçado de Chicago, quando Aaron Grimes reduz e manobra o cavalo mecânico e o reboque no beco atrás da oficina. Ele estaciona, desce e levanta as portas da garagem comercial do outro lado do beco.

Os carros legítimos que McCauley pediu estão estacionados ali dentro. Grimes os transporta na traseira do caminhão-cegonha. O último carro é um Plymouth de três anos. Ele o conduz com cuidado na parte de cima da estrutura, o prende com correntes e desce da traseira. Recolhe todas as chaves dos carros de trabalho, todos os documentos de registro. Vira-se e admira o caminhão.

Que coisa magnífica.

Reluzente, um cavalo mecânico Peterbilt, mais velho, mas em excelentes condições, bem-cuidado. Os sete carros e a picape carregados no reboque são mais novos, plausíveis, uma mistura. Nada chamativo. O tipo de veículo que monopoliza as autoestradas. Norte-americanos e um Honda Accord feito nos EUA. Insípidos, comuns, sem nenhuma característica que o destaque. O caminhão vai ficar indistinguível de outros semelhantes no sistema interestadual a caminho do sul.

Grimes faz a volta nele. Excepcional.

McCauley aparece na entrada do beco, caminhando em sua direção sem dizer uma palavra. Óculos escuros, jaqueta de beisebol com o zíper fechado. Grimes o cumprimenta com um aceno contido de cabeça.

O recém-chegado e seu bando são como uma lâmina de gelo escuro, afiados e frios. Grimes sabe que não deve perguntar a McCauley sobre os negócios, apesar de estar curioso. Tem certeza de que o roubo do banco no Near North Side, perto do Wrigley Field, foi deles. E sabe que não deve fazer perguntas sobre isso.

McCauley se aproxima. Ele olha para o caminhão, dando uma volta nele em silêncio.

Ele se aproxima de Grimes, olha para a carreta e novamente para Grimes.

— Bom.

— Ele está pronto para rodar.

— Documentos?

— Nos porta-luvas. O caminhão está prontinho. Há mapas com as estações de pesagem anotadas, tudo em perfeitas condições. Vai passar na inspeção.

— Ferramentas?

Grimes aponta para a picape Ford F-150 que tem uma cobertura rígida instalada sobre a caçamba.

— Carregadas de acordo com as especificações.

McCauley sobe na cabine do Peterbilt. A chave está na ignição, ele a gira. O motor ronca de forma satisfatória e ganha vida.

Ele pega um envelope na jaqueta.

— Bom trabalho.

Neil o entrega a Grimes e fecha a porta da cabine. O dono da oficina levanta a mão para se despedir. McCauley engrena o Peterbilt e parte, devagar e suavemente, sem olhar para trás. Grimes o observa, vendo o caminhão fazer uma curva aberta na rua e desaparecer.

Quando se vira na direção da oficina, Otis Wardell está parado em frente à baia de serviço, as mãos soltas ao lado do corpo.

— Aonde esse caminhão está indo?

32

Hanna para apressado diante do distrito de Shakespeare. Casals sai andando e entra. Os pneus de Hanna cantam quando ele acelera e se afasta.

— O fodido do manobrista participou no golpe. Ele estava na casa. Foi ele quem atacou Jessica.

Hanna aciona a sirene, planejando seguir para o centro da cidade. Casals balança a cabeça.

— Não se dê ao trabalho de ir ao condado de Cook. Ele saiu.

Hanna pisa no freio.

— Ele conseguiu sair sob fiança?

— Ontem à noite. — Casals aponta para a rua. Ele sabe aonde Hanna quer ir.

O oficial acelera o carro na rua transversal e segue para o apartamento de Alex Dalecki.

— Como ele pagou a fiança?

— Família — responde Casals.

Hanna dirige, o pé fundo no acelerador.

Vinte minutos depois, eles estão subindo a escada do prédio de seis andares de tijolos amarelos de Alexander Dalecki. A oeste do centro da cidade, à sombra dos arranha-céus, o edifício não tem uma característica marcante, com árvores insistentes ao lado de calçadas rachadas. Do outro lado da rua, há um pequeno shopping.

O corredor é comprido e escuro; o carpete, desgastado. À porta de Alex, Hanna leva o ouvido à madeira. Lá dentro, está um silêncio sepulcral.

— Mandado? — pergunta Casals.

— Escuto gritos — diz Hanna — Um grito desesperado por socorro.

— Parece uma luta de vida ou morte.

Hanna tenta a maçaneta. Nada. Ele pega um conjunto de grampos na carteira, abaixa-se e insere dois deles na fechadura, enferrujada, mas ele é insistente. Após trinta segundos de tentativas, os pinos do miolo se alinham, a fechadura gira e o ferrolho cai. Um leve empurrão na maçaneta faz com que a porta se abra.

O apartamento é pequeno e bagunçado. Há um baseado em um cinzeiro cheio de guimbas. Latas de cerveja transbordam de um cesto de lixo e o circundam no chão, como suplicantes tentando alcançar um santuário.

Alex está na cama, de costas, braços abertos como Jesus, roncando. Hanna o agarra pelo cabelo.

— Levante, seu filho da puta.

Ele o arrasta da cama, de olhos esbugalhados e arquejando, e o arremessa contra a parede.

Alex tenta agredi-lo com um tapa.

— Que merda?

— Filho da puta, você mentiu para mim. — Hanna o empurra para a sala.

— Eu contei tudo, cara.

Ele está tremendo, usando apenas calça jeans, descalço.

— E você mentiu para o promotor e o juiz dizendo que tudo o que fez foi passar nomes e endereços de alvos para Wardell, só isso.

— Certo — diz Alex.

Hanna bate no peito nu de Alex com a base da palma da mão.

— Onde está Wardell?

No momento, Alex está acordado e aterrorizado. Ele quer se misturar com a tinta na parede.

— Não sei.

— Você foi junto à casa dos Matzukas. Você bateu, estuprou e quase matou uma garota de catorze anos.

— Não, não, não! Juro por Deus que eu não fiz isso! Eu não fiz isso!

Hanna abre os braços.

— Deus tem olhos, babaca.

Alex tira os olhos dele e se vira para Casals, para o chão, limpa o nariz.

— Não sei nada sobre Otis Wardell.

Ele ergue as mãos, proclamando sua verdade.

Hanna o agarra pelo pulso, virando quase até se quebrar, torce o braço dele até as cosas e empurra Alex porta afora, descalço, na direção da escada.

— Meu Deus — exclama Alex. — Aonde estamos indo? Eu tô descalço.

Hanna abre a porta de incêndio para o telhado e empurra Alex através dela, escada acima na direção do telhado. Casals vai atrás.

— O que você está fazendo? Eu não sei nada sobre Wardell! — diz Alex. O nariz sangrando.

O medo que Alex tem de Wardell emana por seus poros como alho. Hanna quer substituí-lo por um terror maior. No alto da escada, ele se volta para Casals.

— Fique aqui. Ninguém sai para o telhado.

— Porra, cara — diz Alex.

Hanna o empurra para o ar do fim da tarde. O olhar de Alex vai da porta se fechando para Casals, talvez queira pedir ajuda, ou talvez queira dizer: *Não deixe que ele faça isso.* O rosto do oficial está inexpressivo. A porta se fecha. Os dois estão sozinhos.

— Você é membro da porra da quadrilha. Escondeu isso de mim.

— Não, Hanna. Eu contei tudo a você — diz Alex.

Hanna o empurra pela superfície de papel com alcatrão. Alex escorrega.

— Você está com medo de Wardell? Foda-se Wardell. Você deveria ter medo de mim, babaca.

O bandido ergue as mãos para aplacá-lo.

— Você precisa entender.

Hanna dá um gancho de direita que joga Alex no chão. Ele rola e se levanta, recuando em direção aos fundos do prédio, onde as copas de olmos altos se agitam com a brisa. Os arranha-céus à distância erguem-se silenciosos. Não há ninguém por perto.

Hanna vai atrás dele, gritando.

— Onde caralhos está Otis Wardell?

Depois de balançar a cabeça em negação, Alex tenta desviar de Hanna e passar por ele na direção da porta. O oficial é mais rápido. Ele o agarra e o gira, desequilibrando-o. Alex cambaleia de pé.

— Wardell está com seu irmão? — pergunta Hanna.

— O quê? Eu não tenho irmão.

— Ele está com a porra de seu irmão?

— Não, eu não tenho irmão. Eu tenho uma irmã, cara, pode conferir.

— A única chance que você tem de sair disso vivo é me contar onde está Wardell. — Hanna está novamente avançando em sua direção. — Quero saber de qualquer um com quem Wardell se esconderia. Quem vai lhe fornecer documentos, transporte. Como ele vai sair da cidade? De onde vem os carros de trabalho que ele usa, a van do florista? Você é parte dessa quadrilha. Você sabe.

Andando para trás, Alex tropeça no cabo de uma antena de televisão e fica preso.

Em câmera lenta, ele balança a cabeça. Hanna se aproxima cada vez mais.

— Você já viu *Peter Pan*? — pergunta Hanna.

— Hein?

— *Peter Pan* — pergunta Hanna outra vez.

— O desenho animado para crianças?

— É.

— Não.

Hanna segura Alex pelo cotovelo como se fosse colocá-lo em segurança.

— Sininho, a fada, faz uma pergunta fundamental. Você sabe qual é?

— Não.

— Você consegue voar?

— Pare, pare. Tá bom. — Alex ergue as mãos para afastar Hanna. — Ele me forçou a ir junto, disse que eu tinha que estar cem por cento envolvido. O tempo todo. Ele teria me matado se eu não tivesse ido. Eu fui forçado.

Hanna continua a fazê-lo recuar.

— Onde ele está?

Alex estende as mãos.

— Pare, está bem? Ele está escondido na oficina mecânica.

— De quem? Como você sabe que ele está lá?

— Eu sei que ele está lá. O lugar é do marido de minha irmã. Ele está lá.

Hanna faz uma pausa.

— O marido de sua irmã? Seu cunhado?

— Aaron Grimes.

Não um irmão. O marido da irmã.

— Parte da quadrilha de Wardell?

— Ele fornece carros, só isso.

— Carros de trabalho? Para Wardell? — pergunta Hanna.

— Esse é o negócio dele.

— Onde é essa garagem?

Alex dá a ele o endereço na West Roosevelt Road.

— Vamos lá, cara! — grita ele. — Eu estou dando isso a você. Minha irmã vai me matar, ele é meu cunhado! — Alex está tremendo.

— Quem se importa que ele seja seu cunhado? Quem pode estar com Wardell?

Alex não olha para Hanna.

— Talvez Hank, não sei.

— Aaron Grimes não é parte da quadrilha?

— Ele é um vendedor, cara. Esse é o negócio dele. Ele não quer Otis lá.

— É mesmo?

— Quem iria querer? — diz Alex. — Vamos lá, cara! E eu? Estou entregando meu próprio cunhado. Ok? Estamos quites, certo? Merda, cara, eu contei tudo a você.

Hanna dá um passo na direção de Alex.

— Forçou você? Wardell obrigou você a ir junto? Como se você fosse um prisioneiro e tivesse que fazer o que ele dissesse e ver tudo desmoronar? Certo? Errado. Você participou porque tinha que se provar. Vamos lá, cara. Não foi isso? Ele olhou para você e viu medo, fraqueza. Você queria provar seu valor para ele e ler isso nos olhos dele. Estou certo?

Alex olha ao redor. Não sabe para onde ir.

— Wardell me disse que eu tinha que fazer isso.

Hanna lhe lança um olhar.

— O louco me deu uma ordem — diz Alex, então imita Wardell. — "Leve-a para o quarto." E Wardell sussurra em meu ouvido: "Ela não vai escapar. Ela vai ter".

Ele dá de ombros.

Hanna pisca.

— Eu ia apenas trancá-la lá dentro, sabe? — Os lábios de Alex se afastam. — Então ela... foi como legítima defesa. Ela estava tentando arrancar meus olhos. Foi um reflexo, eu tinha que me defender.

Os olhos de Alex se conectam com os de Hanna, suplicantes.

— Eu fui posto nessa situação! Por ameaça a minha vida. De Wardell. O que eu deveria fazer? — pergunta Alex.

Hanna percebe lágrimas irrompendo dos próprios olhos. O céu, o telhado; tudo tem uma dose extra de clareza. Ele visualiza o padrão dos respingos do sangue de Jessica na luminária na parede.

O pé esquerdo de Hanna desliza sobre pedrinhas. Elas parecem pedras maiores. Seu peso se centra, a cabeça se inclina e, como um arremessador de disco, ele joga Alex do terraço.

A trinta horas e 3,5 mil quilômetros de Chicago, McCauley está sentado no alto da cabine do Peterbilt, dirigindo o caminhão-cegonha pela I-8, em direção a um crepúsculo no deserto. Seu walkie-talkie emite chiados e ganha vida.

— Eles estão pegando a saída para a fronteira — diz Cerrito.

— Vá em frente. Mantenha-os no retrovisor — responde Neil. — Hora de trocar. — Ele volta a clicar o walkie-talkie. — Trejo, é com você.

— Pode deixar.

Pela janela, a picape Ford F-150 emparelha com ele na faixa da esquerda. O homem ao volante, o ex-presidiário mais durão que Neil já encontrou, dirige um olhar a ele e acelera. Trejo é tranquilo, habilidoso e em forma, e ninguém que o vê ao volante, com aquele olhar sombrio, pode imaginar a ternura com que sorri para a esposa. Ele passa à frente para assumir a vigilância de Cerrito.

Desde Chicago, eles fazem uma rotação dos carros que estão na cola, seguindo a carga que os Herrera estão transportando para o sul. Neste momento, o caminhão de dinheiro está saindo da interestadual, aquela é a rota final na direção do depósito dos traficantes.

É onde o caminhão vai atravessar a fronteira. Yuma, Arizona.

Graças à documentação das remessas nos disquetes de computador dos Herrera, Neil sabe que o esconderijo do dinheiro fica perto, no lado mexicano.

Ele vai descobrir onde o caminhão esconde o dinheiro. E vai roubá-lo.

33

A sala atrás do escritório da oficina mecânica deveria ser usada como depósito, mas se tornou o alojamento de Wardell. De Wardell e Svoboda. Faz dois dias. *E o quarto cheira a isso*, pensa Aaron Grimes.

No momento, ele está trazendo comida chinesa como a porra de um entregador. Wardell paga bem, mas o cara é um pesadelo. Por que eles não tinham fugido de Chicago?

E sabe que o canalha vai perguntar sobre o acordo com McCauley outra vez, assim que ele entrar pelas portas de sanfona de vidro e aço. *Maldito Alex*, pensa. *Não consegue manter a porra da boca fechada.* Aaron gosta dele, mas que droga.

Ele só quer eles fora.

Grimes segue pela oficina até o escritório no canto. Ele faz a curva e vê através da parede de vidro do escritório caixas de pizza, latas de cerveja, garrafas de Maker's Mark vazias e meias fedorentas. Ele nota Svoboda sentado à mesa.

Merda.

Hank está com os pés em cima dela.

— Que tal tirar os pés da mesa?

A voz de Wardell vem por trás dele:

— Você tem atrasado meu serviço.

Ele se vira. O cara tapa a porta do escritório.

— Não, Otis. Eu estou fazendo o possível, e você vai conseguir aquilo de que precisa o mais rápido possível.

— O motivo foi aquela carreta, não foi?

— Claro que não.

Wardell tinha visto McCauley partir e perguntou: *Aonde vai esse caminhão?*

Grimes continuou andando, tentando ser blasé. *Para a estrada, eu acho.* Ele deu de ombros.

Você acha.

Não é da minha conta. Nem da sua. Eu não sei.

O dono da oficina passou por ele e entrou no escritório. Wardell não se barbeava havia alguns dias, a calça jeans estava suja. Otis gostava de pensar em si mesmo como tendo um magnetismo animal com as mulheres, mas naquele momento ele fedia.

Um caminhão-cegonha, disse Wardell. *Você vai deixar por isso mesmo?*

Vou, sim. E foi assim que acabou.

— Você me coloca em segundo lugar — diz Wardell. — Eu sustento você, e você me coloca de escanteio por causa desses babacas da Costa Oeste? Seu cliente secreto? — Ele diz isso com sarcasmo, mas a ameaça nas entrelinhas é tangível.

— Otis. — Grimes sente os pelos da nuca se arrepiarem. — Aquele trabalho foi contratado antes de você aparecer aqui. Você é sempre o número um.

— Não, não, seu cunhado estava se gabando sobre como, de repente, você está trabalhando com quadrilhas de alto nível, planejando golpes grandes e outras merdas.

Grimes respira, tentando se manter calmo. O cheiro de lixo é acre. Wardell está com raiva. Ele quer uma saída; e, na ausência disso, alguém a quem culpar.

Wardell se aproxima cuidadosamente.

— Eu quero saber tudo sobre aquele caminhão. Vi você carregando uma picape com ferramentas. Aí você estacionou a picape na carreta. Aonde está indo a porra daquele caminhão?

Wardell aproxima o rosto do de Grimes, a cicatriz na sobrancelha se destacando, iluminada de branco contra a vermelhidão do pescoço.

Svoboda se levanta e faz a volta na mesa para ficar entre Grimes e a porta.

— Eu não sei — responde Aaron.

McCauley tinha telefonado e lhe dito onde a quadrilha estava. Grimes tenta manter a expressão neutra. A mentira é uma aposta.

E ele vê que cometeu um erro. Os olhos de Wardell não estão apertados ou escuros. Estão loucos e brilhantes.

Wardell o joga contra o bebedouro, que balança e o garrafão se inclina e cai no chão com um baque, molhando-os.

— Otis, olhe, cara...

O golpe do punho de Wardell o atinge com força no lado da cabeça. Grimes cambaleia para trás.

— Para onde ele está indo? Quem era o cara dirigindo?

Grimes se esforça para permanecer de pé, e meio que vê Svoboda fechar a porta do escritório.

Ele se encolhe. Há uma barra de ferro de pneus na cadeira no canto. Ele se lança naquela direção.

Wardell se lança sobre ele.

34

Neil chega a El Centro no fim da tarde. O calor do deserto queima como um maçarico.

A cidade ocupa os dois lados da I-8 perto da fronteira mexicana, a dois terços do caminho entre San Diego e Yuma. Uma viagem fácil para ele neste dia com estradas e céus limpos.

Ele para junto da casa modesta de fazenda com algumas sacolas de compras. Joga a bolsa de ginástica sobre o ombro. A propriedade foi recém-pintada, luminosa, em uma área sossegada que dá as costas para um parque municipal. Lá dentro, ele desembala as compras. Pela janela da cozinha, do outro lado do jardim dos fundos no parque, o céu está tomado por pipas.

Ele sai para o pátio. A meio caminho no parque, ele vê Elisa. A brisa está erguendo seu cabelo de mogno como se fosse uma vela. Ela se vira, devagar, como se ele tivesse falado com ela, embora esteja a oitenta metros de distância.

Elisa vai languidamente em sua direção, põe os óculos escuros no alto da cabeça e caminha até ele.

— Bem na hora — diz.

Ele afasta o cabelo soprado pelo vento do rosto dela.

— Eu parei na loja.

— A lista de compras que dei a você no mês passado. — Ela balança a cabeça. — Já passei para outra, *vato*.

— Está bem, mas eu comprei o detergente mesmo assim.

Ela sorri e lhe dá tapas de brincadeira no braço. Neil dá de ombros.

Ele escuta passos leves do lado de fora. Gabriela empurra a porta e entra, os chinelos batendo, arrastando uma pipa pela mão.

— *Hola*, Neil.

Ela o beija no rosto e ele põe as costas de uma das mãos sobre a bochecha vermelha de calor.

— Gabi, você está uma bola de fogo.

— Bola de fogo é o sol. E ele está a 149 milhões e 226 mil quilômetros de distância. Você sabia disso?

— Não, não sabia. — E pergunta, sério: — Você mediu?

— Não! — Ela ri e olha para Elisa. — *Qué hay para la cena?*

— Primeiro vá se lavar. Depois eu faço o jantar.

Gabriela sai correndo pelo corredor, e McCauley entrega uma cerveja a Elisa. Eles brindam com as garrafas.

— Cheque a geladeira — pede ele. — Veja o que mais eu comprei no mercado.

Neil ergue a garrafa e bebe. Seu sorriso está evanescente, mas ele vê que ela percebe aquilo.

Elisa abre a geladeira. Há uma garrafa de champanhe em uma prateleira. Um sorriso curva a borda de sua boca. Enviesado, bonito, inteligente, mas despretensioso.

Elisa o observa. A força nos olhos, aquele sorriso tenso. Ela o conhece muito bem...

— Você já tem algum negócio novo?

A animação vibra bem abaixo da superfície. *Neil está tranquilo e vai mantê--la ali*, pensa ela. Mas é algo grande, ela percebe.

— Ao sul daqui.

Elisa ergue uma sobrancelha, despreocupada, mas interessada.

— *Otro lado?* Do outro lado da fronteira?

— Perto de Yuma. O que você sabe sobre atravessar a fronteira de um lado para o outro nesta região?

Elisa segura o olhar de Neil. O que ela sabe?

A vida dela trata-se inteiramente de atravessar fronteiras. Como sempre diz, a família Vasquez cuida da logística da travessia de fronteira desde os anos 1850. Eles eram *tequileros* durante a Lei Seca, e os parentes contrabandearam de tudo para o México, de aparelhos eletrônicos a máquinas de lavar, geladeiras e TVs, e exportavam cargas eventuais de maconha para os Estados Unidos. Ela passou maconha pela fronteira sob o cobertor de bebê, sentada no colo da mãe.

Ela é uma contrabandista de sétima geração. O que ela sabe sobre atravessar a fronteira?

— Perto de Yuma? Tudo — diz ela.

Gabriela está sentada à mesa da cozinha com uma camiseta do Dragon Ball e chinelo de dedo, começando o dever de casa de Matemática.

Ele assente.

— Nós conversamos depois.

Hanna segue com Casals para a oficina mecânica no West Side. Easton está no carro atrás, e duas viaturas com policiais uniformizados formam o resto da equipe. Luzes, sem sirenes. Eles bloqueiam a saída da rua nos dois extremos do beco atrás do local. Hanna desce e os conduz até o prédio em um colete à prova de balas, armado com uma escopeta Remington 870. As portas de sanfona da garagem estão fechadas; o escritório, escuro. Eles cercam o prédio. Hanna está com uma dor de cabeça lancinante, amplificada pela adrenalina. A fúria é um tijolo quente saído do forno no fundo do peito.

Easton e ele se aproximam dos dois lados da porta exterior do escritório, permanecendo afastados da janela. Contra a parede, Casals se posiciona atrás de Hanna. Ele não disse uma palavra sequer quando o parceiro voltou do telhado do prédio de Alex Dalecki sozinho.

Escorregou e caiu, disse Hanna.

Casals o olhou e disse: *Telhado perigoso*.

No momento, no cone da luz de um poste, Hanna tenta a porta. Trancada. Ele fala no rádio com os policiais da retaguarda. Tudo ali está trancado também, sem visibilidade do interior da garagem.

Hanna acena com a cabeça para Easton, que quebra o vidro da porta do escritório, enfia a mão e a destranca. Eles entram depressa, liberando o interior.

O escritório é atulhado, cheira a cerveja choca e óleo de motor. Uma porta interna leva à área de reparos. Hanna acena com a cabeça para Casals. Ele empurra e abre a porta, Hanna entra.

O local está vazio e escuro. Nenhum carro. Três poços de serviço, dois elevadores hidráulicos de automóveis.

Easton acende as luzes enquanto os policiais arrombam a porta dos fundos do beco.

Easton abaixa a arma, estudando o ambiente.

— Meu Deus.

Os olhos dos policiais se arregalam. Dois deles se encolhem. Um vira o rosto.

A cabeça de Hanna lateja, mas ele está frio e calmo ao mesmo tempo.

Um guincho elétrico de corrente está montado sobre trilhos no teto, posicionado acima de um dos poços de serviço. Pendurado na corrente do guincho está Aaron Grimes, empalado em um gancho de aço enfiado por baixo da caixa torácica.

Hanna abaixa a arma. Grimes está nu e morto, a carne queimada e escura em algumas partes, como na genitália, e seu rosto é uma massa disforme. A quantidade de tortura que ele suportou significa que foi preciso muita coisa para fazê-lo falar, ou o assassino continuou a tortura apenas por sadismo.

Um cigarro foi apagado em seu olho.

Hanna quebra o silêncio.

— Fotógrafo. Equipe de cena de crime. Legista. Imprimam cada centímetro deste lugar. Comecem a procurar testemunhas. Mostrem a foto de Wardell pela vizinhança. — Ele tenta pensar em mais. Mas dessa vez não consegue. — É isso, vamos.

Ele se vira para sair.

Otis Wardell sumiu, deixando uma trilha de sangue. Desapareceu. E nunca vai voltar. O sol não rompeu o horizonte, mas envia raios através do céu, tingindo a fumaça de vermelho.

Quando Baumann chega, Hanna está na beira da calçada, perto do meio-fio. O capitão sai do carro sem identificação, como uma sucuri bem alimentada. Ele vai em sua direção, cigarro apagado entre os dedos, os olhos de cobra vivos. Novak levanta-se do assento do motorista.

— Nenhuma prisão? — pergunta Baumann. Olhos apenas para Hanna.

Hanna sente como se estivesse do lado errado de um telescópio em um telhado, vendo tudo mais distante, Baumann bem a sua frente, mas pequeno. Como o sistema do qual faz parte, ele está satisfeito e seguro.

— Mecânico e fornecedor de carros de trabalho para várias quadrilhas — diz Hanna sem afetação. — Aaron Grimes. Pendurado como Action Jackson.

Baumann dá um sorriso frio. Ele entende a referência e aprecia que Hanna use histórias de Chicago.

A mesma coisa de sempre. Nada novo. Um atoleiro.

— Otis Wardell? — pergunta Baumann.

— Ele tem repertório, não tem? — diz Hanna para Casals, parado próximo. — Não está mais aqui. Já era.

Há uma satisfação azeda nos olhos de Baumann.

Hanna se vira para olhar para ele, globo ocular em globo ocular. Baumann, o homem maior, está cauteloso, como se esperasse um ataque de Hanna.

— E eu também não. — Hanna estende as mãos vazias. Então se vira na direção do alvorecer e diz para Baumann: — Vou escrever o relatório, depois eu me demito.

Ele sai andando.

— Otis Lloyd Wardell — fala consigo mesmo.

PARTE TRÊS

Paraguai, 1995-96

35

O calor liberado pelo asfalto quente distorce os pinheiros baixos na extremidade da pista do Aeroporto Internacional Guaraní, em Ciudad del Este, Paraguai. O Cessna 310 que está taxiando faz uma volta de 180 graus para estacionar, antes de desligar os motores. Desembarcando, de forma irresoluta, está Chris Shiherlis, com óculos Ray-Ban e uma *guayabera* amarrotada. Ao lado de um Toyota Land Cruiser velho, um motorista de camiseta e calça jeans acena para que ele se aproxime.

— *Señor* Bergman.

Com apenas uma sacola plástica do Aeroporto Internacional Mariscal Sucre em Quito, Equador, Chris entra.

O Land Cruiser sai rapidamente pela lateral da pista de pouso. Chris registra as anomalias: na praça de manobras, junto aos hangares de serviço, há um antigo DC-3, a versão de carga de um DC-2, e monomotores Bonanza. Entre eles há um Gulfstream G-IV e um Citation X. A combinação de base de operações privadas e terminal de passageiros parece de terceiro mundo. O Toyota deixa o estacionamento e pega a autoestrada rural.

Chris recebe uma garrafa d'água, bebe e derrama um pouco na camisa. Ele toca a testa, tem febre e ela está aumentando. Ele tira os Ray-Ban. Na umidade subtropical, a luz se parte em componentes espectrais, gravando contornos verdes e azuis sobre as árvores distantes e os poucos prédios altos de Ciudad del Este. Com a mudança no brilho das cores no calor, Chris se sente zonzo. Abre a *guayabera* e balança a camiseta manchada. Sob ela, ainda está com o curativo de Frida. Ele puxa, solta um dos lados e vê pele vermelha descolorida em torno do ferimento.

O Land Cruiser atinge um buraco do tamanho de uma cratera. Dor explode na cabeça de Chris. Ele se curva para a frente.

Araçaris voam do outro lado da janela. Os gritos fortes e as cores vibrantes das aves semelhantes a tucanos estimulam a luta de Chris para ficar acordado. As paredes são amarelo-mostarda brilhante. Ele perde a consciência novamente.

— *Señor* Bergman — chama uma voz.

Os olhos de Chris se abrem. Dr. Ortega, careca com um bigode e usando roupa e touca cirúrgicas verdes, estuda sua ficha. Ao lado dele, há uma enfermeira com uma touca engomada.

— Bom dia, *señor*. Bem-vindo de volta — diz ele em um inglês com forte sotaque. — Eu lhe aconselharia, caso um dia venha a precisar de outro procedimento, que o senhor mude de cirurgião. Eu tive que reabrir o ferimento.

Atrás do médico, encostado na parede, há um homem magro de camisa preta e calça jeans. Ele tem pele de terracota, cabelo preto aparado rente, maçãs do rosto proeminentes e olhos de mel, uma mistura brasileira de etnias. Africano, europeu, indígena. Ele observa cautelosamente.

— Por que parece que fui costurado por um veterinário? — pergunta Chris. Foi *literalmente* costurado por um, dr. Bob, três dias antes em Los Angeles.

Dr. Ortega ergue as sobrancelhas.

— O ferimento está infecionado, por isso instalei dois drenos. Estamos aplicando em você três mil unidades de ciprofloxacina. A anestesia está passando, então, você deve sentir uma enxaqueca e alguma dor...

Os olhos de Chris se fecham. Ele flutua para a inconsciência.

— Meu nome é Paolo.

Chris pisca e desperta. O homem de olhos cor de mel está parado ao lado da cama. A hora se transformou em entardecer se dirigindo para a noite.

— Então você veio para trabalhar comigo na segurança. — Ele olha para Chris de cima a baixo.

Chris permanece em silêncio. Ele examina Paolo, ainda não está claro como ele chegou ali, onde ele deveria trabalhar e para quem. Tudo o que lhe disseram era que iriam encontrá-lo.

— Meu nome é Bergman.

Ele se lembra de desembarcar do Cessna no Aeroporto Guaraní e entrar no Toyota Land Cruiser velho, sentir-se enjoado e chapado, e então acordar naquele hospital.

Paolo aponta o ferimento com a cabeça.

— O que aconteceu?

— Uma briga doméstica. — Os olhos de Chris estão firmes, fixos nos de Paolo.

O homem de olhos cor de mel, após um instante, fita o passaporte em sua mão.

— Jeffrey Bergman. Como você arranjou esse emprego em segurança comigo?

— Eu me candidatei.

— E?

— Recomendado por um amigo. Ele disse que eu iria gostar.

Paolo escreve o número do celular em um pedaço de papel e o dobra dentro do passaporte de Chris. Seu celular Nokia toca e ele atende a ligação.

— Oi, rapaz — diz, em português.

Paolo joga o passaporte com seu número na cama de Chris quando está deixando o quarto, aponta para ele e assente, saindo pela porta enquanto fala no celular.

1996

O céu da manhã já está brilhando branco quando Chris deixa o apartamento. O pequeno círculo de trânsito abaixo está reluzente de carros, a barraca de frutas do outro lado da rua está movimentada. Terra vermelha, colunas baixas, árvores que ele ainda não sabe o nome, além das palmeiras. Todo aquele verde. Névoa paira no horizonte leste distante, erguendo-se das enormes Cataratas do Iguaçu rio abaixo.

Ele usa calça jeans, uma camisa polo verde, um casaco esportivo preto, botas. Glock na cintura. É um estilo casual de trabalho? Traje para assalto urbano? Seja como for, os negócios vão como sempre em Ciudad del Este, esconderijo longe de casa para Chris Shiherlis, também conhecido como Jeffrey Bergman de Calgary, Alberta, no Canadá. El Americano.

No pé da escada, música pulsa de uma caixa de som. A *señora* Hausmann está sentada no pátio. Tanto ela quanto o café da manhã parecem fortes e alemães. Chris gira as chaves e ela o olha com desconfiança. Ele sobe na Suzuki, põe o capacete por cima do walkman e coloca o volume no máximo. Tupac. "California Love." A batida desce pelo peito. Los Angeles, calor seco, um oceano cintilante. Ele liga a motocicleta e se junta ao tráfego.

Vans e ônibus aparecem assim que ele vira a esquina. Uma corrida insana. Pessoas a pé circulam em todas as direções. Papagaios e tucanos gritam nas árvores. De cafés cheios vem o cheiro de *chipa* quente, um pão de queijo assado com sementes de anis. Na porta da maioria dos negócios há guardas de segurança carregando armas calibre doze nos ombros ou aninhadas nos braços como bebês mortíferos, com baionetas que estripariam uma vaca.

Este lugar é remoto, tão desconhecido quanto Marte. A cidade é uma zona franca aberta em meio à floresta tropical, e assoma sobre um penhasco acima do rio Paraná, na fronteira tripla entre Paraguai, Brasil e Argentina. A zona de livre comércio é livre de tudo: da lei, da ordem, das regras e dos regulamentos, exceto das próprias regras. Maníaca, maligna, voraz e totalmente sedutora. Um amontoado de pessoas e produtos acompanhados do barulho das caixas registradoras e do spray das cataratas. Ela é habitada por libaneses, sírios, chineses, coreanos, brasileiros, paraguaios e argentinos, assim como por descendentes de nazistas, que fugiram para os braços abertos do presidente Alfredo Stroessner entre os anos 1940 e 1950, e membros do Hezbollah do sul xiita do Líbano.

As principais ocupações são contrabando, lavagem de dinheiro, tráfico de cocaína e falsificação de produtos eletrônicos, computadores, software, produtos farmacêuticos e bens de luxo.

O repuxar na clavícula é um incômodo. Ele a deixa arder lentamente, está sem oxicodona. Precisava dela, farreava com ela. Não pode fazer aquilo ali. Ali, ele não pode se dar ao luxo de se entregar aos impulsos. Ali, há muitas variáveis desconhecidas. Ali, é o estado da natureza. Tem aquele tipo de liberdade que permite tudo, mas uma jogada ruim de dados será a última.

Ele passa pela catedral. O capitalismo é a fé verdadeira e ardente de Ciudad del Este, mas a igreja está ali, com a pedra escura de rio e vitrais abstratos, velas acesas e ouro levemente brilhante. Ela sussurra a história daquele lugar, a loucura sombria e sagrada das florestas dos padres missionários espanhóis e dos indígenas que eles confrontaram, santos, mártires e misticismo.

Merdas de Deus. Chris acelera. Se você quiser falar de milagres, grite hosana pelo jeito como dr. Ortega consertou o ferimento de escopeta. Um pouco melhor que o veterinário de Los Angeles. O hospital é especializado em ferimentos de bala.

Nada fica escondido sob os panos em Ciudad del Este.

Depois da evacuação pelo ar do deserto ao sul de Mexicali, a viagem louca de Chris o levou da Cidade do México para Tegucigalpa, Cidade do Panamá, Quito, Lima, Cusco, Assunção, oceanos, desertos e florestas; ladeando os Andes. As estações passando; doente, aturdido, febril. Além de campinas, colinas e florestas. Nas profundezas do continente, para Ciudad del Este. Lar das compras ininterruptas e dos excelentes cirurgiões de trauma.

O tecido da cicatriz está esticado, mas o osso solidificou. Ele recuperou músculos e se exercita. Corre, mesmo nunca tendo tido o costume. Sabe que o corpo precisa daquilo, e quer conseguir se movimentar bem.

As ruas estão repletas de compradores e contrabandistas de cigarros. Metade dos carros reluzentes foi roubada no Brasil.

Ele para num café. Uma batalha de metralhadoras de múltiplas línguas: árabe, mandarim, dialetos taiwaneses, guarani e espanhol. O caixa aceita cartões em quatro moedas. Nos becos, acumulam-se embalagens de isopor, que vão ter 1,80 metro às cinco da tarde, horário em que os varredores e catadores de papelão e isopor aparecem. Alguns ganham dinheiro com as embalagens. À meia-noite, as ruas estão completamente limpas. Na porta do estabelecimento, um guarda armado se curva com uma ameaça informal.

É o outro lado da lei e da ordem: o crime organizado administra empresas e indústrias abertamente. As únicas normas aplicadas ali são normas de clãs. A cidade tem a taxa de homicídios mais alta na América do Sul, mas os corpos que descem flutuando o rio Paraná estão ali por razões comerciais. Causalidade comanda Ciudad del Este. Não há violência aleatória, não há crime nas ruas.

Depois de quase um ano, Chris está afundado na surrealidade. É um mundo pequeno, apesar de tudo.

Ele tem saudade da família. Vai tirá-los de lá um dia. Não naquele momento, apesar de ter controle de si mesmo. É novo. Neil, Cerrito, Danny... mortos. Ele está construindo uma força confiável e focada naquele caldeirão estrangeiro.

Está seguro, mas isolado naquela cidade estranha. Ele quer comandar a si mesmo e conseguir qualquer coisa. É isso o que ele quer. Ser um novo homem por conta própria. Exercitar o corpo e a mente — o velho slogan da cadeia. Mas verdadeiro. Homens com egos fazem exatamente isso na prisão: tornam-se advogados autodidatas, escritores, criminosos melhores, viciados por diferentes disciplinas.

Ele precisa fazer aquilo. Tem que *se transformar*.

Um raio de sol que surge de trás de uma nuvem atinge uma placa amarela. Ele pode ver a pele perfeita de Charlene iluminada pelo sol da manhã.

Fotos. Elas chegaram dois meses antes, em um pacote que tinha como endereço de remetente uma caixa postal de Delaware. De Nate, o cara mais cuidadoso que ele já conheceu. Desvios. Idas e vindas. Depois para ele.

Não havia como Vincent Hanna nem qualquer outra pessoa que o estivesse caçando rastrear o pacote até o Paraguai.

No píer de Venice, Charlene está sorrindo ao sol. Porém, há um vazio em sua expressão, uma curva dos lábios para baixo. Chris jura que pode sentir o cheiro de Chanel Nº 5, o aroma transformado em puro fascínio pelo calor da pele dela. Ele quer enfiar a mão na foto e tocá-la. A distância, inavegável, é um açoite em seu coração.

Qualquer outro contato com Charlene e ele vai ser localizado, perseguido e encontrado.

O que fazer, ele se pergunta, se masturbar com lembranças de Charlene, fazer amor com a mão direita? Foda-se isso.

Os dedinhos de Dominick se fecham em torno da mão dela. O rosto iluminado por um maravilhamento sem filtro. *Se há inocência no mundo*, pensa ele, *está nas crianças*.

Enquanto isso, ele sabe que está desaparecendo da memória de Dominick. Do que o menino se lembra? Não muito, preocupa-se. Recordações têm vidas curtas. Logo, Chris não vai ser nem um fantasma.

O tempo está passando, dia a dia, incremento a incremento.

O shopping Xingfu ocupa um quarteirão no centro da cidade, com sete andares de altura, coberto com lajotas plásticas espelhadas, como uma bola de espelhos. Linhas de telefone e de energia serpenteiam até ele vindas de postes nas ruas, dendritos alimentando aglomerados de neurônios. Ele é cercado, ao longo da calçada, por quiosques e barracas vendendo roupa infantil, malas e sutiãs de poliéster com babados, equipamento esportivo e DVDs piratas.

O trânsito na rua é apocalíptico. Consumidores andam em torno de veículos engarrafados como formigas, carregando sacolas plásticas enormes. Chris estaciona na garagem segura sob o prédio e sobe a escada rolante até o fim, assim como todo dia. Comércio. Esquemas.

O Xingfu — significa "feliz" — tem um quê de chamativo. Ostenta um átrio central ecoante e cores de influência chinesa, vermelho e dourado. As lojas oferecem artigos eletrônicos, televisões, telefones celulares, consoles de vídeo games. Panasonic, Ericsson, Nokia, Motorola. PlayStation, Nintendo. Loja após loja após loja, com cantopop e novelas brasileiras em alto volume e proprietários cautelosos sentados a mesas nos fundos ou à espreita na porta, polidos e de mau gosto ao mesmo tempo. É um dínamo de fazer dinheiro, de propriedade de uma família taiwanesa-paraguaia local, os Liu.

A mercadoria pode ser roubada ou contrabandeada para sonegar tarifas e impostos e, sem dúvida, inclui falsificações e produção apressada. Bolsas Gucci, vídeo games Nintendo, bonecos de pelúcia da Disney. Ele supõe que os clientes do shopping — em sua maioria brasileiros e argentinos que atravessam a fronteira pela Ponte da Amizade — sabem que estão comprando produtos duvidosos.

Ele caminha pelo andar superior, olhando por cima da grade de proteção para o parque de diversões ecoante do varejo. Ele acena com a cabeça para lojistas. A sra. Ling, que está na loja de cartões telefônicos, ergue o olhar do cigarro Winston e lhe dá uma piscadela. Ele retribui. Ela é uma mulher forte; às vezes, até lhe oferece chá.

Winston falsificado, cem por cento.

Paolo está de pé na sala da segurança, olhando fixamente para a parede de televisores que mostram imagens de uma dúzia de câmeras de vigilância no shopping. Ele está sempre de pé, Chris acha que nunca o viu sentado.

— Bom dia — diz Paolo, em português, despreocupadamente, sem olhar para ele. Ainda frio.

— Bom dia — responde Chris.

Paolo é um ex-Para-SAR, o Esquadrão Aeroterrestre de Salvamento da Força Aérea Brasileira; um homem letal com habilidades valorizadas pela família Liu: músculos, cérebro e deferência. Seu sorriso é desconcertante, mas ele nunca sorri para o norte-americano.

O shopping é apenas uma das responsabilidades de Paolo na organização dos Liu. Chris ainda está tentando compreender a estrutura de negócios e familiar bizantina. Nate tem uma conexão com a família Liu e armou a queda livre em Ciudad del Este. Ele não sabe como. Chris é um especialista em sistemas de segurança, o que quer que isso signifique, mas ele acha que significa que é um cara especialista em equipamento e sistemas de segurança, porque ele é um especialista em descobrir como superar equipamentos e sistemas de segurança. Ele, sem dúvida, consegue identificar vulnerabilidades, informando a eles para abandonar tal sistema, comprar aquele, melhorar a fonte de energia de backup. Paolo, desde o início, não gostou quando lhe disseram para botar Chris na folha de pagamento. Mas ele segue ordens do patriarca da família, David Liu.

Você é alguém especial?, provocou Paolo.

Não. Só um cara fazendo seu trabalho, disse ele.

O outro não perguntou de novo.

Chris examina a parede de telas de segurança.

— O que está acontecendo hoje? — Ele fala em inglês, porque Paolo lhe disse para fazer isso, já que quer melhorar o domínio da língua.

— Parece que está tudo bem — diz Paolo.

Chris examina as telas. A propriedade é coberta no interior e no exterior por câmeras de circuito fechado. Há guardas armados postados em todas as entradas. A plataforma de carga e os elevadores de serviço são controlados com inúmeras fechaduras físicas e eletrônicas. Há terminais de cartão de crédito conectados com bancos e operadoras de cartão por linhas telefônicas, que podem, tecnicamente, ser violadas. Mas o Xingfu dedicou linhas próprias para transações de cartão de crédito, além de uma vermelha que, se cortada, alerta a central de segurança dos Liu — Paolo e sua equipe — e, se necessário, a polícia local.

As câmeras externas mostram a rua. Embalagens de isopor enchem a calçada como uma parede de neve.

— Exceto por um grupo de caras. — Chris tem visão de águia para pessoas em busca de explorar falhas de segurança. — Na semana passada, delinquentes circundaram o shopping de motocicletas. Nós os registramos, guardamos as fotos. Eles estão de tocaia no lugar? Não voltaram até agora.

Paolo se vira. Sua expressão é desdenhosa.

— O que significa "tocaia"?

É uma palavra nova que ele está conhecendo.

— Vigiar um lugar. Mas quem seria tão burro? — diz Chris.

Paolo assente.

— Argentinos.

— Por que argentinos?

— Eles seriam burros assim. Porque estão confortáveis. — Paolo escarnece.

A cidade está cheia de gente com vontade de gastar dinheiro. Em qualquer outro lugar, um shopping seria um grande alvo para batedores de carteira, ladrões de lojas e assaltantes que simplesmente arrancam bolsas. Ali, ninguém tenta aquilo. Arrisque-se e você acaba morto, boiando no rio Paraná. Simples assim.

Ninguém interrompe os negócios em Ciudad del Este. Praticamente não há crimes nas ruas, em especial nos shoppings de vários andares de propriedade de famílias sírio-libanesas, taiwanesas e paraguaias.

Mas o que faz de Ciudad del Este a cidade sul-americana com o maior número de assassinatos per capita do continente é quando uma família tenta tomar o negócio de contrabando de cigarros ou de armas, lavagem de dinheiro, tráfico de cocaína, mercado clandestino de produção de medicamentos ou softwares falsificados de outra. Assim como um campo de treinamento de verão do Hezbollah no Líbano, isso contribui para a contagem de corpos no rio Paraná.

Chris não conheceu os Liu pessoalmente, apenas viu David Liu através do vidro grosso e tingido de um Mitsubishi Montero, e o filho, Felix, apertar mãos e sorrir em um evento na escola, no inverno. Inverno significando agosto, o que é muito estranho.

— Parece que você está tramando alguma coisa — sonda Chris.

— Tramando? — pergunta Paolo.

— Pensando. Armando.

Paolo olha para ele por mais tempo do que é confortável, mas não diz uma palavra sequer. Chris toma aquilo como mais um sinal de exclusão.

Shiherlis pensou ter conseguido aquele trabalho como um favor para Nate. Porém, está começando a achar que David Liu também queria alguém que fosse um forasteiro. Um cara que viesse com aquele tipo de credenciais. Chris só não sabe por quê.

Até então não houve degelo no contato com Paolo. Paolo prefere escolher os próprios homens. E testa Chris repetidas vezes para ver se ele está à altura.

Dois meses antes, Paolo enviou Chris para o estande de tiro com os guardas de segurança do Xingfu para ver o que eles podiam fazer.

Chris assentiu bruscamente com a cabeça.

Paolo tem treinamento de combate corpo a corpo, como a SWAT, mas é brasileiro, e o Brasil não luta em guerras. Chris esteve em batalhas nas ruas; Neil McCauley nos dois tipos. Aos dezoito anos, Neil foi pego pelo departamento do xerife de San Bernardino depois de roubar uma loja de conveniência. Ele se viu diante de uma escolha: voltar para o presídio de San Quentin, em Chino, São Francisco, ou se alistar.

Cinco meses depois, ele estava no verde sufocante da floresta de Cù Chi, o Vietnã, rastejando-se em túneis dos vietcongues, com uma doze semiautomática de cano curto, na 25ª Divisão de Infantaria. Durante as primeiras semanas da Ofensiva do Tet, ele acompanhou algumas patrulhas de reconhecimento de longa distância, com Rangers do exército se envolvendo em combate com unidades regulares do Exército do Povo do Vietnã. Os Rangers tentaram recrutá-lo, sem sucesso; ele tinha outros planos. Mais tarde, as batalhas que os dois lutaram foram com a polícia nas zonas de combate dos Estados Unidos urbanos.

Chris melhorou o treinamento dos guardas e o estande de tiro com áreas lisas para simular paredes e corredores. Ele inventou situações que exigiam atirar em movimento ou de todo tipo de proteção, avaliados pela precisão e pelo tempo. Colocou os guardas disparando quinhentas balas em um dia, sozinhos, depois em equipes. Além de ensiná-los a atacar e limpar salas, entrar em conflito de veículos em movimento e lidar com ambientes urbanos.

Shiherlis transmitiu as táticas de equipes de tiro de McCauley e da própria experiência na prisão e nas ruas, junto com a postura dele e de Neil: Salve sua equipe. Salve aquilo pelo que você fez isso. Se alguém entrar no caminho, é problema deles.

Paolo reconhece quando vê. Ele não pergunta abertamente a Chris onde ele aprendeu táticas de combate em espaços restritos. Em seguida, Paolo quer ver se Chris é leal.

Ele não vai desapontá-lo.

Shiherlis não confia totalmente que Paolo e seus homens estão cuidando dele. Está 95 por cento certo de que, se aqueles homens estão trabalhando com segurança pessoal próxima — guarda-costas —, vão proteger a pessoa principal se atacados. Nisso, Chris só confia totalmente em si mesmo. Mesmo assim, melhorou o status da segurança. Profissional de acordo com seus padrões, que incluem, caso seja emboscado, atacar a emboscada.

Alta voltagem.

Mas Paolo está preocupado com alguma coisa. Chris não vê nada nas telas que pareça fora do lugar. Só a postura tensa do chefe.

— Aqueles caras de motocicleta — arrisca Chris. — Você também os viu?

— Talvez. — responde, em português.

— Os mesmos caras mais de uma vez? — pergunta Chris. — As mesmas motos?

Paolo dá um grunhido.

— A mesma rota pela rua? Mesma hora do dia? Eles só estão olhando para o Xingfu ou para outros shoppings também?

Paolo se vira.

— O que você está pensando?

— Talvez eles estejam bolando um golpe.

— Bolando?

— Planejando assaltar o shopping. Roubá-lo — explica Chris. — Eles estão reunindo informação.

— Eles fariam isso?

— Estão planejando alguma coisa.

Paolo olha para Chris com cautela.

— Você já fez isso antes.

Uma ou duas vezes.

— Se eu fosse eles — diz ele —, saberia o que estou procurando.

Ele sabe tudo aquilo que uma quadrilha observa e qualquer coisa que seja um ponto fraco para explorarem. Se estão planejando um golpe, estão à procura de padrões, como, por exemplo, quem está de serviço, quando ocorre a troca de turnos. Acesso. Procure um jeito de entrar e inúmeros para sair, se vão entrar com força. É estranho estar do outro lado do jogo.

Chris mantém o olhar no de Paolo.

— Me deixe verificar isso, ver se alguma coisa está acontecendo.

— *Bom. Bueno.* — Paolo expira. — Onde você começa?

Ele aponta as telas com a cabeça.

— Fitas, encontrar esses caras das motocicletas nas imagens das câmeras. E aí, descobrir. Eles estão coletando inteligência? Testando à procura de fraquezas?

— Fraquezas. No quê?

— Boa pergunta. Identidade do pessoal. Se eles estão atentos aos guardas nas entradas, vendo o quanto estão alertas, a rapidez com que respondem a distúrbios e ameaças. Se estão tentando encontrar maneiras de desabilitar as câmeras, os alarmes e as linhas telefônicas e de energia do shopping.

— Nós temos a linha vermelha. Se alguém cortar os telefones, somos alertados.

Chris assente.

— Eles podem estar tentando grampear linhas telefônicas ou penetrar nas comunicações por computador. Talvez para roubar números de cartão de crédito ou penetrar em nosso sistema operacional. — Ele pausa por um segundo. — Linhas de comunicação de dados passam pela sala dos telefones no subsolo, certo? A sala dos telefones pode ser acessada pela garagem. Será que alguém faz a ronda ali embaixo? — Paolo está com uma expressão sinistra. — Tudo isso e qualquer coisa que possa ser uma fraqueza, à procura de algo do que tirar proveito, um jeito de entrar.

Examinando à procura de fraquezas. O shopping ou alguma outra coisa? Que outra coisa poderia ser? O que, ele se pergunta, é *mais* nessa situação, nessa cidade?

Ele está ficando com vontade de saber o que não estão lhe contando.

Chris recebe um salário que dá para viver, mas precisa de algo a mais se vai sair dali e tirar a família de Los Angeles.

— Vai acontecer alguma coisa grande para a empresa nos próximos meses? — pergunta ele.

Paolo tira os olhos das telas.

— Isso é... — Ele procura as palavras em inglês. — Precisar saber.

— Ok — diz Chris, calmamente. — Quando eu vou precisar saber?

Paolo o olha enviesado.

— Quando você encontrar uma coisa suspeita.

Quem iria querer informação sobre aquele local? Informações bancárias e financeiras sobre o shopping? Será que estavam à procura de pistas para a trilha do dinheiro dos Liu? Procurando dados por meio do acesso a transações originadas no Xingfu?

Será que estavam tentando invadir a rede interna de computadores dos Liu?

— Mas isso tudo é besteira no varejo — diz Chris.

— Então?

— Então, se for mais sofisticado, se o alvo forem as empresas dos Liu, eu não sei nada sobre isso. Não posso ajudar a proteger se não sei o que eles estão tentando encontrar. — E há todo um continente sombrio de negócios dos Liu dos quais Chris nada sabe. — Mas, talvez, eles não consigam porra nenhuma.

Paolo finalmente sorri com aquilo.

— Porra nenhuma?

— Zero. Nada. Absolutamente, nada. — Chris se anima. — Eu vou descobrir e informo a você.

— Bom.

Paolo dá uma última olhada para as telas e sai.

Que porra está acontecendo?, pergunta Chris a si mesmo.

Perto das seis da noite, Shiherlis caminha pela parte externa do Xingfu Shopping Center. Os quiosques e as barracas fora do shopping estão fechados. As centenas de entregadores — contrabandistas, FedEx a pé, homens que carregam sacas de mercadorias nos ombros — atravessaram de volta a Ponte da Amizade, acima do vazio sobre o rio Paraná, para o Brasil. As pilhas de isopor e embalagens plásticas, deixadas para trás nas ruas, ficaram ainda maiores, montanhas de coisas que os catadores logo vão remover. O que fazem com aquilo?

Ele tem informação para Paolo.

Os garotos de motocicleta vigiaram o shopping duas vezes no mês anterior. Chris revisou as imagens de segurança. Dois homens, vinte e poucos anos, um latino, um asiático, não há como dizer se são paraguaios, brasileiros ou argentinos. As mesmas motos, esportivas Yamaha com placas impossíveis de identificar.

Eles vigiaram todo o local. Primeiro de manhã. Deram uma volta no quarteirão e entraram na garagem subterrânea. Não verificaram carros estacionados; não estão à procura de veículos, mas fotografaram a porta de aço trancada da sala que contém o equipamento telefônico, as grandes mesas de PABX, os links para terminais de cartão de crédito e uma outra porta, que leva aos grandes *nobreaks* e geradores de apoio.

Eles voltaram duas semanas depois, perto do horário de fechamento. O mesmo procedimento. O Xingfu é um alvo — para o quê, Chris ainda não sabe.

Se esses caras forem amadores estrangeiros, não sabem que a cidade não tolera roubo de bolsas, estupro por estranhos, brigas de bêbados nas ruas. Dar golpes roubando lojas de varejo não vai acontecer. Ponto. Não aqui. Ou eles são profissionais locais em busca de outra coisa.

Shiherlis caminha na direção de onde as motocicletas partiram. No café Damascus, ele pede um arábico e diz ao proprietário:

— *Shukran*.

Ele foi ali uma dúzia de vezes nos últimos meses, mas perguntar ao dono sobre os motociclistas seria direto demais, marcante demais.

Ele está nervoso. Meio solitário, meio ansioso para embarcar na ação ou no que quer que esteja acontecendo.

Relaxe. Vá correr. Exercite o corpo e a mente.

Ele está segurando a onda há nove meses.

Então, pega uma rua onde toca música pop em pizzarias e vai até a loja das caixas postais. Chris insere a chave e abre a caixa postal que alugou com um nome falso insípido.

Vazia.

Nem mesmo uma notícia silenciosa de Charlene, diz para si mesmo. Ele fecha a porta bruscamente e sai andando sob o crepúsculo úmido.

É o não saber. O que eles vão fazer esta noite? Com quem estão?

Ele está se dirigindo para a motocicleta na garagem subterrânea quando Paolo e um de seus colegas sai do saguão dos elevadores.

— Paolo — diz Chris.

O cara continua a andar, mas o cumprimenta com a cabeça.

— Vamos conversar — pede Chris. — E me deixe ir junto em qualquer coisa que vão fazer esta noite. Eu estou ficando louco.

Paolo vê alguma coisa em seus olhos, talvez. Chris é bom em não fazer nada, mas acha que, no momento, ele não é o espelho vazio que tenta ser.

O brasileiro aponta a Range Rover com a cabeça.

— Me conte no caminho.

Chris entra.

Eles já atravessaram metade da cidade quando Chris termina de brifar Paolo. O motorista, um dos membros silenciosos e vigilantes do círculo interno, dirige suavemente, os olhos escondidos por trás de óculos escuros Oakley.

Shiherlis está no banco do carona. Quando olha para trás, vê o chefe, sóbrio e calado.

— Quem? — pergunta Paolo. — Quem são eles?

O motorista olha para o chefe no retrovisor.

— *Para quién trabajan?*

Chris balança a cabeça em negativa.

— Não posso lhes dizer para quem eles trabalham a menos que você me dê mais informação. — O SUV segue rápido pela autoestrada a caminho do aeroporto. — Eu preciso saber.

Paolo passa o polegar pelo lábio inferior, pensativo.

— Eu também. — Para o motorista, diz: — *Él vendrá con nosotros.* — Ele vem conosco.

Chris sente uma empolgação quente se espalhar pelos braços.

O Aeroporto Guaraní ainda parece estranhamente deslocado. A cidade tem uma população de trezentos mil, mas a pista do Guaraní é mais longa que a de Assunção.

Na planície verde a oeste da cidade, a combinação de terminal com prestação de serviços, cercada por bananas-de-macaco, é um show à parte. A ação é na área de carga. Do outro lado da pista, dois MD-11 estão descarregando. Um Antonov. Perto, há quinze jatos particulares brancos e reluzentes estacionados. Uma cidade miserável e todo aquele dinheiro.

Uma zona de livre comércio atrasada. Famílias são enfiadas em prédios residenciais de concreto sem legislação alguma sobre construções e casas com telhados de zinco e quintais de terra.

O dinheiro está aqui. O aeroporto cheira a ele.

Eles estacionam sob um pôr do sol psicodélico: laranja, magenta e um veludo azul no céu a leste, acima do interior esmeralda. Atravessam um hangar alto e emergem na área de manobras. Paolo verifica o relógio. Um jato enorme faz uma curva no céu, o sol pintando as asas com o brilho avermelhado de um pássaro de fogo.

Logo depois, um 747 pousa, os reversores de empuxo roncando. Paolo entrega a Chris um jogo de protetores auriculares. A tripulação de terra conduz a aeronave até parar diante do hangar. Os motores desaceleram e o nariz do jato balança para cima. As portas inferiores se abrem e carregadores se aproximam para começar a descarregar.

Uma escada, de repente, é empurrada até a porta da frente e os pilotos descem apressados. Paolo chama:

— *Nǐ hǎo.* — Para Chris, ele fala: — A carga, leve-a para o armazém.

— Sem problemas.

Há dois caminhões grandes estacionados no hangar, com três guardas aguardando ao lado de cada um, espingardas calibre doze penduradas sobre o peito. Um com uma AK-47.

Os pallets estão embalados em plástico pesado. O que quer que eles contenham, com certeza não é mercadoria falsificada barata para as lojas do shopping.

Em espanhol, Chris se apresenta:

— Bergman. Da segurança.

Ele viaja no primeiro caminhão, coordenando via rádio com o segundo deles e um carro que os segue. Eles se dirigem para um parque industrial onde guardas abrem um portão de alambrado.

A mancha azul do anoitecer toma o céu a oeste. Morcegos voam rápidos ao fundo enquanto os caminhões dão ré até um armazém vasto. Sob luzes fortes, motoristas de empilhadeiras entram em ação com um toque hábil, transferindo a carga para dentro, pronta para inspeção.

Chris não ousa fazer isso. Ele recebeu a tarefa de entregar a carga em segurança, mais nada.

Ele quer saber o que há por baixo da embalagem de plástico opaco.

Paciência.

Paolo logo chega e se aproxima, uma Beretta brilhando no coldre em sua cintura.

— Tudo bem?

— Tudo suave.

Um minuto depois, Felix Liu chega. O filho mais velho da família está no fim da casa dos vinte anos, é alto, magro e bonito, com traços finos. Está bem-vestido demais para um armazém, para o serviço: um terno cinza-claro, camisa preta justa, sem gravata. Usa óculos escuros de Bruce Lee, embora seja quase noite.

Paolo vai até ele.

— *Hola, caballero.*

Felix ergue o queixo em uma saudação. Dois capangas o ladeiam. Chris percebe: músculos de vaidade.

Eles se aproximam dos pallets. Com uma faca, Paolo corta a embalagem de plástico e ela se abre com um som forte de rasgo. Felix fica parado, as mãos nos bolsos.

Chris, no início, não sabe ao certo para o que está olhando.

É equipamento eletrônico, isso é certo, cuidadosamente embalado em isopor. Tem muito isopor por ali, que, aliás, deveria ser o símbolo do Paraguai.

Paolo ergue uma caixa que parece um receptor de A/V estéreo preto e pequeno: botões, um teclado alfanumérico, placas de circuitos como entranhas. Ele aperta um botão, e um mostrador se acende lentamente em verde.

Felix analisa o equipamento.

— *Bueno.*

Liu fala em espanhol rápido com Paolo. Shiherlis examina o pallet, o equipamento eletrônico não tem etiquetas, mas há manuais empilhados ao lado. Alguma língua estrangeira.

Felix dá meia-volta e sai andando, seguido por sua *entourage*. Chris tinha captado apenas um terço da conversa, mas ouviu "cassino". Um motorista abre a porta de um Mercedes e o filho mais velho do clã entra no banco traseiro, ao lado de alguém com uma minissaia de lantejoulas.

Paolo permanece em posição militar de descanso até eles irem embora, então orienta a equipe do armazém a deixar os pallets em segurança.

Ele se volta para Chris.

— Bom. — Em inglês, percebe Chris, para seu benefício.

— O que é essa coisa? — Ele não vê sentido em fingir que sabe.

Paolo o encara fixamente.

— Sistema eletrônico de contramedidas.

Chris mantém o rosto tranquilo. O equipamento é restrito, muito avançado e extraordinariamente caro. Nível militar.

— Não é, então, para a loja de cartões telefônicos da sra. Ling — diz ele.

* * *

É meia-noite quando Chris chega ao apartamento. O ombro dói, mas ele ainda está agitado pela adrenalina e as possibilidades.

Chris percebe que o shopping Xingfu é a parte visível do negócio dos Liu. Mas imóveis e varejo não são a essência das operações e da ambição. Ali, nas profundezas da América do Sul, a família está vendendo equipamento eletrônico de guerra. A abrangência do mundo em que operam é escura e perigosa, e deve ser insanamente lucrativa.

Ele tira a jaqueta, pega uma cerveja e liga a TV para ter companhia. Então, começa a andar pelo apartamento e se pega à mesa, vendo fotos de Charlene e Dominick.

Ganhar dinheiro para armar uma saída para a família.

Em que caralhos de negócios os Liu estão envolvidos?

Ele quer participar, só precisa convencer Paolo de que pode ser útil.

Chris compreende que roubar o shopping não é mesmo o que os garotos de motocicleta têm em mente.

36

As marcas diacríticas no texto do manual do sistema eletrônico de contramedidas são o que fazem as coisas se encaixarem. Os acentos e círculos acima das vogais, os circunflexos invertidos pendurados no alto de letras como sinais de conferência. Aquilo acende as luzes para Chris.

O 747 veio de Taiwan. Ele levou os pilotos para o aeroporto e, por meio de uma mistura de mandarim, inglês e gestos com as mãos, entendeu a essência do plano de voo. Guaraní-Bogotá-Cidade do México-Vancouver-Taipei. A base. Mas a carga não é de fabricação chinesa. Quando o equipamento foi desembalado dos pallets, ele deu uma olhada nos manuais. Em casa, fez buscas na internet e identificou o idioma: tcheco.

Isso são sobras — leia-se: itens roubados — de equipamento militar da República Tcheca. Equipamento de contravigilância que evita detecção e atrapalha a comunicação. Novo em folha, compacto. Ouro no mercado clandestino.

Paolo diz que a remessa foi só um teste. Isso, intui Shiherlis, significa que os Liu estão crescendo e expandindo o alcance, e eles precisam de uma prova de conceito e de uma demonstração como controle de qualidade para os clientes.

— No futuro — diz Paolo —, podemos não receber remessas aqui. *Talvez*. Custo demais em frete e combustível, e demora na entrega. E nós não... não vamos precisar fazer isso.

Chris entende. Uma vez que os clientes comprem a ideia, a operação vai enviar do ponto de origem ao endereço de entrega, sem ter que passar tudo pelo Paraguai. Enviar equipamento direto da fábrica nas montanhas em torno de Praga ou do trem de transporte militar do qual foi roubado até um avião de partida; em seguida, através da África Ocidental até o usuário final. Enviar o dinheiro via Buenos Aires por uma rota diferente. Eles nunca vão precisar apertar as mãos para realizar uma transação enorme.

É de abrir os olhos. Shiherlis estava ocupado com o serviço como segurança enquanto, logo além do horizonte, existe todo um mundo de possibilidades. Ele sabe que não está mais em Kansas. No momento, percebe que tinha ficado preso dentro de casa quando o tornado chegou e, enfim, depois de meses, erguera o olhar e avistara pela janela. Ciudad del Este, o sonho febril fluorescente, é um mundo além de suas expectativas.

Negócios de família. David Liu, imigrante, empreendedor, magnata dos shoppings, é uma figura importante na cidade. Ele é sempre visto de camisa social branca e calça preta, fisicamente comum, mas com um poder calmo no olhar escarpado, a postura de costas eretas. Membro da Cámara de Comercio Paraguayo Americana. Foto dele no jornal local apertando a mão do bispo.

David Liu é um chefão do crime.

Não é o exército do Paraguai comprando o equipamento militar eletrônico. Quem é? Entre os grandes clientes da família estão contrabandistas, negociantes de armas, repúblicas de bananas párias e cartéis de drogas mexicanos. Os Liu estão administrando um empreendimento internacional que pode valer centenas de milhões de dólares.

A revelação para Chris é que David Liu, claramente, não vê a si mesmo, a família ou o negócio como criminosos. Tudo o que ele faz é aberto. Ninguém duvida que o Xingfu Shopping Center venda mercadoria roubada e falsificada ou que um de seus principais propósitos seja lavar dinheiro. Isso, no mundo de Ciudad del Este, chama-se apenas “comércio padrão”. Você pega o que puder e se agarra ao que tem.

Em meio à diáspora taiwanesa, o comerciante está no topo e sem as manchas das mercadorias que negocia. É um homem de negócios no livre mercado supremo, sem regras ou regulamentações. O estado hobbesiano do início ao fim.

A complexidade operacional do mundo em que os Liu operam é outra revelação para Chris. Eles fazem acordos, controlam cadeias de suprimentos, negociam através de transferências eletrônicas globais de fundos, e fazem isso em silêncio; às vezes, de um telefone em um jipe velho estacionado com vista para as Cataratas do Iguaçu. Se ele vai ficar exilado, tem sorte de se encontrar na Disneylândia do crime. Ele quer entrar para o time principal.

37

A chuva amainou quando Chris chega ao prédio comercial de aparência comum dos Liu, ao sul da cidade. As estradas estão escorregadias, nuvens cinza sobem desde a garganta do rio. Paolo está no escritório, ao telefone. As paredes são cobertas de fotos dele em seus dias de militar, fardado na favela da Rocinha e na Cidade de Deus, no Rio de Janeiro. Enfrentando gangues assustadoras e jovens de dezesseis anos muito perigosos. Arriscado, mas não é a guerra. Não é o Departamento de Polícia de Los Angeles. Não são as tropas regulares de primeiro nível do Exército do Povo Vietnamita em cavernas. *O quanto ele é mesmo bom?*, imagina Chris.

Paolo desliga.

— Tarefa para você.

— Ok. — Chris não demonstra o quanto está animado. A magia está por perto. Ele sentia falta disso na vida.

Paolo percebe.

— Alguma coisa errada?

Ele quer dizer sobre as pessoas vigiando o shopping. Chris lhe entrega um conjunto de fotos.

— Pedi para um dos guardas de Xingfu fazer algumas perguntas. Fora de serviço, informal, para descobrir se alguém reconhecia os motociclistas. Ele os encontrou.

— *Sí?* — Paolo folheia as fotos. Ele para. — Eles estão no Casino Paraná.

— Isso mesmo.

A expressão de Paolo, de repente, fica misteriosa. Ele se contém, então decide.

— Você precisa saber.

O chefe para em uma foto dos garotos das motocicletas passando por uma roleta de estuque de cinco metros de altura em frente à entrada. O cassino fica em um penhasco de onde se vê o rio, e a garganta é um talho escuro no verde atrás do prédio.

O rosto de Paolo tem o calor de uma frigideira.

— Os Chen são donos do Casino Paraná.

Chris absorve isso. Ele deveria saber disso. Ele se afasta mentalmente, tentando ver a paisagem em que se encaixa essa informação.

Ciudad del Este é um caldo multicultural, mas grupos étnicos diferentes têm o domínio de mercados específicos. Os coreanos são donos do mercado de guarda-chuvas. Os libaneses têm shoppings especializados em falsificações de primeiro nível, os melhores cafés, e ainda controlam a lavagem de dinheiro e a distribuição de cocaína da cidade. Todo mundo vende aparelhos eletrônicos falsificados e DVDs, CDs e jogos de vídeo game piratas.

Mas os chineses estão, principalmente, com softwares falsificados e o comércio de armas sofisticadas.

Os Liu e os outros clãs — todos com ligações profundas com Taiwan, com a China continental e várias tríades — interagem. Os filhos frequentam as mesmas escolas. Eles são vistos nos mesmos festivais culturais e fazem doções para as mesmas causas cívicas.

Os Chen têm uma rede de lojas de aparelhos eletrônicos, e o cassino, sem dúvida, lava dinheiro para depositá-lo no sistema financeiro global. Suas ambições poderiam seguir o mesmo caminho da família Liu.

Contudo, são rivais. E, como todos os organismos em estado natural, estão lutando por recursos, posição e longevidade.

— As motocicletas, os garotos das motos esportivas, trabalham para os Chen? — pergunta Chris.

— Provavelmente.

— Vou descobrir. Se eles trabalham…

— Vou levar a notícia para a família.

Discussão terminada. Por enquanto.

— Qual é a tarefa? — pergunta Chris.

— Acompanhante.

— O quê?

Paolo franze as sobrancelhas.

— A palavra é essa?

— Essa palavra pode significar muitas coisas — diz Chris.

Uma lufada de vento lança chuva contra as árvores e janelas. Paolo olha para ele de soslaio. Chris sorri. Ele sabe que tem um sorriso arrasador.

— Você quer dizer um guia? — diz ele.

— Um cliente chega. Um… — Paolo ergue a mão. — Um possível cliente.

— Em potencial.

— Em potencial. Para ter reuniões, discutir negócios.

— E você quer que eu garanta a segurança desse cliente — diz Chris. — E fique de olho nele.

— Isso. Esse homem, ele vem do exterior e não conhece a cidade. E nós não o conhecemos.

— Ele é importante?

— Aja como se fosse, seja ele ou não. — Paolo aponta a cabeça na direção do estacionamento. — Ele chega à Foz vindo de São Paulo no voo da tarde. Leve o Range Rover.

Chris pega as chaves ao sair.

O Aeroporto Internacional de Foz do Iguaçu é pobre, mas ambicioso, cercado por casas erguidas apressadamente com entradas de carro não pavimentadas. Além do terminal de passageiros de concreto manchado, é claro, há uma pista comprida.

Esperando na área de desembarque doméstico, Chris pensa nos garotos de motocicleta e nos Chen. A reação de Paolo significa que ele precisa de informações atualizadas sobre os pontos fortes e fracos dos Chen, as conexões deles e a ameaça que podem representar para os Liu. Ele está parado perto da saída quando o cliente surge.

É um homem alto e nitidamente norte-americano. Depois de meses na poliglota Ciudad del Este, Chris sabe determinar o local de origem das pessoas só pelo modo como se vestem e falam, mas, especialmente, por como se portam no mundo. E esse cara se porta como uma grande pica balançante dos Estados Unidos.

Ele tem cerca de 1,80 metro, na casa dos trinta anos. Anglo, alto, cabelo castanho com algum produto. Está usando calças cargo e uma jaqueta acolchoada de nylon, além de uma bolsa jogada por cima do ombro. O olhar dele atravessa o saguão.

Passando por Chris, ele segue na direção de um homem brasileiro com um blazer azul segurando uma placa com um nome escrito.

Chris permanece imóvel e em silêncio. Cabelo Norte-americano anda metade do caminho até o homem com a placa — nitidamente um motorista

— então para. O homem está esperando outra pessoa. O norte-americano, então, procura ao redor, talvez preocupado, antes de captar o olhar de Chris, que espera.

O cara se aproxima.

— Você é minha carona?

— Você é Scott Terry?

Ele não é tão alto quanto Chris. Está em forma, músculos torneados por baixo da roupa, que, pensa Chris, foi uma compra exagerada para alguém indo para uma região fluvial selvagem no coração da América do Sul a negócios. Ele estende a bolsa.

Chris faz uma pausa de um microssegundo, então a pega. Ele conduz o homem para fora até o Range Rover.

— Bom voo?

— Tolerável.

Scott Terry olha preguiçosamente o cenário, o aeroporto aos pedaços, as familiares empresas americanas de aluguel de carros. Ele tem algo duro nele, como um andar de Chuck Norris. Não apertou a mão nem perguntou o nome de Chris.

Já no carro, Shiherlis pergunta:

— O ar-condicionado está bom?

— Claro. — Terry olha fixamente para as pessoas em motocicletas ou a pé carregando grandes fardos às costas. — Lugar movimentado.

— Primeira vez?

— Não tive motivo para vir antes. — Terry verifica o relógio. — Eu viajo muito e não tenho muitas folgas na minha agenda.

— Tire um minuto para entrar na vibração. Este lugar é uma viagem.

Chris deixa que isso seja uma abertura, se Terry quiser. Os olhos do homem são remotos. O perfil é quase bom demais: linha do queixo definida, barba de três dias. Ele está usando um cronômetro, algo cheio de pequenos mostradores, um aspecto militar para a correia de aço inoxidável.

— Vou levá-lo direto para o hotel, o Arenas Resort — diz Chris. — Pegue uma garrafa de água.

— Para ficar hidratado? É isso o que eu escuto da maioria dos motoristas.

Esse cara parece um homem de negócios irritado, pensa Chris. *Com jet lag, com sede.*

— Beba a água engarrafada. Isso não é apenas um anúncio empresarial.

Terry olha para as barracas caindo aos pedaços que se derramam pela rua.

— O lugar não é exatamente Paris.

— Mas você compra ternos Dior por metade do preço de Paris — diz Chris. — Relógios Cartier. Talvez um caça Mirage.

Terry olha para ele de soslaio. Chris faz a curva na ponte para o Paraguai. Terry franze as sobrancelhas.

— Meu Deus. Qual o problema?

— Ciudad del Este é Black Friday 365 dias por ano.

O rosto de Terry parece cansado e Chris aumenta a potência do ar-condicionado. Na passarela de pedestres, homens carregam, com dificuldade, grandes caixas de papelão nos ombros, do tamanho de lava-louças. O rio verde-ardósia parece denso abaixo, os torvelinhos girando iridescentes ao sol. Chris examina a vista à frente e ao lado e verifica os espelhos diligentemente. Ele não espera problema, não foi alertado sobre uma ameaça em potencial, mas está trabalhando, e esse é o trabalho.

Shiherlis está pensando em Scott Terry, pensando que sua chegada, logo após a chegada do equipamento de contravigilância, está conectada a alguma coisa. E Paolo tinha que presumir que Chris iria associá-las.

Eles atravessam a ponte e entram na insanidade do trânsito de Ciudad del Este.

— Táxis aqui são ok — diz Chris. — Mas, para qualquer reunião, vão buscar você e trazê-lo de volta.

— Não estou preocupado em andar por aí em um lugar como este — diz Terry.

— É seguro. — Ele olha para Terry. — Desde que você não faça piadas com o dono do café sírio sobre o campo de treinamento de verão do Hezbollah.

Terry olha para ele de soslaio outra vez.

— Achava que isso fosse um boato.

— Os boatos que você escuta sobre Ciudad del Este... considere-os todos meias-verdades. O que quer que você queira, o que quer que precise, as pessoas aqui vão dar um jeito de conseguir para você. — Ele esfrega os dedos. — Capitalismo *über alles*.

Terry parece reavaliá-lo.

— Você trabalha em tempo integral para os Liu?

— Isso mesmo. — Chris assente.

— Que tipo de pessoa eles são?

— Não cabe a mim dizer.

— Eles falam inglês?

— Alguns falam, perfeitamente. Você vai ter um tradutor presente.

Terry assente.

— Não vai ser você, vai?

— Não é minha área.

— Muitos norte-americanos por aqui?

— O suficiente para uma câmara de comércio.

Terry não reage.

— Cámara de Comercio Paraguayo Americana — diz Chris, tranquilo. — Para todas as necessidades de banquetes no almoço.

Eles seguem lentamente até um posto de controle da fronteira paraguaia, onde um funcionário de calça jeans e camisa polo está parado em frente a uma guarita. Shiherlis gesticula para Terry.

— Passaporte.

Terry é dos Estados Unidos. Chris já está com o dele na mão. O funcionário acena para que eles passem. Ele parte e devolve o passaporte para Terry.

— Você é canadense? — pergunta o homem. — O que traz um cara como você a um lugar como este? Das pradarias direto para uma cidade-selva?

Chris mantém uma expressão agradável e imperturbável no rosto.

— Eu gosto do calor.

— De que parte do Canadá?

— Alberta, mas passei a infância nos Estados Unidos.

— Onde?

— Já esteve em Minot, Dakota do Sul?

— Parece plana.

— Você pode ver seu cachorro fugir por três dias.

Terry sorri. Ele se estica.

— Fale-me sobre os Liu. Coisas que não sei de telefonemas. Sendo daqui, do covil do leão e tudo mais.

Chris entra na cidade.

— Sou bem pago para fazer meu trabalho e cuidar de minha própria vida. E gosto de fazer os dois.

— É justo. Eu estou curioso e prestes a fazer negócios com eles — diz Terry. — Você é ex-militar?

Chris balança a cabeça.

— Bater continência não é para mim. — Ele dá uma olhada para trás. — Ranger do exército?

Terry olha pela janela, parecendo satisfeito.

— É tão óbvio?

— Você parece inteligente demais para ser um Marine.

O cliente ri.

— Você já esteve em Fort Bragg?

— Eu me mantenho afastado de todos os lugares que rimem com Vietnã.

Terry não reage. Barracas de comida e bebida se enfileiram ao lado da rua, a terra vermelha.

Chris calibra o que quer dizer.

— Você trabalha para o mercado dos Estados Unidos?

— Achei que você não quisesse falar de negócios.

— Eu não falo sobre os meus negócios. — Ele oferece um meio sorriso. — América do Sul. Deixe que as pessoas se perguntem sobre você.

Terry se vira.

— Você é um cara interessante.

— Não, não sou. Apenas um trabalhador controlado em um lugar interessante.

— É, estou comprando para o mercado dos Estados Unidos — diz Terry. Sistema eletrônico de contramedidas. *Quem usa isso?*

— Da fronteira até onde no Norte? — pergunta Chris.

— Expandindo todo mês.

— Estados Unidos ou não, você usa a própria equipe de segurança? — Ele dá de ombros. — Eu sou um estudante da indústria.

— Nos Estados Unidos continentais? — diz Terry. — Isso é baseado, principalmente, em conexões pessoais.

— Ex-militares?

— E fornecedores. Pessoas... daquela unidade. Devoradores de cobras com experiência global. Você está procurando emprego?

— Talvez. Nunca se sabe. Militares mesmo para transporte e distribuição?

Terry o olha de soslaio.

— Depende. A distribuição é uma grande questão, como tenho certeza de que você já desconfia. Somos uma organização extremamente compartimentada.

— Quem vocês procuram para a segurança local?

— Aztecas. — Ele diz isso distraidamente, mas há um toque de... dureza? Vaidade?

Chris observa a estrada.

— Você é de San Antonio?

— Como adivinhou?

O resort fica à frente. Chris entra. O lugar é cafona, não mereceria uma segunda olhada em Vegas, mas ali é considerado de primeira. Sob o pórtico, ele desce e pega a bolsa de Terry.

Dessa vez, porém, o cliente lhe oferece a mão.

— Obrigado.

Chris dá a ele o cartão de visitas.

— Se precisar de alguma coisa.

— Entendido, parceiro. Eu volto a ver você?

— Provavelmente.

Terry, o homem importante, adentra o hotel enquanto Chris vai embora, observando-o no espelho retrovisor.

Ele segue para o escritório para encontrar Paolo.

38

Quando Chris entra no estacionamento, Paolo está de saída, caminhando na direção do SUV.

— Você entregou nosso cliente? — pergunta ele.

Chris desce e sai andando ao lado dele.

— Direto no hotel.

— O que você tem em mente?

Chris estava remoendo isso por todo o caminho até ali. Verificando a si mesmo duas vezes. Se perguntando se está prestes a botar o pescoço em jogo demais.

— Você parece infeliz — diz Paolo.

Que se foda. Diga.

— O cliente, ele é uma nota de três dólares.

O sol nasceu brilhante; o céu, um azul de porcelana.

— O que é "nota de três dólares"? — pergunta Paolo.

— Ele está... — Chris procura a palavra. — Ele está mentindo. — Paolo para junto da porta do motorista do reluzente Suburban preto. — Ele está mentindo sobre si mesmo.

— Para você — diz Paolo sem rodeios.

Chris precisa convencê-lo. O outro está com pressa, e ele não está entre as fontes confiáveis de inteligência.

— Você me pediu para buscar um cliente. Eu o busquei. Estive tranquilo, de boa. Fui profissional.

— Parece ok.

— É, e o homem tem reuniões importantes com os Liu. Ele vai se encontrar com David Liu, correto?

— Não é da sua conta.

— Ele é fajuto.

— Essa palavra.

— Fajuto. Um impostor. — Nenhuma reação. — Falso. Fingindo ser alguém que não é.

— Como você sabe disso?

— Ele afirma ter grande experiência no mundo de militares e fornecedores norte-americanos. Sugere que trabalha para um cartel de drogas, que está comprando equipamento para ajudar esses traficantes a atravessar a fronteira dos Estados Unidos. Mas o conhecimento é muito raso.

— Use palavras que eu conheço.

— Ele achou que eu fosse um chofer.

— E daí?

— O homem sai do terminal, dirige-se a um motorista com uma placa. Então ele finalmente me nota, aproxima-se e me entrega a bolsa.

— De novo, e daí?

— Sugere forças especiais americanas. Eu entendi isso mal, por falar nisso. Mas um ex-soldado chegando a um país estrangeiro como este para negociações arriscadas, possivelmente um lugar violento? — Chris balança a cabeça. — Ele saberia que eu sou segurança, não apenas um motorista local. E ele nunca teria me entregado as coisas. Não deixaria que saíssem das mãos dele. Também saberia que a segurança tem que manter as duas mãos livres. Não sou a porra do manobrista do hotel.

Paolo admite isso.

— Mas ele agora não é militar. Está ficando velho, não?

— Trinta e tantos anos.

— Talvez ele fosse oficial. — O sorriso de Paolo é dissimulado. — Como é o ditado?

— Para recrutados e alistados? "Não me chame de 'senhor'. Eu trabalho para viver." — Chris tem que concordar com isso, mas está ficando tenso. — Ele disse ser um Ranger, mas sugeriu fortemente que era dos Boinas Verdes. Não são a mesma coisa.

— Não, não são.

— E ele não percebeu a referência a Fort Bragg, como os soldados ali postados chamam o lugar. Fayette-nam.

Paolo não responde.

— Ele também disse que, na fronteira com os Estados Unidos, a organização usa os Aztecas para distribuição e segurança.

— Aztecas?

— Uma gangue de cadeia do Texas. Mas, quando se está ao sul de San Antonio, é com o Texas Syndicate ou os HPL, *hermanos* de *pistoleros* latinos. Essas quadrilhas fazem a distribuição para os cartéis mexicanos. Eles não trabalham com babacas anglos que usam jaquetas de nylon e calça cargo da Banana Republic.

Paolo expira.

— Olhe ao seu redor. Este país. Você não percebe? Ninguém é quem diz ser. Eles exageram, prometem coisas que não fazem. O Paraguai é um país pequeno cercado pelo Brasil e pela Argentina. Até a Bolívia iniciou guerras e matou os jovens dessa nação por duzentos anos. Há uma palavra, em inglês.

— Complexo de inferioridade.

— Então todo mundo mente. E você acha que esse cliente contaria a verdade para você?

— É sobre o que ele mentiu.

— Talvez ele estivesse testando você.

— Por quê?

— Você diz que ele não é quem diz ser. Você é?

Ignore isso.

— Existe algum outro plano em andamento.

Paolo abre a porta do Suburban.

— Se você vir o sr. Terry outra vez, seja educado. Não faça perguntas. Você não precisa saber. — Ele entra no carro e liga o motor. — Você tem outro trabalho agora. Pegar Felix Liu e levá-lo para o Xingfu.

Ele vai embora.

Chris tem algumas outras palavras que poderia ensinar a Paolo. *Vá se foder.* Paolo está sendo indiferente de verdade, ou protegendo informação que está sendo escondida de Chris?

Ok. Dar uma carona para Júnior. Então ele *está* atuando como a porra de um motorista?

39

Chris está parado ao lado do Range Rover, estacionado em frente a uma torre comercial, quando Felix surge. O jovem está de calça jeans, um blazer de dois mil dólares e óculos escuros estilo anos 1970. Ele segue direto para a porta traseira do SUV e entra quando Chris a abre.

Quando Shiherlis parte, Felix diz, em espanhol:

— Aumente o ar-condicionado. — Chris gira o botão e entra no tráfego. — Você é novo?

— Sou. — Chris olha para ele no retrovisor, e continua falando espanhol: — Cerca de nove meses.

Felix olha pela janela, já sem interesse. O celular dele toca.

— *Sí, sí,* ok. *Suficiente!*

Três quilômetros depois, ele guarda o telefone. Felix se estica, em seguida revira os olhos com irritação.

— Eu esqueci, precisamos pegar minha irmã.

Eles se dirigem para o grande armazém nas cercanias da cidade. Irritado, Felix confere o relógio Cartier grande e caro.

Ótimo. Agora, além desse cara, Chris tem que acompanhar uma princesa taiwanesa-paraguaia em um vestido de festa.

Ele entra no estacionamento, passando por poças prateadas devido ao sol. Está descendo do Range Rover quando a porta do bloco de escritórios se abre. Uma jovem sai.

— *Señorita* Liu? — diz ele.

— *Nadie más.* — Mais ninguém.

Ela tem cerca de vinte anos, está usando calça jeans, um Adidas e uma camisa simples de flanela xadrez. Nenhuma joia. Ela entra no banco do carona do SUV, não no de trás, e bate a porta. Os dois não se cumprimentam.

Chris se senta ao volante.

— *Vámonos a Xingfu Center.*

Ela coloca o cinto de segurança.

— Pode ser em inglês. — O dela é perfeito, com um sotaque britânico. Não o que ele esperava. Chris parte.

Ele sabe que o nome dela é Ana e que está em casa por causa de um recesso na escola em algum lugar. Ela observa a estrada, uma expressão distante no rosto. Após 1,5 quilômetro, ela liga o som. Oasis. Chris não tenta iniciar uma conversa. Ela parece preferir não falar e ele deixa que ela escute "Wonderwall" e leia *The Economist*. Está impressionado com a diferença entre ela e o irmão.

Ao chegar ao centro da cidade, Chris entra em uma rua lateral e segue com calma na direção do shopping, através do trânsito alucinante. Cabos de luz correm acima. Em uma varanda, árabes bebem café turco e observam a cena. Chris presta muita atenção, mas parte da mente está remoendo a conversa que ele teve com Scott Terry. E a dispensa de Paolo.

Caminhões pequenos param ao longo do meio-fio, descarregando hortaliças, brinquedos e roupas de banho baratas. Homens e mulheres com camisas de futebol se espremem uns nos outros na calçada. Ana tamborila com os dedos sobre a coxa, otimista com o engarrafamento, e volta para o artigo que está lendo: "Fronteiras marítimas e a projeção de poder militar e econômico".

À frente, um Toyota Land Cruiser preto para no meio de um cruzamento. O tráfego trava.

— Babaca — murmura Chris.

Ana ergue o olhar preguiçosamente da revista. No banco traseiro, Felix está encostado no apoio da porta, os braços cruzados e os olhos fechados.

Há espaço à direita para seguir ao longo do meio-fio quebrado e virar na esquina na rua transversal.

Shiherlis escuta primeiro: a aceleração aguda gritando na direção deles.

Ele olha para o retrovisor lateral. Setenta metros atrás, desviando do trânsito, há uma motocicleta. O piloto veste um capacete com o visor abaixado. Alguém está sentado na garupa. Óculos escuros, um *keffiyeh* preto e branco enrolado na metade inferior do rosto, estilo bandido. Mais ruído. À frente, na esquina, pela esquerda, surge outra motocicleta. Mais dois homens. As duas motos estão convergindo na direção do cruzamento. Elas estão juntas?

— Se segurem.

Chris gira o volante para a direita e acelera, desviando do trânsito parado, acelerando em direção ao cruzamento. O Range Rover raspa em um caminhão de entrega, acerta a borda da barraquinha de um ambulante e segue adiante. Ana se senta ereta.

— As motos? — pergunta ela.

— Se abaixem.

Felix se ergue bruscamente.

— *Qué mierda?*

O olhar de Ana se move como um radar de defesa aérea.

— Os motociclistas estão armados.

Ele pisa fundo, gritando contra os veículos à esquerda. Pessoas na calçada se espalham. O cruzamento engarrafado está trinta metros à frente.

A cabeça de Ana move-se de uma moto para a outra.

— Eles estão se aproximando.

Chris sobe no meio-fio. Pedestres correm. Ele chega ao cruzamento e se depara com uma picape vindo em sua direção. Se seguir adiante, vai bater de frente com ela. Ele, então, puxa o freio de mão e gira o volante bruscamente, acionando o freio e o acelerador. O SUV faz um giro de 180 graus. De frente para o cruzamento, através do espaço entre prédios baixos, Chris vê as motocicletas a meio caminho da esquina. Ele olha para o garupa com o *keffiyeh*, que tem uma submetralhadora Heckler & Koch MP5 em uma correia, os músculos no braço em destaque, uma tatuagem se retorcendo.

O Range Rover segue na direção do cruzamento, então Chris entra à esquerda em um beco, seguindo paralelamente à rua, acelerando na direção da qual as motocicletas estão vindo. Com a mão esquerda no volante, saca a semiautomática com a direita. Eles vão se cruzar vindo de lados opostos do trânsito, separados por uma divisória de ervas, com duas vezes a velocidade, fazendo com que atirar da traseira de uma motocicleta seja duas vezes mais difícil. Felix mergulha para o chão e Ana observa pelo para-brisa.

— Eu disse para se abaixar! — grita Chris, ríspido.

Ao invés disso, ela se apoia no painel e olha para as motocicletas como se fossem um problema de cálculo.

— Continue.

Shiherlis dá uma olhada para a direita quando os veículos esportivos e o Range Rover passam um pelo outro a vinte metros de distância. O rosto de Ana está pálido, mas os olhos estão calmos.

O barulho de tiros atinge a rua.

— *Para baixo!* — grita Chris.

Ana se abaixa sob o painel, cobrindo a cabeça com os braços.

O barulho de disparos é seco, rápido, como tambores rufando; implacável.

Shiherlis vira à direita, fazendo o Range Rover quicar através da divisória de faixas. Com uma olhada no espelho, ele vê pessoas no cruzamento mergulhando em portas. Uma mãe pega o filho pequeno e se agacha atrás de uma barraca.

O Toyota Land Cruiser preto está todo perfurado por balas, a janela estilhaçada, as portas abertas. As pessoas no interior, que tentaram sair, estão inertes no veículo, sangue espalhado, mortas.

As motocicletas estão fugindo em meio ao caos do trânsito.

Chris vira o Range Rover à esquerda em uma rua lateral, depois pega mais uma esquerda, emergindo em uma via de onde se avista o vazio acima do rio.

Ana olha por baixo dos braços.

— Limpo?

Ele empurra a cabeça dela para baixo.

— Fique abaixada.

Chris acelera o carro, a visão totalmente ligada, o pulso acelerado, cheio de adrenalina. Uma sensação familiar, mas há muito não sentida.

Ele verifica a rua à frente e as vias laterais enquanto passa correndo, a arma na mão. Então, aperta a discagem rápida no telefone montado no painel e liga para Paolo.

— Limpo? — pergunta Ana.

— Não sei.

Ana se senta mesmo assim. Ela olha para a rua, para os espelhos, então para Chris.

A ligação entra na caixa de mensagens. Chris deixa um recado urgente. Ele desliga e mais uma vez examina os espelhos.

— Vou tirar vocês daqui.

— Para onde? E como você se chama? — pergunta Ana.

Ele lança um olhar na direção dela.

— Para onde vocês estejam seguros. Para casa.

— Você tem muito a aprender sobre minha família.

Shiherlis lança outro olhar na direção dela.

Do banco de trás vem a voz abafada de Felix:

— Muito engraçado.

Então ele também fala inglês, pensa Chris. O rapaz se senta, ajeita os óculos de sol, alisa o cabelo. O rosto tinha perdido a cor.

Ana exala, lentamente, como uma respiração de ioga.

— Deixe para lá. Além disso, eles não estavam atrás de nós.

— Talvez não naquela esquina.

Essa observação faz com que *ela* pense.

— Onde você acha que estamos, Nova York? — O tom de voz dela é seco como osso.

A estrada à frente está aberta, fazendo um arco na direção dos subúrbios verdes. A visão de Chris ainda está pulsando em alerta. Paolo retorna a ligação.

— O que aconteceu?

Ele hesita. O que tinha acontecido?

— Ataque com armas em um Land Cruise. Avenida de la Paz. A vinte metros de nós. Estou levando o sr. e a srta. Liu para casa.

— Eu ligo de volta para você. — Paolo encerra a ligação.

— Ana — diz a jovem.

— Desculpe?

— Já que você me levou para um passeio empolgante de direção evasiva, pode muito bem me chamar de Ana. Agora me diga seu nome, *señor*.

Ele passa pela entrada do country club local, com palmeiras e gramados bem-cuidados.

— Chris. — Ele desacelera a voz. — Bergman.

— Chris Bergman, entre na próxima rua.

Ela parece estar dizendo a ele para entrar no drive-thru do McDonald's.

Ele torna a olhar para ela.

— O que você bebeu no café da manhã, anticongelante?

O olhar dela permanece sobre ele, até que gesticula para a curva que se aproxima. Talvez ela esteja encobrindo nervos não vistos. Talvez esteja certa: eles não estavam em perigo, além do risco de serem pegos na linha de fogo de metralhadoras pequenas em modo automático, disparadas de motocicletas.

Ela aponta, ele se vira. O carro segue por uma estrada de paisagem muito bem-cuidada, na direção de uma garganta serpenteante acima do rio. Aves-do-paraíso, hibiscos, câmeras de segurança afixadas em postes de luz. Quando se aproximam de um portão de aço de correr, um guarda armado de óculos espelhados sai de uma guarita de segurança.

Ana acena.

Ele diz:

— *Buenos días, señorita Ana.*

Então aciona e abre o portão.

Árvores formam arcos acima. Há um redemoinho de névoa, uma ponte atravessa um vão estreito até uma ilha. Ao passar, Chris capta um vislumbre do Paraná abaixo.

— Você tem um fosso e tudo mais — brinca ele.

— E você tem senso de humor — retruca Ana.

Eles seguem por uma vizinhança de mansões. Em uma curva da rua com linhas de visão livres em todas as direções, e nenhuma árvore ou vegetação obstruindo a visão da propriedade, há uma enorme casa de três andares. Paredes brancas, telhado de telhas azuis. E isso é tudo o que se vê, porque quase não há janelas externas. Duas estátuas douradas de leão flanqueiam o caminho largo até as portas da frente.

Chris estaciona e desliga o motor. Antes que consiga fazer a volta no SUV para abrir a porta de Ana, ela já desceu e está andando em direção à casa. Felix vai atrás.

O silêncio, o cheiro de flores, os pássaros voando no céu, o barulho distante do rio — sobrecarga sensorial, uma inundação de adrenalina.

Na varanda sombreada, ela digita um código em um teclado ao lado da porta. Vira-se.

— Você vai entrar?

Ana abre a porta. Chris a segue e entra em um grande salão de três andares de altura com piso de mármore. Um mural pintado à mão de um lago de lótus cobre uma parede, ao lado de uma cascada interna. Sofás de couro aninham-se perto de uma mesa de pingue-pongue e de uma estação de vídeo game em um canto do salão amplo. A jovem larga a mochila e se dirige para dentro da residência. Chris a segue.

As janelas estão dois andares acima — pequenas, vidro grosso verde. À prova de balas.

A casa é uma fortaleza. Tudo é construído em torno de um pátio interno, onde uma piscina brilha à luz da tarde. A vida se volta para dentro. É um tanque Abrams M1 dourado, onde a família vive protegida.

Ana desce um corredor ecoante até uma ala onde Shiherlis vê uma suíte de escritórios.

— *Bà* — chama ela. Pai.

Portas de madeira se abrem e o pai aparece.

O rosto envelhecido de David Liu é inflexível. Ele examina Ana e fala em mandarim. Chris entende algumas palavras, incluindo o que ele acha ser "filha". Ana dá de ombros, mais uma vez mantendo-se tranquila.

Liu se vira para Chris.

— Paolo ligou. Eu soube. — Ele olha para Ana. — Xiu-Ying diz que não houve perigo. E que você é um motorista habilidoso. — O sotaque é forte; o inglês, cuidadosamente pensado.

— Esse é meu trabalho.

Que trabalho, pensa Chris. Sem futuro, nível baixo, mas ele é grato, mesmo que não saiba como o conseguiu, além da conexão de Nate.

Liu assente.

— Está bem.

Felix tira os óculos escuros, dá uma olhada em Chris e diz, em espanhol:

— Não foi grande coisa.

Ana mal se vira.

— Você quer uma recompensa? Uma casquinha de sorvete?

Chris não entende bem a dinâmica da família, mas sente que a atitude indecente de Felix perto do pai é ao mesmo tempo informal demais e permitida há muito. O filho parece querer estar em qualquer lugar menos ali. Ana parece querer voltar para *The Economist*. Talvez. Há uma reserva fria nos olhos dela que parece tanto genuína quanto falsa. Como se ela tivesse ficado mais abalada do que demonstraria para um forasteiro.

David faz uma pausa. Em espanhol formal, ele diz para Chris:

— Você protegeu meus filhos. Obrigado.

Shiherlis assente, de forma pronunciada e rápida, deferente. Ele está a dois segundos de ser dispensado e enviado de volta para a cidade.

Normalmente, esperaria uma onda de adrenalina, vinda dos sentidos sintonizados no máximo, vendo tudo, até partículas de poeira no ar.

Por nove meses, ele se manteve discreto, procurando o chão sólido nessa realidade estranha. Fazendo serviços básicos, bem abaixo de seu conjunto de habilidades, parado na hierarquia da mente, enquanto recuperava as forças e procurava apoio depois de chegar de um mundo destruído. Perder Dominick e Charlene. Cerrito morto. O que quer que tenha acontecido com Trejo. E Neil morto — o irmão de outra mãe.

De fora, ele sabe que está sendo identificado como um dos expatriados afastados que flutuam pelas ruas, escondendo aquilo de que estão fugindo.

Nesse momento, ali parado, ele não sente qualquer coisa do nivelamento da adrenalina passada. Ele está com todos os sentidos bem claros, centrados e límpidos como cristal. Um Clark Kent criminoso profissional que não encontrou uma montanha que não conseguisse descobrir como escalar, ou tempo difícil com o qual não pudesse lidar. Ele sabe o que sabe e sabe que pode aprender qualquer coisa que não saiba.

— Se o senhor tiver um minuto, tem mais uma coisa — diz ele. Os Liu olham para ele: pai, filho e filha. O rosto de David é ilegível. — Eu trabalho como segurança para o senhor.

A expressão de Liu mal se mexe.

— Eu sei.

— O senhor vai se encontrar com um homem. Scott Terry.

— Que você trouxe do aeroporto.

Diga.

— Ele não é quem diz ser — diz Chris. — Ele está mentindo. É falso.

Liu fica em silêncio pelo que parece uma eternidade.

40

David Liu assente e se vira.

Ele conduz Chris ao escritório. Janelas altas em forma de fendas com fortificações permitem a passagem da luz, penetrando em faixas. Os filhos o seguem. Felix se joga em um sofá, tranquilo e desinteressado. Ana fica para trás, estudando Chris com o que parece ser curiosidade analítica. Ela aparenta ser pequena na camisa xadrez e no Adidas grunge. Porém, esperta. Escapar da cena de um assassinato do crime organizado parece ter, de algum modo, aumentado a voltagem interna dela.

David Liu dá a volta na mesa e se senta. Shiherlis para em frente. Ele não espera um lugar para se sentar. O pai capta a atenção da filha. Ele está obviamente enxotando-a do escritório. A filha, uma estudante de pós-graduação, não precisa estar ali para uma conversa de homens.

Ele volta novamente a atenção para Chris.

— Vá em frente.

Felix está sentado com as pernas cruzadas, balançando o pé. Ana espera um segundo. Ela estava ao lado de Chris quando ele escapou do tiroteio com automáticas em uma rua da cidade. Mesmo assim, foi dispensada. Ela consegue aprumar os ombros antes de se dirigir para a porta.

Chris intervém:

— Meu espanhol é básico, sua filha pode me ajudar a traduzir.

Liu franze os lábios, então assente. Ana fica, e lança um olhar para Chris com uma emoção que ele não consegue identificar.

O chefe espera, e Chris organiza os pensamentos.

— Vou dizer por que Scott Terry não é quem diz ser.

Shiherlis olha para Ana, que traduz para o mandarim. O pai escuta, impassivelmente.

— O passaporte dele é falso, ele o entregou para mim. Usar um nome de mentira não significa nada, o problema é que o passaporte era uma falsificação boa, não excelente. O emblema na capa, sim, era excelente, mas a laminação da página com a foto estava imperfeita. Não foi emitido pelo Departamento de Estado. — Ele deixa que Ana traduza. — Terry deixou implícito que trabalha para traficantes mexicanos. Os cartéis podem falsificar documentos de alto nível ou subornar funcionários de consulados para emitir passaportes falsos. O que ele me entregou não estava nem perto disso.

Ana termina. Liu digere a tradução e pergunta:

— O que mais você observou?

Ele explica como Terry não parecia saber que os soldados chamam Fort Bragg de "Fayette-nam". A confusão entre Rangers e Boinas Verdes. E os Rangers treinam em Fort Benning, não Fort Bragg.

— O relógio é um cronômetro sofisticado. — Chris toca o pulso. — Ninguém usaria uma correia brilhante. Nada que brilhe à luz do luar. Eles usariam relógios de plástico de mergulho ou um Rolex original, que teria vinte, trinta anos. — Liu ergue uma sobrancelha. — E tem também as histórias sobre gangues de prisões do Texas.

O chefe olha para Felix, depois novamente para Chris.

— Explique.

Shiherlis conta a ele como Scott Terry não diferenciou os Aztecas dos HPL e do Texas Syndicate. Ele descreve o erro na consciência situacional de Terry, a cegueira dele em relação à segurança operacional.

Quando ele termina, David Liu permanece sentado com uma expressão pétrea.

Chris espera. Ele tem desconfianças. Será que essas conclusões são suficientes? Ele sabe por instinto que o cara é um erro.

— Com uma foto de Terry, posso acionar contatos que podem identificá-lo.

Enfim, o olhar de Liu se acende.

— Consiga uma foto em que apareça o rosto inteiro. Traga-a para mim. Não faça qualquer outra coisa.

A cabeça de Liu se curva levemente, um breve sinal de anuência.

Feito.

Shiherlis retribui com um aceno de cabeça igualmente breve. Entrecortado. Ele sai andando, o pulso forte e suave.

Chris começa a desconfiar de que talvez mandá-lo buscar Terry não tenha sido um acidente. Talvez David Liu quisesse as habilidades de sentinela dele. Talvez essa seja uma das razões para ele estar ali.

41

Na noite seguinte, o céu está começando a abrir após um temporal passageiro, quando Chris chega em casa da corrida, encharcado, sem fôlego, animado por quanta energia ele tem; a corrida se transformou em voo na metade. Ele seca o rosto com o antebraço e põe as mãos na cintura para respirar com mais facilidade. Ele está se dirigindo à escada no momento em que um Suburban preto para em frente à torre de apartamentos, e Paolo buzina.

Chris se vira e vai até lá. O motorista baixa, então, a janela do passageiro, os óculos de sol no alto da cabeça, o rosto marrom e bonito frio e distante.

Shiherlis se apoia no vão da janela do veículo.

— Chefe.

— Você falou com o sr. Liu, não falou?

— Falei, quando levei os filhos dele para a casa.

Paolo não parece satisfeito.

— Você falou sobre o homem que encontrou no aeroporto.

Chris faz uma pausa. *Jogue limpo.*

— Isso. Eu disse a ele que achava que o cara era um embuste. E uma coisa levou à outra.

"Outra" sendo as fotos que ele tirou na noite anterior, em um esconderijo; Scott Terry no balcão do concierge no Arenas Resort, recolhendo o presente de boas-vindas ao Paraguai de Chris, um Canadian Club.

Ele tinha violado alguma cadeia de comando de homens poderosos? Provavelmente. Ele afasta o cabelo dos olhos, e Paolo acena para que ele entre.

— Venha, o sr. Liu quer ver você.

— Que tal um banho primeiro?

Paolo verifica o relógio.

— Três minutos.

Chris tira a camisa enquanto o outro confere as cicatrizes.

Quando eles passam pelo portão de segurança e pela ponte até a ilha, as paredes brancas da casa dos Liu estão banhadas de rosa pelo sol poente e as janelas altas reluzem prateadas. Ana abre a porta vestindo um moletom do Tottenham, um dos mais importantes times de futebol de Londres, e calça jeans de bainhas desfeitas, com uma tigela de macarrão na mão. Na sala de jantar, as pessoas estão sentadas à mesa: em uma das cabeceiras, uma mulher que Chris presume ser a mãe ou a tia de Ana, vários outros adultos de meia-idade, duas crianças pequenas se remexendo e rindo. David Liu se levanta da outra cabeceira e se dirige para a saída. Felix desce correndo a grande escadaria em frente à pequena cachoeira. Ele ergue uma das sobrancelhas para Chris.

— *El mago* — diz ele. — *Lector de la mente.*

Leitor da...

Ana chega até eles.

— Você é um mago. E um leitor de mentes.

David se aproxima.

— Paolo. Chris. *Mi oficina.*

Dessa vez, Liu aponta uma cadeira diante da mesa para Chris, junto com Paolo. Felix anda atrás deles, olhando para o relógio. Ana vai até o lado do pai.

David se senta e olha para Chris. Ele fala mandarim, e Ana traduz:

— Descobrimos a verdadeira identidade de Scott Terry. Suas suspeitas estavam certas.

O pulso de Chris aumenta uma marcha. Ele olha de Ana para o pai. Paolo está sentado com os braços cruzados, calmo e frio.

— E suas percepções sobre o "homem de negócios" norte-americano foram... — Liu olha fixamente para ele — muito boas.

Shiherlis diz:

— Fico satisfeito por minhas observações terem sido úteis.

Felix segue andando de um lado para outro, enquanto Ana está com os olhos brilhantes. David Liu parece estar calculando, avaliando-o.

— Esse tal de Terry não fez nenhum negócio conosco — diz Liu. — Ele não veio aqui para isso. Tudo era história.

Chris percebe o uso do passado. O que aconteceu com Scott Terry?

Liu não diz a ele e Paolo também não. Felix não parece interessado em contar qualquer coisa; aliás, ele parece atrasado para uma rave. Ana permanece em silêncio.

Chris percebe que ninguém está lhe pedindo para dar a Terry uma carona de volta para o aeroporto.

A janela de oportunidade, ela pode se fechar em um átimo. Chris checa a própria intuição. O que ele sente não é dúvida, nem perda ou desespero; ele se sente confiante. Se David Liu o contratou porque conhecia o passado de Chris e achou que a perspectiva dele poderia ser valiosa, esse é o momento.

— O senhor me deu um emprego, sr. Liu. O senhor entendeu, pelas pessoas que me mandaram para cá, que eu poderia cuidar da segurança.

Ana traduz. A sobrancelha se ergue, só por um segundo. Liu escuta.

— E eu tenho alguma habilidade para lidar com explosivos, metalurgia e eletrônica básica. Não posso lhe dizer muito sobre os paraguaios, mas sou um gênio em ler norte-americanos como uma máquina de raio-X. Isso inclui mexicanos, a fronteira e o comércio de drogas. — Ele pausa por um instante. — Suponho que a foto foi para contatos que podem acessar o banco de dados de inteligência de um país estrangeiro.

Ana traduz.

Liu tem uma expressão estranha. Ele olha para Paolo, depois novamente para Chris.

— Isso mesmo. — E não diz mais nada.

— Então vou dizer o que estou pedindo: eu quero fazer mais. O que o senhor precisa que seja feito?

— Com o sr. Terry? Nada. Nós terminamos. — Liu olha para Ana, talvez ponderando as palavras, usando eufemismos em benefício dela. — Diga a ele quais questões permanecem pendentes.

Paolo, em inglês, diz:

— Nós não descobrimos para quem o homem estava trabalhando.

Chris pensa.

— Talvez fosse um intermediário e ele não soubesse.

As mãos de Liu estão imóveis. Ele se dirige a Paolo:

— Sua outra reunião.

— Obtivemos com ele informação sobre outra reunião na cidade — explica Paolo.

Chris deixa a mente funcionar.

— Um impostor chega aqui. Ele tem uma reunião marcada com vocês. Tem credenciais? Ele disse representar certos interesses?

Liu assente.

— Ele aprenderia mais sobre seu produto e faria uma compra? — pergunta Chris.

Felix rói a unha do polegar enquanto segue andando pelo recinto.

— Na mosca, Sherlock.

— E vocês querem saber em nome de quem, na verdade, esse cara estava agindo. E quem quer que seja, do que está atrás.

Chris olha fixamente para Liu.

Ana traduz, o pai assente.

— A segunda reunião dele aqui — diz Liu — poderia ser com quem o contratou. Talvez sim, talvez não. Quero saber com quem ele planejava conversar e por quê.

Paolo diz:

— É muito compartimentado. Ele não conhecia as pessoas com quem deveria se encontrar. Tenho certeza de que não mentiu, ele não os conhecia mesmo. E eles não o conhecem.

Chris respira fundo.

— Por que, em vez disso, não vou e descubro o que for possível?

Liu o observa com cautela.

Shiherlis se aproximou da borda do grande mergulho, talvez acima da garganta do Paraná.

— Você pode fazer isso? — pergunta o chefe, em inglês.

Chris demora um segundo.

Liu chega para a frente na cadeira. O mandarim dele é rude, e a tradução de Ana dilui a força do tom de voz, mas Chris capta o desafio na pergunta.

— Isso é boa informação para nós, se você conseguir obtê-la.

Ótimo. Um teste de vida ou morte.

Ele sente a atenção de todos sobre ele. Os olhos de Ana. Até Felix para de andar. Chris mantém o olhar em David Liu.

— Sem problemas.

42

Chris segue Paolo até o pátio central da mansão fortificada da família Liu. Cisnes infláveis de plástico flutuam na piscina. O céu acima está um azul calcinante, listrado com estratos rosa e dourados.

Felix sai pela porta da frente, girando um chaveiro em torno do dedo indicador. Paolo vê Chris olhar para o jovem ao passar e diz em voz baixa:

— Preste atenção. Aquele, ele quer farrear, não trabalhar. Ele não é... como você chama?

— Um player? — diz Chris.

— Um player. — *Ele tem pose*, pensa Shiherlis. — Mas ele é o filho número um, certo?

— Ele é. O futuro chefão.

No lado de dentro, Ana sobe correndo a escada, leve sobre os pés descalços e uma calça jeans velha com moletom. Chris percebe que ela é o cérebro da próxima geração, mas que não é considerada.

Paolo fica sério.

— Agora, você precisa saber.

Chris não sabe dizer se o outro está puto com ele por ter saído da linha e levado as suspeitas sobre o cliente norte-americano dos Liu para o cabeça da família. Paolo é ex-militar, esses caras podem ter um sentimento rígido de hierarquia.

— Eu vi algo e agi — diz Chris. Ele olha diretamente para Paolo.

O outro não tem reação. Isso se deve às perspectivas reduzidas de Shiherlis, considerando o que vem depois? Chris se pergunta. Infiltrado? Mas que droga? Entrar em um banco de terno, com um fuzil de assalto pendurado embaixo do paletó, sorrindo para um caixa, isso não conta. Comprar as ferramentas do negócio com uma identidade fabricada também não. Esse seria um papel complexo de longa duração. Se fizer isso errado, vai acabar flutuando nu no Paraná, boiando no próprio lixo.

— Quem Scott Terry disse que era? — pergunta ele.

— Um intermediário que estava comprando um sistema eletrônico de contramedidas para o cartel de Juarez de Amado Carillo Fuentes. E, possivelmente, um sistema de interceptação de sinais e um pacote de comunicação altamente sofisticado. Foi isso que o cara disse que era.

Está bem. Ele observa, outra vez, o uso do passado por Paolo.

Chris abaixa a voz.

— Então, supondo que o sr. Liu tenha acesso a um serviço de segurança globalmente respeitado de um governo, fornecendo verificação do passado via software de reconhecimento facial...

O sorriso de Paolo brilha novamente.

— E?

— Que serviço?

— Não é da sua conta.

— FSB? — palpita Chris.

Paolo quase ri.

— Você foi muito esperto em relação a Scott Terry e o passaporte falso, o pouco conhecimento do Exército norte-americano.

E gangues de prisão, pensa Chris.

— Então agora você é o ponto de contato. Certo? Parabéns.

— E eu vou interpretar o papel e trabalhar para você. Me diga o que fazer e não fazer, e como agir. Eles vão pedir o passaporte?

— Vamos arranjar para você um passaporte com o nome de Scott Terry.

— Quando é a reunião?

— Esta noite.

— Por que estou parado à beira de uma piscina?

Paolo olha para ele.

— Nós não conseguimos descobrir muito sobre esse homem. Sabemos que ele era do Missouri, trabalhou por um curto período na alfândega dos EUA, talvez tenha feito algumas compras de rua sob disfarce em El Paso ou McAllen. Depois, trabalhou para a Lykos Consultants, uma pequena empresa de segurança em Alexandria. Nenhuma conexão com o cartel de Juárez. Não fale muito sobre o sr. Terry. Atenha-se aos negócios.

— E o que eu vou dizer?

— Que os Liu querem seguir em frente. Você tem quase certeza de que vai adquirir o produto eletrônico de contramedidas.

Eles estão a caminho da porta quando Ana chama Chris da escada. Ela desce e caminha com eles.

— Mais algumas coisas — diz. — Essa reunião. Suponha que os contatos de Terry a marcaram para que ele lhes passasse informações, não só sobre a compra do equipamento, mas sobre os componentes, o upgrade de software e as conexões no Leste Europeu que permitiram a Liu conseguir o sistema. Além disso, eles vão querer informação sobre com quem você falou na empresa de meu pai, o que você pode contar a eles sobre as operações e quem a administra abaixo dele.

— Entendi.

Enquanto se dirigem para o Suburban, Ana diminui o passo e segue orientando Chris:

— Diga a eles que vai verificar com a gente. Você ainda está negociando, mas agora tem acesso às pessoas que tomam as decisões e desenvolveram o software. Informe que conseguirá qualquer coisa que eles queiram, mas, para isso, você necessita de mais tempo, mais reuniões com os Liu.

— Você está dizendo que é para eu sair de lá.

— De preferência inteiro. — Ela o fita diretamente nos olhos. — Depois que você os atrair.

— Você está preocupada comigo?

— Não vai ser um grande relatório se você não estiver aqui para fazê-lo.

— Posso cuidar de mim mesmo.

— Eu espero que sim. Não foi por isso que contrataram você? — Ela olha para ele com uma curiosidade inocente. — Como, afinal, você conseguiu esse emprego?

Shiherlis se pergunta o que ela vê quando olha para ele. O que ela está procurando? Ela é pequena, nada excepcional por baixo das roupas folgadas, e com uma sobrancelha erguida.

Ele olha diretamente para ela.

— Amigo de um amigo.

— É isso?

— É isso.

A expressão dela é tensa. Depois de um momento, Ana relaxa.

— Você trabalhou com um homem chamado Nate. Ele estava na Penitenciária Federal de McNeil com meu tio Marvin, irmão de minha falecida mãe. Lá, os dois fizeram um acordo e Nate cuidou dele. Meu tio não foi extorquido, esfaqueado ou apagado, e eles se tornaram amigos. Você estar aqui é retribuição a Nate.

Ela está testando a discrição e sabe mais do que ele. Além disso, revelou ser muito inteligente e que não deve ser subestimada.

— Vá e consiga aquilo de que precisamos, sr. Bergman — termina Ana.

Ela se vira e volta andando para casa. Paolo liga o SUV. Eles voltam para a cidade sob um crepúsculo que arde em um vermelho nuclear.

Paolo entrega o passaporte a Chris noventa minutos depois, junto com um Chevrolet Tahoe preto alugado. Ele não vai à reunião sem o próprio transporte.

Chris leva uma Glock por baixo da camisa no cós da calça, e veste botas de cowboy e uma calça jeans justa. Macho americano. Paolo lhe entrega um bilhete escrito no papel do Arenas Resort. São instruções. *Hwy 600. Represa de Itaipu.*

Shiherlis ergue o olhar.

— Eles vão se encontrar em uma represa?

— Turismo — diz Paolo, sem expressão.

— Talvez eles me consigam um papagaio para botar no ombro, para a foto de lembrança.

— Eles querem impressioná-lo. Teatro.

E eles podem jogá-lo da represa se as coisas derem errado.

— Há mais de uma saída da usina hidrelétrica?

O rosto de Paolo se ilumina.

— Um túnel e uma pista de manutenção vindos de uma pequena ilha abaixo do vertedouro. Para a subestação elétrica no lado paraguaio.

Chris assente. Ele não sabe que tipo de reunião será. Cliente? Relatório de uma empresa privada de inteligência? Pistoleiro de aluguel?

Paolo estende um celular.

— De Terry.

Chris o pega. O histórico de chamadas e mensagens está vazio.

— Descartável.

O homem a quem pertencia o telefone entregou a senha e não precisa mais dele.

— O resort? — pergunta Chris. — Se alguém aparecer com uma foto de Terry...

— Os funcionários do Arenas são bem pagos para falar pela organização dos Liu. Eles são leais. Se alguém perguntar sobre aquele homem, eles vão fazer cara de paisagem.

Cara de paisagem. Uma expressão vazia.

Chris guarda o telefone no bolso.

— Vou ligar para você e deixar a linha aberta.

Paolo dá um último olhar para Chris, avaliando-o.

— Eu vou estar escutando. E esperando.

A represa de Itaipu cobre a fronteira entre o Paraguai e o Brasil sobre o rio Paraná. Ela tem duzentos metros de altura e oito quilômetros de largura. Quando a água está alta e o vertedouro é aberto, a força da vazão pode arrancar um arranha-céu dos alicerces. Cinquenta comportas se projetam em tubos enormes desde a base da represa, grandes o suficiente para passar um ônibus.

A noite está perfeitamente clara, iluminada pela lua, estrelas espalhadas como diamantes descuidados. Chris atravessa a ponte. Um brilho prateado cobre a água, que se agita garganta abaixo.

Sistemas eletrônicos de combate. Chris sente como se estivesse se afastando mais do conforto, da certeza, do ponto de apoio, para o mundo do acaso, das possibilidades.

Apostando.

A onda, a sensação de ganhar, o portento, o toma. Ele se apruma.

A três quilômetros da represa, ele liga para Paolo.

— Chegando.

— Entendido.

Shiherlis guarda o celular no bolso.

A estrada segue através de campos bem-cuidados. Ao longe, a represa se estende pelo horizonte, uma catedral de concreto. O único posto de segurança, uma guarita no centro da estrada, está desocupado.

Oitocentos metros à frente, Chris vê três veículos em um estacionamento de onde se avista o rio.

Prepare-se.

Ele entra, deixando que os faróis iluminem os carros: uma pesada caminhonete, um velho Jeep Cherokee e, no meio, um grande Suburban preto. Ele faz a volta, as rodas triturando a brita, e estaciona de frente para a saída.

Assim que ele abre a porta, homens descem da caminhonete e do Jeep, as portas se abrindo em uníssono, como uma coreografia. Chris segue na direção deles o mais naturalmente confiante possível.

Quatro homens se posicionam em frente aos veículos. O motorista do Suburban desce e espera Chris se aproximar.

Um toque de sino ecoa através dele. Reconhecimento. Ele sente uma dor profunda na clavícula reconstruída, alguma espécie de alerta.

O motorista do Suburban, o que está parado com as mãos soltas ao lado do corpo enquanto Chris se aproxima, é um dos ocupantes das motocicletas. A tatuagem no braço direito está clara neste momento. A que Chris achou ver nas imagens das câmeras de segurança. O que ele percebe ter vislumbrado na avenida de La Paz enquanto as motos convergiam para o Toyota Land Cruiser. É uma cobra de duas cabeças.

O homem tem cerca de vinte anos, com uma rigidez ao redor dos olhos. Chris não altera o passo. Olha além dele, para o Suburban, como se o homem fosse apenas um ornamento do capô.

O homem entra em seu caminho. Ele não diz uma palavra sequer, não ergue a mão, mas é bem claro. Chris para. Ele escuta botas pisando na brita ao redor. Os homens dos outros veículos estão se aproximando.

— *Tú* — diz o homem. — *Yo conosco.*

Você. Eu o reconheço.

43

A noite está fresca; o ar, imóvel. O rio ondula, escuro como uma enguia, iluminado pela luz incerta da lua e pelos holofotes no alto da represa. O motorista do Suburban, com olhos pétreos e dedos agitados, está parado à frente de Chris. Os homens dos outros veículos lentamente se aproximam dele.

Chris o estuda, o homem que ele vira examinando o shopping dos Liu. O homem com uma Heckler & Koch MP5 na garupa de uma motocicleta no centro da cidade, que abriu fogo contra o Land Cruiser.

Shiherlis pega uma embalagem de chiclete no bolso da frente, desembrulha um e o põe na boca. É a coisa mais indiferente e norte-americana que consegue pensar em fazer.

— *Buenas noches* — diz ele com um sotaque intencionalmente ruim. — *Qué tal?* — Em inglês, acrescenta: — Você não é quem eu deveria encontrar.

O homem da motocicleta olha para ele e para os outros, os demais se reunindo atrás de Chris, que olha de soslaio para as duas direções, deixando que saibam que ele está ciente.

O homem da motocicleta parece refletir se admite que fala inglês.

— Vi você ontem na cidade. Você estava com Ana Liu.

Pés se arrastando na brita. A água do vertedouro da represa corre e ruge.

Chris masca chiclete.

— Ana Liu — repete o motociclista.

Shiherlis olha para ele.

— E?

— Você estava dirigindo. — Ele ergue o queixo na direção do SUV no qual Chris chegou. — Não aquele carro.

Ele consegue sentir os outros homens cercando-o, consegue sentir pessoas dentro do Suburban, sentadas ali no escuro, observando e ouvindo. As pessoas com quem ele deveria se encontrar. O rio prega peças em seus olhos, sinuoso, ensurdecedor, profundo.

Shiherlis olha para o motociclista.

— É, e daí? — Ele se inclina, olhando para o Suburban preto intencionalmente.

— Por que você estava com a garota Liu? — pergunta o cara.

— Sério? — diz Chris, em inglês. Ele para de falar em espanhol e levanta a voz, dirigindo as palavras para as pessoas no Suburban. — Eu estava com ela porque voei metade da porra do planeta para me encontrar com o pessoal do pai dela. E eles a mandaram ser minha guia de turismo e protetora. — Ele estende as mãos. — Eu sou o cliente. A empresa do pai dela é a vendedora.

Ele não tem certeza se o motociclista entendeu tudo. Ele continua.

— Onde você me viu? Na cidade, onde ocorreu um teatro na rua? Eu estava a vinte metros de um Toyota preto sem intenção de ficar parado e esperar ser atingido por uma bala perdida. — Ele balança a cabeça. — E eu achei que aquele veículo pudesse ser reconhecido. — Aponta para trás com o polegar. — Carro novo, meu Deus.

O motociclista olha para ele por alguns segundos, em seguida, vai para trás dele e se junta aos homens que fizeram um anel ao seu redor. Espera. A represa se ergue como uma lâmina bloqueando metade do céu, o rio corre abaixo deles.

As portas traseiras do Suburban se abrem. Três homens descem.

Um deles acena para Chris.

— Sr. Terry.

Se os três homens fossem peças de jogo, Chris não teria como dizer de que tabuleiro eles saíram. Um é baixo, anglo, de calça e suéter Ralph Lauren, como se tivesse sido chamado para a reunião de uma casa de fim de semana em Connecticut. Dois são de etnia chinesa: o mais velho está usando um terno Brooks Brothers sem gravata, óculos de armação grossa, mãos nos bolsos, a indiferença solene de um contador; o outro é quase da idade de Chris, com o corpo de um corredor de longa distância, ou talvez um dançarino. Alto, porte confiante, veste uma jaqueta verde em estilo militar com detalhes e dragonas em dourado e medalhas com joias falsas, além de uma calça jeans skinny e mocassins com meias brancas.

Ele se veste como Michael Jackson e está parado no meio, esperando.

O chefe, então.

O motociclista e o séquito de capangas recuam e param fora do alcance auditivo, perto dos veículos.

Chris se dirige até eles, despreocupado como se fosse um acontecimento social.

— Boa noite.

Michael Jackson o varre de alto a baixo com o olhar, como se ele fosse um pirulito. Ele diz algo em mandarim, e Chris espera.

O contador ajusta os óculos de armação grossa.

— O sr. Chen gostaria de saber o que você descobriu. — O sotaque é uma mistura, como o de muitas pessoas que Chris conheceu ali. Inglês perfeito, com leves toques britânicos, uma forte inflexão chinesa por baixo. — Você se encontrou com os Liu, certo?

Chen.

Eles são a família taiwanesa proprietária do Casino Paraná, no alto de um morro. Grandes lavadores de dinheiro. Chris mantém o olhar no homem mais jovem, a vibração do cara é estranha. Como se por baixo da jaqueta do rei do pop ele fosse feito de arame farpado eletrificado.

Shiherlis percebe que está se reunindo com uma família taiwanesa do crime organizado. E o pistoleiro reconheceu o rosto de Chris, o cara que tinha cometido um assassinato no coração da cidade.

O que Chris sabe sobre a família Chen? Não o bastante. Eles são donos do cassino e estão bem estabelecidos ali. Esse cara, o criminoso agradável paraguaio — Chris tenta não pensar em *palhaço* — não é o chefe da família. *Filho número um*, pensa Chris.

— Tive a primeira reunião com a organização dos Liu.

O contador traduz. Chen não reage, apenas continua o estudando.

— O que, exatamente, você quer saber?

O anglo de Connecticut fala em um inglês com sotaque espanhol:

— O equipamento. Você o viu? Os Liu o têm?

Equipamento.

— Têm.

Ele espera pela reação deles enquanto o contador traduz. Chen assente. Connecticut passa a língua nos lábios e Chris sente como se estivesse andando na ponta dos pés por um campo minado.

Chen fala rapidamente:

— Sistemas eletrônicos de contramedidas?

Ele assente.

— Em sua maioria tchecos, mas não tudo. Eles têm boas fontes. O fornecimento não é um problema.

O contador traduz, olhando para o chão, dedos nas bordas dos óculos. Chris sente o coração bater forte. Chen escuta e se vira para o rio. Connecticut se reúne com ele, falando baixo em espanhol. Chris não entende muita coisa e os pelos da nuca se arrepiam por dar as costas aos homens armados que esperam no estacionamento, nitidamente capangas com dedos nervosos.

Chen se vira e se aproxima. Dessa vez, ele fala em inglês:

— Documentação, estatísticas de desempenho, esquemas. Fontes ilegais para obter componentes, certo?

Chris pensa na resposta.

— Como se conectar com o lado de engenharia da casa? Será uma série de reuniões. Eles vão me mostrar tudo? Fácil. Eles já me vetaram, mas...

Chen interrompe.

— Como eles vetaram você?

— Como eu vou saber? Me passaram para alguém que eles compraram que pode acessar uma base de dados nacional para fazer uma verificação de antecedentes. Talvez por meio da alfândega dos Estados Unidos ou do centro de inteligência em El Paso. E eles vão verificar a fonte dos fundos. "Mostre o seu que eu mostro o meu." Mas, para isso, tenho que ir muito mais fundo.

— A engenharia. — O ombro de Chen se remexe. — Os Liu falaram com você sobre upgrades do sistema?

Upgrades? De que tipo?

— Eles mencionaram por alto. É possível, por um preço.

— O software, você precisa consegui-lo.

Software.

— Eu posso. E o que estou lhe dizendo é que isso leva mais tempo e mais trabalho.

— Se você não fizer isso, não vai sair daqui.

— Acabei de dizer que vou fazer, e sempre faço o que eu digo. — Chris pausa. Ele deveria ser um player naquela merda transnacional? Ok. Role a porra dos dados. — Mas vai custar a você.

Chen reage como um jovem príncipe pedindo aos criados um segundo café. Shiherlis se pergunta se exagerou na mão. Mas está feito.

— Vou conseguir isso para você, mas você não vai me tocar. Você vai me pagar, vai me pagar o suficiente para viajar para Mônaco em um jato particular. Porque vai valer a pena.

O homem mais jovem se aproxima um pouco mais do que o confortável.

— Você vai se encontrar conosco outra vez. Amanhã.

— Tenho que organizar minha agenda social. Não vou entrar nos escritórios deles às escondidas achando que posso roubar essa merda. — Ele estende as mãos. — Mas você vai consegui-la.

— Amanhã.

Chen sai andando e gesticula com os dedos. Os dois capangas o seguem. O contador olha para trás.

— Vamos ligar para você no hotel para marcar o encontro.

Eles vão embora, seguindo em comboio pela estrada. Chris fica parado no limite da grama, ouvindo o ronco da água através da represa, o rio agitado ao luar.

Então ele entra no Tahoe e vai embora. Em silêncio. Após quilômetros de estrada, pega um scanner no porta-luvas e verifica o veículo à procura de grampos. Ele tinha ficado de costas.

Chris encontra um rastreador embaixo do para-lama traseiro. Esse é o que ele deveria encontrar? Ele verifica embaixo do carro, encontra um segundo acima do eixo de transmissão. Alguém rastejou para baixo do veículo. Ele o deixa no lugar e não encontra grampos de áudio.

Shiherlis faz um retorno de 180 graus para pegar o caminho de volta para o Paraguai, através do túnel sob o vertedouro da represa. Então pega o telefone de Terry no bolso. A ligação para Paolo ainda está conectada.

— Falo com você quando eu voltar.

— Vou estar esperando.

Chris encerra a ligação e pisa no acelerador. Ele olha pelo espelho até chegar à outra extremidade do túnel e seguir para o interior do Paraguai.

44

O guarda no portão de aço deixa Chris passar. A névoa da garganta do rio ergue-se como fumaça quando ele atravessa até a ilha. Na casa dos Liu, Paolo o deixa entrar. Há uma TV no canto oposto da grande sala vazia e ecoante, e uma menina com idade para frequentar o ensino fundamental na cozinha, brincando com um cãozinho. A piscina no pátio está iluminada por baixo, padrões se agitando na superfície da água turquesa.

Paolo é o totem habitual de rosto de madeira, mas seus olhos estão intensamente curiosos.

— Eu ouvi apenas algumas palavras. E?

— Os Chen — responde Chris.

— Nem fodendo — diz Paolo, em português.

— O jovem sr. Chen estava lá, vestido para o clipe de "Billie Jean".

Chris observa o rosto de Paolo. Raiva. Confirmação. Cálculo.

— Eles botaram dois rastreadores no carro alugado. Eu passei no hotel e removi os dois. Eles vão achar que ainda estou lá.

— Venha — diz Paolo.

Um executivo da organização dos Liu abre a porta assim que Paolo bate nela. Dentro, David Liu está assistindo a um filme taiwanês de ação, sentado em uma combinação rosa de sofá, cama e cockpit de avião, com encostos de couro individuais, consoles dos dois lados e equipamento acolchoado que se ergue como barras paralelas assimétricas ao pé da coisa. Para que droga de sexo atlético ele é projetado? Liu está usando a roupa de sempre: calça preta, camisa branca. Ele ergue o controle remoto para silenciar a TV.

Paolo conduz Chris para dentro.

— *Es los Chen.*

Liu olha para Shiherlis como para se assegurar de que ele está vivo e intacto. Ele se levanta, vai até uma mesa e acende um cigarro. Olha para Chris e fala em espanhol:

— O que eles queriam?

— O sistema eletrônico de contramedidas.

— É claro.

— E tem mais. A documentação que o acompanha, os esquemas e os upgrades de software.

Liu olha para o executivo grisalho e impassível que está de pé no canto.

Shiherlis arrisca:

— Suponho que vocês tenham desenvolvido um programa especial que melhora o desempenho do sistema. Isso, eu acho, é o que eles realmente querem.

O chefe o analisa.

— Por que você acha isso?

Chris tem que falar em inglês para não correr o risco de ser mal-interpretado.

— Porque eles poderiam arrumar o mesmo equipamento em outro lugar. Tudo o que eles precisam fazer é se esforçar o bastante, fazer contatos. Ou roubar os de vocês. Mas eles não conseguem obter seu programa, seu código. Como? Decifrando a criptografia? Eles não têm como. Para isso, precisam que Terry, eu, o entregue a eles ou providencie uma fonte interna.

Liu dá um trago e sopra fumaça pelo nariz. Ele aperta o botão de um intercomunicador na mesa. No momento seguinte, ouve-se uma voz feminina.

— *Bà?*

Liu fala em mandarim e solta o botão. Um minuto depois, Ana chega. Chris percebe que Felix não pode ser visto em lugar algum. Ana está de óculos grossos pretos, o cabelo em um rabo de cavalo relaxado. Ela cumprimenta Chris com um aceno ríspido de cabeça.

— Meu pai gostaria que eu traduzisse. Há algumas... sutilezas no que ele deseja entender e informar.

Chris retribui o aceno de cabeça com a mesma brusquidão.

David Liu bate as cinzas do cigarro e fala por um minuto. Ana espera até ele terminar.

— Ele diz que nossa concorrência, a família Chen, quer roubar nosso código, segundo você. — Ela se assegura de que Chris entenda. — Design de software, melhoria no bloqueio e obstrução de sistemas, tipo isso...

— Shiherlis assente. — Eles são agressivos, os Chen. É comércio, e é extremamente competitivo. Nós assumimos uma posição nesse campo à frente deles. Agora, parece, eles querem roubar nossa programação.

Há um burburinho no corredor, e, de repente, Felix entra. Ele parece recém-chegado da noite.

— *Qué pasa?* — pergunta.

O olhar de Ana para ele é frio como o gelo de um freezer. David Liu acena com a mão, e Paolo explica em espanhol rápido.

Felix se joga no enorme sofá nave espacial.

— São métodos duvidosos para vencer.

David Liu olha para ele, com o rosto inexpressivo.

— Não.

Felix estende as mãos.

— Eles vão tentar obtê-lo. Mas isso é apenas para distrair. Quero dizer, trazer um comprador falso? Eles estão tentando mexer com nossas cabeças, fazer com que vendamos algo para pessoas que não existem. Que pareçamos tolos.

Chris contém uma resposta. David Liu não diz uma palavra sequer, não de imediato. Então ele murmura algo em mandarim. Ana olha para ele e para o irmão, então para Chris e diz:

— Inteligência, não jogos. Código, não fofoca.

Ele imagina saber do que ela está falando.

— Eles trouxeram um operador do outro lado do mundo, atribuíram a ele uma identidade falsa para obter equipamento e programas de computador. Eles o conseguiram através de uma empresa de inteligência, uma consultoria particular. O cara não está à altura, mas isso era o que eles queriam e ainda querem.

Ana traduz para o pai.

Chris continua:

— Esse Chen...

— Claudio Chen, o filho. Eu o conheço — explica Ana. — Todos nós o conhecemos.

— Claudio Chen foi específico em relação a querer o upgrade de software. Eu disse a ele que o conseguiria.

Ela abre a boca mas não traduz imediatamente.

— E eu posso — diz Chris.

Os olhos de Ana dizem a ele que ela entendeu o que ele está prestes a sugerir. Ela fala com o pai, que dá outra tragada. Ele, então, se levanta e dá a volta na mesa. Quando volta a falar, está olhando diretamente para Chris. Ana traduz:

— Minha filha diz que talvez devamos fornecer aos Chen aquilo que desejam. Eles vão ficar muito felizes, e o programa vai conter um malware, profundamente enterrado no interior do código, que vai acabar fazendo com que o produto dê defeito, catastroficamente.

Shiherlis olha nos olhos de David Liu. Ele tenta dar nome a uma sensação que está correndo intensamente dentro de si.

Não é como em uma mesa de dados, quando, de repente, ele entra em uma maré vencedora e se impressiona consigo mesmo, sentindo-se um vencedor. Golpes bem-sucedidos também lhe proporcionam isso. E os dois duram apenas um curto período de tempo.

Aquilo é diferente. Aquilo é trabalhar fora de qualquer sistema. Seu destino depende de você, só de você. Ele ouviu falar de outros que sentiam a mesma onda, quando estão trabalhando nas zonas selvagens e sombrias, fazendo acontecer, se dando bem, sem rede de segurança, sem equipe de apoio — com pessoas em lugares onde não há limites.

O que é, percebe ele, ambição pura.

Chris fala com uma tranquilidade que encobre a intensidade.

— Em quanto tempo podemos ter isso pronto? Eles querem se reunir de novo amanhã.

45

Chris passa a noite no Arenas Resort, na suíte reservada para Scott Terry. O carpete é fino. Na manhã seguinte, Paolo aparece com Felix, que diz estar ali por encenação.

— Se os Chen estiverem de olho em você — diz Felix.

Shiherlis serve erva mate para o filho do chefe.

— Se os Chen estão de olho em mim, eles vão achar que essa é uma reunião normal com o filho mais velho da família. Não é isso. Eu quero que eles pensem que estou tendo reuniões com alguém que vá vender você em um piscar de olhos e me passar o software.

Felix pensa e assente.

— Está bem. — Ele olha para Paolo. — Quem?

Chris não consegue decidir se Felix está irritado, assustado ou se aquilo estava acima de sua compreensão. De qualquer modo, ele parece preferir estar em um campo de golfe.

— Vou ao armazém e ao escritório e deixar que o rastreador no SUV me siga. Isso não importa.

— O que acham de Ana? — pergunta Felix.

Paolo sacode a cabeça.

— Não.

— Por que você está sugerindo isso? — questiona Shiherlis.

Felix dá de ombros.

— Porque ela não sou eu.

Chris pensa: *Seu pai mantém Ana afastada do poder nos negócios da família e ela odeia isso.* Mas ele não viu problema algum em sugerir que Ana jamais venderia a família ou que os Chen não a considerariam qualquer coisa além da filha obediente. A estudante de pós-graduação que mal pode esperar para voltar para Londres e os estudos da política monetária e dos algoritmos cambiais da União Europeia.

— Ana não vai estar envolvida — diz Paolo, com a voz é firme, mas Chris entende o significado mais profundo do que ele está pensando: *Babaca*.

Chris sente como se estivesse diante de uma porta grande para um mundo maior. Primeiro, ele tem que realizar essa segunda parte da operação.

Felix se levanta para ir embora.

— Mantenha-me informado.

Ele mal pode esperar para sair dali.

O telefone toca três horas depois.

Uma voz masculina fala em espanhol.

— Nove da noite. O cassino.

— Estarei lá.

O cassino, quando ele para, está agitado. O movimento de turistas em Ciudad del Este acontece durante o dia. Os homens armados nas portas afastam turistas brasileiros e argentinos, que atravessam apressados a ponte para resorts tranquilos e lotados do outro lado da fronteira tríplice. As pessoas que agitam o lugar à noite são locais. A enorme roleta de estuque está iluminada, néon. Ele vê o Suburban preto nos fundos do estacionamento, um cigarro brilha vermelho no assento do motorista.

O motociclista, pensa Chris.

Chris está com o telefone de Terry conectado em uma ligação para Paolo. Ele estaciona e entra no cassino.

O lugar parece a versão Chuck E. Cheese de Las Vegas: mais barato, mais barulhento, mais escuro. As pessoas passam com fichas nas mãos, tops de lantejoulas nas mulheres, camisas desabotoadas até a cintura nos homens. A maioria deles é jovem e sedenta, olhando para a multidão, talvez à procura de parceiros melhores, talvez de traficantes de cocaína. É a piscina de bolinhas da vida social dos ricos, mas na comunidade que conta, onde se produz o dinheiro; depois de um tempo, Ciudad del Este é de nível internacional.

Chris segue pelo cassino. Barulho vem de um palco em algum lugar. Pessoas gritam, mas ele não sente a menor vontade de ir até a mesa de dados, nem um pouco. Isso é estranho.

Ele está ali para um ganho maior. Muito maior.

Ana lhe forneceu o software e, com a permissão do pai, explicou o que ele faz e por que os Chen o querem tanto.

As unidades tchecas de ECM têm capacidade padrão de bloqueio e distúrbio de sistemas de rádio, incluindo por satélites, disse ela. *O que nós criamos, o que é revolucionário, é o logro de GPS.*

Esse logro fornece coordenadas geográficas incorretas. Ele engana oponentes — drones, aviões, mísseis, a DEA, um pelotão de fuzileiros — e os faz pensar que estão em um lugar em que não estão. Isso torna impossível localizar o alvo e pode fazer um veículo aéreo cair no solo.

Diferente de bloquear ou embaralhar sinais, um logro não mostra que está ativo. Em geral, inimigos sabem quando estão sendo embaralhados, eles escutam ruídos e seus sinais ficam esquisitos. Mas, com o logro, eles não percebem que estão usando dados de GPS falsos até os mísseis saírem de curso e baterem em uma montanha ou se perderem. O equipamento não atrapalha o sinal, ele *assume o controle* do sinal e insere dados falsos.

É muito inovador. Mais valioso que diamantes.

Um globo de luz gira no alto do salão do cassino. Chris não precisa se virar para ver o motociclista seguindo-o. O cara aparece nas lajotas espelhadas que cobrem as paredes.

No bar, o executivo imperturbável de calça de algodão que se encontrou com ele na represa, o sr. Connecticut, se levanta de uma mesa.

— *Señor* Terry.

Chris leva um segundo para examinar o local. Claudio Chen está esperando, uma dose de uísque à frente. Esta noite, ele está usando uma camisa vívida de seda com estampa animal e delineador pesado. O motociclista espreita ao longo da parede.

Claudio gesticula para o assento diante dele. Chris se senta. Ele odeia deixar as costas expostas, mas as lajotas espelhadas nas paredes lhe dão uma visão de 360 graus. Uma garçonete aparece na mesma hora.

— Beba alguma coisa. Por minha conta — diz Chen.

— Budweiser.

— Aproveitou o dia?

Chen sorri. Ele olha para Chris como se estivesse examinando um animal, como se ele — Terry — fosse um peão sem saber.

— Você teve reuniões hoje, correto?

— Tive, um tanto bem-sucedidas — responde Chris.

A garçonete traz a Bud. Ele quer limpar a boca da garrafa, mas sabe que nem mesmo um norte-americano supostamente estúpido e culturalmente desleixado faria isso em frente ao dono do estabelecimento em que está sentado. Não quando a cerveja é grátis. Ele toma um gole.

— Conte-me — pede Chen.

— Vou mostrar a você. Mas primeiro quero discutir minha compensação. Pelas reuniões extras.

Seja direto. Capture a atenção. Que tudo seja relacionado a dinheiro. É assim que ele quer apresentar. Não se dê ao trabalho de terminar a cerveja e não leve uma hora para conhecê-los. Deixe que eles achem que você é um filho da puta ganancioso.

Chen se recosta. A expressão em seu rosto mistura *eu sabia* com desdém e curiosidade. Ele é jovem, bonito e tem algo faminto no olhar. *Mulherengo*, disse Paolo, e Felix confirmou. Mas o olhar que ele está lançando para Chris é apreciativo demais, é sensual. Os olhos do dono do casino são escuros por trás do delineador enfumaçado.

Shiherlis sente um momento de desconforto, algo primitivo. Isso passa. Ele olha direto para Chen, para que saiba que ele está entrando no jogo, deixando-o admirar.

— Nós podemos resolver isso — diz Chris. — Bônus em minha conta, separado do preço inicial.

Chen assente.

— Bônus... Se você nos der o que precisamos, terá um bônus. — Ele sorri. É lascivo. — Ricardo vai resolver isso com você. — Ele olha para o sr. Connecticut.

Chris pega um CD do bolso e o coloca sobre a mesa, com uma das mãos sobre ele.

— Eu verifiquei em meu laptop. Mas se você quiser verificar...

Chen desliza a mão sobre a mesa e ergue a mão de Chris. Os dedos são frios e secos. Ele pega o CD.

— Nós vamos confirmar isso. Esta noite. Se ele contém o que você diz, você vai ser pago. — Ele olha diretamente para Chris. — E o código da criptografia?

O programa de logro de Liu é cifrado. Claudio precisa de uma chave para decifrá-lo, um código de autenticação que deve ser inserido antes que o programa possa ser carregado e ativado no equipamento de ECM.

Chris segura a mão de seu interlocutor e a posiciona com a palma para cima. Com uma esferográfica, ele escreve um código alfanumérico de dezesseis caracteres ao longo da linha da vida de Chen.

— Não encoste em nada molhado — diz ele.

Então Chris bebe a Bud em um gole grande, inclinando a garrafa para trás. Ele se levanta e sai em direção ao Tahoe, os pelos na nuca arrepiados.

É uma vitória.

No caminho de volta para o resort, Chris se assegura de não estar sendo seguido. Após alguns quilômetros, ele desliga os faróis e segue em zigue-zague por um amontoado de ruas em um bairro de trabalhadores não iluminado. Ele leva o SUV de volta à agência de aluguel e pega a motocicleta.

De volta ao prédio, ele sobe a escada e para.

Ana Liu o aguarda diante da porta.

— Conte-me tudo — diz ela.

46

O apartamento de Chris está frio e escuro. Ana deixa os sapatos no hall de entrada.

— Hábito — diz ela. — Mesmo no Paraguai, os modos chineses perduram.

Ele acende as luzes na cozinha.

— Bebida?

— Quem estava na reunião? — pergunta ela. — Onde aconteceu?

— Eu vou dizer a Paolo, que vai contar tudo para seu pai.

— E eu posso ter uma ideia do que aconteceu por meio do teatro infantil de marionetes que eles montam para as escolas locais.

Ele para.

Ana enfia as mãos nos bolsos traseiros da calça jeans e ergue o queixo.

— Você teve sucesso. Posso ver isso no brilho em seus olhos. Eu quero saber tudo, as nuances. O que não vou ouvir em terceira mão de seu relatório para Paolo, que vai resumi-lo mais para meu pai, que só tem tempo para os tópicos. Eu quero seus insights.

— Insights — diz Chris.

— Sua precisão. Sagacidade. O conhecimento profundo e intuitivo das coisas. Devo comprar um dicionário para você?

— Claro.

— Quem estava lá?

— Claudio Chen. E o nazista loiro que parece ter saído de um filme da Disney. Também o motociclista, aquele que atacou o Land Cruiser.

Ela fica imóvel.

Chris entrega a ela uma garrafa de água com gás e diz:

— Você foi muito fria, por falar nisso. Focada. Isso não é fácil.

Ela desenrosca a tampa e bebe.

— Minha fachada é boa.

— O quê?

— Consigo manter as aparências como uma profissional. — Ela faz uma pausa e olha para ele, com curiosidade e perguntas nos olhos, como se estivesse se questionando sobre ele. — Eu vomitei duas vezes depois que você saiu.

— Como uma profissional, eu diria.

Ela dá um meio sorriso.

— Claudio.

— Ele é...

— Um maluco decadente que vai para o Rio se entregar a colegiais e travestis ou as importa para Foz do Iguaçu. Ele é tudo o que você imagina e mais.

Ana vai até a porta de vidro laminado junto da varanda. A vista está iluminada pelo luar, árvores formando um dossel gracioso pela vizinhança.

— Ele logo vai comandar a organização dos Chen — diz ela. — Não deixe que as joias falsas enganem você. Ele é o chefe supremo implacável e de estratégia incipiente que meu pai desejava que Felix fosse.

Ok, pensa Chris. *Vamos entrar na dinâmica familiar*.

— Felix é otimista e informal com Claudio — diz ela. — Eles se conhecem. Ele acha que nossas famílias são concorrentes nos negócios, mais nada, e está em negação. Felix quer que as pessoas se deem bem. Ele às vezes sai com Claudio em Foz e fica… *em transe* com a habilidade do cara em conseguir o que quer na cena noturna e… sexualmente.

Ela continua. Felix está prestes a se tornar o puxa-saco de Claudio, um aspirante a uma *entourage* degenerada. Ele vê as drogas, os coquetéis, as casas noturnas, as mulheres, os homens, se algum dia quiser um. Claudio é um sucesso, pensa Felix, então por que ele não deveria ser? Por que o pai não vê isso? Sem falar na irmã extremamente diligente. Claudio é um hedonista. O primeiro apetite dele, porém, é o domínio e o sucesso implacável da operação dos Chen. É isso o que Felix não entende.

Ela começa a andar de um lado para outro.

— Há um ano, Felix sugeriu para nosso pai que eu deveria me casar com Claudio. "Pare com essa concorrência. Faça a coisa dinástica. Case as duas famílias, alinhe nossos interesses comerciais. Uma fusão." Eu quase vomitei. Quis jogar Felix para as piranhas.

— Isso é bem medieval.

— As piranhas ou a fusão? — Ela para e afasta o pensamento com um aceno. — Você é dos Estados Unidos, certo?

Ele tem um passaporte canadense, mas ela vê através disso.

— Aonde você quer chegar?

— Família. Negócios. A diáspora. Conexões e tradições. Não acho que você entenda sobre família.

Shiherlis permanece parado.

Ana para e lança um olhar na direção dele, que dura um segundo.

— Os Estados Unidos são um país novo — diz ela. — Vocês são anglos, suas raízes são frágeis, os laços com qualquer lugar de onde veio seu povo são inexistentes ou muito tênues.

— Achei que você quisesse falar sobre minha reunião com Claudio Chen. — A voz dele é rouca e severa.

— Eu estou falando disso — argumenta ela. — Somos famílias antigas, mas não agimos de acordo com os modos antigos.

— Parece o Velho Mundo para mim — diz Chris. — Você é deixada de lado enquanto Felix é treinado.

Ela é fria, mas, por baixo, Chris sente rachaduras no gelo. Um vislumbre aguçado passa pelos olhos dela. Não azedo, mas doloroso. Uma velha dor. Parece profunda em um rosto tão jovem.

Ana segue andando de um lado para o outro.

— Os Chen chegaram ao Paraguai depois da família Liu, talvez há quarenta anos. Nós já estávamos estabelecidos aqui, empurrados através do oceano. Eu falo dialeto taiwanês, mandarim, espanhol, inglês e um pouco de português. Talvez eu me pareça com a metade das pessoas nesta cidade. Mas nós nunca podemos contar com nada. Nós escapamos do domínio comunista, do Grande Salto Adiante, da revolução cultural. Comércio e riqueza são proteções contra a catástrofe, e nós nunca podemos descansar, precisamos estar dispostos a nos reinventar.

— Nitidamente.

— Você também está fazendo isso.

— Você não sabe nada sobre mim.

Ela lhe lança um olhar cortante, como se quisesse saber o que há por trás dos olhos opacos.

— Conte-me sobre a reunião.

— Claudio queria o CD, eu o dei a ele.

— O que ele estava vestindo?

— Estampa tigrada e Max Factor.

— Ele tentou flertar com você?

— O quê?

Ela acena com as mãos.

— Paquerar. Não acho que ele iria realmente tentar seduzi-lo. Flertar. Expressão britânica.

Ele pausa, a garrafa d'água erguida a meio caminho até os lábios.

— Eu devo ser irresistível.

Ela lança um olhar na direção dele.

— Aposto. Mas estou pensando uma coisa: os Chen estão tentando entrar em nossos negócios? Ou eles estão de olho em um novo modelo de negócio?

— Não é minha área.

— Deveria ser — diz ela. Isso o surpreende. — Não limite sua ambição, eu não limito. Mesmo no negócio de minha família.

— O que você tem em mente?

— A longo prazo? — Ela dá um sorriso brilhante, frio, evanescente. — Vasto potencial.

Chris sente como se um meteoro tivesse acabado de passar pelo canto do olho. Ele quer ver mais, mas o sorriso de Ana já desapareceu.

Ela se vira.

— A curto prazo? — pergunta.

Formatura, pensa ele.

Ela põe a garrafa d'água na bancada, e o fita com curiosidade, como se estivesse procurando alguma falha subterrânea que ela sabe que deve estar ali, algo profundo e perigoso que ainda não consegue entender. Ana tira a presilha de cabelo, atravessa a sala e para à frente dele, as mãos na cintura, a trinta centímetros de distância.

Ele não se mexe. Ela não pisca.

A filha do chefe põe a mão direita no peito dele e sente os batimentos cardíacos. Eles, de repente, se aceleraram um pouco.

Ela pressiona a mão esquerda contra o rosto dele. A pele dela é macia e quente.

Chris vê os olhos dela, escuros na luz fraca do apartamento, iluminados por trás pelas árvores banhadas em luar lá fora. Ana parece cheia de um poder insondável e repentino, uma garota magra, surpreendendo-o. Ele é atravessado por uma pontada. Solidão. A fenda imensa e aparentemente infinita no mundo, a sensação de estar perdido, de ser arrancado de tudo que o enriquecia.

Ela continua a encará-lo fixamente.

Ele a envolve com os braços e a ergue do chão enquanto a beija.

Ela não quer somente o luar. No quarto, diz:

— Acenda uma luz. Fraca.

Ana o despe, e não para quando vê as cicatrizes, mas passa a mão sobre elas, como se aprender os contornos a ensinasse sobre ele. O cabelo dela cai como uma cascata na frente do rosto. Ela passa os dedos pelo peito e pelas costas dele, então se coloca sobre ele.

Ela é ávida, flexível, a pele bela sob a luz reduzida, como se fosse água flutuando ao redor.

Ana o empurra na cama e sobe em cima dele. Quando se aproxima do clímax, joga a cabeça para trás, mas pega a mão dele e a põe sobre a boca, para que possa gritar sem que os vizinhos escutem.

Então ela o morde, brincando, e recua sobre os joelhos, arfando. Quando o fita com admiração, parece pronta para a segunda. Chris se levanta para pegar uma bebida e ela o puxa de volta.

— Em cima de mim. Você, agora.

Ele olha para Ana, sorri. Ela é incrível.

Ela sorri.

É como se Ana fosse um piloto de caça que aterrissou um F-18 no convés de um porta-aviões. Com os motores em potência máxima, ela está pronta para acelerar e decolar outra vez.

— Eu...

Ele volta para cama e sobe em cima dela. Ela aperta as pernas ao redor dele, cruzando os tornozelos, e passa os dedos no cabelo.

— Não há muito tempo — diz ela. — Temos um número finito de segundos. Cada um conta.

Shiherlis tem alguns minutos antes de estar pronto para fazer amor outra vez, mas ela está mordendo a orelha dele, soprando delicadamente a pele suada, descendo um indicador pela coluna e, ah, meu Deus... Ele leva os lábios aos dela, então até o pescoço, os ombros, os seios e a barriga.

— Você é lindo — diz ela.

Ele leva os lábios às coxas de Ana, ela estremece.

— Ah, meu Deus — diz, e agarra a cabeça dele, começando a arfar.

Ana chega ao clímax outra vez, com aparente facilidade, surpresa e prazer irrestrito. Ela fica deitada esparramada, nua, deliciosa e bela.

Chris tenta não pensar, só sentir, sentir e flutuar, mas ela despertou nele uma fonte interminável de energia e entusiasmo. Ana se deita ao lado dele. Ele a puxa para perto de forma protetora, como faria com uma amante de muitos anos.

Habitual, pensa Chris.

Então ela desliza para cima dele.

— Agora você — diz ela. — Diga-me o que você quer.

Temos um número finito de segundos.

Isso o lembra de Neil. *Qualquer tempo que você tenha é sorte.*

Isso o lembra das vidas das quais está sentindo falta. Cada segundo passando.

— Faça com que o tempo seja inexistente — diz ele. — Acabe comigo.

Ela ri. É tão refrescante, desinibido e novo como todo o resto que ela fez na última hora.

— Cuidado com o que você deseja — diz ela.

Dessa vez, ele ri e joga a cabeça para trás quando ela monta sobre ele.

— Não — diz Ana. — Não feche os olhos. Ainda não.

Passa de meia-noite quando Ana, enfim, jaz de bruços sobre o pé da cama, os pés chutando preguiçosamente o ar, a curva firme e adorável da bunda captando a luz dourada. Chris está transversal a ela, cansado, recuperando o fôlego.

Ela se demora respirando fundo e exalando quase com um assovio.

— Ok. Hora de recarregar.

Ela se levanta com energia e encontra as roupas.

Shiherlis se sente lânguido, saciado e, pela primeira vez em meses, renovado.

— Você não precisa ir — diz ele.

Ela já colocou a calça jeans e a camiseta.

— Eu sei. Mas eu vou. — Ela veste a camisa xadrez muito grande, tira o cabelo dos ombros e o torce em um coque frouxo sobre a nuca. — Outra água com gás?

— Sirva-se.

Ana sai andando do quarto cheia de propósito e ele observa as costas dela enquanto ela se dirige à cozinha. Chris não quer se mexer e não quer que ela se vá.

Ele se levanta e veste a calça jeans.

Na cozinha, Ana pega duas garrafas de água mineral na geladeira e entrega uma a ele.

— A coisa — diz ela —, o caminho a seguir para onde podemos ter impacto e ganhar, está na venda de sistemas. Não coisas.

Chris franze as sobrancelhas.

— Diga outra vez?

A luz da geladeira delineia o perfil de Ana. A garota que ele achava que ela era não existe mais. Ela não é sem graça. Ela se reduz, na verdade, à essência, e é crua, bela e sem adornos — o centro radical de algo que ele nunca havia experimentado. E Ana acaba de trocar de canal para um completamente diferente.

— Varejo, imóveis, o Xingfu Shopping Center, outros lugares no Paraguai e no Brasil, isso existe porque somos diversificados. São negócios que vão ficar como legado. Nostalgia — diz ela. — O que vai dar muito dinheiro é vender sistemas completos. Sistemas e hardware. Isso é global e, quanto mais digital, melhor.

Ele fica ali parado, ouvindo-a falar. As empresas dos Liu, transportar contrabando e romper embargos, voar por cima e superar o sistema jurídico de qualquer Estado-nação. Isso é o futuro. Isso é o novo *novo*.

Por trás da aparência comum, essa jovem é ousada, motivada e leva muito a sério os negócios da família. E ela está mostrando isso a ele. Ana tem uma dureza que é certa e fria, ela sabe que é o cérebro da próxima geração — e que seria necessário um terremoto para o pai aceitar isso. Aquilo, ele pode ver, motiva muito a ambição dela. Esqueça as camisas de flanela e o jeito de boa aluna. Ela tem autocontrole, é fascinante e talentosa. Claramente, vê a família como os mercantilistas definitivos do livre mercado. Empreendedores. Transacionais. E algo da cultura da diáspora chinesa faz com que a família se considere acima dos produtos que vende. Seja tapioca ou lançadores de granadas, isso não afeta quem eles acham que são. Eles não identificam a si mesmos como parte de uma subcultura criminosa.

Shiherlis nunca conheceu alguém como ela.

— Ana? — chama ele.

— Há quanto tempo estou aqui, você ia perguntar?

Ele ri. Ela tinha lido sua mente.

— Tenho mais dois semestres na Escola de Economia e Ciência Política de Londres. Consigo meu MBA em nove meses. Enquanto eu estiver lá, Fù Qin vai continuar a encorajar Felix a assumir mais responsabilidades nos negócios. Não vai funcionar, meu amado irmão não foi feito para esse papel.

— Ana?

— O quê?

Ela vira a água como se estivesse completando os níveis de fluido em um carro esporte bem regulado.

— As possibilidades são enormes — prossegue ela. — O curso foi uma viagem para o mundo novo: Davos, globalização, conexões transnacionais na Europa e na Ásia. É arriscado, como sempre ocorre com os primeiros, mas estamos posicionados para reorientar nossos negócios agressivamente.

Ela abotoa a camisa xadrez.

— Vejo você de novo.

— Vai ver, sim.

— Como você sabe? — Ela sorri.

— Porque eu quero que isso aconteça.

— Bom. — Ela se dirige para a porta. — Eu também.

Ele está sem equilíbrio como nunca esteve na vida.

PARTE QUATRO

Fronteira EUA-México, 1988

47

Eles veem o caminhão se aproximar pelo solo do deserto, que tremeluz como mercúrio à luz da manhã. Areia é soprada pelo asfalto. Yuma é uma mancha de calor ao leste. Neil está no estacionamento de um McDonald's ao volante da picape F-150, de frente para a autoestrada estadual.

A voz de Cerrito vem pelo rádio.

— Eles acabaram de sair da I-8. A menos de um quilômetro de você.

Barulho de motor ronca por trás da voz de Michael; ele está no Pontiac com Chris, seguindo o caminhão de dinheiro dos Herrera para o sudoeste, em direção à fronteira. E o veículo está bem no horário.

Na semana anterior, eles o seguiram até a travessia da fronteira. Agora, eles vão até o outro lado de *la línea* para descobrir para onde vai o dinheiro quando chega ao México.

— Está se aproximando de você. Quatrocentos metros — diz Cerrito.

Neil ergue o rádio.

— Recue. Ponha trânsito entre ele e vocês.

— Ele passou pelo sinal. Posso ver o letreiro do McDonald's.

— Indo.

Neil entra no trânsito de dia útil na autoestrada de quatro pistas, segurando um copo de isopor de café do McDonald's, de óculos escuros e com um boné dos Arizona Wildcats enterrado na cabeça, e dirigindo como um local relaxado.

O veículo de dinheiro emparelha e em seguida o passa, seguindo no limite de velocidade.

Um caminhão-baú, com o logo de uma empresa de aluguel na lateral. Ao volante, está um homem com rosto pesado e concentrado sob um boné do Phoenix Suns. Outro, com fendas nos olhos, vai no assento do carona. Neil sabe que há um terceiro homem na traseira do caminhão, no escuro e sem janelas, guardando a carga. Ele viu como a equipe trabalhava quando seguiu a última remessa. Deixa o caminhão seguir à frente.

Eles atravessam o rio Colorado e entram na Califórnia. Viram para o Sul. Três quilômetros depois, o caminhão para no posto de controle da fronteira no lado dos Estados Unidos.

O guarda, usando um uniforme marrom justo e óculos espelhados, acena para que o caminhão passe. E continua acenando. Neil passa por ele, com o pulso firme, mal acelerando. Duzentos metros à frente, o oficial mexicano dá uma olhada igualmente *pro forma* e gesticula para que ele passe pela entrada do posto de controle.

Três minutos depois, Chris manda uma mensagem pelo rádio.

— Passamos.

O caminhão de dinheiro está quatrocentos metros à frente. A avidez pulsa no peito de Neil.

— Bem-vindo ao México — diz ele pelo rádio.

A autoestrada 8 corre em paralelo com a fronteira, através de fazendas agrícolas e ranchos. Neil sente uma coceira, eles precisam tomar cuidado. A gangue está preparando o roubo, e ele considera esse um reconhecimento perigoso. Terreno estrangeiro. A estrada é estreita, reta, sem cobertura.

Eles pintaram a F-150 e o Pontiac na semana anterior. Cores novas, para reduzir a chance de que a equipe no caminhão de dinheiro pudesse reconhecer os veículos, e placas novas. Neil observa os espelhos, certificando-se de que não haja um carro de apoio seguindo o dinheiro ou a ele. O grupo segue para o oeste sob o sol forte.

Para Mexicali.

A cidade se manifesta. Currais para gado, ramais ferroviários, armazéns. Palmeiras. Quebra-ventos de eucalipto ao longo da autoestrada. Escolas, parques. Uma placa florida: BIENVENIDOS A MEXICALI, CAPITAL DE BAJA CALIFÓRNIA. Esse é um destino turístico para fuzileiros norte-americanos e garotos universitários em busca de uma farra de fim de semana. Bares, shows, a praça de touros.

Ao chegar em um trecho isolado, o caminhão de dinheiro desacelera. Em uma esquina pálida, ele sinaliza e entra em uma propriedade abandonada.

A casa onde os Herrera guardam o dinheiro é um motel vermelho e dourado com temática chinesa, aos pedaços. Design de pagode no escritório vazio, grande, murcho. Na frente, uma piscina vazia, cercada por palmeiras ressecadas. Tem formato de L: duas alas, dois andares. A maioria das janelas no térreo está coberta e o lugar parece exausto. O letreiro elétrico na beira da estrada, parcialmente destruído, diz MOTEL LA CHINESCA.

Que disfarce perfeito. Neil passa pela frente, observando o caminhão de dinheiro. Ele manda uma mensagem por rádio para Cerrito e Chris.

— O caminhão está fazendo a volta pelos fundos do motel. Pegue a rua lateral e consiga informações.

Quinze minutos depois, Cerrito e Chris se encontram com Neil no estacionamento de um supermercado.

— O caminhão entrou em uma baia de carga nos fundos do motel — diz Cerrito. — Não deu para ver mais sem ficar em terreno aberto. — Ele dá uma risada contida. — Arquitetura chinesa no México.

— Muitos chineses mexicanos. Alguns construíram as ferrovias e ficaram. Outros vieram para cá quando os gringos os expulsaram da Califórnia. — Neil está gelado. — Precisamos de olhos nos fundos do lugar, naquela baia de carga.

Ele observa o tráfego e as pessoas indo e vindo do mercado: mulheres com crianças em carrinhos, homens de jaqueta jeans saindo com latas de refrigerante e cigarros. Um cara vestindo uma jaqueta semelhante estava sentado perto da piscina no La Chinesca.

— Eles têm um guarda em frente ao motel. Os Herrera não escondem que ocupam o lugar. — Neil olha para o sol branco da tarde. — Veja se conseguimos encontrar outro prédio abandonado.

Eles seguem de carro para a vizinhança atrás do motel. Ruas inteiras em torno do local parecem desertas. A uma quadra do La Chinesca, eles encontram o que estavam procurando: uma fábrica engarrafadora de cerveja vazia.

Cerrito fica no Pontiac de vigia. McCauley e Chris entram por uma janela quebrada e sobem a escada até o segundo andar. O cheiro de lúpulo resiste no chão de fábrica vazio. Na abertura, o líder do grupo ergue um binóculo. Os fundos do motel erguem-se à vista.

As duas alas do La Chinesca são separadas por uma passarela coberta, é aí que fica a escada. A passarela fornece um atalho dos quartos dos fundos até a frente do motel, a piscina e o escritório. Um estacionamento envolve os fundos da propriedade, bordejado por um muro de tijolos de concreto.

Os quartos na parte de trás do térreo não estão com as portas e janelas bloqueadas. A maioria das cortinas está fechada, assim como as portas. O prédio parece decrépito.

Na baia de carga, a meio caminho da ala leste-oeste, o caminhão de dinheiro tinha entrado de ré.

McCauley sente uma pontada de empolgação. A equipe de três homens do caminhão está descarregando pacotes embalados com plástico sobre carrinhos, depois os empurrando para o interior do motel. Ele ergue uma Nikon pendurada por uma correia em volta do pescoço e tira fotos.

Chris, vendo da janela na outra extremidade do andar, diz:

— O que você tem?

Através da câmera, Neil examina a baia de carga. Dois homens armados flanqueando o caminhão. Escopetas.

Ele faz uma panorâmica. Na extremidade de cada ala, na sombra em frente aos quartos dos fundos, há um guarda posicionado, um revólver enfiado na cintura da calça jeans. O cara vigiando a ala norte-sul está sentado em uma cadeira de plástico. Ele tem um rádio transistorizado sobre o concreto ao lado.

O aparelho de Neil crepita. Cerrito.

— Tem um policial vindo.

Neil vai até a janela de onde se vê o carro estacionado de Cerrito. Uma viatura policial segue em sua direção. Michael se afasta do meio-fio, com tranquilidade, e segue pela rua. Os policiais continuam em frente.

Eles entram no motel. Na baia de carga, eles param e baixam as janelas. Um dos guardas armados dos Herrera se aproxima para falar com eles, enquanto homens continuam descarregando o caminhão de dinheiro. Depois de um minuto, os oficiais continuam seu tour lento pelo estacionamento dos fundos. O que está com o rádio transistorizado os recebe com uma continência. Eles vão embora.

McCauley fala com Cerrito:

— Os policiais já foram. Encontre cobertura ou continue em movimento. Queremos ver se eles patrulham em algum horário.

— Todos os prédios em um raio de duas quadras estão vazios. Acho que isso é deliberado. — A voz de Cerrito está rouca.

Neil concorda. Aquela é uma cidade movimentada. O cartel limpou a área para poder ver qualquer um que chegue perto demais.

A F-150 está estacionada na entrada de carros empoeirada em frente à engarrafadora. Neil assovia para Chris e joga as chaves para ele.

— Leve a picape para fora dessas ruas.

O parceiro segue em direção à escada. Um minuto depois, a picape desaparece.

O sol assola o motel. Os homens terminam de descarregar o caminhão de dinheiro e Neil ouve apenas a porta traseira de metal do veículo se fechar com uma pancada. O motorista acende um cigarro enquanto entra junto com os outros.

Neil anota em um bloco o tempo que levou para descarregar e a hora do dia em que os policiais passaram para dar uma conferida. Ele observa.

Onde é a sala de contagem?

Diretamente acima da baia de carga, um elevador de serviço se abre. A equipe do caminhão empurra os carrinhos para fora, direto pelo caminho externo, depois pelo coberto com a escada, e viram para pegar a ala norte-sul. Perto da metade da passagem naquela ala, eles param diante de uma porta e batem. Um homem a abre. Eles empurram os carrinhos de dinheiro para dentro.

Salas conectadas, pensa Neil. O cartel deve ter montado antecâmaras, defesas, quartos que precisam ser atravessados para chegar à sala de contagem. Ele espera.

Neil está contando. Três homens do caminhão de dinheiro. Três guardas no exterior do motel, no mínimo. Um número desconhecido de pessoas na sala de contagem.

Um dos vigias, aquele que conversou com o policial, entra em um Crown Victoria vermelho e sai para patrulhar a vizinhança. Talvez porque policiais disseram ter visto o carro de Cerrito estacionado. O lugar é cercado — olhos na rua, cobertura sólida. Entrar vai exigir um bom trabalho em equipe e cronometragem perfeita. Arriscado.

De repente, roubar o caminhão na I-40, no Arizona, parece uma opção melhor.

McCauley observa os quartos no segundo andar, onde desapareceram os carrinhos. Pelo volume dos pacotes, o montante devia estar em notas de cinco, dez e vinte — dinheiro recolhido pelos traficantes dos Herrera em Chicago de compradores na rua.

Neil não está ali para arriscar a si mesmo e a equipe por notas de cinco dólares.

No estacionamento do motel, o sol brilha em um para-brisa. Outro caminhão-baú entra de ré na baia de carga. Homens descem e começam a descarregar.

Logo chega um terceiro. E um quarto.

Esqueça a I-40. Mexicali é arriscado. Muito arriscado. Mas esse é o lugar.

Neil observa dezenas de pacotes volumosos de dinheiro serem levados para o quarto no segundo andar nos fundos do motel. *Os Herrera não vão gastar esse dinheiro no mercado da esquina*, pensa ele. Não notas suadas e amarrotadas. Eles vão contá-las e depois vão passá-las adiante. Como?

Dez carros entram nos fundos do motel. Dez pessoas, entre homens e mulheres, desembarcam e sobem a escada. Os guardas os deixam entrar e a porta se fecha atrás deles.

Cinco minutos depois, eles saem carregando bolsas de ginástica novas. Pesadas. Muito cheias.

Neil manda uma mensagem por rádio para Cerrito e Chris.

— Carros estão prestes a deixar o motel. Siga-os.

— Estou em cima — diz Michael.

— Entendido — responde Chris.

McCauley se apoia na parede do prédio vazio da engarrafadora e observa os carros saírem do estacionamento do motel. Cerrito manda mensagem pelo rádio meia hora mais tarde.

— *Cambio* — diz ele.

Neil assente consigo mesmo.

— Fique em cima deles. — Em seguida: — Chris?

Em frente à engarrafadora, um Camaro para na entrada de automóveis. O motorista jovem, de aparência violenta, desce.

Alguém viu a F-150 estacionada ali mais cedo, pensa Neil.

No rádio, Chris responde:

— *Câmbio*.

Neil desliga o walkie-talkie. O motorista do Camaro se aproxima do prédio e examina as marcas de pneu no asfalto empoeirado da entrada de carros. Ele ergue o olhar para o prédio e de volta para o chão e se agacha.

O cara está lendo pegadas.

Neil vai para a escada interna do prédio. Ele sobe correndo e, em silêncio, segue até o piso seguinte, verificando para confirmar se não tinha deixado. Ele espera e encontra uma saída de incêndio. Sai por ela e aguarda novamente. Quando escuta o jovem capanga entrar no prédio, ele sobe, rola até a beira do terraço e se deita no chão. O vento o pega.

Ele saca a Colt 1911 .45 que tem presa no cinto, rola de costas e segura a arma apontada para o alto da escada.

Cinco minutos depois, ele ouve o homem ligar o carro e ir embora, devagar.

McCauley abaixa a pistola. Os Herrera são bons, cautelosos, e têm cobertura pesada na vizinhança. Ele volta a se deitar.

Neil quer esse golpe.

Vai ser difícil. Incrivelmente difícil.

O ruído do Camaro se perde ao longe. Neil ergue a cabeça com cuidado, por trás de uma unidade de aquecimento, para ter uma vista. O carro virou uma esquina e está se afastando do motel, talvez em uma varredura planejada do perímetro.

Ele torna a ligar o rádio.

— Siga na direção da fronteira e espere. Eu volto a chamar.

McCauley vai rastejando de bruços até a borda do telhado que dá para o motel. Dessa altura, ele pode ver o letreiro na frente, o escritório e a piscina vazia; o estacionamento dos fundos e a baia de carga. Ele se fixa no La Chinesca como se observasse um tabuleiro de jogo.

O pulso se acelera. Ele se tranquiliza, avaliando, assegurando-se de não estar imaginando aquilo.

Então um carro entra. Uma das mulheres que tinha recolhido uma bolsa de ginástica volta com a mesma, dessa vez, quadrada, arrumada. Ela sobe a escada, bate na porta da sala de contagem e entra.

Neil desce a escada até a janela do segundo andar. Mais dois carros voltam para o motel.

Eles estão de volta para a recontagem.

Depois de noventa minutos, todos os mensageiros retornam. Mais uma vez, eles emergem da sala de contagem carregando as bolsas de ginástica. É uma dança constante. Quando a porta se abre, Neil capta um vislumbre rápido. Dentro, há um guarda armado. Ele se despede quando os mensageiros se vão, dá um sorriso e manda um beijo para uma mulher.

Na rua, os policiais fazem outra ronda.

Pela janela, McCauley confere a si mesmo, os pensamentos, os cálculos. O pulso permanece acelerado.

Ele sai da engarrafadora pela janela quebrada no térreo. Ao longe, no motel, consegue ouvir o rádio transistorizado tocando música pop.

Ele sai andando, em busca de câmeras de vigilância, analisando.

A carga semanal de dinheiro de Chicago deixa o armazém no South Side. Os homens dos Herrera o levam para o sul e cruzam a fronteira em Yuma. Outros motoristas entregam cargas de dinheiro de mais pontos de coleta. Eles levam a carga para o esconderijo, um motel aos pedaços que fica bem na rua, aparentemente aberto e disponível para qualquer vagabundo ou viciado em drogas arrombar, mas, na verdade, está limpo de lixo, de garrafas quebradas no estacionamento, na frente e nos fundos. Tudo é organizado para parecer abandonado.

Mas o sangue, os grafites e as marcas nas paredes dos prédios durante a caminhada de Neil contam uma história diferente. A patrulha regular dos *judiciales* conta isso. O homem armado farejando a fábrica engarrafadora abandonada conta isso.

Chegue perto, seja visto, seja morto.

Ele caminha quase dois quilômetros para o norte, sob cabos de telefonia e eletricidade, passando por bodegas, lojas de pneu e de conveniência e vizinhanças empoeiradas. Neil fala com os homens pelo rádio assim que chega em quadras mais verdes — o campus da universidade, um hospital —, com árvores, paisagismo, carros novos estacionados junto ao meio-fio. Chris e Cerrito já estão esperando na sombra irregular de um parque municipal.

Neil se aproxima.

— Contem-me sobre os *cambios*. Casas de câmbio. Onipresentes em uma cidade limítrofe, turística, um lugar onde muitas pessoas cruzam a fronteira americana para trabalhar. A versão local e envenenada de caixas eletrônicos, American Express no estilo mexicano. Troque seus dólares por pesos.

Ou, em uma cidade que aos poucos é tomada pelo dinheiro do tráfico, transforme-os em dólares mais limpos.

Michael está tão empolgado que chega a tremer.

— Os mensageiros levam as bolsas de ginástica para os *cambios* pela cidade. Todas aquelas notas de cinco, dez e vinte, você tem razão. A quantidade de cédulas deve feder. — Os olhos se movem ao redor, para Neil, Chris, o parque. Uma luz irregular brilha sobre eles. — Eles entram com o dinheiro sujo. Os caixas o contam. Eles têm máquinas, mas leva algum tempo porque a quantia é enorme. O que os mensageiros recebem em troca são pilhas de notas novas e limpas de cem, com cintas coloridas ao redor. São montes de sessenta centímetros junto do guichê do caixa. O mensageiro as carrega na bolsa e vai embora.

— Então os Herrera passam os ganhos nas ruas americanas através de casas de câmbio daqui — diz Neil. — As notas pequenas vêm para o sul. Os *cambios* locais as transformam em notas de cem. Mensageiros as levam de volta à casa do dinheiro, contam outra vez. Depois, saem uma última vez.

Michael e Chris estão ouvindo. Neil assegura-se de que eles estejam atentos, porque ele precisa expor tudo.

— Nós poderíamos interceptar a remessa na estrada entre Chicago e Mexicali, sequestrar o caminhão nas cercanias de Winslow uma noite às quatro da madrugada. Não tenho dúvidas de que podemos roubar o caminhão e sair limpos em menos de dois minutos. Esses não são carros-fortes. Ataque-o, *bum*, feito.

Eles parecem frios e focados.

— Mas — contra-argumenta ele — faça isso e eles vão saber que identificamos as rotas a partir de Chicago. Talvez também percebam que nós roubamos os disquetes. Eles vão nos procurar e os cartéis não pararão até nos achar.

Ele deixa que isso paire no ar por um tempo.

— Nós temos uma chance de fazer isso. Vamos fazer deste lado da fronteira. Dois motivos. Um, porque desse jeito ele não pode ser ligado às planilhas e ao nosso golpe. — Neil olha para eles. — Dois, porque seguimos um único caminhão, mas quatro deles levaram dinheiro para o esconderijo da grana hoje. — Ele faz uma pausa. — Nós roubamos o motel. É lá que está o dinheiro.

Michael assente.

— Perfeito.

— Quantos *cambios*?

— A mulher que eu segui foi a seis.

Chris assente.

— O homem que eu segui foi a sete. O mesmo em todos.

Neil faz a conta.

— Isso são oito dígitos. Talvez mais de dez milhões. Eles o trazem para o motel, conferem até a última nota. Quando terminam de fazer isso, voltam a enviar o dinheiro.

— Para onde?

— Não importa. Provavelmente está sendo preparado para ser depositado em bancos internacionais pelo México. — Ele olha para eles. — A questão é: nós vamos ter uma janela curta para pegar as notas de cem.

O rosto de Michael se ilumina.

— Nós vamos fazer isso.

— Sei onde é a sala de contagem. Vai ser difícil e apertado — diz Neil. — Mas há fraquezas na segurança do motel. O jeito como os guardas estão posicionados deixa um ponto cego. — O coração está batendo forte. — Nós exploramos isso. É nosso caminho para entrar.

Ele segue na direção da F-150.

— Michael, volte para Yuma, rota diferente. Chris, você me dá uma carona.

Chris se dirige à caminhonete.

— Para onde?

Neil aponta a fronteira com a cabeça.

— El Centro.

A casa de Elisa fica 25 quilômetros ao norte dali.

48

Neil caminha atrás de Elisa na noite tranquila. Ela está subindo, com os quadris balançando, o cabelo brilhante ao luar. As dunas dissiparam o calor do dia. O tráfego continua a zumbir na I-8, distante. Montanhas e cânions dividem a vista. A areia desliza sob os pés de Neil.

Elisa para no alto da duna, as mãos na cintura. Os ombros estão jogados para trás; o queixo, erguido. Ela está um pouco ofegante. Neil a alcança.

— Está vendo o que eu digo? — diz ela.

Ele para ao lado dela, que absorve a noite. As dunas Algodones fluem de horizonte a horizonte, um mar sob as estrelas. A fronteira mexicana fica a três quilômetros ao sul. Ele não consegue vê-la.

Elisa consegue.

Ela aponta.

— Aquela cicatriz escura no oeste. Ali. É rocha, *Arroyo seco*. Riacho seco. Leva direto até *la línea*.

— Quem patrulha? — pergunta Neil. — Com que frequência?

— A imigração, a patrulha de fronteira. *Federales?* — Ela dá de ombros. — Uma vez por ano.

— Nós planejamos ir de carro — diz ele.

— É claro.

Ela se vira.

— Mas você quer que eu lhe mostre essas rotas.

— Quero.

Ele passa os braços ao redor dela.

— Aquele *Arroyo* — diz ela. — Uma estrada de terra leva até um cânion. Íngreme demais para a maioria dos motoristas. Os policiais a ignoram. Contrabandistas a usam. Pequenas cargas. Drogas. Pessoas.

Uma brisa sopra em torno dos pés. A areia se move, uma tela cintilando ao luar.

— Esse seria o plano Z — diz Neil. — O plano de contingência de todas as contingências.

Elisa se vira.

— Mas agora você sabe que está lá. E por que é o plano Z.

Ela gesticula, os braços se movimentando em uma rota quase invisível. Ela percorre as dunas e desaparece em uma ravina.

— Ali.

Neil leva o binóculo aos olhos. Sob o luar, ele pode ver a estrada sinuosa, subindo pelas pedras.

— É ali que contrabandistas são emboscados — diz Elisa. — Eles são...

Ela estala os dedos, procurando a palavra. O inglês é impecável, mas ela quer a inflexão emocional correta. Passa a falar espanhol.

— Relaxados. Descuidados. Eles acham que estão seguros porque passaram pela fronteira. Mas *pow*.

Neil se pergunta se é um relato romântico do ofício do contrabandista ou um alerta.

— Nós viremos durante o dia, diferente da maioria dos outros contrabandistas por aí.

— E você toma cuidado. Tem olhos na parte de trás da cabeça.

— Em um suporte giratório.

Ela olha para o horizonte, depois para ele. Elisa confia nele, ele sabe. Confia nas habilidades dele, no foco, no propósito. Como Neil confia no conhecimento dela sobre aquele país.

Ela enfia as mãos nos bolsos da calça jeans.

— Os três pontos de travessia oficiais, você deve usar todos. Os dois em Mexicali, direto pra Calexico. E a travessia de Winterhaven, para Yuma.

Elisa conhece cem trilhas secretas de contrabandistas para dentro do México e, por caminhos diferentes, de volta através da fronteira. Ela conhece cada guarda que aceita suborno nos postos de controle, mas não faz parte da quadrilha, é apenas parte integral da equipe que vai trazê-los em segurança pela fronteira depois do roubo.

— O quê? — diz ela.

— Só admirando você.

Ele se volta para as dunas. Neil raspa a areia, apagando uma das pegadas.

Ela volta a falar inglês:

— Você não vai atravessar as dunas.

— Não. — Ele expira. — Só estou me lembrando da rapidez com que as coisas são apagadas. Tudo vem e vai.

— Você filosofa?

— Somos todos pegadas em uma praia. A maré vem, passa por você, e você nunca esteve ali. Um cara chamado Albert Camus escreveu isso.

Ela inclina a cabeça.

— Que tipo de nome é esse?

— Francês — diz Neil.

Elisa o admira, os olhos brilhando no escuro.

— Estou aqui, agora.

— Exatamente. Esse é o ponto. Estamos aqui, agora. Não há uma grande razão para existirmos. Nenhum propósito. Nenhum céu ou inferno dependendo de como rezamos. A única pergunta real é: por que continuar vivendo? A vida vale a pena? Por que não apenas se matar? O único julgamento é como usamos o agora.

— Não quero dar um fim a isso. Se isso é o que temos, é melhor vivê-lo.

— É. Tudo o que temos é este momento. Nós o vivemos, conscientes do que ele significa. Nada. Mas nós o vivemos completamente. É o que é.

— Onde você leu isso? — pergunta ela.

— Folsom. O que é minha vida? Por que cumprir pena? O que estou fazendo? O que tudo isso significa? Fui à biblioteca e perguntei: "Onde está a filosofia sobre por que estamos aqui, sobre o tempo? O que minha vida significa?". O cara do carrinho de livros me apresentou a Camus.

— Isso é pesado — diz ela. — É por isso que eu amo você, seu louco.

Ele a segura por um momento, as extremidades nervosas despertas pela noite, pelo reconhecimento e, especialmente, por ela. Aquele cheiro, gardênias. A confiança e a alegria no olhar.

— Você deveria atravessar algumas vezes antes — diz ela. — Deixe que os guardas de fronteira conheçam você. Talvez como um homem de negócios norte-americano, indo às *maquiladoras*.

Ela passa um dedo pelos botões da camisa social preta dele, puxa o zíper da jaqueta de beisebol.

— Mas você precisa se vestir melhor. Um terno. Finja que é um capitalista.

— Eu sou um capitalista.

Ela ri.

— Me pegue, lacaio. Quero lhe mostrar uma coisa.

Ela gira e desce a duna correndo. Neil a alcança e a ultrapassa. Eles correm até o carro, ele ganha e se apoia sobre o capô, os braços cruzados. Elisa o dispensa com um aceno, jogando o cabelo para trás.

— Você é como Gabriela, muito competitivo.

— Para onde agora?

Eles seguem para o leste em uma autoestrada estadual, depois uma estradinha secundária, então viram em uma entrada de carros de terra com um portão e uma cerca de arame farpado. Elisa desce e o abre. A placa acima do portão, antes orgulhoso, no momento quase totalmente destruído pela ferrugem, diz RANCHO VOADOR. O caminho os leva por um mata-burro, por currais vazios e por cochos de água até uma casa escurecida.

Neil para, os faróis brilhando sobre o lugar.

— Esconderijo.

— Gosta?

Ele desliga e desce. A casa de fazenda aos pedaços é um quartel de tijolos feito com terra crua e palha.

Elisa sai do carro.

— Tem espaço aqui para estacionar seu caminhão cegonha.

Ele acena com a cabeça enquanto sobe a escada até a varanda coberta. Neste momento, o veículo está guardado nos fundos do estacionamento de um shopping em Yuma, mas ele quer tirá-lo das ruas, dos olhos do público.

— Isso é bom — diz Neil.

Ele entra no recinto. Elisa vai atrás e liga um interruptor. A sala principal se ilumina.

O lugar é espaçoso, espartano, limpo, mobiliado. Elisa vai até a cozinha aberta, onde há um bule de café e frutas na bancada. Ela abre a geladeira e vê que está abastecida com refrigerantes e chá gelado.

— Vou trazer as compras quando você estiver pronto — diz ela.

Neil segue pelo corredor. O lugar é um velho alojamento de trabalhadores da fazenda, com cinco quartos grandes. As camas estão arrumadas. Três quartos para a quadrilha, dois por quarto. Um grande no fim do corredor para Elisa e ele. Um menor para Gabriela.

— Quem cuidou disso? — pergunta Neil.

— Tio Tomás. De Nogales. Meu velho tio.

— Ele sabe o que faz.

— Ele tem experiência. — Ela para na porta do quarto pequeno. — Ele vai cuidar de Gabriela.

Essa noite, a menina está na casa em El Centro, com a babá, uma garota da vizinhança. Mas, depois do roubo, eles vão desaparecer por algum tempo, viajar para o Colorado. Escola, para a menina, vai estar fora de questão. Elisa não quer a filha em casa quando ela estiver em Calexico, ela a quer com o tio.

— Meu tio e ela podem jogar jogos de tabuleiro.

— Xadrez. Ela vai acabar com ele — diz Neil.

— Venha. — Elisa aponta a porta da frente com a cabeça. — Vou lhe mostrar a outra.

Ela tinha preparado uma segunda casa, ainda mais decrépita, no meio do deserto, onde Neil e a quadrilha vão se encontrar depois do roubo para trocar de carros.

McCauley segura o braço dela quando estão de saída.

— Obrigado.

— Por quê?

— Tudo perfeito.

Ele a gira e a abraça, o corpo dela contra o seu, o osso pélvico montado na cintura dele. Eles se encaixam, sempre se encaixaram. Os dois estavam perfeitamente sintonizados no dia em que se conheceram. Confiança instantânea em estarem juntos. A singularidade de foco da mente e do corpo.

Quando ela o beija e o puxa para dentro do quarto, Neil sente como se o *agora* tivesse sempre existido.

49

O dia está limpo, a manhã fresca com um sol dourado nascendo. O alojamento de tijolo, terra e palha está movimentado com Neil e a quadrilha. Há café na cozinha, além de bacon, ovos, torradas. Chris come como um jogador de defesa de futebol americano; Cerrito põe três torrões de açúcar no café; e Neil está de pé junto da janela da frente.

O caminhão cegonha está estacionado ali fora, o grande Peterbilt brilhando ao sol nascente. Os carros foram descarregados: os SUVs antigos e sem graça, a F-150, o carro veloz, o velho Eldorado, o Mercury grande com painéis falsos nas portas e sob os tapetes do assoalho.

O equipamento está arrumado sobre uma grande mesa de madeira na sala: seis fuzis AR-15, munição e bombas de efeito moral — granadas que produzem barulho e luz — para distrair e incapacitar qualquer contra-ataque. Presilhas plásticas para servir de algemas, silver tape, fita isolante, mapas dos Estados Unidos e do México e binóculos para determinar a distância de alvos.

A próxima remessa de dinheiro é esperada em três dias. Hoje, eles estão fazendo um reconhecimento do outro lado da fronteira. O grupo precisa avaliar a capacidade de comunicação do cartel. Precisam provocar as reações dos traficantes a emergências, para que possam cronometrar o tempo de reação dos *judiciales*. Todos sabem que os policiais estão na folha de pagamento dos Herrera. Eles também precisam definir rotas de fuga e coletar inteligência confiável sobre os motoristas do cartel, as pessoas que cuidam do dinheiro e as forças de segurança no motel decrépito.

E Neil quer que Chris e Michael verifiquem o que ele viu na última vez: um furo na segurança do bando.

Uma picape Chevrolet cheia de amassados se aproxima e estaciona, levantando poeira em seu rastro. Tio Tomás desce e Neil sai para ajudá-lo a descarregar os suprimentos.

— *Hola, Neil. Qué tal?* — diz ele.

— Tudo bem.

Tomás Vásquez tem 66 anos e está vestido como um *vaqueiro*: camisa com botões, calça jeans, botas de cowboy de bico quadrado e um chapéu de palha inclinado para trás na cabeça. O rosto é vincado pelo sol; os olhos, rápidos como os de um falcão. Ele entrega uma caixa de ferramentas a Neil, então pega a última carga de compras.

Dentro, Chris ergue o olhar do prato.

— Oi, cara.

O rosto de Chris está animado; a pele, brilhando. Neil sabe que é por causa do golpe que se aproxima. Ele está ligado, o que significa que vai ter energia de sobra se e quando eles precisarem. É quando Chris fica limpo — sem bebida, sem pó. Ele é astuto, todo energia vívida, vendo tudo. Nada lento, como se as substâncias químicas permitissem que sua acuidade descansasse, e, no momento, não estando mais dormindo, ele está brilhante e desperto. Inovador, de pensamento livre, rápido. E tem mais. Chris disse a ele que há uma mulher.

Michael sai do quarto com uma camisa xadrez folgada por cima de uma camiseta branca, óculos escuros, chaves na mão. Confiante, mexendo-se aparentemente devagar. Contudo, seria um grande erro você pensar isso; ele mataria alguém, no mesmo instante, em um piscar de olhos. Um sociopata afável. Neil sabe que ele leva, pelo menos, duas pistolas e duas facas.

Eles terminam o café da manhã e se aprontam. Tomás vai ficar e cuidar da casa enquanto eles não estiverem.

Chris pega uma última fatia de bacon enquanto sai correndo pela porta. Ele acena.

— Até logo, tio.

E acelera.

Dois carros novamente. Travessia fácil de Calexico para Mexicali, da Califórnia para o lado um pouco mais zoneado, muito mais vivo da fronteira.

Ônibus com crianças uniformizadas se dirigem a algum tipo de *fiesta*. É fim do ano escolar ali também. Eles seguem pela parte agitada da cidade que se amontoa junto à fronteira. A catedral Nuestra Señora de Guadalupe é uma igreja baixa e laranja em uma rua cheia de lojas que vendem vestidos de primeira comunhão. O sol está forte. Eles estão a apenas quatrocentos quilômetros de Los Angeles, um pouco ao sul, mas o deserto, o ar seco, deixa tudo mais definido e contrasta com Calexico, com as origens no Dust Bowl e os letreiros de néon dos anos 1950 — uma época diferente e mais otimista.

Eles seguem uma rota angulada na direção do motel. A zona morta ao redor do La Chinesca possui limites, alguns definidos; outros, não. Eles não sabem até onde se estende a vigilância do cartel, que formas ela assume, e como evitá-la. Ainda não.

O Monte Carlo que Cerrito está dirigindo foi pintado novamente, dessa vez de marrom, cor de terra para se misturar com a área em torno do La Chinesca. Nada nele brilha. Ele desvia para contornar a zona morta.

Na F-150, Neil e Chris se juntam ao trânsito matinal na estrada que passa em frente ao motel. Eles vão fazer duas passagens: indo e voltando. Qualquer coisa a mais pode acionar um alerta para a equipe de segurança de que estão sendo vigiados.

A uma quadra de distância, McCauley anuncia:

— Lá vamos nós.

Chris ergue a Nikon. Quando passam, ele aperta o disparador no automático. A câmera emite um ruído. Neil dá uma olhada na propriedade.

Não há carro algum estacionado na frente. Todo mundo que trabalha no motel parou nos fundos.

Neil segue pela estrada de quatro pistas, sem espaço entre a de ida e a de volta. A entrada na estrada está a quatrocentos metros a leste do motel.

— Essa é nossa rota primária — diz a Chris.

Ele se volta para a estrada, um boulevard largo e dividido, verificando a curva, a pavimentação, o trânsito. Uma das travessias de fronteira que eles vão usar fica perto. Ao lado da pista, estendem-se arbustos, palmeiras e areia.

— Imagino que vamos atravessar no meio da tarde. Não deve estar movimentado — diz Neil. — As pessoas que trabalham nos Estados Unidos atravessam de manhã cedo. — Ele faz a volta com a picape. — Se houver uma fila, haverá uma fila. Vamos ter trocado de carro.

McCauley passa novamente pelo motel, dessa vez seguindo para o oeste. Chris tira mais fotos de dentro do carro, enquanto Neil examina o La Chinesca com a visão periférica. O pulso se acelera um pouco.

Chris examina a rua com cuidado e envia uma mensagem de rádio para Cerrito.

— Entrando.

O walkie-talkie crepita.

— Encontro você no supermercado.

No estacionamento do local, Cerrito se aproxima da picape, e Neil abaixa a janela.

— Ninguém que vigia o motel circula — diz Michael. — Todos eles ficam em seus postos.

Neil assente.

— O negócio é o seguinte. Não há nenhum carro na frente. Talvez para proteger a linha de tiro dos guardas.

Ele franze a testa, pensando, verificando os ângulos de cabeça.

— Tem um cara. Fica sentado em uma cadeira de jardim atrás da piscina vazia, como se estivesse defendendo um fosso seco.

Cerrito assente.

— E?

— Estou vendo uma coisa que ele não vê.

Neil não quer botar o carro na frente dos bois. Ele precisa de verificação.

— Chris, quantas câmeras você identificou na frente da propriedade?

— Uma — diz Chris. — Acima da porta do escritório, abaixo do pórtico do pátio. E está apontada para baixo, como em uma loja de conveniência.

Neil olha para ele.

— O cartel não mudou isso desde que assumiu o lugar.

— Mais câmeras nos fundos da propriedade, tenho certeza — diz Cerrito.

— Vamos verificar isso em seguida. — Neil liga o motor. — Depois que escurecer.

No crepúsculo, quando o céu em arco grita vermelho e violeta, Neil para na área dos bares perto de uma das *plazas* centrais de Mexicali. Chris e ele caminham por mais de três quilômetros em ruas movimentadas, depois entram por vizinhanças residenciais e quadras comerciais e industriais com portas e janelas cobertas. O trânsito se reduz, as estrelas surgem através de uma névoa arenosa e da fumaça de poluição em um céu azul-cobalto. Cães latem por trás dos alambrados.

Mas, quando chegam à zona morta, não há nada. Nenhum som. Eles se separam ao se aproximarem da engarrafadora de cerveja abandonada. Neil espera do outro lado da rua, em um grupo de árvores, e observa Chris entrar. Michael aparece e entra também. Nenhum carro. Nenhum latido. Nenhuma luz nas ruas à medida que a noite se intensifica. Ele espera meia hora. Ninguém passa em patrulha. Isso diz a ele que não há câmeras de vigilância viradas naquela direção, cobrindo a rua ali.

Ponto cego número um.

Ele entra na engarrafadora pela janela quebrada. Os outros dois o esperam no terceiro andar, ajoelhados em frente a uma janela que dá para o motel. O vidro sujo deixa entrar uma luz fraca e âmbar. Neil pega o binóculo com Chris.

A propriedade não está mais movimentada que da última vez. Mas há mais carros estacionados nos fundos. Atrás de várias janelas no segundo andar, vaza luz em torno de cortinas fechadas.

Ele aponta e fala em voz baixa.

— Ala norte-sul. Luzes acesas. Conte-as. Seis quartos.

Chris inclina a cabeça. Michael balança a dele.

— Duas no meio... Não estou vendo luz alguma — fala.

— Esses são a porta da entrada e a sala de contagem — diz Neil. — Eles têm a janela bloqueada, talvez com tijolos. Não tenho como dizer daqui.

Chris assente.

— Tem um guarda junto da porta, à esquerda.

Neil abaixa o binóculo.

— Outro ponto fraco.

Shiherlis pausa por um momento, pensando.

— Não vamos entrar pela porta direto na sala de contagem.

Neil olha para ele, satisfeito, e sente uma empolgação quente no peito.

— Exatamente. Ela vai estar bloqueada por dentro. Nós chegaremos pela sala anexa.

— E como toda a segurança deles está focada na porta da sala de contagem...

Ele para. Estende a mão para pegar o binóculo. Quando Neil o entrega a ele, a empolgação aumenta. Shiherlis também já viu isso.

— Tem um ponto cego — diz Chris. — Do caralho!

Cerrito pega o binóculo. Olha. Parece frustrado — o que eles estão vendo que ele não está? Então sorri.

— Se a sala de contagem é aquela, eles têm quartos bloqueados dos dois lados. Mas quartos de motel só têm portas de um lado.

Neil se aproxima mais da janela.

— Certo. Então, naquele à direita, de onde está vazando luz, eles abriram um buraco na parede para criar acesso. Eles transformaram o motel em um labirinto de ratos. E acham que ninguém sabe disso.

Chris ergue-se mais alto, a energia se acumulando.

— Outra coisa — diz Neil. — Os guardas ainda estão parados.

Cerrito assente.

— Merda, é.

Shiherlis se inclina para perto do vidro.

— E...

Neil espera um segundo.

— E tem um buraco na cobertura.

Todos olham fixamente para o motel. Em forma de L, duas alas. O escritório e a baia de carga ficam na ala leste-oeste. A sala de contagem está na parte de trás da norte-sul. Escada na passagem coberta onde as duas alas se encontram. A piscina vazia na frente, onde fica um guarda. O segundo segurança, aquele com o rádio transistorizado, localiza-se em frente a um quarto nos fundos da ala norte-sul. O terceiro está sentado no lado de fora, na ala leste-oeste. Guardas na baia de carga vão e vem com a chegada dos caminhões de dinheiro. No resto do tempo, quando mensageiros individuais passam por ali, eles circulam pela passagem do segundo andar nos fundos do motel.

Chris então diz:

— O guarda à frente, junto da piscina. Ninguém mais pode vê-lo.

— Certo — confirma Neil.

Um homem na frente, de cara para a rua. Todo o resto das pessoas está nos fundos, porque é lá que acontece a ação.

— Eles não fazem ronda — anuncia Chris.

— Os caras acham suficiente controlar as ruas ao redor — concorda McCauley. — Eles acham que a zona morta os protege. Os Herrera fizeram de exemplo pessoas que a violaram. Agora os guardas acham que mais ninguém ousaria.

Shiherlis se remexe, como uma cobra se tensionando.

— Os guardas ficaram confortáveis. Eles acham que a reputação dos Herrera assusta qualquer ameaça. Isso não pode ser suficiente, pode?

O líder do grupo observa os guardas. Está escuro. Eles estão sentados.

— Não, não é suficiente — diz Neil. — Eles têm apoio. Têm mensageiros, informantes, pessoas na folha de pagamento que patrulham a zona morta. E isso não é regular, o que torna as coisas mais perigosas.

— Além dos policiais — diz Chris.

— É hora de testar o tempo de resposta dos *judiciales*.

Cerrito assente.

— Vamos lá.

Neil e ele vão até a picape. Michael tem o pneu sobressalente vazio. Ele abaixa a tampa da caçamba e se senta nela. Passa de meia-noite, o trânsito é irregular. Neil se aproxima do La Chinesca em uma velocidade normal, com papelão sobre o farol direito para disfarçar a caminhonete.

Chris está no pátio do ferro-velho, do outro lado da rua.

Quando se aproximam, Michael, empurra o pneu sobressalente na direção da entrada de carros do motel; ele vai rodando pelo pátio e cai com um barulho alto dentro da piscina vazia.

Eles continuam em frente, com as lanternas traseiras apagadas.

Chris se abaixa e observa o motel. O cronômetro no Timex está correndo.

Luzes se acendem no La Chinesca e iluminam as palmeiras esqueléticas. Três guardas estão parados junto da piscina, apontando, falando, acenando com os braços. Um está no rádio, outro corre até o escritório e dá um telefonema.

Quando os *judiciales* chegam, duas viaturas, não estão com luzes e sirenes. Eles estacionam e conversam com os guardas. Circundam o motel lentamente, os holofotes laterais girando. Entram na zona morta, se aproximam pela rua na direção do ferro-velho. Chris se deita no chão. Quando eles passam, de janelas abaixadas, ele os escuta falando uns com os outros pelo rádio.

— *Nada* — diz um policial. — *Nadie*.

Eles continuam em frente.

Em quinze minutos, eles se foram, e os seguranças voltam aos postos.

Chris corre até o ponto de encontro. Ele pula para dentro da picape e Neil sai dirigindo.

— Quatro minutos e 32 segundos — anuncia Shiherlis.

Neil pensa sobre isso, seguindo na direção da travessia da fronteira que Elisa lhe disse para pegar àquela hora da noite.

— E? — pergunta Cerrito.

— Nós vamos roubá-lo — confirma Neil.

— Como?

McCauley sabe que Michael vai topar. Ele nunca viu o parceiro não estar ansioso para pegar as armas e dizer: *vamos*.

O líder olha para o motel, o pagode cinza decrépito nas sombras da noite. As palmeiras malcuidadas, as janelas escuras.

— Pegamos o guarda da piscina, depois os dois sentados nas cadeiras nos fundos. Aí subimos a escada e tomamos a sala de contagem enquanto os mensageiros estão dentro dela esperando. E atacamos qualquer outra pessoa que esteja lá.

50

São duas horas da madrugada. O som de pneus na autoestrada é um lamento distante.

O Pontiac Trans Am circula pelas ruas de alto a baixo, de um lado a outro. Otis Wardell está no banco do carona, Svoboda está ao volante.

O chefe está cansado. O rádio toca alguma estação de Yuma, Iron Maiden. Svoboda chega a um cruzamento.

— Para onde?

O motor está em ponto-morto. Wardell olha para o cruzamento de um lado para outro. Aponta para a direita e Svoboda faz a curva.

— Por quanto tempo mais você quer fazer isso esta noite?

Wardell observa a rua passar devagar. Um McDonald's, uma revendedora de carros, estacionamentos.

— A noite inteira, o dia inteiro, até... — diz o chefe.

Ele tem um walkie-talkie. O resto da nova quadrilha está no lado leste da cidade, fazendo a mesma coisa que os dois.

— Eu tenho uma boa visão noturna, e aquele caminhão-cegonha é grande demais para ser escondido. Dirija.

Ei, McCauley, onde quer que você esteja. Eu estou aqui.

Svoboda continua a dirigir.

51

É quase noite quando Neil desce no pórtico do alojamento de tijolo e terra. Uma grande quantidade de estrelas está nascendo no céu. Ele respira fundo, deixa que o calor seco do dia que termina clareie seus pensamentos.

Ali dentro, a quadrilha está pronta. O equipamento está visível. O mapa da região de Mexicali está estendido sobre a mesa grande da sala.

O caminhão de dinheiro dos Herrera está a caminho desde Chicago, neste momento em algum lugar perto de Amarillo, na I-40. Ele vai chegar no ponto de travessia da fronteira de Winterhaven em treze horas, depois seguirá pelos campos do norte de Baja até o La Chinesca.

Neil e o bando vão estar esperando. Eles vão sair dali às 3h30.

Como líder, ele acabou de repassar tudo com o grupo mais uma vez.

Parado acima da mesa grande, ele bateu no mapa. *Nós nos infiltramos na zona morta entre 4h e 4h30 da madrugada. Nos escondemos nesses três prédios abandonados. Os guardas mudam de turno às oito horas.* Judiciales *patrulham às sete e às onze.*

O grupo observava tranquilo, claramente se preparando.

Quando todos os mensageiros voltarem dos câmbios, nós vamos, explicou Neil. *Pegar os guardas um, dois e três — os que ficam sentados em cadeiras de plástico do lado de fora do motel. Aí subimos a escada até os fundos da ala da sala de contagem. Entramos pela antecâmara. Eu vou na frente, junto com Chris e Michael. Trejo e Molina do lado de fora, na passagem junto à porta, com linhas de tiro livres. Marcos na vigilância geral.*

Ninguém falava. Eles observavam Neil.

A quadrilha se preparou para combate corpo a corpo. Neil, Chris e Cerrito vão formar um esquadrão de assalto de três homens. McCauley fez com que eles repassassem isso, usando a longa varanda na frente do alojamento como área de treinamento. Eles não são militares, mas o plano de assalto vai transformá-los em uma mistura de vietcongues e exército norte-americano. Eles vão ter Trejo e Molina como vigias e apoio no exterior, com os quadrantes de fogo se cruzando.

Neutralizamos o guarda na antecâmara. Algemamos os mensageiros e as pessoas supervisionando a contagem. Carregamos as notas de cem nos carrinhos. Ele se voltou para Trejo e Molina. *Vou alertá-los para trazer o carro para a baia de carga. Nós levamos os carrinhos com dinheiro até o elevador de serviço acima dela. Descemos, carregamos. Nos separamos. Trocamos de carro. Nos encontramos na casa combinada.* Ele fez uma pausa breve. *Saímos antes das quinze horas. Fim.*

Ele olhou para a quadrilha.

Perguntas?

Nenhuma.

Agora, ele escuta o deserto.

A noite anterior ao golpe é cheia de antecipação. Sempre. Isso é bom e significa foco, energia, propósito. O que significa que Neil está concentrado e repassa todas as possibilidades, todas as alternativas, cada detalhe aleatório que pode atrapalhar o serviço. Isso quer dizer que ele pensa em tudo o que não pensou e traz à tona, examina e planeja como incorporá-lo ao roubo.

É como ele vive e sobrevive. Como todos eles viverão.

No deserto, a noite cai com força. Parecem apenas alguns minutos até que o lençol escuro do céu é dominado, perfurado, com mais estrelas do que ele já viu em toda a vida, fluindo como um rio de luz. Frio, implacável, imenso.

Ele escuta a porta se abrir às costas. Elisa sai e vozes chegam por trás dela. Cerrito conversando com o tio Tomás na cozinha. A televisão, com o barulho do jogo de futebol americano de segunda-feira e os comentários. Chris e Trejo gritam sobre algo no campo, uma marcação de falta.

Ela chega ao lado dele e se encosta em uma das colunas que sustentam o telhado da varanda.

— Vendo estrelas? — pergunta.

Os olhos dela estão escuros; a voz, um poço profundo. Ela está de calça jeans e camiseta, mas consegue parecer provocante. Os pés estão descalços.

Neil examina os carros estacionados sobre a terra.

— Alguma coisa assim.

— Estamos prontos aqui — diz ela. — E no ponto de encontro. O que mais? Baterias nos rádios.

Ele olha para ela.

— Obrigado.

— Botei novas em todos eles e chequei se estão funcionando.

Ele sorri.

— Claro que sim.

McCauley a puxa para o lado. O cabelo dela tem um aroma fresco, e ela está calma, como sempre. Em plena forma, pronta. Ele acha que ela nasceu pronta. Elisa não é parte da quadrilha, mas é uma âncora, um farol para ele. Talvez, para todos eles.

Ela põe a mão no rosto dele, pensativa, como se verificasse a temperatura, vendo se está com febre.

— Vai dormir essa noite? — pergunta Elisa.

— Eu sempre durmo.

— *Estás mintiendo.*

— Eu nunca minto para você.

— Eu sei. Agora, eu sei. No início eu não sabia. Porque...

— O quê?

— Quando conheci você, achei que você fosse frio.

— Eu era — diz ele. — Três semanas depois de sair de Folsom eu estava mais frio que gelo.

Perambulando sem restrições pelo mundo, para longe da ordem e da instituição. Devolvido a um estado natural, livre, sem amarras, estranho. Cauteloso. Violento. Pronto para atacar na mesma hora, se provocado. Então...

— Eu era uma porta fechada — conta ele. — Alarmes, trancas me guardando. Acostumado a isso. Foram anos demais. E então... — Ele acaricia o rosto dela. — Eu vejo você.

— Uma viúva tosca com olhos astutos. Uma contrabandista que mal sabe cozinhar.

— Glória da minha vida. Surpresa absoluta. — Ele tenta encontrar as palavras. — O sol nascente. Calor. Elisa, você me trouxe de volta à vida.

— Engraçado. Você também. Os esquisitos se atraem.

O jeito como ela diz isso, a palavra soa sedutora. *Esquisitos*.

Ela sorri.

— Venha. Coloque Gabriela na cama.

Eles entram. Chris está tenso e ansioso, o jogo está no intervalo e ele está ao velho telefone de parede na cozinha, andando de um lado para outro, com o fone no ouvido.

— Não, ótimo. Dia movimentado. Quente, mas bom. — Os olhos de Chris brilham, com algo sonhador neles. — Como foi seu dia?

Charlene, Neil sabe. Esse é o nome da mulher que ateou fogo em Chris. Ele ainda não a conheceu, mas sabe que o parceiro veio de Las Vegas com ela, que está em Los Angeles. Tem algo sério acontecendo.

— Tranquilo, querida — diz Chris quando Neil passa por ele.

No quarto pequeno, Gabriela está sentada na cama com um livro, lendo sob a luz âmbar de um abajur. Elisa entra primeiro.

— Hora de dormir, *mariposa* — diz ela.

A garotinha tem cabelo castanho macio. A marca de nascença no pescoço tem forma de borboleta. Neil disse a ela que é o que chamam de “marca de distinção”. Ele acha que ela é distinta, uma campeã. Elisa se preocupa que Gabriela seja submetida a comentários ou provocações, por isso lembra a ela de que é como um beijo especial, uma marca de beleza. *Mariposa*. Minha borboleta.

Elisa bate palmas delicadamente e Gabriela mergulha sob as cobertas. Ela é quieta e gosta de livros, é pensativa. E, McCauley acha, observadora. Autossuficiente, não vigilante ou nervosa. Autoconfiante.

Isso não é apenas personalidade inata. Isso é Elisa. Isso é uma mãe derramando segurança total, dia e noite.

Diferente de como tinha sido na vida de Neil.

Elisa ajeita as cobertas em torno de Gabriela e alisa o cabelo da filha.

— Durma bem, querida. Eu tenho que acordar cedo com Neil para trabalhar. O tio vai preparar o café da manhã para você.

— *Huevos com queso?*

— Claro. E você ajuda a lavar a louça — pede a mãe. — Vejo você na cidade.

Gabriela se contorce. Os olhos se iluminam.

— Aí nós vamos para o Colorado?

— *Sí.*

Gabriela respira fundo. A animação a está deixando agitada.

— Você lê uma história? — diz ela.

— Não, durma.

— Por favor, mãe. Vamos, por favor. — Sua voz é delicada, clara.

Neil se aproxima

— Que tal você ler uma para mim?

Elisa a beija na testa e sorri para Neil. À luz fraca, a camiseta é verde-esmeralda, como uma joia. Esse verde está em sua lembrança. Ela sai em silêncio, puxando e fechando a porta ao sair. Neil se senta na beira da cama. Gabriela ajeita o travesseiro, se aninha contra ele e abre o livro.

Ela ergue o olhar.

— No que você está pensando?

— No cheiro de papel novo. Isso me lembra de uma vizinha que eu tinha quando era da sua idade, a sra. Borejszo. Ela me dava um sanduíche às vezes, quando eu passava pela casa dela a caminho da minha, voltando da escola. Eu tinha sete ou oito anos. Ela tinha fotos de homens que conhecia na Europa, um usava um uniforme vistoso. Outra era dela mesma, vestida de dançarina. Em belos porta-retratos. Sra. Borejszo tinha um piano e havia partituras com nomes russos e poloneses.

Uma vez, ele a ouviu discutindo com o pai dele para que ele cuidasse melhor dele e do irmão. O pai ficou com raiva e ela com mais ainda.

— Ela me ajudou a aprender a ler, era uma senhora muito simpática.

A sra. Borejszo fez com que ele sentisse pela primeira vez um cuidado maternal, e se abriu para Neil por nenhuma razão além de tê-lo visto e de querer fazer isso.

Tudo o que ele tem da mãe é uma impressão do vestido verde de lantejoulas quando ela o beijou na testa uma noite antes de partir com um homem que não era seu pai. Neil devia ter uns três anos.

E ele se lembra dela mais pesada e exposta, assistindo a um programa de jogos na TV e gritando com o pai dele, que pegou o cinto que sempre usava e bateu nela com ele.

A guerra civil terminou quando ela foi embora. Neil tinha quatro anos. O irmão, dois.

Houve o dia em que a sra. Borejszo foi ao hospital. Ela voltou para casa emaciada pelo câncer e, então, morreu. Logo depois, o pai os colocou sob guarda provisória, porque achou difícil demais lidar com os dois. Ele os visitou uma ou duas vezes e então desapareceu de vista.

Como uma criança de abrigo de onze anos, Neil ia para a escola com roupas doadas para a caridade e que não combinavam. Ele ficou isolado, ressentido e raivoso. Acabou sendo remanejado para uma instituição juvenil, pois não havia alguém para lidar com ele. O irmão foi enviado para um lar provisório diferente e eles perderam o contato um com o outro.

Gabriela estuda o silêncio dele com olhos inocentes. Neil aponta o livro no colo dela com a cabeça.

— É sobre o quê?

Ela o abre.

— O oceano.

Gabriela passa o dedo pelas páginas grossas e brilhantes. Imagens de cardumes reluzentes de peixes, brilhando prateados. Luz brincando em mares sem fundo.

— O oceano ocupa setenta por cento da superfície da Terra — afirma ela.

Gabriela conta a ele como o oceano Pacífico se estende por meio mundo, do Alasca à Antártida, sempre com um maravilhamento delicado.

Ela vira uma página e diz em tom conspiratório:

— Essa é minha parte favorita.

Na página, há fotos de águas turquesa e verde-azulado. À noite. Brilhando.

— Mas o que é isso? — pergunta Neil.

— Fiji. — Ela ergue o olhar. — É no Pacífico Sul. — O dedo delineia as ondas cintilantes. — Algas iridescentes.

Ele quase franze as sobrancelhas para ela.

— Iridescente.

Ela se inclina na direção dele.

— Elas brilham no escuro. Todo o oceano. Quando você toca nele, quando você nada dentro dele, o mar se ilumina. Como magia.

— Uau.

— Você consegue imaginar isso? — pergunta ela. — Você nada e é como se uma estrela cadente estivesse seguindo você.

— Consigo me imaginar lá, nadando.

— Posso ir com você?

— Claro. Você e sua mãe.

Gabriela sorri.

— Um oceano de luzes. Não é incrível?

— Com certeza.

52

A estrada é estreita, vazia, sem luzes a essa distância da cidade. Faz dias, e Otis Wardell está puto. Svoboda percebe isso. Mais uma rua. Mais uma curva. Mais uma hora. *Aquele caminhão-cegonha tem que estar aqui*, pensa Otis. Svoboda acha que ele está se transformando na baleia branca de Otis.

Eles chegaram ali vindos de Chicago, cheios de empolgação, Otis cheio de raiva, depois de deixar Aaron Grimes pendurado em um gancho na oficina mecânica como um peixe estripado. Estavam limpos, depois da invasão a domicílio malsucedida em Gold Coast.

Svoboda duvida que algum dia possa voltar.

Otis decidiu, através de uma lógica própria, que o problema e a solução são Neil McCauley e a quadrilha de alto nível dele, e um golpe gordo que eles estão planejando. Eles têm dirigido para cima e para baixo em todas as ruas, estacionamentos e trilhas de escorpião no Cu do Mundo, Arizona. Eles têm mais três caras em outros dois carros, patrulhando a I-8 desde Tucson até a divisa com a Califórnia. Otis sabe que o caminhão-cegonha tem que estar ali.

Certamente.

Certamente enquanto ele pensa que esse golpe mágico está indo por água abaixo. Svoboda tem suas dúvidas.

Hank Svoboda quer ir para o Norte e passar o resto da vida no Canadá. Mas ali estão eles, circulando perto da fronteira sul. Areia e calor e, até então, nada mais. Se eles não encontrarem o caminhão-cegonha, logo vão ficar sem dinheiro. Isso significa assaltar uma loja de bebidas ou um banco.

Wardell está nervoso, agitado. Esse cara, McCauley, não está em lugar algum à vista. Os olhos de Otis estão frios sob as luzes do painel na noite, ele está passando as mãos para cima e para baixo das coxas, como se limpasse suor.

A estrada faz uma curva. Os faróis varrem a vista. Nada além de areia e cactos.

— Até onde você quer ir? — pergunta Svoboda.

— Até a China — diz Wardell, controlando-se. — Não, merda, faça a volta.

Svoboda desacelera para fazer o retorno. Os faróis iluminam uma entrada de carros: terra, mata-burro, cerca de arame farpado. Após uma trilha de terra, quase invisível, tem um velho alojamento de tijolo para trabalhadores de fazenda.

Um brilho de metal.

Ele para e aumenta o farol.

Há um Peterbilt azul à frente.

Svoboda se vira devagar, enquanto os faróis rastejam sobre a visão.

É o caminhão-cegonha.

53

A noite está quieta quando Neil acorda. Elisa dorme a seu lado, quente e macia, o braço sobre o peito, mas quando ele sai da cama, ela se espreguiça e se junta a ele, colocando a roupa.

Na cozinha, Tio Tomás preparou o café. Taciturno e competente, ele entrega uma xícara a Neil, que diz:

— *Gracias*.

Os homens chegam. Silenciosos, determinados, eles brilham de energia. As cortinas estão abaixadas. Atrás da casa, ainda é noite e eles comem sem dizer uma palavra sequer. Cerrito. Shiherlis. Trejo. Molina. Marcos, primo de Elisa de Piedras Negras, que vai ficar de vigia. Ele tem vinte anos, é um boxeador peso-galo, calmo, de confiança. O que significa que Elisa acredita nele. *Nervos de aço*, disse ela ao namorado, no que Neil acredita, porque Elisa conhece nervos de aço. Ela os tem.

Ela segue pelo corredor para verificar Gabriela.

— Sono profundo — diz ao voltar.

Ela bebe outra xícara de café, então pega as chaves do carro e espera que Neil lhe entregue um rádio. Nesse dia, Elisa vai monitorar os pontos de travessia da fronteira.

Ela aperta o botão de transmissão.

— Testando — fala.

Na mesa, a voz soa claramente, emitida por diversos aparelhos de rádio.

Neil confere a Colt 1911, removendo o pente e inserindo-o novamente. Segura-a com uma pegada firme da mão. Puxa para trás o ferrolho para botar uma bala na câmara. Guarda-a sob a jaqueta de beisebol.

Todos estão de preto: camisetas, calças jeans ou militar, sapatos, jaquetas. Toucas ninja enroladas e prontas para serem vestidas. Por cima disso, para a travessia da fronteira, eles vestem camisas xadrez de trabalho, moletons ou camisetas claras.

— Nós temos os códigos? — pergunta Neil.

Todo mundo assente. Eles não vão usar nomes. Eles têm palavras-chave de verificação para informar os outros quando as coisas estão liberadas ou quando há problema.

Os homens pegam fuzis, caixas cheias de balas e cartuchos de escopeta, granadas de efeito moral e presilhas plásticas da mesa grande, e guardam pentes sobressalentes nos bolsos.

Eles vão arrumar as coisas enquanto ainda está escuro. Vão esperar, escondidos, pela chegada dos caminhões e pela contagem do dinheiro, pelos mensageiros levarem as notas pequenas para os *cämbios* e depois voltarem para o La Chinesca. E, quando os portadores levarem o faturamento da semana para a sala na forma de notas limpas e novas de cem dólares — talvez dez milhões —, Neil vai dar o sinal.

Ele olha para a quadrilha.

— Vamos.

54

Às 4h35, Mexicali parece vazia. A estrada em frente ao La Chinesca está livre e sem trânsito. Neil espera na zona morta com Chris e Cerrito. Eles estão escondidos a cem metros da casa onde o dinheiro é guardado, em uma garagem abandonada. Têm uma vista limpa do motel e das ruas ao redor.

Trejo e Molina posicionaram os carros da troca perto das travessias da fronteira que vão usar depois do golpe. No momento, estão patrulhando o perímetro da zona morta em um Eldorado velho.

Marcos, o primo de Elisa, está no lado oposto ao de Neil no La Chinesca, no terceiro andar da engarrafadora abandonada, vigiando, com visão desimpedida do motel, do estacionamento, das ruas ao redor e da zona morta.

Elisa está no lado dos EUA da fronteira, com um rádio e binóculos, examinando as travessias. Segura e distante. Olhos e ouvidos. Neil sente vontade de ligar para ela, de ouvir sua voz, aquela risada baixa e musical.

Aquela noite, eles vão estar na estrada, seguindo para o norte para as Montanhas Rochosas. Ele põe o pensamento de lado quando olha por uma janela quebrada para o motel. Ele parece sem vida.

Para Chris e Michael, fala:

— Durmam um pouco.

Michael se instala junto de uma parede e fecha os olhos. Chris continua vigiando pela janela, tenso, reflexos apurados.

— Você precisa estar ligado assim em dez horas — diz o líder. — Durma um pouco.

Ele concorda a contragosto. Neil ouve a respiração assentar. Em dois minutos, ele dorme.

Eles trocam às seis horas. McCauley deixa as sinapses em ponto-morto. São sete horas quando os olhos tornam a se abrir. Na luz pálida do amanhecer, Shiherlis está parado analisando o motel, um totem com olhos azuis vazios, observando.

— O guarda da piscina pegou no sono por quinze minutos — diz ele. — Foi necessário passar um caminhão de cimento para acordá-lo.

Das sombras, Neil olha para o local. O vigia relaxado em uma cadeira branca de plástico, a arma no colo, bebendo da tampa de uma garrafa térmica. Despreocupado. Mais uma vez, McCauley pensa: *O cartel está convencido de que limpou essa área, convencido de ter assustado e expulsado todo mundo. Eles não esperam que um ataque seja lançado da zona morta.* A energia se acelera.

O caminhão fechado e empoeirado de Chicago chega às 8h06. Exatamente na hora.

O sol nascente brilha laranja no para-brisa quando ele dá ré para entrar na baia de carga nos fundos do motel.

Marcos avisa pelo rádio:

— Três pessoas no caminhão, motorista e dois homens armados. Dois guardas do local, mais dois ajudando a descarregar.

Exatamente como na última vez. Bom.

Os outros caminhões chegam entre 8h17 e 8h42.

Neil, Chris e Michael observam. Quinze minutos depois, o elevador acima da baia de carga se abre. Dois seguranças saem, depois dois homens empurrando um carrinho alto como uma gaiola, com uma pilha de dois metros de altura de sacos escuros. Eles o empurram pela passagem de pedestres e pela coberta e fazem a volta para chegar à ala norte-sul.

Repetem o processo sete vezes.

Chris lança um olhar para Neil.

— Semana grande.

Grande mesmo. Enorme. Muito mais do que eles já tinham visto ser entregues.

O rádio fala. Trejo.

— Os policiais estão chegando na patrulha habitual.

Eles voltam a se recolher nas sombras.

No lado californiano da fronteira, na região rural a leste de Calexico, Elisa estaciona e vai, sob sol e vento matinais, até uma lanchonete Jack in the Box na autoestrada estadual 7. Ela pede dois tacos e uma Coca. Um adolescente espinhento lhe entrega um saco encharcado com gordura laranja. Ela se senta perto de uma janela, com uma visão do quarteirão até a travessia da fronteira.

O tráfego está fraco. Ela bebe uma Coca e consegue dar duas mordidas no taco murcho antes de limpar as mãos com meia dúzia de lenços de papel. O rádio na bolsa a tiracolo está calado, em silêncio desde que Neil e a quadrilha deixaram o esconderijo antes do amanhecer.

Depois de beijar uma Gabriela adormecida na testa, Elisa colocou todas as coisas no Corolla para a viagem ao norte daquela noite. Ela deixou a filha com o tio e alguns livros e foi até os três pontos de travessia que a quadrilha usaria mais tarde — Andrade-Los Algodones, o centro da cidade de Calexico e o daquele momento —, sem ver nada incomum. Tráfego de um dia normal.

Ela não está nervosa.

Ela está nervosa.

Ela atravessou a fronteira inúmeras vezes, literalmente incontáveis. É isso o que ela faz. O que a família sempre fez. Eles viajavam por aquelas terras desde antes de haver fronteiras por lá. Fronteiras, na verdade, tornaram o negócio possível. Elas são uma transação financeira em uma economia capitalista, e criam o modelo de negócio e a abertura de mercado explorados por contrabandistas. Contrabandistas assumem o risco, são mais espertos que os burocratas que suprimem o livre comércio, que fingem proibir o mescal artesanal ou a maconha plantada em casa. Eles trazem os produtos e aparelhos eletrônicos baratos que todo mundo na Califórnia, no Arizona e no Texas consegue, livre de impostos, para pessoas que vivem oito quilômetros depois de uma linha arbitrária na areia. Ela sabe como penetrar em cada fresta no sistema e fornecer a pessoas dos dois lados da fronteira aquilo de que elas precisam, que querem e de que gostam.

Às vezes, é um jogo. Às vezes, você paga e perde a carga. Às vezes, acaba sendo roubado ou algemado e tem que passar uma noite em uma cela e pagar uma multa. A menos que você esteja transportando drogas — não alguns quilos de maconha, mas heroína ou cocaína —, não é tão perigoso. Você não teme a pessoa que lhe paga para pegar o trabalho. Você não arrisca a vida. Geralmente, não. Nem o falecido marido. Antonio estava transportando drogas, sim, no fundo de vasos de palmeiras que eram levados via Nogales. Mas ser atingido por um caminhão-tanque de gasolina derrapando em uma estrada molhada de chuva não era um risco inerente ao contrabando. Foi o acaso. Vida e morte. Inevitável. Ela manda um pensamento positivo para o espírito dele, em algum lugar, para sempre com 26 anos, e pensa: *Sua garotinha está crescendo e virando uma rosa. Brilhante, doce, forte.*

Ela se detém.

Não pense em morte.

Porque Neil não está levando algumas geladeiras de um armazém na Califórnia para Mexicali. E não está tentando convencer um guarda de fronteira mexicano a não olhar na mala do carro, onde poderia encontrar esculturas em pedra do Conselho Nacional de Cultura e das Artes. Também não está transportando drogas para uma célula bem-organizada de contrabandistas ratos de fronteira. Ele está, no caso, aplicando um grande golpe contra bandidos armados que controlam os policiais locais e que não estão de brincadeira. Eles não perdoam e não esquecem. Elisa sabe que ele se sente responsável pela quadrilha — Chris, Michael, Trejo, Molina e seu jovem primo Marcos —, embora Neil dissesse que eles conheciam o risco, sabiam para o que entraram. Mesmo assim, cuida deles, sabe que os Herrera vão desencadear violência sobre qualquer um que tente tocar no dinheiro deles.

Muito dinheiro. Neil não contou a ela quanto há no motel, mas é tanto, que ele acha que vai mudar sua vida. Por muito tempo. É tanto, que ele quer que Gabriela e ela viajem por algum tempo com ele para longe, por estradas que os Herrera nunca viajam.

Elisa não reza. Ela usa o medalhão da *Virgen de Guadalupe*, que a avó lhe deu quando criança. O medalhão de Lita — aquilo é o mais perto de religião que Elisa chega. Sua verdadeira fé está guardada no pingente que ela usa no cordão com a medalha. Ele tem duas fotos: uma da filha e uma de Neil. Gabriela o deu a ela. Elisa o toca, envolve-o com a palma da mão até o metal ficar quente.

Vuelve a mi, amado.

Volte para mim, Neil.

Cabe a ela assegurar-se de que os três pontos de travessia que ele e o bando vão usar estejam liberados e seguros. E cuidar de seu primo Marcos, que está se barbeando há apenas cinco anos e não experimentou o pior que o mundo oferece, que ainda tem pôsteres de pop stars na parede. Susanna Hoffs, The Bangles. Uma visão dos olhos grandes e da determinação temerária admirável — de se erguer e agir como um homem, independentemente da situação — enche-a de preocupação.

Ela joga os tacos engordurados no lixo e sai com a Coca. O sol está forte. No carro, ela foca os binóculos no ponto da travessia. É um dia calmo. Ela liga a ignição e segue para o leste, para se assegurar de que o ponto de encontro pós-golpe está pronto.

Os mensageiros chegam ao La Chinesca às 11 horas e saem com bolsas de ginásticas abarrotadas às 11h30. Eles começam a voltar dos *cambios* pela cidade às 13h30, e o último carro chega às 14h24. Uma mulher esguia pega duas bolsas grandes no porta-malas, as joga por cima dos ombros, que sentem o esforço, e sobe a escada.

O sol está alto. Nenhuma sombra onde se abrigar. Luz do dia pura e calcinante.

Os guardas atuais estão de serviço desde as oito da manhã. Esses são os últimos noventa minutos do turno — eles estão cansados, com calor, e não almoçaram. *Na cabeça deles*, pensa Neil, *a parte arriscada do dia passou*. A carga de dinheiro tinha sido transferida e está em segurança no motel, cercada por armas, em uma zona que eles acham que ninguém na cidade ousaria invadir. Eles não estão em seu melhor.

Isso movimenta a agulha das probabilidades a favor dele. Mas ele não conta com isso. Ou com nada…

Marcos manda uma mensagem por rádio.

— A mensageira acabou de bater na porta do motel e alguém a deixou entrar. Os guardas nos cantos das duas alas estão parados nas cadeiras. Armados, mas relaxados.

Hora da decisão.

— Vamos lá — diz Neil.

55

Eles saem da garagem abandonada em um Maverick bronze 1978 com placas de Baja California, Neil ao volante, Chris ao lado e Cerrito no banco traseiro. Eles voltam pela zona morta, então entram no boulevard principal, pegam o trânsito e se dirigem ao La Chinesca.

— Entrando — diz Neil por rádio para Trejo, Molina e Marcos. — Quatrocentos metros.

Chris está gelado, Heckler & Koch na mão, Mossberg serrada e AR-15 no chão. Michael parece um lingote tirado de uma fornalha: imóvel, pronto para o trabalho.

Trejo diz pelo rádio:

— Estou vendo vocês.

Duzentos metros.

Marcos, do ponto de vigia.

— Todo mundo no motel está parado.

O La Chinesca fica à frente na esquina seguinte. Cem metros. O trânsito está esparso.

Neil põe um fone de ouvido.

— Lá vamos nós.

Ele desacelera, como se estivesse lendo as placas de trânsito, sinaliza e vira à direita, na transversal na esquina com o motel. Ele pode ouvir o coração batendo, o pulso nas veias.

Ele reduz a velocidade junto da porta de entrada do motel. O guarda sentado junto da piscina ergue o olhar.

Neil entra no motel como se estivesse perdido e usando o estacionamento para fazer o retorno e voltar para a estrada principal.

O guarda se levanta e ergue a mão, dizendo a ele que pare. O Maverick continua andando. Neil veste a touca ninja. O sol está brilhando diretamente sobre o para-brisa, obscurecendo a visão do interior do carro.

O guarda corre na direção deles.

— *Pare*.

Chris e Michael estão com as toucas abaixadas. O guarda está a três metros de distância. O trânsito no boulevard está alheio a tudo isso. Chris baixa a janela, ele tem um silenciador na Heckler & Koch.

O guarda se aproxima mais dois passos, e Shiherlis aponta para ele.

— Largue a...

O homem ergue a escopeta.

Chris dispara três vezes.

O segurança cai. Cerrito sai pela porta traseira do carro, com Chris logo atrás. Neil abre o porta-malas. Michael e Shiherlis jogam o cara ali dentro e o fecham com força.

O pulso de McCauley troveja. Ele conduz o Maverick pelo pórtico em frente ao motel. Após saltar, ele conduz os outros para além da piscina, em direção à ala norte-sul, que contém a sala de contagem. As cortinas em todos os quartos estão fechadas. Moitas esparsas de oleandro fornecem cobertura entre o motel e a rua.

Ocultação em vez de visibilidade para a equipe de segurança — isso é um erro por parte dos Herrera.

A sala de contagem fica na parte dos fundos da ala. Eles se aproximam do canto, em fila indiana. Neil para e ergue a mão.

Além da curva, a uns três metros de distância, ele ouve um rádio transistorizado tocando música pop mexicana e avança lentamente.

Marcos fala no fone:

— O guarda está sentado na cadeira de frente para mim. Ele vai estar de costas para você.

McCauley pega um saco plástico do bolso e faz a curva. Dá três passos e enfia o saco sobre a cabeça do guarda. Joga-o no chão. O homem se debate. Gritos abafados. Chris aperta a Heckler & Koch contra a têmpora dele. Michael saca um rolo de fita isolante e o passa em torno do queixo do homem, amordaçando-o. Ele puxa as mãos dele para trás e as prende com as presilhas plásticas, em seguida, amarra os pés. Chris pega as armas dele.

Neil se inclina para perto do rosto do segurança. Por baixo do saco, os olhos do homem estão saltados.

— Cale a porra da boca que eu deixo você respirar.

O homem assente freneticamente. Neil pega uma faca de combate Ka-Bar e faz um furinho no saco, bem acima no nariz. Eles talvez precisem dele depois. McCauley arrasta o cara da cadeira, faz a curva com ele e prende a mão dele a uma calha com uma presilha de plástico, onde ninguém no corredor externo no segundo andar pode vê-lo.

Com a faca, Neil corta o tendão de Aquiles do homem. Os gritos soam sufocados. Michael o deixa inconsciente com a coronha do AR-15. O rádio continua a tocar.

Marcos manda uma mensagem:

— O terceiro guarda está limpando as unhas com um canivete.

Eles passam pela piscina e vão até a ala leste-oeste, a que contém a baia de carga nos fundos. O grupo o domina, da mesma maneira que fez com o cara com o rádio. Juntos, eles o arrastam até o escritório do motel e o prendem aos puxadores de metal de um armário embutido fora de vista, atrás da recepção.

Neil pergunta pelo fone do rádio:

— Rua?

— Limpo — responde Trejo.

— Agora.

— Entrando. Quinze segundos.

Do escritório, eles seguem para a passagem coberta entre as duas alas do motel. Sobem a escada correndo e em silêncio, até a sala de contagem, que fica nos fundos da ala norte-sul. Param antes de fazer a curva.

— Um guarda junto à porta, a sexta do corredor. Parado — avisa Marcos.

Neil pega uma garrafa de cerveja vazia no bolso da jaqueta. Agachando-se, vira no corredor, rola-a na direção do segurança e recua. Ela sai tilintando pelo chão.

Passos se aproximam, vindo para investigar.

Chris faz a volta em Neil, a Heckler & Koch erguida. O guarda fica em choque, os olhos saltando. O fuzil em uma correia sobre o peito se ergue, e Chris está a três metros de distância quando atira nele.

Quatro eliminados.

Que eles saibam, dentro há mais três. Além de dez mensageiros, que podem ou não estar armados. Neil desconfia de que os Herrera limitem quem pode andar armado no esconderijo, e isso não inclui moradores locais que podem ficar tentados a voltar a arma na direção dos homens protegendo as torres de dinheiro.

Trejo e Molina fazem a curva e chegam vindos da passagem coberta, muito sérios, armas a postos. Neil, Chris e Michael se juntam à parede de um dos lados da porta. Os outros dois, do outro. McCauley bate, o toque combinado que ele observou pelos binóculos inúmeras vezes durante a vigilância. *Tap-tap. Tap-tap. Tap.*

Com um chacoalhar metálico, a corrente se solta do trinco. Vozes no lado de dentro. A porta se abre alguns centímetros.

Neil bate o ombro contra a porta, o fuzil em posição. Ele entra bruscamente.

O homem que abriu a porta é baixo, largo, como um lutador de luta-livre. Forte. O fuzil está apoiado na parede ali dentro. Os olhos dele se arregalam. Ele cerra o punho, então decide tentar pegar a arma. Não há tempo. O invasor enfia o cano do AR-15 na garganta do cara. Não é uma baioneta, mas ainda esmaga a laringe do homem, que leva as mãos ao pescoço quando recua bruscamente.

Chris e Michael entram atrás dele, cada um concentrado em um setor da sala. Trejo e Molina assumem posição no corredor aberto, do lado de fora. Shiherlis chuta e fecha a porta.

No quarto, a cama de motel tinha sido removida. Há uma mesa, como se fosse o escritório de uma secretária junto de uma suíte executiva. Há um homem sentado atrás dela — casa dos cinquenta, corpulento, vestindo um suéter por cima de uma camisa social e calça cáqui.

Neil aponta para ele. Ele segura o homem pela gola e o puxa por cima da mesa, para longe do telefone. Michael revista o banheiro e o armário. Eles amordaçam e algemam o guarda sufocado e o homem do suéter.

— *Quieren morir?* — Neil aponta o fuzil para eles. — *Los mataremos a todos ahora. Sí o no?*

Morrer, sim ou não? O homem do suéter parece aterrorizado. *É*, pensa McCauley. Talvez o cara decida que é melhor deixar que ele o mate nesse momento do que encarar os Herrera depois. O homem balança negativamente a cabeça e se encolhe.

A porta à direita, para o quarto de conexão, está fechada. Chris se aperta contra a parede, segurando uma granada de efeito moral. Os três se viram, de olhos fechados e mãos nas orelhas.

O barulho é forte, o clarão branco mesmo por trás de olhos fechados.

Eles escutam gritos e entram através da fumaça pálida, prendendo a respiração.

Duas pessoas, desorientadas, berrando. A janela da sala de contagem é bloqueada por tijolos. A porta é presa com pregos e madeira.

Empilhados sobre uma mesa e em prateleiras junto da parede estão maços de notas de cem dólares.

A fumaça é branca como farinha. As pessoas ali dentro estão cegas, cambaleando. Chris e Cerrito dominam todos eles: imobilizar, amordaçar, algemar.

As bolsas de ginástica estão meio cheias; os carrinhos, no canto.

— Carreguem — diz Neil.

Conforme a fumaça vai desanuviando, homens tossem e gemem. Mulheres choram por trás das mordaças. McCauley e o bando começam a trabalhar. Rápidos, eficientes, trancados.

Ele dá uma olhada na prateleira do outro lado do quarto. Como desconfiava: um buraco tinha sido aberto nela com uma marreta. Ele passa por ali para ir ao outro quarto. É escuro e vazio. Ele abre as portas de conexão para o cômodo subsequente, vê que está limpo, então o seguinte, mais uma vez usando um buraco aberto a marreta. Ele vai até a extremidade do prédio. Ninho de ratos. Então volta à sala de contagem.

Michael está fechando bolsas e jogando-as no carrinho.

Neil aciona o rádio.

— Preparem-se.

Trejo clica três vezes em resposta.

— *Prontos. Liberado.*

McCauley pendura o fuzil às costas pela correia e se junta aos outros para carregar o dinheiro.

Marcos está junto da janela no terceiro andar da fábrica engarrafadora, vigiando o motel. Ele examina uma ala, depois a outra. Fora do quarto que serve de antecâmara, Trejo e Molina fazem a segurança do perímetro, fuzis a postos, cada um guardando um setor de fogo em forma de pizza. Ele não vê mais ninguém.

Então uma caminhonete Chevrolet cheia de amassados entra no estacionamento em frente ao motel.

Neil está enfiando maços de dinheiro em uma bolsa grande preta quando o rádio ganha vida.

— Uma caminhonete acabou de parar na frente — diz Marcos.

— O que está acontecendo?

Chris e Michael erguem o olhar. Neil gesticula para que eles continuem carregando o dinheiro. No chão, vários dos mensageiros olham para ele e uns para os outros.

Marcos segura o rádio perto do rosto, observando a picape Chevrolet que estacionou no motel.

— Dois caras estão descendo.

Enrique e Emiliano Garcia são primos. Eles trabalham para o cartel Herrera e se consideram soldados. Os dois devem assumir o turno no La Chinesca às quatro da tarde, mas chegaram antes.

Eles passaram a noite inteira em clubes no centro da cidade com as mulheres com quem saíram. *Strippers profissionais*, pensa Enrique. Emiliano concorda.

Ambos não queriam ir para casa sujos, onde estão as mulheres, para se limparem antes de ir para o trabalho nesse dia. E se você trabalha em um motel, pode aparecer mais cedo para tomar banho e dar um cochilo, de forma a estar pronto para o turno.

Quando Emiliano entra no La Chinesca, está planejando uma hora tranquila para se aprontar para o serviço de guarda. O revólver Smith & Wesson está no porta-luvas.

Enrique vê ao mesmo tempo que ele.

— De quem é esse carro?

Há um Maverick marrom desbotado pelo sol parado sob o pórtico em frente ao escritório do motel. Emilio vai na direção dele. Está vazio.

— Onde está Guzman? — pergunta Enrique.

A cadeira de plástico atrás da piscina não tem alguém sentado nela.

Emiliano desliga o motor.

— Vamos ver se ele está no escritório com quem quer que tenha vindo nesse carro.

Eles saem.

* * *

Marcos aciona o rádio.

— Dois homens estão olhando para o Maverick. Se dirigindo para o escritório do motel. Apontando para a cadeira vazia do guarda.

Neil escuta pelo fone. Para Chris e Michael, ele diz:

— Peguem isso.

Eles fecham o zíper das bolsas e as carregam nos carrinhos de carga.

Enrique entra no escritório. Emiliano circunda o Maverick marrom. Ele toca o capô. Está estacionado à sombra, mas o metal está morno. Não quente, mas dá a sensação de ter sido levado até ali recentemente.

Ele se abaixa para olhar através da janela do motorista, não vê nada suspeito, e sai andando em direção à traseira do carro.

No escritório, Enrique para e vira a cabeça.

Neil enfia dinheiro em uma bolsa e aciona o rádio.

— Relatório.

Marcos olha fixamente para os homens que chegaram no motel. O que está no escritório se dirige à recepção. O que está fora vai até a traseira do Maverick.

Parado atrás do veículo, Emiliano observa o estacionamento. Nenhum sinal de Guzman ainda. No escritório, Enrique se dirige à recepção abandonada.

Emiliano escuta alguma coisa. Um som gotejante. Um barulho delicado de líquido.

Ele olha para o telhado do pórtico, mas está completamente seco — é um dia quente e ensolarado, e não há goteiras. O gotejar delicado continua.

Ele se volta para o carro e se agacha. O gotejar está vindo de debaixo da mala. Grosso, sujo, marrom-avermelhado. Ele cheira a ferro.

Do escritório, Enrique grita. Ele está olhando por cima da recepção.

— Filhos da puta!

* * *

O rádio de Neil crepita.

— Vocês foram descobertos.

56

A visão de Neil fica elétrica. Ele estala os dedos.

— Vamos embora.

McCauley joga a bolsa que encheu no carrinho. Michael fecha uma delas e faz o mesmo. Chris pendura outra por cima do ombro e ergue o fuzil junto ao peito.

Marcos fala pelo rádio:

— O cara que encontrou o Maverick acabou de entrar correndo no escritório. Ele está ao telefone.

— Entendido — diz Neil.

Ele aperta um botão no relógio para acionar o cronômetro.

— Tempo — diz pelo rádio.

Quatro minutos e meio.

No escritório do motel, Emiliano desliga bruscamente o telefone.

— Eles estão vindo.

Atrás da recepção, Enrique se ajoelha ao lado de um guarda ferido que está amordaçado e imobilizado, a calça jeans encharcada de sangue, o tendão de Aquiles cortado. Enrique usa um canivete para cortar as presilhas de plástico e dá um tapa para despertar o outro, que está meio inconsciente.

— Onde está sua arma?

— Não sei. Desapareceu.

Enrique saca a dele.

— Quem quer que tenha feito isso, está na sala de contagem.

Emiliano corre até a picape e pega o Smith & Wesson e uma escopeta na caixa de ferramenta na caçamba de carga. No escritório, Enrique ajuda o guarda ferido a ficar de pé.

— Saia daqui. Temos apoio chegando. E os policiais. Mas nós pegaremos esses babacas antes que cheguem os reforços, entendido?

O rosto do homem está cheio de dor, mas ele assente. Se os invasores escaparem da sala de contagem com o dinheiro da semana, os Herrera vão matá-lo. Ele sai mancando, usando a parede como muleta. Emiliano entrega a escopeta a ele.

— Eles têm que descer — diz Enrique. — Eles precisam sair da sala de contagem e pegar a escada ou o elevador de serviço.

Emiliano assente. Há apenas uma escada na passagem coberta entre as duas alas. A meio caminho dali, eles avistam o terceiro guarda que estava de serviço, preso a uma calha. Enrique libera as mãos e os pés. O cara está fraco demais para ficar de pé, mas ele lhe entrega um .38 que leva preso ao tornozelo.

— Qualquer um que sair, você mata.

O homem assente.

Um Impala cheio de homens entra cantando pneu no estacionamento. Enrique corre para a escada, acenando para que eles o sigam.

— Impala na frente. Cinco homens. Armas longas — diz Marcos pelo rádio. — Os dois homens da picape Chevrolet estão subindo pela escada. Mais um em frente ao escritório, mancando, acabou de cair.

Chris e Michael ouvem a mesma notícia nos fones de ouvido.

Oito homens — no mínimo. Fortemente armados. Neil olha para o carrinho com o dinheiro. Não há como empurrá-lo para o elevador.

Mas o dinheiro. Aquelas notas limpas e novas empilhadas e presas com tiras de papel, maços organizados que totalizam cinco ou dez mil dólares. Eles encheram nove bolsas grandes. Ele pega uma no carrinho e a joga nas costas. Cerrito e Chris fazem o mesmo.

São pelo menos doze milhões de dólares. Que não valem nada a menos que eles saiam vivos.

Ele gesticula com a cabeça para Cerrito.

— Deixe que Trejo e Molina entrem na antecâmara, depois bloqueiem a porta com o carrinho — Ele manda um rádio para eles. — Venham para cá.

Michael empurra o carrinho desde a sala de contagem pela porta de conexão. Quando Trejo e Molina entram, ele prende o carrinho sob a maçaneta da porta. Neil diz a eles:

— Peguem bolsas.

Há o barulho de pegadas no corredor aberto de concreto do lado de fora.

Neil aponta para o buraco arrebentado na parede de gesso entre a sala de contagem e o quarto seguinte.

— Vão.

A quadrilha entra abaixada. Neil recua atrás deles. Ele ergue o fuzil e também tem bombas de efeito moral no bolso. Ele ouve chaves chacoalharem na porta da sala de entrada e rangidos quando o carrinho preso nela impede que os atacantes entrem. Escuta gritos.

Ele se vira. O quarto em que eles se encontram está vazio e escuro. Ele viu como o cartel esvaziou os quartos daquele lado do motel. Sabe que não seguiu o labirinto até o final. E é possível entrar em labirintos pelos dois lados. Ele não sabe o que há à frente, só que o grupo e ele não podem recuar.

— Andem.

Eles atravessam mais dois quartos, passando pelos buracos nas paredes, antes de chegarem a cômodos em que as janelas não estão mais bloqueadas por tijolos.

Atrás deles, eles escutam a porta da antecâmara finalmente se abrir com um estrondo.

Cerrito sai correndo pelo quarto em que eles estão e abre a porta de conexão. A do outro lado está fechada. Ele a chuta e a abre. Entra, liberando o lado esquerdo, com Chris bem atrás, liberando a direita. McCauley segue após Trejo e Molina. Ele fecha e tranca a porta conectora atrás dele.

Da sala de contagem, vêm barulho. Gritos.

— *Ahí. Esa dirección.* — Por ali. As pessoas amarradas na sala de contagem estão dizendo aos homens armados para onde está indo a quadrilha de Neil.

Michael olha com firmeza para ele.

— Para onde?

Duas opções.

Uma: eles podem sair pela porta do quarto de motel para o corredor externo.

No rádio, ele diz:

— Situação.

Marcos responde, a voz estressada.

— Dois homens estão correndo pelo corredor. Escopetas.

Duas: na parede dos fundos daquele quarto, perto da porta do banheiro, há um buraco aberto no gesso. Ele leva ao quarto no lado oposto do motel.

Tiros. Intensos. Um fuzil. Atrás deles, disparos atingem as portas de conexão do outro lado. Alguém a chuta. Chris gira e dispara três tiros. Eles escutam um corpo cair. Mais disparos chegam através da madeira, lascando-a.

Marcos avisa:

— Três homens acabaram de entrar em um quarto no lado oeste do prédio, em frente a onde vocês estão.

Os homens vão caçar da direção oposta pelo labirinto, aquele ninho de ratos em que o motel tinha se transformado. O cartel está se aproximando em todas as direções.

Neil confere o relógio: restam três minutos e treze segundos antes que os *judiciales* apareçam.

Ele aponta para as portas e a janela no quarto. Chris dispara uma sucessão de rajadas de três tiros em cada uma delas.

McCauley os conduz pelo buraco na parede dos fundos. Chris faz mais disparos de supressão, em seguida, entra pelo buraco atrás deles. A luz desse lado é filtrada através de cortinas fechadas.

A porta está fechada com pregos. Neil afasta as cortinas para o lado. A janela está cheia de silver tape e colada no batente.

Ele gira. Como esperava, o quarto tem um buraco na parede, levando a um ambiente adjacente — na direção da escada. Eles passam por ele, atravessam o quarto seguinte. Mais uma vez, a janela e a porta principal estão inacessíveis. Mas há entradas de conexão com o quarto seguinte.

McCauley escuta vozes do outro lado. Os pistoleiros do cartel que Marcos viu estão seguindo na direção deles.

Com gestos de mão, ele sinaliza para que Trejo e Molina guardem a retaguarda. Eles voltam para o quarto anterior. Neil, Chris e Cerrito se espremem contra a parede ao lado da porta de conexão. Ela se abre, e três pistoleiros do cartel entram. Um deles é o guarda que eles amarraram no escritório.

Cerrito acaba com os três.

Eles correm para o quarto anexo. Escutam barulho à frente e atrás. A ação começou.

Eles liberam o quarto, cada um ocupando seu setor de fogo. Então, mais dois pistoleiros neutralizados.

Eles atravessam mais três quartos, então pressionam as costas contra a parede quando escutam dois falando em voz baixa, coordenando os próximos movimentos. Os capangas do cartel estão se movimentando lentamente, dessa vez, conscientes.

Neil puxa o pino de outra granada de efeito moral e a joga pelo buraco na parede. Primeiro, um grito; em seguida, a explosão. Chris gira e dispara para dentro do quarto cheio de fumaça.

Michael faz a volta nele, entra e atira duas vezes. Neil salta e libera a área oposta e o banheiro.

Todos no chão.

Restam noventa segundos.

— Vamos terminar — diz Neil pelo rádio.

Trejo e Molina se juntam a eles. Eles abrem a porta para a passagem externa na frente do prédio, acima da piscina vazia, e correm na direção da escada. O Eldorado os aguarda no pé da escada.

O grupo está no alto da escada quando o vê: o guarda que eles neutralizaram assim que chegaram, o que estava sentado na cadeira com o rádio. Ele está com os joelhos ensanguentados, sem andar, mas rastejou até metade dos degraus. O segurança tem nas mãos trêmulas um .38. Chris está indo rápido demais para sair do caminho. Neil, então, abaixa o cano do fuzil e vê o inimigo olhando direto para ele, bem no olho.

O tiro é alto, ecoante, e abre um buraco no peito do guarda.

Ele cai.

Neil gira.

No estacionamento abaixo, com o peito arquejante, está Marcos, o jovem primo de Elisa, o fuzil ainda apontado para o ponto onde o guarda tinha estado.

Neil desce correndo a escada, grato demais para estar com raiva por Marcos ter deixado a vigilância para se juntar à luta.

Que porra de garoto corajoso! Eles correm para o Eldorado. Michael é o último, o fuzil apontado para a escada. Trejo pula no banco do motorista, tão frio quanto uma barra de aço afiada. Todo o resto entra se empilhando, Neil e Chris na frente, Marcos quase arquejando atrás, imprensado entre Michael e Molina. Cerrito olha pela janela traseira.

Neil verifica o relógio. Quarenta e cinco segundos. Sair do estacionamento não vai ser suficiente. Eles precisam sair da zona morta e das vizinhanças.

Trejo dá partida e pega a estrada principal. Eles estão a uma quadra de distância, virando em uma rua transversal, quando Neil avista as viaturas verde e preto da polícia acelerando em direção ao motel.

Ele observa o espelho. A estrada. Olha para Trejo, vira-se e vê todo mundo no banco de trás ligado de adrenalina.

— É isso aí — diz Cerrito.

Marcos parece um rojão prestes a decolar. As palavras, um eco, prestes a explodir do peito.

— É isso, porra!

Chris sorri como se tivesse acabado de ganhar na loteria.

São deles. Pelo menos doze milhões de dólares.

Neil admira a luz brilhante do sol, o dia explosivo, contando os segundos até que cheguem aos carros de troca.

57

Estacionada longe o bastante, Elisa espera junto da porta de entrada de Calexico West, o sol refletindo no capô Corolla limpo, o rádio silencioso na mão. Os calcanhares estão quicando para cima e para baixo. Ela observa a travessia e bebe a Coca do Jack in the Box como se estivesse esperando alguém, talvez alguém que fosse fazer a travessia a pé.

Ela está ansiosa. Normalmente, fica tranquila na travessia, indiferente. Ou cheia de charme e falante. Ou irritada, fingindo estar em uma discussão acalorada com quem quer esteja ao volante, ou com as crianças no banco de trás que estão gritando e se estapeando, dando o ataque que ela lhes mandou dar. Embora Gabriela não seja boa nisso. Gabriela é boa em revirar os olhos como se tivesse dezesseis anos, totalmente adolescente, embora tenha apenas oito.

O rádio permanece em silêncio.

Ela mastiga o canudo de plástico do copo de Coca.

Tia Esperanza nunca vai perdoá-la se alguma coisa acontecer com Marcos.

Neil, vamos lá. Andalé.

Pessoas passam por ela. Um caminhão grande move-se, lento e pesado, o motorista aumentando a marcha.

O rádio ganha vida.

— *Saindo.*

Os terminais nervosos dela se acendem, cada poro ficando quente e frio de uma só vez, com alívio e uma sensação assustadora de expectativa que ela não sabia estar acalentando. É Neil.

Saindo. Isso significa que a quadrilha saiu do motel, se separou e está prestes a fazer a travessia.

Ela aproxima o rádio do rosto. Tem que primeiro limpar a garganta e piscar para limpar a visão.

— Está sol.

Aquele é o código combinado antecipadamente. Os pontos de travessia estão limpos.

Ela leva a mão às chaves do carro e pausa por um momento. Para se concentrar. Para ver com clareza. Para ficar calma. Você precisa estar calma, concentrada e com a cabeça completamente limpa.

Um sentimento de gratidão emana do coração dela, como algo saído de um medalhão de santo. Ela ri. Nossa Senhora dos Contrabandistas. Gira a chave.

O ponto de encontro é ao norte da reserva indígena de Fort Yuma, perto de uma estrada de terra em um local tão ermo e empoeirado que nem fazendeiros resistentes se ocuparam por muito tempo com ele. A cabana, porém, tem um celeiro anexo onde eles vão deixar os carros de trabalho e dividir o roubo. Com uma das mãos no volante, Elisa atravessa Calexico com tranquilidade e pega a I-8. Ela confere o relógio: 15h45. Vai chegar ao ponto de encontro bem antes de Neil e dos outros.

Marcos está bem. Nossa Senhora está olhando. Ela quase ri. Ela quer chamar Neil e saber tudo. Cada respiração, cada movimento. Observar os olhos dele, vê-lo reviver aquilo. Ele é incrivelmente intenso. Motivado. Consciente. Cada um deles, quando ela consegue que se abram, vale o preço de pérolas.

O alcance do rádio é de aproximadamente trinta quilômetros. Ela espera até estar dentro do alcance para fazer a chamada seguinte. Verifica os espelhos. Nada de tráfego, não ali com a areia e os arbustos secos, ninguém perto o bastante para se importar ou perceber.

Ela aperta o botão de transmitir.

— *Vaquero.*

Código. Chamando o tio Tomás.

Ela confia que o tio não perdeu tempo para esterilizar o esconderijo. Nenhum pedaço de papel ou impressão digital vai ser deixado nos alojamentos. O caminhão-cegonha pode ser abandonado ali — bem longe da cidade, longe da estrada, nada ilegal em relação a isso, nada suspeito — até o contato de Neil em Chicago pegá-lo. Aquilo está arranjado. Não há nada com que ela e o tio tenham que se preocupar.

Todo mundo tem um papel.

Ela solta o botão de transmissão, ouve estática no rádio, e segue através de colinas, um lugar não muito bom para recepção. Elisa espera para tentar outra vez, até chegar a um território aberto, o céu azul-claro acima, o concreto quase branco, a areia da cor de um Band-Aid.

— *Vaquero* — repete.

Enfim, depois de mais estática, o tio responde:

— Prima.

O codinome dela.

— Terminei por hoje — diz ela.

Mais uma vez, há uma pausa com estática.

— Vejo você de novo por lá, hein?

Ela passa por um lento caminhão de fazenda com ripas de madeira nas laterais. Há homens sentados na caçamba, segurando os chapéus para não voarem com o vento.

Por aqui.

Uma gota gelada parece delinear o caminho pelo pescoço dela.

— Você ainda...

Por aqui.

— É, só estou esperando que todos voltem. Foi um dia longo ficar aqui sozinho. Vou começar a fazer um bule de café.

Ele ainda está no esconderijo. No alojamento.

Isso é errado.

— E vou abrir aquela garrafa de tequila — diz ele.

Ele estava falando espanhol, mas, no momento, em uma voz estranhamente tensa, ele fala em inglês. Quando estão só os dois, eles não fazem isso.

— Bom — diz ela.

— Está muito quente hoje. Volte depressa para se refrescar.

A frase em código congela o sangue dela.

Encrenca.

58

Na sala de estar do esconderijo, Tomás está sentado em uma cadeira dura, o rádio perto dos lábios. Ele está de frente para as janelas, olhando para fora, para a varanda larga e coberta. O caminhão-cegonha brilha ao sol. O calor é pesado. A casa cheira a madeira e suor. O sangue da surra que ele levou está correndo pelo rosto e encharca a camisa bordada no estilo western. Ele não pode limpá-lo dos olhos, as mãos estão atadas às costas.

O homem se inclina para perto dele. Cinco anglos, bandidos. Eles não são da área. Pelo menos, não os dois principais, que parecem do Meio-Oeste. Eles cheiram a carne e ganância.

O chefe, aquele com a cicatriz na sobrancelha, que se pavoneia e segura o cinto, querendo segurar a virilha, se aproxima dele. O homem entrou caminhando atrás dos outros, como um astro do cinema fazendo uma entrada. Ele veste uma camiseta muito apertada e calça jeans que se estica em torno das coxas grossas, e tem hálito de Tic Tac. O segundo em comando o chama de Wardell. Wardell bate nele com a coronha de uma pistola.

Ele segura o rádio diante do rosto de Tomás, que fala com Elisa com toda a calma que consegue:

— Está muito quente hoje.

O código para problemas. Códigos não ajudam com o resto daquilo, mas as palavras, a suposta conversa fiada, deveria.

Foi um dia longo ficar aqui sozinho. É uma mensagem para Elisa e outra pessoa.

Nos fundos da casa, Gabriela está escondida.

O quartinho é quente, muito quente. Gabriela se encolhe no armário, à meia-luz. Ela mal consegue ouvir os homens na sala principal.

Ela está ali, escondida, tremendo, desde que ouviu os gritos, os golpes, os móveis sendo derrubados.

A menina estava lendo enquanto tio Tomás fechava a casa, o livro sobre Fiji mantendo-a cativada. *Cativada* — essa palavra era do vocabulário daquele ano. Estava no concurso de soletrar. Então, ela ouviu os carros chegarem e espiou por trás das persianas, e quando viu cinco homens estranhos descerem, o estômago se transformou em uma bola de cimento fresco. Ela abriu a porta do quarto e saiu para o corredor para chamar o nome do tio, mas ele já estava na sala principal, olhando pelas janelas com um saco de lixo em uma das mãos e uma faca Bowie na outra. Ele nem olhou para ela, apenas falou com delicadeza, muita delicadeza, e de forma clara.

Esconda-se, pequenina.

Naquele momento, ela escuta o tio no rádio — e, muito baixa, a voz da mãe em resposta. Ela sai do armário, *quieta, quieta*, e espia por uma fresta na porta do quarto. Ela consegue apenas ver a sala principal e cobre a boca com a mão. *Quieta, quieta, quieta.*

O tio está jogado em uma cadeira, as mãos amarradas às costas. O rosto está inchado, com calombos parecendo bolas de beisebol quebradas. Sangue por toda a parte. Os homens estranhos rondam em volta como lobos.

Um, com músculos de cara durão e uma cicatriz sobre a sobrancelha, se debruça para perto e segura o walkie-talkie perto do rosto do tio.

O tio fala com a mãe.

— Aqui sozinho.

Os homens não sabem que ela está escondida no quarto, eles não olharam. Acham que tio Tomás está sozinho na casa.

Ele fala no rádio.

Elisa acelera pela tarde de néon, o sol ardendo, a areia brilhando, cores metálicas berrando desde placas na estrada e caminhões na interestadual. O rádio crepita.

— Está tudo bem — diz tio Tomás, em inglês. — *Pequeña segura aquí.*

Ela passa pelo trânsito como se estivesse parado, o velocímetro marcando 150 km/h. Ergue o pé. Reduzir parece amarrar um laço ao redor do pescoço.

Ela precisa chegar a Gabriela.

— É, como eu disse — acrescenta o tio —, está tudo bem aqui.

Não foi isso o que ele disse. A mensagem em espanhol, oblíqua, significava: *A pequena está segura aqui.*

Ela se esforça para manter um tom calmo na voz.

— Bom, vejo você em breve.

Ela põe o rádio no colo. As duas mãos no volante. Lágrimas brotam nos olhos. Ela pisca ferozmente e balança a cabeça. O tio está comprometido, capturado, e quem quer que o tenha está com o rádio dele.

Ou seja, eles podem interceptar a comunicação de Neil.

Gabriela se mantém imóvel por trás da fresta na porta. Tio Tomás se inclina para o lado na cadeira e ela pode ouvi-lo respirar. Parece estar com alguma coisa presa na garganta. Ela quer chorar, ele está muito machucado. O tio, que é forte, que às vezes tenta parecer rude, e é rude mesmo, mas que lhe dá chocolate quente e torrada de canela.

Pequeña segura aquí.

Era uma coisa estranha para o tio dizer. E o homem com a cicatriz na sobrancelha o fez dizer novamente em inglês, mas, quando ele o fez, disse algo diferente.

O homem com a cicatriz, que os outros chamam de Wardell, afasta o rádio do rosto do tio. Ele recua um passo, então pega um maço de cigarros e acende um. Ele sopra fumaça nos olhos inchados do tio.

— Quanto tempo? — pergunta.

O tio fica em silêncio.

— Quanto tempo até eles voltarem, velho?

O tio ergue a cabeça.

— Logo. Vocês deveriam correr.

Wardell faz uma pausa, como se o tio tivesse lhe dado um tapa. Então ele sorri e pega uma das outras cadeiras na sala de jantar.

E bate com ela no tio.

Gabriela não consegue se mexer.

O homem o acerta repetidas vezes. A cadeira do tio tomba e o homem continua batendo nele, grunhindo. Sangue jorra.

O tio está no chão. A cabeça está baixa.

Ele está olhando na direção dela. Pelo corredor. Para a fresta na porta. Para ela.

Gabriela se mantém congelada enquanto os olhos do tio se conectam com os dela.

A cadeira desce outra vez. Wardell a joga de lado e começa a chutar o tio, que continua a olhar diretamente para Gabriela, como se toda a energia estivesse indo para ela. Tudo, até o último resquício. *Esconda-se. Viva.*

Então não há mais nada. O homem continua a chutar, mas o tio morreu.

Gabriela mal consegue ver. Mas ela sente os últimos momentos da vida dele pairando acima dela. Então, ela os escuta. Eles dizem o nome de Neil, e acham que ele está voltando para cá com o roubo.

Elisa ainda não sabe como vai fazer aquilo, mas sabe o que vai acontecer.

Meu bebê. Gabriela.

Estou chegando.

59

O alojamento de tijolo e terra fica a noroeste de Yuma, a dez quilômetros da I-8. Dez quilômetros vazios de colinas ásperas, minas esgotadas e extensões esquecidas de terra onde fazendeiros fracassados tentam sobreviver. Elisa segue apressada naquela direção.

Não saia entrando. Você não está armada.

Não o suficiente. A .22 no porta-luvas não vai derrotar um exército de homens.

Pense.

Ela para o carro e desliga o motor. O silêncio atordoante cai sobre ela.

Preciso salvar minha filha.

Ela pressiona os olhos com os punhos e se debruça sobre o volante.

Ela soca o painel e grita. Um grito longo, alto e incoerente.

Ela se apruma.

Elisa pode desmoronar depois, mas neste momento, neste exato momento, ela é uma mãe. Mãe de uma, mãe de todos, o mundo na palma das mãos e nas decisões que ela tomar nos próximos minutos.

O medo pode vir depois.

Lágrimas podem vir depois.

Gabriela é tudo.

O motor é ligado. Ela pensa.

Ela não está sozinha naquilo. Tem o tio, protegendo e abrigando Gabriela.

Tem Neil e o bando. Tem Marcos. Seis homens que vão para a guerra com ela para resgatar a filha. Eles estão chegando. Mas ainda não atravessaram a fronteira.

Qualquer coisa que ela diga pelo rádio vai ser interceptada.

Aquilo é um problema.

Aquilo é uma oportunidade.

Fronteiras, trilhas e buracos na parede. Vendo e sendo vista. Apresente-se como algo que você não é. Este é o jeito do contrabandista.

Ela tem que tirar o bem mais precioso de debaixo do nariz de homens que fariam mal a ela, mas ainda não sabe quem são as pessoas no esconderijo. Os Herrera? Impossível. Neil disse que estava saindo. Eles estão livres dos traficantes. Totalmente livres. Aqueles têm que ser outros.

O que eles querem? Dinheiro?

Neil?

Como encontraram o esconderijo? Seguiram a quadrilha ou a ela? Ou Peterbilt?

Não importa. O que ela fizer nos próximos minutos, sim.

Menos de um quilômetro a oeste do esconderijo, uma velha estrada leva a um acampamento de mineradores antigo que foi deixado para a areia e o vento. Elisa chega depressa, estaciona o Corolla fora de vista e corre por entre os arbustos até um promontório rochoso. Ela se deita de bruços, rasteja até a borda da encosta e olha para baixo, na direção da casa de fazenda. As rochas são escuras como pedra-pomes. A terra é da cor de massa de torta. O ar da tarde é silencioso, os animais do deserto estão adormecidos, escondidos do calor.

O Peterbilt brilha ao sol. O caminhão-cegonha está quase vazio, apenas o Honda Accord sobressalente que Neil tinha usado de Chicago até ali. Há dois carros estranhos estacionados diante do alojamento: um Pontiac Trans Am preto e uma Blazer vermelha. Não há movimento fora da casa, ninguém à vista.

Ela se esconde atrás de uma pedra grande, fora do vento, e aperta o botão de transmitir do rádio.

— Fale, Fechadura.

Fechadura é a palavra código para toda a operação de Neil. O roubo da propriedade onde dinheiro era guardado e o jeito como Elisa tinha acabado de dizer isso, a palavra *parece* um código. É isso o que ela quer.

Ela tinha que dar uma pista de que a operação tinha sido comprometida, que os comunicadores estão sendo interceptados. Neil e o grupo vão saber que ela está usando a palavra do jeito errado.

Ela solta o botão de transmissão. Espera. Se Neil ou os homens estiverem atravessando a fronteira, eles desligaram e esconderam os rádios.

A voz de Neil crepita no rádio.

— Fechadura, entendido.

O coração de Elisa bate forte. Ela respira fundo.

— Entendeu tudo?

— Tudo.

— Encontro você no Taco Bell na autoestrada 95. O estacionamento. Vai ser mais rápido assim. Faça a transferência.

— Pode deixar. E não deixe que ninguém fique bisbilhotando — diz Neil.

— É. Aí nós vamos para o alojamento. Não quero ficar presa em um lugar apertado, as pessoas vendo demais.

— Estou a caminho. Desligo.

Ela desliga o rádio. O sol arde forte. Vira-se e rasteja de volta para o promontório, o ponto de observação.

O que ela quer, o que tem uma chance de conseguir, é fazer os estranhos saírem do esconderijo. O teatro encenado com Neil poderia conseguir isso. *Por favor*.

Trinta segundos depois, homens saem pela porta do esconderijo. Tanto o Trans Am quanto a Blazer partem. Eles saem aos solavancos pela entrada de carros de terra e correm para o sul, para interceptar uma reunião fictícia.

Ela observa a casa. Não há mais movimento. Depois de cinco minutos, não aguenta mais. Desce correndo a colina na direção da fazenda.

Neil está ao volante do Mercury acobreado, seguindo devagar pelo centro de Calexico. Ele não teve problemas na fronteira, não com os mexicanos nem com os guardas norte-americanos.

Sem a touca ninja. De roupa trocada, uma camisa social xadrez por cima de uma camiseta branca, calça cáqui, botas Timberland. Um norte-americano que é capataz em uma das empresas industriais que operam *maquiladoras*, voltando de uma viagem a trabalho do outro lado da fronteira. Arrumado, com certeza operário. Rosto lavado. Suor lavado. O frescor de cabelo molhado penteado para trás.

Dinheiro nos compartimentos das portas do carro e embaixo do piso. Mais de três milhões de dólares.

Chris e Michael estão atravessando para o leste, a travessia menor para Calexico. Trejo e Molina, perto de Yuma. Marcos — corajoso, temerário, que salvava vidas — está se dirigindo a Nogales. O plano é se encontrarem na cabana abandonada perto da reserva indígena de Fort Yuma. Dividir a bolada, oficialmente. Se separarem depressa, depois de escurecer, tornando-se invisíveis, derretendo até desaparecer.

Não naquele momento.

Elisa. Alguma coisa deu errado.

Eles não deveriam voltar ao alojamento. Nunca.

Alguém interferiu na ação, nos comunicadores. E Elisa está aterrorizada.

Ele só consegue pensar em uma coisa que pode aterrorizá-la: Gabriela está em perigo.

Elisa corre na direção do alojamento, sentindo-se exposta. A cinquenta metros de distância, ela desacelera e vai até o canto da casa, de onde pode ver o pátio e a varanda coberta comprida.

Faz treze minutos desde que os carros partiram e eles vão levar cerca de 25 para chegar ao estacionamento do Taco Bell do qual ela falou no rádio. Ela confere a estrada. Nenhum sinal deles voltando.

Com o coração em chamas, ela faz a curva na casa. As janelas refletem o sol da tarde, as luzes do lado de dentro estão apagadas. Ela não consegue ver lá dentro. Com cautela, abre a porta e entra na sala principal.

Ela arqueja e recua.

No chão, amarrado a uma cadeira quebrada, tio Tomás está morto.

Sem pergunta, sem dúvida. E ele sofreu. *Ah, tío*.

O coração martela. Ela adentra na sala, olha pelo corredor. A porta do quartinho está fechada. Ela abre os lábios para chamar o nome de Gabriela. Alguma coisa a detém.

A porta da frente se fecha lentamente às suas costas. O quadrado de luz sobre o qual está de pé desaparece. Ela gira.

Há um homem ali parado. Alto, com uma camiseta preta justa e calça jeans. Cabelo escuro, olhos escuros, uma cicatriz grossa e branca atravessando a sobrancelha. Uma escopeta nas mãos, apontada para o peito dela.

Os olhos dele brilham.

— Querida, você está em casa.

60

Pense, Elisa, pense, diz ela para si mesma, enquanto a visão pulsa e o coração martela. *Pronto!* Depressa. O homem é sorrateiro e esperto. Ela fica imóvel. Em silêncio.

Ele dá um passo afetado na direção dela e aponta com a cabeça na direção do corpo do tio.

— Acha que eu não sabia que o babaca estava enviando mensagens secretas para a mulher no rádio? Mudando para espanhol. — Ele dá um sorriso malicioso. — Eu estou sintonizado a uma frequência ultra-alta. Eu escuto tudo.

Acalmar a mente, pensa Elisa. *Desaparecer no papel que preciso interpretar, na pessoa que preciso ser, as palavras, a onda, eu preciso que ele acredite*.

Ela não precisa saber quem é aquele homem, não naquele momento. Por que ela sabe de uma coisa importante.

O cara não tem ideia de que Gabriela ainda está escondida nos fundos da casa.

Se ele soubesse disso, estaria com uma arma apontada para a cabeça da filha dela. Mas não faz isso. Ele está dando mais um passo adiante ali na sala principal, segurando a escopeta baixo perto da cintura, apontada para cima, para o coração dela.

Ela tem que tirá-lo da casa.

Ela poderia mantê-lo ali, falando, engajado, se isso fosse permitir a fuga de Gabriela. Mas ela precisa supor que a filha está no quartinho onde tem dormido. A porta do quarto dá no corredor e a janela se abre para a varanda coberta. Os dois estão diretamente na linha de visão. Enquanto aquele homem estiver na propriedade, Gabriela está presa.

— Mãos para cima — diz ele.

Elisa as levanta. Ele a revista bruscamente, agarrando os seios e a virilha, e encontra a .22 na cintura. O homem a guarda no bolso traseiro.

Ela precisa tirá-lo dali. Para longe na estrada. E precisa sinalizar para a filha, de algum modo, que assim que ela e aquele homem saírem, Gabriela precisa correr, precisa sumir da vista da casa e se esconder.

O homem inclina a cabeça.

— Você acha que é um gênio, não é, *muchacha*.

— Eu só fui contratada para ficar de vigia — diz ela.

— Onde está a quadrilha? Quando eles vão voltar?

— Eles não vão voltar.

— Mentira. — Ele ergue a escopeta alguns centímetros, apontando para o peito dela. — Você voltou.

Ela gesticula com a mão trêmula para o corpo do tio. A voz se embarga.

— Para ver como meu tio estava.

— *Buá* — diz o homem. — Eles deveriam saber que não devem empregá-los como limpadores de um bando de alto nível.

A escopeta sobe mais alguns centímetros. Elisa pode olhar pelo cano, uma boca escura. Os olhos do homem nunca a deixam.

— Quando a quadrilha vai voltar? — diz ele.

— Eles não vão voltar.

Com a mão esquerda o homem pega um maço de cigarros e um isqueiro no bolso da camiseta. Ele joga o maço na direção dela.

— Acenda — diz ele.

Do armário, Gabriela escuta vozes. Ela se empertiga um pouco. O homem chamado Wardell, que machucou (*matou, matou, ele matou*) tio Tomás, está falando baixo e rispidamente. Com a mãe dela. Gabriela vai depressa para a fresta na porta do quarto.

A mãe está na sala principal, perto do tio. O sangue dele se espalhou em uma poça vermelha e pelas emendas das tábuas do piso. A mãe não olha para ele, ela está falando com o homem com a escopeta, com um maço de cigarros na mão. Mas a mãe não fuma.

Wardell diz:

— Acenda.

A mãe hesita, então pega um cigarro e o põe entre os lábios. O homem acende um isqueiro. Ela traga, de leve, contendo uma tosse.

— Quando a quadrilha vai voltar? — pergunta Wardell.

— Nunca.

— Duas escolhas — diz ele. — Você me conta a verdade ou se queima com esse cigarro.

Gabriela pressiona a mão sobre a boca para não gritar.

— Eles não vão voltar — diz a mãe.

Wardell inspira fundo. Isso faz com que ele pareça maior.

— Eu menti. Você me conta e se queima ou vou espalhar seus miolos pela parede.

Ele aproxima um pouco a escopeta da mãe dela. Gabriela sente uma forte onda de medo pelo corpo. Faz de tudo para não gritar, para não chorar, para não se mijar.

— O plano — conta a mãe — é fugir. Se alguma coisa der errado, caia fora. Por conta própria. Espere até que ninguém possa ver você e vá. Suma de vista. *Comprendes, mariposa?*

O homem faz uma careta.

— Pare com essa merda. Eu *comprendes*, vadia.

Comprendes, mariposa?

A mãe está falando com ela. É uma mensagem. Sem dúvida uma mensagem. A mãe sabe que ela está ali. A mãe está tentando ajudá-la.

Dizendo a Gabriela que ela deve ajudar a si mesma.

Espere até que ninguém possa ver você e vá. Suma de vista.

Gabriela está trêmula. Ela precisa ser corajosa, como a mãe. E deve fazer o que ela diz.

Gabriela sabe que precisa esperar. Ela soube desde que os homens estranhos chegaram que ela não poderia deixar aquele quarto. Eles iriam vê-la. Ela olha para o teto, pensando que talvez conseguisse chegar ao sótão e rastejar sobre as vigas, mas o teto não é feito de grandes painéis acústicos que podem ser empurrados como em seu quarto em casa; é madeira sólida. Ela precisa esperar.

Essa é a mensagem secreta da mãe.

Espere, depois corra. Ela vai saber quando.

Ela ouve barulho na sala principal. Leva o olho à fresta na porta.

O homem está batendo na mãe. Ele a está agarrando. Por toda parte. Gabriela contém um grito.

A mãe está revidando.

Ela empurra e afasta o homem. Ele rasga a camiseta dela e pega o cigarro. A empurra contra a mesa grande. Tenta jogá-la ali, apertando o cigarro sobre a pele, acima do sutiã. A mãe cospe nele. Ele lhe dá um tapa.

— Eles não vão voltar — diz a mãe. — Não vão.

O homem a puxa para cima e lhe dá outro tapa. Com a camiseta rasgada, ele vê a corrente que ela usa. Tinha saído de debaixo da gola.

Ele agarra a corrente e a torce, apertando-a em torno do pescoço da mãe.

— Então, onde eles estão?

Elisa encara o homem de perto, sentindo o hálito dele no rosto, as queimaduras de cigarro ardendo, o tapa doendo. A corrente do colar não é fina o bastante para se romper, está enroscada ao redor do pescoço.

Ela o olha nos olhos.

— Eu mandei seus homens em uma busca inútil.

— Vadia burra.

Ele aperta a corrente, tentando estrangulá-la. Elisa a agarra, mas o homem a empurra para trás, contra a mesa. Ela pode senti-lo. Ele está duro. A pele dela fica gélida de pânico e adrenalina.

— Os homens para quem eu trabalho — diz ela — não estão indo para o Taco Bell. Eu disse isso para confundi-los. Para que você e seu bando saíssem. E eu pudesse vir ajudar meu tio.

— Puta mentirosa.

Ele gira a corrente com mais força.

— Ele me pagou — diz ela. — O chefe da quadrilha. Ele me pagou para garantir que eu os ajudasse na fuga. Que eu não contasse onde estão.

— Você não vai ser paga. Não desse jeito. Você *vai* pagar, agora mesmo, se...

— Eles vão se encontrar nas pedras negras! — diz ela, com lágrimas nos olhos. — Não me machuque.

Ela engasga em seco, sem ter que fingir estar com medo, prendendo o olhar do homem. Ele está examinando o rosto dela à procura de sinais de mentira.

— Que pedras negras? — pergunta.

Ela precisa fazê-lo ir e levá-la com ele. É o único jeito de Gabriela fugir e dela mesma conseguir sobreviver.

— Uma passagem na fronteira no deserto, onde eles vão se encontrar para dividir o montante antes de se separarem. Estrada secundária, fora de vista. Todo o resto… é cobertura.

Ele gira o colar.

— Leve-me.

Ela espera, só um segundo. Quando vê os lábios dele se afastando, ela assente e sussurra:

— Tudo bem.

— Primeiro você chama McCauley e garante que ele fique lá. Que ele não saia sem você.

Ele leva o rádio aos lábios dela e aperta o botão de transmissão.

Depois de pensar por um segundo, ela diz:

— Fechadura, estou atrasada. Trânsito. Além de estar de olho em um policial atrás de mim. Mas vou estar lá.

Há um chiado e a resposta:

— Entendido.

Wardell a puxa porta afora pela corrente e a arrasta até o carro de trabalho que Neil deixou ali, um Honda Accord. As chaves estão na ignição. Ele a empurra pela porta do carona até o volante. Então se acomoda no assento do passageiro.

— Dirija.

Elisa desce aos solavancos pela entrada de veículos esburacada e vira na estrada. Com a mão direita, o homem segura a escopeta apontada para a cabeça dela. Com a esquerda, segura o colar como uma coleira.

Ela mantém a cabeça alta, recusando-se, contra todos os instintos, a se encolher diante do cano da arma. Ela olha direto à frente. Mas checa os espelhos.

Atrás, no esconderijo, na janela do quartinho, as persianas se afastam, apenas alguns centímetros. Uma mãozinha se aperta sobre o vidro.

Ela engole o alívio, a alegria e o medo, olha fixamente para a faixa branca no meio da estrada e segue para o sul. A respiração do homem está arquejante. O medalhão de Nossa Senhora de Guadalupe e o pingente que fora um presente de Gabriela estão agarrados na mão dele.

— As pedras negras. — Ele estreita os olhos. — Não foi assim que você as chamou na conversa pelo rádio com Neil McCauley.

Elisa mantém o rosto inexpressivo. Ela tem muita prática nisso, em ficar calma quando outras pessoas tentam abalá-la. Mas aquela é a confirmação e uma sondagem. O homem está atrás de Neil. Ele veio de algum lugar atrás de Neil.

— Qual é o seu nome? — pergunta ela.

Ele examina o corpo dela de alto a baixo com o olhar.

— Por que você quer saber?

— Curiosidade.

Ele se inclina na direção dela e sussurra em seu ouvido, um som molhado e sibilante.

— Wardell. Mas você pode me chamar de *daddy*.

Ela olha fixamente para a estrada.

— As pedras negras. Explique — diz Wardell.

— Um lugar antigo de contrabandistas, de cem anos atrás.

— O que tem lá?

— Nada. É escondido, por isso é um lugar. Para descarregar ou se reunir. E depois fugir.

— Parece remoto.

— É claro.

Não olhe para ele.

Ou talvez olhe para ele. Ela vira a cabeça. Ele apoiou a arma na porta, pronta, ainda apontada para o corpo dela. Está com o rádio do tio.

— Quantos? — pergunta ele.

— Vindo?

Ela quer dizer quatrocentos. Todos armados, todos enlouquecidos, todos prontos para retalhá-lo em pedaços.

— Quatro — diz.

— Onde fica esse lugar? Me dê instruções. — Ele aperta a corrente do colar. — Instruções exatas. Nada de enrolação.

Ela conta a ele. As instruções exatas. Ele pega um celular, liga para os capangas e transmite a informação.

— Estamos seguindo pela autoestrada para o sul — diz Wardell.

Elisa segue na direção das dunas, dos cânions. O lugar onde, em uma noite estrelada algumas semanas antes, ela olhou para a paisagem cristalina do deserto e contou para Neil McCauley histórias de altos e baixos e pontos de observação onde contrabandistas incautos foram emboscados.

É para lá que ela está levando Wardell. Ela torce para que Neil esteja lá, esperando.

As pedras negras. O funil da morte.

Neil corre para o leste na interestadual com a mente girando.

Pesadelo.

Tráfego. Estar de olho. A pior mensagem em código possível. Alguém está com Elisa.

O que aconteceu no esconderijo? Eles estavam limpos. Tudo estava limpo.

Mas não. Em algum lugar houve uma falha na segurança. De algum modo, alguém descobriu que ele estava fazendo aquele roubo e decidiu tomá-lo. Tomar dele. Roubar seus ganhos.

Quem? Alguém que sabe que Neil não pode chamar a polícia, mas que não sabe o suficiente, que não conhece o plano após o roubo, a saída.

Ninguém na quadrilha tem a língua solta. Ele confia cem por cento em seus homens.

Ele não acredita que seja o pessoal de Elisa, Tomás e Marcos. Ele não sabe muito sobre a família, mas sabe que, para Elisa, eles são tudo. Ela tem confiança absoluta naquelas pessoas. E ele confia plenamente nela. Com sua vida.

Ela é uma refém, a caminho das pedras negras. O lugar onde alertou que contrabandistas incautos podem ser detidos.

É lá que ela quer que ele embosque aqueles filhos da puta.

Neil coloca o Mercury no sistema de controle de cruzeiro, para não ultrapassar sem querer o limite de velocidade, e pega um mapa topográfico do Serviço Geológico dos Estados Unidos no porta-luvas.

— Fechadura — diz ele pelo rádio, repetindo as palavras que lhe deram a indicação, que teriam dado a indicação a todos no bando, de que eles tinham problemas. Que alguém interceptara as comunicações.

Chris retorna.

— Entendido.

— Entrando. Limpeza na ponte sobre o Colorado. Vejo vocês em dois.

— A caminho.

Neil faz uma curva entre duas colinas nodosas. O céu está de um azul vítreo. Calor emana da estrada. Ele sacode e desdobra o mapa sobre o volante. E espera.

Será que Chris entendeu a dica e também tem acesso ao mapa?

— Eu fiz a soma — diz Neil.

— É, cara, me diga, como fazemos? — responde Chris.

Ele entende. Eles nunca se permitiram falar desse jeito de um golpe.

Neil lê um conjunto de coordenadas, codificadas como somas de dinheiro.

— Entendeu?

— Tranquilo.

Shiherlis desliga. Toda a quadrilha deveria ter recebido a mensagem. Eles saberiam que ele não estava lendo sua parte no roubo, mas a latitude e a longitude de onde quer que eles se encontrem, armados e prontos para atacar.

Para salvar Elisa.

61

As dunas se estendem até o céu ao longe, vazias, implacáveis, desoladas. Elisa deixa a autoestrada e pega uma via secundária em ruínas.

Wardell examina o horizonte, em seguida, seu olhar percorre o rosto dela, a camisa rasgada, as pernas. O sol está se pondo na direção dos cumes das colinas a oeste, sombras e luz se alternando conforme a estrada sobe sinuosamente. Atrás dela, no espelho, vê a zona fronteiriça se espalhando até o infinito, o mundo, as dunas em movimento, as fendas nas rochas escondendo trilhas e passagens.

As pedras negras — basalto vulcânico — ficam a dezesseis quilômetros à frente. Elas se erguem acima da paisagem salpicada de cactos saguaro, pontiagudas e imponentes. Elisa está se dirigindo para uma faixa de estrada logo antes do cume.

Wardell a vê olhando para o espelho retrovisor.

— O que você está olhando?

Ela volta o olhar para a estrada.

— Seus homens.

A quadrilha de Wardell se juntou a eles em comboio: o Pontiac Trans Am preto e a Blazer vermelha. Na frente e atrás. Protegendo Wardell. Encaixotando-o.

À frente, no sedã, está o segundo em comando, Svoboda. Escorregadio, os olhos penetrantes. Os dois conversam com familiaridade, velhos conhecidos. Um assassino está no banco do carona, um skinhead com tatuagens de prisão de supremacistas brancos, uma pilha de músculos e um desenho de trevo. Um nazista de merda.

Atrás, na cola do para-choque, está a grande Blazer, calçada com pneus grandes. Dois homens ali, óculos escuros, armas. O que está no banco ao lado do motorista abaixa a janela e cospe o tabaco que está mascando. Um local.

Elisa alcançou o objetivo principal, afastou Wardell e a quadrilha do esconderijo. Ela torna a ver a mão de Gabriela pressionada contra a janela do quarto enquanto partiam. Gabriela saiu. O que acontecerá com a filha em seguida, ela não sabe. Provavelmente vai se esconder em algum lugar fora da casa, mas perto.

Elisa precisa ficar viva e voltar, por seu bebê. Wardell segura a escopeta, o cano apontado para a cabeça dela. Ela continua dirigindo. E pensa em saltar do carro.

Vai ter que ser com a rapidez de um raio. O momento certo. Ela só vai ter uma chance.

Elisa examina a estrada ascendente. Quando entra no cânion, fica mais íngreme e em zigue-zague. Se esperar uma curva fechada, pode se jogar pela porta para dentro da ravina. Wardell teria que correr para conseguir controlar o carro antes que batesse em uma parede ou mergulhasse no precipício. Haveria confusão. Ela cairia, rolaria por fragmentos de rocha e quedas assustadoras, mas poderia funcionar.

Wardell agarra o colar novamente.

— O que você está olhando desse jeito?

A cabeça dela se move bruscamente e a corrente se rompe.

Ela se apruma e olha para ele.

— A estrada, ela fica sinuosa.

Wardell está olhando, conferindo-a. A respiração, a camisa rasgada. Os machucados no rosto. Ele parece gostar do que vê. E fica com raiva por causa dela.

— Não fique muito confiante — diz ele. — Eu estou com tudo sob controle. Sólido.

Ela dirige. A corrente de ouro do colar pende da mão dele. O medalhão religioso e o pingente em forma de coração balançam de um lado para outro. Wardell lê a inscrição no verso:

— *Te amo. Gabriela.*

O estômago de Elisa se contrai de medo.

Ele olha para ela.

— Quem é Gabriela?

Com o polegar, ele abre o pingente e vê as fotos dentro dele. À esquerda, Gabriela, a bela e brilhante borboleta. À esquerda, Neil.

Ele pressiona a pistola na têmpora dela.

— Você apenas *trabalha* para McCauley? Você e seu tio, vocês limpam a casa?

O cano está frio, ela mal consegue ver, mal consegue respirar.

Elisa aponta para o cânion.

— Ali é o ponto de encontro.

Os picos, as rochas negras em forma de dentes, logo acima do cânion como varas de *punji*. Neil corre na direção deles por uma estrada de terra estreita. No mapa do Serviço Geológico dos Estados Unidos, é apenas uma linha fina.

Ele segura o mapa aberto sobre o volante enquanto poeira sobe em seu rastro. O sol tem um brilho dourado doente. A suspensão do Mercury corcoveia. Ele não sabe quanto tempo vai levar para o grupo chegar ali. Eles ouviram Elisa. Não vão acrescentar conversas no rádio. Eles virão. Mas ele está mais perto. Por enquanto, é apenas ele.

McCauley chega a um cume e para. Abaixo, a estrada de terra cruza uma pavimentada. Encosta abaixo, o sol brilha a quilômetros de distância. Carros estão se aproximando pelo cânion.

Ele estaciona o Mercury no meio da estrada pavimentada, bloqueando-a. Com o AR-15 em mãos, salta do carro e sobe um aclive até uma fileira de rochedos.

O calor martela forte, luz do sol reflete nos carros no fundo do cânion. Rastejando no alto de um rochedo, ele ergue os binóculos com sistema de cálculo de distância. Equipamento caro. Ele quase decidira por não o comprar, mas, no momento, agradece pela extravagância.

Neil examina a encosta. A estrada em zigue-zague, o asfalto esmaecido e lascado. A abertura do cânion, nove quilômetros abaixo.

Ele está com a Colt 1911 com três pentes extras, o AR-15 com mais quatro. Mesmo com a munição utilizada no motel em Mexicali, tem 147 balas restantes que pode disparar.

O sol está às suas costas, e os binóculos não vão refletir. As pessoas se aproximando pela estrada tem o brilho da tarde nos olhos. Ele vestiu uma jaqueta de lona de cor parda, que, com a calça cáqui, vai camuflá-lo contra o terreno. Ele se instala em uma fenda na borda de um rochedo e fica deitado de bruços.

O vento está soprando do oeste, mas ele não sabe dizer como está rodopiando contra as paredes do cânion abaixo. Neil pode contar com a queda na trajetória da bala e o ângulo de disparo para baixo. O alcance efetivo do fuzil Colt é de quatrocentos metros, mas ele pretende segurar o fogo até os veículos estarem muito mais perto. Ele vai disparar de mais distância apenas se vir uma oportunidade. Ou uma ameaça clara.

Elisa.

Ela é refém, está aterrorizada, talvez machucada — ele não consegue pensar naquilo.

Então, não pensa. Dobra bem seus medos, como uma folha de papel de origami, e os guarda em uma fenda no fundo da mente. Ele se concentra.

Luz do sol tremeluz outra vez. Ele ergue os binóculos: três veículos, a oito quilômetros, um Pontiac Trans Am preto, uma Blazer vermelha. E, no meio do comboio, um Honda Accord — o carro que ele deixou no esconderijo. Elisa está ali?

Ele observa o comboio, observa os números do leitor de distância diminuírem. Alguma coisa o incomoda. O carro à frente, o Trans Am preto. Ele volta a focar os binóculos.

O carro tem três ou quatro anos, nada excepcional, sujo. O sol está reluzindo no para-brisa. Ele vê um homem corpulento ao volante e um ainda mais corpulento no banco do carona.

É a pintura esmaecida, os arranhões e a falta de cuidado que fazem com que os pelos de sua nuca se arrepiem.

Aquele é um carro de trabalho. Um que ele já viu antes. Na garagem em Chicago, atrás da oficina mecânica onde Aaron Grimes trabalha. *Filho da puta.*

Onde está Elisa? Ele direciona os binóculos para o carro no meio do comboio.

Elisa segue o Trans Am por uma curva. O rosto de Wardell assumiu uma expressão ansiosa e sombria. Como se estivesse indo para um banquete, esperando devorar tudo o que encontrar lá. Inclusive ela.

— Falta muito? — pergunta ele.

— Talvez nove quilômetros. A cabana fica além daquele pico. Uma trilha de terra escondida pelos arbustos.

Wardell bota o braço para fora da janela e sinaliza para o Trans Am à frente. Um gesto de machadinha. *Continuem em frente.*

Elisa tinha atravessado a fronteira por aquela estrada pelo menos 25 vezes nos últimos quinze anos. Conhece as curvas e depressões de cor. O comboio está se dirigindo para uma curva em aclive. Depois dela, há uma curva fechada, antes de uma queda pronunciada. Ela se prepara.

Uma chance. Ela vai ter que mergulhar abaixo da borda do penhasco e se deixar cair pela ravina para ter qualquer chance de escapar dos tiros de Wardell e seus homens.

À frente, o Trans Am faz uma curva suave. Atrás, a Blazer permanece colada em sua traseira, pressionando-a, agressivo apenas por ser, pensa ela.

As pedras se erguem à direita, cumes. A estrada faz uma curva e se aplaina. Cem metros à frente, ela vê o ponto de queda. A estrada se desfaz, um mergulho imediato. Elisa posiciona lentamente a mão esquerda na maçaneta da porta, se preparando.

À frente, o Trans Am desvia de repente. Ele atravessa a faixa central, então corrige a direção e volta bruscamente para onde estava.

Tiros ecoam pelas paredes do cânion ao redor de Elisa.

Deitado de bruços, Neil absorve o tranco do AR-15.

Noventa metros encosta abaixo, o Trans Am vira na direção do precipício, o para-brisa marcado de branco com um buraco de bala. Ele corrige bruscamente a trajetória, se estabiliza e acelera.

Neil atira outra vez. Atinge a capota. Outra vez, uma rajada de três balas. Estilhaça o vidro frontal e vê sangue explodir contra ele.

O passageiro é atingido, talvez esteja morto. O carro acelera forte. Atrás dele, um segundo depois, os outros dois veículos fazem o mesmo.

A Blazer vermelha bate no para-choque do Accord, forçando-o a acelerar. *Sim*, Elisa está ali.

Neil não pode deixar que nenhum dos veículos passe por sua posição. Ele atira outra vez, no Trans Am, rajadas de vários disparos. Ele acerta os pneus do lado esquerdo. O carro derrapa e bate de frente na parede do cânion.

A Blazer freia, queimando borracha. Neil move o fuzil e dispara três rajadas no para-brisa. Ele acerta o motorista.

O Accord pisa no freio, e os pneus cantam na direção do Trans Am destruído. Neil pode ver Elisa no banco do motorista, um homem no do carona.

Ele atira no sujeito. Alto demais. Ele ajusta a pontaria e acerta tiros no bloco do motor do Accord. Vapor irrompe de baixo do capô.

O motorista do Trans Am sai do carro, apressado, um cara forte com rosto achatado. Ele corre para o outro lado do veículo. Neil move o cano da arma e o atinge antes que consiga alcançar cobertura.

Ele tomba, ferido.

O pente de Neil esvazia. O motorista do Trans Am rasteja ao redor do carro para sair de vista. McCauley ejeta o pente, pega outro, insere-o, encaixa no lugar e atira novamente na direção da caminhonete. Com o motorista morto, ela vai parando aos poucos. O passageiro salta pelo outro lado do veículo e Neil dispara direto através das janelas. Uma dúzia de tiros. Vidro voa, o barulho ecoa no cânion.

Sangue jorra. O homem cai. Fica no chão.

O eco dos tiros se cala. Neil escuta o motorista do Trans Am gritando com o homem no Accord. Eles estão tentando triangular a posição dos disparos de Neil. O motorista do sedã está agachado atrás do carro, talvez, por estar ferido, não se abaixou o suficiente.

Neil se ergue sobre um cotovelo e atira uma rajada de três disparos. O primeiro tiro atinge à esquerda, nas rochas na encosta, lançando pequenas pedras que ricocheteiam no carro.

O segundo tiro acerta o homem no ombro, fazendo-o se virar e afastando-o do Trans Am.

O terceiro disparo o acerta em campo aberto, direto no peito. Ele tomba para trás, a arma cai da mão com um barulho alto, e ele desaparece de vista atrás do carro.

Quatro fora de combate. Quem sobrou?

Neil aponta o fuzil para o carro do meio. O Accord. Ele dispara nos pneus e na frente, abrindo buracos no bloco do motor. O capô, o chassi e a grade estão repletos de buracos de bala. O radiador solta vapor.

Um segundo depois, um homem arrasta Elisa para fora, com uma escopeta apontada para a cabeça dela. Um escudo humano.

Nos alojamentos, o silêncio e o calor são terríveis. Gabriela tenta se acalmar.

Sua mãe lhe disse o que fazer. *O plano é fugir. Se alguma coisa der errado, caia fora. Por conta própria. Espere até que ninguém possa ver você e vá. Suma de vista.* Comprendes, mariposa?

Gabriela entende. Mas seu coração foi perfurado ao ver a mãe ser levada para o carro pelo homem mau, com o pingente torcido na mão.

Ela não sabe onde a mãe está. Onde Neil está. Ele a ajudaria se estivesse ali. Quando Neil está por perto, Gabriela se sente segura. Mas ele não está ali.

Tremendo, ela vai em silêncio até a porta do quarto. Não escuta nem um barulho sequer. Mas sabe o que há ali fora.

Ela sai para o corredor ensombrecido. Tio Tomás está caído, imóvel. O peito não se mexe, ele olha mas não vê qualquer coisa.

Gabriela fica apavorada. Ela achava que, quando as pessoas morriam, os olhos se fechavam. Ela se afasta, então para. O tio não tinha contado aos homens maus que ela estava ali. Suportou a dor. Ele morreu.

Ele morreu.

Ela não aguenta deixá-lo daquele jeito. É assustador — muito assustador —, mas ela entra, tremendo, na sala principal. A menina pega um cobertor navajo das costas do sofá, aproxima-se com medo do tio e o cobre.

Ela hesita. Decide que o silêncio não é bom o suficiente.

— Sinto muito, tio — diz ela. — Espero que não se machuque mais.

Respirando fundo, ela se abaixa, fecha os olhos dele e sussurra:

— Obrigada.

Ela sai pela porta dos fundos.

O homem segurando Elisa tem olhos que parecem bombas incendiárias. *Enfurecido*, pensa Neil. *Encurralado*.

O inimigo examina freneticamente o cânion, mas não consegue localizar Neil na fenda no alto do rochedo. Ele segura Elisa à frente do corpo, na ponta dos pés, cobrindo-o enquanto se mantém abaixado. Neil vê, mas não tem uma linha limpa de tiro.

— Larguem as armas e apareçam — grita o homem.

McCauley consegue ver os olhos de Elisa, consegue ler tudo neles. Medo intenso. Determinação. Esperança.

O peito dele dói.

O calor sobe trêmulo do pavimento. O homem avista o Mercury atravessado na estrada. Ele segue em sua direção. Enfia o cano da arma embaixo do queixo de Elisa.

— Larguem as armas e apareçam, ou eu vou matá-la.

Neil precisa de uma nova posição de tiro para poder acertar o cara. Ele desliza do rochedo.

— Você não me ouviu? — grita o homem. — Saia desarmado ou eu a mato, McCauley.

A voz do homem fica abafada.

— Diga a ele.

Elisa grita de dor.

— Ele está falando sério.

— Vou contar até dez — diz o homem. — Esse é todo o tempo que ela tem.

Há uma abertura na base de dois rochedos. Neil se abaixa mais e espia pelo vão.

— Dez — grita Wardell.

Ele segura Elisa pelo cabelo, a escopeta pressionando o queixo dela para cima, enquanto segue na direção do Mercury. Neil ainda não consegue atirar.

— Nove.

A cabeça do homem gira, tentando localizá-lo.

— Oito.

Ele precisa atrair aquele cara para sua mira.

— Deixe-a ir e eu lhe dou as chaves do carro.

— Sete. — O homem continua a se aproximar do Mercury. — Eu disse sete.

Ele recua o punho e dá um soco no rosto de Elisa.

— Seis.

Neil sai de trás das rochas, o fuzil baixo, na altura da cintura, as chaves levantadas.

— Deixe-a ir.

O homem continua a avançar, segurando Elisa perto, tentando ler o rosto do adversário.

— Jogue-as.

Neil arremessa as chaves na direção do Mercury.

— Solte-a.

As chaves caem no chão perto da borda da estrada. O homem assente. Mantendo Elisa entre eles, ele se afasta de Neil na direção delas. Há um centímetro entre ele e as costas de Elisa. Depois quinze. Depois trinta.

— Um — diz ele.

Ele move a doze e atira no ombro de Elisa.

Neil grita:

— *Não!*

Ela gira como uma boneca de pano. Quando cai, o homem a chuta sobre a borda esfarelada da estrada na direção da encosta do cânion.

Ele vira a arma na direção de Neil, que se protege atrás de pedras. A escopeta troveja. Ele ouve cascalho caindo enquanto Elisa cai impotente pela encosta, fora de vista.

McCauley salta de trás das pedras, pula além da borda da estrada e mergulha morro abaixo para impedir que ela caia em direção ao fundo da ravina.

Elisa desliza, inerte. Ele crava os calcanhares em umas pedras, agarra-a e detém a queda. Neil se joga por cima dela, cobrindo-a com o corpo, e aponta o fuzil na direção da estrada.

Ouve passos correndo. A porta de um carro se fecha. O motor do Mercury é ligado.

Com o coração trovejando, Neil passa o braço em torno de Elisa e a puxa morro acima na direção da estrada. Ele para na beira do acostamento. O Mercury está dando ré, recuando pela estrada. O homem gira o volante e dá um cavalo de pau.

Wardell coloca a primeira marcha, olha Neil nos olhos e ergue a mão direita. Ele segura o colar de Elisa. A medalha da santa e o pingente balançando de um lado para outro. Quando McCauley se levanta sobre um joelho e dispara o fuzil, ele acelera fundo e sai por uma subida, na direção oeste.

Respirando com dificuldade, Neil puxa Elisa para a estrada e cai de joelhos ao lado dela.

O ombro dela está destroçado. Os braços estão presos por tendões. Ele viu aquilo em batalha, a camiseta branca dela é uma massa encharcada de sangue. À queima-roupa, uma doze. A cabeça parece estar cheia de estilhaços.

Ela pisca, arfando.

— Meus homens estão chegando — diz ele. — Nós vamos tirá-la daqui.

Ele rasga e abre a camisa dela. O ferimento está expelindo sangue, uma massa de osso, músculo e pele em pedaços. Aquela linha bonita, suave e forte do corpo dela foi transformada em pasta.

— Preciso estancar o sangramento — diz ele.

Neil tira a jaqueta, enrola-a e a põe sobre o ferimento, como uma atadura de pressão, e se apoia sobre ela para deter o fluxo de sangue. Ela arqueja, os olhos se reviram para trás.

O coração dele se aperta.

Ele fez isso com ela.

Gostar distorce a tomada de decisões. Se apegar, se envolver. Emoção nubla a consciência, fazendo com que você não escolha o caminho crítico do menor risco e mais recompensa. E isso faz com que pessoas de quem você gosta se machuquem.

Culpa dele.

— Gabriela — diz ela sem forças.

— Onde ela está?

— No esconderijo. Eu disse a ela para fugir e se esconder. Mande Marcos ou Trejo. Encontre-a.

Neil pega o rádio. Ele faz uma pausa, se perguntando se ainda vale a pena se preocupar com o homem que tem o rádio e o carro dele. A parte dele do roubo.

— Qual o nome dele? — pergunta a Elisa.

— Wardell.

Ele não conhece, mas vai descobrir tudo o que existe sobre esse nome.

— Ele sabe que eu tenho uma filha. Nós precisamos pegá-la.

McCauley aperta o botão de transmitir. Diz ao grupo para que se apresse, para mandar Marcos ao esconderijo. Ouve estática em resposta. Uma voz distante, por um momento, antes de ser interrompida. As paredes do cânion estão bloqueando a recepção.

— O tio está morto — diz Elisa. — Ele os enfrentou, impediu que encontrassem Gabriela.

Neil olha ao redor, desesperado. O sol tinha caído por trás dos pináculos. Raios brilham através das pedras, como Deus através de garras partidas. Sombras criam faixas na estrada vazia. Tudo o que ele pode fazer é manter pressão sobre o ferimento e esperar que o bando chegue.

— Você veio — diz ela.

— Claro.

A respiração dela parece cheia de agonia. Os olhos têm uma sombra escura, pois sabe que as coisas estão mal.

Ele olha para ela, olha de verdade. Além do sangue, além da coragem, ele vê os machucados no rosto. Vê as queimaduras de cigarro no peito. Um frio que o preenche. Fúria.

— *Amado* — diz Elisa.

Sua voz está seca. Ele não tem água para ela.

— Estou aqui.

— Tudo o que eu queria era me afastar dos alojamentos na fazenda. Tudo o que eu queria era tirar Wardell de perto de meu bebê. Dar a ela uma chance de fugir.

— Ela teve. Você fez isso.

— O resto. O código. O cânion. Eu disparei palavras, como se espalhasse sementes. Estava desesperada. Estava tentando qualquer coisa. — Os olhos dela brilham. — Eu não ousava ter esperança de que você viria.

O peito dele se aperta.

— Por você, menina linda. Por você, tudo.

Tudo. Tudo deu errado.

Culpa dele.

— Fale comigo, Neil — diz Elisa.

— Chris está vindo. Cerrito está vindo. Trejo está vindo.

— Você não é católico.

Ele franze as sobrancelhas.

— O quê?

— Você diz os nomes deles como ladainha de santos.

— Eles estão vivos e vão levá-la para um médico.

Ela parece querer acreditar nele, mas os olhos o repreendem. Ela sabe.

Estou mentindo. Estou mentindo para ela. Merda, vai levar duas horas para conseguir ajuda médica.

— Eles estão vindo.

— São Cristóvão, orai por nós — diz ela.

Ele inspira. Ela lança um olhar estranho para ele.

— São Michael, rogai por nós — diz ela.

Ele ri. Parece fora de controle. Ele aperta a mão dela.

— São Trejo, lutai por nós.

— Neil McCauley, fique comigo.

— Eu estou aqui. — A voz dele está embargada.

— Pegadas na areia — diz ela.

— O quê?

— As dunas.

O olhar dele desce pelo cânion, até o chão do deserto e a elevação esculpida das dunas Algodones no horizonte. Então ele olha atentamente para o rosto de Elisa. Está pálido. Os olhos estão ficando quentes, contra a dor, contra o sangue que escorre. Ele continua pressionando o ferimento, torcendo, trabalhando, para mantê-la presa ao agora, à vida.

Ele não quer pensar nela sendo levada pelas marés do tempo e da morte. Ele a quer com ele para sempre, quente, respirando, rindo, amando-o. Essa mulher. Esse milagre.

Ele ergue o rádio.

— Falem.

Ele ouve estática. Nenhuma recepção. Aperta novamente o botão de transmitir e para.

Ele vê, com uma clareza cegante, que não pode esperar por Chris, Michael e Trejo. Não pode colocar Elisa em um carro de trabalho e encontrar um médico que cuide dela em um escritório ou quarto de motel, sem registro.

Ela precisa de um hospital, precisa de cirurgiões de trauma. Ela precisa de sangue, de soro na veia, de reidratação, de ser estabilizada, para que não entre em choque hipovolêmico. Se ela perder muito sangue, não vai haver o suficiente para o coração bombear pelo corpo. A pressão sanguínea vai cair bruscamente, os órgãos vão falhar, *bum*, um atrás do outro. Ele já viu isso. Em Cù Chi. Companheiros de esquadrão seriamente feridos enquanto rastejavam por um túnel de um metro de largura e mortos antes que pudessem tirá-los dali para encontrar um médico.

Elisa precisa de paramédicos. Já.

— Preciso chegar à elevação e chamar uma ambulância.

— Neil.

A encosta do cânion é rocha farelenta e sálvia-do-deserto, mas é possível subi-la. São cem metros até o alto. Ele põe a mão direita dela sobre o ferimento pulsante no ombro.

— Aperte. Preciso subir esse morro até conseguir sinal. Eles vão ligar para a emergência. Eu já volto, sessenta segundos.

— Neil.

Algo nos olhos dela. Como se ela soubesse uma coisa que ele não sabe, Elisa vê nele algo que ele não está vendo por conta própria. Por um instante surreal, sua perspectiva se afasta em zoom. Ele a vê como se estivesse de grande altura: Elisa está caída na estrada, pequena, cercada pelo próprio sangue. Uma visão sombria de uma santa, La Virgen de Guadalupe, pintada no asfalto, vermelho profundo. Além dela, encosta abaixo, estão os três carros destruídos de Wardell. Quatro corpos espalhados, espíritos mortos em um quadro de Goya, em posições estranhas, perdidos.

McCauley segura o rádio e olha para o pináculo, tão promissor, tão necessário. Cem metros acima. Longe demais. Elisa vai sangrar até a morte.

Ele se abaixa ao lado dela e pressiona o ferimento.

— Garota — diz ele, sem fôlego. — Aguente firme.

— Eu tentei contar a você.

Meus homens estão vindo. Eles estão vindo.

Ela gira a cabeça para olhar para ele.

— Eu estava vazia.

— O quê?

Ele ajusta a jaqueta enrolada. Está encharcada.

— Vazio — diz ela. — O mundo. Depois que meu marido morreu.

— Do que você está falando?

— Estava tudo cinza. Não havia nada. Nenhuma esperança para mim.

— Elisa.

— Eu me mantive inteira por Gabriela. — A voz dela está seca. — Eu me levantava, trabalhava, colocava comida na mesa para ela. Abraçava-a, amava-a. Mas o mundo estava cinza.

— O mundo pode ser cinza, mas você é de uma cor brilhante.

— *Amado mío*, cale a boca e escute.

— Deixe que eu fale. Você descansa.

— Não. Deixe que eu fale. — O rosto dela é tomado por uma expressão. Não de desespero, mas de clareza. — Você. Uma surpresa.

Ele afasta um fio de cabelo do rosto dela.

— Frio e duro, hein?

Ele está tentando cerrar uma gaiola ao redor do coração. Para trancá-lo, lacrá-lo, encerrá-lo contra as palavras que ela está dizendo. Elisa está proferindo-as neste momento porque acredita que não haverá um depois.

Pegadas em uma praia. Então vem a maré, e você nunca esteve lá.

— Sincero — diz ela. — Consciente. À espera. À procura.

— Foi isso o que você viu em mim?

— Um cara bonito que não sabia disso. Fechado demais, desconfiado demais para baixar a guarda. Mas, de algum modo, eu consegui passar.

— Você me abriu por inteiro — diz ele, e sabe que a tranca em seu coração não vai aguentar. — Você foi irresistível.

Ele luta por mais um instante, agarrando-se firme ao mundo em que está, ao mundo que ele quer, tudo prestes a desaparecer. Por causa de suas ações, por causa das coisas que ele lançou sobre essa glória alquebrada, que está ali caída na estrada.

— Eu te amo — diz ela. — Essa é a única verdade que importa.

— Eu te amo. — Ele sente um rasgo na voz. — Você me trouxe para todas as cores.

— Você me trouxe de volta à vida — diz ela.

Neil olha montanha abaixo. Escuta. Espera ouvir motor de carros. Não vê nem ouve qualquer coisa além de dois abutres, distantes, planando no céu de fim de tarde.

— *Querida* — diz ele. — Desculpe.

— Shhh.

Calor, um manto escuro o atravessa.

— Eu nunca deveria ter deixado que você chegasse perto disso.

— Pare.

— Você não é parte do grupo. Você não queria isso.

— Eu queria.

— Se eu não tivesse me envolvido com você, isso não teria acontecido.

Ela leva a mão cansada aos lábios dele.

— *Silencio.*

Ele respira.

— Neil — murmura ela. Os lábios estão com uma tonalidade azulada. Uma sombra move-se por trás de seus olhos. — Nós temos esse tempo. Deixe-me contar a você. Estou feliz, você me faz feliz. Você alegra meus dias, minhas manhãs e minhas noites. Minha mente, meu coração e meu corpo. Cada segundo valeu a pena.

Ele abandona tudo. A gaiola se abre. Ele não estava escondendo nada dela, apenas de si mesmo. E, agora, não resta tempo para isso.

— Sou um homem de sorte — diz.

Elisa está começando a tremer. Os dois sabem. Ele perdeu tudo pelo que tinha lutado naquele dia. Não há mais como deter aquilo.

— Fique comigo — diz ele.

— Eu queria.

— Fique.

— Mais do que qualquer coisa. Ficar. Com você. Ver... — Ela fecha os olhos. Brotam lágrimas. — Ver Gabriela outra vez.

— Ela vai ficar segura, prometo a você.

Os lábios dela tremem. Ela abre os olhos enquanto lágrimas se acumulam neles. Neil quer enxugá-las, mas está fazendo pressão no ferimento. O sangue cobriu as mãos dele, a camisa, a calça.

— Vá em frente — diz ela.

— O quê?

— Solte.

— Não posso. — A voz quase não é ouvida acima do murmúrio da brisa que corre pelo cânion.

Ela pisca e as lágrimas escorrem. Os olhos estão quentes, escuros e nítidos.

— Me abrace, Neil — diz ela. — Deixe-me beijar você.

Ele a está abraçando, mas não do jeito que ela quer, não como ela está dizendo a ele.

Ela quer dizer adeus.

— Elisa — implora ele.

— Por favor.

O sol mergulha para sumir de vista, as sombras riscando as encostas e deslizando sobre eles.

Chris acelera o Dodge encosta acima para o interior do cânion, levando-o ao limite. Faz vinte minutos desde a última vez que teve notícias de Neil. No banco do carona, Cerrito parece ligado, tenso, impaciente, os olhos tão loucos pelo desconforto que quase perde a consciência. O rádio está silencioso em sua mão.

— Tente outra vez — diz Chris.

Michael aperta o botão de transmitir.

— Fale.

Silêncio. Chris pisa fundo.

— O que você acha? — pergunta Michael.

— Verifique os pentes.

— É. Ele pega a SIG Sauer na cintura, ejeta o pente e o recoloca. Puxa o ferrolho para trás apenas o suficiente para revelar o cartucho na câmara. Ele guarda a pistola às costas.

Chris olha para o cânion, a vista aparecendo e desaparecendo através de promontórios rochosos, sumindo quando a estrada faz mais uma curva fechada.

Ele faz uma curva.

— Merda.

Ele pisa no freio e Cerrito é jogado para a frente, impedido de voar graças ao painel. O carro canta pneus e para.

Na estrada à frente, três veículos estão destruídos por balas: uma Blazer vermelha, o Honda Accord e um Trans Am Preto. Vidro estilhaçado, buracos de bala, pneus vazios.

Chris e Michael descem com cautela do carro, as armas erguidas.

Há quatro homens mortos entre os veículos. Sangue escorre do asfalto para a areia ao lado da estrada.

Chris e Michael olham um para o outro. Com o AR-preso em um dos ombros, Chris pega o flanco esquerdo em torno dos carros destruídos. Michael vai pela direita, movendo a arma em um arco curto, esquerda, direita, para o chão.

Chris dá a volta na Blazer e congela. O coração parece explodir. Ele ergue o cano do AR-15. Michael aparece, inspira e para.

No meio da estrada, Neil está sentado no asfalto, coberto de sangue. Junto aos seus braços, pálida como mármore, imóvel, desprovida de vida, está Elisa.

Ele olha fixamente através do dia, através das rochas, através de Chris e Michael. Aninha carinhosamente o corpo de Elisa, desesperado, arrasado.

Shiherlis se ajoelha na estrada e abaixa a cabeça. O anoitecer cai como um sudário.

62

A areia sob os arbustos de mesquite começa a esfriar. O sol mergulhou no horizonte. Escondida em uma moita no alto de uma colina, perto do alojamento, Gabriela espera e começa a tremer.

Ao escutar um carro se aproximando, ela rasteja à frente. Os arbustos bloqueiam a visão. Pneus rodam pela entrada de carros e poeira se ergue no ar.

A porta de um carro se fecha.

Ela escuta botas na varanda de madeira. Um som duro, como as de um caubói.

A mãe não estava usando botas. Neil não estava. Chris nao estava.

Quem é aquele?

A mente arde branca de medo.

No alojamento, Marcos está parado à porta. O corpo espancado de tio Tomás está caído no chão à frente.

— Mãe de Deus.

Tomás tinha sido coberto delicadamente com um cobertor navajo, posto sobre ele por uma criança. Com cuidado, tentando aliviar uma dor que ele não sentia mais. Tentando confortá-lo. Santo Deus.

— Gabriela.

Enfurecido, Marcos corre pela casa, mas não a encontra. Ele sai correndo pela porta e chama o nome dela. O som se aplaina com o vento crescente.

Erguendo-se de pé, Gabriela se vira para correr. O deserto se abre à frente, cheio de sombras, impiedoso. Então ela escuta.

Gabriela.

A voz da mãe, algo *real*, algo *próximo*. Alto em sua cabeça. Como se viesse de alto-falantes gigantescos, mas além deste mundo.

Agora, Gabriela. Agora e sempre.

Ela para e se volta na direção da casa.

— Gabriela!

Ela começa a chorar e corre na direção de Marcos.

A noite já caiu por completo quando Neil, enfim, volta para o esconderijo. Sua mente é um sinal de discagem constante — alto, agudo, insistente. Vazio.

Ele entra pela porta e Marcos está ali, exausto, os ombros curvados. O dia se dissolveu de triunfo em desastre. Ele encara Neil.

McCauley não diz uma palavra sequer. Ele olha o local no piso de madeira da sala principal onde o sangue foi absorvido pela madeira seca.

— Tomás? — pergunta ele.

— Enrolei o corpo em cobertores. Está na caçamba de carga de minha picape. Casca grossa. Ninguém vai me parar, vou cuidar do enterro.

Neil assente.

Marcos se vira para olhar para o corredor e Neil acompanha seu olhar. Parada ali, parcialmente escondida nas sombras, está Gabriela.

— Minha mãe — diz ela. — Onde está minha mãe?

Neil dirige sozinho pela autoestrada enquanto o lusco-fusco do amanhecer surge no horizonte.

Marcos levou Gabriela. Neil sabe que Wardell tem a identidade de Elisa e o pingente, que tem certeza de que ela tem uma filha pequena.

McCauley disse a Marcos para levá-la embora, para o outro lado da fronteira. Mantê-la segura. Ninguém deve saber onde ela está.

O pingente. Conexões. Ligações.

Isso faz com que pessoas que você ama — pessoas com quem você nunca deveria ter se envolvido — morram.

Isso transforma seu mundo em cinzas.

Neil vai levar o corpo de Elisa para uma funerária, para um agente que Marcos conhece; pessoas que trabalharam com a família por gerações, que vão proporcionar a ela cuidado digno e carinhoso.

Ele sente os pneus deixarem o asfalto e rodarem sobre cascalho, seguindo na direção de uma vala. Ele corrige o volante e tenta respirar, mesmo com o que parece um arame apertado ao redor do pescoço.

Neil ainda está dirigindo quando o sol nasce. Ele segue na direção do ponto de encontro, a casa aos pedaços ao norte de Yuma que Elisa arranjou. O lugar aonde ela nunca conseguiu chegar.

Ele olha fixamente para o alvorecer no deserto. Para as mãos. Elas estão vazias, exceto pelo sangue de Elisa.

PARTE CINCO

Paraguai, 1996

63

Três semanas.

Quando Chris entra nos escritórios corporativos dos Liu no prédio comercial utilitário nos arredores da cidade, faz três semanas que ele não vê a filha deles, Ana. Três semanas desde o encontro com Claudio no Casino Paraná. Desde que lhe entregou o CD com o código e o malware e sentiu o pulso dele ao escrever na palma de sua mão.

Três longas semanas.

Ele está um pouco atordoado.

O rádio está silencioso em relação aos resultados da reunião. Não há como ele saber o que os Chen fizeram com o falso programa de GPS sabotado, ou o que o programa fez com os clientes.

Essa é a segunda coisa na cabeça dele. A mulher — a vontade de vê-la outra vez, de ouvir a voz dela, de qualquer contato — é a primeira.

Chuvas fortes tinham lavado o dia, cinza e com vento. Quando Shiherlis chega, Paolo está andando de um lado para outro no saguão, falando ao celular. Ele desliga e se aproxima, parecendo rápido e alerta.

Chris inclina a cabeça e deixa que uma pergunta surja em seus olhos.

— Os Chen. Eles estão com um pouco de raiva — diz Paolo.

Chris fica imóvel.

— Você quer dizer que funcionou.

— Funcionou.

Os batimentos de Chris se aceleram. *Ganhando*. Então ele vê uma sombra de preocupação por trás do olhar do outro.

— E então? Qual é o risco? Vingança? Eles vão tentar atacar os Liu? — pergunta. — Eu estou com um alvo nas costas?

Paolo pensa por um minuto.

— O motociclista? — sonda Chris. — Vamos deixar de babaquice. Por que eu não tiro esse caubói do negócio?

Paolo encara Chris e nega com a cabeça.

— Não.

A expressão vazia nos olhos de Shiherlis diz que isso vai acontecer, se não naquele momento, depois.

— E você tem razão em relação à segurança do shopping Xingfu — diz Paolo. — Com o auxílio do sr. Terry, os Chen queriam hackear o sistema de computadores dos Liu, espionar e roubar o código. Eles estavam atrás de fraquezas. Será que conseguiriam hackear a intranet dos Liu, por meio de cabos telefônicos e de fibra óptica? As motocicletas estavam procurando acesso à sala do PABX na garagem. Estamos reforçando os sistemas.

— O atentado no Land Cruiser? — diz Chris.

— Um cara de dentro que roubou dinheiro deles. Isso foi pessoal. O que você fez é um negócio.

Chris digere isso. Negócio de Ciudad del Este.

Então, ele escuta a voz dela. Ana vira a esquina ao celular, encerra a ligação e olha de um para o outro.

— O cachorro de quem morreu? Que caras sinistras.

Ela está de tênis, uma camisa de flanela xadrez verde e óculos grossos posicionados no alto da cabeça. Olha para Chris como uma chama queimando forte.

— Os Chen estão aborrecidos — conta Chris.

Ela o estuda.

— Eles instalaram o programa falso de GPS que você deu a eles. — O rosto dela fica ilegível por um momento. Então, satisfação fria. — Nós não temos uma fonte interna, mas ouvimos rumores. Quando o ECM foi ativado, o programa falso fez a magia dele e se autobloqueou depois de 57 minutos. Em todas as unidades, como previsto.

Chris contém um sorriso.

— Para identificar o defeito, os Chen e os clientes deles desmontaram as unidades, examinaram o hardware. Então carregaram o CD em um computador em rede à procura de códigos bugados, e o malware está se espalhando como mofo pelos sistemas.

— Que azar.

— Ser atingido por um meteoro é azar. — Ela se vira para ir embora, então olha para trás. — Isso foi um bom trabalho — elogia, e sai andando.

Ele não consegue entender a atração que sente por ela. O coração, toda a estrutura, quer apenas se movimentar na direção dela, levá-la para algum lugar fora de vista depois de uma esquina.

Ele se assegura de que os olhos voltaram ao normal e se vira para Paolo.

Negócios?

Em Los Angeles, um lavador de dinheiro, Roger Van Zant, também fez “negócios”. Neil, Chris e a quadrilha roubaram um carro-forte e levaram uma remessa de títulos ao portador, sendo alguns de Van Zant. Como ele tinha seguro, fizeram um acordo de lhe vender de volta os títulos por um preço justo, e todo mundo ganharia. Mas Van Zant se sentiu motivado a retaliar. Isso não funcionou muito bem para ele.

— O motoqueiro pode passar — diz Chris. — Mas a onda desses players me diz que um dia...

Ele olha para o corredor, na direção tomada por Ana. É involuntário.

Paolo vê, mas guarda para si. Os olhos de mel brilham no rosto acobreado, mas são impossíveis de ler.

— Aqui tem uma coisa chamada "*equilibrium*".

— O que é isso?

— Eles fizeram um movimento contra nós. Nós fizemos um contra eles.

— Ok — aceita Chris.

— No que você está pensando?

Ele está pensando em Claudio Chen, no machismo dele, na pansexualidade, no motivo do lucro, nas tendências maquiavélicas.

El mago. Lector de la mente. Hora de ser a droga de um leitor de mentes. Com um apoio pesado.

— Vamos arranjar um pouco de *equilibrium* para a gente.

Com Paolo ao volante, o Suburban percorre ruas estreitas. Ao lado dele, Shiherlis carrega uma bala na Heckler & Koch USP. Ele torna a guardar a arma no coldre. Cabos de transmissão riscam a vista à frente. As barracas estão montadas e em funcionamento. A luz do sol brilha através do para-brisa. São sete da manhã.

O café fica em frente ao Shopping Mega Bright. Há seguranças armados nas portas, parecendo sonolentos, embora não estejam. Em uma varanda acima, homens libaneses estão sentados a uma mesa de cartas, fumando e discutindo os jornais da manhã. Na rua, ambulantes discutem sobre o jogo de futebol da noite anterior.

O Suburban para junto à calçada, seguido por um Jeep com quatro dos homens de Paolo.

O café tem uma porta estreita. Chris para por um instante, tenso. Os dois se olham nos olhos e saem.

O café tem mesas pequenas, com cadeiras de plástico amontoadas ao redor. Linóleo manchado, música árabe no rádio. Os sons ritmados e motivadores, hipnotizantes e discordantes aos ouvidos de Chris, atraentes e estranhos. E aquele minuto é um lembrete de que ele está na droga de terreno estrangeiro. O shopping é de propriedade dos Chen.

Claudio Chen está sentado a uma mesa nos fundos, tomando café da manhã com o anglo de Connecticut. Ele ergue o olhar do espresso quando a sombra de Chris preenche a porta.

Shiherlis segue na direção dele.

Nenhum compromisso marcado. Nenhum telefonema. Nenhum aviso. Nenhum alerta.

64

No café, Claudio olha através da luz dourada da manhã. Ele está de terno verde-água e óculos de aviador. Chris entra com Paolo logo atrás, os homens assumindo posição na porta e na calçada.

Chris dirige-se bruscamente na direção da mesa, as mãos à vista, os olhos apontados para a testa de Claudio.

Chen está frio, mas fagulhas parecem brilhar por baixo da pele.

Em outras mesas, cadeiras se arrastam quando o motociclista e outros dois capangas se levantam e levam a mão por baixo da camisa. Eles sacam pistolas.

O balconista gira e desaparece atrás da porta de vaivém da cozinha.

Um garçom se encolhe no corredor de trás. Chris ouve a porta dos fundos se abrir e um grito. Um dos homens de Paolo está parado no beco junto à porta.

Em um canto perto da janela, um casal de turistas ergue o olhar do café da manhã, o pão de queijo a meio caminho da boca.

Do outro lado da rua, um cara com uma AK surge sob a luz do sol. O capanga de Paolo na calçada permanece firme como uma rocha, olhando para ele. A arma no coldre. Cuidadosamente sem reação.

O motociclista está com a respiração pesada, o peito magro subindo e descendo por baixo da camisa de Diego Maradona.

Shiherlis recebe um flash de néon na mente. Os olhos de Charlene. O sorriso aberto de Dominick, cheio de curiosidade. Eles vão ficar bem sem ele?

Outro flash. Ana em uma rua de Ciudad del Este, aberta ao disparo de um carro.

Ele se aproxima e puxa a cadeira em frente a Claudio.

O adversário não se mexe. Um medalhão religioso pende ao redor do pescoço dele. Quando Chris se senta, vê que é Ayrton Senna.

Shiherlis põe as mãos sobre a beira da mesa, relaxadas, visíveis.

— É. Sou eu.

Connecticut fica rígido como uma raposa empalhada. Os olhos vão e vêm entre Chris, Claudio, Paolo e o motociclista.

Claudio tira os óculos escuros. Ele é mais frio que uma cascavel.

Mas o Chris que ele está vendo não tem a fachada de Terry. Shiherlis não olha para Claudio, sua visão vazia penetra a cabeça de Chen até o fundo do crânio, onde ele gostaria que o disparo da Heckler & Koch USP acertasse.

Claudio pega um maço de Marlboro no paletó. Ele o acende e dá um trago longo e langoroso.

— Vá em frente, sr. Não Scott Terry.

— Eu estou com os Liu.

O olhar dele perfura Chris. Ele empurra os Marlboros sobre a mesa, mas Chris os recusa.

— Vocês tentaram roubar o software dos Liu.

Claudio dá outro trago.

— Você tentou nos ferrar — diz Chris. — Eu estou aqui para lhe dizer cara a cara que fui eu. Eu ferrei com você.

A ponta do cigarro de Chen brilha, vermelha.

— Caso você ponha um alvo em minhas costas, eu também estou aqui por mim. Eu poderia desaparecer. Você nunca mais me veria. — Chris faz uma pausa. — Mas eu não quero. — Claudio exala. — Duas escolhas. Nós podemos ir às vias de fato, e eu vou acabar com você e com metade da porra de sua família. — Chris fixa o olhar em Claudio. — Ou levamos em consideração que o status quo é o status quo. *Equilibrium*. Nós seguimos nossos caminhos separados e continuamos a respirar e a ganhar dinheiro.

Claudio sopra um anel de fumaça na direção do teto. A música árabe percorre o salão, hipnótica e perturbadora.

— Você trabalha para os Liu ou para si mesmo? Você gosta de jogar para os dois lados?

— Eu trabalho para os Liu. Fiz exatamente o que tinha que fazer.

Claudio lança um olhar pensativo em direção a Chris. Ele bate cinza no pires e olha para o cigarro, como se consumi-lo lhe desse gratificação sexual. Claudio dá um último trago, apaga-o e retira um fiapo de tabaco do lábio.

— Desde que não aconteça mais nada, sr. Não Terry.

Ele joga o tabaco fora e se recosta, como se estivesse dispensando algo inútil e sem importância.

Chris se levanta e sai para a luz do sol.

* * *

Chris leva David e Felix Liu a uma reunião da Câmara de Comércio. É uma tarefa mundana, mas privilegiada. David atende a ligações em Mandarim. Felix pergunta a ele sobre os Estados Unidos, rap da Costa Leste versus da Costa Oeste.

— Essa rixa é real? — pergunta Felix.

— Real e fatal.

Agrade a ele. Isso é trivial. Shiherlis vê o fato de Felix falar com ele como uma grande mudança. Ele não conta a Felix e a David sobre a reunião no café. Paolo e ele não dizem qualquer coisa sobre Claudio. No momento, não há algo a dizer. Mas ele ainda está tenso.

E é naquela noite, às oito horas, quando ele volta de um serviço, que Ana bate à porta.

Está escurecendo lá fora, a noite se banhando de azul, faróis e música aumentando pela vizinhança. Mais uma vez, ela tira os sapatos. Chega com um saco de comida chinesa para viagem, que abre na mesa da cozinha.

— Vá tomar um banho.

Ele fica parado, as mãos na cintura, olhando para ela.

Ela faz uma pausa.

— Tudo bem, então.

Ela estala os dedos e indica o chuveiro.

O banho está quente quando ela tira a roupa e se junta a ele, parecendo uma lutadora prestes a entrar no ringue e acabar com ele. Ele ri.

Depois, Ana encontra um roupão felpudo, envolve o cabelo em uma toalha e volta para a cozinha. Chris coloca uma calça jeans e se junta a ela, que serviu dois pratos e procura algo nas gavetas da cozinha.

— Você não tem hashis — diz ela. — Bárbaro.

— Sou. É por isso que você gosta de mim.

É uma brincadeira rápida, mas ela lança um olhar ressabiado na direção dele, como se desconfiasse de que o passado dele pudesse conter correntes sombrias e violentas. Ele não reage. Ela vai até a sala, abre a bolsa do computador e pega dois pares.

— Eu vou ter que treinar você em tudo? — diz ela.

— Não, você gosta de mim selvagem.

Ela ri quando se senta e puxa o prato para perto.

— Selvagem, mas aberto a sugestões.

Eles comem vorazmente e ela se veste.

— Obrigada — diz ela. — Eu vou vê-lo de novo.

— Ana — começa ele, quase como um mantra estranhamente perdido.

Ela vai até a sala para pegar a bolsa do computador e se vira para ele.

— Você tem mais potencial do que sabe. — Ela hesita por um momento. — É, você é ousado e tem muito mais habilidades do que mostrou para qualquer um de nós, eu acho. Mas estou falando sobre o que há em você que ainda não sabe. Você quer explorar essas qualidades?

— Quero.

— Se o que eu quero que aconteça acontecer, você vai ter possibilidades. Algumas capazes de salvar vidas. Mas eu preciso de aliados, conselheiros e...

— Um sentinela?

— Com insights rápidos e mais...

Ela está parada diante da mesa, imóvel e em silêncio.

A foto de Charlene e Dominick se destaca em cima da mesa. Ele deixa que ela a observe por tanto tempo quanto necessário.

Depois do que parece uma eternidade, ela o estuda por cima do ombro.

Chris vai até ela.

— Quero ser franco com você.

Ana torna a se voltar para a foto.

— Eu não perguntei. Quando vim para cá esta noite...

Shiherlis não consegue ver o rosto dela. Ele faz a volta e fica ao seu lado. Não a toca.

— Tenho esposa e um filho... — A voz parece prestes a escorregar. — Eles não estão aqui e nunca virão para cá. Eles não podem, e eu não posso ir para lá. De qualquer forma, vou me reunir com eles um dia, só não sei quando nem como. É isso.

— É. — Ela continua a olhar para a foto. Não a toca, nem toca nele. Por fim, assente: — Você quer dizer que não há futuro. Para mim e você.

— E não há mentiras.

— Eu entendo.

Chris não consegue ler a expressão no rosto dela; ele pode ter estragado tudo. "Tudo" sendo o que quer que aquilo fosse.

— Não há futuro — diz ela. — Por isso, nada com que se preocupar.

Do que ela está falando?

A voz dela fica mais baixa.

— Seu filho é lindo.

É a sensação de uma punhalada, como se seu coração tivesse sido empurrado para fora do corpo. Ele apenas concorda com a cabeça. Ana olha para ele. O sorriso dela é breve e, talvez, divertido.

— Roubada, um norte-americano casado e com documentos falsos. Que partidão você é. — Ela sorri e continua. — Essa não é uma aliança que eu seria estimulada a fazer. Não é algo sobre o que devemos contar a alguém de minha família.

— Você quer dizer que eu não vou subir até o topo por causa da cama?

Ela ri.

— Você é taiwanês?

— Não, sou perspicaz.

— Vejo você em breve — diz ela.

Ele nunca se sentiu mais inflamado. Não é apenas Ana, mas o mundo que está se abrindo para ele. O novo *novo*. A cores.

Ela vai embora. Ele vai até a janela de vidro laminado e a observa ir. O carro está estacionado junto do meio-fio. Ela entra e parte sem olhar para trás.

Chris se encosta no vidro frio.

O depósito está frio quando Chris chega no início da semana. Paolo está supervisionando a tripulação de um caminhão semirreboque. Na outra extremidade, Ana está parada ao lado de uma mesa de madeira, digitando em um laptop. Ela não ergue o olhar.

Paolo termina com o caminhão e se aproxima.

— Aquela coisa — diz Chris.

— Tudo bem — responde Paolo, em português.

— Isso é definitivo? Nenhuma conversa, nenhum sinal de que as coisas vão...

— Escalonar? Essa é a palavra?

— É.

Paolo balança a cabeça.

— Status quo. Nós ganhamos dinheiro.

Eles trocam um olhar. Chris nunca vai abaixar a guarda por completo. E, nessa hora, vê que Paolo também não. Bom.

Ana fecha o laptop e se aproxima.

— Vocês não estão ainda falando sobre os Chen, estão?

— É nosso trabalho, *señorita* — diz Paolo.

— E apreciamos como você o faz bem.

Ele acena com a cabeça em agradecimento e pede licença para conversar com um motorista. Ana se volta para Chris.

— Os Chen estavam com raiva, mas são peixe pequeno — começa ela. — Claudio é um cara que arrancaria as asas da Sininho só por diversão, mas a família e ele pensam pequeno, apenas dentro dos limites de Ciudad del Este.

— Você está pensando maior? — pergunta Shiherlis.

— Tanto para me proteger dos riscos quanto como uma fronteira. Cada transação que eu faço aqui me leva mais para o mundo do que para cá. Eu gosto da emoção. Não vou ser a sucessora de meu pai. Estou começando minha própria unidade de negócios, para gerir a coisa de maneiras novas, sem limites.

— E você vai fazer isso.

Um sorriso desliza pelo rosto dela.

— Enquanto isso...

Ela gira um dedo e o conduz mais fundo no armazém. Eles fazem uma curva e Chris para. Uma ala do prédio está cheia de equipamentos de alta tecnologia, do chão ao teto.

— O que é isso tudo? — pergunta ele.

Ela balança a cabeça.

— Um inventário mensal. Nós giramos essa quantidade a cada três semanas.

Shiherlis tenta impedir que os olhos se arregalem.

— É um começo — diz ela.

Ele quase ri.

Os Liu fazem negócios; acessam suprimentos, produtos acabados, hardware e componentes, cadeias de suprimentos disponíveis; fazem transações bancárias por meio de transferências eletrônicas globais de fundos. Têm acesso a bases de dados na Rússia e em Israel para obter inteligência sobre clientes e qualquer agência de segurança que possa impedi-los. Em sua maioria, evitam jurisdições como os Estados Unidos e, portanto, voam acima de restrições legais. Eles não desrespeitam as leis; pairam além delas, acima de sistemas judiciários nacionais, operando desde aquela cidade aberta, aquela zona de livre comércio. Eles operam fora das forças policiais hostis, júris, advogados parasitas e pessoas responsáveis por transações dentro das quais a carreira criminal de Chris tinha sido submergida.

Entretanto, não há porto seguro. É um estado da natureza, uma selva letal. Você faz o próprio destino, está nas próprias mãos. Caçador e caça circulam sem restrições. A inteligência, disciplina e disponibilidade para se envolver com todos os tipos de violência são funções que determinam se você sobreviverá.

Chris nunca se sentiu tão *livre*.

Ele está entrando em CinemaScope por uma portinha; o exílio se transformou em revelação.

Ana olha para ele.

— Eu sou seu homem — diz ele.

A caminho de casa, Chris para na caixa postal, sentindo-se forte o suficiente para jogar os dados naquele dia e aceitar o resultado. Ele abre a caixa, o coração bate com força.

Há uma carta de Charlene. Ela está ali há um mês.

Ele segue pela rua estreita e barulhenta até o café Damascus. Quando se senta, o garçom lhe leva café com chipa.

Ele sabe o que vai acontecer quando abrir a carta. Dentro, há fotos de seu lindo filho, de Charlene segurando Dominick e ajoelhada ao lado dele na praia.

A carta diz: *Amo você, querido. Sentimos sua falta. Precisamos de você.*

Ele não é um fantasma, não para ela. Não para o filho. Ele é real.

As ruas lá fora trovejam com o movimento do comércio do dia. No dia seguinte? O horizonte promete domínios que ele pode criar. A história, de repente, parece datada.

O que foi aquilo? Neil McCauley, Michael Cerrito, Chris Shiherlis, Trejo. Com toda a experiência que tinham, o que eles eram? Talvez, os melhores. Mas em quê, em agir como bandidos do século XIX, roubando bancos?

Ele se sente vivo e cheio de vitalidade no presente, no hoje elétrico.

E, de repente, a vida parece espectral. Tênue. Ele se aferra à foto.

PARTE SEIS

Los Angeles, 2000

65

A cena do crime fica perto da autoestrada 210, em colinas cheias de arbustos no norte do vale. Um vento noturno sopra através de gargantas e ravinas. A cidade abaixo é um mar de luzinhas. Vincent Hanna faz uma curva na estrada secundária aos pedaços. À frente, viaturas preto e branco do Departamento de Polícia de Los Angeles e a van da Unidade de Investigação de Campo estão enfileiradas no acostamento.

O vento faz o paletó de Hanna esvoaçar atrás dele enquanto caminha pelo chão irregular. É um quadro familiar, luzes estroboscópicas vermelhas e azuis. Um guarda guardando o acesso ao local. Os flashes da câmera de um fotógrafo da polícia. Os maiores sucessos de Los Angeles.

Drucker está no interior da faixa, iluminado pelas costas por holofotes portáteis. Está de luvas, conversando com um policial uniformizado. Depois dele, jatos se aproximando do aeroporto de Burbank formam fila no horizonte, como um colar de joias piscantes. O cheiro atinge Hanna a cinquenta metros de distância.

Drucker pede licença ao policial uniformizado e vai até ele.

— Vincent. Um garoto fazendo trilha de motocicleta que encontrou, perto do pôr do sol.

Hanna se abaixa para passar por baixo da fita e acompanha Drucker pelo campo. As luzes, o fedor e as moscas zumbindo mostram o caminho.

— Uma estimativa aproximada? — pergunta Hanna.

— Animais tiveram acesso ao corpo, então é muito difícil. Ela está morta há dois, três dias.

Hanna seca a testa com um lenço. Ele sente sede e coceira. Drucker olha para ele, os olhos sábios quietos e aguçados.

Hanna não tem que estar ali. Dois outros detetives de Roubos e Homicídios estão na cena, Sansara e Rausch, da Unidade Especial de Estupro. Mas quando o chamado foi transmitido pelo rádio, algo o atraiu. Ele mandou Drucker responder, e ainda não está perguntando por quê.

A mulher está de bruços na cova de sessenta centímetros. O corpo já está parcialmente no esqueleto — abutres, insetos, ratos.

— Cem metros da estrada — diz Hanna. — Escondida, mas de maneira descuidada. Um trabalho rápido.

Drucker aponta para marcas de patas na terra remexida.

— Coiotes a escavaram.

O corpo está esparramado descuidadamente, como se ela tivesse sido arrastada para o túmulo por um braço. Ela é magra e pequena, e o cabelo preto e comprido está amarronzado pela poeira. Adolescente, no máximo vinte anos. Animais selvagens tinham reduzido metade do rosto a osso. O que resta mostra traços do leste asiático. Ela está nua, exceto por um único pé de sandália com salto agulha.

Hanna se agacha. Há uma cratera de escopeta às suas costas.

— À queima-roupa.

Ele não a vira, não a toca.

— Violência além da expectativa. — Drucker aponta com a cabeça na direção dos detetives da Unidade Especial de Estupro. — Eles acham que ela veio de Figueroa ou Van Nuys. O que chamou sua atenção?

Hanna não sabe dizer se ele está dizendo isso com preocupação ou esperança. Ele gostaria de ter uma garrafa d'água.

— Tudo bem. — Ele se levanta, examinando a cena. — A idade, o abuso, ela está nua, raspada, calçando uma sandália barata de salto agulha como se estivesse trabalhando. É, ela é vítima de tráfico. Mais provavelmente de Van Nuys que de Figueroa.

Os detetives de crimes sexuais foram para o carro, solicitando alguma coisa. Drucker está olhando para ele, sem dúvida preocupado.

O Departamento de Roubos e Homicídios está sob críticas. Hanna está trabalhando em uma dúzia de casos importantes: um stalker em Hollywood matando; o roubo violento de um contêiner no porto de Los Angeles; a morte a tiros da filha de um gangster russo. A expressão nos olhos do parceiro diz que ele não deveria estar acrescentando este caso à carga.

— Identificação?

— Nenhuma — diz Drucker. — Rausch e Sansara botaram detetives investigando postos de gasolina, bancos e lojas de conveniência, em busca de vídeos, caso uma câmera tenha filmado o veículo do assassino. — Ele está praticamente vibrando com uma sensação baixa de cautela. — Você quer acrescentar esse caso aos seus?

— Pergunte em um minuto.

A atenção de Hanna percorre o chão do deserto.

Dois anos antes, talvez até no ano anterior, Drucker não teria perguntado aquilo. Mas Hanna não consegue explicar concretamente por que está ali.

Ele não consegue explicar por que o chamado o levou a mandar o outro para o local quando dois detetives veteranos da Divisão de Roubos e Homicídios já estavam trabalhando.

Ele se afasta da borda comprida da cova. Onde o brilho dos holofotes esmaece em sombras, ele aponta para o chão.

— O outro sapato. — Ele olha ao redor. — Ela o perdeu correndo.

— Ela fugiu? — pergunta Drucker.

Hanna balança a cabeça.

— Pegadas aqui. Sapatos de homens. Homens, plural. Então as dela, correndo, desiguais. Com um homem em perseguição. — Ele assovia para o fotógrafo e a unidade de cena do crime. — Eles a trouxeram até aqui, a soltaram, então a perseguiram. Eles a pegaram, puseram o cano de uma escopeta nas costas dela e puxaram o gatilho. Cavaram a sepultura onde ela caiu e a arrastaram para dentro.

Neste momento, ele sente frio.

O fotógrafo e os técnicos vão em sua direção.

Hanna aponta:

— Tirem medidas e impressões.

Ele volta até o túmulo. O couro cabeludo está tenso. Sob as luzes, a pele da mulher é verde e cerosa. Ele esfrega o lábio superior, o olhar viaja do ferimento de entrada até os tornozelos.

— Marcas de ligadura. — Uma estranha sensação em relação às marcas está fervilhando sob sua pele. — Eles a amarram, a trazem para cá. Isso é alguém com confiança de que podia transformar essa encosta em uma caça ao coelho, com uma jovem de quem nunca iriam sentir falta.

Não é o cara, porém. Ou não apenas ele. É ela. Maria-Ninguém.

Ela parece simples e pequena. Horrível, um pesadelo infligido. Ele se ajoelha ao lado dela, à procura de sinais.

— E em Los Angeles, de quem não vão sentir falta? — pergunta ele.

Drucker parece calmo, preocupado e determinado, como se sentisse algo grande e perigoso e quisesse rasgar através disso.

— Nenhuma marca de pneu além da motocicleta — diz ele. — Apenas impressões de botas, rastros de animais, as pegadas dela.

— Então eles andaram com ela até aqui desde o carro.

— Isso mantém o carro dos criminosos limpo.

— E por pura diversão — acrescenta Hanna.

— Nada improvisado.

Drucker examina a cena pensativamente, da mesma maneira que uma onça-parda fica pensativa focando um alvo.

— Rápido, eficiente, levado a cabo por um cara que tem uma rotina. E parceiros. E ter uma rotina e alguns parceiros significa que ele certamente já fez isso antes e está pronto para fazer outra vez.

Hanna confia na experiência e nos instintos de Drucker. Dá a volta no corpo, verifica o solo escuro ao redor.

Os detetives da Divisão de Roubos e Homicídios retornam. Sansara tem uma expressão interessada e desconfiada nos olhos.

— Capitão.

Respeitoso, talvez relaxado.

— Estou assumindo isso — diz Hanna.

Os ombros de Sansara se abaixam.

— Nós já estamos no caso.

— Estão. Mesmo assim.

Rausch, totalmente séria, uma levantadora de peso, chega ao lado do parceiro.

— Senhor, isso vai além de assassinato. A especial de estupros tem contatos, eu tenho em Figueroa, Alameda e Van Nuys, para investigar se um cafetão ou cliente fez isso.

— Ótimo.

Hanna dá as costas para os rostos afrontados.

— Esses contatos? Comece a trabalhar neles. Rausch, você está comigo e com Drucker.

Ele se dirige para o carro.

66

No Parker Center, no centro da cidade, Hanna entra na Divisão de Roubos e Homicídios. As luzes fluorescentes emitem um zumbido magnético, os escritórios de concreto e vidro da Unidade de Crimes Graves se espalham, abertos, minimalismo industrial. Linhas claras de visão para uma unidade de elite dentro de uma divisão de elite. Mapas nos quadros brancos, tarefas, casos abertos. Há homens e mulheres ao telefone, no computador, os rostos fortemente iluminados sob abajures de mesa. Eles erguem o olhar quando ele passa. Alguns o cumprimentam com um aceno de cabeça. O turno da madrugada não é o dele, mas ele funciona em todos os horários, de dia e à noite.

A pilha de arquivos na mesa dele tem sessenta centímetros de altura. Metade é lixo administrativo sem importância. O vidro na porta diz Capitão Vincent Hannah, comandante da Unidade de Crimes Graves.

Hannah tem um minuto, ele sabe, antes que Rausch chegue, depois Sansara, para reclamar com ele por terem sido tirados do caso. O capitão está parado atrás da mesa, à deriva, mas sentindo uma contracorrente cortando o horizonte, puxando-o. Ele quer nadar naquela direção.

Drucker aparece, preenchendo a porta.

— O legista está na cena.

— Você viu como a sola dos pés estava cortada? — pergunta Hanna.

— Ela continuou correndo depois de perder o sapato.

— Toda cortada, mas ela resistiu, por uma chance de escapar.

— É por causa disso que você está assumindo o caso? — Drucker ergue as mãos. — Quero dizer, eu estou nessa. Cem por cento, Vincent.

— Eu espero que você esteja, porque a partir de agora estamos em capacidade máxima.

— É claro.

O olhar de Hanna cai sobre a mesa. Os 150 relatórios de subordinados que ele precisa revisar e aprovar, as solicitações de pessoal, os memorandos entre agências, os pedidos de compra para suprimentos e equipamento tático.

— Policiais e detetives estão procurando vídeos de alto a baixo da 210 — diz Drucker. — A autópsia vai nos dizer mais.

Hanna tamborila com os nós dos dedos sobre a mesa. Depois de um segundo, assente.

O parceiro se vira para ir embora, mas olha para trás e para o chão do escritório ali fora. Ele abaixa a voz:

— Recebi uma ligação do gabinete da promotora.

Hanna se joga na cadeira do escritório, roendo a unha do polegar.

— Ah, sim… O que eles falaram? Ou eu não quero saber?

— As provas no caso do roubo no porto, a gravação da entrevista com a Investigação Criminal? — Hanna olha para o tórax de Drucker, que se debruça sobre a mesa. — Vince, a promotora não está com elas. Disse que você nunca as apresentou. Ela precisa delas para o julgamento.

A gravação. *Merda.*

— O que você respondeu?

— Disse que as estava revisando, não sabia que ela precisava delas para os preparativos do julgamento. Meu erro, desculpe, nossas linhas se cruzaram.

Eu disse a ela que a gravação vai estar na mesa dela às oito horas de amanhã, com a declaração juramentada e o registro da cadeia de custódia.

— Bom.

Drucker se assoma à frente da mesa.

— Certo — diz Hanna. — Vou me assegurar de que tudo chegue a ela.

Lentamente, Drucker assente. O chefe sente uma mola se apertando no peito. O gesto de cabeça de Drucker diz: *Por quanto tempo eu vou cobrir por você?*

— Mais alguma coisa? — pergunta Hanna.

— Você que me diz.

Hanna fica em silêncio e Drucker se vira e vai embora.

O caminho do centro até Los Feliz está movimentado, a noite uma grade cintilante. Hanna está ligado, mas a exaustão o está quase pegando, zumbindo por suas veias. Aquele assassinato… Por que a jovem foi morta? Sequestro, estupro, tráfico, drogas? Ele abaixa a janela do carro. As Santa Anas parecem roçar sua pele em nível molecular. O olhar de Drucker se demora no fundo das retinas. Ele não quer achar que o parceiro está certo.

Mas Drucker geralmente está. É por isso que ele está na Unidade de Crimes Graves. É inteligente, duro, honesto e astuto. Todos são, na equipe. Drucker, Casals e a detetive que ele cooptou para o novo caso, Kath Rausch.

Ele passa por esquinas escuras, casas bem iluminadas e se dirige para casa. A gravação de que a promotora-assistente precisa está parada ali há semanas. Ele se esqueceu dela, como se esqueceu de que deveria tê-la devolvido às evidências.

O apartamento é um loft reformado, com pisos de concreto polido e luzes halógenas. Ele cheira a pontas de cigarro, colônia Armani e o azedume de roupa suja que a colônia deveria encobrir. A gravação está sob uma pilha de jornais na mesa da sala de jantar.

Ele nunca deveria tê-la levado para casa, nunca deveria tê-la removido do saco lacrado de provas. Mas se concentrar, fazer com que qualquer trabalho seja feito, quando ele está no escritório cheio de relatórios, é impossível. Ele bota a gravação novamente no saco de provas e pressiona a base da palma das mãos sobre os olhos.

Na cozinha, abre um frasco controlado de Adderall. A receita é real, embora não dele. Um comprimido de vinte miligramas por dia, mas ele toma três a seco. Espera pela onda, pela energia, pelo foco. Querendo se sentir no controle, confiante de tudo e consciente. A euforia evocada quando está farejando alguma coisa grande.

Ele vai ficar com o coração acelerado e agitado, sabe isso. Mas Hanna precisa fechar aquele caso. Ele pega o saco de provas e sai apressado pela porta.

De volta ao carro, seguindo pelo Sunset, ele pensa na Maria-Ninguém. Mal saída da puberdade, perseguida, baleada e arrastada para um buraco de terra perto de uma autoestrada barulhenta. Destruir a esperança havia gratificado os assassinos. Ele vê o cabelo dela espalhado sob o flash da câmera. Sente um calafrio gélido.

Hanna pega o celular e aperta a discagem rápida.

O telefone vibra quando é pego.

— Vincent, ei.

— Olá, querida.

— Você está em um carro oficial — diz Lauren.

— Crown Victoria, o rei dos carros de polícia.

— Você não vai passar aqui, vai?

Uma dor, uma premonição, abate-se sobre ele.

— Não posso, o carro é como um tubarão, precisa se manter em movimento. Só liguei para ver como você estava.

A cidade cresce ao redor, os outdoors, as luzes, a agitação. A silhueta do centro da cidade reluz com um brilho de vaselina.

— Tudo é status quo — diz Lauren.

A voz ainda está arquejante, quase apressada, como se ela estivesse correndo atrás ou em busca de algo fora de alcance. Mas está realmente animada naquele momento. Forte.

— Está pronta para a exposição?

— Quase.

Há o barulho de pratos e talheres.

— Estou refazendo a moldura da aquarela. Ela precisa de preto, algo brilhante.

Exposição de Arte do ensino médio. Escola nova. Pequena, só para meninas, espaço para respirar, espaço para prosperar. Lauren está lá há oito meses. Parece estar funcionando, e isso faz com que a pressão no coração de Vincent afrouxe um pouco.

— Nervosa? — pergunta ele.

— Sim.

Ele faz uma curva, o pulso acelerado.

— Abrace isso. Significa que você vai estar empolgada, totalmente aberta. Significa que sua arte é vital. Viva.

— Vou tentar. — Ela expira. — Prometo.

— Você vai impressioná-los — diz ele. — Eu te amo.

Ela faz uma pausa, e parece ter entrado em um quarto silencioso.

— Eu também.

É um lugar natural para encerrar a conversa, mas ele não desliga. A pausa se estende.

Hanna quer ouvir outra voz. Uma lenta, esfumaçada e suave. Ele pode visualizá-la, pernas de dançarina cruzadas no sofá, cabeça inclinada, cigarro nos lábios.

A voz de Lauren se aquieta:

— Ela não quer falar com você.

Justine. Casada por seis anos, divorciada por quatro. O calor e a raiva haviam se esvaído, e por algum tempo parecia que uma conexão mais suave estava sendo mantida.

Ele aperta o volante. A pele parece elétrica. Hanna gostaria que a onda fosse fruto do Adderall, não do tapa emocional, mas ele ainda está esperando a anfetamina bater. Ele pensa: *Depressa.*

Lauren está livre disso no momento — aquela foi uma das últimas coisas que Justine contou a ele.

A última coisa que ela disse foi: *Anfetamina não vai lhe dar o poder de seguir a presa no escuro. Esse brilho que você sente? Não é visão de raio-X. É autoincineração, entende?* E a porta se fechou na cara dele.

Ele segura o telefone. A noite vai passando.

Hanna mora sozinho, dorme sozinho. Qualquer pessoa nova com a qual ele se envolva, é físico. Uma coisa rápida. Justine e Lauren foram as duas mulheres de sua vida, afastadas, mantidas à distância. Seguradas por uma amarra fina, desfiando.

Ele não quer botar Lauren sob nenhuma pressão.

— Até mais tarde, garota.

Ele dirige de volta ao trabalho.

67

Drucker está no canto da sala de autópsia. A detetive Kath Rausch está parada ao lado, os braços cruzados com determinação. O legista e um técnico de autópsia se aproximam da mesa de aço inoxidável. O saco preto com o corpo está em cima dela, o zíper brilhando sob a luz cirúrgica pendente.

Hanna anda de um lado para outro no fundo.

Faz três dias desde que a vítima foi encontrada. Nenhuma identificação, ainda, mas Rausch encontrou a fita de segurança do posto de gasolina na I-210, perto do local do enterramento.

À 1h42 da madrugada, passam faróis, seguindo para as colinas. Um sedã norte-americano, antigo, laterais pesadas, motor grande. Às 3h03, o carro retorna e entra no posto de gasolina. O motorista permanece ao volante. Homem branco. Dois caras descem do carro, um branco e um negro. As bombas de gasolina os escondem parcialmente, um limpa o para-brisa com um rodo, o outro leva um saco plástico de lixo para a lixeira nos fundos do posto e volta sem ele. Os três vão embora.

Era isso. Hanna disse: *Passe outra vez. Câmera lenta.*

Rausch retrocedeu a fita e deu play novamente. Quando o homem saiu do carro, Hanna disse: *Pare.*

A imagem estava borrada, faixas de luz e escuridão. Os traços dos homens estavam muito indistintos para identificação. Eles pareciam fantasmagóricos, manchados.

Você pode dar um zoom?

Rausch balançou a cabeça. *Os técnicos podem. E talvez consigam aumentar o ganho e o contraste.*

Três homens. Organizados, falou Drucker.

O que isso nos diz: a desova do corpo foi feita pelas pessoas borradas. Hanna põe as mãos na cintura. *Rausch, cheque aquela lixeira. Se tivermos sorte, ela não foi esvaziada.*

Já fiz isso, informou secamente. *Peguei o saco. Estamos examinando.*

No momento, o legista calça as luvas de látex e leva a mão ao microfone.

— Começando o exame externo. — Ele abre o saco com o corpo.

Com o corpo virado para cima, o ferimento de saída na parte superior do peito da vítima é horrendo. Drucker e Rausch permanecem em silêncio. Hanna continua a andar de um lado para outro.

O legista fala no microfone.

— Parte do rosto está no esqueleto. Há indícios de predadores. Aves e mamíferos maiores, assim como insetos.

Ele gira a cabeça da vítima delicadamente.

— O olho esquerdo está faltando. A órbita ocular está totalmente limpa. — Ele inclina a luz cirúrgica para iluminar diretamente a órbita vazia. — Há... marcas na mediana da parede orbitária.

Hanna continua andando nas sombras.

— Marcas de queimadura — diz o legista.

Drucker sente um formigamento forte na espinha. Hanna para.

— Marca de queimadura, circular, aproximadamente oito milímetros de diâmetro. — O legista se apruma. — Alguém apagou um cigarro no olho dela.

O capitão escuta as palavras do legista, ouve o clique da câmera do assistente, vê Drucker se aprumar ao lado, sente eletricidade derramar-se de Rausch.

— Pré ou pós morte? — pergunta ela.

A inspiração de Drucker é audível.

— Cara, isso é uma coisa sinistra.

Hanna parece congelar, ele lança um olhar duro para o legista.

— Queimada com um cigarro.

O legista está examinando cuidadosamente o resto do crânio da mulher.

— Lóbulo da orelha, nariz e, sim, o olho.

O peito de Hanna fica vazio de repente.

— As marcas nos tornozelos.

O legista franze as sobrancelhas.

— Vou chegar lá.

— Agora — diz Hanna. — Vamos.

Contrariado, o médico segue para a parte inferior da mesa. Ele ajusta os óculos.

— Marca marrom-amarelada no tecido, rígida ao toque, semelhante a pergaminho, da secagem da pele esfolada. Ligadura. — Ele gira o pé dela. — O ângulo... isso, o V invertido onde o nó da ligadura apertou o tornozelo, é consistente com suspensão gravitacional.

— Ela foi pendurada pelos pés? — diz Hanna.

O legista assente.

— E há um padrão detectável na pele. O material da ligadura deve ter sido duro. — Ele examina as marcas. — Estão indistintas, mas essas impressões parecem os elos de uma corrente.

Hanna sente alguns segundos de uma implosão sombria.

— Otis Lloyd Wardell.

Drucker se vira.

— Quem?

Hanna vai no piloto automático até a mesa de autópsia.

— Otis Wardell está em Los Angeles.

— Você sabe o nome do assassino? — pergunta Drucker.

Hanna fecha os olhos e abaixa a cabeça como se uma bigorna tivesse sido pendurada em torno de seu pescoço.

— É ele, está vivo. Doze anos e ele está vivo e se repetindo.

Parado imóvel como um totem, ele faz um resumo para Drucker e Rausch. As invasões domiciliares em Chicago. Estupros, mortes por espancamento. A tortura e o assassinato na oficina mecânica. O desaparecimento de Wardell. Então ele balança a cabeça para desanuviá-la.

— Esse é um novo *modus operandi* para ele, a cova rasa.

Ele pega o celular e digita um número.

Casals atende:

— Roubos e Homicídios.

— Adivinhe? Nós temos um fantasma — diz Hanna.

Validação. As bordas da intuição se aguçando e ficando visíveis. *Confie em você mesmo*, pensa. Ele sente como se estivesse olhando da borda de uma fenda. A fome, há muito suprimida, se ergue. Aquele caso terrível. A vontade de caçar um homem que destruía vidas despreocupada e vorazmente.

Otis Lloyd Wardell. O sangue de Hanna se esquenta. *Seu filho da puta. Você está na minha cidade. E você não sabe que eu sei que você está aqui.*

68

Terça-feira à noite, 23h30, a rua está movimentada. South Figueroa, quatro pistas, abaixo do Coliseum, as revendedoras de carros usados fechadas, as igrejas em silêncio. Postos de gasolina muito iluminados e ativos, shoppings pequenos, lojas de conveniência, casas de massagem com seus letreiros de néon rosa. Os motéis… os motéis. Mulheres batendo ponto nas esquinas. Carros enfileirados, homens nas sombras dentro deles, baixando as janelas e dizendo: *Venha aqui, garota.*

Ele circula. Está fazendo a ronda.

Os locais, os moradores da área, eles pegam esse boulevard, trancam as portas e fecham as persianas. Pessoas passando, saídas da 110, seguindo na direção da USC, a Universidade do Sul da Califórnia, mantêm as mãos firmes no volante e veem apenas as luzes do trânsito e lanchonetes. Mais nada.

Porém, quando se tem olhos, aquilo é tudo o que se enxerga. E ele tem olhos. Porque esses são seus motéis, suas casas de massagem. As garotas nas esquinas trabalham em seus quartos. Aqueles cômodos alugados por cinquenta dólares, durante quinze minutos, que é todo o tempo necessário para encontros em motéis. Ele recebe parte do dinheiro que elas ganham com cada programa. Os cafetões lhe pagam uma taxa: vinte dólares a cada cem.

Cinco motéis, duas casas de massagem. Ele faz a ronda toda noite, conferindo o suborno, quantas garotas estão trabalhando; assegurando-se de que todo mundo esteja tranquilo.

Ele entra no Outskirts Motel. TVs COLORIDAS. PROIBIDO ANIMAIS DOMÉSTICOS. Todos os quartos dão para um pátio central, uma entrada e uma saída. O recepcionista está sentado em um cubículo atrás de vidro blindado arranhado com um comunicador amplificado e uma gaveta de dinheiro, como em uma bilheteria de cinema.

Ele estaciona e a entrada é liberada por uma porta lateral.

— O que você tem?

O recepcionista, Kultar, está ouvindo um rádio transistorizado. As roupas são limpas, mas desbotadas.

— A rotação está tranquila. Sem problemas.

Ele abre a gaveta de dinheiro. Examina o pátio para veículos e os quartos, cortinas encardidas fechadas, ocupados, *ka-ching*.

— Melhor que não tenha problema algum — diz.

— Não, chefe. Todo mundo está se comportando como cavalheiro.

Ele dá um grunhido. O Outskirts é o que os moradores da área chamam de chave de cadeia. Um paraíso para cafetões, para sexo, para comprar e vender drogas. Uma pessoa não vai ali a menos que esteja fazendo alguma sujeira. E é exatamente assim que ele quer manter o lugar.

Ele adora ter motéis, são seu reino. Pode passar por ali, coletar o dinheiro da noite, talvez comer uma garota se lhe der vontade. Todas estão disponíveis para ele. Todos os cafetões mandam garotas ao mesmo tempo. Ninguém cria problema. Ele não permite a atividade de gangsteres, reclamações de cafetões nem confusões nos motéis. E sob nenhuma circunstância alguém sangra ou morre na propriedade. Se for uma overdose, levem-no para fora, deixem que morra em um beco. E aquele motel é tão ao sul, quase nos limites da cidade, que o Departamento de Polícia de Los Angeles não se dá ao trabalho de fazer uma batida. Eles nem se dão conta de que fica em Los Angeles.

Kultar está com a planilha da contabilidade e a examina. O Outskirts é um lugar de alta rotatividade. Ele conta com cinco cafetões, cada um com quatro ou cinco garotas. O que são, seguramente, vinte garotas trabalhando simultaneamente.

Ele é chamado de Smoky, John Francis Smolenski. Está na carteira de habilitação. Ninguém ali o chama de Otis. O bando não ousaria dizer o nome Wardell. Ele ganhou alguns quilos — músculos, é — e usa o cabelo para o alto, com mousse. A cicatriz na sobrancelha não chama a atenção de ninguém, exceto de mulheres que conhece em bares, que acham que aquilo faz com que ele pareça durão, mas vulnerável, uma transa quente que precisa de cuidados maternais. Em Chicago, ela está listada como marca distinta em sua ficha criminal. Ali, ninguém se importa.

— A faxineira veio? — diz ele.

— Ontem, como você pediu.

Garotas recém-chegadas, em geral, limpam o lugar antes de serem mandadas para o verdadeiro trabalho que está esperando por elas, em casas de massagem ou esquinas. Mas naquela semana ele pagou uma mulher sem-teto para limpar os quartos. Deixou que ela assistisse à TV enquanto passava pano nas pias dos banheiros. Ver um pouco de Jerry Springer. Nessa, ele teve que comprar alvejante.

Tudo por causa da vadia. A garota asiática que deveria se ajoelhar entre as pernas dele, mas que passou mal ao ver seu pau. Raiva pulsa atrás dos olhos.

Primeiro, ela o evitou e foi para o canto do quarto. Começou a chorar, alto, a TV não escondia. Então começou um vídeo de música. Tupac Shakur rapeando "Dear Mama" sobre a base clássica "Sadie".

Mas que merda, murmurou ele. *Pare de chorar.*

Tupac, olhos grandes e delicados, gemendo por causa da mãe. A garota se encolheu contra a parede.

Ele canta sobre a mãe. Desculpe. A música significa muito para mim. Eu também amo minha mãe

Foda-se Tupac. Sua mãe era uma viciada em crack, não era nem uma pantera negra de verdade. Ela não era merda alguma. Era uma puta que não servia para porra nenhuma. Pare de chorar e venha aqui.

Foi quando ele abriu a calça jeans e segurou a cabeça dela, e ela quase vomitou. Então, ela saiu correndo na direção da porta, e ele pegou o martelo sob os jornais na cabeceira e a atingiu na nuca. Depois disso, quase até o fim, ela estava semiconsciente. Só acordou por completo quando ele a empurrou para o meio dos arbustos e sussurrou: *Corra.*

Foda-se ela.

Ele diz a Kultar:

— A faxineira não volta nunca mais. Se você a vir por aqui, enxote-a.

Ele verifica o suprimento de camisinhas. Cada garota recebe uma por cliente. Não que ele se importe com a disseminação de doenças, mas para que ele contabilize o movimento. Conta as camisinhas para saber quanto cada garota deve.

O recepcionista se vira.

— Uma coisa, chefe.

Ele se tranquiliza.

— Uma coisa que você deveria ter me dito quando eu cheguei.

— Estou tentando ser organizado. Desculpe.

— Que merda de coisa é essa?

— Eazy-D.

Do lado de fora, um Honda branco com muitos cromados para na rua, a música tocando alto. Um homem esguio de calça jeans larga e camiseta salta. Uma garota está andando na direção da esquina. O cafetão corre até ela, agarra-a pelo cabelo e lhe dá um soco no estômago.

Wardell dá as costas, não é da conta dele.

— O que tem o Eazy-D?

— Sua planilha de contabilidade. Ela não fecha — diz Kultar.

O peito dele esquenta.

— É mesmo?

Do lado de fora, o cafetão enfia a mão dentro da calcinha da garota e pega dinheiro que ela tinha guardado ali. Ele a empurra na direção do carro.

— Ele não está pagando toda a parte do motel — diz Kultar.

— Quando foi a última vez que você o viu? Ele passa aqui quando? Seis da manhã ou algo assim, não?

— Faz vários dias.

Não está pagando toda a parte dele? Aquilo não pode acontecer. Wardell sai; ele precisa encontrar Eazy-D.

69

Chris anda a passos largos na direção do hipódromo de Santa Anita, parecendo refrescado em um terno azul-cobalto e gravata prateada. O cabelo cortado a máquina, o mais curto que ele já usou. Óculos de armação grossa com lentes transparentes, barba por fazer. Uma estrutura musculosa — ainda esguio, mas mais magro, mais anguloso. Suave.

Caminhando pelo chão onde ele ainda é um homem procurado.

Ana anda à frente com um passo ansioso, ousadamente sem refinamento. Olhos para a frente, assimilando tudo e todos. O casaco de couro marrom é arrastado em seu rastro. Segundo ela, está bem-vestida. Suéter cinza-claro, calça jeans preta com botas Dr. Marten. O cabelo está preso por uma presilha em forma de borboleta em um coque alto. Os óculos escuros estão no alto da cabeça.

— Você deveria usar esses no rosto — diz Chris.

— Estamos em Los Angeles. É moda — diz ela com a confiança seca habitual. Ela nunca esteve na Califórnia.

Ana morou em Londres e conhece as ruas confusas e loucas de Ciudad del Este, mas a agitação e o brilho de Los Angeles são novos para ela. Sedutores. Cheios de dentes brancos e sorrisos falsos. Sonhos, o cinismo que se alimenta de sonhos. As atitudes norte-americanas parecem estrangeiras e estranhas. Chris é o tradutor cultural dela, o antropólogo.

Faz quatro anos e meio que ele partiu, e espera estar pronto.

Muita coisa mudou — e nada. Ana tem trabalhado em tempo integral para a família desde que terminou o MBA na Escola de Economia e Ciência Política de Londres. Ainda está lutando contra a indiferença do pai em relação a ela. David Liu está preparando o irmão dela para assumir, mas Felix ainda mistura farra com negócios. Ele, no momento, tem um bebê com Reynalda Chen, irmã de Claudio Chen. Com o nenêm, eles geram a imagem de cartões de boas-festas de uma família nuclear chinesa. Isso deixa Ana ainda mais de lado e apara as arestas entre as famílias. Bebês suavizam a amargura, e o relacionamento de Felix e Reynalda, mesmo caprichoso, promete a esperada fusão. Sob essa luz, Felix começou a propor *joint ventures* com os Chen.

Aquilo irrita Ana. O relacionamento com Felix é cauteloso e ressentido. Eles circundam um ao outro como uma cobra e um mangusto. Chris, às vezes, não tem certeza de qual é qual.

E Shiherlis está trabalhando com a unidade de negócios semiautônoma de Ana, a Mercury Partners International. O laboratório, como ele o chama, onde projetos tecnológicos são preparados. Planos inatingíveis ou de execução rápida — eles fazem de tudo.

O sol da manhã parece apagar as sombras. Chris está jogando com a sorte. Eles têm passagens para Singapura em 96 horas; de lá, vão de barca para Batam, Indonésia, a quarenta minutos de distância.

Chris Bergman está viajando com uma identidade à prova de balas: um passaporte canadense obtido por meio de fontes paraguaias na embaixada canadense em Assunção. Ana viaja com o documento paraguaio verdadeiro — ela não precisa de uma identidade falsa.

Ele a alertou de que havia um mandado de prisão ainda válido para Chris Shiherlis — é um homem procurado e, potencialmente, ainda no radar do Departamento de Polícia de Los Angeles —, mas omitiu detalhes. Eles vão tomar cuidado, sempre tomam; seu relacionamento é escondido da família.

É arriscado, mas Ana disse: *Venha comigo*, por isso ele foi. É assim que funciona.

Entrar e sair. Tudo negócios, grandes negócios. Eles estão no sul da Califórnia em busca de sistemas aviônicos para os clientes dos Liu.

Por meio de Walter Huang, tio de Ana em Alhambra, eles vão se encontrar com engenheiros que trabalham na indústria aeroespacial. A organização dos Liu já tem sistemas contra interferências em GPS e acesso global completo por meio de comando e controle com base em satélites, com capacidades de inteligência, de vigilância e de reconhecimento. Sistemas que podem superar a DEA, a Guarda Costeira, o FBI ou, para cleptocracias, insurgências ou Estados clientes, que podem durar mais que quem quer que sejam seus inimigos. Os maiores clientes dos Liu estão obtendo estruturas aéreas — drones para vigiar terras fronteiriças em disputa e rotas de tráfico. Agora, eles querem mísseis para derrubar adversários, armas que vão repelir aeronaves de observação e ataques aéreos feitos por rivais. Se Ana puder vender a esses clientes pacotes de orientação de mísseis com desempenho de alta tecnologia, eles vão babar.

Ele está ali e espera que não seja um erro fatal.

O hipódromo parece ao mesmo tempo familiar e estranho. Uma versão anterior dele teria sentido uma coceira, um desejo de botar dinheiro na acumulada; teria chegado ali para tomar café da manhã às seis horas, conversado com os treinadores e os candidatos a jóquei exercitando os puros-sangues e apostado o aluguel do mês em um azarão. Depois ficaria na grade de proteção enquanto os cavalos passavam trovejando.

Neste dia, ele entra em um elevador VIP e sobe até uma suíte particular acima da linha de chegada. Ela está abastecida de *hors d'oeuvres* como se fosse um jantar de Estado, embora Chris saiba que aquilo tem a função de impressionar. Garçons levam jarros de água gelada e bandejas de dim sum. Uma TV de tela grande ocupa uma parede, passando um programa de viagens em volume baixo, com cenas de arranjos florais e ondas.

Ana cumprimenta um homem na casa dos trinta anos, um primo de Alhambra. Ele tem um forte sotaque do sul da Califórnia, parece à vontade no terno Hugo Boss, sem gravata, cabelo alisado para trás. Ele age com familiaridade, mas deferência. Ana não é alta, não usa joias e tem apenas um Timex no pulso. E ela domina a porra da sala toda. Chris adora isso.

O primo aperta a mão dele.

— Darrin Huang.

O filho mais velho, Shiherlis sabe, do homem que organizou a etapa de Los Angeles da viagem.

— Chris Bergman.

O primeiro convidado logo chega. Raymond Zhang é nativo do sul da Califórnia, um engenheiro que trabalha para uma indústria aeroespacial de defesa. Ele está ali para ser…

Comprado.

Aquilo é considerado comércio em Ciudad del Este, Hong Kong, Nairóbi, Xangai. Do ponto de vista de Ana, o acordo não é transgressor. É negócio liberado de restrições regulatórias artificiais impostas pelo sistema jurídico do Estado.

Ela tem um programa de incentivo para que o homem forneça melhorias de desempenho valiosas para os Liu, para a Mercury, seu projeto pessoal inovador.

Esses são os Estados Unidos. Ali, eles gostam de rótulos críticos como "suborno".

Os convidados seguintes logo aparecem. O sino-americano é alto e atlético. Os dois da China são quietos e sérios, embora estejam em segurança além das próprias fronteiras. E Chris sabe que eles não foram seguidos por alguém do consulado chinês. Entraram no país com vistos de turista, separadamente, para visitar avós e tios e ir à Disneylândia com os sobrinhos norte-americanos. E passar um dia nas corridas é uma boa tradição chinesa.

Ana lhes dá as boas-vindas e deixa que admirem a vista fabulosa da pista e das montanhas. Ela discute a entrega da soberania de Hong Kong à China, e os estimula a saborear a comida. Chris já se tornou hábil com os hashis. Ele observa os homens, percebendo como se comportam, o quanto estão nervosos, se estão ansiosos ou evasivos.

A televisão muda do canal de viagens para o telejornal local. É um flashback e tanto, ver âncoras nos quais ele não pensava havia quase cinco anos, mas que reconhece imediatamente. Os rostos bonitos, os maneirismos, os olhares sedutores para a câmera. As vozes, as mesmas que falaram sobre o golpe no banco que transformou o centro da cidade em Beirute em 1995.

Ana conhece algo do passado dele. Ele se abriu e disse que vinha de uma estrada difícil, e o que ele fazia nos EUA era coisa pesada. Imperdoável até mesmo em Ciudad del Este. Ele vai tomar cuidado ali, pois aquela visita sob o radar será apenas de negócios, um passeio por um itinerário antes de voarem para a Ásia. Ela acredita naquilo.

O resto ela não precisa saber.

Ana confia que ele esteja cem por cento alinhado e dedicado a suas ambições. Às ambições *deles*.

Darrin Huang leva o sino-americano atlético e os chineses sérios até a varanda. O noticiário local passa pelos assuntos familiares. O divórcio de uma estrela do cinema. Uma perseguição de carros na autoestrada 91. Um repórter em uma encosta irregular ao longo da 210 falando sobre um assassinato. Fontes no gabinete do legista dizem que a garota foi vítima de uma morte especialmente brutal por tiro de escopeta e que antes tinha sido torturada. A Divisão de Roubos e Homicídios do Departamento de Polícia de Los Angeles está conduzindo a investigação. A última notícia chama a atenção de Chris. Para ele, o aposento fica em silêncio.

Ana está olhando fixamente para ele.

Zhang, o engenheiro falador, debruça-se sobre uma bandeja cheia de comida. Está comendo com vontade. O olhar de Ana alcança Shiherlis.

Chris retribui com uma expressão que a maioria das pessoas, ele descobriu, considera opaca. Ana vai ver corretamente como um espelho da própria opinião. O engenheiro é faminto, carente, cheio de vontade. Ávido para agarrar tudo o que vão lhe oferecer.

Deixe que ele coma. Depois vão lhe dizer o que precisa fazer se vão encher a conta bancária dele.

Ana torna a se voltar para o homem.

— Você entende, a compra dos pacotes de orientação é apenas um elemento de nosso acordo.

— E você tem isso arranjado, certo? Não há como isso explodir na minha cara?

— De jeito algum.

Ela amarrou a transação com um arco. Certificados de usuário final foram comprados para que mostrem os pacotes de orientação indo para a Etiópia. Eles são falsos. Depois de passear pelo mundo, os sistemas vão acabar com os compradores dos Liu, produtores de coca na Bolívia e na Colômbia.

Ela toma conta da situação.

— Você também vai fornecer o software e o código-fonte.

Assim, Ana vai poder construir muitos sistemas ela mesma.

— Vou, vou. — Zhang está quase suando. — Ninguém vai saber.

— Como você vai garantir isso?

— Eu chefio a divisão de engenharia de sistemas. Ninguém verifica meu trabalho. Qualquer coisa que alguém possa encontrar, eu digo que é um bug. Vou ficar em cima. — Ele ergue o olhar. — Eu sou bom. É assim.

Chris fala despreocupadamente:

— Queremos ver suas instalações industriais. Os sistemas de orientação montados.

Ana lança um novo olhar para o parceiro, entendendo que ele quer avaliar o controle de qualidade, a confiabilidade do acordo e do próprio homem.

Zhang faz uma pausa, então assente.

— Fora do horário. Vou ter que cuidar bem disso para que não haja registro de vocês indo ao local.

— Excelente — diz Ana. — Vamos discutir a entrega do código-fonte. Quantos arquivos? Qual o tamanho?

Ele pega, novamente, algo para comer.

— Grande — responde. — Terabytes. Posso postá-lo em um servidor na dark web. Expectativa de vida reduzida. Eu dou a chave a vocês, vocês o pegam, depois ele desaparece.

Ana balança a cabeça.

— Vou providenciar para você os HDs externos. Desse jeito, não há rastros.

Chris se recosta. Eles estão jogando como campeões, então por que ele sente como se estivesse no gume de uma faca, podendo cair para qualquer lado?

70

Ao descer do elevador no 53° andar da Library Tower uma hora depois, animada com a reunião em Santa Anita, Ana admira o arranha-céu.

— O prédio é uma afirmação. Mega. E sismicamente seguro.

— Ele queimou bem em *Independence Day* — diz Chris.

Ela olha para ele com curiosidade.

— Isso também.

Um advogado gordo os conduz a uma sala de reunião onde dois chineses mais velhos de terno esperam para se encontrarem com eles. Ana os cumprimenta com a deferência apropriada em mandarim, depois passa para o inglês.

Chris está sentado ao lado dela a uma mesa de reuniões reluzente, enquanto o assistente serve café em uma bandeja de prata. Ele se sente estranhamente desconfortável, como se o prédio estivesse balançando, embora não haja terremoto. Ele está ali como Jeffrey Christian Bergman, diretor de operações da Mercury Partners International — uma empresa de fachada cercada por meia dúzia de outras empresas de fachada de propriedade dos Liu. Mas ele está desconfiado, irrequieto, o que está sentindo? Merda. A reunião é para cuidar do financiamento do acordo do sistema de orientação, passando o dinheiro por imóveis na Califórnia.

Ana negociou a compra de pequenos shoppings em cidades-satélite de Los Angeles, como Monterrey Park. Lugares com uma forte população sino-americana, onde a família tem conexões. Aquelas propriedades vão ser um funil para lavar os fundos que vão comprar para eles o hardware, o software e a engenharia nos quais estão interessados.

Os homens de terno do outro lado da mesa o cumprimentam com educação. Quem eles pensam que ele é? Alguém no lado duro do comércio adjacente aos militares, que conhece os caminhos em torno de homens e lugares duros? Provavelmente.

Um assistente jurídico acabou de trazer múltiplos conjuntos de documentos quando outro homem chega. Ana se levanta. Mais uma vez em mandarim, ela fala com deferência. Se curva. Chris entende parte daquilo.

Tio Walter.

É o pai de seu primo Darrin. Mais de sessenta anos, terno solto, rosto magro e afiado. Ele é a segurança, o garantidor do lado financeiro da transação. Local. Família. Homem da organização. Usar Walter Huang significa que o projeto pessoal de Ana está firmemente ancorado no negócio da família.

Walter acena com a cabeça para ele de forma indiferente. Chris retribui.

— Senhor.

Isso irrita.

Dois homens entram na sala atrás de Walter. Um é branco e está na casa dos trinta. Europeu. Ele acena bruscamente com a cabeça.

— Jakob Gögel.

Ele está ali pela parte de Felix.

Isso irrita. Felix quer que algum palhaço seja babá do acordo de Ana? O cara é alemão. Ríspido, beberrão, com pescoço grosso e tatuagens saindo por baixo dos punhos engomados. Olhos afastados. *Ex-militar*, pensa Chris.

O segundo homem usa um terno Brooks Brothers, sem gravata, e óculos de armação grossa. De etnia chinesa. Chris já o viu antes. Tem a apatia solene de um contador e se senta sem se apresentar. Ele estava ao lado de um SUV com Claudio na represa de Itaipu. O que ele está fazendo ali?

Walter assina documentos, em seguida os empurra para Yuan, o novo homem. Ele faz o mesmo em nome dos financiadores ostensivos — outra empresa de fachada agindo para a organização dos Liu. Eles terminam em dez minutos. Os advogados começam a se levantar.

Gögel põe novos documentos sobre a mesa.

— Nós não terminamos.

Walter empurra os papéis na direção de Ana.

— Um adendo.

Subitamente desconfiada, ela lê e congela.

— "Direito de examinar contas bancárias e registros financeiros a qualquer momento"? Não.

O terceiro homem, o contador, fala sem emoção:

— Sim. Infelizmente, a resposta tem que ser sim.

— "A Spyder Ventures LLC deve ter acesso total e, se necessário, implementar supervisão..." O que é a Spyder? O que é isso? Eu não... — Ela se cala. O entendimento se abate sobre ela. A Spyder é uma joint venture.

O pulso de Chris se acelera. Ana pressiona as mãos sobre a mesa.

Walter olha para ela.

— Antes das transferências de dinheiro, o sr. Gögel, o sr. Yuan e eu vamos ver todos os registros da Mercury, com direito a 48 horas para cancelar o acordo.

Chris olha fixamente para o sr. Yuan.

Ana se levanta.

— Esse não é nosso acordo, preciso falar com meu pai.

— Eu já falei com ele, sobrinha — diz Walter.

O rosto enrubesce e ela não consegue esconder. Ana parece ter levado um tapa na cara.

Gögel está sentado como um bloco de madeira.

— Felix tem reservas, estamos aqui da parte dele.

Chris fita o sr. Yuan.

— E da parte de quem ele está aqui?

— Claudio Chen — responde o sr. Yuan. — Os sócios de Felix também têm reservas.

Sócios, pensa Shiherlis. *Desde quando?* Ana, encobrindo a fúria e o ultraje brutos, está com a cabeça fervendo.

— Os novos acordos aqui são independentes demais — diz Walter. — Seu pai deixou que você tivesse um pouco de corda para formar esta unidade de negócios, e acho que ele foi indulgente com você. Mas nesse acordo grande de verdade...? — Ele olha para ela. — Você está nadando em águas profundas demais.

Parecendo atingida, ela pressiona os lábios, formulando uma resposta.

Chris olha para os homens.

— Quem é responsável pelo banco aqui?

Yuan lança um olhar indiferente na direção dele e se volta para Ana.

— Os sócios da Spyder acham que isso deve ser vetado e administrado de forma mais completa.

— É mesmo? Que tal nós contratarmos a McKinsey ou a Arthur Andersen?

Ana lança um olhar na direção de Chris. Ele se contém.

— Desculpe — responde Chris.

Walter Huang não tira o olhar frio de Ana.

— Nós vamos auditar e, se for necessária supervisão, a Spyder vai indicar um diretor administrativo.

Ana olha através dele, o rosto inexpressivo. Uma expressão que Chris lê como: *Se você acha que eu vou fazer isso, está louco*. Esses homens querem que Ana dê a Felix acesso ilimitado a seu trabalho, como se eles tivessem o direito de tirá-lo dela.

Chris olha para Gögel. *E você, para quem está trabalhando, porra?*

Anna passa o olhar por todos os homens e se detém em Walter.

— Obrigada, tio — diz ela, e pega a caneta, rabisca a assinatura e vai embora.

Chris não consegue acreditar.

Ele a alcança do lado de fora, na tarde com brisa. Ele a puxa para o lado.

— Que porra foi aquela?

Ela olha para a mão dele agarrando seu braço.

— Aqui, não — diz ela, de forma sibilante, e se dirige para o carro.

Shiherlis alcança Ana outra vez e eles chegam para o lado, fora de vista, enquanto Walter, Yuan e Gögel entram em um Mercedes prateado.

Ele quer ver quem está indo com quem. Um gosto ácido surge no fundo a garganta.

— Quem é Yuan? — pergunta Ana.

— Eles estão tentando sabotar você. Yuan trabalha para os Chen. Um contador. Por que você assinou aquilo?

Ela inspira e vira o rosto.

— Ei, você é durona, uma inovadora genial — diz ele. — Não deixe que eles...

— O tio Huang é um ancião. Isso é o que é esperado. Felix é... um porco. — Os olhos dela brilham. — Spyder. Joint venture. Eu sei que isso significa que Claudio está tentando roubar o acordo, e o que assinei nos compra tempo. Não dou a mínima para o que era. Nós temos mais trabalho a fazer.

Ela sai na direção do carro deles.

E a ironia, Chris sabe, é que David Liu vai se equivocar ao respeitar Felix por finalmente mostrar iniciativa. Shiherlis fica parado na *plaza*. O ar parece vibrar com um zunido, energia estática chiando em torno dele. A rua, o centro da cidade. O vento dos veículos, uma fenda no tempo. Ele não consegue se livrar daquilo, e está cansado de ver Ana ser dispensada.

71

No Beverly Hilton, tudo brilha. A fachada branca, a Lamborghini e o Bugatti parados em frente à entrada, posicionados como ornamentos. A piscina, um turquesa elétrico. Ana atravessa o saguão de mármore banhado pelo sol, querendo subir para a suíte, logar no computador e contatar o pai.

Chris para.

— Depois alcanço você. — Ela faz uma pausa, segurando a porta do elevador, e ergue uma sobrancelha. — Preciso trabalhar nisso — diz ele.

— E daí? — Ela gesticula na direção do saguão, como se dissesse: *Qual o problema lá em cima?*

— Eu quero ar e luz do sol.

— E nostalgia. — O tom de voz dela é afiado. Ela é como a droga de um microscópio eletrônico quando se trata de lê-lo.

— Eu volto.

Ela aperta o botão da porta do elevador, os lábios franzidos.

No balcão do concierge, ele diz:

— Preciso de um carro.

Quinze minutos depois, ele está em um Alfa Romeo preto, seguindo pelo trânsito no Wilshire sob palmeiras altas. Ele pega um celular descartável e liga para Paolo.

— Oi. Como vai? — diz Paolo, em português.

— Tudo joia. — Em português, ele está conseguindo lidar, assim como com sua relação com Paolo. — Ensolarado. Aberto. Uma nuvem, talvez duas.

— É?

— Esse cara que Felix mandou, Gögel. Quem é Gögel?

— Ex-militar, operações especiais da OTAN, líder de equipe. Hoje consultor empresarial. Foco geográfico nas Américas. Muito uso de anabolizantes. O que você precisa saber?

— É um babaca de Felix ou tem outras lealdades? Ele está viajando com Yuan, o contador que trabalha com Claudio Chen.

— Gögel insultou Ana? — pergunta Paolo.

— O cara não é sutil. — Shiherlis muda de marcha. — E dois mais dois são dois mais dois. Os dois estão representando Claudio?

Paulo murmura um xingamento.

— Vou descobrir.

Chris pensa: músculos, uma casca dura, um passado sombrio... Por que Felix o quer ali? Por que Claudio ia querê-lo ali?

— Brigado, irmão. Tchau — diz, em português, e encerra a ligação.

Chris não vai deixar ninguém se meter nos acordos da Mercury. Nos acordos *dela*. Talvez, de algum modo, acordos deles. *Eles não vão entrar em nosso caminho.* Shiherlis reduz a marcha e segue para o centro da cidade.

Nunca esperou voltar desse jeito. Nunca esperou se tornar sócio minoritário de Ana Liu ou que eles pudessem roubar uma tecnologia que invertesse jogos. Tecnologia que pode ser usada do jeito que o comprador desejar. Equipamento para o qual nem a DEA tem orçamento.

Ele não queria voltar para os Estados Unidos, especialmente para a Califórnia. É um profissional muito mais esperto do que era quando partiu, e muito mais cauteloso. Mas Ana quer que ele a acompanhe no acordo, assim como o pai dela. E Paolo. Eles querem uma sentinela norte-americana em solo com ela. E um homem. Um homem inteligente e letal.

Enquanto isso, ele não pode contatar quem quer que seja. Ele sente o impulso, mas tem que lembrar a si mesmo de que é arriscado demais. Eles ainda podem estar de olho em Charlene. O Departamento de Polícia de Los Angeles deve estar de vigia. É perigoso demais.

Negócios. Entrar, sair. Todo o resto pode esperar.

Mas Felix e aqueles dois palhaços estavam criando barreiras, tentando ir na onda e tomar o que deveria ser um acordo dela. E dele. De jeito nenhum, não neste momento.

Ele acelera. Anos no Paraguai ganhando, para ele e para eles.

Agora ele está em posição de tirar a família.

Chris pensa em quanto dinheiro escondeu em contas *offshore* nas Ilhas Cayman e em empresas de fachada com contas no Citi e no HSBC. Um fundo imobiliário nas Seychelles que é dono de parte de um shopping em Colônia. Ele diversificou. Aprendeu com Ana: proteger-se contra a catástrofe. Espalhar a riqueza. Você perde parte, mas ainda tem outro esconderijo. Backup. Segurança.

O dinheiro está seguro e acessível. Então o que ele vai fazer?

Shiherlis viveu uma vida paralela em Ciudad del Este, dizendo a si mesmo que Ana é completamente separada de Charlene. Ela, também, foi realista em relação à expectativa de vida limitada do romance. E é isso o que é. Muito mais que uma ficada. Mais que sexo. Uma parceria ainda tão intensa e poderosa quanto na época em que começaram.

Clareie a cabeça, cara. Dirija. Livre-se da velha merda que o está segurando, de modo que possa refletir por todo o caminho de volta até a próxima.

Com as janelas abertas, ela o atinge com toda a força. O toque de veludo de uma brisa do oceano no fim da tarde. Aquilo é ação — fractal, arterial, a sensação de que tudo é possível. Los Angeles sensual, rica e perigosa. Ele segue direto para a rua Flower.

Impulso perverso.

O Far East National Bank está igual ao que era. Mas ele é um homem diferente vivendo em um mundo diferente.

Ele pode ver aquele dia, sentir o sol no rosto. Saindo, a bolsa tão cheia de dinheiro que ele podia sentir o cheiro, o Lincoln bem ali no meio-fio. Flutuando, faturando. Breedan ao volante, frio na camisa cinza-escuro e os óculos escuros. Neil ao lado, olhando bem à frente. Michael no banco de trás, sorrindo, empolgado. Ganhando, apenas ganhando! Chris sente aquilo então. O rosto se abre em um sorriso todo seu. O carro está bem ali.

Calçadas movimentadas. Um ônibus passa lentamente.

Dois homens com ternos funéreos do outro lado da rua. Armas longas. A escopeta do detetive negro do Departamento de Polícia de Los Angeles movendo-se para cima. O outro cara, latino ou indígena, com uma ArmaLite. Em um milésimo de segundo, Chris abre fogo com o AR-15. Hesitação zero. Rajadas de três tiros.

Fodam-se eles.

Atirando para conseguir sair da armadilha.

Atingido.

Neil ajudando-o a se levantar.

Levante-se!

Uma buzina toca e Chris freia em um sinal vermelho. O coração está batendo forte contra as costelas.

Vamos lá, vamos lá.

Ele vira a esquina. A pele está fria. Ele deixa as lembranças e acelera pela autoestrada 110, passando pela rua 10 West e indo até a Pacific Coast com Malibu, a mente indistinta, o sol e o oceano brilhando, o dia se encaminhando para o fim.

Na PCH, ele não passa pela casa de Neil. Tem certeza de que ela ainda está ali. O barulho da rebentação ecoa além disso. As ondas quebrando. Ele engole em seco. Por que está fazendo aquilo?

Shiherlis faz uma curva brusca à direita na rua Malibu Canyon. Segue sinuosamente pelas montanhas Santa Monica, desce no Valley e ruma para o Oeste na 101, o Alfa macio e poderoso, um poço revolto de energia sombria dentro dele a impeli-lo.

De repente, ele se encontra em sua velha rua em Sherman Oaks, fazendo aquela merda sombria, perigosa e empolgante que é boa demais para resistir em um carro que não é dele e, anos mais tarde, a fachada suburbana brilhante demais.

Outra pessoa mora ali hoje. Uma mulher. É o que é.

Ele continua dirigindo. Não a casa dele, a casa de outra pessoa. Não a esposa dele, a bela esposa de outra pessoa. Fachada perfeita de revista, onde outros seres humanos estão em ascensão, ou talvez mentindo, fingindo terem tido sucesso quando não tiveram.

Por que ele está fazendo aquilo? Brincando com o desastre. Se for reconhecido por um vizinho... Porque Ana tinha adivinhado, e os olhos dela disseram a ele para não fazer aquilo.

Pare, pensa ele. *Estou me fodendo de propósito.*

Ele pisa no acelerador.

O sol está se pondo, a hora dourada, especialmente dourada na Califórnia, e dá uma sensação antiga de estar parado em uma cabine telefônica. Chris sente cheiro de papel velho, tinta e metal quente tocado por dedos gordurosos. O trânsito passa, o número toca.

— Blue Room. — A voz é áspera, rouca, familiar.

— Oi, Nate — diz Chris.

Há silêncio na linha.

— É bom ouvir sua voz — diz Chris. — Faz tempo.

Ele escuta um jukebox ao fundo, conversas, copos batendo.

Nate finalmente fala:

— As coisas estão bem por aí?

— Fantásticas. Mas eu não estou lá. Estou aqui.

A voz de Nate perde a força.

— Aqui.

— É. Vamos nos encontrar.

Outra pausa. Nate, provavelmente, está examinando todas as possibilidades. Más notícias. Boas notícias. Perigo. A necessidade de autoproteção, se os telefones são de confiança. Chris não faz isso.

— Do que se trata? — pergunta Nate.

— Negócios. Oportunidade. Tudo positivo.

— Quando?

— Eu estou livre. Lembra aquele restaurante no Valley, cafés da manhã enormes e gordurosos…

— O point de nosso clube do livro. Eles ainda têm o especial para clientes que chegam cedo, se você estiver perto o suficiente para chegar lá.

Eles estão falando de um estacionamento coberto no Burbank Boulevard. Perto o suficiente? Chris faz a curva. O Blue Room fica do outro lado da rua, o letreiro em néon brilhando. O Burbank Boulevard fica a quatrocentos metros de distância.

— É viável.

— Aproveite. Encontro você mais tarde. — Nate encerra a ligação.

O estacionamento está quase vazio. Luz noturna âmbar atinge Chris nos olhos enquanto ele se debruça sobre o capô do Alfa. Nate chega em um Cadillac DeVille vinho.

Ele desce, analisa a área, desconfiado, e lança um olhar frio para Chris. Está usando uma gravata bolo com acabamentos em prata para combinar com o casaco de couro. Tem uma nova fisgada no andar, talvez artrite no joelho.

Chris sorri e sai andando em sua direção, a mão estendida.

— É bom ver você.

Nate aperta a mão dele, parecendo, ao mesmo tempo, curioso e reservado.

— Eu não teria apostado que era você naquele telefonema. Menos ainda em Los Angeles.

— Apenas negócios, depois vou embora. Cara, eu devo a você — diz ele. — Por me tirar de Los Angeles e me botar em contato com a família Liu.

— Você parece estar se saindo bem.

— Melhor que bem. Hoje me encontrei com o seu Liu. — Deixa a informação pairar ali.

— Não. Você se encontrou com Walter Huang. Marvin Huang, aquele cara era firmeza. Ele esteve em McNeil por fraude fiscal. Morreu no ano passado, e agora quem toca tudo é o babaca do irmão dele.

— Como o resto se saiu? — pergunta Chris.

— Todo mundo foi pago. A viúva de Breedan, a família de Cerrito e Kelso receberam a parte deles.

— E aquela garota que Neil tinha?

Nate balança a cabeça.

— Civil. Parecia problema. Eu não me aproximaria dela. Ela estava no carro dele a caminho do aeroporto de Los Angeles. Isso levou a Divisão de Roubos e Homicídios e aquele cana, Hanna, para minha porta.

— Eles fizeram alguma acusação contra você?

— Eles investigaram minhas coisas como se fosse uma polícia de colonoscopia. Eu dobrei a segurança nas comunicações, e ainda faço isso.

— Eu nunca a conheci, ele nunca falava dela. A única mulher com quem ele colou assim, que eu soubesse, foi Elisa.

— Eu me lembro — diz Nate.

— Quando chegamos lá, Neil tinha matado quatro deles. Não se deu ao trabalho de enterrar os corpos, e o quinto escapou.

Chris visualiza uma noite em El Centro um milhão de vidas atrás: Elisa trançando o cabelo da filha enquanto fazia alguma observação irônica para Neil com um sorriso, e algo cheirando a porco assado e alho fervilhando no forno, e o cara rindo. Neil nunca ria.

A outra imagem em sua lembrança é dela morta naquela estrada perto da fronteira com o México, ferida daquele jeito para neutralizar McCauley, tentando deter o sangramento, enquanto o quinto babaca fugia. Ele achou que Neil tivesse sido atingido, mas era o sangue de Elisa em que ele estava encharcado, segurando-a junto ao peito.

Ela deve ter se colocado naquela situação, percebeu Neil depois e disse a Chris. Ela entrou naquilo. Para salvar a filha? Alertá-los? Ele não sabia. Depois daquele episódio, McCauley nunca mais foi o mesmo. Então, ele se afastou da menina, temendo que o contato com ela a pusesse em risco. Como se alguém que quisesse pegá-lo fosse atrás dela. Ele era tóxico. Ligações com ele faziam com que você fosse morto. Veja no que aquilo resultou com a mãe da menina.

Neil caçou o quinto homem por algum tempo, e tudo o que ele descobriu foram informações sobre uma quadrilha de ladrões de residência em Chicago. Aaron Grimes tinha sido torturado. Provavelmente, foi assim que ele falou do assalto em Mexicali.

Chris olha para Nate e se remexe.

— Eu quero me encontrar com Kelso.

— Conte-me sobre você — pede Nate.

Nate é como um coiote, rápido e cauteloso, adepto a ocupar espaços, fazer as coisas acontecerem, depois sair. Sozinho, nunca membro de uma quadrilha, livre. Chris sabe que ele conseguiu um diploma em finanças quando estava em Folsom, que é inteligente e se mantém atualizado.

Chris conta a ele sobre a vida na zona de livre comércio na fronteira tríplice no Paraguai. O trabalho com a organização Liu, a migração de trabalhar em segurança para acordos e transações internacionais.

— Kelso. Isso é possível? — pergunta ele.

Os olhos já estreitos de Nate se estreitam mais um milímetro.

— É possível.

Chris assente. Era Neil quem se encontrava com Kelso. Shiherlis apenas seguia o plano de jogo.

Nate olha para ele, desconfiado.

— Ele não vende mais planos para golpes.

— Eu não compro mais esses planos. Ele ainda está por aí, capturando dados que estão quicando pela ionosfera?

Nate assente.

— Ele ainda é o sr. Mago com um teclado.

— Tem algo para você se alguma coisa sair disso.

— Ok.

— E o Departamento de Polícia de Los Angeles?

— Você ainda está bem posicionado na parada de sucessos. — Nate o encara, o olhar como uma visão de raios-X. — Você está diferente, mudado.

— Muita coisa aconteceu — diz Chris. — Um dia eu talvez possa até amadurecer e me tornar um jovem adulto. Tem uma exceção.

— Eu quero saber qual é?

— Provavelmente, não. Divisão de Roubos e Homicídios. Vincent Hanna.

— Ele administra a Unidade de Crimes Graves da Divisão de Roubos e Homicídios. E não é uma pessoa de quem você vai querer chegar perto. — Chris olha para o céu laranja. — Achei que você fosse pedir para ver Charlene — diz Nate.

— Talvez peça.

— Fácil. Ela se mudou para Las Vegas com seu filho. Está na lista telefônica. Charlene Delano. — Nate o observa com cautela. — E esqueça Vincent Hanna. Eu não vou levantar um dedo.

— Neil era meu irmão de outra mãe. Você faz por mim, eu faço por você. Desde os tempos de Folsom — diz Chris.

— É? Eu podia dizer o mesmo. E o que você acha que passa pela minha cabeça quando aquele cana babaca entra no Blue Room de vez em quando? Eu queria que o filho da puta estivesse no cemitério. Mas não está. E eu não vou até lá. Minha lealdade é com os vivos. — Ele não diz mais nada. Então acrescenta: — Sobre Kelso, me dê um dia.

Chris assente, os maxilares cerrados.

Ele volta para o Alfa. Quando fecha a porta, o silêncio estofado parece alienante. Ele vai embora, segurando a alavanca de câmbio.

Nate observa as luzes traseiras de Chris desaparecerem na rampa do estacionamento coberto. O barulho do motor some aos poucos, então ronca quando sai para a rua.

Ele acha que Shiherlis não apenas se costurou todo depois da fuga cheia de sangue de Los Angeles. E não é só por ele estar trabalhando em um plano diferente. É mais que isso.

Perguntar sobre Hanna… ele pode entender isso. Charlene… Nate estava esperando uma demanda, insistência. Esse homem, naquele momento, está totalmente firme. Sólido. Sintonizado com muito mais do que deixa transparecer.

Nate pega o celular e liga para Kelso.

— Eu tenho uma coisa. Pode ser interessante.

72

Eazy-D mora com a mãe a oeste de Alameda, perto da rua 38. Ele é um marginal, mas mora com a mamãe, e na manhã em que Wardell deixa o pequenino bangalô, ela está frustrada. O menino dela desapareceu, e não vem em casa há três dias.

Três dias desde que se espalhou a informação de que enganar Smoky era um erro que podia custar-lhe a vida.

Eazy-D está entocado em algum buraco, sentindo falta da comida da mãe, e Wardell não vai esperar que ele leve o rabo magro para a luz do dia. Ele conhece outra pessoa que pode ajudá-lo a localizar o cafetão, mas ela não vai abrir a porta para Wardell mais do que abriria o mordomo da Casa Branca. Não importa, ele conhece um meio de entrar.

Três horas depois, ele está em uma estrada ladeada de palmeiras altas e gramados esmeralda, a grama tão verde que podia ter sido regada pelo cereal Lucky Charms. O sol está brilhante. A van branca tem pintado na lateral LOJA DE FESTAS NONSTOP.

Os quatro homens no lado de dentro usam calças Dockers e camisas polo azul-real idênticas. Eles seguem pela rua sinuosa, passam por cercas vivas de três metros e casas com portões de ferro fundido.

— Devagar diz Wardell do assento do carona.

Ele não faz aquilo havia doze anos. Não desde que sumiu no carro de Neil McCauley, com milhões em dinheiro. Ele se afastou acelerando daquela estrada secundária sangrenta e continuou dirigindo, até chegar ao oceano Pacífico. Em Los Angeles, conseguiu um nome novo e uma nova linha de trabalho com o dinheiro de McCauley. Na Figueroa, motéis são vendidos por noventa mil cada. Com os cinco que ele comprou, todos máquinas de dinheiro, ele, agora, é um empreendedor. Um magnata das sarjetas.

Mas as habilidades voltam. Ele aponta e estala os dedos.

— Aquele é nosso alvo.

Tick-Tock vira em uma mansão estilo Tudor com loureiros margeando a entrada de automóveis.

Os proprietários estão forrados. Helena Benedek joga tênis com pulseiras de diamantes, pertence à Junior League. O marido norte-americano, Jerrold, é herdeiro de um império varejista de joalherias. Jerrold trabalha no centro da cidade, vendendo anéis de casamento para trabalhadores. Helena fornece garotas para cafetões como Eazy-D e ganha o próprio dinheiro.

Tick-Tock — Isaac Wells — estaciona na entrada de carros circular. A van está cheia de balões de hélio. Eles desembarcam, as armas embaixo da camisa, balões encobrindo os rostos.

Wardell veste a touca ninja.

— A festa chegou. Podem estourar a rolha!

Um sorriso cheio de fúria se espalha por seu rosto. Ele toca a campainha.

A empregada é dominada primeiro. Um soco, *bum*. Wardell chuta a porta e a fecha. Ele encontra Helena em um sofá de dois lugares no jardim de inverno, o rosto de meia-idade vazio com a surpresa, olhos tão redondos quanto os balões que flutuaram até o teto do foyer de dois andares. Batom rosa, olhar de ônix.

— Que droga é essa? — diz ela.

Ele leva uma semiautomática Smith & Wesson ao lado do corpo.

— Me diga onde está Eazy-D, é essa a droga. E eu quero os documentos daquela garota. — Ele imita o sotaque vietnamita dela. — Entendido, *mamasan*?

Ela esfria mais alguns graus.

— Eu não sei onde ele está. Tire a máscara, você não engana ninguém.

— Máscaras para seus vizinhos.

— Vocês vão se arrepender de virem à minha casa.

— Eu? — diz Wardell. — Eu não tenho que me preocupar com imigração.

— Sou uma cidadã americana — diz Helena. — Doo para a sinfônica, para a United Way. Salve as baleias. Você é um sapo de esgoto.

— E quando os policiais encontrarem o estoque de passaportes e identidades que você pegou das garotas que trafica? Garotas de quinze anos para quem prometeu bons empregos norte-americanos, que seis semanas depois são enrabadas e estão sem documentos, trabalhando na rua na Figueroa por alguns anos?

Ele cospe no chão.

Helena se levanta, exibindo os dentes.

— E o sr. Smoky, ele as experimenta, não? Se aplica com o próprio suprimento. E quando uma garota não quer fazer o que se espera? E luta, hein? Você gosta muito disso, não é?

Ela faz uma pausa. O resto paira no ar.

— Eu não sou a única pessoa sobre quem a polícia pode receber uma ligação — diz ela.

Ele não diz qualquer coisa, sabendo que Helena tem os documentos da garota morta em algum lugar, talvez dentro da casa. Ela poderia ser uma ligação com ele. Uma desvantagem.

Ele fala por cima do ombro enquanto pega um isqueiro Bic do bolso.

— Tick-Tock, me dê um cigarro.

73

A casa no alto é exatamente como Neil descreveu. Uma fortaleza aos pedaços no alto do morro no território de disputas de gangues de Los Angeles, cercada por torres de micro-ondas e celulares. Há uma câmera no portão de aço. Chris aposta que o arame farpado no alto da cerca de alambrado está eletrificado. Hacker nível máximo.

Ele toca a campainha e o portão se abre. No alto da entrada de carros, a propriedade amarela esmaecida dá para a cidade em uma direção e para as doze pistas da autoestrada 10 na outra. Carros como bits em um stream, ou elétrons correndo pelos trilhos na direção da porta de um transistor para se tornar zero ou um.

Kelso espera calmamente a uma mesa de pátio à sombra, um louva-deus dobrado em uma cadeira de rodas, a barba roçando o peito. Ele usa uma camiseta que diz: HÁ DEZ TIPOS DE PESSOA NO MUNDO: AS QUE ENTENDEM NÚMEROS BINÁRIOS E AS QUE NÃO ENTENDEM. Ele estende uma mão carnuda.

— Shiherlis.

Chris aperta a mão dele. Kelso gesticula na direção do assento do outro lado da mesa.

Shiherlis se senta.

— Como você está?

— Bem. Você está fazendo um censo?

— Nate disse que você mudou de foco, fazendo…

— Um pouco disso e daquilo.

— Ele diz que você faz magia, abrindo túneis pela internet.

Kelso sorri. Beatífico. Críptico.

— Aquilo, e isso. E você não é um golpista com cartões de crédito no mercado para golpes usando vulnerabilidades na rede.

— Hoje, não. — Ele se apoia sobre os joelhos. — Eu preciso de um guia que possa… me ajudar a descobrir se há meios avançados para fazermos nossos negócios. Comprar serviços e fontes. Nós fazemos transações internacionais que movimentam objetos materiais e digitais em segurança. Nós movimentamos dinheiro, temos segurança e podemos conseguir equipamento pesado, se necessário. E tudo isso é feito fora do território e da jurisdição dos EUA. E não estamos no negócio da droga.

— Você se reinventou.

— Eu acompanho os movimentos. — Ele dá de ombros. — Trabalhamos de uma zona de livre comércio na América do Sul. E eu tenho uma sócia excepcional.

— Qual o produto? — pergunta Kelso.

— Eletrônicos, hardware, software, engenharia, produção. Muita coisa que atravessa fronteiras. Tipo isso.

— Por que eu?

— Nate diz que você tem as chaves do reino. Você pode acessar as páginas amarelas sombrias por trás da interface gráfica e sorridente de usuário no lado da internet onde ninguém vê.

Uma descrição bem extravagante.

— Que tipo de tecnologia?

— Aviônicos.

Kelso olha para ele.

— Mais especificamente?

Chris faz uma pausa, pensa, então diz:

— Comunicações. Interceptação de sinais. Navegação.

Kelso ergue uma sobrancelha.

— Parece um pedido de compra do Departamento de Defesa. — Ele tamborila os dedos na mesa. — Navegação. Você está falando de sistemas de orientação?

Certo.

— Se eu estivesse — diz Chris —, quem iria querer isso? Onde eu descarregaria?

— Há segmentação de mercado — responde Kelso. — O nível inicial são lançadores portáteis de foguetes. Barato. Pode derrubar um helicóptero ou uma *piñata* na festa de aniversário de seu filho. Nível intermediário? Mísseis de terra-ar e ar-ar. Você está falando de Estados atores, países com força aérea. No topo? Sistemas de navegação inercial. Esses são usados em mísseis balísticos. Foguetes. O teatro é internacional. — Ele se recosta na cadeira. — Quem quer essa coisa? Todos querem. Fanáticos religiosos nas montanhas. Paramilitares de direita do terceiro mundo que o governo norte-americano não financia mais. Sendero Luminoso. Estados perigosos. Todos querem se defender de inimigos reais ou percebidos. E projetar poder.

No interior da casa, uma mulher entra na sala de estar. Ela é negra, com trancinhas na cabeça, digitando no laptop que carrega.

Kelso cruza os braços.

— Do que você chama o que você faz?

— Empreendedorismo global em um ambiente de livre comércio — diz Chris.

— Eufemismo. A ONU chama de crime organizado transnacional.

Kelso ainda está com um sorriso abstrato. No interior, a mulher pega uma maçã de uma fruteira na bancada da cozinha e segue por um corredor. Ela é mais nova que Kelso. Gostosa e envolvida com a tela do laptop.

— Se há ferramentas para inovar, encontrar maneiras melhores de fazer o que fazemos, eu quero saber sobre isso e botar para funcionar — diz Chris.

Há um laptop IBM fechado sobre a mesa. Kelso põe uma mão pesada sobre ele.

— Você pode comprar qualquer merda na internet. Heroína. Identidades. Pornografia com fetiche por cabras. Acesso à Câmara dos Lordes inglesa. Programadores. Armas. Explosivos plásticos. — O computador permanece fechado. — Há mercados. Mas você não vai tropeçar neles.

Shiherlis olha fixamente para o laptop.

— Como eu os descubro?

— Nate está errado. Eu não sou um explorador, sou um navegador. — Kelso fica imóvel. — Você precisa de apresentações, uma cadeia de conexões de confiança e criptografia de ponta.

— Comece pela criptografia. — Desse jeito, ele pode, pelo menos, manter informações ocultas de Felix.

— Está bem. Vou dar preço em um pacote. — Kelso inclina a cabeça. — O resto eu também posso fornecer a você. — Ele se inclina para a frente. — Mas nós não vamos fazer compras em um shopping vendo vitrines. Eu posso fazer isso, quando você souber exatamente o que quer. Não antes.

Ele olha para as antenas e parabólicas espetadas no gramado.

Chris se sente elétrico. Há uma saída. Salvação. Vitória. Ele estende o braço sobre a mesa e aperta a mão de Kelso.

74

Quando a garota desce do ônibus na vizinhança do Wilshire Center e chega em casa quase às quatro da tarde, a colega de apartamento está no sofá, terminando um trabalho final, comendo Doritos. Tina também é sua prima. Ela ergue o olhar.

— Ei, garota.

Ela sorri.

— Preciso correr. Meu turno começa em uma hora.

No quarto, ela tira o medalhão de Nossa Senhora de Guadalupe e o pendura no espelho de maquiagem, ao lado da foto de sua falecida mãe. Ela liga o rádio e veste o uniforme de garçonete, cantando "Always on the Run", de Lenny Kravitz.

Ela tem vinte anos, trabalha e frequenta a faculdade comunitária. Ela está indo bem. Ela progride e sobrevive.

A lanchonete é retrô, com um esplendor dos anos 1950. Fica em um trecho movimentado do Center Boulevard, perto do Parque Jesse Owens. Os reservados são turquesa; as luzes, vermelhas com luminárias estilo Sputnik. Os hambúrgueres são grossos, suculentos e prejudiciais à saúde.

Nas noites de dias se semana, o Backstretch está barulhento com o movimento do jantar. Os chapeiros viram hambúrgueres e gritam no ritmo de um rufar de tambores; os clientes são uma mistura de operários da construção, fãs de basquete se dirigindo a um jogo no Forum e caras que administram lojas de penhores próximas. Esses chegam com os programas das corridas de cavalo e suor nas axilas, e pedem sanduíches de bacon, alface e tomate, com uma porção de *coleslaw*. Eles ficam atentos às garçonetes e à clientela.

A garota é magra e forte, erguendo uma bandeja acima do ombro e desviando através das mesas até um reservado. A voz dela é animada.

— Aqui está.

Ela serve, os pratos batem. Sanduiches e bolo de carne. Os homens na casa dos quarenta e cinquenta estão rindo e se provocando por causa dos Lakers.

— Mais alguma coisa? — pergunta ela.

Um cara com o cabelo penteado para encobrir a careca parecendo um hamster morto se dirige a ela:

— Nós chamamos você, querida.

Ela vai para a mesa seguinte, anota o pedido, passa pelo balcão e o repassa. A jovem trabalha ali há um ano e conhece os clientes habituais, sabe quem é turista, quem é perigoso, quem tem chance de apertar sua bunda. Ela fica de olho no Cabelo de Hamster Morto e nas mãos dele.

É um trabalho fixo e acima da média. Ela, basicamente, é acima da média.

Sem problema. Ela sorri para clientes, e eles dizem que gostam do jeito que ela sorri. Os olhos são escuros; o cabelo de mogno preso para o trabalho.

Ela rapidamente deixa água e cardápios em um reservado na janela.

— Aqui está.

— Obrigado, querida — diz um homem.

— Eu já volto para anotar as bebidas.

Ela faz a volta.

Uma mão segura seu antebraço.

— Traga uma Michelob para mim.

Ela pega o bloco de pedidos e uma caneta.

— É para já.

Ela atravessa o restaurante. A visão parece turva. Ela passa correndo pela cozinha, os joelhos perdendo força. No banheiro das mulheres, ela abre bruscamente a porta de uma cabine, apoia as mãos nas laterais. O estômago quer vomitar, suor cobre a testa.

O homem no reservado que quer a Michelob.

Na casa dos quarenta. Bonito, pálido, de calça jeans com uma camisa polo justa. Confiante. Uma cicatriz na sobrancelha.

Um fragmento de lembrança sangra pela visão dela. Tio Tomás morto no chão da casa de fazenda abandonada. A mãe correndo. Um homem, um homem, um homem, *aquele homem no reservado*, a voz como óleo envenenado.

Querida, você está em casa…

É ele. O homem que matou sua mãe.

Gabriela mal vê os próprios pés quando entra cambaleante no escritório atulhado do gerente nos fundos do restaurante. Ele está à mesa, bebendo um refrigerante gigante.

— Estou passando mal — consegue dizer ela.

75

O anoitecer está frio, e Wardell está de bom humor. Ele ainda não encontrou aquele merda do Eazy-D, mas acabou de ganhar alto na acumulada no hipódromo de Hollywood Park. Ver sua donzela chegando pela reta até a linha de chegada… aquilo foi mágico.

Eles estão no reservado habitual do receptador perto da janela. Fabbiano é um velho fã de corridas que para ali, perto do hipódromo. O cabelo penteado para esconder a careca é pintado de marrom-marmota.

— O Sox ganhou ontem à noite.

Foda-se o White Sox, pensa Tick-Tock. *Aqui é território do Dodgers.*

Mas Fabbiano cresceu em Chicago. Wardell gosta de se cercar de caras de Chicago para falar sobre os velhos tempos na cidade natal, embora ele tenha mandados de prisão em Illinois.

Naquela lanchonete barulhenta, ninguém consegue ouvir. Se conseguissem, Wardell não estaria combinando passar o produto do roubo.

— Pedras engastadas — diz Wardell.

Ela sai pela porta dos fundos. Tremendo, lança um olhar para o Backstretch e pega o Century Boulevard na direção do ponto de ônibus. As janelas refletem o sol do entardecer, mas, dentro, os homens sentados no reservado formam um grupo repulsivo. Ela sente como se houvesse escorpiões subindo por suas costas.

Tick-Tock aperta os olhos diante da luz entrando, observando-a se afastar, depressa, como se tivesse acabado de enfiar um garfo em um soquete de lâmpada.

Ele dá um tapinha no braço de Wardell.

— Você deixou aquela garota morrendo de medo. Você a conhece ou algo assim?

Wardell franze as sobrancelhas.

— Que garota?

— A garçonete. Uma garota mexicana. Ela surtou, cara.

Wardell se vira na direção da janela. Trânsito. Ele se abre brevemente.

76

Wardell vê a garota chegar ao ponto de ônibus e olhar para trás para a lanchonete com uma expressão ferida.

Tick-Tock aponta.

— Aquela com a marca de nascença no pescoço. A garota sem a menor dúvida está agindo como se conhecesse você.

Wardell olha por um segundo intenso. A garota está olhando direto para ele. Carros passam pelo Century, interrompendo sua visão. Quando eles passam, ela não está mais ali.

O pingente que ele arrancou do pescoço de Elisa Vasquez. TE AMO — GABRIELA. A garota no ponto de ônibus até se parece com a mãe. Ele vê isso agora.

Ele foi identificado.

Ele sai abruptamente do reservado, empurra um garçom para o lado e vai para a calçada. O ônibus está se afastando. A garota desapareceu.

Gabriela se senta em um banco e apoia a cabeça na janela enquanto o ônibus se afasta.

Wardell. O nome bate em sua cabeça como o golpe de um martelo. Ela pode vê-lo, mais magro, mais cruel, quente, raivoso, a cicatriz branca em destaque sobre o rosto vermelho de raiva.

Batendo em sua mãe, jogando-a sobre a mesa da sala de jantar, rasgando a camisa dela.

Gabriela pressiona as costas da mão sobre a boca.

Doze anos, nenhuma notícia, nenhum entendimento; apenas vácuo, luta e a sensação vazia e aterrorizante de embrulhar o estômago e a alma, de tudo o que a mantinha inteira sendo rasgado fora, de repente, sem explicação.

Até que a explicação entrou, se sentou em um reservado de vinil azul e pediu uma cerveja.

Neil desapareceu. Marcos, seu primo, está no México. Os amigos de Neil, ela não faz ideia. Ela era uma garota pequena, mas se lembra dos nomes. Trejo, brincando em espanhol, os olhos brilhando. Michael fazia truques bobos de mágica para ela, nitidamente um pai. O garoto alto de cabelo loiro que lhe ensinou a jogar cartas. Blackjack. Sempre em movimento, sempre parecendo estar prestes a começar a correr. Chris.

Todos desaparecidos. Ninguém a quem recorrer.

Ela não pode se esconder, não pode voltar para o apartamento, trancar a porta e começar a gritar, embora seja isso o que ela tem vontade de fazer, gritar ali, naquele ônibus, gritar alto até que as janelas, o teto e os pneus explodissem. Ela arqueja, o queixo treme.

Wardell. Bem alimentado. Bem-vestido. Entrando com ar de superioridade.

O ônibus a deixa a algumas quadras do apartamento. Uma olhada rápida, rua movimentada, ninguém prestando atenção quando ela desce. Quando ele vai embora, ela fica parada sozinha na rua.

Reunindo coragem, Gabriela se dirige para o distrito de Hollywood do Departamento de Polícia de Los Angeles. Ela nunca esteve em um distrito policial. Policiais são pessoas a serem evitadas, sempre. Ela vive uma vida honesta, trabalha, paga impostos, é cidadã norte-americana. No mundo em que nasceu, policiais são hienas. São alimentados, quando são, na forma de *mordita*. Subornos. Eles têm o mundo, os objetivos, as panelinhas e o território deles.

Têm poder e recursos. Ali, eles andam tranquilamente pelas ruas.

A jovem entra pelas portas, o saguão tem um brilho gelado, as paredes são de um bege sem graça. Há cartazes de procurados presos nelas e uma divisória de vidro grosso na recepção.

Ela se aproxima do policial que está escrevendo em uma prancheta do outro lado.

— Eu quero fazer uma denúncia — diz ela.

A garota é levada para falar com a detetive de serviço, uma mulher anglo-saxônica, que se senta debruçada sobre a mesa como um trator. Ela escuta a descrição nítida de Gabriela do homem chamado Wardell e a explicação vacilante de que ela sabe que ele é "um ladrão e um assassino". A detetive anota isso.

Gabriela diz:

— Eu quero permanecer anônima. Quando vocês procurarem por ele, não quero que ele descubra meu nome.

— Você está aqui. Eu vejo você e entendi — diz a detetive, então ela parece ver medo afetando a expressão de Gabriela. — Seu nome não vai ser tornado público — conclui.

Gabriela balança a cabeça, insegura.

— Eu o vi no restaurante em que trabalho, o Backstretch.

A detetive também anota isso.

De volta à rua, Gabriela tem uma sensação de fúria e terror rudimentares. A tarde ensolarada parece diferente no momento. Agourenta. Como se durasse para sempre, mas o mundo mudou, como sempre vai mudar. Sempre. Ela vai em direção ao prédio.

Sobreviver.

Gabriela Vasquez diz aquilo a si mesma todos os dias. É sua oração. Ela toca uma foto que tem em casa. É a lembrança e promessa dela para a mãe, Elisa. *Sobreviver*.

No distrito, a detetive se volta para o computador. Ela digita a informação que Gabriela deu a ela.

— Hein?

Otis Lloyd Wardell. Chicago. Procurado por homicídio, estupro, latrocínio e assalto à mão armada. Procurado para interrogatório pela Unidade de Crimes Graves dentro da Divisão de Roubos e Homicídios, pela morte da jovem encontrada enterrada perto da 210. Rosto pálido e cicatriz na sobrancelha.

Ela faz um relatório de contato, imprime uma cópia, envia uma versão digital do arquivo para o sistema do Departamento de Polícia de Los Angeles, com destaque.

— Relatório sobre uma pessoa de interesse no assassinato da vítima não identificada perto da 210, indo para vocês.

Wardell voltou à lanchonete. Tick-Tock está parado do lado de fora, perto da porta.

— Eu sei quem ela é. — A respiração de Wardell está ofegante. — A mãe dela era de uma quadrilha que eu conheci.

— O que isso significa?

— A família, eles são contrabandistas. Fora da lei. Foi assim que ela me reconheceu. — Ele olha fixamente. — Precisamos encontrá-la antes que ela possa dizer qualquer coisa sobre mim.

Tick-Tock balança a cabeça.

— Fora da lei? Cara, ela não vai chamar polícia alguma.

— Você vai apostar com a minha vida? — Ele cutuca Tick-Tock no peito. — Não quero pessoas atrás de mim por todo o sul da Califórnia. Vá encontrá-la.

Voltando para o restaurante, ele segue pelo corredor e bate os nós dos dedos em uma porta aberta de escritório. O gerente ergue o olhar, irritado. Wardell se contém.

— Tenho uma pergunta para você, meu amigo. Acabei de chegar de fora da cidade para ver minha sobrinha, e uma das meninas, muito simpática, me disse que ela foi para casa, passando mal…

77

Música toca pelo Beverly Hilton. Há uma festa no salão de bailes com uma orquestra, mulheres de lamê tão brilhante que poderiam abastecer de energia uma estação espacial. Quando Chris entra na suíte do hotel, as cortinas diáfanas estão agitadas na brisa cálida.

Ana está ali fora, apoiada na grade da varanda, de costas para ele, o cabelo ondulando no ar, absorvendo as luzes de Century City.

Ele passa a mão em torno da cintura dela por trás. Ana continua admirando os arranha-céus. Depois do que parece um minuto interminável, ela inclina a cabeça para trás e a apoia em seu peito.

Ele deixa que o anoitecer os encubra.

— Encontrei um homem esta tarde.

Ana não se vira.

— O cara está muito à frente na curva, é assim há vinte anos.

— Que curva?

— Cibertecnologia.

Ela se vira.

— Ele trabalhou na DARPA, a Agência de Projetos de Pesquisa Avançada de Defesa, inicialmente montando a rede. Ele conhece todas as entradas e saídas, e todo o esquema que há por trás delas.

— E?

— Você quer deixar o domínio de Felix, certo? Passar por aqueles palhaços que falam com superioridade perto de você? Por isso, está pensando em construir instalações do outro lado do mundo, em Batam?

— Essa não é a única razão. Batam é como uma Ciudad del Este asiática, totalmente aberta. Mas Singapura fica a apenas 7,2 quilômetros do outro lado do estreito de Malaca.

— Isso é ótimo — diz Chris. — Mas estou começando a achar que tem mais alguma coisa.

— O que você quer dizer?

— Não sei. Estou pensando que deve haver outras maneiras de fazer isso. É como uma ideia… — Ele gesticula no ar. — Bem aí.

— Eu não entendo.

— Eu também não. Finja que você está em uma sala de três por três metros. Esse é seu mundo. Aí, em sua visão periférica, você começa a ver uma porta. Você, então, se anima e começa a pensar que talvez aquela sala não seja tudo. Talvez ela esteja dentro de uma sala muito maior, que guarda todo um leque de novas possibilidades.

— Aonde você quer chegar com isso?

Ana sai dos braços dele e se vira. A expressão está reservada, mas há curiosidade nos olhos dela.

— E se alguns dos ativos e das instalações de sua família no Paraguai pudessem ser acessados em paralelo, de fora da organização dos Liu? Independentemente. E se você conseguisse cortar o cordão da dependência? E se você pudesse comprar sua independência?

— Como? — pergunta ela.

— O nome dele é Kelso. Ele opera do alto de um morro em City Terrace. Muito equipamento e criptografia tão sofisticada quanto a da Agência de Segurança Nacional.

Ana está ouvindo.

— O que lhe deu essa ideia?

— O mundo está se globalizando. Fronteiras e jurisdições nacionais estão desaparecendo. Você quer sair do jugo daqueles palhaços que não conseguem nem engraxar os próprios sapatos? Vamos explorar.

Os olhos dela se estreitam, brilhando.

— Quando posso conhecer Kelso? Quando eu estiver voltando da Ásia?

Ele não via Ana empolgada assim havia algum tempo

— Claro.

Ana se anima e o beija.

— Isso pode ser alguma coisa.

— Eu sei.

Há uma pausa, então uma sombra de melancolia se abate sobre ela.

— O quê? — pergunta ele.

— Minha mãe. Ela queria ser médica. Para uma mulher da diáspora chinesa da geração dela, isso não iria acontecer. Herança cultural pode afogar a esperança e a ambição... — Ana se volta para os prédios como naves espaciais de Century City e pergunta: — E você?

— Eu o quê?

— Sua família. Você nunca fala dela. Tudo o que me disse é que cresceu aqui.

— A leste daqui. — Shiherlis reinicia. — Paramount, Califórnia. Abatedouros, terra rachada, algumas palmeiras poeirentas. O primeiro produto industrial é a alienação. Isso também é uma adaptação bem-sucedida ao ambiente.

— O que sua mãe fazia?

— O que ela fazia? Ela engravidou de mim aos dezessete anos, na noite em que meu pai foi mandado para a Alemanha. Ele foi recrutado pelo exército quando tinha dezoito. Três semanas depois de ser transferido, dois outros idiotas e ele morreram em um passeio emocionante na autobahn sem limite de velocidade nos arredores de Stuttgart.

"Ela torrou os benefícios que recebeu e se tornou dançarina de topless no Mello Yellow, em Gardena. Cindy, a rainha do surfe. Ela andou com um grupo de motociclistas, parte dos Mongols, por algum tempo. Em Paramount, ficar doidão em meados dos anos 1970 era como a cultura da droga hippie de Topanga e Laurel Canyon escorrendo para a classe trabalhadora.

"A última vez que a vi foi em 1979. Viagens de ácido demais a levaram para Camarillo, um hospital psiquiátrico estadual. Eu tinha acabado de sair do reformatório e fui vê-la. Ela ainda parecia uma adolescente. Tinha cabelo ruivo e sardas sobre o nariz, mas não me reconheceu. Tentei falar com ela por um bom tempo, foi como se eu fosse o adulto."

Ele se lembra das paredes pálidas em creme e verde brilhante. Isso ficou em sua mente. Talvez o brilho tornasse mais fácil de lavar.

— Ela estava fazendo movimentos psicodélicos com as mãos e me disse: "Sei onde está minha cabeça, alguém encontre meu corpo". Ela morreu quando eu estava em San Quentin.

— Como?

— Disseram que foi um acidente de carro.

Ana fica em silêncio. Ela nunca tinha ouvido nada disso. Ele simplesmente evitava a pergunta.

— Por quê?

— Por que o quê? Por que eu estava em San Quentin?

Ela assente.

— Porque eu fui pego. — Simples. — Eu estava praticando roubos e me aplicando morfina de grau farmacêutico que comprava com uma enfermeira do Kaiser Permanente em Harbor City. Em certo momento, eu não sabia dizer se estava cometendo crimes para sustentar as drogas ou se as drogas eram a desculpa para os roubos porque eram uma onda igualmente forte.

Ele olha para ela com uma atitude que diz: *Você queria me conhecer? Tudo bem, esse sou eu. E se você vai mandar eu me foder, faça isso agora.*

— Basicamente, eu tinha um comando incompleto de minha capacidade de navegar de qualquer momento no tempo para a próxima coisa que eu queria.

Ele a estuda.

— Você fez terapia?

— Não. — Ele prossegue: — Tinha um cara, que era como meu irmão mais velho, que me ajudou a me acertar quando fui transferido para Folsom. Foi com ele que eu caí na real. Ele me lia como um raio-X. Esse cara me disse coisas sobre mim que tinha aprendido consigo mesmo. Ele lia e fez com que eu lesse também. Eu me tornei sério em relação a cometer crimes. Ele estava ali, presente para mim, e eu estava presente para ele. Salvou minha vida.

— Na prisão.

— E na rua.

— O que aconteceu com ele?

— Ele cometeu um erro. Estava com essa garota, e perdeu o rumo que era, tipo, perfeito. Como Vasco da Gama. Então ele caiu em uma armadilha montada por um cara que sabia o que poderia interessar a ele. E esse cara matou meu irmão perto do aeroporto de Los Angeles.

— Quem era ele?

— Um policial de Los Angeles.

— Onde ele está agora? — pergunta ela.

— Bem aqui. — Os olhos dele, cheios com a floresta de luzes dos arranha-céus, permanecem ali. Então se voltam para ela. — E agora? Contei mais do que você gostaria de saber?

Ele se sente manchado. Acabou?

Ana pega a mão dele e a beija.

— Para que é isso? — pergunta ele.

Ela muda de humor.

— Vamos pedir comida.

Ana entra e pede serviço de quarto enquanto liga o computador e loga na rede do hotel, iniciando o VPN ao mesmo tempo. Ela é uma maravilha. Chris nunca para de se sentir magnetizado por ela. Ele não a perdeu. Ele não a perdeu...

— Carne e frutos do mar — grita ela. — Eu vou tomar banho.

Ana liga o aparelho de som e vai para o banheiro. Shiherlis se debruça na grade da varanda, no alto.

Los Angeles à noite. Luzes brilhantes. Tudo ali espalhado diante dele. *Caaaaara...* Uma constelação plana que se estende para sempre... *City of light*, cantou Jim Morrison. *Or just another lost angel, city of night.*

Mas o trânsito, a música, a festa bombando abaixo; os carros, o dinheiro — a vibração. Como a noite em que ele conheceu Charlene. Aquele momento singular, brilhante, atingido por um raio em Las Vegas. Ele para, inspira. Está ali, sentindo. Chris permite que a cidade que deixou — e da qual sentiu saudade, da qual tem medo e temor e com a qual sonha — cante mais alto para ele. Ela percorre circuitos na corrente sanguínea dele, como cinco miligramas de morfina. Aquilo é ambição natural fazendo a diferença. Aquilo é magia surgindo.

Charlene. O pulso martela. *Onde está você esta noite?*

Ele pensa que ela conheceu alguém. Pensa, não sabe. As fotos pararam de chegar. A última chegou havia nove meses. Bonita, ensolarada. Depois, nada.

Aquilo o incomoda, mas ele se permite apenas um momento de ciúme. Não pode culpá-la. É sobrevivência, e Shiherlis gosta de que ela possua essa habilidade. Aquilo mantém ela e o filho seguros. Alguém tocá-la, porém, o pensamento o deixa louco.

Pare.

Shiherlis sente saudade dela. Sente falta de Dominick, e como...

Do chuveiro, Ana canta com o aparelho de som, a voz doce e crua na reverberação.

Ele tem um número de telefone que Charlene lhe enviou para emergências. Chris nunca o utilizou e duvida de que continue funcionando. Mas ele leva o telefone para a varanda. Com o coração batendo forte, ele disca.

Há um hiato na conexão, um atraso — transferência de chamada? O telefone toca.

Calor se espalha pelo peito. Os sons da cidade chegam até ele. Esperança e medo aumentam a cada toque.

Colinas cheias de fogo.

Se disserem que nunca amei você,
Você sabe que estão mentindo...

Ele ainda a ama? Sim. O que isso significa para ele ali no momento? Uma realidade paralela?

— Alô.

Aquela voz. Clara, calma e confiante, mesmo atendendo uma ligação.

A noite se ilumina, brilhante, quente, enchendo-o de eletricidade.

— Alô?

Ele escuta música ao fundo; ao lado dela, escuta a respiração.

Os lábios se afastam. Ele não consegue falar. Desliga.

Charlene fica parada na cozinha com o telefone na mão. Um vento seco sopra lá fora, vergando os pinheiros ponderosa. A voz dela se reduz a um sussurro:

— Chris?

Não há ninguém ali.

Ela lenta e cuidadosamente desliga. Os dedos permanecem no telefone, o coração batendo forte no peito. A ligação parecia de longa distância. Ela chegou via encaminhamento de chamada.

Aquilo era Chris ligando em uma noite aleatória na semana de um lugar muito distante?

78

Hanna encerra a ligação e põe o fone no gancho. Está animado. A pilha de pastas no escritório está arrumada, pois solicitou um escrivão civil para ajudá-lo com os arquivos.

Quando ele sai da área da unidade, Drucker lhe entrega fotos da mansão onde Helena Benedek foi espancada até ficar inconsciente. O átrio de mármore está coberto de sangue e detritos das tentativas de ressuscitá-la dos primeiros a responder ao chamado: luvas usadas, tampas de seringas e embalagens de papel rasgadas. O teto está cheio de balões prateados de hélio.

— Seu truque. Organizadores de festas — diz Drucker. — Tendo uma diversão pervertida. Eles arrancaram joias da vítima, um bracelete de tênis de diamante, disse a empregada. Todo o resto foi um pacote variado de merda gratuita de psicopata.

— Volta à eternidade — fala, rispidamente, Hanna. — Wardell não consegue abandonar o próprio *modus operandi*, mesmo que isso o identifique.

Casals empurra a porta e entra por ela, os braços relaxados, bem-vestido. Uma pergunta nos olhos.

— Alguma coisa? — pergunta Casals.

— Wardell está fora do radar deles desde o assassinato e a tortura na oficina mecânica.

— Doze anos.

— O mandado permanece válido para invasão de domicílio e assassinato de James Matzukas. Cumplicidade nos assassinatos da quadrilha de Wardell no tiroteio da casa em Coulsen. O cara dos carros de assalto, Aaron Grimes. Mandado federal de prisão, fuga para evitar processo, isso tudo. Mas é, Wardell se transformou no fantasma Gasparzinho e desapareceu em uma nuvem de fumaça.

Drucker vai até a mesa.

— O que o Departamento de Polícia de Chicago está nos enviando?

— Fotos, a pasta de Wardell, associados conhecidos, os relatórios originais que os policiais e detetives que atenderam ao chamado escreveram sobre o assassinato de Aaron Grimes.

— Prepare uma ilustração que mostre seu envelhecimento.

Casals guarda a arma em uma gaveta da mesa.

— Se ele estava adormecido, doze anos é muito tempo, Vincent. Isso significa que ele tinha dinheiro de algum lugar. Talvez o montante tenha acabado.

— Ou ele sentiu saudade da velha religião de estupro, tortura e assassinato — diz Hanna. — O que quer que seja, ele agora está aqui.

— Como Rossi pareceu? — pergunta Casals.

— Instalado. — Hanna dá um meio sorriso. — Como se o distrito de Shakespeare fosse sua casa fora de casa e ele planejasse ficar lá o resto da vida, com poltrona reclinável, TV e controle remoto. Easton está aposentado. — Ele lança um olhar para Casals. — Novak está no comando da unidade.

O que vai, volta, pensa Hanna. *Quando você cai, cai onde estava mirando todo o tempo. Então é melhor arranjar um jeito de se segurar, mano. Arranjar apoio. Sair dirigindo.*

Por um momento, ele vê Wardell olhando fixamente para ele de trás de uma touca ninja, olhos pretos inexpressivos e vazios. Dois segundos antes de avançar para cima deles em um Mercedes roubado.

Ele se volta para os detetives.

— Tudo com Wardell tem a ver com domínio. Ele sempre trabalhou com planejamento e cuidado. Mas, profissionalmente, é uma escória. Chegava quando a família estava em casa, aterrorizava-a, esse era o *modus operandi*. Mas demorar para executar um estupro em vez de entrar e sair rapidamente... essa é a indulgência dele. É onde entra em ação o rio Estige. Ele age por psicologia desviante, não necessidade operacional. Essa é a fraqueza dele. Saber sobre ela é nossa porta de entrada.

Hanna serve uma xícara de café. Um Adderall pela manhã apenas, não mais.

— Wardell sempre vigiou casas antes de agir. Drucker, mostre essa foto para os vizinhos de Helena Benedek. Os jardineiros e as empregadas. Os passeadores de cachorro. Carteiros, entregadores de jornal e motoristas de ônibus escolares. — Ele bebe meia xícara. — Wardell usava informantes para obter informação interna sobre os alvos. Em Chicago, ele tinha um manobrista de serviço de valet que lhe fornecia inteligência e duplicava as chaves das casas das vítimas para ele.

Quando Hanna se vira, Casals está olhando para ele em silêncio.

— Consiga uma lista de todo estabelecimento que Benedek frequente ou tenha visitado nos últimos dois meses — diz Hanna. — Qualquer lugar onde ela tenha entregado as chaves de casa. Qualquer lugar em que ela tenha revelado o endereço de casa e o status financeiro. Academias, piscinas, locais onde os funcionários tenham acesso aos armários ou onde Wardell poderia subornar alguém para lhe passar informação sobre os clientes. Vamos ver se alguma empresa que ela visitou imprime o horário dos compromissos com nomes e endereços. O que eles fazem com as impressões? Quem recolhe o lixo?

Ele se volta para Drucker.

— Transmita o *modus operandi* de Wardell para o FBI. Programa de apreensão de crimes violentos. Talvez ele tenha estado ativo em algum outro lugar ao longo dos últimos doze anos, e o banco de dados possa descobrir. Não há garantia alguma de que outra jurisdição tenha transmitido a informação para o FBI, se é que ela existe. Tente mesmo assim. — Ele se vira e volta. — Quando você falar com o FBI, não diga que tem uma série de torturas seguidas de morte em vários estados. Não deixe que eles pensem que podem exigir jurisdição federal. Não quero alguém entrando em nosso caminho.

Drucker pega o telefone. Casals espera.

— Aquela garota que sobreviveu — diz Hanna. — Jessica Matzukas. — O calor perfura sua cabeça. A respiração parece difícil. — Tirando Wardell do quadro, finalmente poderemos dizer a ela que acabou.

Drucker assente.

— Amém para isso. — Ele olha para o quadro branco onde os casos abertos estão listados. — Deixe que a justiça corra como água. E a virtude como a porra de um rolo compressor.

Hanna respira com uma barra de calor perfurando a cabeça. Isso é novo. Raiva contida? Repulsa se liberando?

— Wardell começa incêndios. Ele não pode evitar. Nós encontramos o rastro e o seguimos pela fumaça e pelas marcas de queimadura. — Uma lembrança quase esquecida surge. — Casals, muito tempo atrás, depois que eu deixei o Departamento de Polícia de Chicago, você me disse que o segundo em comando de Wardell tinha sido morto em um tiroteio.

— Hank Svoboda, é — diz Casals. — Ele e três outros homens foram encontrados mortos perto da fronteira mexicana. Uma estrada secundária perto de Yuma.

— 1988?

Casals assente.

— Quatro corpos, vários veículos baleados. — Ele tira os óculos. — Eu falei com um delegado do condado de Yuma na época, que me disse que havia muito sangue na estrada. Outra pessoa tinha sido removida. Sangue demais, não poderia ter sobrevivido. Achei que talvez fosse Wardell.

Hanna pergunta-se sobre isso e reflete.

A porta se abre e a detetive Rausch entra.

— Pham Thanh Thuy.

Hanna gira.

— É a garota da cova rasa?

Ela assente.

— O saco de lixo que recuperamos na lixeira do posto de gasolina continha as roupas dela, com a poeira de marcas de contato na parte de trás da blusa. E buracos de queimadura de cigarro. Ela foi despida depois de morta. — Ela põe as mãos na cintura. — Nós também encontramos a bolsa dela. Não tinha identidade, mas continha uma carta para ela. Nós fomos até o endereço e encontramos a irmã. Um apartamento de merda, cheio de garotas que estão na vida. — Ela abre um caderno. — A irmã é Pham Huong Lanh. Ela trabalha na Figueroa e tem dezessete anos.

— Traficada? — pergunta Drucker.

— A irmã conhece talvez cinco palavras em inglês. Quatro delas são *ei, querido* e *dinheiro vivo*. Ela está nervosa, aterrorizada. Thanh, pelo que entendi, era a irmã mais nova. — Ela balança a cabeça. — Mostrei a ela a foto de Wardell, e não conseguiu esconder a reação. Horror. Ela o conhece.

— Ele é o cafetão dela?

— Não. A quinta palavra em inglês que ela conhece? Motéis.

Hanna está a caminho da porta.

— Vamos.

79

O motel Outskirts, na Figueroa, abaixo da rua 120, é rosa-chiclete com detalhes descascando em laranja. Ele é mal iluminado e pulsante com energia secreta. Hanna e Drucker entram no pátio em um carro não identificado por volta da meia-noite.

É o quarto lugar aonde eles vão naquela noite, de uma lista fornecida a Rausch pela irmã de Pham. Em todo lugar, quando eles mostravam a foto de Wardell, os recepcionistas balançavam negativamente a cabeça. *Não, nunca vi esse homem, não o conheço*, disseram eles em um entediado sotaque cantonês, hondurenho ou de Boston.

As luzes da varanda do Outskirts são amarelo-xixi, dando uma tonalidade amarelada ao recepcionista por trás do vidro da recepção. Um cara ossudo, curvado, com uma camisa do Manchester United.

Hanna se apoia no balcão.

— Qual é seu nome?

Drucker bate na porta trancada do cubículo do recepcionista, que permanece em silêncio. Na esquina, há carros de modelos novos enfileirados, mulheres jovens de baby dolls e biquínis fio-dental andam entre eles. Dois entram no pátio do motel.

— Esse lugar é igual a um drive-thru às três da manhã. — Hanna leva as mãos em concha à boca e grita: — Vou querer um duplo, batatas fritas, uma Coca e um boquete para acompanhar.

Identificando-os como policiais, uma garota joga um sapato de salto alto nele.

Os golpes dos punhos de Drucker ecoam pelo pátio.

A porta se abre com uma corrente.

— Seu nome — diz Hanna.

— Kultar — responde o recepcionista.

— Kultar. Onde está seu chefe?

— Eu não tenho chefe. É alguma corporação, eu não sei.

— Destranque essa porta antes que o sargento Drucker comece a gritar *polícia* e seus clientes todos deem o fora. Porque o chefe que você não conhece vai odiar isso.

Ele destranca a porta.

O cubículo cheira a suor e comida para viagem velha. *Como minha casa*, pensa Hanna e ri.

Drucker preenche o espaço.

— O nome de seu chefe?

Hanna examina a recepção, com pilhas de cadernos e livros-caixa.

— Você cuida da papelada, com os ganhos da noite. Alguém passa aqui? Quem é o cara que coleta o dinheiro?

Drucker assoma sobre ele.

— Estou vendo violações de saúde e proteção de incêndio para arrastar você até o centro uma dúzia de vezes.

O recepcionista ergue as mãos.

— Smolenski. Sr. Smolenski. Não sei onde ele está, como entrar em contato com ele. Ele não aparece há dias.

Hanna olha para Drucker, depois novamente para o rapaz ossudo.

— Por que não? Por causa da garota que encontramos morta em uma cova rasa? O que você sabe sobre isso?

Kultar se encolhe.

— Nada!

— Mas o sr. Smolenski sabe? Qual o primeiro nome dele?

— John.

— Quem sabe onde encontrá-lo?

Kultar olha através do vidro blindado sujo.

— As garotas? — diz Hanna. — Um cafetão?

Kultar hesita.

— Talvez Eazy-D.

De volta ao carro, Hanna e Drucker mandam uma mensagem por rádio para Rausch; ela está em outro carro não identificado na Figueroa, perto da USC.

— Eazy-D. Eu o conheço — diz Rausch. — Um garoto estranho, o nome verdadeiro é Calvin Page. Um cafetão de tênis com olhos grandes e gentis. Ele encanta as meninas, mas é mau.

— O recepcionista no Outskirts diz que Wardell está atrás do cafetão por não lhe pagar toda a sua parte do dinheiro que as meninas ganham nos motéis.

— Ultimamente eu o vi circulando em um Suburban preto com acabamentos cromados e uma grande estrela prateada e azul na janela traseira.

Hanna e Drucker o encontram duas horas depois, andando por uma rua escura a duas quadras da Figueroa, de faróis apagados, permanecendo nas sombras enquanto mantém o registro das prostitutas. Drucker passa à frente e força o Suburban a parar.

A janela desce e uma batida de baixo que deveria pesar quatro toneladas sai dali, junto com o cheiro de maconha. Eazy-D tem as duas mãos no volante.

— Calma, filho — diz.

Drucker gesticula para que ele saia. Eazy-D desce do SUV. Ele tem 1,67 metro, usa calça jeans frouxa da Bugle Boy e tênis surrados. Parece atrasado para a aula de matemática do segundo ano do ensino médio.

Hanna olha para ele como se fosse uma aparição.

— Como você vai perseguir as garotas com a calça abaixo do rego, Calvin?

— Não tenho que perseguir ninguém. — Ele gesticula para si. — Elas querem isso.

— Uma de suas garotas lá está usando saltos plásticos de vinte centímetros, e até ela pode correr mais que você.

— Por que vocês estão me perturbando? Vocês não são dessa área, nunca vi vocês por aqui. — Ele dá um olhar desdenhoso para Hanna, de cima a baixo. — E, cara, você parece estar por aí há muito tempo.

— Perturbando você? — Hanna aponta para a estrela azul e prata na janela traseira do Suburban. — Cal-vin! Se eu quisesse perturbar você, eu apreenderia esse SUV de merda só por circular em Los Angeles exibindo a porra do símbolo do Cowboys.

— Eu não...

— O que há de errado com você, Cal-vin?

— Eu não fiz merda alguma, cara. O adesivo veio com ele! Eu não sou fã.

— Não? — indaga Hanna. — Então vou ter que prender você por qualquer coisa.

— O quê?

— Qualquer coisa em terceiro grau — acrescenta Drucker. — Você tem vadiado por aqui, foi visto vadiando acolá.

— Então aonde — pergunta Hanna — foi a porra do cara?

— Que cara? — pergunta Eazy-D.

— Você está tentando parecer estúpido ou nasceu assim? — diz Drucker. — Cara branco, um filho da puta com uma cicatriz na sobrancelha que é dono do Outskirts.

Eazy-D dá de ombros.

— Eu não...

— Não me diga não — alerta Hanna.

— Porque aí nós não vamos encontrá-lo — diz Drucker. — E ele encontrará você.

— Porque sabemos que ele está procurando você, sabemos que você está ficando com a parte dele das garotas entrando e saindo dos motéis. E ele está atrás de sua cabeça. E você está começando a fazer com que eu perca a porra do meu tempo.

— Espere, espere. — Eazy-D olha ao redor. Não tem trânsito. As casas pequenas fechadas estão escuras contra a noite. — Cara, eu não estou ficando com a parte dele. Eu perdi uma garota. Ele tem que fazer uma reconstituição.

— Reconstituição? — diz Drucker. — Você quer dizer restituição?

— É, isso.

Hanna se vira para encará-lo.

— Perdeu? Ela ficou confusa e pegou o ônibus errado? Você procurou por ela nos achados e perdidos?

— Não, cara. Essa garota, a que vocês encontraram perto da 210.

— Ah, aquela — diz Hanna calmamente, baixando a voz, como se neste momento o quebra-cabeça estivesse solucionado. — Onde está ele? — A mudança de tom é assustadora.

— Ele mora nessa casa estranha ao sul daqui. — Ele balança a cabeça. — A garota, ela fazia parte de meu rebanho, deveria fazer. Ela não aceitou o programa e ele me disse que iria regulá-la. Então, ela desapareceu. E foi por isso que eu não cumpri o combinado. Entende? Sabe, porque Smoky tem que pagar pela garota, e é por isso que Smoky e o pessoal dele estão procurando por mim.

Hanna sentiu um frio na espinha.

— Smoky, ele "regula" garotas que não concordem com o programa? É isso? Outras garotas desapareceram?

Eazy-D comenta com reprovação:

— O que você acha?

— Onde fica essa casa estranha? — pergunta Drucker.

Eles chegam com a SWAT às quatro horas, com coletes à prova de balas, Hanna totalmente desperto sem estímulo químico algum, o coração se revirando, *bam*, contra as costelas. A casa é em um projeto residencial de casas iguais de fazenda. Ela é o duende do grupo, um alojamento de pedra dos anos 1920, recuado e em meio a carvalhos e sicômoros muito altos. Está escuro e silencioso.

Eles entram com um mandado que lhes permite não tocar a campainha, o pequeno aríete destruindo a fechadura e utilizando as lanternas nos fuzis da equipe tática. Hanna, Drucker e Rausch atrás deles. Eles vão de aposento em aposento, como vespas, olhos adaptados à noite, sangue pulsando nos ouvidos.

— Limpo — grita o líder da SWAT.

Hanna chega ao quarto. Bagunçado, vazio. Ele volta para a cozinha e encontra pratos sujos com restos secos de vários dias. Correspondências por todo o chão abaixo da fenda de correspondência da porta da frente. Ele as chuta.

Wardell sabe que estão atrás dele. Ele está desaparecido.

80

No interior da garagem estilo refúgio de macho da casa de Tick-Tock em Gardena, Wardell anda de um lado para outro incansavelmente. Um pit bull com apenas uma orelha o observa desconfiado de uma cama de cachorro.

Quando Tick-Tock chega, Wardell se volta sobre ele.

— É melhor você ter boas notícias.

— A polícia deu uma batida na sua casa. SWAT.

— Droga.

Tick-Tock tentou acalmá-lo e esconder dele o whisky Maker's Mark. Tentou alimentá-lo, mas Wardell jogou o prato de espaguete feito pela esposa na parede. Tick-Tock já tinha mandado a mulher e o filho saírem, de manhã cedo, antes que o chefe acordasse. Ele cresceu em Lynwood, um mano durão, mas até ele se assusta com Wardell surtado.

— A porra do Departamento de Polícia de Los Angeles — diz Wardell. — Eles estão em cima dos motéis.

— Mas o nome por trás de todos eles é Smolenski, certo? — diz Tick-Tock.

— Isso não importa! Eles estão atrás de mim.

Ele chuta o cachorro, que gane e se afasta apressado. A pressão sanguínea de Tick-Tock se eleva. Ele estende a mão, e o cachorro se encolhe do seu lado.

— Doze anos em Los Angeles. Eu não vou recomeçar *de novo*. Miami, Toronto ou a porra de Belize.

— Imagino que as praias de Belize sejam bonitas.

Wardell gira na direção dele.

— Vá se foder.

Tick-Tock ergue as mãos.

— Talvez isso tudo passe.

Isso não vai acontecer, pensa Wardell. Os motéis, se os policiais os descobriram, ele pode ter que queimar essas conexões. Isso vai matá-lo, mas ele vai fazer. Ele tem dinheiro. Uma pilha grossa, porque ele passou trezentos mil dólares nas pedras engastadas que conseguiu com Helena Benedek. Ele pode cair fora.

O que ele está pensando no momento é em quem o entregou.

O reino dos motéis foi erguido com o dinheiro que ele roubou de Neil McCauley em uma estrada secundária perto de Yuma. Dinheiro com o qual ele escapou, deixando o resto no chão, nada além de bolsas de sangue e carcaças de carros. Deixando McCauley segurando a mulher moribunda.

— A porra daquela garçonete. — Ele se volta para Tick-Tock. — Eu disse a você que deveríamos ter procurado por ela antes que ela pudesse ir à polícia para dizer: "Eu vi Otis Wardell sentado aqui nesse reservado". Aquela vadia.

Tick-Tock assente, querendo aplacá-lo.

— Eu sei, outras coisas intervieram. Não foi sua culpa, chefe.

Wardell chuta um banco.

— Não, babaca. É culpa *dela*. — Ele começa a andar de um lado para outro novamente, prestes a explodir. Ele fala para o ar: — Nós vamos atrás de você, Gabriela. A puta da sua mãe não conseguiu escapar e você também não vai.

Entregá-lo? Ele vai pegar aquela vadia.

81

Naquela tarde, Chris se encontrou com Nate na porta dos fundos do Blue Room. A última vez que ele esteve ali, estava meio morto de um ferimento de escopeta, levando um carro para o encontro quase catastrófico com Charlene. Como as coisas mudam. Nate lhe entrega um envelope de papel pardo.

— A esposa de Kelso entregou isso. — Ele vê que Shiherlis está se perguntando sobre ela. — Eles são o que se chama de casal unido. De confiança.

Chris olha dentro. Um zip drive.

— Programa de criptografia — diz Nate.

— Bom. — Chris estende a mão, Nate a aperta, Chris o segura. — Mais uma coisa. Vincent Hanna.

— O que tem ele?

— O que você pode me contar? Residência? Hábitos?

— Você fique longe dele, isso é o que eu digo. Achei que você tivesse crescido.

— Quando se trata de Neil? Essa é a exceção.

— Que merda você acha que passa pela minha cabeça quando aquele cretino entra no Blue Room a cada dois meses?

Shiherlis vê o fogo por trás dos olhos azuis de Nate.

Ele prossegue:

— Eu não vou fazer merda nenhuma nem vou lhe dizer merda nenhuma. Não faça com que eu me arrependa de ter atendido o telefone quando você ligou. O passado está enterrado, e eles acham que você está morto ou desaparecido. Você vai estragar isso? Vai remexer nisso? Está louco? Eles vão enterrar você. E eu.

O indicador de Nate espeta o esterno de Chris. Não de forma delicada. O Nate do pátio de McNeil está na área.

— Você viva com isso.

Chis exala.

— Esqueça que eu perguntei.

— Esquecido.

Nate balança a cabeça.

Chris sobe até o alto de Mulholland, uma estrada serrilhada acima da cidade. A luz do sol atinge janelas ao redor, douradas e vermelhas. Ele estaciona o Alfa Romeo e sai para o vento quente.

Ele liga para o número de Nevada. Ela atende. Dessa vez, ele não hesita.

— Charlene, sou eu.

Mesmo sob o murmúrio do vento, ele escuta uma inspiração brusca. Chris fecha os olhos, desejando que ela não desligue.

— Você ligou na outra noite, não foi? — pergunta ela.

É um alívio.

— Eu não sabia o que dizer. Mas estou falando agora.

— Estou ouvindo.

Ele se sente imensamente distante, ainda assim, à beira de ser queimado.

— Recebi as fotos que você mandou. — Isso parece piegas. A voz dele parece ter um parafuso frouxo. — Eu soube que você está em Vegas.

— Desde o ano passado. — Ela faz uma pausa. — Eu não ia ficar em Los Angeles. Para quê? Todo o resto tinha desaparecido. — A voz fica áspera. — Estou cuidando de Dominick. E de mim mesma.

— Eu gostaria...

— Meu Deus. Eu também, como eu gostaria.

Chris deixa que o vento o limpe. Sente uma saudade intensa do passado.

— Estou trabalhando no ramo imobiliário — diz ela.

— Bom.

— E eu preciso que você saiba — diz Charlene. — Eu estou com alguém.

Chris fica quieto.

— Estou com ele há mais de um ano, ele trabalha com cassinos.

Mais uma pausa.

Chris espera. A voz dela se firma, como se soubesse que aquele não é um momento para evasivas.

— Ele está assumindo um cargo de gerência no Venetian, em Macau.

— Macau — repete ele, entendendo. — Você vai com ele?

— Vou. Dominick vai estar em uma boa escola. Sim, eu vou com ele.

Ele deixa que um instante se passe.

— Parece sólido.

— E é. Firme e tranquilo.

— Muito adulto — diz Chris.

— Alguma coisa errada com isso? — Nervosa, de repente. A velha Charlene. — Qual é a graça?

— Nada, só estava lembrando. Boas lembranças.

Ele vai até a borda da estrada de onde se avista a cidade, tentando ver com clareza e falar com calma.

— Parece que... — Ele vasculha suas entranhas para ser real. — Você segurou a barra e construiu uma vida boa para vocês dois.

— É. E é bom ouvir você dizer isso.

A voz dela está bonita, como sempre. Ele sente uma apaixonada atração gravitacional por ela. Seu sol e estrelas.

— Eu prometi a você... — Ele limpa a garganta. — Olhe, eu vou ligar outra vez. Um dia, dois. Daqui a 24, 48 horas. Eu vou ligar e vamos marcar uma reunião.

— Marcar uma reunião.

Frieza. Ela, de repente, ficou tão fria que Chris sentiu queimaduras de gelo.

— Eu ligo para você, a gente vai descobrir um jeito.

— Você marca uma reunião com seu bando, não com sua esposa.

— Charlene…

— Pense mais, Chris.

É o fim da ligação.

Mais tarde, Shiherlis está sentado no Alfa, o som ligado, sombras compridas projetadas à frente. A batida pulsa através do peito — Ice Cube, "Check Yo Self". Ele está sentado há algum tempo. Pensando, agitado e ligado.

Examinando.

Do outro lado da rua, a fachada do Parker Center bloqueia a vista, um cuboide branco e alto. Ao lado dele, em um estacionamento de vários andares, cercado por uma cerca cinza de metal, para-brisas de carros reluzem.

O portão da garagem se abre, e um Crown Victória sai ao sol. No volante, de óculos escuros, uma ave carniceira em um terno sepulcral. Vincent Hanna.

Chis liga o motor e o segue.

O oficial avança um sinal vermelho e Shiherlis espera pacientemente. *Rei da cidade, vá se foder*. Hanna é parado por outro sinal vermelho a alguns quarteirões de distância. Chris segue em frente.

Olhe para esse cara, pensa ele. *Circulando por aí, respirando no planeta Terra. "Talvez eu vá pegar um cinema, comer uma pizza."* E Neil, o mais perto de um irmão e de uma alma parceira que Chris já teve, está embaixo da terra, apodrecendo em algum lugar.

Depois de alguns quilômetros no trânsito, Hanna entra em um estacionamento recortado em uma encosta e rodeado por cercas curvas e pontiagudas de segurança. Com a bolsa de ginástica na mão, afrouxando a gravata, ele entra na academia de boxe Title.

Chris passa devagar.

82

Os prédios na empresa aeroespacial são de um pavimento, insípidos e industriais, mesmo as alas de engenharia. A segurança é rígida, mas o engenheiro tem acesso. Raymond Zhang administra o departamento e permite a entrada de Chris e Ana. A brisa do oceano deixa o chão úmido nas instalações de El Segundo. São três da madrugada.

Eles passam pelas portas trancadas até o centro de produção, as salas limpas onde os técnicos usam macacões, botas e máscaras para prevenir a contaminação dos componentes eletrônicos.

— Sabe — diz Zhang. — Tudo feito em casa. Fabricação norte-americana. Sistema de orientação de mísseis aerodinâmicos terra-ar. Sistema de localização de alvos, com acelerômetros e o software mais recente. Sensores eletromagnéticos, assim como sistemas de busca de calor. A Lockheed Martin e a General Dynamics compram esses componentes. A Northrop Grumman.

Ele passa um cartão e os leva pelo estacionamento até outro prédio trancado.

— Câmeras de segurança? — pergunta Shiherlis.

— Não.

— Eu as vejo nos telhados e postes elétricos.

— Não hoje à noite. Eu as desliguei. Usei um programa executável que indicou um curto-circuito em toda a instalação. Anotei o problema no registro e neste momento estou fazendo um diagnóstico. As câmeras vão permanecer off-line até que o processo esteja completo. Eu, com frequência, estou aqui a essa hora da noite. Isso vai parecer normal.

Chris queria ter certeza de que esse cara é tudo o que diz ser e que ele vai cumprir o prometido, mas o homem está nervoso. De qualquer forma, até então, tudo bem. Shiherlis lança um olhar para Ana.

— Eu tenho os HDs para você — diz ela. — Quando vai entregar o software?

— Amanhã.

Zhang abre a porta do depósito e acende as luzes. É cavernoso e frio, as estantes com componentes parecem não ter fim. Eles são compactos e estão empilhados, embalados, envoltos em plástico.

— Os produtos vêm da produção e da montagem e são armazenados aqui para serem transportados — explica ele.

— Esses são os próprios sistemas de orientação? — pergunta Chris. — Sem código de barras?

— Temos outros meios de fazer o acompanhamento, isso não é o Walmart.

— Para onde esses estão indo? — questiona Shiherlis.

— Militares norte-americanos e estrangeiros — diz Zhang de um jeito vago.

Do outro lado do corredor, atrás de fita amarela, há estantes identificadas como CQ.

— Controle de qualidade? — pergunta ele.

— Essas são unidades com defeito.

— São muitos exemplares aí.

Ana franze as sobrancelhas.

— Problemas na sala limpa, na linha de montagem ou com o software?

Zhang balança a cabeça, em negativa.

— Essa é apenas uma fábrica entre uma dúzia nos Estados Unidos. Unidades defeituosas são enviadas para cá, desmontadas, depois encaminhadas para uma usina de reciclagem e descarte no Kentucky.

— O que acontece quando um sistema de orientação dá defeito? Ele indica o Sea World como alvo? — pergunta Chris.

— Possivelmente. É por isso que o software tem um comando de abortar missão.

— Comando de autodestruição?

Chris olha para os pacotes. Esses também não têm código de barras, apenas adesivos. Como controle de veneno. O sr. Yuk está avisando à força aérea que o equipamento está ruim.

— Essencialmente. — Zhang parece apreensivo. — Vocês satisfizeram a curiosidade?

Ana acena com a cabeça na direção da porta.

— Seu escritório, por favor.

Eles saem e Chris dá uma última olhada para as estantes de pacotes de orientação. Zhang apaga as luzes.

A neblina os envolve enquanto eles voltam para o carro.

— Ele quer muito o dinheiro — diz Ana. — Vai entrar no jogo.

É, pensa Chris. *Raymond Zhang vai entrar no jogo*. A ameaça sutil de que o Departamento de Defesa e a esposa pudessem descobrir sua segunda família secreta em Phoenix aumentou a motivação para fornecer o software que Ana deseja. Depois disso, a cenoura. O pagamento. O sorriso dela. A presença de Chris, que a ajudou a conquistar o engenheiro com charme, promessa e a medida exata de medo.

— Você foi muito habilidosa com ele — diz Chris. — Nota dez.

— *Gracias*.

Ele examina as ruas vazias, com a cabeça indo de um lado a outro, a avaliação de ameaça arraigada.

— Procurando alguma coisa? — Ana enfia as mãos nos bolsos da calça jeans. — Desejando?

Ele ouve ameaça por baixo do tom tranquilo.

— Hábito.

A neblina abafa os sons da rua. Os sinais de alerta se acendem vermelhos na cabeça dele.

A voz dela é lisa como vidro.

— Você, porém, está pensando na sua mulher.

Ele segura o fogo, acalmando-se mentalmente. Quando se aproximam do veículo, ele se volta para ela.

— Claro que estou.

Os olhos de Ana estão em chamas.

— Era aqui que você morava com ela? Los Angeles.

— Isso mesmo.

Ele respira com calma. Tenta fazer isso. Quer manter a caixa preta fechada para ela e para si mesmo. Mesmo um velho fora da lei sabe que falar sobre a esposa com a mulher com quem está dormindo é fatal. Muito perigoso.

Los Angeles. Ele está ali, e se ele trabalhar naquilo — duro, rápido, utilizando o coração — pode conseguir que Charlene e Dominick escapem. Nate pode arranjar documentos para eles. É possível.

A tranca da caixa preta chacoalha, mas ele tenta fechá-la. Não é por isso que ele está ali essa noite.

Chris se pergunta quando parou de considerar a saída deles a primeira e a última motivação constante em seu dia.

— O lugar desperta lembranças. Mais do que eu esperava. Estou resolvendo isso — confessa.

— E você vai vê-la? — pergunta Ana.

— Não é só ela. — Ele visualiza o policial, Hanna, que matou seu *irmão*. — E ela se mudou para Las Vegas.

— Isso não é uma resposta. — A detonação por trás dos olhos de Ana é sísmica. — Você está atrás dela. Nesta viagem, na minha viagem. Quando descobriu isso?

— Outro dia.

— Você está falando com pessoas que eu não conheço.

— Estamos nos Estados Unidos, Ana. Vamos lá, Los Angeles era minha casa.

— Ela vai ser de novo? Se você conseguir trazer Charlene de volta?

É a primeira vez que ele a ouve dizer *Charlene*. Ela sempre foi indireta. *Sua família. Sua mulher. Eles.*

— Não sei — diz Chris.

— Nós terminamos?

As palavras são simples e penetrantes. Por trás delas, ele escuta dor.

— Chris, me diga. Nós terminamos?

— Não. Eu estou aqui com você e vou voar para Singapura na sexta-feira.

— Mentira, mentira, você está se esquivando. Negando. "Ah, veja, um esquilo." — diz ela. — Quatro anos com você, Chris. Que droga, você acha que eu só sei seu nome. Eu conheço você do avesso. Eu quero mais que ilusões. Você vai se reunir com sua família agora ou não?

— Eu disse a você desde o começo.

Ela congela. Por um segundo, ela parece prestes a explodir.

— Não, Ana, eu não sei.

— Você nunca foi indeciso antes. Acho que você precisa reexaminar seus sentimentos e seu compromisso sobre ser sincero comigo.

— Você disse sem compromisso.

— E eu comecei isso. E aqui estamos nós. Romance secreto.

— Você nunca quis que sua família soubesse. Eu respeitei isso.

A voz dela se ergue.

— E eu honrei *sua* família. Nunca pressionei você a abrir mão deles.

— Eu nunca menti para você.

— Não comece agora. Você me ama?

— Amo.

Puta merda. Isso saiu direto. Exposição explícita de algo que ele nunca tinha admitido para nenhum deles. Os lábios de Ana se estreitam.

— Eu também te amo — diz ela. — Como isso é confuso! Como é inábil. Tão não taiwanês de minha parte. Que traição para o rumo que eu determinei. — Ela lhe dá as costas.

— A vida acontece conforme fazemos que ela aconteça. Nós estamos fazendo isso acontecer. Mas não é tão previsível.

— Você não pode ter as duas. Não eu e sua mulher com filho. É impossível.

— Eu nunca...

— Você tem razão. Você nunca faria isso. Eu nunca deixaria. — Ela contém as emoções. — A liberdade que sentimos nunca foi livre. Eu deveria saber.

— Nós não podemos fazer isso agora.

— E não podemos fingir que não está acontecendo. — Ela ri abruptamente. — Eu não quero que isso acabe.

— Eu também não.

O olhar de raio gama dela poderia desnudá-lo até os átomos.

— Não sou eu que estou usando o horário de trabalho para ir atrás da outra mulher.

Raiva irrompe.

— A "outra mulher"?

— Não me importa, eu sabia onde estava me metendo. Eu não me vejo como uma mulher que ficaria bem separando uma família com um filho pequeno. — Todo o seu ser vibra com um não dito… — Mas agora? Eu não ligo. — Ela entra no banco do carona, bate a porta e olha pela janela.

Perto das quatro da tarde seguinte, Ana e Chris pegam os HDs com Zhang no estacionamento de um shopping perto da 405, depois voltam para o hotel em um silêncio mortal. Ruas muito percorridas. Lojas que estavam ali há séculos, mercearias familiares, todas desaparecidas. Antes Los Angeles era fresca, nada havia apodrecido e se decomposto durante a pausa nas construções da Depressão e da Segunda Guerra Mundial, como cidades no Meio-Oeste e na Costa Leste. Ali, tudo era novo e limpo. Cheio de esperança para o futuro. Hoje, tudo são construções baratas que não vão durar vinte anos.

Chris entra com o Alfa Romeo, para no interior da entrada coberta do hotel e leva a mão à ignição. Ana põe a mão no braço dele.

— Não — diz ela.

A mão dele permanece na chave.

— O que você quer dizer com isso?

— Deixe ligado.

Ela está ali, muito presente, focada, consciente. Sintonizada com ele, mas no momento olhando para dentro de si mesma à procura de uma decisão. E ela vê que, intuitivamente, sabe tudo.

— Ana, me diga.

— Cuide de tudo o que você precisa cuidar — diz ela. — E de qualquer que seja a outra coisa que eu não sei o nome, mas que está serpenteando dentro de você. Cuide disso também. Eu vou para Singapura. Vá se encontrar com Charlene. Nós fomos *tão espertos*, deveria ser apenas negócios. E o romance seria… transitório, extra. Isso é tão atrapalhado. Nosso futuro está enrolado junto, e eu quero você. Não estou tentando convencê-lo de qualquer coisa. Mas espero saber o que nossa vida juntos vai ser. Ou não. Eu preciso saber o que você vai fazer.

Ela é fria, honesta e não vai ser manipuladora.

O motor está ligado. Ele a observa à luz do sol, momentânea, vaga.

Ana é dele se ele quiser. Ela não vai interferir na decisão sobre Charlene e Dominick.

— Tenho que resolver minhas coisas — diz ele.

Ela dá de ombros, como se para dizer *sim*.

— Se cuide, amor. — Ela desce e entra no hotel.

Cinco da tarde, após deixar o serviço, Hanna entra com o carro no estacionamento da academia de boxe. Ele quer se aquecer pulando corda, depois bater no saco de areia de treino. Suar as impurezas e as distrações nos velhos cheiros corporais e paredes manchadas da academia. Foco.

A uma quadra de distância, há uma encosta. No alto dela, uma casa de dois andares aos pedaços, construída há quase um século, quando o topo daquela colina era um idílio rural da pequena cidade ao longo do rio Los Angeles. Ela, hoje, está sem portas e janelas. É um crânio vazio. O estuque rachado é coberto de ponta a ponta com avisos de PERIGO. Na sombra que desce a encosta, em meio a capim dos pampas alto, está Chris Shiherlis.

Ele observa Hanna entrar na academia, pois tem uma linha de visão perfeita do estacionamento escavado na encosta. Não há resistência do vento com que se preocupar. A encosta bloqueia isso. Com um silenciador e supressor de clarão, o disparo vai ser invisível, quase inaudível. Um punho gigante vai atacar do nada. O tiro, viajando quatro vezes mais rápido que o som, vai derrubar Vincent Hanna antes que ele o escute. Então Chris vai pegar a 101 para a 110 South, depois até a 105 West e, enfim, para o Terminal Internacional Bradley do Aeroporto de Los Angeles e dar o fora da cidade.

O padrão regular de Hanna. Era aquilo que ele estava procurando. Às quartas e sextas, depois do trabalho, ele vai à academia de boxe. Shiherlis vai estar lá.

Neste momento, ele atravessa e entra no Alfa Romeo.

83

O Alfa roda como um tubarão negro. A interestadual está vazia quando ele deixa Los Angeles para trás e segue pelo deserto na direção do limite de Nevada.

Depois de uma hora, o foco definido da intenção suaviza-se o suficiente para ele se perguntar: Isso é convicção? Um imperativo em relação ao homem que matou seu irmão de outra mãe? Ou é impulsividade em uma farsa excelente e perversa?

À noite, o brilho de Las Vegas é visível a trinta quilômetros de distância, uma explosão de nêutrons em uma área vazia de deserto. Fervilhando, se retorcendo, chamando. Esta noite, Chris passa pela entrada da Strip, sentindo-se distante dela. Ele está se dirigindo a outro lugar.

O endereço que Nate deu a ele é em um bairro novo, a noroeste da cidade. A noite está alta quando ele sai da I-15 e entra em um conjunto habitacional com ruas organizadas e parquinhos. Quando desliga os faróis, pode ver as estrelas no céu. As montanhas, dentadas e escuras, são um bloqueio ao longo do horizonte. Acima delas, dando vida ao céu sem coração, constelações ofuscam tudo abaixo.

Ele reduz a velocidade e entra em uma rua sinuosa. As mãos seguram de forma tensa o volante e ele está indo a 25 quilômetros a mais por hora do que quando estava voando pela faixa rápida da autoestrada.

É uma casa de dois andares com palmeiras, pinus ponderosa e loureiros-brancos ao redor. Telhado com telhas em estilo espanhol. Apertada entre residências parecidas — o sonho norte-americano edição deserto. As luzes estão acesas; as persianas, erguidas. É um bairro suburbano calmo, ninguém ali está escondido de olhos curiosos.

E ele vê. É um mundo diferente em que eles estão vivendo. Famílias pelas ruas, campo de beisebol na esquina, crianças de bicicleta.

Ele estaciona na calçada oposta e desliga o motor. A grande janela da frente dá uma vista clara para a sala de estar. Ele fica um momento sentado, pois não os avisou, não ligou, simplesmente foi.

Chris gira o pescoço e respira, ensaiando o que vai dizer quando tocar a campainha. Ainda está segurando o volante quando vê Charlene.

Ela entra na sala de estar vinda da cozinha, falando com alguém atrás dela. A respiração dele engasga.

De calça jeans velha e uma blusa branca sem mangas, casual e perfeita, o andar dela é o mesmo. Como uma leoa, tranquila, imponente. Os cachos loiros estão soltos e compridos. Mesmo do outro lado da rua, do interior escurecido do carro, ele pode ver como o rosto dela brilha. Ela está em casa, e aquilo a cerca, a serve, é adequado a ela.

Bem ali.

Charlene se joga no sofá e bota um pé embaixo da almofada, a mesma facilidade atlética, o rosto animado. Alguma coisa a faz rir. Ela estica um braço sobre o encosto do sofá.

Dominick chega correndo, ágil, equilibrado. Um menino, um menininho. Forte, ativo, perfeito, bonito. O filho dele. O ser humano que a mulher do outro lado da rua e ele criaram.

O coração dele está martelando nos ouvidos.

Dominick pula para cima e para baixo em frente a Charlene, os dedos afastados como uma estrela-do-mar, curvando-se à frente, falando com ela. Empolgado, o rosto iluminado. Ela inclina a cabeça, aquele maneirismo peculiar que revela um lado juvenil que, Chris sabe, ela nunca conseguiu aproveitar. Ela ri.

Ele expira e leva a mão à maçaneta da porta.

Um homem entra na sala. Alto, com um físico de trabalhador de construção civil, em forma, mas sem músculos em excesso, e com um corte de cabelo profissional, cerca de trinta anos. Ele usa uma camisa polo e calça jeans, óculos de armação grossa. Um cidadão legítimo.

Charlene diz alguma coisa para ele, despreocupada, com uma expressão tranquila no rosto, e pega o controle remoto da TV. Ela liga o aparelho enquanto o namorado se senta ao lado dela no sofá. Ele dá um tapinha na almofada, e Dominick se senta próximo, com um livro na mão.

A fúria se acende, azul de tão quente. *O cara está com algo que é meu,* pensa Chris. *Posso atravessar essa rua em onze segundos e…*

O menino se inclina na direção do homem e estende o livro.

É uma cena momentânea de uma vida totalmente comum. Chris sabe disso, sabe como é raro, como sempre foi raro na própria vida. Como parecia interessante e precioso quando era ele com Dominick no colo e Charlene ao lado.

Do outro lado da rua, a relação entre os três na sala de estar é aparente. Chris é tomado por uma onda, uma maré avassaladora. Sair do carro, puxar Dominick nos braços, sentir aquele cheiro doce de criança pequena. Tocar Charlene.

E é óbvio que o mundo deles está completo. O mundo *deles*. De Charlene e Dominick. E o mundo deles, talvez, não seja mais o mundo de Chris.

A onda, um contrafluxo, arrasta sua mão a abrir a porta do carro. *Bem ali.* Do outro lado da rua. Do outro lado do abismo. Ele foi tão longe. Por eles. Não foi?

Ele tira a mão da maçaneta da porta. Antes que possa pensar duas vezes, liga o motor e vai embora. A escuridão parece um túnel. Um abismo. Shiherlis corre pelas marchas. Acelera. O coração parece estar sendo rasgado do peito. Ele segue em frente.

84

Batam, Indonésia, ocupa o alto de uma pequena ilha no estreito de Malaca. É uma cidade de um milhão de pessoas e um contraponto maltrapilho à reluzente Singapura, visível a dezesseis quilômetros além da água, mas o selvagem lado leste é onde tudo acontece. Ana segue na traseira do Mercedes, dirigindo-se para a reunião que marcara de véspera, torcendo para que Chris não vá reunir a família. Para que ele esteja jogando a sorte ao lado dela.

A viagem exige se reunir com as etnias sino-indonésia e singapurense, mas não estritamente em território singapurense. O carro chacoalha pela estrada ruim. O ar na Linha do Equador é denso; o verde, atraente. Há, provavelmente, três mil navios ancorados na faixa de sete quilômetros de propriedades oceânicas a qualquer hora. A pirataria é um rito de passagem para todos os homens adolescentes em Batam, quando os níveis de testosterona começam a disparar. Olhando fixamente para as luzes brilhantes da rica Singapura, do outro lado do estreito — *Vamos lá pegar alguma coisa.* Geralmente, eles atacam embarcações de cabotagem ou navios-tanque com óleo de palma, não os navios transportadores de contêineres da Maersk ou petroleiros LNG de 35 nós por hora. Ana observa famílias fazendo refeições tardias nas palafitas ligadas por passarelas frágeis perto da beira d'água. Do outro lado da rua ficam as lojas familiares, cheias de crianças e pintadas de turquesa, rosa e azul.

A questão é, se você estiver transportando qualquer coisa por mar, de qualquer lugar do Pacífico Asiático pelo oceano Índico e toda a península Arábica, você vai pelo estreito de Malaca, e o ponto mais estreito é Singapura. Árabes, indianos, malaios e chineses fazem isso há mil anos, seguindo as rotas dos ventos alísios, que sopram para o leste seis meses do ano, e para o oeste nos outros seis, enchendo velas, empurrando cargas para os dois lados. Foi assim que eles fizeram seu nome. Depois do canal de Suez, os destinos incluíram a Europa.

Em frente a Singapura fica Batam. Se tudo correr bem, Batam é onde Ana vai montar o próximo posto avançado da Mercury Partners International.

Viver ali? Não. Contudo, em Singapura, a uma viagem de barca de 40 minutos de distância, sim. Junto com todo tipo de técnicos, programadores, profissionais de bancos e comunicações — tudo de que eles precisam.

Ela liga o telefone. Chamar Chris? *Não*. Ainda não. Ao invés disso, ela liga para o pai.

Felix atende.

— Irmã.

— Irmão. — Ela dizia isso roboticamente, compartimentalizando as emoções. Isolando tudo o que Felix é. — Como está seu filho?

— Gordo. Ele se parece com Reynalda. Eu quero um que se pareça comigo.

A repulsa dá um nó na garganta de Ana. A insinuação a deixa desconfortável. As coisas que Felix faz e quer, que ela já rejeitou, que nunca contou aos pais, nunca contou a Chris.

— E os negócios?

Ela meio que espera que ele mencione o acordo da Mercury, mas ele não o faz.

Felix dá um suspiro.

— Paolo está estranho por alguma coisa. Mas quais as novidades?

— Por que Paolo está estranho?

— Quem sabe? Gatinhos no escritório da segurança, qualquer coisa.

— Chame nosso pai.

— Ele está ocupado. — Felix vira o rosto e cobre o fone, fala com outra pessoa. Ri. Dispensa-a, embora ela esteja ligando em um telefone criptografado a meio mundo de distância.

Ela, a essa altura, espera esse tratamento, mas raiva ácida e desalento ainda revolvem suas entranhas. E mais uma coisa. Uma sensação de inquietação, uma ondulação na superfície de um lago.

— Papai está ocupado com essa coisa que está deixando Paolo estranho?

— No, *Madre de Dios*, ele está em reunião. — A voz dele fica maliciosa. — Embora eu goste do jeito com que você diz *estranho*.

— Mas que droga, cresça. — Ela o escuta rir enquanto desliga.

O Mercedes segue em frente aos solavancos. *Vá se foder, Felix*. A ondulação no lago parece uma serpente.

Chris tem intuições, insights repentinos. Ela é a metódica. Ela pega o celular normal na bolsa e liga para a Singapore Airlines.

— Preciso mudar minha reserva. Isso. Singapura-Los Angeles.

85

Hanna está sob os efeitos de um expresso quando entra na Unidade de Crimes Graves às nove da manhã. Ele acaba de chegar do gabinete do assistente do promotor, que tem a prova que ele quase perdeu, do caso do roubo do contêiner. Eles estão bem. Não estão em cima dele. Ele está zunindo.

— Drucker, Rausch — diz. — Como estamos com Otis Wardell? O que vocês têm?

Parado junto à mesa, Drucker termina uma ligação.

— John Smolenski é uma identidade falsa. Número falso de seguro social, data de nascimento falsa. Nenhuma prisão, nenhum registro de ele conseguindo emprego na Califórnia. Não possui bens no nome dele no condado de Los Angeles. Sem alvará comercial, *leasing*, ações na corte.

— Ele está jogando de corporação de fachada com os motéis — diz Hanna.

— Fugitivo há doze anos? Ele com toda a certeza ficou bom em fazer alguma outra coisa.

— A vítima de roubo? — diz Hanna. — Conexões, denominadores comuns?

Rausch gira na cadeira.

— Helena Nguyen Benedek. O denominador comum entre os dois são garotas traficadas. Eu falei com a unidade responsável. Ela pode ter ingressos para a temporada de ópera, mas faz tráfico humano de garotas vietnamitas e as entrega para casas de massagem ou bordéis comuns à moda antiga em Montebello.

— Então Wardell e a quadrilha não estavam ali apenas para roubá-la — diz Hanna.

Casals se aproxima com uma xícara de café.

— Espero que eles repassem as joias mesmo assim.

Hanna joga as chaves sobre a mesa e pega as mensagens. Uma policial passa entregando correspondência e arquivos, dando a Hanna um resumo das pistas do dia, o desenvolvimento de casos ativos, as necessidades, os mandados e as questões urgentes do Departamento de Polícia de Los Angeles.

Ele folheia tudo e olha para Casals.

— Receptadores?

— Em cima.

Hanna desce o dedo pela página, fazendo uma leitura rápida, e, de repente, para. Volta. A pulsação começa a se acelerar.

Um parágrafo curto sobre uma cidadã relatando ter visto um criminoso procurado. Então o nome, circulado e destacado, faz com que a sala fique gélida e calada: Otis Wardell. *A srta. Vasquez declara que Wardell matou a mãe e o tio dela doze anos atrás em Yuma, Arizona.*

Hanna grita para Drucker e Casals. O relatório é de uma detetive no distrito de Hollywood. Hanna vê o nome dela em uma das mensagens. Ele pega o telefone.

— Alô, detetive Macy — diz ele. — Capitão Vincent Hanna, Divisão de Roubos e Homicídios. Esse relatório da cidadã que diz ter visto um homem chamado Wardell. Nome e endereço.

As cabeças de Drucker e Casals giram. Hanna escreve em um bloco de papel. Ele arranca a nota enquanto o primeiro pega as chaves do carro.

O prédio residencial é cinza com detalhes em vermelho e branco. Arbustos de callistemons ladeiam os degraus da frente. Ao se aproximarem do apartamento do terceiro andar, Hanna e Drucker escutam música pop. A porta se abre rapidamente quando o segundo bate.

— Gabriela Vasquez? — pergunta ele.

Ela é pequena, com corpo atlético e olhos rápidos e escuros. Ao ver os distintivos, ela se transforma em madeira, instintivamente levantando os escudos defensivos ao ver os dois policiais, pensa Hanna.

— Estamos aqui pela queixa que você fez — diz ele. — Estamos aqui por causa de Otis Wardell.

Ela se afasta.

— Entrem.

Na cozinha, Gabriela oferece a Hanna e Drucker assentos à mesa de brechó. Há cartazes nas paredes: VIAJE PARA FIJI. Livros didáticos cobrem a mesa de centro. Planilhas de cálculo. Uma edição de *Jurassic Park*.

— Não achei que alguém viesse tão rápido — diz ela.

Drucker entrega a ele a foto de 1988 da ficha de Wardell.

— Esse é o homem que você viu no Backstretch?

A foto parece atingi-la como uma picada de cobra. A respiração se acelera, os olhos se dilatam. Então ela esfria, como uma lâmina de vidro, um vidro espelhado.

— É ele.

Drucker se inclina para a frente. Ele tem ombros largos e pode parecer perigoso; é perigoso para as pessoas erradas. Mas ele suaviza a voz e fala calorosamente:

— Conte-me tudo o que puder. Não tenha pressa. Esse homem, com quem ele estava?

Gabriela passa um momento se recompondo. Então ela fala.

Hanna escuta. *Reservada*. Essa é a palavra que lhe vem à mente conforme a história dela é contada.

O tom de voz de Drucker é delicado.

— Você disse à detetive Macy que Wardell matou seu tio e...

— Ele matou minha mãe.

Agoniada. Determinada, pensa Hanna.

— Na lanchonete, Wardell falou sobre onde está ficando? Onde ele trabalha? Aonde iria depois de comer?

— Ele segurou meu braço para pedir uma cerveja.

Ela abre a boca, mas não fala qualquer coisa.

— Você acha que está em perigo? Ele a reconheceu?

— Não sei. Ele não agiu como se me reconhecesse, mal prestou atenção em mim.

Hanna assente.

— Essa fazenda, a casa onde você o viu quando era pequena.

— Onde eu me escondi. — A voz dela se reduz.

— Yuma. De quem era a casa?

— Não sei. Minha mãe tinha um emprego temporário, limpando.

Ela mexe na unha do polegar. Hanna vê dor. Nervos. Força... e omissões.

— Você conheceu os donos? — pergunta ele. Gabriela balança a cabeça. — A casa parecia pertencer a pessoas ricas?

— Era velha e simples.

A jovem continua. Como Wardell e os homens chegaram. Tio Tomás morto. A mãe chegando. Wardell batendo nela, queimando-a com um cigarro.

— Aí ele arrastou minha mãe para um carro e a levou embora. Eu nunca mais... — A voz dela fica embargada. — Nunca mais tornei a vê-la.

Hanna sente uma inquietação, fareja algo que está fora do lugar.

— Ela conhecia Wardell?

— Não. — Ela pisca e se apruma. — *Não*. Você acha que ela o *conhecia*? Mamãe estava aterrorizada. — Ela balança a cabeça, com indignação crescente, então levanta a mão. *Pare*. — Eu sei que ela não o conhecia. Wardell não parava de fazer perguntas como... quem ela era, o que ela estava fazendo na casa.

— O que mais?

Ela enrubesce.

— Não sei. Eu tinha oito anos. Eu me lembro de ela falar comigo em código, me mandando correr sem que ele percebesse.

— O que você acha que ele queria? — pergunta Hanna.

— Ele estava atrás de algumas pessoas e queria dinheiro. Como se ele os estivesse caçando. Ele estava procurando ambos: esses indivíduos e a grana. Wardell levou minha mãe para negociar, então a matou. É isso o que eu acho.

Hanna já checou: Gabriela está limpa, sem ficha. De verdade. Uma aluna universitária da cidade. O tio dela não era. Tomás Vasquez vinha de seis gerações de ratos da fronteira, pequenos contrabandistas. Quando tinha entre vinte e trinta anos, ele contrabandeava geladeiras e TVs para o México, e pequenas cargas de maconha na volta. E não há registro da morte de Elisa Vasquez no Arizona. Se ela morreu lá, nunca foi registrado oficialmente.

Os olhos de Gabriela estão quentes. Hanna desacelera.

— Quatro homens foram mortos em um tiroteio na fronteira perto de Yuma, em 1988. Achamos que eles eram da quadrilha de Wardell.

Uma nova emoção toma os olhos de Gabriela. Surpresa? Confusão? Ela parece querer gritar, *Bom*.

— Ele chegou com cerca de quatro homens — diz ela.

— Ele estava atrás de alguém, e torturou sua mãe para obter informação. Quem ele queria?

O rosto dela fica como uma rocha. Ela balança negativamente a cabeça.

— Onde estava seu pai? — pergunta Hanna com delicadeza.

— Ele morreu quando eu era pequena, acidente de carro. — Emoção marca o rosto dela. — Minha mãe e eu...

Abruptamente, ela se levanta. Vai até o quarto e volta trazendo uma foto que tinha sido dobrada ao meio.

— Essa é minha mãe.

Na foto, Elisa Vasquez está nova, em forma e vivaz, o olhar duro, mas astuto. As duas se parecem. Hanna estende a mão para pegar a foto. Após uma breve hesitação, ela a entrega ao capitão.

Então ele a desdobra.

E quase cai no chão. Em frente à mãe de Gabriela está Neil McCauley.

Os olhos de Gabriela se enchem.

— Esse era o homem dela.

Hanna não revela qualquer coisa. A foto se move pelo ar ao ser passada para Drucker. Drucker lê o chefe e olha para ela com uma aparência insípida preparada.

O pulso de Hanna está acelerado.

— Fale-me sobre esse cara. Quem era ele?

— Esse era Neil.

— Como ele e sua mãe se conheceram?

— Não sei.

— Como ele era?

— Por que você quer saber?

O momento se prolonga, tênue, sem profundidade. O coração do oficial parece vazio e faminto, e cheio de um turbilhão de fagulhas.

— Nossos caminhos se cruzaram — diz ele. — Eu o conheci um pouco.

Gabriela o olha nos olhos, como se isso fosse um teste, como se ela tivesse arriscado, e Hanna tivesse ganhado algo dela com a resposta.

— Você se lembra muito dele? Você disse que tinha oito anos?

— Isso.

— Como ele era?

— O que me lembro mais é que ele me tratava como se fôssemos mais ou menos da mesma idade. Ele ouvia, prestava atenção, você sabe. Não falava comigo de cima para baixo — diz ela. — Ele, às vezes, me levava para a escola. Uma vez ele me deu um presente, uma estatueta da Torre de Água de Chicago.

— Ele era de Chicago? — Hanna mantém a voz nivelada.

— Não, acho que foi uma viagem de trabalho.

Na foto, Neil McCauley está mais jovem, mais magro e mais sério, e parece vividamente presente. O braço dele envolve a cintura de Elisa Vasquez. Ela parece totalmente à vontade, reluzindo de afeição, mas alerta. Sempre alerta. E em casa.

— Ele era um cara calado. Não falava por falar. Mas conversava comigo — diz Gabriela. — Eu sempre sabia que ele estava presente. Ele podia ser muito sério. Toda vez que íamos a algum lugar, ele sempre segurava minha mão.

— Como se vocês fossem uma família.

Ela assente.

Drucker olha para Hanna e fala em voz baixa.

— Neil estava na casa naquele dia?

O olhar de Gabriela fica distante.

— Não, eu só o vi mais tarde. Depois. Ele estava arrasado. Foi ele quem me contou sobre minha mãe... — Ela abaixa a cabeça, então ergue o rosto, os olhos brilhando. — Eles eram felizes. — A voz se embarga. — Nós éramos felizes. As coisas foram boas por algum tempo. Então acabaram.

Drucker se levanta.

— Obrigado — diz ele. — Isso é difícil, nós sabemos, e a outra coisa que você deve saber é que isso é uma grande ajuda.

— Qualquer coisa de que você se lembre e qualquer coisa de que precise, ligue para esse número — pede Hanna.

Os dois dão cartões a ela.

— Esse é meu celular pessoal, está bem? — Ela assente. — Se você estiver com medo, se não conseguir dormir, se quiser só conversar, não importa a hora, me ligue. Entendeu?

Ela concorda novamente.

— Não, diga que você vai fazer isso.

A insistência dele é um pouco fora do comum, pensa ela.

— Eu ligo.

Hanna assente.

— Agora você e sua colega de apartamento têm que sair. Faça as malas. Você o reconheceu. Talvez ele tenha reconhecido você. Posso tentar colocá-las em um abrigo para mulheres, mas isso não é imediato. Há algum lugar para onde vocês possam ir?

— Eu não vou para abrigo algum. Um alojamento com estranhas? Indefinidamente? — Ela se afasta.

— Você não está em segurança aqui. Ainda mais se tratando desse cara.

— Minha família aqui pode cuidar de mim melhor que qualquer um. Meu primo Manny, ele é irmão de Tina. Nós vamos para a casa dele.

Manny é mecânico, um cara durão, que mora em uma colina em Boyle Heights com cinco cachorros e uma vista enevoada do centro da cidade.

— Há um carro-patrulha aí fora. Ele vai esperar aí até vocês irem. Eles irão acompanhá-las até a casa de Manny. Aí vou fazer um rodízio de unidades perto da casa dele, mantendo um olho em você.

Ela escuta preocupação por trás das palavras de Hanna.

— Tudo bem. E o que vocês vão fazer?

— O que nós vamos fazer? — Hanna examina o rosto dela. — Nós vamos encontrá-lo. E vamos acabar com ele.

Eles apertam a mão dela e seguem pelo corredor, preenchendo-o, ternos pretos como corvos, partindo voando. Ela fecha a porta e apoia a testa contra a madeira.

Quatro homens mortos em uma estrada secundária de fronteira. Isso agita o coração dela de um jeito que ela não consegue decifrar. Neil deve ter feito isso, tentado salvar a mãe dela. Mas Otis Wardell escapou.

Acabe com ele.

Faça isso, capitão.

Você conhecia Neil, seja lá o que isso significa, porque ele estava na Vida com minha mãe. Mas vocês, de algum modo, tinham uma conexão. Acabe com Wardell. Faça isso por meu tio. Pela minha mãe. Por mim.

Acabe com ele.

Enquanto eles voltam para a Roubos e Homicídios, Hanna manda uma mensagem por rádio para Casals.

— Wardell foi ao Backstretch no Century Boulevard com dois homens. Um marginal branco que Gabriela já viu ali antes. E um jovem negro com "Time's Up" tatuado.

— Trazemos ela aqui para ver fotos? — pergunta Casals.

— Não. Leve-as para ela — diz ele. — Mas isso não é o principal.

Drucker e ele estão agitados, atônitos.

— A mãe da garota, que Wardell matou? Ela estava morando com Neil McCauley — conta Hanna.

Silêncio do outro lado. Hanna dá a ele um momento para absorver a informação.

A quadrilha de Wardell virou peneira perto de Mexicali, pouco depois que ele fugiu de Chicago. Wardell torturou e matou Tomás Vasquez e sequestrou Elisa tentando descobrir o quê?

— Pelo que Gabriela nos contou, Wardell poderia estar à procura de roubar o produto do roubo de outra quadrilha. Talvez no lado mexicano. — Ele olha para Drucker. — Muito dinheiro na fronteira é dinheiro de cartel. Wardell não teria a coragem, mas Neil, sim.

Wardell tentou roubar McCauley?

— Se ele tentou, bateu na porta errada — pondera Casals.

Hanna está ligado com uma onda de que as coisas estão virando para o seu lado. Ele está fechando a investigação: noventa por cento é acúmulo quantitativo de dados de provas da cena do crime e entrevista, e depois examinar tudo. Dez por cento é prêmio pelo trabalho feito de maneira certa.

— O tiroteio... — diz ele.

— Vou entrar em contato com o xerife do condado de Yuma e a polícia estadual do Arizona.

— E quero um raio-X da família Vasquez. O passado, as conexões, qualquer ligação com a quadrilha de McCauley, até a época em que se pintava em cavernas.

Ele encerra a ligação.

Nós éramos felizes. Hanna sente como se tivesse levado uma porrada. McCauley, Elisa e Gabriela. Neil foi o pai de Gabriela por algum tempo, o exato oposto do que ele lhe disse. *Sem compromisso.* Então talvez isso tenha sido antes daquilo. Talvez tenha sido por isso.

Elisa morta. Ele não permaneceu conectado com a filha adotiva. "Quando chove, você se molha." *Quando você se aproxima de Neil, você é morto.*

Drucker olha para ele do banco do motorista.

— Você vai contar a Gabriela que nós matamos Neil McCauley?

Nós? Eu. A garota é centrada, ela luta e sobrevive na vida apesar de tudo. Contar a ela?

— De jeito nenhum.

Hanna imagina Gabriela com oito anos e se lembra de Jessica Matzukas. Depois vê o corpo destruído de Pham Thanh Thuy em uma cova rasa.

Mulheres, crianças. Inocentes. Irmãs. Amantes. Pessoas. Quantas ele encontrou? Quantas estão esperando que ele acabe com Wardell? Todas se sentam à mesa dele. Elas olham para ele...

A rua Três segue na direção do centro da cidade. Ele digita o número no celular e Lauren atende no quarto toque.

— Como foi? — pergunta Hanna. — A exposição de arte.

— Matadora. — Ela parece surpresa, como alegria chegando quando ela achava que não poderia chegar. — Alguém chamou meu estilo de "emo abstrato", o que não é, mas isso fez com que as pessoas aprovassem.

Hanna saboreia a confiança em sua voz. Não vai durar, mas toda vez que ela sente um momento como aquele, isso a mantém ali. Então uma versão de estar "aqui" com positividade constrói lembranças que talvez a afastem da descida morro abaixo.

— Não estou surpreso. Eu sabia — diz ele. — Vou encomendar um para mim e vou pendurá-lo no saguão da Divisão de Roubos e Homicídios. Todos aqueles idiotas que trabalham lá vão admirá-lo — ele pisca para Drucker — e bater continência quando passarem.

— Oi, Lauren — grita Drucker. — Parabéns.

Hanna encerra a ligação e vê a luz do sol reluzir pelo para-brisa. Ele sente uma neblina desanuviar e o foco ficar mais nítido, cheio de adrenalina. As terminações nervosas soando.

86

Chris Shiherlis chega na entrada de carros coberta do Beverly Hilton, cansado, os olhos ardendo. Confuso. Ele joga as chaves para o manobrista e dá a ele uma nota de vinte. É tarde. Ele está dirigindo há mais de um dia pelo deserto. No saguão, ele passa pelo bar, ignorando a música e os risos, o arranjo de flores e a onda refinada. Para na recepção, querendo falar com o concierge.

Lá em cima, na suíte, Ana está falando em um celular descartável na varanda do quarto.

No escritório na propriedade murada com vista para o rio Paraná, David Liu fala com a filha pelo telefone fixo enquanto bebe chimarrão com uma bomba de prata e cuia de couro tradicional. Ele o pousa para lidar com a irritação dela com Walter Huang e Felix. O irmão só está assumindo seu lugar, ele assegura a ela em taiwanês. Só isso.

— É natural que ele cometa erros. Você está lá para lhe mostrar o caminho.

Ana está prestes a reagir à condescendência quando...

A porta do escritório de David Liu se abre bruscamente.

— Quem são vocês? — Ela ouve em um espanhol raivoso.

David Liu se joga para o lado e abre uma gaveta da mesa para pegar uma pistola, mas não consegue alcançá-la antes que dois homens de touca ninja disparem com pistolas nove milímetros no alvo em movimento.

Ana escuta os tiros abafados pelo telefone e grita:

— *Bà!*

* * *

As portas do elevador se abrem com um sussurro. Chris sai e segue ao longo do papel de parede com folhas de bananeira do saguão do elevador. Ele faz uma curva e se aproxima da porta da suíte, passa o cartão e entra, quase tropeçando na mala de Ana. Ele fica surpreso, ela voltou cedo.

Então ele ouve gritos do quarto.

— *Paolo! Fale comigo!*

Chris atravessa a suíte rapidamente. As luzes da cidade obscurecem a vista fora das sacadas do quarto. Ele encontra Ana perto da cama, congelada, com o telefone na mão. Um frio na espinha quase congela Shiherlis.

— O que aconteceu?!

Ela aponta para o laptop aberto na cama enquanto grita ao telefone:

— *Paolo!*

Chris o pega.

— Eu estava falando com Paolo! A ligação caiu. — Ela tenta outra vez, andando freneticamente de um lado para outro, furiosa, chorando.

Um vídeo está pausado. Chris aperta o play e assiste ao vídeo invertido. São imagens das câmeras de segurança da casa dos Liu. As lentes grande-angulares altas mostram David à mesa, ao telefone, falando em taiwanês.

— Nós estávamos conversando. Ele estava falando comigo — diz Ana.

No vídeo, a porta do escritório de David Liu se abre subitamente. Ele grita, movimenta-se para a direita. Chris sente um aperto no estômago.

Tiros. Altos. Dois pistoleiros. Duas nove milímetros, uma Heckler & Koch e uma Beretta. David é jogado para trás contra a parede, caindo atrás da mesa; sangue brota na camisa branca.

Chris pausa o vídeo. Os dois atiradores estão congelados na porta. Toucas ninja. Ele aperta o play, mas eles vão embora. Ele muda para o grid que exibe as doze câmeras de segurança. Ali estão eles, saindo da casa principal. Chris aciona essa câmera. Eles estão tirando as máscaras. Paraguaios ou árabes. De repente, ecoam tiros. O pistoleiro um é jogado no chão. O outro gira atirando e é baleado. Irrompem gritos, caos. Alguém se aproxima e atira na cabeça do primeiro pistoleiro.

Ele pausa. Seus olhares se encontram.

— Onde está seu pai?

— Paolo o levou para a emergência. Ele está em estado crítico. Inconsciente. Isso é tudo o que eu sei. — Ana passa a mão pelo cabelo. — Quando os disparos começaram... eu ouvi tudo. Depois nada. Então, eu acessei as câmeras de segurança.

Ele pega o celular.

— Felix?

— Ele está bem, Paolo estava em contato, então a ligação dele caiu. — Ela balança a cabeça loucamente. — Paolo também foi atingido, mas estava de colete.

Chris retrocede o vídeo e assiste outra vez. O choque dela enche o quarto. Ao mesmo tempo, ele se sente movendo-se para dentro, caindo naquele ritmo automático: os batimentos cardíacos constantes, os sentidos amplificados, a atenção indicando as partes mais importantes do presente imediato.

E então ele capta a anomalia. É em uma câmera externa, a sugestão de outra coisa. É a atitude dos pistoleiros. Ao deixarem a propriedade, eles não parecem ter medo, a linguagem corporal mostra isso. Eles seguem pelo gramado na direção do portão, como se fossem chamar um táxi. De repente, são interceptados. Os rostos dos novos atiradores não são vistos. Mas eles se aproximam. Quando Chris aperta o pause, é porque vê um braço musculoso. Ele está parcialmente exposto em uma imagem de trás, carregando uma doze. O que ele vê é parte de uma tatuagem: uma cobra de duas cabeças. O motociclista.

— Segurança dos Chen.

Ela o perfura com os olhos.

— Felix voltou do cassino com Claudio Chen. O convidou para farrearem.

— Só Claudio? — pergunta Shiherlis.

— E sua *entourage*. Eles estavam juntos na casa da piscina quando meu pai e eu...

Chris sente um vazio repentino. Maldito Felix. Se ele achasse que Chen tinha atribuído a ele parte do bando, teria recebido de bom grado todo o esquadrão de babacas. Os Chen ganharam acesso ao complexo da família.

— A segurança dos Chen matou os dois atiradores — diz Chris.

Ela pensa no pai. O erro inevitavelmente envolvendo Felix. Um soluço entrecortado.

— Ah, *Bà*.

Chris a toma nos braços.

— Eu tenho que ir para casa — diz ela.

— Não. — Chris pensa. — Onde está o telefone via satélite?

Ele o pega e vai para a varanda. Dessa vez, Paolo atende. A voz enfraquecida.

— Irmão — diz Chris, em português.

— Eu deveria ter visto isso. Sabia que alguma coisa estava sendo tramada. Eu estacionei o Montero do sr. Liu e estava voltando. Mas eu...

Chris fala baixo e de forma direta:

— Os atiradores.

— Nunca os vi. Dizem que eram libaneses ou sírios. Os Barakats? Isso não faz sentido.

— Não, não faz.

Paolo tosse.

— E agora eles estão mortos. Isso é conveniente.

— Conveniente demais. E você não é desleixado, eu sei disso. Felix?

Paolo não responde. O silêncio se estende.

— Está bem — diz Chris, e acrescenta, em português: — Tchau, cara.

Ele olha para os arranha-céus do outro lado da rua. Dentro da suíte, Ana faz outra ligação, em mandarim. Quando Shiherlis volta, ela desliga.

— Acabei de ligar para o tio Walter em Alhambra. Para contar a ele. A conversa. Alguma coisa... não estava certa. — Ela congela, e os olhos se arregalam.

Ana corre para o laptop na mesa de centro. Há um espasmo de angústia quando ela vê o pai na tela. Então, ela minimiza a janela e abre uma guia anônima do browser. Digita. Para. Congelada.

— Eu estou bloqueada. — Ela está digitando as teclas outra vez. — Não posso acessar qualquer coisa. A rede da Mercury. Nada. Merda. — Ela tenta outro caminho. — Minhas senhas foram invalidadas. — Ela ergue o olhar com uma surpresa chocada. Prendendo a respiração, acessa o banco on-line. Acesso negado. Ela chega para trás, de joelhos. — Estou isolada. Totalmente.

Os Liu foram derrubados pelos Chen, involuntariamente ajudados pelo filho número um. Neste momento, eles estão se movimentando rápido para tirar Ana da jogada.

O telefone dela toca e ela olha para Chris.

— Felix.

Ela leva um segundo para se aprumar e atende.

— *Hermano.*

Ana escuta o irmão e começa a andar de um lado para outro. Enquanto eles conversam, a raiva dela parece arrefecer, então destilar e endurecer. Quando desliga, permanece de pé, em silêncio.

Ela joga o telefone contra a parede.

O tom de voz dela é crítico.

— Ele diz que temos sorte de a segurança de Claudio estar no local quando aconteceu o ataque. Os Barakats eliminaram papai. Agora Felix precisa proteger o resto de nossa família, e só há um jeito de defender a organização dos Liu. — Ela parece pronta para arrancar a pele de alguém. — Se aliar com os Chen. Taiwaneses com taiwaneses.

— Bobagem — diz Chris.

O rosto dela está sombrio.

— Meu pai pode morrer. Felix acabou de nos vender.

Ana pega o telefone, limpa-o e joga direto na parede outra vez.

Shiherlis vai até o aparador e serve uma vodca para ela, que hesita, mas acaba aceitando. Ela se joga no sofá, pequena, reduzida a ossos.

Ela olha para Chris.

— Não faça nada. Não ligue para ninguém — orienta ele. — Não se mexa, espere pelo movimento deles.

— Por quê?

— Porque você ainda não sabe o suficiente.

Ela ergue o rosto, os olhos com um brilho repentino, antes de retornar ao choque.

O computador dela soa. A webcam foi ligada. Ela verifica a tela e os olhos ficam pétreos.

Chris volta do banheiro. Ela gesticula para que Chris se afaste, fique fora do quadro. Ela põe fones de ouvido e responde a uma videochamada em espanhol.

Do outro lado do quarto, Shiherlis anda de um lado para outro.

Se ela estava com raiva antes, neste momento Ana é um furacão mal contido. Depois de um minuto, ela diz:

— *Comprendo*. — Então ela ergue o olhar. — Chris acabou de chegar. Ele também vai entender.

Ela gesticula para a tela, tira os fones e bota a ligação nos alto-falantes. Chris dá a volta na mesa e vê Claudio Chen, de olhos brilhantes, crepitando, e parecendo ao mesmo tempo saciado e faminto. Ele está usando um chapéu Stetson inclinado para trás, uma camisa de caubói com botões de pressão e um brinco pingente com um diamante de dois quilates. Mal parece registrar Shiherlis.

— Ele estava dizendo que está rezando pelo meu pai. Com a ameaça à família Liu e para preservá-la, o acordo do software do sistema de orientação deve seguir em frente. É imperativo manter a postura e continuar com o fluxo de caixa para os concorrentes não perceberem vulnerabilidades e tentarem ocupar o espaço. O acordo vai continuar por meio do tio Walter

— explica para Chris, parecendo diferente de si mesma. — E os Chen vão ajudar com a administração disso.

— É mesmo? — pergunta ele.

— Felix concordou. — Seu tom de voz está quase no zero absoluto.

O olhar de Claudio desliza por Ana como uma faca.

— Concordou, sim. E você entende? Em nossa fusão temporária, como em todas as outras, e a partir de agora, para administrarmos bem eliminamos funções em duplicata. Dois se tornam um. Então, por enquanto, eu vou liderar corporativamente. Ana vai trabalhar para mim. Sim? — Ele responde a própria pergunta. — Bom. Precisamos ter a autoridade hierarquizada. Os concorrentes vão olhar para ver se há fraqueza nos empreendimentos taiwaneses Liu e Chen. Eles precisam ver que não há. As carroças estão em círculo. Todo mundo entende. Correto?

Depois de um momento frio, ela assente.

Claudio encerra a ligação.

Ela se vira para olhar para Chris. Ultraje, dor, incredulidade.

— Deixe que fique com ele — diz Chris.

— Fique com o quê?

— O acordo. Esqueça ele.

Ela olha para ele, pois foi pega de surpresa pela assertividade. Do que ele está falando?

— Pule para este lugar. Para este momento — pede Chris. — Nós fazemos nosso próprio acordo. Por que é aqui que estamos e do que se trata este momento. Todo ele.

— Eu tenho que voltar para casa. — Ela escarnece da webcam. — Claudio: "Fique e complete a transação". Foda-se ele. Meu pai...

— Ana, é uma armação.

— É família.

— Não sei de família. Sei de golpes e armações. Se você for para casa agora, está acabada. Não vá. Você vai fazer o quê? Se tornar a cuidadora de seu pai, se ele sobreviver. Eles vão empurrá-la para o fundo. Eles querem que você seja dócil para poderem roubar suas ideias e a mandarem para escanteio. E você? Não vai tolerar isso. E então qualquer coisa pode acontecer com você. Quem está lá para protegê-la? Felix? E o pior é que você terá perdido o momento para fazer seus movimentos, porque o momento é agora.

Ela fecha os olhos. Ele permanece perto.

— Não consigo pensar direito.

— É isso. — Ele sabe, com certeza, que é verdade. — A equipe de assassinos do Barakat é mentira. Os Chen, provavelmente, contrataram dois atiradores árabes freelancers depois os mataram na saída. Uma eliminação dupla para que eles não pudessem falar. Claudio atribuiu a culpa aos Barakats. — Chris a olha fixamente. — Suponha que ele tenha dito a Felix para colocar Gögel na folha de pagamentos da família Liu. Ele é o cachorro de Chen. E suponha, também, que ele esteja trabalhando com seu tio e seus primos aqui. E tenho certeza de que há uma equipe nos vigiando. Isso não é improvisado, é planejado. — Ela vira de lado. — Ana?

— Felix. Que parte de meu acervo genético se torna um Felix? Me explique isso. Como ele é meu irmão? Bem na minha cara e eu não consigo processar. Eu disse a você uma vez, ele achava que eu deveria ficar com Claudio. Felix, na verdade, queria me vender para Claudio. E agora isso com meu pai?

— Vender você?

— Ele brinca, mas não é brincadeira. Tenho certeza de que ele fantasia algum *ménage* distorcido. Ou o que quer que esteja na mente febril dele. — Ela afasta o pensamento com um gesto de mão. Mas é uma agulha de prata perfurando a cabeça de Chris. — Estou fodida por achar que isso poderia correr de um jeito diferente. — Ela ri de si mesma.

O sangue correndo zune em seus ouvidos. *Acabe com isso.*

— Chris...?

— Dinheiro — diz ele. — Felix excluiu você de tudo, inclusive das contas bancárias da Mercury, certo? Você foi enganada. E vamos arranjar outro quarto, mas mantendo este.

— Chris! — grita ela com raiva.

— O quê? — pergunta ele, com menos intensidade.

— Não vou facilitar para eles, para Claudio, para qualquer um deles. — Ela respira. — Qual o acordo?

Melhor assim.

— Ligue para Raymond Zhang. Ponha-nos dentro daquele depósito aeroespacial.

— Por quê?

— Porque é lá que vive o coração do acordo. Naqueles caixotes.

— Eu fui excluída. Não tenho controle sobre aquelas unidades.

— Vamos produzir as nossas, mas precisamos entrar lá para conseguir um modelo.

— Ótimo. Como?

— Eu tenho dinheiro. Você tem dinheiro guardado e em fundos. Garota, vamos estabelecer nossa própria organização.

Ela não se mexe, parece congelada.

Chris a olha fixamente.

— Fomos emboscados? Atacamos a emboscada. Onde ficam as instalações de produção? Técnicos, programadores, transporte, banco, segurança, tudo isso? Eu vou lhe mostrar. — Ele ergue o envelope que pegou com Kelso. — Esta é uma porta que vamos tentar cruzar. Se conseguirmos, vamos interceptar esses filhos da puta do outro lado.

Ela pega o telefone. Ele faz o mesmo.

— Kelso — diz ele.

A vista noturna desde a casa aérea é cintilante. Nas ruas abaixo, ecoa um disparo. Membros de gangue de City Terrace. Sons normais da noite. A mulher, Dalilah, permite a entrada de Chris e Ana e os conduz a uma sala segura sem janelas. Revestimento cinzento no formato de caixa de ovos cobre as paredes. Um zunido elétrico é ouvido no fundo. Kelso está sentado diante de uma série de monitores.

Ele fala por cima do ombro.

— Você sabe o que quer?

— Você se encontrou com seus contatos?

Ele gira.

— Sim.

Kelso ergue uma sobrancelha para Ana. Chris os apresenta e eles acenam com a cabeça, reconhecendo e avaliando silenciosamente um ao outro.

Chris aponta as telas de Kelso.

— Vamos à loja.

— O preço de minha consultoria é dez mil a hora.

— Fechado.

Kelso se volta para um dos computadores dispostos à frente. Ele abre um browser que Chris nunca viu.

— O que é isso?

— Freenet. Ela foi lançada há alguns meses e acessa sites que não são indexados na rede aberta. Não são localizáveis através de ferramentas de busca comerciais, como Yahoo e Google.

— Como? — pergunta Chris.

— É uma plataforma para conectar usuários. Uma rede descentralizada, um sistema distribuído para armazenar e recuperar coisas. Forte proteção do anonimato. É a dark net contra a rede aberta, pode chamar de "dark web" ou de qualquer outra coisa. E nossa busca está passando por roteadores cebola em dezessete países diferentes, e a essência da mensagem está em minha própria criptografia de nível de agências do governo. Nós somos fantasmas anônimos.

Ana observa. Kelso acessa um site e passa o cursor por uma imagem do Taj Mahal. Ele para em um pixel específico e clica. A imagem se dissolve e eles mergulham em um nível mais profundo da internet.

— Esteganografia? — pergunta Chris.

— É como bater na porta de um bar clandestino digital. Você precisa saber exatamente em que parte da foto ir e como obter acesso.

Um portal se abre. Uma imagem, como o ceifador sombrio em um sudário vazio, aparece.

— A loja de equipamentos — diz Chris.

— Mais do que isso. Do que vocês precisam?

— Preciso duplicar sistemas de orientação.

— Um pedido e tanto.

— Não estou pedindo que você seja a Raytheon, cara. Precisamos de engenheiros elétricos, programadores, fabricantes habilidosos e uma fonte para os chips. Posso conseguir isso?

— É claro.

— Mostre.

— *Deixe que seus dedos andem por você*. Como as velhas páginas amarelas, mas páginas amarelas clandestinas. Você pode conseguir qualquer coisa. Sua próxima pergunta é: como você sabe que eles são confiáveis já que não há uma defesa do consumidor em funcionamento na dark web? Aqui está a resposta: eu sei como.

— Então eu posso movimentar dinheiro eletronicamente de um lugar para outro, de forma impossível de rastrear. Certo?

— Certo.

— E instalações para a produção. E eles não sabem quem somos. Depois que nós formos embora, nunca estivemos aqui. Comunicadores? Transporte? Segurança?

Kelso diz:

— Aonde você quer chegar com isso?

Shiherlis sabe aonde. Vê em um clarão. É como se ele se elevasse repentinamente três metros no ar, olhando para uma planta estrutural com todos os componentes interconectados e entre eles o fluxo de trabalho.

Será que ele consegue apenas os componentes do negócio físico de Ana de que precisam, sem a infraestrutura física deles?

Se feito da forma correta, os dois podem duplicar tudo aquilo de que ela foi bloqueada. E podem utilizá-lo com a criptografia de nível governamental de Kelso.

— Eu quero montar toda uma operação transnacional organizada a partir de peças de componentes e serviços que compramos na dark web.

— Infraestrutura evanescente — diz Kelso.

— Se foi isso o que eu disse, é isso o que eu quero.

Ana está observando Chris com cautela.

— Vou precisar de um avião de médio porte para transportar produtos de A para B, de pessoas que eu não quero conhecer, e eles nunca me conhecerão, desde que o avião não despenque do céu. Comunicadores de nível governamental. Se eu contratar segurança, eles têm que ser ex-SAS, paraquedistas israelenses, Spetznas, coisas assim. Não policiais aposentados de casa de repouso. Você me vetou, você os veta também.

— É claro. Esses sistemas de orientação e navegação — pergunta Kelso. — Do que você precisa? Hardware? Software?

Ana abre o laptop.

— Hardware. Nós temos o software. Aqui. Especificações e códigos.

Kelso examina o computador. Olha para ela.

— Essa antena lê tanto GPS quanto GLONASS?

— Isso mesmo. E sem degradação. Troca suave entre os dois sistemas.

O olhar que eles trocam se aprofunda. A expressão de Kelso se torna respeitosa e empolgada.

— Uau. — Ele se volta para Chris. — Um sistema de orientação que pode acessar os satélites de navegação norte-americanos e russos. Isso é nível ninja, cara. Você pode mandar um míssil por uma janela em qualquer lugar do mundo, pode escapar de tentativas de embaralhamento, circundar os efeitos de cânions urbanos...

— Minimizar a interferência de explosões solares, melhorar a precisão em altas latitudes — acrescenta Ana.

— Como eu disse a você, tenho uma parceira excepcional — diz Shiherlis. Ele se aproxima de Kelso, olha em seus olhos e vê a coisa em sua totalidade. Assente. — Tudo bem, cara. Vamos.

Kelso passa os dedos pela barba.

— Onde você quer construir isso?

— Na Terra do Nunca eletrônica — diz ele.

— Localização bancária. — Kelso se volta para o teclado. — Ilhas Cayman, Liechtenstein ou Manila?

Chris examina o mundo novo à frente. Ele vê Ana despertada de onde estava, observando tudo o que Kelso faz. Ela assente, está com ele até o fim.

— Eu já volto — diz ele.

Chris sai pela porta de correr de vidro e atravessa o gramado no cume da propriedade de Kelso, até o lugar mais distante na beira da encosta. Abaixo e além dele está o centro de Los Angeles visto do leste. Milhares de faróis e lanternas fluem pela aorta da autopista 5, as 101 e 10 se separando ao norte do centro. Isso o prende por um momento de tédio.

Ele está ali parado, quieto sob a palmeira e o céu noturno. Atrás dele, adjacente à casa modernista de Kelso, fica o grosso poste de alumínio que sustenta uma floresta de transmissores de micro-ondas e repetidores de celulares. Eles se erguem como um monumento ao tráfego de sinais. A cidade parece murmurar para ele. As luzes se agitam, constantemente em movimento. Mas ela não consegue vê-lo, não consegue ouvi-lo.

Ele tem o número decorado. Ele o digita. O coração troveja.

— Alô.

Uma palavra, aquela voz, aquela atração, aquela beleza, aquela criadora, a que lhe fez um filho. *Meu sol e minhas estrelas*.

— Querida — diz ele.

Charlene inala ar.

— Chris?

Ele fecha os olhos. Pega o dinheiro que acumulou e volta para Barbados ou algum outro lugar com Charlene e Dominick. Aquilo vai ser o resto da vida dele por algum tempo.

Ou sua vida é o que ele está vivendo no momento, ruas paraguaias sinistras misturadas com morte e amor quente — o amor quente sendo bom demais para durar? Ele está ali na crista do que quer que aquilo esteja se tornando. Quem ele vai se tornar? A roda da roleta gira. Faça sua aposta ou vá embora. O momento é esse.

— Charlene — diz ele, e só falar o nome o vira do avesso. Mais uma respiração. — Vá para Macau. Vá com seu cara. Vá fazer uma vida. Sempre vou amar você e Dominick. Sempre vou estar à disposição, enquanto eu viver. — A voz dele está levemente embargada. — Não diga a Dominick que você falou comigo. Vá pegar o que você está construindo agora. É isso o que você quer.

Não há mais nada do lado dela por algum tempo.

— Eu não preciso de sua permissão. — Chris ri. — Qual é a graça?

— Você nunca precisou e está bem durona, como sempre.

— Isso é duro. E Dominick? Ele tem direito ao pai.

— O que estou querendo dizer é, eis o quadro geral. Você ficou comigo. Mas você sabe a vida que quer. Eu sei o que é isso. Você deve ter isso. Eu preciso confiar meu filho a você. Isso é uma merda. É uma faca cravada em meu coração.

"Mas é a vida que me tocou. E estou vivendo essa vida. Você não quer tomar parte disso. Não deveria ter que ter todas essas perguntas: 'Ele vai aparecer um dia? Entrar pela porta? Se tornar um problema?'. E Dominick não deve ser ferrado pela mesma merda que eu fui. Sem pai. Ou algum cara em fuga que não vai para casa, então ele acha que há alguma coisa errada com ele por causa disso, quando não há. Não quero passar isso adiante, de geração para geração. Então vá fazer sua vida com o cara que deseja para você e para ele. Você vai fazer um grande trabalho. É isso o que eu quero dizer. Eu o estou confiando a você. Sei que você vai agir bem e foi por isso que liguei."

Ele a ouve exalar delicadamente.

— Vou odiar você por algum tempo.

— Eu sei.

Ele encerra a ligação e para na sombra, vazio, oco. Absorvendo a noite. Trânsito. Palmeiras. A luminosidade das luzes da cidade.

Quando Ana quer, ela pode se misturar com uma parede. A irmã menor, praticamente não vista, uma mancha que interrompe a vista dos homens — ela tem a prática de uma vida. Ela caminha pelo armazém aeroespacial usando um crachá que Raymond Zhang pegou emprestado do armário de uma funcionária do turno da noite que não estava de serviço. A mulher jovem se parece vagamente com ela, mas tem uma prancheta e um colete de segurança. Chris disse a Ana que ninguém questiona uma pessoa com uma prancheta e um colete de segurança com um crachá. Nunca. Ela se mistura como se fosse uma transparência.

Mesmo assim, o coração está agitado. Ela nunca fez isso.

Zhang limpa o caminho para ela, incapacitando as câmeras de segurança do armazém.

— Dez minutos.

Um músculo salta no rosto dele. Ela não se importa que ele tenha um ataque, desde que espere até ela ter ido embora. Ela pagou a ele cem mil dólares.

— Fora — diz.

Ele vai.

Ela precisa trocar apenas três pacotes de orientação. Um para servir de modelo para sua própria produção. Dois backups. Redundância. Uma garantia.

Passando por baixo da fita amarela para o corredor do controle de qualidade, ela encaixota as unidades trocadas, põe uma etiqueta de transporte e as leva para a área de envio e recepção. As pernas estão tremendo.

O funcionário responsável pelo envio mal olha para ela. Mesmo assim, ela ainda tem vontade de correr.

Então, a caminhonete da UPS para. Chris desce usando o uniforme marrom dos motoristas e os nervos dela se acalmam.

Ana desaparece pelo portão da frente da instalação, livra-se do crachá e do colete, respirando, engasgando-se com o ar. Dizendo a si mesma para não expressar nada, nenhuma emoção, para ninguém.

Na área de transporte, Chris passa um scanner pela etiqueta de envio e sai andando com uma saudação. Ele vai embora na caminhonete que roubou na rua em frente a um complexo de apartamentos em El Segundo. A abandona a três quilômetros de distância, em um terreno baldio.

Em uma loja da FedEx em Long Beach, ele cuida do envio das unidades de orientação.

O homem no balcão digita o endereço.

— É bem longe.

Chris dá a ele um olhar duro, pega o recibo e sai andando.

Batam, Indonésia. Ele espera que bem longe seja longe o bastante.

87

O caminhão de lixo é o que impede Gabriela de ouvir o som no início. Ela está apenas passando pelo apartamento para pegar o livro de cálculo.

Na casa do primo Manny, uma unidade de patrulha do Departamento de Polícia de Los Angeles permanece a maior parte do tempo estacionada ou circulando pelo quarteirão. Naquela manhã, ela saiu para comprar o jornal, e um policial de cabelo loiro sentado no carro disse: *Ei, volte para dentro*. O rosto dela esquentou. Como se ele fosse chefe dela? Em sua mente, ela viu a mãe balançando a cabeça. De volta em casa, irritada, ela percebeu que estava precisando do livro de cálculo. Ela não ferraria com a média final, então pegou o carro e saiu pelo beco.

Gabriela pega o livro, então corre até o quarto para pegar algumas roupas limpas. Ela larga a mochila ao pé da cama, calça botas pretas de solado de borracha e veste uma jaqueta jeans. Abaixo, no estacionamento atrás do prédio, os freios do caminhão de lixo sibilam. Há barulhos percussivos quando lixo cascateia na caçamba, o tilintar de vidro quebrando.

Então, o motor acelera, o caminhão vai embora e ela escuta barulhos no corredor: cliques e arranhões. Ela sai do quarto e olha para a porta da frente.

A maçaneta está sendo forçada.

Gabriela ouve um estalo metálico e perde o fôlego. Uma gazua está sendo inserida.

A fechadura se abre e a maçaneta gira. Ela volta para o quarto e fecha a porta em silêncio. Ao encostar o ouvido na madeira fina, escuta passos.

Papéis farfalham na bancada da cozinha. Um passo pesado atravessa o linóleo rangente.

O telefone do apartamento fica na cozinha e ela não tem celular. Eles estão no terceiro andar. Gabriela não pode chamar a polícia, não pode saltar. Ela tranca a porta do quarto. O coração bate forte.

Os passos seguem pela sala depois vão até o banheiro. A cortina do chuveiro faz um ruído desagradável sobre o trilho quando o intruso a afasta para o lado.

Wardell. Tem que ser ele.

Respiração, uma tosse. A porta do quarto de Tina range e se abre. Passos fazem a volta e retornam para o corredor. Pausa. Resta uma porta, a dela.

Não importa como ele conseguiu o endereço, como ele sabe. É ele. Ele está ali.

Ela se afasta da porta.

* * *

Wardell sacode a maçaneta e põe a mão sobre a porta do quarto. É de aglomerado fino. Ele ergue o joelho e acerta a madeira, que racha em torno da fechadura. A porta se abre.

O invasor entra e não vê ninguém. Os móveis são merda de garota pobre. A cama está bem-arrumada. Ele se abaixa e levanta a colcha para olhar embaixo da cama. Depois, se volta para o armário e abre o canivete de mola. Ele atravessa o quarto e abre a porta do closet.

Roupas, sapatos, uma mochila. Ele mexe naquilo, jogando as coisas fora.

Foda. Nada de garota.

Fora da janela, um parapeito decorativo de madeira percorre horizontalmente o exterior do prédio, pintado de vermelho-escuro contra o estuque cinza. Ele tem cinco centímetros de largura.

Gabriela está de pé sobre ele, os dedos do pé agarrados à madeira, apertada contra a parede do prédio residencial a três andares de altura. O vento sopra o cabelo em torno dos ombros dela.

Ela ouviu a porta do quarto ser arrombada. Neste momento, ali dentro, ela escuta barulhos descuidados. As pernas estão tremendo. Ela aperta o rosto contra a parede e tenta agarrar o estuque com as unhas.

O barulho no quarto se intensifica, então para. A porta bate contra a parede, como se alguém a tivesse chutado outra vez. Ao longe, ela ouve a porta da frente se abrir bruscamente.

Então silêncio.

Ela espera, precariamente agarrada à lateral do prédio, temendo que as batidas de seu coração a joguem para trás, para o ar vazio. Ela escuta e conta até sessenta, sabendo que Wardell é cheio de truques. Engenhoso. Traiçoeiro. Ele pode estar à espreita ali dentro.

Por fim, ela empurra delicadamente a janela do quarto, abre-a e entra.

Roupas foram retiradas do armário. Gavetas da cômoda estão reviradas. Ela estremece, desconfortável.

Será que ele a seguiu desde o Backstretch? Algum outro funcionário deu o endereço? *Mierda.*

Ela cerra os punhos, tremendo. Então, do exterior, ela escuta as vozes de dois homens atravessando o estacionamento. Vai até a janela.

Wardell está indo embora e, com ele, está o cara com a tatuagem Time's Up que estava ao lado dele no restaurante. O pescoço do líder está vermelho. Ele gesticula ao falar, movimentos bruscos.

— A vadia acha que pode se esconder. — Ele balança a cabeça. — Eu sou o olho que tudo vê. Deixei um sinal para ela.

Gabriela olha fixamente para a parede do quarto. Uma calcinha sua foi presa sobre a cabeceira da cama, penetrada na virilha por uma faca de açougueiro. Ao lado, palavras escritas com batom escarlate.

ADEUS, PUTA.

88

Em seu novo quarto de hotel, Ana anda de um lado para outro em uma ligação criptografada no telefone via satélite.

— A troca deve ser feita ao mesmo tempo. Eu subo a bordo e inspeciono a carga. Só então.

Além da janela, um céu vespertino azul vítreo paira acima das montanhas. A televisão está ligada ao fundo para encobrir sua conversa. Ela fecha os olhos enquanto o tradutor do outro lado fala com um funcionário militar em um escritório a onze mil quilômetros de distância. Ela pode ouvir um ventilador de mesa barulhento e um trânsito confuso do lado de fora de uma janela aberta.

O funcionário diz:

— *Uwafiq*.

Seu árabe é básico, mas ela reconhece a palavra *concordo*.

— O voo fretado levando os sistemas de orientação já vai estar no ar — continua ela. — Quando eu estiver satisfeita com o óleo cru, vou sinalizar para o avião pousar em al-Watiya.

O funcionário escuta a tradução e mais uma vez aceita os termos. Ela cerra o punho.

— Você precisa garantir que o voo tenha liberação de pouso com antecedência. Aprovação de Trípoli. Nós não queremos que ele seja derrubado.

Ela está negociando a primeira parte de um acordo de três pontas. A Líbia é pobre em dinheiro por causa de embargos, mas é rica em petróleo, por isso o país vai pagar pelos sistemas de orientação com petróleo cru. Duzentas de suas unidades por quinhentos mil barris de petróleo de nível Es Sider e um velho petroleiro para transportá-lo. Ana, então, vai vender esse petróleo e esse navio para alguém por dinheiro. Com a cotação do dia do petróleo Brent, esse pode ser um negócio de onze milhões de dólares. Se o preço mudar, para cima ou para baixo, quem sabe.

Ela escuta o tradutor e assente.

— Excelente.

Ana encerra a ligação, respira lenta e vibrantemente e se volta para Chris.

— Está em andamento.

O olhar dele é de uma satisfação tranquila.

Eles estão prontos. Carregados. Tanto a ansiedade quanto a possibilidade estão à frente.

A primeira transação é a venda de pacotes de orientação roubados. Esses pacotes estarão em um armazém seguro e vigiado em Jacarta. Os compradores: encontrados em um link criptografado através da web subterrânea. O transporte: um navio de contêineres registrado nas Ilhas Marshall, da Indonésia para Dar es Salaam, na Tanzânia, para mercenários sul-africanos lutando pela milícia Cobra, de Denis Sassou Nguesso, que quer tomar o poder no Congo com o apoio da França e de Angola. O outro contêiner foi transportado por navio nas rotas marítimas perto de Sri Lanka e seguiu para Basra, no Iraque. Certificado de usuário final: comprado e pago por Kelso. As contas bancárias on-line, recém-criadas.

A segunda transação é o grande teste. É a venda do sistema que eles mesmos estão produzindo — a venda que ela acabou de finalizar com os líbios. O software está sendo instalado por um programador e uma equipe de técnicos de Singapura em uma fábrica ociosa perto de Batam. Singapura, com seu suprimento farto de tudo, a uma curta viagem de barca de distância.

Los Angeles terminou. Esta noite, Ana vai voar de Burbank para São Francisco, depois para Jacarta. Shiherlis vai de Los Angeles, via Singapura, para se encontrar com ela. Ele está ansioso.

Chris está fazendo com que aquilo aconteça. Eles ficaram ali, passando pelos movimentos de rotina, evitando levantar suspeitas. Para todas as aparências, o acordo tomado pelos Chen está em andamento. Claudio está satisfeito. Então seu acólito Felix também está.

E isso deixa Ana louca. Os dois sabem muito bem que os Chen estavam por trás do atentado contra o pai. Felix compra a versão de Claudio dos acontecimentos porque quer. O autoengano é cegante, narcisista, quase apaixonado — e lucrativo. O que é desesperador e amargo para Ana, e enfurece Chris.

Ela se volta para o laptop.

— Preciso de cinco minutos, estamos quase acabando.

Ele se aproxima da janela. As cortinas estão fechadas. O quarto fica um andar abaixo e a duas janelas de distância da suíte. Enquanto ele examina a rua, um âncora de telejornal relata:

— O Departamento de Polícia de Los Angeles identificou a jovem enterrada em uma cova rasa perto da I-210 como Pham Thanh Thuy, de dezesseis anos. Segundo o capitão Vincent Hanna, da Divisão de Roubos e Homicídios, Phan, que foi morta a tiros, tinha chegado recentemente do Vietnã.

Chris fica imóvel.

A visão se afasta. *Pronto? Eu estou pronto? Não.*

— Nenhum suspeito foi preso. Os detetives continuam a investigação...

Ana acharia que ele está louco.

Ele fica de pé olhando para a rua, de costas para ela, e a ouve digitar.

Ana está sem fôlego.

— Aconteceu.

Ela se vira na direção dele, atônita.

Chris olha. Ela está falando de um vídeo, imagens de câmeras de segurança captadas em um armazém em Ciudad del Este.

— Nosso código de abate nos pacotes de orientação que os Chen tomaram. Os clientes devem ter acionado um míssil terra-ar para os primeiros passos e testes.

O armazém explode. Excesso de pressão, ondas de choque, chamas. Paredes se transformam em palitos.

— Bonito. — Chris assente. — Vamos.

Ela examina a tela. Hesita.

— Qual o problema? — pergunta ele.

— Nada.

— Por que você está preocupada? Eu conheço essa expressão.

— Felix? — diz ela.

— O que tem ele?

Ela segura o braço de Chris.

— O que quer que façamos, o que quer que *você* faça, cuide dele, ok? Ele é meu irmão.

— Ele é um merda.

— Eu sei que ele é um merda. E, ao mesmo tempo, é meu irmão. Sangue é sangue. Prometa que vai cuidar dele.

— Tudo bem — concorda Chris.

— Estou falando sério. Prometa.

— Eu prometo. — Ele olha para ela de forma significativa. — Tudo bem?

Ela fecha o laptop. O telefone toca.

— Zhang.

Quando ela responde e põe a ligação no viva-voz, Chris verifica a janela outra vez.

Zhang parece febril.

— O que aconteceu? O que você fez?

Ele fala acima do som do barulho de um motor de carro em velocidade. Barulho irrompe do telefone. O *bam* metálico de uma colisão. Zhang grita:

— *Não*...

Há gritos. Depois o estampido seco de uma semiautomática.

Chris olha para o Santa Monica Boulevard à procura de um sinal. Nada, ainda.

A ligação termina.

— Merda. — Ana olha fixamente nos olhos de Chris. — Eles sabem.

— Eles vão estar aqui em um segundo. Pegue a escada dos fundos — diz ele. — Silêncio no rádio. Pegue a estrada, eu dou apoio a você.

Ela se apruma, mas parece um pouco abalada.

— Nós vamos ter que lidar com eles.

— Isso mesmo. — Ele pega a mão dela. — Vou garantir que você não seja seguida, Ana. Nós vamos. Nós construímos. Aí lidamos com eles.

Parada no velho mundo, ela está incerta. Ela inspira.

Então, aperta a mão dele.

— Tudo bem, estou com você.

Ela sai correndo. Quando ele chega no térreo, vê Ana sair para o Wilshire em um Ford Compacto simples, de óculos escuros, o cabelo preso sob um boné. Ela faz um retorno de 180 graus no sinal e segue para o oeste. Chris pega o Alfa Romeo e segue a certa distância, verificando os espelhos. Ele vê Ana pegar a 405, sem ser seguida por ninguém.

Shiherlis segue para o sul.

A unidade de armazenamento fica atrás de um supermercado abandonado em Torrance. Ele não tem a chave, mas tem alicates de pressão. A fechadura se rompe com um ruído metálico e ele rola para cima a porta de metal.

Dentro, há um arsenal.

Neil e ele pagaram cinco anos adiantados por aquele lugar. Chris acende a luz e puxa a porta para baixo.

Pistolas, duas dozes semiautomáticas Benelli e uma Remington 870 serrada. AR-15s, um fuzil de assalto Heckler & Koch G36 com coronha dobrável, um fuzil de precisão TAC-338. Supressores. Lâminas, kits de limpeza. Pilhas de munição.

89

Quando Hanna sai do estacionamento do hospital, o céu está tingido de vermelho com o pôr do sol. Ele segue na direção da academia de boxe, impaciente, fazendo cálculos mentais. Helena Benedek, fornecedora de garotas imigrantes, incluindo Pham Thanh Thuy, está respirando com a ajuda de aparelhos. Eles não vão conseguir nada sobre Wardell com ela. Mas as joias que Wardell roubou vão bancar uma saída para ele. Os motéis geram sua riqueza degradante, mas vai demorar tempo demais para descarregar. As pedras, porém, vão lhe render dinheiro rápido. Um cálculo de 24 horas antes que ele parta, no máximo.

Os motéis, dinheiro recente de Wardell... Hanna ainda não sabe o que aconteceu na fronteira, mas McCauley estava envolvido, a amante dele morreu e uma garotinha ficou órfã. Ele visualiza a jovem Gabriela Vasquez, sua mão de criança segura na de Neil. Então mergulhada no vazio.

Ainda assim, Gabriela tem os pés no chão, trabalhando, estudando, vivendo a vida. Ela, porém, é assombrada. Marcada. Hanna viu isso. E se Wardell a reconheceu, não vai querer que ela conte sobre ele. Ela vai ser caçada.

Ele manda uma mensagem pelo rádio, querendo se conectar com a unidade.

Rausch atende.

— Estou levando a foto de Wardell a lojas por todo o Century. Até o momento ninguém o reconheceu, ou, pelo menos, admitiu. Casals está no Backstretch.

— Continue em frente. — Palmeiras passam, destacadas pelo sol. Ele aciona o rádio novamente. — Casals?

Ele desacelera e dobra na academia. Sam responde.

— Consegui uma pista, Vincent. Sobre o receptador de Wardell.

* * *

Na encosta acima da academia, esperando no Toyota Supra que furtou em frente a um cinema multiplex. Chris observa o Crown Victoria entrar e parar, mas não em uma vaga. Chris desliga o motor e pega o fuzil de precisão TAC-338, com um supressor de clarão preso, do piso na traseira. Ele desce do veículo e assume uma posição escondida de fogo. Uma frieza se abate sobre ele, que espera que Hanna estacione em uma vaga, desça do carro, pegue a bolsa de equipamento e atravesse o estacionamento.

Hanna para Casals:

— Conte.

— O frequentador do bar que se encaixa com a descrição de Gabriela. Ele é Wayne Fabbiano. Eles o conhecem, tem uma loja de TV e computadores em Pico-Union. Fabbiano's Electronics. Uma longa lista de antecedentes, receptando produtos roubados.

Hanna gira o volante e retorna com o carro para a rua.

Hanna sai cantando pneu.

— Merda. — Chris volta correndo para o carro e parte para segui-lo.

A vitrine da Fabbiano's Electronics está repleta de televisões baratas e vídeo games Nintendo. Uma campainha toca quando Hanna entra pela porta na luz amarela enfumaçada.

O lugar é atulhado: corredores estreitos, estantes altas. No fundo, o proprietário está sentado por trás de um balcão bagunçado. A *guayabera* amarela envolve uma barriga de bola de boliche. Ao lado dele, um circulador move o ar cheio de nicotina pela loja.

Drucker fica junto à porta. Hanna se dirige ao proprietário, olhando os corredores de trás dos óculos. Nenhum outro cliente. Atrás do balcão, uma porta fechada leva aos fundos da loja. Nenhum barulho, nenhuma música ou TV, nenhuma indicação de que haja alguém ali atrás, embora essa seja uma avaliação preliminar.

Ele caminha até o balcão, mostrando o distintivo.

— Wayne Fabbiano. Eu sou o detetive Vincent Hanna e aquele é meu parceiro, Jamal Drucker. Nós estamos procurando um cara que você conhece. O nome dele é Otis Lloyd Wardell.

Atrás de Hanna, o sol entra forte pela vitrine, iluminando-o por trás. Fabbiano ergue e aperta o olhar. O cabelo que cobre a careca está pintado de marrom como xarope de panquecas, talvez uma marca apenas para receptadores.

Fabbiano contrai os lábios, sacode a cabeça.

— Ainda não o conheci.

— Conhecer? Como em um serviço de encontros? — Hanna se aproxima, como se tivesse visão de raio-X e pudesse ver seus pensamentos. — Que merda é essa na sua cabeça? Seu animal espiritual?

Fabbiano entrelaça as mãos sobre a barriga.

— Piadista, hein? Olhe, detetive, eu não conheço nenhum Wardell. Por isso, a menos que tenha um mandado ou algo assim, ou quiser comprar um walkman... Ótimo. Do contrário... — E ele indica a porta.

Na porta, ao ouvir isso, Drucker vira a placa de ABERTO para FECHADO e move um expositor para bloquear a visão.

Hanna escuta atentamente os sons ambientes da loja. O zunido do ventilador. Fora isso, o silêncio. Ninguém circulando pelo almoxarifado. Nenhum cliente.

Ele agarra Fabbiano pela frente da camisa, o puxa por cima do balcão até o chão e põe o pé em seu pescoço.

Fabbiano joga as mãos para o ar, tentando arranhá-lo.

— Filho da puta.

— Otis Lloyd Wardell — fala de um jeito direto e delicado.

Fabiano se retorce e se debate, tentando remover o pé de Hanna.

— Vá se foder, babaca — diz ele com rispidez.

— Me foder?

A mão de Hanna segura o rosto de Fabbiano como um torno, forçando o contato visual que o bandido tenta evitar. Ele apoia o peso sobre o pé, sufocando o homem.

— Pedras engastadas! Você acabou de receptá-las. Otis Wardell. Olhe nos meus olhos, seu merda. Vou esmagar sua laringe, isso fica na sua garganta. Você vai falar por um walkman com um microfone no pescoço.

Fabbiano para de se debater e ergue as mãos em rendição.

— Não sei onde ele mora. Tenho um número de telefone, é um serviço que ele usa.

— O carro dele, a quadrilha. Vamos!

— Um Firebird — responde Fabbiano. — Preto. Novo.

— O número da placa.

— Não sei.

— Nada bom. Resposta errada. — Hanna pisa forte no pescoço dele. Fabiano está quase sufocando.

— Espere, espere! O carro. Eu instalei um localizador LoJack. Ele tem um rastreador!

— Nome no qual está registrado?

— Bhalla. — Fabiano arqueja. — Kultar Bhalla.

Hanna o puxa para cima.

— Se você avisar Wardell, Bhalla ou qualquer um dos recepcionistas dos outros motéis de Wardell, você vai rodar. Está claro? E eu não estou falando que você vai rodar para ser trancado na cadeia do condado.

Fabbiano assente.

Hanna o empurra por um corredor e o tranca em um almoxarifado. Fabiano bate com os punhos na porta.

Hanna conduz Drucker para fora da loja.

— Ele vai ficar calado esta noite.

Sob a luz do chão que se avermelha, eles andam na direção dos carros. O capitão diz:

— Ative o sinal do rastreador do Firebird.

Drucker assente, pensativo.

— A empresa vai precisar de um mandado ou um boletim de veículo roubado que esteja no sistema de computadores estadual.

Eles olham um para o outro.

E ele acrescenta:

— Vincent, você acabou de ver aquele cara roubar um Firebird preto?

— Claro que vi. É melhor você fazer um boletim.

A uma quadra de distância, Chris está parado em uma zona de estacionamento proibido com a mão na alavanca de câmbio. Hanna acelera o Crown Victoria e faz uma curva de 180 graus. Chris o segue.

Seguindo na direção do Parker Center, o coração quase saindo pela boca, Hanna tenta falar com Casals no rádio. Sem resposta.

— Casals, está me ouvindo?

Com uma explosão de estática, Casals responde:

— Estou. O homem que Gabriela descreveu, que estava com Wardell no Backstretch, o jovem negro tatuado, acabou de virar a esquina. Ele está andando na direção da lanchonete.

O pulso de Hanna se acelera.

— Não o perca de vista.

Dirigindo-se para o estabelecimento, ele pisa fundo no pedal.

Drucker está sentado em um carro sem identificação, digitando no laptop posicionado em frente ao painel, quando Hanna telefona.

— Vincent.

O motor ronca do lado de Hanna.

— O cara da quadrilha de Wardell acabou de entrar no Backstretch.

— Estou a caminho.

— Conseguiu acionar o rastreador?

— Preciso de mais quinze, vinte minutos. — Ele digita com rapidez, então liga o carro.

Ao volante do Supra, Chris se recosta em meio ao trânsito pesado no Century Boulevard, perto do Forum. As palmeiras têm uma tonalidade avermelhada à luz do crepúsculo, pedestres passam pela calçada e ônibus, pela frente. Ele olha para as ruas. Hanna está uma quadra à frente.

Shiherlis tamborila os dedos no volante. Focado. Como se estivesse prendendo a respiração enquanto a bolinha gira em torno da roda da roleta, esperando que ela pare.

Então Hanna entra em uma esquina e estaciona. É um lugar discreto. Ele desce e sai correndo pelo Century.

O que ele está fazendo? Vigilância? Uma prisão?

É uma prisão. E quando ela ocorrer, Hanna vai estar cem por cento focado nisso.

O que vai representar uma oportunidade.

Chris para depois da rua onde Hanna estacionou, dá a volta no quarteirão e para junto ao meio-fio. Ele mantém o olho no carro de Hanna e espera.

No apartamento, Gabriela enfia roupas na bolsa de ginástica e liga para Tina, alertando-a para não voltar para casa, para ir direto para a casa de Manny depois do trabalho. As chaves estão tremendo em suas mãos enquanto ela corre para a porta. Na cozinha bagunçada, o telefone toca.

O número no mostrador é do Backstretch. Ela atende.

— Srta. Vasquez? Detetive Wells, ligando em nome do sargento Drucker. — A voz é breve. Ela fala e para.

— Sim?

— Precisamos que você identifique um cúmplice de Otis Wardell. Você pode vir até aqui?

— No Backstretch?

— Recebemos uma informação. Ele vai se encontrar com alguém aqui. Estacione na rua, na quadra seguinte, em frente ao McDonald's. Um policial vai sair para encontrar você, nós vamos mantê-la fora de vista.

Ela confere sua coragem e assente consigo mesma.

— Estou a caminho.

A porta bate quando ela sai correndo.

Em um corredor no Backstretch, Tick-Tock põe o telefone público no gancho. Ele guarda no bolso o cartão que Wardell encontrou na bancada da cozinha de Gabriela. SARGENTO JAMAL DRUCKER, DIVISÃO DE ROUBOS E HOMICÍDIOS. Ele pega o celular e liga pela discagem rápida.

— Ela está vindo.

90

Hanna ouve a secretária eletrônica atender quando estaciona o carro sem identificação fora da vista da lanchonete. Ele sente um aperto no estômago e corre pelo Century. Quando o sinal toca, ele fala com urgência:

— Gabriela, é o capitão Hanna. Estamos chegando perto de Wardell. Se você ouvir isso, onde quer que esteja, fique aí. Se tranque. — Ele atravessa um cruzamento. — Vou tornar a entrar em contato quando for seguro para você sair.

Ele encerra a ligação. O coração está martelando outra vez.

Gabriela agarra o volante enquanto vai para o Backstretch. O céu está laranja--queimado. Ela sente um aperto no peito, a voz de Wardell penetra em sua cabeça. Ela não consegue se livrar dela. *Querida, você está em casa.*

Por baixo há outra voz, tênue mas firme como sempre. *Mariposa. Fuja.* Não dessa vez.

No quarto, ela encontrou um pingente pendurado na cabeceira. Era o pingente que ela tinha dado à mãe no Natal antes da morte de Elisa. As fotos dentro, dela e de Neil, estavam desbotadas e molhadas de saliva. Ela o limpou e o está usando. *Não dessa vez.*

A caminho da lanchonete, ela passou pela casa de Manny e usou o telefone dele para ligar para a Roubos e Homicídios. Hanna não estava.

Quando ela voltou para o carro, Manny a seguiu, franzindo as sobrancelhas, desconfortável.

Tem certeza?, perguntou ele.

Nunca tive tanta certeza.

Ao telefone, ela deixou para Hanna uma mensagem. *Importante*, disse ela ao detetive. *Pegue ele. Wardell encontrou meu apartamento. Ele sabe que sou eu.* Ela manteve a voz firme. *Estou indo me encontrar com o detetive Wells e o sargento Drucker no Backstretch. Quero ter certeza de que você saiba disso.*

Manny observou quando ela se afastou da calçada cantando pneu. A arma que ela pegou com ele está por baixo do casaco, no cós da calça jeans. Um revólver prateado, ficando quente contra a pele.

Ela quer proteção. Quer um equalizador. Manny lhe ensinou a atirar em um stand em Sylmar.

Gabriela quer ver Wardell ser pego.

Com a luz do pôr do sol nos olhos, ela dirige em direção à lanchonete.

91

O beco na quadra em frente ao Backstretch tem água fétida escorrendo pelo centro. As lixeiras estão cheirando. Wardell está estacionado nas sombras, curvado no Firebird, batucando com as mãos no volante.

Do lado de dentro do estabelecimento, Tick-Tock está de vigia. Ele vai telefonar se a garota aparecer pela porta dos fundos. Porque ela é esquiva. Wardell checa as janelas do local. O ponto de ônibus. O McDonald's.

Então ele a vê no espelho retrovisor.

Gabriela dirige cautelosamente pelo Century, hiperalerta. Ela não tem as habilidades que a mãe tinha, mas sabe como identificar vigilância. Ao se aproximar do Backstretch, ela apaga as luzes e segue paralelamente de um lado para outro através da vizinhança. Ela olha para um beco e volta pelo Century. A duas quadras da lanchonete, há um Crown Victoria estacionado com uma grande antena na traseira.

Carro de polícia. Ela para perto do McDonald's e pega moedas no porta--copos para o parquímetro. O sol está descendo atrás dos prédios, as sombras esfriando. O coração está batendo como um tarol.

Hanna está em uma loja de roupas a uma quadra da lanchonete, no lado sombreado da rua, na janela, quando a Divisão de Roubos e Homicídios liga para ele.

— Vincent, você recebeu uma mensagem de Gabriela Vasquez. Ela disse que está indo se encontrar com um "detetive Wells" da Roubos e Homicídios no Backstretch. Não há...

— Droga!

Lá fora, um velho Subaru segue pela rua. Hanna capta um vislumbre da motorista sob o crepúsculo. É ela.

— Droga!

Ele desliga.

Drucker está em um prédio do outro lado da rua, com um ângulo diferente para a lanchonete, com dois policiais uniformizados com ele. O laptop está aberto. A SWAT foi alertada, mas vai levar tempo até que eles se equipem e se mobilizem.

— Drucker — diz Hanna pelo rádio. — Gabriela acabou de passar por mim. Subaru, verde, seguindo para o oeste.

— Entendido — responde o parceiro, o tom de voz dizendo *merda*. — Eu a vi.

Um alerta chega em sua tela.

— Consegui o localizador.

— Onde ele está?

O sangue dele gela.

— Uma transversal estreita do Century. Parece um beco. Ele está parado. — Drucker olha pelas janelas. — Ele está aqui, Vince. Está na rua em frente ao estabelecimento.

Ele corre para a porta. Do outro lado da rua, Hanna faz o mesmo.

* * *

Aquele Subaru — é ela. Chegando por suas costas, a garota traiçoeira. Wardell desce do carro.

Junto do parquímetro, Gabriela põe moedas de 25 centavos na máquina, os olhos fixos na lanchonete.

Uma mão envolve seu pescoço pelas costas, rapidamente. Lábios se apertam contra seus ouvidos.

— Shhh... Fique quieta, ou você morre aqui mesmo.

A voz é rouca. O homem tem uma presença física. Hálito de Tic Tac. A ponta de uma faca apertada contra o lado do corpo dela. O trânsito passa indiferente.

A arma que Manny deu a ela está enfiada na parte de trás da calça jeans. A respiração dela se acelera.

— Nem pense nisso — diz Wardell. — Eu corto você até a boceta.

Ele aperta a faca contra o lado de seu corpo, o rim, a lâmina fina do canivete de mola, a ponta tão afiada que ela acha que atravessaria metade do corpo antes de ela perceber que estava morta. Sem virar a cabeça, ela olha para a rua. Alguém está vendo?

Mas parece um amante a abraçando apertado. Ninguém vai intervir.

Wardell desce a mão livre por suas costelas e embaixo da blusa, e pega o revólver.

— Você se acha esperta, hein?

Ela sente o cheiro da colônia dele. O suor. Gabriela está tentando não fazer xixi nas calças. Está tentando pensar. Ele a conduz pela calçada, o braço apertado em volta dela, a faca.

Ela examina a calçada à frente. Pessoas andam, carros passam. Wardell está prendendo seus braços com força demais para que ela possa enfiar as unhas nos olhos dele. Pisar no pé dele, talvez. A faca se aperta com mais força. A ponta perfura a camisa dela, então a pele. Se ela gritasse, o puxasse ou o chutasse, ele a esfaquearia.

Wardell vai conduzindo-a.

— Isso mesmo — diz ele. — Um passeio noturno. Assim mesmo.

Então, a uma quadra de distância, ela vê um homem moreno e forte com terno preto e camisa azul, usando óculos escuros, caminhando pela calçada na direção deles.

Hanna.

Ela continua a respirar. Wardell a conduz adiante.

Do outro lado, em paralelo com Hanna, vem Drucker. Alto, com expressão de ferro, movimentando-se suavemente como um grande torpedo. Dois policiais atrás dele.

Eles estão a cem metros de distância, do outro lado de um cruzamento movimentado. Mas estão se aproximando. Ela ergue o queixo, na esperança de que Hanna a veja.

Ele para na esquina, um sinal vermelho com trânsito pesado, esperando que um caminhão de lixo passe. A cabeça dele gira, procurando. Ela olha fixamente, como se pudesse se conectar com ele por telepatia.

Ele a vê e fica imóvel. Eles trocam olhares tensos.

Um ônibus para em frente, bloqueando o cruzamento.

Wardell a puxa com força para o lado, para dentro de um beco.

Ele a joga contra o Firebird preto e a segura.

— Chegando em silêncio como um gato de rua.

Ele envolve os pulsos dela com fita isolante, então a põe à força dentro do carro e prende as mãos à maçaneta da porta. Ele liga o motor e sai para a rua em frente à lanchonete.

Wardell olha para ela.

— Pare com essa expressão de *coitadinha*. — Há algo enervante, desumano, no olhar dele. Fome. — Aproveite a última chance de viajar.

Gabriela olha para as mãos presas.

— Não. Se você abrir essa porta, vou arrastá-la pelo asfalto a cem quilômetros por hora.

Ele passa pelo estabelecimento. Dentro, um cara de pé deixa dinheiro e corre para a porta. Gabriela o reconhece. O acólito de Wardell, Time's Up.

— Você sorri na minha cara, depois me entrega. É? Quem está rindo agora?

Ela vê parte de uma escopeta no chão no assento traseiro. Wardell está planejando levá-la para algum lugar isolado e matá-la, como fez com a mãe dela. Ele está ansioso, e ela nunca viu um sorriso tão enfurecido.

Drucker atravessa o cruzamento primeiro. Ele está a oitenta metros da lanchonete quando percebe que Gabriela não está mais na calçada.

— Vincent, perdemos a garota.

* * *

De volta ao cruzamento, Hanna faz a volta no ônibus, estende a mão e segue em zigue-zague por meio do trânsito. Freios cantam. Buzinas soam. A visão arde. Quinze segundos antes, ele trocou um olhar com Gabriela. Wardell estava com ela como uma pele, forçando-a a andar. Até desaparecerem....

Ele escuta o ronco baixo de um motor.

Do outro lado da rua, Drucker se vira e vê um carro emergir de um beco e seguir leste pelo Century. Ele está mais rápido a cada fração de segundo.

— Firebird preto — grita Drucker. — Gabriela está no assento do carona.

O carro passa veloz por Hanna e sobe o boulevard. O sol bate nos olhos do motorista, inexpressivos, escuros, tão escuros que não parecem refletir luz alguma. Quando Hanna se vira e sai correndo em seu encalço, o Firebird ultrapassa veículos pela contramão, passa por um sinal amarelo e volta para o tráfego.

Correndo, Drucker grita instruções no rádio, todas as unidades, a descrição do Firebird. O carro de Hanna está estacionado na quadra seguinte. Ele dá um assovio.

— Comigo.

Drucker atravessa correndo o Century e eles disparam na direção do carro enquanto o Firebird grita para o leste em meio ao trânsito.

O Supra está parado na rua lateral, o motor ligado. No Century, o trânsito corre e os pedestres passam pela calçada. Com a mão na alavanca de câmbio, Chris olha para a rua, analisando entradas e saídas. Onde se instalar, quando emboscar Hanna. Como escapar. *Improvise*, diz ele a si mesmo.

Ele verifica o supressor de clarão do AR-15. Ser discreto é ainda mais crítico. Então o relógio. Ele tem uma hora antes que o check-in para seu voo de partida se feche.

Um barulho de pneus faz com que ele se vire. No Century, um Firebird preto sai de um beco e acelera para leste.

Atrás dele, Hanna corre pela calçada. Ele entra no Crown Victoria. Um detetive se junta a ele.

Chris gira o volante e para. Parece que está prestes a começar uma perseguição. Aquilo vai trazer mais policiais e ele não poderá ficar na cola de Hanna.

Shiherlis faz uma curva fechada e vira uma esquina para seguir a Hanna e o Firebird a uma quadra do Century. Na esquina, ele vê o Firebird passar correndo por um cruzamento, depois luzes piscantes — o Crown Victoria.

Aonde quer que o cara esteja indo, Hanna está atrás. Chris pode se dirigir para lá.

Wardell corre pelo Century Boulevard, zunindo. *Vespas no coração. Minhocas no cérebro*, pensa Gabriela. Ela se espreme para longe dele, enquanto o bandido desrespeita os limites de velocidade, avançando sinais vermelhos. Ela tenta mover os pulsos nas amarras, mas a fita está dolorosamente apertada. O sol está baixo, brilhando vermelho no horizonte enquanto eles passam por lava-jatos, academias e drive-thrus, com o céu azul alto atrás deles, o teto do mundo, cego para ela.

Ela tenta alcançar manivela da janela do passageiro.

Wardell lança um olhar confiante em sua direção. Ela pode se remexer e se debater o quanto quiser.

Ele atravessa uma faixa e volta, evitando por pouco uma picape. Ela fecha os olhos, tenta se acalmar, então se vira e olha para trás.

— Não vem ninguém, vadia. — Wardell emite um grunhido. — Você sorrindo na lanchonete, depois correndo para a porra do Departamento de Polícia de Los Angeles. É? Vá em frente, se mije inteira. Veja o quanto gosta disso. Tem coragem para aguentar esse tipo de merda? Aqueles babacas dos projetos de South State, morrendo de rir. Até que eu não era mais esse cara. Humilhação é *bom* para você. Acha que conseguiria aguentar? Aham. — Ele murmura pela janela. — Que se fodam eles.

Eles pegam a Creenshaw rumo ao sul, e Gabriela fica apreensiva. O tráfego está leve. Pinheiros passam. A autoestrada 105 está a poucos quilômetros à frente, e se ele chegar a uma autoestrada, ela está perdida. Ele pode escapar da cidade, das pessoas, dos olhares, despistá-los nas montanhas, no deserto. Ele está empolgado, confiante de que é impossível de ser parado.

Ela precisa fazer alguma coisa. Qualquer coisa.

Wardell pega a pista da esquerda e passa pelo trânsito mais lento.

A duas quadras de distância, Chris corre para o sul, em paralelo com o Queen Victoria com as luzes piscantes, passando pelos prédios e perseguindo o Firebird. Eles estão acelerando. Talvez seguindo para a autoestrada 105.

— Vamos, vamos. — Ele precisa passar à frente. Acelera o Supra.

* * *

Hanna, com Drucker no banco do carona carregando uma escopeta, desce correndo pela Creenshaw, as luzes girando. Ele ajusta os faróis para piscar à direta e à esquerda em sequência. No rádio, Drucker emite comandos, chama a unidade aérea e outras unidades de solo. Armado e perigoso. Mulher refém, vinte anos. Gabriela Vasquez.

Ao ouvir o nome dela, a visão de Hanna parece piscar. Ele liga a sirene, entra pela contramão e pisa fundo no acelerador.

Wardell segue em zigue-zague pelo trânsito, suave, ligado. Os letreiros estão acesos, a noite caindo. Eles passam por restaurantes de comida tradicional e *taquerías*. Ele pega a faixa de ônibus, no canto, e atravessa um cruzamento avançando o sinal.

Acelerando outra vez, ele checa Gabriela como se ela fosse um pedaço de carne. O rosto se azeda. Ele mexe no pingente da mãe dela, que Gabriela acrescentou à corrente ao lado do medalhão religioso.

— Usando isso perto da Virgem Maria? Sua mãe era uma vadia pervertida. Ela achou que poderia me enganar. Aquela vadia aprendeu. Eu peguei a puta da mãe e agora a filha também.

Buzinas. Ele passa rapidamente por veículos que vão trocando de faixa. Lança um olhar para ela com os olhos grandes.

— Acha que eles vão resgatar você? Por que eles são a polícia fodona? Eles acham que vão foder comigo? Vou lhe mostrar o que é *mau*, o que vou fazer com você, depois com eles. E depois *muito* mau. Porque eu não dou a mínima para o que aconteça comigo.

Para-brisas reluzem sob as luzes da rua. Tudo está luminoso e fraturado. O céu acima, azul profundo.

Ele olha no espelho retrovisor.

— Onde ele está?

Quem ele está procurando?

Gabriela percebe que seu sequestrador está procurando o cara que ela viu quando eles passaram pelo Backstretch, que se levantou e saiu correndo. Apoio. Wardell tinha apoio quando matou tio Tomás. Ele o está levando para que o veja matá-la.

Então, nos olhos de Wardell, procurando Tick-Tock, ela vê, em vez disso, um reflexo piscante. Azul e vermelho. Uma sirene.

O coração de Gabriela se anima. Um carro de polícia está se aproximando rápido, contra o tráfego, muito longe, mas ganhando terreno. Lágrimas ardem em seus olhos. Wardell expira por entre os dentes.

Pisando fundo no acelerador, ele abre para a esquerda, se preparando para fazer, em velocidade, uma curva para a direita. Mas, ao fazer isso, um caminhão de entregas entra na faixa ao lado dele, cortando o caminho. Wardell puxa o volante de volta, perde a entrada e segue em frente, o motor correndo.

As luzes da polícia piscam no espelho, prendendo os olhos de Gabriela. A 105 fica à frente, mas, no cruzamento com a rampa de subida, o sinal está vermelho, e o trânsito está pesado. Ela pensa: *Vamos lá*.

Wardell não reduz a velocidade. Ele vira o volante para a esquerda, passa por cima do canteiro entre as pistas e acelera.

Gabriela vê as placas. Contramão.

Ele acelera pela rampa de descida da autoestrada, deslizando pelo acostamento de terra, seguindo para o leste, na 105 que vai para o oeste. A pele de Gabriela se encolhe. Ela se aperta contra o assento.

Wardell atinge uma placa de beira de estrada, destruindo-a. A poeira sobe. Os carros na rampa de descida desviam loucamente. Ao encontrar espaço no acostamento, ele verifica os espelhos. Então pega um celular e usa a discagem rápida.

— Os policiais estão em cima de mim. Preciso trocar de carro. Encontre-me na esquina da Broadway com a Manchester.

Gabriela tenta continuar respirando. Eles seguem pelo acostamento, o trânsito da autoestrada correndo na direção oposta a poucos centímetros dela. À frente, o enorme entroncamento de quatro níveis com a 110.

Wardell planeja despistar os policiais com aquela disparada na contramão, depois pegar a próxima saída e largar o carro. Ele pode passar pelo entroncamento e chegar ao nível da rua. É longe o bastante e Tick-Tock vai estar à espera.

E ele disse *Eu preciso trocar de carro*. Não *nós*. Ela vê a escopeta no banco de trás.

Buzinas soam. O trânsito desvia. Eles pegam uma rampa elevada de transição, fazendo uma curva longa à esquerda.

Em direção ao sul, em uma rua larga na superfície, Chris avista o Crown Victoria passar correndo. Hanna está na perseguição.

Shiherlis examina a rua à frente. Então seu olho é atraído pela rampa elevada de transição e o cara seguindo contra o trânsito através do enorme entroncamento. Que merda está acontecendo? Ele tem que estar planejando deixar a autoestrada o quanto antes. Há uma rampa de saída quatro quadras a leste. Ele se dirige para lá.

Chris sabe que vai chegar lá antes dos dois carros. Quando Hanna descer por aquela rampa, ele vai estar esperando.

Quando as faixas de concreto do entroncamento passam em curva, no espelho lateral Gabriela vê brasas ardentes de crepúsculo. À frente, as espirais reluzentes do centro da cidade. Faróis. Wardell acelera. Cento e dez, talvez 120 quilômetros por hora. Uma loucura do mal.

— Você é pior que a puta da sua mãe. Me entregar para a polícia. Não vão me pegar. — Ele aperta o polegar sobre a têmpora dela e empurra a cabeça na direção da janela. — *Pow*.

As luzes piscantes do carro de polícia ficaram para trás, recuando até não passarem de pontos.

Um SUV vindo da direção oposta desvia quando eles passam, atinge outro carro e bate contra a proteção de concreto. Wardell olha para a estrada à frente, chegando à rampa de transição para a 110 na contramão. Neste momento, com toda a largura da 110 à direita, Gabriela vê uma rampa de subida à frente. Se Wardell transformá-la em saída, nas próximas centenas de metros ele vai estar no labirinto de ruas na superfície. Tick-Tock vai estar à espera. Então vai acabar.

Sem rendição.

Com toda a sua agilidade, Gabriela ergue os dois joelhos, gira e chuta Wardell na cabeça.

O crânio dele bate forte contra a janela do lado do motorista. Ela o chuta novamente, e a cabeça dele racha o vidro. Ele tira uma das mãos do volante e tenta agarrar a perna dela, e ela o acerta uma terceira vez, no queixo. A cabeça dele acerta a estrutura de metal da porta.

Wardell perde o controle. Ela sente isso, as rodas deslizando enquanto ele se atrapalha, os pneus cantando, a aceleração mandando-os para uma curva sem controle ou equilíbrio.

O Firebird atravessa duas faixas de trânsito. Ela vê os faróis de uma picape e de outro SUV. Um caminhão-tanque atrás deles. Ela se encolhe em posição fetal.

A batida é barulhenta e brutal. O Firebird é atingido, gira, atinge a picape que vem na direção oposta. O capô se amassa. Vapor sobe, a buzina soa. O para-brisa se estilhaça e desmorona.

A batida os faz parar. Wardell está curvado sobre o volante, sangue escorrendo pelo rosto.

O campo de visão de Gabriela é todo branco. Ela está cheia de adrenalina, o para-brisa está em cima dela, um lençol estilhaçado de caquinhos de vidro. Buzinas soam. Gritos. Ela se livra do vidro caído em cima dela. O trânsito está parado, carros batidos, alguns virados. Dez? Vinte?

Wardell está curvado, imóvel. Ela rasga a fita isolante com os dentes e puxa as mãos de um lado para outro. Então o sequestrador inspira bruscamente, despertando. Seus braços se mexem. Ela solta um deles, depois o outro. Wardell pisca. Um olho lento se volta em sua direção. Ela empurra a porta e a abre. Ele levanta a cabeça. Tenta segurá-la e agarra seu pingente, puxando a cabeça dela para trás.

Ela arrebenta a corrente fina e sai correndo. Machucada. *Jesus*, a perna. Wardell se levanta e se lança atrás dela, uma sucuri. Ela corre.

92

Com o pé embaixo, Chris segue na direção do Firebird. Os faróis devoram o asfalto. A rampa de subida da 110 em direção ao sul é bem à frente e ele está a menos de uma quadra de distância quando os faróis do veículo fazem uma curva na autoestrada e vêm direto, em rota de colisão.

À direita, na autoestrada, ele vê o carro preto fazer a curva na direção oposta ao tráfego. Luzes piscantes o seguem. Chris acelera. Dez metros antes de chegar à rampa, o Firebird perde o controle.

Chris reduz.

— Que merda!

A batida é forte, um engavetamento em reação cadeia em alta velocidade. Barulhenta para caralho.

Chris para, desce e corre na direção da autoestrada, a SIG presa às costas e o fuzil Heckler & Koch carregado junto da perna com a coronha dobrada, camuflado contra a calça jeans preta na escuridão que cai rapidamente. Pronto para derrubar Hanna a distância.

Ao subir correndo a rampa de acesso, ele vê o caos. Faróis, lanternas, vapor escapando de radiadores destruídos. Vidro por toda parte. O Firebird está no meio da estrada, preso entre quatro carros em que bateu. Ele está amassado; como papel-alumínio velho.

A distância, as luzes da sirene do Crown Victoria de Hanna brilham desde a rampa de transição da 105. O pulso de Chris se acelera, o capitão está chegando. A cena é um caos que oferece cobertura. Shiherlis examina a destruição. Se vai fazer aquilo, precisa se apressar. Se preparar. Observar.

Duzentos metros à frente, um homem rasteja dos destroços do Firebird. Coberto de sangue. Cambaleando.

Com a escopeta na mão, ele a ergue, aponta e atira. Uma jovem fugindo, ferida, uma picape entre eles. A lâmina de metal recebe o impacto.

Ela é uma garota, talvez vinte anos, mancando na direção de Chris, desviando dos carros. Pedaços de fita isolante pendurados nos pulsos.

Ela escapou do cara com a escopeta, é tudo o que Chris sabe.

No momento, ela está sob o brilho de faróis e lança um olhar para trás. Chris vê os olhos dela, a determinação. E a marca de nascença em forma de borboleta no pescoço.

Por um segundo, ele quase para. Ela se parece com Elisa.

Ele parte na direção dela. Ele a conhece. Começa a correr.

É Gabriela Vasquez.

Ela vai se esquivando pelos espaços entre os veículos parados.

O homem atrás dela, mais próximo, dispara a doze. Ele erra. Então vai para a esquerda para ter um ângulo limpo para atirar nela.

Gabriela segue cambaleando pelo engavetamento. A arma do motorista grita outra vez. Ela se encolhe, mas continua avançando. Chris, a toda velocidade na direção dela, ergue o Heckler & Koch. A mira agitada desliza na direção do motorista. Ele dispara uma rajada de três tiros de qualquer jeito para dar cobertura a ela.

Gabriela o vê e para. Ele também está atirando nela?

Chris grita para ela.

— Vamos, Gabi! — E gesticula na direção de si mesmo.

Ela se abaixa e corre, de olhos brilhantes. Parado, naquele momento, ele aponta para trás dela e dá outra rajada de três tiros. O motorista desapareceu na confusão.

Hanna está raspando o Crown Victoria no muro de concreto lateral da 105, no sentido errado, perseguindo Wardell. A meio caminho do Firebird batido, veículos acidentados bloqueiam o caminho. Os motoristas saíram. Ele freia ruidosamente e para. A 110 está cheia de carros batidos. Fumaça está subindo.

— Droga — diz Drucker.

Os dois oficiais saltam, a escopeta Remington nas mãos de Drucker, e correm. Grandes engavetamentos. Veículos de passeio. Caminhonetes. Drucker escuta gritos, sente cheiro de gasolina.

De repente, tiros.

Ele vê o Firebird batido vazio e avança sob a luz fraturada. Fumaça em turbilhão. Ao longe, Drucker capta um vislumbre de um homem ensanguentado com uma escopeta na mão. Correndo irresponsavelmente em uma tangente, Wardell ergue a arma e atira.

Há o estampido de tiros de resposta mais em cima na autoestrada, certeiros, ecoantes — um fuzil de grande potência. Quem é?

As pessoas nos carros acidentados se abaixam, gritando, ou se jogam dos veículos. Wardell estimula a ação e atira outra vez. Um motorista de UPS, pego no fogo cruzado, é derrubado.

O fuzil dispara mais uma rajada de três tiros.

Com a pele arrepiada com a adrenalina, Drucker corre e olha pelo meio do caos. A 150 metros de distância, mal visível sob faróis quebrados, há um homem ao lado de Gabriela, disparando tiros de cobertura enquanto eles se afastam.

Em pânico, as pessoas se espalham, gritando. Duas são atingidas pela escopeta.

Drucker grita para se abaixarem. Ele corre através da fumaça que sobe de uma picape Ford branca com chamas ardendo embaixo do capô, batida na traseira de um caminhão reboque. O motorista está inconsciente; as portas, esmagadas. Levantando um braço para bloquear o forte calor das chamas, Drucker apoia o pé contra a lateral do veículo e puxa para abrir a porta do motorista.

Ele vê Hanna correndo à frente na direção de Wardell, do outro lado da autoestrada.

Drucker grita e puxa mais uma vez a porta amassada. Ela se abre o suficiente para tirar o motorista dali. O homem cai no chão com um baque seco.

Ele o deixa e continua correndo, erguendo a arma. Em meio à zona, Wardell é avistado entrando e saindo de vista. Drucker aponta. O fundo está limpo. Quando Wardell surge à vista outra vez, ele atira.

O tiro atinge um veículo parado. Wardell se vira e o vê.

E, à esquerda, ele vê Hanna correndo ao longo da parede de contenção com uma escopeta Benelli.

93

Hanna corre, os olhos de Wardell fixos nele. Então ele se vira e corre na direção de Gabriela. Hanna o perde atrás da fumaça preta de uma picape Toyota, as ferramentas de jardinagem espalhadas pela autoestrada, e de um SUV Volvo, os dois em chamas.

O rio Estige está entrando em ação.

O trânsito está parado. Faróis brilham. Wardell segue desviando de carros. Hanna segue em seu encalço, respirando com dificuldade.

O entroncamento está travado com a quantidade de veículos parados: o engavetamento bloqueando a rota para o sul, curiosos reduzindo a velocidade na rota para o norte. Hanna e Wardell estão fora de vista. No trânsito acidentado e estático, o escuro e os faróis transformam todo mundo em silhueta. Drucker não consegue mais ver Gabriela.

Ele segue em frente até a barreira central, procurando um caminho através dos destroços e da fumaça. À direita, atrás dele, um carro no sentido norte raspa a divisória das pistas. É um Dodge Viper preto seguindo em frente, alheio ao trânsito.

O homem ao volante, um jovem negro, vê Drucker e reduz a velocidade, com faróis acesos. Uma janela é abaixada.

O oficial gira e passa por trás de uma caminhonete vazia, botando o bloco do motor entre ele e o carro. Disparos atingem a picape.

A quadrilha de Wardell. O apoio. Armado e em movimento.

Drucker sai de trás da picape, com a escopeta no ombro, e dispara na direção do carro. Dois tiros, três. Cartuchos grandes de caça. O Viper perde o controle, atinge a barreira entre as pistas e para.

Drucker se aproxima, a Remington apontada para o motorista imóvel. Morto, atingido na cabeça.

Ele faz a volta e sai correndo atrás de Hanna.

* * *

Gabriela perdeu o senso de direção no caos. Carros estão em ângulos estranhos. Mais tiros. Portas de motoristas se abrindo de repente, bloqueando-a. Ela olha para trás, temendo que Wardell esteja logo atrás dela…

De repente, é agarrada pela frente. Ela grita e se afasta.

— Gabriela?

Ela escuta a voz e se vira. Os olhos são familiares, é o amigo de Neil de muitos anos atrás. Um fuzil pendurado no ombro, apontado para a autoestrada.

— Venha comigo.

Chris passa o braço ao redor da cintura da menina. Ela está atordoada, mas determinada, correndo, embora sangue escorra pela calça jeans. A autoestrada está um caos.

— Quem está atrás de você? Tem mais de um? — pergunta Chris com rispidez.

— O homem que matou minha mãe.

Mesmo sem parar, ele lança um olhar na direção dela. Atrás deles, mais tiros, disparos atingindo chapas de metal, estilhaçando vidro. Chris gira e ergue o Heckler & Koch, empurrando Gabriela para trás de si.

Em meio ao esmagamento do trânsito parado, entre a fumaça e os faróis, as figuras viram silhuetas contra o brilho vermelho das chamas. Wardell desliza de lado e entra no raio de visão por uma fração de segundo. Chris não consegue atirar.

Hanna chega correndo, procurando. Através dos destroços às costas, ele vê o Viper batido com o para-brisa baleado. Ele corre adiante, espremendo os olhos contra os faróis, e avista Wardell, uma sombra cambaleante cem metros à frente.

Wardell segue na direção da divisória das pistas e vê o Viper. Tick-Tock está morto. Então se vira e corre na direção de Gabriela. Ele a procura através das janelas de veículos amassados.

Hanna capta um vislumbre. Ele corre, reduzindo a distância para ter Wardell ao alcance. O bandido agarra a maçaneta da porta de um Volvo. Trancada.

Ele recua um pouco e aponta a escopeta na direção da janela. As pessoas no lado de dentro gritam. Ele aperta o gatilho.

Vazia. Ele deixa a escopeta e saca uma pistola da cintura.

Hanna se posiciona, atira. Wardell abandona o Volvo e desaparece por trás de um caminhão-reboque.

O capitão, então, sai correndo atrás dele, o casaco tremulando, a respiração pesada. Ele corre cinquenta metros. Wardell sai de trás do caminhão.

Faróis. Sombras. A noite gira ao redor. O braço da arma de Wardell está estendido, a semiautomática erguida.

O que Hanna vê é um clarão no cano. Então, ouve o tiro, que o acerta na coxa, como uma marreta derrubando sua perna.

A noite se inclina, um movimento louco. Estrelas e luzes da autoestrada passam por sua visão, como se as amarras que o prendem ao mundo fossem cortadas. Uma dor profunda e entorpecente. Atordoante. Como ele foi parar no chão?

Pessoas nos carros gritam, tentando se esconder embaixo de veículos ou sair do desastre transformado em tiroteio, dando ré, batendo uns nos outros, tentando fazer uma volta de 180 graus. Alguns conseguem escapar. Faróis estão acima dos olhos de Hanna, um clarão branco, definido. Pés correm em todas as direções. Ele está entorpecido, a arma na mão. Quem é civil? Quem é Wardell? Onde está Gabriela?

O ferrolho da Benelli está travado. Acabou. Vazia. Ele a joga para o lado. Com um grito gutural, Hanna se ergue, apoiando-se contra um carro vazio. Sangue se acumula abaixo dele. Luzes giram. Ele saca uma Colt Combat Commander, lutando contra o tremor no braço.

Disparos de fuzil ecoam no ar.

Tiros atingem a janela traseira de um SUV. Wardell deixa a proteção, entrando no raio de visão atrás de um caminhão, girando, procurando o atirador. Ele atira a distância. Hanna acompanha a linha de fogo. Ouve tiros de resposta, vê o brilho de um cano e um homem com um fuzil. *Que merda?*

Então Hanna se concentra em Wardell. Ele ajusta a pontaria e atira.

Wardell cai, atingido, e some de vista.

Hanna se ergue e dá um passo, mas a perna cede. Ele desliza pela porta do carro vazio até o chão.

Levante-se. Vamos. Ele rola e fica de joelhos, tentando não gritar, segurando a Colt. O rádio está crepitando.

Wardell. Ele precisa ter certeza.

Pessoas em pânico passam correndo por ele. Hanna se abaixa até o asfalto e olha por baixo dos carros.

A sete metros de distância, o criminoso se ergue de pé, cambaleante.

O pulso de Hanna fica mais forte, agonizante. Ele cerra os dentes, rastejando-se, e se joga atrás de uma picape tombada de lado. O capitão cai com um baque surdo de costas para o capô, em uma pequena área de sombra. Ele apoia a arma no colo, o coração trovejando, uma sensação estranha e relaxante espiralando através dele.

Wardell quer Gabriela. Mesmo naquele momento, ele quer matá-la. Hanna precisa fazer com que ele queira algo ainda mais.

Respira fundo.

— *Wardell*.

O lado direito dele não está totalmente na sombra. Ele está iluminado por faróis, o braço da arma e o ombro. Inspira para reunir forças, para ter uma visão, para se lembrar de como falar no rádio.

Ele para. Simplesmente, para.

Hanna deixa que a luz caia sobre ele e fica imóvel. À espera.

Em meio a passos correndo, ao zigue-zague pontiagudo do medo, um par de pés cambaleia perto de Hanna, que ainda não consegue vê-lo por inteiro. Ele capta vislumbres. Escuta — um clique metálico, um carregador de pistola sendo descartado e caindo no chão. Outro sendo encaixado no lugar, o ferrolho é puxado para trás, colocando uma bala na câmara.

Hanna observa uma sombra se erguer acima, um rosto tenso e escuro em uma escala de cinza. O peito do homem arqueja, um clarão piscante de faróis nos olhos. Erguendo-se, observando a vista, inclinando-se, Wardell surge à frente.

Sangrando, ele olha para baixo e vê: a arma posicionada junto da perna, o dedo no gatilho.

Os olhos de Wardell encontram os de Hanna, que ergue a Beretta.

— Primeiro de abril, filho da…

Hanna atira direto no peito. O disparo de .45 atravessa o esterno de Wardell como um soco de gigante, destruindo seu coração. Mais dois disparos o atingem.

Wardell cai novamente no chão. A arma corre para longe. Ele ergue a cabeça e olha com incredulidade para Hanna.

O capitão firma a Colt. O olhar do inimigo brilha, e ele exibe os dentes, sibilando. Hanna o estuda fixamente. Então, mira na testa de Wardell e não se apressa. Puxa o gatilho e acaba com ele.

* * *

Chris e Gabriela descem por uma rua para a escuridão.

Depois de um armazém, ele para e olha para trás. Ninguém está vindo. Shiherlis abaixa o Heckler & Koch.

Ele se vira para encará-lo. Ela leva um segundo. Está escuro. Faz uma eternidade. É um mundo diferente. Sombras e fantasmas.

Ela inspira e fica imóvel.

— Você é o Chris? — diz ela.

— Sim.

Ela põe a mão no peito dele. Os olhos brilhantes.

— Vamos dar o fora daqui.

Ele passa um braço ao redor dos ombros dela, o fuzil na outra mão, e a conduz dali, sem amarras, surpreso, sentindo uma onda louca de alívio. Gabriela Vasquez, a filha de Elisa.

Ninguém vai tocar nela. Nunca mais.

A picape Chevrolet vermelha se afasta do meio-fio na Broadway, seguindo para uma área sem graça de prédios comerciais e residenciais perto do entroncamento. Apesar da cacofonia de sirenes e luzes na autoestrada, a quadra está fechada e vazia. Chris fica parado na calçada e observa a caminhonete se afastar. No assento do carona, Gabriela olha pela janela da cabine. Seu primo Manny está ao volante. A expressão dela é, de algum modo, feroz e melancólica.

Gabriela põe a mão espalmada sobre o vidro e a mantém ali, uma despedida.

Shiherlis fica parado na noite cada vez mais fresca enquanto a picape se afasta, a mão erguida.

Gabriela.

Viva sua vida, garota. Viva e se lembre.

As lanternas traseiras desaparecem na curva de uma esquina.

Ele abaixa a mão e se volta na direção da autoestrada, o fuzil junto à perna, escuro, invisível. A enorme concentração de luzes e sirenes à frente diz a ele que o confronto acabou. O que quer que tenha acontecido, terminou.

O carro dele está perto. Ele poderia entrar atrás do volante, ir embora, evitar a possibilidade de ser visto. Porém, a adrenalina, a sensação de poder, não vai deixar que ele faça isso.

Chris sobe uma cerca de arame, desce no aterro de concreto abaixo do entroncamento e desaparece nas sombras embaixo das rampas da autoestrada, para o outro lado. Quando ele volta à rua, a noite reluzente revela os veículos batidos na 110. Carrinhos Matchbox de cabeça para baixo. Caminhões dos bombeiros chegaram, e carros preto e brancos do Departamento de Polícia de Los Angeles estão estacionados em um ângulo de 45 graus ao pé das rampas de subida, as luzes girando. Policiais orientam o trânsito. A cena não é mais um caos, ela pertence aos policiais.

Pedestres se movimentam, confusos, chocados, alguns ensanguentados. Ele se junta a eles e consegue uma visão clara da carnificina.

Em meio ao clarão das luzes de emergência, um grupo de médicos e policiais se reúne em torno de um corpo na estrada. Um homem tombado de costas, os braços abertos.

Calça jeans, botas, camiseta. O atirador. Alguém chamado Wardell. Um cadáver.

A alguns metros de distância, socorristas atendem outro homem. Um detetive. Atrás deles, andando de um lado para outro, há dois oficiais da Roubos e Homicídios que Chris reconhece.

Drucker e Casals. Ele sente uma dor estranha no ombro. Os socorristas estão trabalhando em um ferimento de escopeta.

Vincent Hanna. Derrubado, talvez quando estivesse de saída.

Pelo ângulo entre Hanna e o corpo de Wardell, Chris calcula que Vincent derrubou o cara, à queima-roupa.

Tudo bem.

Shiherlis se levanta sob a luz forte.

Não é sua hora, Hanna. Não esta noite.

Ele sai andando.

94

No acostamento da autoestrada, Hanna se senta no para-choque da ambulância. Os paramédicos puseram um curativo de pressão sobre o ferimento de bala e o estão preparando para inserir um tubo endovenoso. Drucker e Casals o cercam como falcões. Com a adrenalina se dissipando, ele está tonto e com frio.

Drucker vê.

— Ei, você aí — diz ele para um socorrista. — Traga um cobertor aqui.

— Eu vou ficar bem — diz Hanna.

Casals, raramente falante, mas sempre presente, diz:

— Isso mesmo. Agora deixe que eles façam a droga do trabalho deles, Vincent.

O corpo de Wardell está a três metros de distância. O médico legista se ajoelha ao lado. Técnicos de cena de crime estão colocando marcadores de provas, contando os cartuchos vazios no chão e os buracos de bala nos carros destruídos e no homem morto.

Hanna olha para Drucker.

— Gabriela. — A voz está áspera.

— Ela escapou.

— Como? — Algo no rosto de Drucker. Hanna percebe. — O quê?

— Você pegou o cara — diz Drucker. — Wardell, ele está morto. Pare de perguntar sobre todo o resto. Nós resolvemos isso.

Algo nos olhos de Drucker, mais que apenas tirando Hanna de cena.

Morto. *Bang*. Feito.

O paramédico dá petelecos nas costas da mão de Hanna para fazer saltar uma veia para o soro. A noite parece inatingivelmente distante. Um zunido alto o toma, levando-o a algum lugar.

Wardell. Doze anos. Vítimas demais, dor demais. Pessoas mortas. A mãe de Gabriela.

Há algo ali que ele não está conectando. Firme. Estranhamente inquebrável.

Hanna põe a mão no braço do paramédico.

— Mais tarde esse soro.

— Senhor, nós...

— Casals. — Hanna geme ao ficar de pé. — Nós já verificamos o carro de Wardell?

Ele joga um braço por cima do ombro de Sam. Com Drucker, ele caminha até o Firebird demolido.

O capitão se apoia no carro enquanto Casals aponta uma lanterna para o interior. Lixo e fragmentos de vidro de segurança cobrem os assentos. Drucker os examina. O facho da lanterna capta um brilho de ouro.

— O que é isso? — pergunta Hanna.

Drucker lhe entrega um pingente em uma corrente partida. "*Te amo — Gabriela*"

Hanna abre o fecho. As fotos no interior estão esmaecidas e ele passa o polegar por elas. A cabeça desanuvia. Ele se volta para Drucker.

— Você o viu?

Drucker lança um olhar chamejante em sua direção.

— O homem que tirou Gabriela? Não tenho certeza.

Hanna ergue o olhar para a estrada, as luzes, a escuridão. Morte, fuga. O coração bate forte no peito. Ele assente lentamente para Drucker.

Em seguida, torna a olhar para o pingente. De um lado, Gabriela. Do outro, Neil McCauley.

Ele o fecha e o segura apertado na mão.

95

São duas da madrugada quando Drucker consegue a fita de vigilância de um prédio comercial na Broadway. Casals e ele estão cansados, mas ligados, atingidos pela onda pós-adrenalina. Não há café suficiente no planeta para deixá-lo afiado no ponto em que quer estar.

É uma empresa de construção, e eles acordaram o gerente do local em casa e o chamaram para conseguir a fita. Os dois se amontoam na frente do monitor. O vídeo começa.

A câmera capta tudo desde o momento em que Otis Wardell corre na direção do prédio pelo entroncamento cheio de carros. O veículo é uma mancha preta. Wardell brevemente visível, um borrão; Gabriela no banco do carona. Enquanto o Firebird corre, há um distúrbio no carro. Wardell desvia, gira, atinge o tráfego, gira, é atingido outra vez.

Drucker balança a cabeça.

— Brutal.

Gabriela abre a porta, sai aos tropeções e foge para o caos ainda crescente com múltiplos veículos. Wardell logo a segue cambaleante, ensanguentado, a arma na mão.

— Droga — diz Drucker.

— Ela o forçou a bater — diz Casals.

— Deve ter forçado. Meu Deus.

Então, subindo a pé por uma rampa, vem o homem, correndo suavemente, pilhado, a cabeça indo de um lado para o outro. Fuzil Heckler & Koch com coronha dobrável pendurado por cima do ombro e nas mãos, baixo, meio escondido.

A fita é de má qualidade. A luz é ruim. A distância, grande, sem foco.

Mas Drucker tem cem por cento de certeza.

Casals olha por cima do ombro de Drucker, inspira. Expira.

O homem na tela parece diferente da última vez que Casals o viu. Mas quando ele aponta o fuzil para Wardell, parado à frente de Gabriela na estrada, totalmente comprometido, procurando um tiro, o rosto se vira para a câmera. Drucker pausa a fita.

É Chris Shiherlis.

— O que ele está fazendo aqui? — diz Casals.

Drucker aperta o play outra vez. Shiherlis põe a mão nas costas de Gabriela e a manda descer a rampa correndo, enquanto ele recua, a arma erguida.

Drucker para a fita.

Ele sai. Casals o segue. O ar está fresco e as ruas estão vazias. A cidade se ergue ao redor, cintilando. Um vento suave sopra na nuca de Hanna. Ele para no meio da rua e olha para as sombras.

Shiherlis, você é bom.

E eu vou encontrar você.

A noite se fecha.

96

Mar de Andamão, 6º 01' 27,0" N, 96º 57' 12,1" L
16 de março

No corredor marítimo em águas internacionais entre a Indonésia e a Tailândia, Ana está de pé na proa alta de um rebocador oceânico. O céu está perolado com umidade. A brisa do oceano sopra no rosto deles enquanto avançam contra as ondas. Os motores a diesel do rebocador reduzem para igualar a velocidade de oito nós de um petroleiro antigo de longo alcance. Eles chegam perto da lateral através de ondulação de 1,20 metro que passa pelo casco do petroleiro. Carregado de petróleo cru, ele navega baixo, não afetado pelas ondas que balançam o rebocador.

Uma escada de corda e madeira se desenrola pela lateral do navio.

Ela sinaliza para os homens com ela. Cronometrando as ondulações, todos eles sobem. A meio caminho na lateral do casco, Ana olha para os altos painéis de aço corroído na direção da proa, 210 metros de comprimento e setenta mil toneladas de deslocamento. Ela se sente uma formiga. Se fosse agorafóbica, aquele seria um lugar ruim. Ela sobe.

No convés do navio, alguns membros líbios e filipinos da tripulação estão reunidos.

O capitão, corpulento, se aproxima dela. Uma semiautomática niquelada brilha na cintura.

Anna se equilibra no convés em movimento.

— Permissão para subir a bordo.

Ele olha para ela e para os homens que ela traz: um químico especializado em petróleo com um laboratório portátil prateado e militares contratados fortemente armados e de corpos largos — uma mistura de ex-SAS israelenses, ingleses e galeses, a maioria barbada. A tripulação do petroleiro olha para eles desconfiada, enquanto os funcionários da empresa privada de serviços militares ficam indiferentes.

— Concedida. — Ele faz um gesto largo. — Ele está pronto para inspeção.

Ana está na ponte de comando acima do mar, que reluz branco e dourado ao sol de fim de tarde. De repente, o químico reaparece com pipetas de vidro contendo petróleo grosso e escuro.

— Todos os tanques estão cheios. O óleo cru tem uma gravidade de 37 graus pelo instituto de petróleo americano e conteúdo de enxofre de 0,38. — Ele mostra a ela uma pipeta. — Óleo cru de Es Sider, de primeira qualidade. De acordo com as especificações fornecidas.

Ela pega o telefone via satélite e sai. A ligação a conecta com um pequeno bimotor Antonov An-26, um avião de carga de tamanho médio que carrega o sistema de orientação para a troca e circula preguiçosamente perto da costa da Líbia.

— Vão para terra — diz ela.

Singapura
17 de março

A noite tropical é quente, e Chris está na metade do chili de caranguejo de um restaurante em um cais. Atrás dele está a silhueta cintilante da cidade. Arranha-céus com piscinas olímpicas no terraço. A Fonte da Riqueza — a maior do mundo — iluminada por um show de luzes de laser. Há guindastes de construção por toda parte. Para Shiherlis, aquilo faz Los Angeles parecer um pequeno pedaço do mundo. Ele está prestes a quebrar a carcaça de um caranguejo quando o telefone por satélite pisca e desperta. É Claudio, iniciando contato.

Chris atende.

— Sim.

— Nós sabemos o que você fez. — Seu tom de voz é calmo.

Chris fica mudo. Deixa o silêncio flutuar.

Depois de um instante, Claudio continua:

— Nós ferramos com vocês, vocês ferraram com a gente. Então eu acho que isso talvez seja uma espécie de *equilibrium*. O que significa que a única coisa acontecendo, neste momento, é que estamos arruinando o comércio um do outro. Isso é ruim para as duas famílias.

Chris dá um pequeno gole de uma garrafa gelada de cerveja Tiger.

— Estou ouvindo.

— Nós podemos continuar com isso, mas aí as duas famílias ganham menos dinheiro. Se seus sistemas de orientação fazem o que vocês dizem fazer, com nossas vendas, nossa distribuição, nossas finanças e nosso transporte, nós todos ficaremos ricos. Deveríamos acabar com isso. Então, eu vou tomar a iniciativa. Proponho que encontremos um jeito de trabalhar juntos. — A voz dele é confiante. — Podemos negociar uma trégua.

Chris deixa a cerveja.

— Talvez não seja uma má ideia. Vou falar com Ana.

— Tudo bem. O sr. Yuan vai...

— Nós não queremos nos encontrar com o sr. Yuan. Para que eu iria querer me encontrar com o sr. Yuan?

Uma pausa despreocupada.

— Então vou mandar Felix.

— Foda-se Felix. Você quer que nós consideremos trabalhar juntos? Nós falamos com você, em pessoa.

Pela pausa longa na ligação, Shiherlis quase consegue ver Claudio desenhando um crânio na mesa com uma faca de carne.

— Vocês mesmos estão produzindo as unidades, não? Ou estão terceirizando? — pergunta Claudio.

— Nós mesmos.

— Tão depressa. Vocês têm uma cadeia de suprimentos confiável?

— Claro.

— Eu deveria botar os olhos nessa operação para ver se é real.

— Você quer vê-la? Pode vê-la. Depois vemos se há um acordo.

— Semana que vem. Eu entro em contato para definir os detalhes.

Claudio encerra a ligação. Chris termina a cerveja em um gole grande. *Bom.*

* * *

No pátio do Casino Paraná, Claudio joga o telefone na mesa. À frente dele, à luz da manhã, Felix parece ansioso, mesmo que incerto.

— Você vai fazer um acordo para compartilharmos com eles os sistemas que estão fabricando? — pergunta ele.

Claudio o olha como se ele fosse um idiota.

— Eu vou tomar o equipamento deles. Vou queimar os bagos dos técnicos de Ana até que eles me deem o código do sistema de orientação que lê tanto coordenadas russas quanto americanas de GPS. E aí vou matar aquele filho da puta loiro.

Garças voam acima da profunda garganta do rio onde o Paraná corre para as enormes Cataratas do Iguaçu. Felix pisca várias vezes.

— Bergman, tudo bem. Foda-se ele. Mas Ana volta para casa. — Ele apruma os ombros. — E eu vou com você.

— O irmão mais velho vai proteger a irmãzinha? — Claudio sorri e olha para Felix por um momento. — Tudo bem, você vem. Deixe Paolo aqui para cuidar de seu pai.

Claudio perde interesse em Felix e volta a atenção para o conjunto de TVs monitorando os jogos de *punto banco*, blackjack e dados.

Um minuto depois, Liu desce correndo a escada, passa pela roleta gigante diante do cassino e entra no Range Rover que está à espera. Paolo está ao volante, pálido e com curativos, recém-saído do hospital.

— Aonde nós vamos? — pergunta ele.

Felix esfrega a testa.

— Você não vai. Você fica e cuida de meu pai.

O motorista lança um olhar para ele pelo retrovisor.

— Estou falando neste momento.

— Para casa. — Felix cerra os maxilares. — Para a porra de casa.

Paolo parte. O olhar vai de Felix para o néon piscante da roleta.

Estreito de Malaca, 4º 15' 59" N, 99º 36' 21" L
24 de março, 1h45

O mar está calmo, o luar desenha um brilho fino sobre a superfície. As luzes dos navios de contêineres distantes piscam na noite perto da costa de Sumatra. No passadiço fora da ponte de comando do petroleiro, Ana escuta dois motores funcionando no vazio da água. Uma lancha veloz está se aproximando, acelerando no escuro.

O capitão do petroleiro tem a lancha rápida no radar marítimo. Ele aponta.

— Um minuto.

Ana vê o rastro leitoso e luminescente. Ela assente rispidamente. Os compradores estão chegando.

Ela trocou o sistema de orientação com a Líbia por petróleo. Agora está vendendo o petróleo por dinheiro.

O negócio foi feito nas profundezas sombrias da internet através do registro de atores confiáveis verificados por Kelso. Tanto o petroleiro quanto a carga estão sendo comprados por uma refinaria desprovida de petróleo por sanções em Mianmar, um país de recursos naturais e capital humano inimagináveis, falido devido ao regime pária. Cidades escuras à noite. Fábricas apodrecendo. Pessoas famintas. Os ricos trabalhando para ganhar e acumular a riqueza da nação.

A lancha rápida emparelha com o navio com um ronco.

Ana chama seus homens e se dirige à ponte.

Batam
1h50

A fábrica se aninha nas cercanias da cidade, ossos nus, que é tudo de que Chris e Ana precisam para uma operação repentina. Ventiladores de teto giram sob o telhado de metal corrugado. Pop indiano toca em uma caixa de som. Shiherlis caminha pela passarela acima da linha de montagem.

O terceiro turno está em operação. Mesmo no meio da noite, os trabalhadores ralam pesado para montar pacotes de orientação. Eles são, em sua maioria, moradores locais, alguns do Camboja e do Sri Lanka. Eles vivem em um alojamento em uma estrada de barro vermelho atrás da fábrica. São diligentes, trabalham pesado e enviam o dinheiro para as famílias.

Chris olha pelas janelas projetadas em balanço para o alto do prédio no ar pesado da noite. Insetos zumbem nas árvores. Ele confere o relógio. O comprador deve estar subindo a bordo do petroleiro. Shiherlis, então, pega o celular para mandar uma mensagem para Ana e para. Ao longe, na estrada, ele acha ter ouvido o barulho de pneus no calçamento.

Faróis tremeluzem através da cobertura distante de árvores. O pulso de Chris sinaliza. Então eles desaparecem.

* * *

O comboio de SUVs segue pela escuridão pesada. No banco do carona de um Toyota 4Runner, Claudio escuta uma voz de homem no walkie-talkie.

— Está começando.

— Estou entrando — responde ele. — Trinta segundos.

Ele faz um gesto de cortar o pescoço para o motorista. O homem apaga os faróis. Os outros SUV fazem o mesmo.

Adiante, os homens de Chen estão caminhando através das árvores em frente à fábrica, deslizando em silêncio pelas sombras.

Ele trouxe uma equipe pesada de quatro de seus melhores homens, além de contratados recrutados por meio de um chinês indonésio em Palembang, que pertence à tríade taiwanesa do sindicato do bambu. Os profissionais são seguranças do sindicato e ex-Kopassus.

No banco traseiro, a respiração de Felix está tranquila, os olhos brilhando.

— Eles estão prontos?

Os mercenários de Claudio fizeram reconhecimento do local na noite anterior e mais cedo naquele mesmo dia. Eles registraram mudanças de turno e contaram o número de trabalhadores na linha de montagem. A fábrica é retangular, frágil, vai ser fácil de isolar e controlar. A aproximação silenciosa os colocou em boa proximidade para o ataque. A essa hora, as pessoas no local vão estar cansadas e lentas. Quando Claudio mostrar a cara, vai atrair Chris e o foco da segurança. Ele vai desequilibrá-los, distraí-los, reduzindo a resistência à entrada dinâmica e violenta de seus homens. E ele quer que vejam seu rosto. Para saberem que foi ele.

— Estamos prontos? — pergunta Felix.

Claudio o ignora. No walkie-talkie, diz:

— Situação?

Em resposta, escuta dois cliques. *Em posição.*

Uma equipe de tiro vai controlar o alojamento. Eles vão entrar, algemar e amordaçar todos lá dentro, e cortar a garganta de qualquer um encontrado no exterior, para não poderem dar o alarme. O resto — o núcleo de seu pessoal de segurança com o apoio dos indonésios — vai tomar as brechas fora da fábrica e aguardar o sinal para entrar. Os pistoleiros são grandes, calejados e prontos para ação.

Quando Claudio der a ordem, eles vão atacar.

O comboio segue sinuosamente à frente. Seis dos contratados por Claudio já estão junto da parede ao lado da porta da frente, prontos para a ofensiva. Nos fundos, ele sabe, dois homens flanqueiam a porta traseira, em posição para deter qualquer alvo que tente escapar.

Claudio engatilha a pistola SIG.

— Vamos lá.

Ele desce e segue em direção à porta.

O horário da reunião com Bergman foi cuidadosamente marcado. Para o dia seguinte. Cláudio chegou um dia antes.

Ele está ali para retomar o que é dele.

Chris desce correndo a escada da passarela. Ele está a meio caminho da linha de montagem quando a porta se abre.

O motociclista entra. Seguro, a tatuagem se mexendo no antebraço. Mãos vazias, mas com certeza está armado. Atrás vêm outros três seguranças dos Chen e dois indonésios grandes com cabelo comprido, parecendo impiedosos, mas refrescados depois da viagem no ar-condicionado desde o aeroporto. Shiherlis conta corpos.

Jakob Gögel entra. Sob uma camisa havaiana e paletó frouxo, as veias em seu pescoço estão saltadas. O branco em seus olhos é de um amarelo salgado.

— Você está aqui para auditar meus livros? — pergunta Chris.

Gögel lança para ele um olhar afiado como uma faca, mas a agitação se mexe sob a superfície.

— Americanos. Vocês nunca podem simplesmente calar a boca?

Claudio Chen entra pela porta e Chris olha para ele por dois segundos inteiros.

Ele está vestido como um vampiro na corte de Versalhes: camisa com babados, casaco de veludo escuro com gola alta. Lentes de contato azuis deixam os olhos quase sem cor. É um visual fodido.

Atrás dele vem Felix, em um agasalho amarelo e preto do Jogo da Morte.

— Oi, gente. — Chris ergue o queixo em um cumprimento, mantendo a voz nivelada.

A segurança de Claudio se espalha. Felix funga.

Shiherlis percebe a posição dos homens. Seu pulso está regular, mas forte.

— Como está seu pai?

— Nós o mandamos para São Paulo, ele precisa de especialistas. E, por segurança, mandamos Paolo com ele. — Felix pisca, cheio de cocaína.

— Inteligente. — Tirar de jogo o chefe da segurança dos Liu. — Represálias contra os Barakats?

— Quando for a hora certa.

Claudio analisa o ambiente.

— E Ana está...

— Em outro lugar.

— Garota ocupada. — Ele examina as bancadas de montagem, os componentes. — Ela ter inventado isso... — Chen acena de forma vaga para o prédio. — A casa dos sonhos da Barbie.

Gögel sorri.

— Felizmente ela tem você com quem trabalhar. — Claudio se aproxima de Chris. Perto, perto demais, seu hábito incômodo. — Por que você não liga para ela? Chame-a para vir para cá.

Gögel examina o chão da fábrica e sobe a escada de metal para a passarela. Chris está frio, mas pensa: *Filho da puta*. Ao assumir uma posição elevada, o alemão patrulha, verificando as janelas, depois se posiciona de modo a ter uma visão desobstruída de todo o chão da fábrica.

Shiherlis contém o velho instinto de quebrar a cara de Claudio. Permanece imóvel como gelo e não vira a cabeça. Para os trabalhadores, ele anuncia:

— Intervalo.

Na linha de montagem, os trabalhadores trocam olhares e largam as ferramentas enquanto se viram para ir embora.

Felix limpa o nariz.

— Isso não é um problema. Nós precisamos resolver detalhes. Está tudo bem. Precisamos resolver isso, depois Ana volta para casa.

Chris o interrompe com um olhar.

— Pare de falar.

Felix ergue as mãos. Claudio está parado com os braços soltos ao lado do corpo. Chris sabe que ele planeja assassinar Ana e ele. Sem dúvida. Mas Felix, Shiherlis sabe, convenceu-se de que Ana vai para casa, perdoada. O cérebro frito dele.

— Que tal uma bebida? — oferece Chris.

Ele aponta na direção de um escritório e sai andando na frente de Claudio e de Felix até a porta, oferecendo, deliberadamente, as costas para os dois. Ele, então, percebe Claudio hesitar, depois recuar. Os pelos da nuca se arrepiam.

No fone de ouvido, uma voz fala baixo:

— Seis do lado de fora. Há dois posicionados para cobrir a aproximação externa da porta com linhas superpostas de tiro.

Chris continua andando.

A voz diz:

— Em dez, nove, oito....

Ele caminha, fazendo a contagem regressiva na cabeça. Quando chega ao *um*, se abaixa, e do lado de fora o som de disparos invade a noite.

A bordo do petroleiro, Ana está parada junto à mesa de navegação, cercada de mapas e equipamentos de comunicação. Apesar do calor, ela está tranquila. Está prestes a receber a entrega de milhões de dólares em dinheiro dos Estados Unidos. Passos soam na escadaria externa de metal e os compradores entram pela escotilha.

— *Mingalarbar* — diz ela. *Olá*.

Os quatro homens são repulsivos, suando nos ternos de seda. Um carrega um computador e um telefone por satélite. Um fuma um Marlboro. Dois, de olhos sinistros, parecem militares birmaneses. Eles começam a abrir mais os paletós. Ela vê SMGs suspensas sob os casacos largos. Então eles param.

A equipe tática de Ana chega pelas duas escotilhas abertas: os ex-SAS com SA80s britânicos, os antigos comandos IDF carregando fuzis Galil apontados para o convés, mas ajustados para rajadas de três tiros.

Ana digita no laptop.

— Estou agora concluindo a entrega do carregamento, quinhentos mil barris de petróleo leve e cru da Líbia, e o navio. No horário, segundo o contrato. Ao preço da cotação Brent de hoje mais o bônus de dez por cento pelo óleo cru, e o desconto do preço do petroleiro, o total devido é de 15.349.000 dólares. Estou pronta para completar a transação.

Ela escreve a conta e o número para transferência em uma página rasgada de seu Moleskine e a empurra sobre a mesa.

— Detalhes bancários.

O fumante olha Ana de alto a baixo: uma mulher pequena com um agasalho de moletom.

— Eu só falo com o chefe. — Ele dá uma tragada lenta e examina os homens dela.

— Eu sou a chefe. Você fala comigo.

Ele exala uma nuvem de fumaça.

O navio balança com a ondulação. Ana assente delicadamente.

— Há um ciclone se formando na Baía de Bengala — diz ela. — Vocês vão querer levar as lanchas de volta para a costa e descarregar esse óleo cru na refinaria antes que a tempestade chegue.

Ela oferece uma expressão agradável, como se isso fosse a delicadeza social esperada.

O fumante dá uma risada azeda e inclina a cabeça. Deixa que o silêncio se prolongue. Ele olha para a equipe tática e, claramente, avalia alguma coisa na mente.

Ana balança a cabeça.

— O que quer que você esteja pensando, tipo como mudar esse acordo, não faça isso.

Ela fita um dos mercenários israelenses, que perfura a testa do fumante apenas com o olhar. A luz nos olhos do negociante — o que quer que ele estivesse planejando ou achasse que ainda poderia fazer — desaparece.

Ana liga um telefone por satélite seguro no laptop e se conecta.

— Os fundos — diz ela. — Envie. Agora.

O comprador pega o pedaço de papel com os números bancários, abre a tela e digita.

Trabalhadores se espalham. Do lado de fora, disparos se multiplicam.

Gögel olha pela janela desde a passarela, saca uma Glock e se vira na direção de Chris, que já entrou pela porta do escritório quando ele atira. Os disparam fazem um barulho metálico contra a parede de aço. Shiherlis pega o AR-15 que estava apoiado ao lado da porta.

Claudio registra o surgimento de israelenses e britânicos em formação cerrada, de olhos duros e barbados e com armadura corporal, já disparando.

Instantaneamente, um pistoleiro paraguaio dos Chen tomba, atingido por três disparos de um Galil. Eles são suaves e rápidos. Um ex-SAS galês corpulento dispara um SA80 e derruba dois mercenários.

Atrás do prédio, tiros de fuzil cortam a noite. Em frente à porta de entrada, onde a equipe dos Chen está reunida, os homens de Chris os emboscam em uma formação em L no interior da linha das árvores. O lado curto do L os atinge de frente sob fogo enfiado. Três caem, e quando o resto começa a contra-atacar, o lado comprido do L os ataca do flanco.

Além da linha de montagem, o motociclista responde e corre para tentar se proteger. Ele se vira na direção de Chris, que está exposto.

Na porta aberta dos fundos está Paolo, olhos cor de mel brilhantes, virados para o braço baleado. Com um Heckler & Koch MP5 em uma correia, ele faz o motociclista em pedaços.

Gögel corre pela passarela, atirando. Chris mergulha abaixo dela, rola de costas e atira diretamente para cima. O AR-15 destrói o piso de metal.

Gögel dá um grito gutural e cai no chão da fábrica. Chris rola e aponta a arma para a cabeça dele. Ele olha diretamente para o inimigo e puxa o gatilho.

No lado de fora, a segunda equipe armada de Claudio abandona o alojamento e corre na direção da fábrica. De um esconderijo camuflado que ocupavam desde a manhã, dois ex-snipers da SAS, de fuzis com mira telescópica, começam a derrubá-los. Eles caem um atrás do outro.

Em um canto da fábrica, o que resta dos invasores derruba um arquivo de metal e dispara erraticamente na direção dos mercenários de Chris e em Paolo. Claudio está por trás de máquinas pesadas com eles, uma pistola SIG na mão. Olhando por aquelas lentes de contato estranhas, ele fica inquieto no lugar, tentando decidir o que fazer. Ele se apruma — para ver Chris? Para atirar nele? No segundo em que parte de sua cabeça sai da proteção, Shiherlis rola para trás de uma estação de trabalho, fica de bruços e dispara uma rajada de três tiros. A cabeça de Claudio é jogada para trás. Ele desaba no chão.

Felix corre.

Lá fora, um dos pistoleiros restantes de Claudio, atirando loucamente e recuando, atinge Felix nas costelas. Paolo derruba o pistoleiro. Felix mergulha à frente, o agasalho amarelo respingado de vermelho. Ele cambaleia para o escuro e cai.

Chris o segue.

Shiherlis encontra o irmão de Ana deitado de costas na terra, os insetos cantando, raios brilhando ao longe sobre o estreito de Malaca. Quando se aproxima, Felix rasteja para trás. O rosto está despido com uma revelação, vendo Chris como ele realmente é.

— Nós podemos... podemos fazer um acordo...

— Vocês acharam que eu não saberia que vocês tinham vindo antes?

Felix está tentando entender, Chris pode ver isso. O jovem Liu vê Paolo ali. O que há para entender? Paolo avisou Chris e Ana, e Shiherlis começou a trabalhar, arranjando para que um corretor indonésio de tripulações piratas e contratantes de seguranças fornecesse inteligência e mercenários com experiência pesada e conhecimento local. Ele estava rastreando o grupo de Claudio desde o momento em que o voo deles partiu do aeroporto Guaraní, em Ciudad del Este. Ele tinha transponders colocados em todos os veículos à espera do grupo de Chen no aeroporto de Hang Nadim, em Batam. Chris sabia quantos seguranças Claudio estava trazendo e identificou os indonésios como ex-militares bem treinados e violentos. Estava pronto para esse ataque havia dias.

— Nós não iríamos…

— Não iriam o quê?

— Acredite em mim — diz Felix. — Ela ficaria bem, ela é minha irmã!

Chris pousa um olhar sobre ele.

A voz calma, a SIG na mão.

— Ela me contou sobre tudo isso.

Felix olha para o americano.

Os olhos de Chris estão frios.

Ele atira.

No lado de dentro da fábrica, Paolo vê um clarão sair do cano de uma arma.

Batam
6h45

Quando Chris se encontra com Ana na pista de pouso, o céu matutino ainda está escuro. Estrelas fervilham no céu, um véu azul percorre o horizonte a leste, assim como as luzes de três mil barcos ancorados em Singapura. Ela desce correndo a escada do jato fretado, praticamente vibrando com o momento.

Quando se aproxima, ele diz:

— Feito.

Ela sente uma harmonia profunda dentro de si.

Ana assente, agradecida, e olha além do asfalto. Paolo está parado junto do carro.

— Felix?

Chris olha fixamente para ela.

Ana é como fogos de artifício, empolgante e brilhante. Uma amante, um milagre. Ela está melhor sem Felix, Chris melhorou a vida dos dois. Mas contar a verdade a ela? Jamais. Ana nunca mais ficaria com ele, nunca lhe tocaria, nunca trabalharia com ele. Sangue é sangue.

Ele põe as mãos nos ombros dela.

— Ele morreu, foi pego no fogo cruzado.

Ana o estuda. Uma fissura fende a compostura dela. Tristeza inocente e crescente. Ela inspira hesitantemente, aperta os olhos fechados, e ele a abraça. O corpo dela estremece. Surge em sua mente a imagem de um Felix com nove anos e ela com sete, com o irmão mais velho a conduzindo pela mão. Ela era a caçula. Sangue é sangue.

Chris a abraça forte e ela se aperta contra ele.

E o pulso dele parece elétrico, sombrio, poderoso.

97

Hanna se senta na banqueta do bar. O lugar é encantador, com reservados escuros e uma luz azul-cobalto. Garrafas de bebida âmbar brilham, iluminadas por baixo, atrás do bar. “Gimme Shelter” no jukebox. A bebida é servida sem ser pedida.

Nate põe um Bourbon duplo à frente, então apoia as mãos no balcão e fica ali. A música toca. Eles olham um para o outro.

Hanna sorri.

— O que você *não* vai me contar sobre Chris Shiherlis?

AGRADECIMENTOS

Michael Mann

Charlie Adamson podia recitar cenas inteiras de filmes de cor. Dennis Farina, seu parceiro, e ele iriam interpretar papéis em campanas de noite inteira como detetives da unidade de elite, às vezes, letal, de inteligência criminal. Os dois tiveram papéis em meu filme de 1980, *Profissão ladrão*.

Em 1963, Adamson estava concentrado no verdadeiro Neil McCauley, que ele matou após uma perseguição e troca de tiros.

No fim dos anos 1980, eu tinha estimulado Charlie a escrever e produzir uma série de TV que ele criou, *Crime Story*, na qual escalei Dennis como o protagonista. Ele tinha se tornado um ator sério, com papéis em *Miami Vice* e *Manhunter*. Nós trabalhamos juntos em várias situações em *Profissão ladrão*, *Crime Story*, *Manhunter*, *Fogo contra fogo* e *Luck*.

As sacadas de Charlie e seu humor iluminaram aspectos de Hanna. A compreensão que tinha de McCauley me ajudou a imaginar a personalidade dele. Enquanto eu estava em Chicago, em 2009, no meio dos preparativos para *Inimigos públicos*, Charles sabia que estava no limite e ligou para se despedir, com a clareza típica em seu jeito emocional e honesto. Ele morreu no dia seguinte.

Farina, ao longo dos anos, tornou-se um de meus melhores amigos e um ator muito bem-sucedido. Ele também partiu prematuramente, em 2013.

Sou grato ao ex-capitão do Departamento de Polícia de Los Angeles Tom Elmfont, com quem passei a maioria das noites de fim de semana por seis meses, perseguindo chamadas de rádio de uma cena de crime para outra, antes de *Fogo contra fogo*.

Don Ferrarone e Lou Milione, com seu rigor intelectual e insights, trouxeram clareza para as operações fora do contrato social, em lugares selvagens e perigosos do planeta. Esse agradecimento se estende àqueles das operações internacionais da DEA, e, principalmente, a Jack Lawn e Michele Leonhart.

Recebi ajuda valiosa na exploração de narrativas humanas acontecendo diariamente nas ruas de Los Angeles do único Robert Deamer e da multitalentosa Dana Harris.

Por me receber em suas vidas, sou grato aos ladrões profissionais John Santucci, por sua ajuda imensa em meu filme *Profissão ladrão*, e o irrepreensível e literato Jerry Scalise.

A maior recompensa que recebo como escritor e diretor, beneficiário de tesouros extraordinários, vem do comprometimento absoluto e da arte de Al Pacino, Bob DeNiro, Val Kilmer, Jon Voight, Tom Sizemore, Diane Venora, Amy Brenneman, Ashley Judd, Danny Trejo, Tom Noonan, Dennis Haysbert e todo o elenco de *Fogo contra fogo*. Eles simplesmente deram vida a todo mundo.

Meg Gardiner tem sido uma grande colaboradora e agradeço muito à forma como ela me acompanhou nos mundos de *Fogo contra fogo* e nas outras histórias que exploramos. Ela é uma grande e graciosa colaboradora e um talento ousado.

Quero agradecer a Brian Murray e a Liate Stehlik, na Willam Morrow/HarperCollins, por acreditarem neste projeto e na Michael Mann Books. Vocês foram grandes parceiros ao longo de todo esse processo.

Meg Gardiner e eu tivemos muita sorte por ter Jennifer Brehl como nossa editora. Suas sacadas incríveis ao longo de todo o processo de edição fizeram uma diferença importante e seu apoio apaixonado a este livro foi de grande valor.

Na William Morrow, quero agradecer aos indivíduos que fizeram contribuições importantes a este livro: Jennifer Hart, Danielle Bartlett, Kaitlin Jarri, Juliana Wojcik, Ryan Shepherd, Nate Lamnan, Chantal Restivo-Alessi, Mark Meneses, Sam Glatt, Jeanie Lee, Bonni Leon-Berman, Julia Wisdom, Phoebe Morgan e, especialmente, Andy LeCount, que ajudou a defender o projeto desde os primeiros dias.

Meu advogado, Harold Brown, é único. Um poeta, um amigo e um jovem de princípios da velha guarda de pessoas comprometidas que representa artistas da indústria cinematográfica e está sempre falando em "fazer alguma coisa do nada em vez de nada a partir de alguma coisa".

Meu relacionamento com Shane Salerno evoluiu ao longo de 25 anos. De um garoto de onze anos que amava, e teve sua imaginação permanentemente prejudicada por *Miami Vice*, a um colaborador e irmão, e, no fim, meu agente literário, que me apresentou a ideia de um selo. Um agradecimento sincero por acreditar nisso e me apoiar. Continua a ser uma jornada e tanto.

Em minha própria empresa, quero agradecer a Darice Wirth e Bryce Forester, pelo trabalho incansável me assessorando no livro. E a minha filha incrível Becca Mann, cujo cuidado com esta e outras obras de meu trabalho as manteve fielmente organizadas.

Entre os muitos, quero agradecer àqueles que tiveram importância tão fundamental na realização do filme *Fogo contra fogo*, incluindo o produtor Art Linson, que me disse que eu estava louco por considerar não dirigi-lo; Peter Jan Brugge, o mestre da logística; o genial fotógrafo Dante Spinotti; meu querido amigo e brilhante editor Dov Hoenih; o editor Billy Goldenberg, por todo o seu excelente trabalho; Kathy Shea; Elliot Goldenthal; Moby; e meu amigo desde 1979 Gusmano Cesaretti, por sua imaginação visual e nossas muitas explorações.

Sou especialmente grato a Arnon Milchan por acreditar no filme desde o princípio, por assinar os cheques em colaboração com a Warner Brothers e por seu respeito único pelo artista.

Quero agradecer a Peter Giles por ler o audiolivro. Quando escuto sua voz, vejo o que escrevi como cinema.

Nada é possível sem o espírito, o coração e a solidariedade de minha esposa, Summer, e os componentes de minha vida: Amie, Aran, Jessie e Becca.

Meg Gardiner

Romances nascem da imaginação dos autores, mas chegam às mãos dos leitores graças à dedicação, ao apoio, à generosidade e ao conhecimento de muitos outros.

Agradecimentos ilimitados a Jennifer Brehl, que mergulhou no mundo de *Fogo contra fogo* e fez um trabalho fantástico na edição deste livro. Esta obra é melhor graças a sua dedicação e seu trabalho duro.

Quero agradecer a todo mundo na HarperCollins, incluindo Liate Stehlik, Jennifer Hart, Danielle Bartlett, Kaitlin Harri, Julianna Wojcik, Ryan Shepherd, Nate Lanman, Chantal Restivo-Alessi, Mark Meneses, Sam Glatt, Julia Wisdom, Phoebe Morgan, Andy LeCount e toda a equipe na William Morrow/HarperCollins.

A meu agente, Shane Salerno, por primeiro me sugerir para Michael Mann, por me trazer para este projeto e por proteger este livro durante um longo processo de desenvolvimento.

A Ryan Coleman, Deborah Randall e toda a equipe na Story Factory; Bryce Forester, por seu trabalho incansável; Darice Wirth, Becca Mann, Reed Farrel

Coleman; e aqueles cujas sacadas únicas e a disposição de compartilhá-las ajudaram o romance: Jerry Scalise, Stephen Donehoo e Paul Shreve.

Acima de tudo, minha gratidão vai para Michael Mann. Ele me convidou para me juntar a ele na expansão do mundo icônico de *Fogo contra fogo*. Agradeço por sua confiança de que eu poderia dar vida a esta história. Trabalhar com ele neste projeto foi um privilégio e uma honra.

Este livro foi impresso pela Cruzado, em 2022,
para a HarperCollins Brasil. O papel do miolo é pólen natural 70g/m^2
e o da capa é cartão supremo 250g/m^2.